Raymond A. Scofield

Das Schwarze Thangka

Raymond A. Scofield

Das Schwarze Thangka

Roman

Lichtenberg

Die Folie des Schutzumschlages sowie die Einschweißfolie
sind PE-Folien und biologisch abbaubar.
Dieses Buch wurde auf chlor- und säurefreiem Papier gedruckt.

Umschlaggestaltung: Agentur Zero, München
Umschlagfoto: Labonte
Satz: Ventura Publisher im Verlag
Druck und Bindung: Franz Spiegel Buch GmbH, Ulm
Printed in Germany
ISBN 3-7852-8108-0

2 4 5 3 1

Für
Akira Dschinghis

Es gibt mehr Ding' im Himmel und auf Erden,
als Eure Schulweisheit sich träumt, Horatio.

Shakespeare, Hamlet

Inhalt

Die Hauptpersonen

Catherine Laurell	Harvard-Studentin
Robert Laurell	Vater von Catherine Laurell, Manager in Indien
Artie Myzinski	Hollywoodagent
Paul McGregor	Filmstar, Artie Myzinskis Klient und Freund
Matthew Tanner	Tibetologe an der Brown-Universität, Providence
Dr. Nyima Gyatso	Jurist und Exiltibeter
Vicky Jocelyn	Sekretärin von Dr. Nyima Gyatso
Tutseleg Gampo	Vertrauter des Dalai Lama
Targa	Dolmetscher des Dalai Lama
Tsentse	Spitzel der chinesischen Sicherheitsbehörden in Lhasa
Feng Lizhao	Tibet-Sekretär des chinesischen Staatsrates
Hu Banguo	Vizedirektor des Büros für Öffentliche Sicherheit in Lhasa
Prof. Li Rongwu	Tibetologe am Pekinger Minderheiteninstitut
Li Xiao Zhi	Fotograf, Sohn von Prof. Li Rongwu
Zhao Dawa	Xiao Zhis tibetische Frau
Tenzin Gyatso	Mönch und Widerstandskämpfer
Zonia van Kerke	Aktivistin aus Amsterdam

Vorwort

Autoren, die sich beim Schreiben ihrer Bücher auch selbst die Spannung erhalten wollen, berufen sich gerne auf William Faulkner, der einfach ein Stück Weges neben seinen Helden ging und zuhörte, was sie zu berichten hatten.
Ich hatte mich bereits ein wenig in die schöne, schnippische Catherine Laurell verschossen, und Artie Myzinski, der fahrig-chaotische Hollywoodagent, brachte mich immer wieder zum Lachen. Doch als die beiden mir ihre Geschichte erzählten, erklärte ich sie erst einmal für übergeschnappt.
Gewohnt Quellen zu überprüfen, ging ich ihrer wilden Story dennoch nach – man kann ja nie wissen. Ich ließ mir stapelweise Bücher kommen, reiste nach Tibet und Nepal, graste das Internet ab, und je mehr ich las, hörte und sah, desto glaubwürdiger erschienen mir die beiden, desto weniger verrückt und phantastisch ihre Erlebnisse. Vielleicht hatten sie hier und da ein wenig übertrieben oder waren dort ihrer allzu abendländischen Sichtweise erlegen – aber der Dämon, von dem sie voller Grauen berichteten, bekam tatsächlich eine Fratze, eine Vergangenheit und einen mörderischen Zukunftsplan.
Viele Leute haben mir geholfen, die Geschichte von Catherine und Artie, vom smarten Nyima Gyatso, dem tragischen Prof. Li und den vielen anderen Helden und Schurken, Königen, Weisen, Politkommissaren und Partisanen, Hollywoodschauspielern und radikalen Studenten aufzuschreiben. Wissend oder unwissentlich, als Interviewpartner oder Buchautoren.
Der größte Dank – für nur zwei Worte – gebührt vielleicht dem Vertreter des Dalai Lama in Kathmandu, Tashi Namgyal, dem ich, selbst noch voller Zweifel, bei einer langen Tasse Buttertee

die abenteuerliche Geschichte von Catherine und Artie vortrug und der nur bedächtig nickte und sagte: »Durchaus denkbar.«

Johannes B. Tümmers (»… Gott sei Dank ist es keine wissenschaftliche Arbeit …«), Tibetologe an der Uni Köln, half mir, dem Unbewanderten, durch die komplizierte Welt des tibetischen Buddhismus.

Von den Professoren der Tibetischen Akademie für Sozialwissenschaften in Lhasa erfuhr ich wichtige Details über Asketen, Beschwörungsformeln und die geisterabweisende Wirkung von Nudelmehl.

Sofia Ames aus Hollywood und David Smith aus Brooklyn haben mir Artie vorgestellt, Rachel Urkowitz die Brown-Universität.

Meinen Pekinger Freunden und Kollegen habe ich zu danken für ihre Unterstützung, ihre Anregungen und ihre Kritik: Andreas Landwehr, Jürgen Kremb, Lutz Mahlerwein und vielen anderen.

Für Hilfe, Zuspruch und Vertrauen danke ich Dirk Meynecke.

Nicht zu danken habe ich dagegen dem Pekinger Minderheiteninstitut, das sich trotz mehrmaliger Anfragen durchaus nicht auskunftsbereit zeigen wollte. Aber das paßt …

Von den Büchern, die ich zu Rate zog und jedem Interessierten zur Lektüre empfehle, gehören: Warren W. Smith: *Tibetan Nation*; René de Nebesky-Wojkowitz: *Oracles and Demons of Tibet*; Alexandra David-Néel: *Magic and Mystery of Tibet*; Thubten Jigme Norbu/Colin Turnbull: *Tibet*; Jamyang Norbu: *Warriors of Tibet*; Mary Craig: *Tears of Blood*; Dawa Norbu: *Red Star over Tibet*; Austine Waddell: *Buddhism and Lamaism of Tibet*. Und als Nachschlagewerk die *Encyclopaedia of Eastern Philosophy and Religion*.

Peking im Frühjahr 1998
Raymond A. Scofield

1. Kapitel

Potala-Palast, Lhasa, Tibet

Tsentse mußte sie verraten haben. Tsentse, der spindeldürre Kerl mit dem speckigen Strohhut und der viel zu großen Brille, der ihm als absolut zuverlässiger Mann empfohlen worden war und dem er doch von Anfang an nicht vertraut hatte, allein schon wegen der schrägen Blicke, die er Dawa zuwarf. Tsentse, der Mitarbeiter des Büros für Öffentliche Sicherheit in Lhasa, der ihnen über seine guten Kontakte Zutritt zum Potala verschafft hatte und der gesagt hatte, er würde oben auf sie warten und sie mit dem Thangka sicher wieder aus dem Palast und aus der Stadt bringen.

Die Gänge hallten wider unter dem Donnern der Stiefeltritte, die steilen Holztreppen, die hinab in die Säulenhalle führten, krächzten unter den stahlbesetzten Sohlen, als er gerade den Elefantenstoßzahn, in dem das Schwarze Thangka seit vielen Jahren verborgen war, wieder an seinen Platz gehängt hatte. Die Soldaten schnitten ihnen den Weg ab. Es waren mindestens zehn Leute, und sie gaben noch nicht einmal einen Warnruf ab, sie feuerten unverzüglich los.

Dawa erkannte früher als er, daß sie es unmöglich bis zum Ausgang schaffen konnten. Sie versuchte, ihn zurückzuhalten, aber er tauchte in den Kugelhagel der Sturmgewehre, das Gebell der Waffen dröhnte in seinen Ohren, Querschläger zirrten knapp neben seinem Kopf vorbei, als er hinter einem baumhohen, hölzernen Stützpfeiler Deckung suchte. Die beiden Mönche, die den Altar beaufsichtigten und die Opferkerzen am Brennen hielten, waren noch vor ihm in Panik in die äußere Halle hinausgerannt, direkt in das Feuer. Stöhnend lagen sie in ihrem eigenen Blut, durchsiebt von den Salven des chinesischen Greiftrupps. Seine Frau Dawa hatte sich im Schatten des vierzehn Meter hohen goldenen Grabmals des fünften Dalai Lama verkrochen. Er gewahrte flüchtig im Flackerlicht der Butterdochte, daß sie beide Arme schützend über ihren Kopf verschränkt hatte, und er hoffte gegen alle Vernunft, sie möge überleben. Sie schrie seinen Namen, schrie, er solle zurückkommen.

Das geheime Schwarze Thangka, das Heiligenbild aus einer anderen Zeit, das einen gräßlichen Dämon darstellte, hatte er wieder zusammengerollt und an seine Brust gepreßt. Wenn er es nur verstehen würde, wenn er nur wüßte, warum es so dringend gesucht wurde, dann wäre ihm wenigstens klar, warum er sterben mußte. Der Dalai Lama müsse es unbedingt sehen, hatte Dawa nur gesagt. Nur der Dalai Lama könne es verstehen. Dawa, die Tapfere, die er liebte und die fürchterliche Träume hatte, die sie nicht verstand und über die sie noch nicht einmal sprechen wollte. In Furcht verschlossen, wie er sie nie erlebt hatte.

Die chinesischen Soldaten schienen ihren Auftritt zu genießen, hatten nebeneinander Stellung bezogen und schritten auf den verwaisten Audienzthron am Kopfende der Halle zu; dabei spuckten ihre Kalaschnikows weiter mörderische Salven, die Geschosse zerrissen die Opfergaben, die vor dem leeren Thron niedergelegt worden waren, ließen das Holz der Pfeiler und die kostbaren Malereien und Knüpfarbeiten an den Wänden zerbersten.

Es gab keinen Weg zurück. Er würde hier sterben, und wenn die Chinesen mit ihm fertig waren, dann würde er genauso aussehen wie ein Toter, dessen sich ein tibetischer Leichenbestatter angenommen hat: kleingehackt. Dann konnten die Geier sein Fleisch in die Lüfte tragen, und die Seele in einem neuen Körper auf die Erde zurückkehren. Er hatte verloren, dieses Leben gehörte ihnen. Aber das Thangka würde er nicht in ihre Hände fallen lassen. Diesen einen Triumph würde er mit in seine nächste Existenz nehmen. Für Dawa. Für Tibet.

Sie hatten das langgezogene Gewölbe erst zur Hälfte durchmessen, waren noch immer zwanzig Schritte von ihm entfernt. Er nahm allen Todesmut zusammen, sprang hinter der schützenden Holzsäule hervor und rannte, das Heiligenbild wie einen Schild vor sein Herz haltend, geradewegs den Schützen entgegen. Sofort richteten sich die Läufe von zehn Gewehren auf ihn wie auf ein fliehendes Wild, Projektile trafen ihn wie Hammerschläge an Schulter und Hüfte, warfen ihn mit dem Rücken gegen die Wand. Er sah nichts außer dem weißblitzenden Mündungsfeuer und spürte nichts außer den dumpfen Schlägen, die seine Beine trafen und seine Brust. Spitze Bolzen aus Metall, die ihn durchbohrten und das Schwarze Thangka in Fetzen rissen.

»Ihr verdammten, hirnlosen Hurensöhne!« Vizedirektor Hu Banguo von der Behörde für Öffentliche Sicherheit in Lhasa pflegte schon unter normalen Umständen keine besonders gewählte Ausdrucksweise, aber wenn ein Befehl derartig danebenging wie die Verhaftung eines Kunsträubers und Verräters und die Bergung eines extrem wichtigen Dokuments, dann vergaß er sich vollends. Die Gescholtenen, allesamt junge, nervöse Milchgesichter, standen stramm in Reih und Glied, die tannengrünen Uniformen schlackerten an ihren schmalen Gliedern. Sie blickten stur und stumm geradeaus, Hände an die Hosennaht, wie sie es gelernt hatten. Sie hofften, der Ausbruch ihres Vorgesetzten möge vorübergehen, ohne daß ihnen der Heimaturlaub gestrichen oder die Essensrationen gekürzt würden. Der hünenhafte Vizedirektor Hu Banguo, dem seine Untergebenen ehrfurchtsvoll den Spitznamen Wildes Yak verpaßt hatten, war ein muskulöser und robuster Mann Mitte Fünfzig, dessen bulliger Kopf fast übergangslos auf seine breiten Schultern gepflanzt war. Hätte es unter seinen Untergebenen einen Mann mit Mut und Humor gegeben, so hätte dieser sicherlich den viel zutreffenderen Spitznamen Wilde Kaulquappe erfunden, denn Hus Schädel war nicht nur fast kahl, auch seine hervorstehenden Augen und sein breiter Mund erinnerten eher an eine werdende Amphibie denn an das zottelige Hochlandrind. Aber nicht Mut und schon gar nicht Humor waren bei der Behörde für Öffentliche Sicherheit in Lhasa gefragt. Und ganz besonders galt dies unter Hus strengem Regiment. Hu Banguo war vor einigen Monaten aus Shandong, einer idyllischen Provinz an Chinas Ostküste, nach Lhasa versetzt worden. Strafversetzt, wie man sagte. Mit seinen tellergroßen Händen hatte er in seinem

Jähzorn einen ungeständigen Häftling totgeprügelt. Dieser Tatbestand allein hätte unter normalen Umständen zwar möglicherweise zu einer Rüge, jedoch noch nicht zu ernsten Disziplinarmaßnahmen geführt. Allerdings handelte es sich bei dem Erschlagenen um den Neffen einer lokalen Parteigröße in Qingdao, und Hu bekam seinen Denkzettel: prompte Versetzung nach Lhasa – ganz so, als sei ein Mann von seinem ungestümen Temperament und seiner Neigung zur Gewalt in Tibet grundsätzlich besser aufgehoben als im zivilisierten Teil des Mutterlandes. Der Vizedirektor machte kein Geheimnis daraus, wie sehr er die Autonome Region und ihre Bevölkerung haßte und verachtete, mokierte sich bei jeder Gelegenheit über die dünne Luft, das lausige Essen und den verdammten Dreck überall. De facto leitete Hu zwar die hiesige Polizeitruppe, führte aber dafür nur den Titel und bekam nur das Gehalt eines Vizedirektors, weil der Direktor nach den Bestimmungen ein Mann tibetischer Abstammung sein mußte. Auch wenn dieser eigentlich keine Macht hatte. Das machte sich politisch einfach besser.

»Wißt ihr Söhne von Schildkröten überhaupt, was ihr da angerichtet habt?« grollte Hu, seine fleischigen Wangen in seiner Erregung tatsächlich wie eine Kaulquappe aufblähend. »Ich will ja gar nicht von den Wandteppichen reden, die ihr zerballert habt. Und von den beiden toten Mönchen ganz zu schweigen.« Er schrie sie an, eine Stimme wie ein vorbeiratternder Güterzug. Die Unglücklichen, die nahe genug bei ihm standen, konnten den würzigen Geruch von Maotai-Schnaps in seinem Atem riechen. »Ich rede noch nicht einmal von dem chinesischen Verbrecher, der jetzt aussieht wie Hackfleisch. Ich rede von dem verdammten Thangka, das der Mann bei sich trug und das jetzt nichts weiter ist als ein beschissener Putzlappen. Davon rede ich!« Hu fuchtelte mit den spärlichen Überresten des buddhistischen Gemäldes vorwurfsvoll vor ihren Augen hin und her und schlug es ihnen nur deswegen nicht um die Ohren, weil er befürchten mußte, daß es sich dann vollends auflösen würde. Hätte man ihnen in ihrer Ausbildung neben dem Schießen auch das Denken beigebracht, dann würden die Milizionäre sich nun vielleicht fragen, wie es sein konnte, daß sich Vizedirektor Hu, Wildes Yak, plötzlich als Schutzpatron der buddhistischen Künste entpuppte. Aber sie dachten nichts, blinzelten nur blöde, ihre Köpfe ebenso leer wie die Magazine ihrer Gewehre. Und Hu, als er kochend vor Zorn aus dem Appellraum stürmte, blieb ihnen die Erklärung dafür schuldig, warum das Thangka ihm denn wohl so viel bedeutete. Tatsache war, daß er es selbst nicht so genau wußte.

Er wußte nur, daß diese unfähigen, grünschnabeligen Bastarde, die hier auch noch als Elitetruppe geführt wurden und die doch nichts weiter konnten als draufhalten und abdrücken, seine Karriere vernichtet hatten! Kein Geringerer als Feng Lizhao, der mächtige Tibetbürokrat des Staatsrates und Sekretär des Staatspräsidenten für Minderheitenfragen, hatte diesen Einsatz persönlich angeordnet. Er wolle das Thangka, hatte Feng gesagt. Ein seltenes Sammlerstück. Und weil er es sehr dringend wollte, hatte er Hu für seine Hilfe die baldige Versetzung nach Südchina in Aussicht gestellt. Mit etwas Glück und wenn alles gut über die Bühne gehe, winke Hu der Posten des Polizeichefs von Haikou auf der Tropeninsel Hainan, hatte Feng versprochen. Dafür müsse er nur dieses Schwarze Thangka besorgen und noch ein, zwei weitere Gefälligkeiten verrichten. Er sei überdies an vorderster Front mit dabei, wenn Geschichte geschrieben werde, hatte Feng ihn wissen lassen. Das Mutterland und die Partei würden seine Unterstützung ganz gewiß nicht vergessen.

Doch Hu hatte nun von dem Sammlerstück nichts weiter in den Händen als ein zerschossenes, bluttriefendes Stückchen Stoff. Er hätte die Verantwortung für dieses Fiasko gerne auf Tsentse abgewälzt, dieses tibetische Wiesel. Aber das ging nicht. Tsentse hatte keine bewaffnete Unterstützung angefordert und war von ihrem Eintreffen selbst überrascht worden. Hu persönlich hatte die Sondereinheit in den Potala beordert, weil er keinem Tibeter, auch Tsentse nicht, traute und weil er ganz sichergehen wollte, daß ihm das Sammler-Thangka für Feng Lizhao nicht durch die Finger ging. Er mußte jetzt dringend jemanden finden, einen Experten, der dieses nutzlose Ding wieder zusammenflickte. Und

wenn ihm dies nicht gelang, dann würde er jemanden brauchen, der ihn selbst wieder zusammenflickte.
Hu steuerte seinen japanischen Jeep aus dem Tor der Polizeigarnison im Osten Lhasas, seinen Fuß hielt er niedergedrückt auf das Gaspedal, so als zertrete er damit die kümmerlichen Spatzenhirne, die ihm diese Blamage eingebrockt hatten. Das zerstörte Thangka lag, in einer Plastiktüte verstaut, auf dem Beifahrersitz, und er konnte nicht aufhören, immer wieder hinzuschielen und unflätig zu fluchen.
Er bemerkte die Frau erst, als es zu spät war. Die Mittlere Peking-Straße war unterhalb des Potala-Palastes um diese Uhrzeit wenig befahren und schlecht beleuchtet. Ein jäher, dumpfer Schlag, das Kreischen blockierender Reifen. Der kleine Körper flog durch die Luft wie eine Puppe, landete im Rinnstein. Hu sprang aus dem Auto, untersuchte die Schäden. Der rechte Scheinwerfer zerbrochen, Stoßstange und Kotflügel merklich eingedellt. Sein Zorn richtete sich sofort gegen die Tibeterin, er wollte sich ihr zuwenden und sie beschimpfen. Es war eine Greisin. Sie lag regungslos da, den Kopf weit, viel zu weit nach hinten gebogen. Genickbruch.
Hu hämmerte wütend mit seiner Faust auf die Motorhaube und verfluchte die trägen, primitiven und unbelehrbaren Tibeter. Konnten sie nicht einmal nach links und rechts sehen, bevor sie eine verdammte Straße überquerten? War das schon zuviel verlangt? Er stieg in den Wagen und ließ den Motor an, brauste davon, nach Hause oder in eine Kneipe. Jedenfalls zur nächsten Flasche Maotai. Über Mobiltelefon ließ er sich mit der Einsatzleitung der Verkehrspolizei verbinden.
»Es liegt eine Tote auf der Straße. Unfall mit Fahrerflucht. Sorgen Sie dafür, daß sie schleunigst weggeräumt wird, bevor ein Ausländer vorbeikommt und sie sieht.«
Niemand war um diese späte Uhrzeit auf der Mittleren Peking-Straße gewesen, kein Wagen hatte die Unfallstelle passiert. Es würde voraussichtlich Schwierigkeiten und einigen lästigen Papierkrieg geben, wenn er den Schaden an Scheinwerfer und Kotflügel meldete und die Kosten zurückerstattet haben wollte. We-

gen der toten Tibeterin war ihm nicht bange. Es hätte ihn auch dann nicht gestört, wenn er gewußt hätte, daß er eben keine Tibeterin, sondern eine Chinesin getötet hatte, namens Zhao Bian, die seit vielen Jahren in Lhasa lebte. Selbst wenn ihn jemand gesehen haben sollte, bekleidete er ein Amt, das ihm immer und in jedem Falle recht gab. Sollte sich irgendein vorlauter Zeuge melden, dann würde er diesen sehr schnell darüber unterrichten, was gut für ihn war. Niemals wieder wollte Hu an die Greisin denken, die er durch seine Unachtsamkeit getötet hatte.

Niemals wieder sollte ihn jemand an diesen Unfall erinnern.

Er setzte seine rasante Fahrt fort und blickte sich nicht um.

Hätte er sich umgeblickt, so hätte er vielleicht die Umrisse einer Person bemerkt, die aus dem Mondschatten des Potala-Palastes huschte und zu der Toten eilte, sie hochnahm und in beide Arme schloß. Die den kleinen, gebrochenen Körper dann aufhob und wegtrug, bevor die Streife, die Hu alarmiert hatte, eintraf. Es war eine Frau, Ende Dreißig, die Hu noch nie zuvor gesehen hatte und die er niemals sehen würde. Hu Banguo würde nie ihren Namen hören, nie ihre Geschichte kennen und nie erfahren, daß sie es gewesen war, die ihm und seiner Behörde schon früher einigen Ärger verursacht hatte. Es waren Flugblätter gewesen und Plakate unbekannter Herkunft mit antichinesischen Hetzparolen. Separatistische Slogans gegen die Kommunistische Partei und die Volksbefreiungsarmee waren hastig im Vorbeigehen auf Wände gesprüht worden. Und sogar eine kleine Bombe war vor einigen Monaten in der Nähe des Hauptquartiers der Polizei hochgegangen, ohne jedoch großen Schaden anzurichten.

All das war das Werk dieser Frau gewesen.

Aber all das, obschon lästig, stand in keinem Verhältnis zu der Tragödie, die nun folgte, weil die Frau schlecht, sehr schlecht träumte. Und weil sie an diesem Abend in Lhasa die einzigen zwei Menschen sterben sah, die ihr alles bedeuteten. Den Mann, den sie liebte, und die Frau, der sie ihr Leben verdankte.

2. Kapitel

Boston, Massachusetts

Der Besucher aus Peking erschien pünktlich um 10.30 Uhr in der fünfzehnten Etage des Union-Hochhauses, in der geschmackvoll eingerichteten Kanzlei von Dr. Nyima Gyatso, in der postmodernes amerikanisches Büromobiliar und alte tibetische Kunst sich auf bemerkenswert natürliche Weise ineinanderfügten. Die Wände über den schlanken, lederbezogenen Designermöbeln waren verziert mit farbenprächtigen Thangkas, Heiligenbildern und Mandalas; in einer effektvoll beleuchteten Glasvitrine waren Vasen, Teekannen und Buddhastatuetten aufgestellt und zeugten von Kunstverstand sowie von der ungewöhnlichen Herkunft ihres Besitzers, Dr. Gyatso, der von Geburt und von ganzem Herzen Tibeter war und seiner Erziehung nach, sowie aus Überzeugung, Amerikaner.

Der Chinese stellte sich in äußerst holprigem Englisch als Feng Lizhao vor, ließ sich von Ms. Jocelyn seinen Mantel abnehmen, zog räuspernd seinen dunklen Anzug gerade. Das gute Stück war zerknittert und verrutscht vom langen Überseeflug. Offenbar war Feng direkt vom Flughafen hierhergekommen, und er bat auch gleich, Ms. Jocelyn, Dr. Gyatsos Sekretärin, möge ihm einen Platz auf der Nachmittagsmaschine reservieren. Er müsse unverzüglich wieder zurück. Er überprüfte im Spiegel den Sitz seines schwarzen Toupets, das ölig und straff auf seinem eckigen Schädel saß, und zwang sich ein unverbindliches Lächeln ab, als die Sekretärin ihn in das kleine Konferenzzimmer führte, in dem Dr. Nyima Gyatso und Targa, der Dolmetscher, ihn erwarteten. Zwischen den beiden jüngeren Männern, die ebenfalls westliche Anzüge und Krawatten trugen, saß – wie ein Gast von einem fernen Planeten – Tutseleg Gampo, einer der ersten Berater und Vertrauten des

Dalai Lama. Sein magerer Kopf, schneeweiß umflort von stoppelkurzem Haar, ragte aus den Kragenfalten seiner tiefroten Mönchsrobe heraus wie der Schädel einer Schildkröte.
Der Chinese schüttelte ihre Hände. Ein kurzer, dynamischer Druck.
»Tee, Kaffee?« fragte Ms. Jocelyn pflichtbewußt mit einer säuerlichen Miene, als würde sie dem Gast das Getränk am liebsten ins Gesicht schütten.
Feng winkte dankend ab, als ahne er die Gefahr, und ließ seinen Aktenkoffer aufschnappen. Es bedurfte keiner langen Vorrede. Die drei Tibeter kannten Feng Lizhao und schätzten ihn ungefähr so, wie man einen lästigen, juckenden Hautausschlag schätzt. Vor allem kannten sie Feng, den zweiten Sekretär des Staatsrates in Peking und Tibet-Beauftragten des chinesischen Staatspräsidenten, als Autor von feindseligen Presseerklärungen, die den Dalai Lama als Separatisten und Scharlatan schmähten. Auch als aufwiegelnder Redner bei verlogenen Jubelfeiern in ihrer chinesisch besetzten Heimat trat er gelegentlich in Erscheinung und als unermüdlicher Verfechter einer harten, kompromißlosen Linie gegen die tibetische Exilregierung. Außerdem hatten sie recherchiert, daß Feng Lizhao als politischer Kommissar an der gewaltsamen Eroberung Tibets teilgenommen hatte und sich in seinem Bezirk, Dreglug, durch besondere Rücksichtslosigkeit den Respekt seiner chinesischen Vorgesetzten erworben hatte, die ihn danach zum Dank in die Verwaltung nach Peking beriefen.
»Nyima Gyatso, Sie wurden uns empfohlen als Vertrauensperson und juristischer Berater des Dalai Lama«, kam Feng unverzüglich zur Sache, während er verschiedene Aktenstücke aus seinem Koffern heraussuchte und vor sich auf dem Tisch ausbreitete. Er war ein schmaler Mann Mitte Sechzig, hatte kantige, straffe Gesichtszüge, wie mit einem Lineal gezogen. Er redete mit zusammengebissenen Zähnen, bewegte nur seine Unterlippe, bemüht, die perfekte Geometrie seines Antlitzes nicht zu zerstören.
Targa übersetzte die Worte des Chinesen ins Englische.

»Korrekt«, gab Nyima knapp zurück. Der Jurist hatte sich zurückgelehnt, die Fingerspitzen beider Hände aneinandergelegt und musterte den Chinesen aus schwarzen Augen, denen man ansah, daß ihnen Heiterkeit nicht fremd war. Seine fein gewölbten Lippen, von denen Mädchen und Frauen seit seinen Schultagen in Chicago, während seines Studiums in Harvard und einer Berufslaufbahn als Experte für Völkerrecht und internationale Beziehungen geschwärmt hatten und in dessen Winkeln ein gewinnendes Dauerschmunzeln wohnte, regten sich erwartungsvoll.
»Sie wissen, weswegen ich gekommen bin?« wollte der Chinese wissen.
»Es gab Andeutungen, aber nichts Konkretes.«
Die Pekinger UNO-Vertretung hatte sich durch einen Mittelsmann, einen gewissen Ma, an Nyima Gyatso herangemacht. Hatte unverbindlich vorgefühlt, ob er wohl eventuell bereit sein würde, einen Sondergesandten des chinesischen Staatspräsidenten in ungewöhnlicher und absolut geheimer Mission zu empfangen. Strengste Vertraulichkeit sei zwar oberstes Gebot, hatte Ma ihn wissen lassen. Allerdings sei gegen die Anwesenheit eines hohen Vertreters der tibetischen Exilregierung nichts einzuwenden. Im Gegenteil sei diese sogar erwünscht. Auch werde ein Dolmetscher gebraucht, denn der Gesandte aus Peking sei weder des Englischen noch des Tibetischen mächtig. Nyima sorgte dafür, daß Tutseleg Gampo aus dem nordindischen Dharamsala anreiste, wo der Dalai Lama im Exil lebte. Der alte Mönch galt vielen als die rechte Hand Seiner Heiligkeit. Und Nyima bat auch darum, daß Targa mitkommen sollte, der persönliche Dolmetscher des Dalai Lama für Chinesisch und Englisch. Mit beiden Männern verbanden den Juristen enge, persönliche Beziehungen. Targa hatte nach seiner Flucht aus Tibet drei Jahre in Boston studiert und war seinerzeit so etwas wie Nyimas Schützling gewesen. Gampo dagegen hatte dem damals sechsjährigen Waisen Nyima das Leben gerettet, als sie im Spätsommer 1966 aus ihrer Heimat flohen. Nyimas Zwillingsschwester hatte damals die Strapazen der Flucht nicht überstanden und war unterwegs gestorben.
»Ich bin als Direktor des Büros für Belange der Autonomen

Region Tibet vom Staatspräsidenten der Volksrepublik China beauftragt, dem Dalai Lama durch Sie ein Angebot zukommen zu lassen«, sagte der Chinese und breitete vor sich auf dem Tisch seine Sammlung von Dokumenten mit bedeutsamen roten Siegeln, Stempeln und Unterschriften aus, so wie es ein Tapetenhändler mit seiner Musterkollektion macht. »Es ist ein Gesprächsangebot.«
Nyima hob ironisch seine gezupften Augenbrauen. »Ich fürchte, Sie haben den weiten Weg umsonst gemacht«, sagte er. »Wir kennen die Gesprächsangebote der chinesischen Führung zur Genüge; deswegen lehnen wir sie ja immer ab.«
Die Tür zu Verhandlungen über die Rückkehr des Dalai Lama aus seinem Exil in Indien auf den leeren Löwenthron in Lhasa stehe jederzeit offen, ließen die Chinesen sich immer mal wieder vernehmen – meist dann, wenn der internationale Druck wegen krasser Menschenrechtsverletzungen sich erhöhte und es galt, die Gemüter zu beschwichtigen. Aber, so ihre Bedingung, das geistige Oberhaupt der Tibeter müsse seine »spalterischen und politischen Aktivitäten« aufgeben, wie sie es nannten, und endlich die Herrschaft Chinas über Tibet anerkennen. Auch müsse er aussagen, daß Tibet schon immer ein Teil Chinas gewesen sei, und damit die altbekannte Position Pekings übernehmen. Wenn dies geschehe, dann sei er in Peking jederzeit willkommen. Die Chinesen erwarteten von seiten des tibetischen Gottkönigs nichts weiter als eine Geste der Unterwerfung, mit der sie ihren Klammergriff um das gestohlene und vergewaltigte Land rechtfertigen und vergangenes Unrecht endlich vor aller Welt legitimieren konnten, um sich aus den negativen Schlagzeilen zu retten.
Targa, der Dolmetscher, dessen Augen aus irgendeinem Grund immer unter Wasser standen und dessen kurzgeschorene Haare wie ein schwarzer Kamm in die Luft ragten, setzte sich jedoch ruckartig auf, als Feng nun zu einem längeren Vortrag anhob. Der Dolmetscher kritzelte hastig Notizen auf einen Block, unterstrich die eine oder andere Stelle mit ungläubigem Staunen und begann, sichtlich betroffen, seine Übersetzung.
»Es ist ein Angebot, das einige neue Aspekte enthält«, stotterte er,

den Blick ungläubig auf seine Kritzeleien geheftet, als hätten die Buchstaben begonnen zu tanzen. Und während er sprach, ließ Nyima seine Hände sinken und umfaßte die Armlehnen seines Stuhles, als sitze er in einem Flugzeug, das gerade mit Getöse zum Start ansetzt. Gampo führte ein Glas Wasser zum Mund, setzte es wieder ab, ohne zu trinken, nur um es sogleich wieder aufzunehmen.

Dieses Angebot war in der Tat eine Neuigkeit.

»Erstens, der Dalai Lama muß zu Gesprächen nicht nach Peking reisen. Der chinesische Präsident würde sich mit ihm an einem neutralen Ort treffen und hält Nepal, das er in wenigen Tagen besuchen wird, für den geeigneten Ort einer geheimen Zusammenkunft. Zweitens, der Dalai Lama und der Präsident werden dort gleichrangig als die höchsten Vertreter ihrer Völker auftreten. Ziel der Gespräche ist ein Abkommen, das die Rückkehr des Dalai Lama nach Lhasa zum schnellstmöglichen Zeitpunkt vorsieht. Als religiöses und« – hier schluckte Targa schwer, als habe er einen trockenen Kieselstein im Halse – »und als politisches Oberhaupt des tibetischen Volkes ...«

»Du mußt dich verhört haben«, unterbrach ihn Nyima erstaunt und ungeduldig. »Ein Chinese, noch dazu einer wie er, würde doch niemals die Bezeichnung ›tibetisches Volk‹ in den Mund nehmen!«

»Das hat er aber getan. Und warte! Es kommt noch besser: Für die Verfehlungen und Exzesse der chinesischen Politik gegenüber Tibet und den Tibetern bietet der chinesische Staatspräsident eine formelle, öffentliche Entschuldigung an und schlägt vor, die Beziehungen zwischen Lhasa und Peking auf die Grundlage der Formel *Ein Land – zwei Systeme* zu stellen, also wie im Falle Hongkongs. Die Tibeter können zu einem Zeitpunkt, der ihnen selbst als richtig erscheint, über ihre – jetzt halt dich fest! – über ihre Unabhängigkeit abstimmen. Nyima, Gampo – das muß eine Falle sein ... das würden die Chinesen doch niemals zulassen.« In Targas feuchten Augen glänzten Ratlosigkeit und Verblüffung. Nyima kritzelte stirnrunzelnd nun seinerseits Notizen auf einen Zettel.

Gampo, der alte Geistliche, schüttelte langsam seinen Schildkrötenkopf. Aus vielen verschiedenen Quellen hatte er gehört, daß der Präsident in Peking anders als seine stocksteifen und konservativen Vorgänger ein liberaler und weltgewandter Mann sei. Ein Reformer, den manche »Chinas Gorbatschow« nannten. Nur hatte es bisher niemand für möglich gehalten, daß dieser Mann tatsächlich so weit gehen würde wie damals der Russe, nämlich die Auflösung des Staatsgebietes zuzulassen.
Feng Lizhao, der ihr Mißtrauen witterte, baute flink eine Erklärung ein. »Der Präsident, meine Herrschaften, geht davon aus, daß die Tibeter ihren Vorteil erkennen und weiterhin im chinesischen Staatsverband verbleiben. Aber er ist der unumstößlichen Auffassung, daß sie diese Frage selbst entscheiden sollen. Ein ähnliches Angebot wurde übrigens auch in aller Verschwiegenheit den Taiwanesen unterbreitet.« Feng Lizhao, ihre Verwirrung auskostend, gönnte sich nun seinerseits ein feines Lächeln, das sein spitzwinkeliges Gesicht vorübergehend in Unordnung brachte. »Die Tibeter im Exil haben in den vergangenen Jahrzehnten bewiesen, daß sie mit einem strengen China umgehen können. Ihr Dalai Lama hat dafür sogar den Nobelpreis bekommen. Nun wollen wir einmal sehen, ob Tibet auch mit einem offenen und demokratischen China umgehen kann. Vielleicht wird ja auch unser Präsident mit dem Friedenspreis ausgezeichnet.« Nun lachte er sogar: »Das wäre wirklich ein schwerer Schlag für unsere Feinde, nicht wahr ...«
Eine undenkbare Vorstellung, hätte Gampo vor einer halben Stunde noch bitter aufgelacht. Aber nun schien ihm, als sei alles möglich. Wenn China tatsächlich Taiwan und Tibet von der Kette ließ, dann wäre die Welt nicht mehr die alte. Und wenn er es recht bedachte: Vielleicht würden sich die Tibeter in einer freien Abstimmung einem solchen freundlichen China tatsächlich freiwillig anschließen. Sie waren – zumindest in politischen Belangen – ein naives, weltfremdes Volk. Mit ein wenig Überredungskunst konnte man sie sicherlich überzeugen, daß sie eigentlich zu Dänemark gehörten. Möglicherweise war dies ja gerade das Kalkül der Besatzer. Die Chinesen, das hatte er in jahrzehntelangem Umgang

mit ihnen gelernt, taten nie etwas ohne Kalkül. Dies galt besonders für ihre Friedensangebote.

»Ich muß diesen Vorschlag erst eingehend prüfen und mit Seiner Heiligkeit, dem Dalai Lama, genauestens durchsprechen«, sagte Nyima ausweichend, blätterte durch die in Englisch und Chinesisch bedruckten Seiten, die ihm der Chinese über den Tisch zugeschoben hatte.

»Gewiß. Bitte beachten Sie auch die Passagen, in denen eine gründliche Kontrolle aller unserer Vorschläge und Zugeständnisse in den Bereichen Menschenrechte und Religionsfreiheit durch unabhängige, internationale Organisationen gewährleistet wird. Und lesen Sie auch sorgfältig den Abschnitt über die Rückführung aller entwendeten Kunstgegenstände und kulturellen Schätze. Der Präsident meint es sehr ernst, meine Herren. Aber lassen Sie mich noch eine Warnung anfügen: Es gibt in unserer Führung und sicherlich auch in Ihren Kreisen einige Kräfte, die eine derartige friedliche Einigung nicht hinnehmen wollen. Wir haben, das kann ich hier ganz offen sagen, große Probleme mit Teilen der Armee und dem linken Parteiflügel. Ich nehme an, auch Sie werden mit manchen Gruppierungen der Exilgemeinde Schwierigkeiten bekommen. Nicht alle stehen hinter dem Dalai Lama und würden seine Rückkehr begrüßen. Ich denke besonders an die Kamdhar-Gyor-Sekte. Wir beide, die chinesische Regierung und die tibetische Exilregierung, bewegen uns in dieser Frage auf sehr dünnem Eis. Zumindest so lange, bis es den ersten erfolgreichen Kontakt zwischen unserem Präsidenten und dem Dalai Lama gegeben hat und wir mit einem positiven Ergebnis vor die Weltöffentlichkeit treten können. Ich bitte Sie also noch einmal und mit allem Nachdruck, dieses Angebot und unser Gespräch mit der allergrößten Diskretion zu behandeln.«

»Natürlich«, beruhigte ihn Nyima. »Sie können sich auf uns verlassen.« Nie hätte er gedacht, jemals einem Vertreter der chinesischen Regierung diese Worte zu sagen. Und nie hätte er erwartet, folgende Worte von einem Chinesen zu hören:

»Und Sie sich auf uns.« Feng Lizhao erhob sich und reichte jedem der drei Männer die Hand. Kurz und geschäftsmännisch.

»Lassen Sie uns über unseren Kollegen Ma in New York wissen, ob Sie dem Treffen in Kathmandu zustimmen. Und zögern Sie nicht zu lange. Der Staatsbesuch wird in wenigen Tagen beginnen.«
Damit schritt er, gefolgt von Nyima und Targa, zur Tür hinaus, ließ sich von Ms. Jocelyn in seinen Mantel helfen und vergewisserte sich durch einen Blick in den Spiegel, daß das Toupet immer noch perfekt auf seinem Schädel saß.
Nyima schloß hinter dem Chinesen die Tür und atmete tief durch.
»Keine Anrufe, Ms. Jocelyn, ich bin für niemanden zu sprechen. Targa – tut mir leid, aber aus unserem Abendessen wird nichts –, ich muß das hier Buchstabe für Buchstabe durcharbeiten« – er winkte erklärend mit der Mappe.
»Was meinst du, Gampo?«
Der Vertraute des Dalai Lama saß in dem Bürosessel, der ihm viel zu komfortabel schien, um bequem zu sein, und schüttelte wieder sein greises Haupt. »Ich denke, Seine Heiligkeit wird das Angebot annehmen, wenn es auch nur halbwegs ehrlich gemeint ist. Er ist nicht mehr der Jüngste, weißt du. Er spricht oft davon, wie gerne er nach Lhasa zurückkehren würde ... aber ich weiß nicht, Nyima. Es kommt alles so plötzlich ...«
»Ja, sicher ...«, sagte der junge Rechtswissenschaftler. Für die entrückten Lamas, deren Denken noch immer nicht den Sprung aus dem alten Tibet in die Gegenwart vollzogen hatte, kam schließlich immer alles so plötzlich, weil sie eben nichts von Realpolitik verstanden. Aus diesem Grund hatten die Chinesen ja damals ihre Heimat mit Leichtigkeit an sich reißen können. Weil sie es so plötzlich taten und die ahnungslose tibetische Regierung einfach überrumpelten. Aber heute gab es zum Glück Tibeter wie Nyima. Solche, die sich auskannten. Sein Name stand unter Gutachten und Expertisen, die die amerikanische Regierung oder die Vereinten Nationen in Auftrag gegeben hatten. Seine Vorträge waren die Glanzpunkte jeder Tagung von Völker- und Handelsrechtsspezialisten. Ein Dutzend international operierende Konzerne führten ihn, der nicht mal vierzig Jahre alt war und fit aussah wie ein frischer Dreißiger, auf ihren Gehaltslisten. Seine Telefon-

nummer fand sich im Adreßbuch jedes Nachrichtenproducers, wenn mal dringend ein fachkundiger O-Ton zur Situation am Persischen Golf, in Lateinamerika, Afrika oder natürlich zu China und Tibet gebraucht wurde. Denn Dr. Nyima Gyatso kannte sich in den Paragraphen dieser Welt aus wie kaum ein zweiter, und er war ein begnadeter Redner sowie ein unterhaltsamer, gewinnender Interviewpartner.
Auch Nyima Gyatso wäre wie seine Schwester bei ihrer abenteuerlichen Flucht aus dem Schneeland beinahe gestorben. Fiebernd rang der damals Sechsjährige mit dem Tode, nachdem Tutseleg Gampo ihn mit letzten Kräften über die Grenzberge nach Nepal gerettet hatte. Die Ärzte im Flüchtlingslager hatten den Jungen schon aufgegeben, als Agnes Moriarty in sein Leben trat. Eine wohltätige, steinreiche Amerikanerin, die den Waisenjungen adoptierte und mit sich nach Chicago nahm, wo er unter Aufsicht der besten Ärzte tatsächlich bald genas, bald die besten Schulen besuchte, um schließlich mit Bravour in Harvard zugelassen zu werden. Er war Amerikaner geworden, aber niemals hatte er seine tibetische Heimat vergessen; er hatte seine stattliche Erbschaft zur Verfügung gestellt, um der tibetischen Exilgemeinde zu helfen, ein ganzer Flügel in der Schule von Dharamsala trug seinen Namen. Nyima Gyatso hatte vor allem deswegen Jura studiert, weil er das Unrecht, das seinem Volk widerfahren war, nicht hinnehmen wollte. Weil er wußte, daß irgendwann der Tag der Rückkehr kommen würde.
Er ließ den alten Gampo im Konferenzraum mit seinen Gedanken allein und zog sich in sein Studierzimmer zurück.

Targa, der Dolmetscher, trat, kaum daß Nyima die Tür hinter sich geschlossen hatte, schnell hinaus, um den Chinesen noch zu erwischen, bevor dieser im Aufzug verschwand.
»Was ist mit dem Thangka? Haben Sie es mitgebracht?«
»Es ist etwas schiefgelaufen«, erwiderte Feng Lizhao, dessen Gesicht bereits hinter einer großen, dunklen Sonnenbrille verschwunden war. Seine innere Anspannung war ihm auf diese Art nicht anzumerken. »Das Thangka wurde zerstört.«

»Sind Sie sicher?« fragte Targa.

»Vollkommen.«

Feng hatte diesem Moment der Wahrheit mit größter Besorgnis und Furcht entgegengesehen. Der Moment, in dem er das unentschuldbare Versagen von Vizedirektor Hu, Wilde Kaulquappe aus Lhasa, eingestehen und noch dazu verantworten mußte. Der ganze Handel mit den Kamdhar-Leuten hing doch schließlich daran, daß sie um jeden Preis das Schwarze Thangka haben wollten. Feng sollte ihnen helfen, das Thangka zu bekommen, und sie würden ihm dafür etwas zurückgeben, das ihm vor vielen Jahren abhanden gekommen war.

»Hören Sie, Targa, ich weiß sehr wohl, wie wichtig dieses Thangka Ihnen und Ihren Leuten war, und ich habe wirklich alles darangesetzt, es zu bekommen. Aber das Thangka ist leider durch ein Versehen zerschossen worden. Es ist zerfleddert, zerrissen und völlig unbrauchbar ...«

Feng erwartete einen hysterischen Anfall, erwartete, daß Targa tobte und schrie, den Handel widerrief und ihre Abmachung für ungültig erklärte. Aber nichts dergleichen geschah. Es breitete sich auf Targas Gesicht ein seliges Lächeln aus. Im gleichen Moment erklang das dezente Pling des ankommenden Fahrstuhls.

»Ihre Belohnung wartet auf Sie in Tibet, Feng *xiansheng*. Die Sachen sind genau dort, wo sie damals abhanden kamen. Wir halten unser Wort. Ich hoffe, alles Weitere verläuft ebenso reibungslos.«

Feng verschwand im Lift. Sprachlos. Was, zum Teufel, war denn hier los? Erst setzte die verrückte Kamdhar-Gyor-Sekte, der Targa angehörte, Himmel und Hölle in Bewegung, um dieses Schwarze Thangka zu bekommen, und jetzt, wo es kaputt war, atmeten sie beglückt auf! Fengs scharfer Politikerverstand arbeitete schneller als die rotleuchtenden Zahlen des Countdowns auf der Liftanzeige. Bevor der Aufzug das Erdgeschoß erreichte, hatte Feng Lizhao beschlossen, daß hier noch mehr zu holen war, als er bisher vermutete. Sehr viel mehr. Hatte der glücklose Hu Banguo nicht unter Bücklingen versprochen, daß er einen namhaften Experten aufsuchen wolle, der das Bild sicherlich wieder zusammensetzen könne? Wenn die Kamdhar-Sekte ihm offenbar aus purer Erleichterung einen Sack voller Gold und Edelsteine dafür überließ, daß das Schwarze Thangka nicht mehr existierte, wieviel würden sie dann – aus Furcht – erst herausrücken, wenn das Schwarze Thangka wiederhergestellt war?

»Du willst mir weh tun? Dann hast du also das Schwarze Thangka«, so hatte einst eine Stimme zu ihm gesagt, die er, nüchtern zurückblickend, für ein Produkt seiner zu jenem Zeitpunkt reichlich alkoholbenebelten Phantasie hielt. Jetzt erst, mehr als dreißig Jahre später und in einem Lift in den Vereinigten Staaten, wurde ihm klar, daß dieses schmutzige tibetische Kind damals tatsächlich diese Worte gesprochen hatte. Weiter zu denken gestattete Feng sich nicht. Denn jeder weitere Gedanke hätte zu der völlig absurden Schlußfolgerung geführt, daß er in seinem Rausch tatsächlich einem leibhaftigen bösen Geist gegenübergestanden hatte.

Feng Lizhao, als er voller neuer Pläne das Hochhaus in Boston verließ und ein Taxi bestieg, wirkte wie ein Mann in Eile, der etwas zu verbergen hatte. Jedoch wußte er, daß im selben Moment ein Fotograf Aufnahmen von ihm machte und später auch die Mitarbeiter des Dalai Lama an derselben Stelle fotografieren würde. Die Fotos würden, zusammen mit den Kopien der streng geheimen Dokumente, zum gegebenen Zeitpunkt der Presse zugespielt und sollten beweisen, daß die chinesische Führung den Exiltibetern einen großzügigen und versöhnlichen Gesprächsvorschlag unterbreitet hatte. Feng ging mit dieser Sache ein hohes, persönliches Risiko ein. Was er tat, konnte ihm selbst bei wohlwollender Auslegung ein Verfahren wegen Hochverrats einbringen. Denn selbstverständlich hatte der chinesische Staatspräsident durchaus nicht die Absicht, einen Dialog mit dem Dalai Lama zu beginnen, diesem Verräter, Magier und Erzspalter des Mutterlandes. Der Staatspräsident hatte weder die Absicht, Versöhnung zu stiften, noch wußte er von Fengs Reise. Aber sobald er davon erfuhr – und davon, daß der tapfere, scharfsinnige Feng das leidige Tibet-Problem sozusagen im Handstreich gelöst hatte –, dann würde der Präsident ihm einmal mehr dankbar sein.

Denn die Fotos und die Kopien »seines« Angebotes würden sehr

bald wichtiges Entlastungsmaterial sein, wenn die Welt sich die Frage stellte, wer den Dalai Lama ermordet hatte.
»Was sagt der Chinese?« fragte Ms. Jocelyn, als Targa triumphierend in die Kanzlei des Nyima Gyatso trat.
»Das Schwarze Thangka ist vernichtet«, flüsterte er und ergriff ihre Hände. »Der Weg ist frei für Kamdhar Gyor.«

3. Kapitel

»Mein Schüler und, ich darf das wohl sagen: mein Freund! Ich bin unendlich besorgt um Dich. Ich habe viele Jahre mit der Erforschung des Kamdhar Gyor verbracht, und nach allem, was ich daraus gelernt habe, muß ich Dich warnen: Wenn Du Dich ihm anschließt, dann begibst Du Dich in eine finstere Höhle, aus der nur wenige je wieder lebend herausgefunden haben. Ich weiß nicht, wo er herkommt, und ich verstehe nicht, was ihn antreibt, aber ich glaube, eines verstanden zu haben: Gyor ist ein Lügner und Betrüger. Er ist böse, er kennt keine Liebe und keine Vergebung, und er hat nur ein Ziel: Er will beherrschen.«

Prof. Li Rongwu in seinem letzten Brief
an Matthew Tanner

Südwestliches Tibet, Erdochsenjahr (629)

Örsö, Sohn des Pyul, der Schamane, kauerte die ganze Nacht neben der Quelle im Gras. Versunken in seinem weiten schwarzen Yakfellmantel, eine Kapuze bedeckte sein Gesicht, nur seine Nase und sein malmendes Kinn waren dem eiskalten Wind ausgesetzt. Er kaute getrocknete Raupenpilze und spuckte sie, vermischt mit seinem Speichel, in die vier Himmelsrichtungen, um den *Klu* anzulocken.

Als die ersten Sonnenstrahlen die schneebedeckten Gipfel der himmelhohen östlichen Berge in ein rosafarbenes Licht tauchten und die Umrisse der davorliegenden Hügel wie die Körper schlafender Tiere aus dem Schatten rückten, spürte er den giftigen, heißen Atem des Klu. Der Schlangengeist, der die Quelle und den Bachlauf beherrschte, beschnüffelte die ausgespuckten Raupenpilze und streifte leicht wie ein Lufthauch über die Grashalme, die sich unter seiner erdrückenden Präsenz beugten.

»Mächtiger Klu«, brummte der Schamane in einer Sprache, die nur er und der Wasserdämon verstanden, »ich bin gekommen, um deine Milde zu erflehen und Vergebung für die Unwissenden, die deinen Frieden gestört und deinen fürchterlichen Zorn herausgefordert haben.«
Der Klu antwortete nicht. Bedrohlich, feindselig umrundete er den Schamanen, der den Bewegungen des Wesens mit den Augen folgte und dabei auf das Murmeln und Glucksen des Baches lauschte, durch das der Klu zu ihm sprechen würde. Aus den Tiefen seines Ärmels holte er den *phurba*, den Geisterdolch, der aus dem Geweih eines Opferhirsches geschnitzt war, und rammte ihn tief in den Boden. Es war ein besonderes Stück, das seit Generationen im Besitz seiner Vorfahren war. In den Griff war der Kopf eines Yaks eingeschnitzt. Daneben legte Örsö einen Klumpen Yakbutter und die Schalen mit der Milch einer weißen Ziege und einer weißen *'bri*, einer Yakkuh, die der Häuptling des vom Fluch heimgesuchten Dorfes ihm mitgegeben hatte, um den wütenden Dämon zu beschwichtigen sowie Bann und Krankheit von den Tieren und von seiner Sippe zu nehmen. In fünfhundert Schritt Entfernung, hinter einer aus grauem Gestein errichteten Mauer, beobachteten die Hirten, wie der sitzende Körper des Schamanen vom Quellnebel eingehüllt wurde.
Der Klu hielt inne.
»Du hast in deinem gerechten Zorn Elend über die Unwissenden gebracht«, fuhr der Schamane fort. »Sie haben ihren Fehler erkannt und mich gebeten, dich zu besänftigen. Ich bitte dich, nimm die Butter und die heilige Milch als Zeichen ihrer Unterwerfung.«
Der Schamane erzitterte vor der unbeschreiblichen Kraft und der Bösartigkeit, die dieser Klu ausstrahlte. Ihm war, als würden die unsichtbaren Augen, die ihn musterten, Löcher in seine Seele brennen, als zermalme der Nebelleib des Wesens seine Brust. Dies war gewiß keiner von den kleinen, den untergeordneten Geistern, mit denen er es üblicherweise zu tun hatte, dachte Örsö alarmiert. Er wünschte, er hätte den zweiten Phurba, den mit dem Leopardenkopf, nicht dem Inder geschenkt. Er wünschte, er hätte ein größeres Stück Butter mitgebracht. Doch er wußte schon, daß

nicht einmal die Geweihe aller dreitausend Opferhirsche, die zur Herbstfeier geschlachtet wurden, und nicht ein ganzer Berg von Yakbutter ihn retten konnten. Der gewaltige Klu hatte ihn in seine tödliche Umarmung genommen, sein gestaltloses Haupt lag ihm genau gegenüber, lauernd wie ein sprungbereites Raubtier. Der Geisterseher war ganz dem Mitleid eines Dämons ausgeliefert, der kein Erbarmen kannte.

Seit dem Anbeginn der Erde, noch bevor die Seelen der alten Könige sich zu hohen Bergkuppen verwandelten, bevor noch das erste Yak durch das erste Tal trottete, bevor noch der erste Adler seine Schwingen ausbreitete, bewohnte der Klu diese Quelle und bewachte den Eingang zur Schattenwelt. Er beherrschte den Lauf des Baches, der die Ebene bewässerte und die Menschen anlockte, die Nomaden, die nach und nach ihre Tuchzelte mit Lehmwänden befestigt hatten und in diesem Tal seßhaft geworden waren. Sie hatten mit ihrer Siedlung den Klu gestört, hatten das Wasser seines Laufes abgezweigt, um ihre Felder zu speisen und die Ställe zu versorgen. Einige hatten sogar im Wasser des Baches gebadet. Aber der Klu hatte bittere Rache genommen.

Zuerst starben die Tiere.

Schafe und Ziegen wanden sich in erbärmlichen Krämpfen, ihre Beine ausstreckend und anziehend, als wehrten sie sich verzweifelt gegen eine unsichtbare Kraft, die ihre Körper auseinanderreißen wollte. Die Yaks, die eben noch friedlich auf den Auen am Fluß grasten, sprangen plötzlich herum, warfen ihre mächtigen Schädel hin und her und stürzten stöhnend zu Boden. Die Hunde rannten wie toll um die Häuser, bellend, bis ihre Kehlen wund waren, bis sie winselnd vor Erschöpfung zusammenbrachen und krepierten, ihre Augen weit aufgerissen in Furcht. Noch ehe das letzte Huhn sich kreischend und scharrend in seinen Tod gefügt hatte, noch ehe das letzte Schwein unter entsetzlichen, in ihrer Verzweiflung fast menschlichen Schreien im Stall verendete, ergriff das Unheil auch die Menschen. Es belegte ihre Körper mit Fäulnis und schwärenden Beulen, die die Hände zerfraßen und die Augen austrockneten, bis sie ihre Lebenskraft verloren und ihre Seelen sich der grausamen Herrschaft des Klu unterwerfen mußten, zu

Bachkieseln und Ufergestrüpp wurden. Viele niedere Schamanen und Beschwörer hatten bereits ihre Zauberkräfte an diesem Klu gemessen, waren aber erfolglos wieder ihrer Wege gegangen. Der Geist hatte sich ihnen noch nicht einmal offenbart. Da schickte der verzweifelte Häuptling Dakpo, dessen eigene Glieder bereits von der Fäulnis befallen waren, einen Boten zu Örsö, dem bedeutendsten aller Flußgeisterseher, von dessen magischen Fähigkeiten die durchreisenden Barden sangen und der zwei Tagesmärsche vom Dorf in einer Felshöhle am Berg von Dreglug wohnte, hoch über dem Fruchtbaren Tal.

Doch der mächtige Örsö erkannte nun, daß auch seine Kräfte nicht ausreichen würden, um es mit diesem furchterregenden, immensen Klu aufzunehmen, der sich vor ihm ausbreitete wie ein dunstiger Teppich und dessen übelriechende Aura das ganze Tal vergiftete bis hinüber zu den Hügeln. Zum ersten Mal seit er von seinem Vater die besonderen Rituale erlernt hatte, die ein *Bönpo*, ein Geisterseher, kennen muß, verspürte Örsö so etwas wie Angst, einen Schauer vor den Mächten, mit denen er sich hier eingelassen hatte. Diesen Klu konnte man mit noch so üppigen Opfergaben nicht besänftigen. Nicht mit den magischen Werkzeugen bannen. Dieser Klu war ein hoher Fürst der Unterwelt, der einen Weg nach oben suchte. Es mußte, dessen war er sich nun sicher, das eifersüchtige Zornwesen sein, vor dem er den indischen Gelehrten gewarnt hatte. Es war der fürchterliche Klu Gyor, der Unbezwingbare, den nur eine Macht im ganzen Universum zähmen konnte: der zweite große Herrscher des Schattenreiches unter den Bergen, Zhidag, mit dem der finstere Gyor seine Macht teilen mußte. Aber Zhidag war fern, bewohnte einen See im Tal des Königs. Örsö wußte, wie man ihn rufen konnte, aber er konnte dies nicht an diesem Ort. Er war in eine Falle geraten.

Das Plätschern des Wassers wurde wilder. Der Bach begann zu schäumen, Kiesel rieben sich aneinander. Endlich sprach der Klu zu ihm.

»Ich habe auf dich gewartet.«

»Mächtiger Klu«, begann Örsö. Weiter kam er nicht.

Die Hirten sahen, wie der Körper des sitzenden Schamanen emporgehoben wurde, wie er zwei Handbreit über dem Erdboden schwebte, wie der Flußnebel sich zusammenballte, für einen kurzen Augenblick die Gestalt einer riesigen Schlange annahm, um dann, als folge er einem unwiderstehlichen Sog, in den Leib des Bönpo zu fahren.

Häuptling Dakpo, um dessen Mund ein verfilzter Bart wie Unkraut wucherte, lag matt auf seinem Lager aus Wolfsfellen. Blinzelnd aus geröteten Augen sah er Örsö durch die niedrige Tür den runden Raum betreten. Er vermochte nicht zu sagen wie, doch der Schamane schien verändert. Größer vielleicht, kräftiger, sein Gang nicht mehr so gebeugt, seine Augen heller. Im Schatten der tief in die Stirn gezogenen Kapuze schienen sie zu glühen.
»Bönpo!« röchelte der Häuptling freudig. »Wie froh ich bin, dich in guter Verfassung zu sehen! Meine Hirten berichten voller Angst, der Klu sei in dich gefahren!«
»Deine Hirten sind noch dümmer als die Ziegen, die sie hüten.« Örsö baute sich vor dem Lager des verlotterten Anführers auf, der sich anmaßte, den Titel *gyalpo* – König – zu führen, und stemmte die Arme in die Seiten. Auch das stille und feierliche Wesen, das der Schamane gestern bei seiner Ankunft gezeigt hatte, war einer kühnen, beinahe feindseligen Haltung gewichen.
»Komm und teile eine Mahlzeit mit mir, Örsö. Ich lasse ein Schaf schlachten zu deinen Ehren.« Eine junge Frau in buntem Schürzenkostüm, reich geschmückt mit Lapislazuli, eilte herbei und half dem kranken Clanführer, sich aufzusetzen.
»Bemüh dich nicht. Ich bin auf dem Weg zur Festung des Königs. Ich kann mich nicht lange aufhalten.« Es war rüde, die Einladung eines stolzen Häuptlings abzulehnen, der über zweihundert berittene Krieger gebot. Selbst wenn der Häuptling krank und geschwächt war und tief in der Schuld des Bönpo stand. Einen Geringeren als den Seher Örsö hätte Dakpo sofort auf der Stelle erschlagen und sein Fleisch an die Hunde verfüttert. Doch er stand in der Schuld des Schamanen, der einen schrecklichen Fluch von seinem Land genommen hatte, und wenn er ihn hier tötete, würde sein ruheloser Geist für immer in seinem Haus bleiben.

»Und was ist mit deinem Lohn? Zwei Silberstücke habe ich dir versprochen!«
»Ich brauche dein Silber nicht.« Damit rauschte Örsö hinaus, sein langer Mantel kroch hinter ihm über die Schwelle wie ein gehorsames Tier.
Dakpo kam stöhnend mit Hilfe der jungen Frau auf die Beine und humpelte ins Freie, blickte der hochaufgerichteten Gestalt des Sehers nach, der sich auf den Pfad nach Westen begeben hatte. Die Sonne hatte die Hügel überwunden und übergoß das Tal des Dakpo mit strahlendem Morgenlicht. Eingerahmt von grauem Geröll und Sandhängen schimmerten grün die Weiden, auf denen die Yaks wieder grasten. Der Bach, der soviel Leid über das Tal gebracht hatte, glitzerte wie eine silberne Schlange.
»Sendet ihm zwei Krieger nach und bringt mir seinen Schädel«, befahl Dakpo. »Ich will aus seiner Hirnschale einen Feiertrunk nehmen.«

Hätten die beiden Krieger ihrem Herrn je Bericht erstatten können, so wäre ihre Erzählung höchst sonderbar ausgefallen. Aber sie kamen nie zurück. Nur ihre Pferde trabten am Ende des Tages mit hängenden Köpfen zur Koppel zurück. Der vermeintlich wehrlose Bönpo, in dessen Rücken die Angreifer mit gezückten Kurzschwertern herangaloppiert waren, warf, als sie eben zum Schlage ausholten, seinen Mantel ab, fuhr herum und ergriff die Klingen mit bloßen Händen. Er riß die Reiter zu sich hinab und zerschmetterte ihre Köpfe mit seinem Fuß. Gleichmütig, als habe er sich eines lästigen Ungeziefers entledigt, setzte er seinen Weg nach Lhasa fort, das er am Abend des folgenden Tages erreichte. Die Stadt war umlagert von siegreichen Armeen, die entlang des Flusses ihre Feuer entfacht hatten und sich grölend mit Hochlandgerstenwein berauschten. Ihre Pferde grasten am Flußlauf. Der Klu im Körper des Schamanen beschleunigte seine Schritte in der Nähe des Gewässers. Weiter ostwärts, in einem Teich im Schatten des Felsens, wohnte einer, dessen Aufmerksamkeit er auf keinen Fall erregen wollte.
Er marschierte durch das unbewachte Tor des Befestigungswalles

und bestieg den Berg Marpori, den Roten Berg, der wie ein Turm aus der Talebene ragte und auf dessen Kuppe die Festung des 33. Königs Srongtsan Gampo stand.
»Ich will euren König sehen!«
Die Wächter hielten ihn für einen der Stammesältesten, die dem neuen Herrscher Tibets in diesen Tagen ihre Aufwartung machten, denn obwohl er ohne Krieger und zu Fuß eintraf, umgab ihn die Aura eines vornehmen Clanfürsten. Sie geleiteten den wortkargen Ankömmling in die mit roten Teppichen ausgelegte, niedrige Versammlungshalle, wo Srongtsan Gampo und seine Minister üblicherweise die Huldigungen und Treueschwüre der Unterworfenen entgegennahmen. Im Schein der Butterlampen kauerte die Elite des Staates um den Thron des Srongtsan Gampo, der unter wallenden Umhängen aus edlen, seiden- und brokatdurchwirkten Stoffen einen prunkvoll mit indischen Motiven verzierten Schmuckpanzer trug. Als Örsö eintrat, führte der König gerade gedankenvoll einen silbernen Kelch an den Mund. Der Besucher überragte die Wächter, die ihn flankierten, um Haupteslänge. Nicht nur seine Gestalt, auch sein dunkles Gesicht, die scharfe Nase, der breite Mund und vor allem die unheimlich blitzenden Augen geboten Respekt. Der König, ein Jüngling noch, unterbrach mit einem knappen Winken den Vortrag eines Ministers und blickte den Fremden amüsiert an.
»Wer bist du?«
»Mein Name ist Gyor Tongtsan«, sagte der Klu im Körper des toten Schamanen. »Ich bin gekommen, dem König von Tibet meine Dienste anzubieten.«
»Und welches sind deine Dienste? Ich habe Priester, habe Hellseher, habe Generäle, und wie du siehst, habe ich auch Minister.«
»Ich bin in der Tat ein Minister. Aber keiner wie diese da!« Eine abfällige Kopfbewegung ließ ein empörtes Tuscheln durch den Raum gehen.
Die Wachen horchten bei seiner beleidigenden Rede auf und traten näher an den Besucher heran, wagten es jedoch nicht, ihn zu berühren.

Der junge König lächelte befremdet. »Sprich schnell und sag, was du damit meinst, denn ich werde dir nicht lange zuhören.«
Der Mann erwiderte das Lächeln. »Ich meine damit, ich bin kein Minister wie Grompa, der deinen Vater vergiftete, oder wie Gsungbsang, der den Aufständischen von Zhangzhung deine Schlachtordnungen verkauft, oder wie Gsalsag, der deine zweite Frau beschläft.« Die Angesprochenen erblaßten.
»Tötet den Lügner!« platzte Grompa heraus, der als erster seine Fassung wiedergewonnen hatte.
Die Wachen machten keine Bewegung, warteten auf ein Signal des Königs. Doch Srongtsan Gampo rührte sich nicht, blickte die angeklagten Minister der Reihe nach lange an. Dann wandte er sich wieder dem Mann namens Gyor Tongtsan zu. »Du scheinst viele Dinge zu wissen. Wenn du alles über meine Minister weißt – was weißt du dann über mich?« fragte er.
»Du willst ganz Tibet regieren und im Land der Berge ein mächtiges Reich errichten, das deinem Befehl gehorcht. Ich bin gekommen, um dir dabei zu helfen.«
Srongtsan Gampo nickte. »So sei es.«
Die Wachen stürzten sich auf seinen Fingerzeig auf die drei Minister, die sich unter den Augen der applaudierenden Versammlung verdattert zu ihrer Hinrichtung abführen ließen.
Nur einer saß in der Halle, der nicht in den Jubel einstimmte. Pandit Trichna, der indische Gelehrte, der den König und seine Gefolgschaft in den Lehren des Buddha unterwies und bei der Ausarbeitung der tibetischen Schrift und bei der Übersetzung der großen indischen Klassiker behilflich war, sah gebannt zu, wie Gyor Tongtsan sich seinen Weg zum Thron bahnte und sich zu Füßen des Herrschers niederkniete. Er kannte den Mann, wenn auch unter anderem Namen. Pandit Trichna war vor einiger Zeit ins Land aufgebrochen, um mit dem größten Bönpo, mit Örsö, Sohn des Pyul, Rat zu halten. Denn es herrschte Unruhe unter den Zaubermeistern des Schneelandes, seit der König sich zum Buddhismus bekannt hatte. Viele fürchteten um ihre Macht, ihr Ansehen und ihr Einkommen und machten, wo immer es ging, Stimmung gegen die Buddhisten. Der indische Lehrer hatte, dar-

über besorgt, den Schamanen in seiner Höhle aufgesucht und einige Tage bei ihm verbracht, mit ihm meditiert. Örsö war für tibetische Verhältnisse ein kluger und verständiger Mann. Er sah in den Lehren Buddhas keine Gefahr, sondern eine Bereicherung. Auch hatte er bereits eingesehen, daß es keinen Sinn machte, sich der Verbreitung dieses starken neuen Glaubens zu widersetzen, und er hatte vorausgesagt, daß sich auch die anderen Bönpo früher oder später in ihr Los fügen würden. Aber er hatte davor gewarnt, daß die Wesen der Unterwelt nicht stillhalten würden, wenn die Sterblichen sich von ihnen abkehrten, um andere, fremde Gottheiten anzubeten. Ganz besonders hatte er vor einem gewarnt: vor Gyor, dem Herrscher der unterirdischen Meere. Ein eifersüchtiger und böser Gott, der von nichts anderem getrieben wurde als von Haß und Gier und dessen Bosheit die Welt schon längst vernichtet hätte, wenn es nicht einen zweiten furchtbaren Geist, Zhidag, gegeben hätte. Einer uralten Legende nach waren sie Bastarde, hervorgegangen aus der Paarung einer Wölfin und eines Drachen; sie haßten und bekriegten sich, und ihre Kämpfe ließen die Erde erzittern und Feuerbälle vom Himmel regnen. Gyor suchte ständig nach einem Weg, um hinauf auf die Erde zu gelangen, und Zhidag hielt ihn immer wieder zurück in den schwarzen Gewässern eines unermeßlichen, unterirdischen Ozeans, den sie beide bewohnten. Die Schneeländer opferten diesen beiden Geistern und beteten, daß es niemals dem Gyor gelingen würde, sein Gefängnis zu verlassen, denn wenn er kam, dann war das Ende der Welt nicht mehr fern.

Der Inder hatte seinem Gastgeber freundlich zugehört, bedächtig genickt und die Warnung aber letztendlich doch als das Geschwätz eines ahnungslosen, schneeländischen Magiers abgetan. Jetzt sah Pandit Trichna ein, daß er sich geirrt hatte. Jetzt wußte er, daß der Gyor seinen ungeliebten Bruder überlistet hatte und in die Welt der Menschen aufgestiegen war, wo er als erstes den größten aller Schamanen verschlungen und von seinem Körper Besitz ergriffen hatte.

Gyor Tongtsans sternenhelle Augen funkelten suchend über die Versammlung der Minister, Generäle und Geistlichen, als habe er die Witterung eines Feindes aufgenommen, als spüre er, daß irgendwo in diesem Raum jemand saß, der ihm gefährlich werden konnte. Pandit Trichna gewahrte in den Blicken des Fremden eine unbändige Kraft, die fähig war, die menschliche Seele zu entkleiden, ihr jedes Geheimnis zu entreißen und sie dann zu zerschmettern. Sterbliche waren für ihn nichts weiter als Puppen. Schnell verbarg der Inder sein Gesicht in die Falten seiner safranfarbenen Robe, beugte sich wie in tiefer Ehrfurcht vor, bis seine Stirn den Fußboden berührte, und zog sich schnell zurück, als Srongtsan Gampo die Versammlung auflöste, um sich allein mit seinem neuen Minister zu beraten. Pandit Trichna eilte in seine fensterlose Klause und kramte aus der Truhe, die seine wenigen Habseligkeiten barg, den Geisterdolch aus Hirschhorn hervor. Diesen hatte Örsö, der Schamane, ihm zum Abschied überreicht. Trichna wollte den Phurba bei seiner Rückkehr an die ehrwürdige Universität von Vikramashila im Norden Indiens den Studenten zeigen, wo er gewiß einige Heiterkeit und Kopfschütteln erregen würde. Aber als er den Dolch, in dessen Griff ein Leopardenkopf geschnitzt war, nun in die Hand nahm, wußte er mit einem Mal, daß es kein abergläubischer Hokuspokus war, mit dem er es hier zu tun hatte. Der Dolch war heiß wie ein glühendes Stück Kohle, und er zuckte, als zerre eine innere Kraft an ihm.

Der Dolch spürte die Nähe des Gyor. Und er war unfehlbar.

Die Tür flog auf, und das Wesen in der Gestalt des Örsö betrat den Raum. Hoch aufgerichtet stand es vor dem geduckten heiligen Mann.

Pandit Trichna war fast bewußtlos vor Schmerz. Der rotglühende Leopardendolch, den seine Faust umklammerte, verbrannte die Innenseite seiner Hand; er roch den widerwärtigen Geruch von versengter Haut. Der böse Quellgeist betrachtete ihn kalt aus bernsteinfarbenen Reptilaugen. Aber er konnte ihn nicht töten. Nicht solange er den Dolch des Örsö fest in der Hand hielt. Der Inder sammelte seine ganze Kraft. Er richtete sich auf, setzte sich dem todbringenden Blick des Dämons aus. Wenn er nun versagte, wären das letzte, was er in diesem Leben sehen würde, die schmalen gelben Augen des Gyor. Aber er versagte nicht. Pandit

Trichna fühlte neue Kraft in sich aufbranden, sein eiserner Glaube und der Bann des Phurba verfehlten ihre Wirkung nicht.
»*Ton shu ima* – geh weg!« keuchte er. Plötzlich ergriffen von verzweifeltem Mut machte er einen Schritt auf das Wesen zu – es wich zurück! Der glühende Dolch hatte das Fleisch seiner Hand beinahe weggebrannt. Pandit Trichna wußte nicht, wie lange er dem betäubenden Schmerz noch widerstehen konnte. »*Ton shu ima*«, wiederholte er.
Ein schauerlicher Ton entfuhr der Kehle des Wesens, ein Knurren, ein Fauchen, ein widerwärtiges Rülpsen – plötzlich verschwand es und ließ den Inder allein.
Schluchzend vor Angst und Pein sank Pandit Trichna in die Knie. Nichts, nichts konnte ihn mehr in diesem Land halten. Er sehnte sich nach der kultivierten Umgebung der Universität. Nach den gelehrten Disputen der Äbte und nach Sicherheit, weit weg von diesem Dämon.
Nur eines war er den Schneeländern noch schuldig. Er mußte ihnen das Vermächtnis des toten Schamanen hinterlassen. Denn Örsö hatte prophezeit, daß eines Tages dieser Geist fürchterlich zu wüten beginnen würde, und wer immer es mit ihm aufnehmen wollte, habe nur diese eine Chance: den Zhidag herbeizurufen, denn nur dieser könnte Gyor wieder in die Unterwelt ziehen.
Die ganze Nacht über arbeitete er an seiner letzten, verzweifelten Nachricht. Ungeschickt und unter entsetzlichen Schmerzen in seiner Hand fertigte er ein Thangka in Schwarz. Darin schlug er den Geisterdolch ein, fest entschlossen, ihn nie wieder zu berühren.
Er verließ Lhasa am nächsten Tag im Morgengrauen.
Der Inder brachte das Thangka und den Phurba in die Höhle des Schamanen am Berg Dreglug. Er sorgte sich nicht darum, ob jemand seine Botschaft finden würde. Er wußte, daß in der kosmischen Ordnung aller Dinge der Richtige sie zum richtigen Zeitpunkt in den Händen halten würde.

Minister Gyor Tongtsan hatte seinem Herrn nicht zuviel versprochen. Er führte das Heer des Königs Srongtsan Gampo zu immer neuen Eroberungen und half ihm, einen mächtigen Staat zu errichten. Die Truppen des Königs unterwarfen in nur wenigen Jahren die Reiterstämme des Südens und des nordöstlichen Plateaus, deren überlegene Kriegskunst ihnen einen Vorteil über alle Feinde gab. Ihre Truppen schlugen sich eindrucksvoll mit den Persern im Westen, den wilden Steppenvölkern im Norden, forderten die Heere Indiens, Bhutans und Nepals im Süden heraus und schreckten auch nicht vor dem großen Nachbarn im Osten zurück. Sogar die Chinesen lernten das Fürchten, wenn die Krieger des Hochlandes sich beim unheimlichen Klang ihrer Muschelhörner zum Angriff sammelten. Der König war klug und weitsichtig. Wo seine Armeen nicht weiterkamen, streckte er den Nachbarn eine versöhnende Hand hin. Er heiratete die Tochter des Königs von Nepal und hielt auch um die Hand einer chinesischen Prinzessin an.

Doch seine Bitte stieß am Hofe des allmächtigen Kaisers Tai Tsung auf schroffe Ablehnung. Wer war denn dieser Barbar aus den Bergen, und was bildete er sich ein, eine Prinzessin aus Chang'an, der Hauptstadt der zivilisierten Welt, in die Einöde seines von Halbmenschen bevölkerten Gebirges verschleppen zu wollen?

Erzürnt über die Weigerung schickte Srongtsan Gampo seinen Minister Gyor Tongtsan in das Land der Chinesen. Wenn ihm irgendeiner seinen Wunsch erfüllen würde, dann war es dieser außergewöhnliche Mann. Der König hatte sich nicht getäuscht. Gyor Tongtsan begab sich mit einer feierlichen Tributgesandtschaft, eine Armee von 200000 Kriegern an der Grenze zurücklassend, nach Chang'an, um für seinen König eine weitere Braut zu erobern. Die Ballen kostbarer Seide, die schnellen tibetischen Pferde und die Säcke mit Edelsteinen aus Indien, die er als Freundschaftsgabe darbot, verfehlten nicht ihre Wirkung. Aber noch immer war der Kaiser abgeneigt.

»Es sind keine Menschen. Es sind keine Chinesen«, fuhr Tai Tsung seine Berater an, die ihm wärmsten empfahlen, auf den Handel einzugehen – allein schon um der Sicherheit der Grenzen willen.

»Es sind *noch* keine Chinesen, Himmelssohn«, korrigierte freundlich der Premierminister.

»Dann sollen sie mir beweisen, daß sie meiner Tochter würdig sind. Stellt ihrem Botschafter vier unlösbare Aufgaben, und wenn er diese Prüfung besteht, dann will ich den Wunsch seines Königs gnädig erfüllen!«

»Prüft mich«, sagte siegesgewiß Gyor Tongtsan. »Es gibt kein Rätsel, das zu schwer für mich wäre.«

Die kaiserlichen Astrologen, die mit großer Raffinesse die Aufgaben ersannen, stellten fest, daß er nicht übertrieben hatte. Er mußte hundert Füllen den hundert Mutterstuten zuordnen. Er mußte in einem Haus, dessen hundert Räume alle gleich aussahen, einen bestimmten Raum finden. Er mußte einen Seidenfaden in das hundertmal kleinere Loch einer Korallennadel fädeln. Und er mußte zuletzt die ausgesuchte Prinzessin, die er nie zu Gesicht bekommen hatte, in einer Gruppe von hundert jungen Mädchen erkennen.

»Er muß ein Geist sein! Kein Mensch hat derartige Fähigkeiten«, raunten die Astrologen und sollten nie erfahren, wie richtig sie mit dieser Vermutung lagen.

Vier Jahre nach seiner Abreise kehrte Gyor Tongtsan zur Festung zurück, die auf dem Roten Berg in Lhasa gelegen war. Er befand sich in Begleitung der wunderschönen Prinzessin Wencheng, die die Schneeländer Gyalsa nannten. Diese aber, eine fromme Buddhistin, errichtete in Lhasa einen Tempel an einer ganz besonderen Stelle. Sie hatte diesen Ort gewählt gegen den Widerstand ihres Mannes, des Königs. Srongtsan Gampo war vorsichtig, wenn es um die religiösen Gefühle seiner Untertanen ging. Zwar trieb er mit aller Entschlossenheit die Verbreitung des Buddhismus voran, aber es gab gewisse Dinge in der Bön-Religion, an denen selbst er nicht zu rütteln wagte. Doch Gyalsa, verwöhnt und trotzig, gab nicht nach, bestand darauf, für ihren Tempel genau den Platz zu bekommen, den ihr Minister Gyor Tongtsan als ideal beschrieben hatte. Und sie bekam ihn. Es war dieser Platz aber der See, der tief im Inneren der Erde in einen gewaltigen Ozean mündete, in dem Zhidag wohnte, die einzige Gottheit, die machtvoll genug war, den grausamen Gyor zu bannen.

Es wurde dieser Tempel, später Jokhang genannt, zum größten Heiligtum der tibetischen Buddhisten. Aber unter dem heiligsten aller Tempel lag nun Zhidag, in Ketten geschlagen für alle Ewigkeit, während oben Gyor triumphierte.

»Mein König«, sagte der Minister mit verschlagenem Grinsen. Es war der entscheidende Moment, auf den er lange gewartet hatte. Jetzt war der Augenblick gekommen, den nächsten Schritt zu wagen. »Es wäre jetzt an der Zeit, auf Chang'an zu marschieren. Wir sind stark genug. Wir können das Land der Chinesen erobern und beherrschen.«
»Was redest du?« fuhr Srongtsan Gampo ihn überrascht an.
»Wir können uns Völker unterwerfen, wir können uns nehmen, was immer uns gefällt. Für uns gibt es keine Grenzen, keine Macht ist stark genug, uns aufzuhalten. Wenn wir wollen, dann gehört uns die ganze Welt. Und mit den hundsköpfigen Chinesen machen wir den Anfang.«
»Die Königin ist Chinesin«, gab der König zu bedenken und winkte stumm die Wachen heran. Der Minister nahm das warnende Zeichen nicht wahr.
»Sicherlich. Sie wird uns als Geisel gute Dienste leisten, wenn wir ...« Weiter kam er nicht. Ein Dutzend roher Hände umklammerten ihn und trugen ihn hinaus.
Kamdhar Gyor, erstaunt, leistete keinen Widerstand. Zwar war er stark genug, es mit der hundertfachen Zahl von Sterblichen aufzunehmen. Aber der Minister, sein erstes Medium in der Menschenwelt, hätte sein Spiel unwiderruflich verloren, und der Gyor fügte sich in seine erste Niederlage in der Welt der Sterblichen. Offenbar hatte er einen falschen Weg gewählt, und es verbanden den König und die Chinesin Zauberkräfte, die er nicht verstand. Und so ließ der Geist sich abführen, ließ sich in den Kerker der Festung bringen und ließ den nutzlosen, gestohlenen Körper, der einst einem weisen Schamanen gehört hatte, foltern und hinrichten. Denn erst, wenn die Sterblichen sein Medium töteten, war er wieder frei und konnte sich eine neue Gestalt suchen und einen neuen Anlauf wagen.
Er würde wiederkommen, und irgendwann – das wußte er –, irgendwann würde er siegen.

4. Kapitel

Providence, Rhode Island

Sie wußte sofort, daß sie ihn nicht mochte. Sein ungepflegtes Äußeres, seine fettigen, zu langen Haare, die große, schlaksige Gestalt, an der willkürlich zusammengepflückte, formlose Kleidungsstücke verschiedener Gelb- und Orangetöne hingen, seinen Namen. Sie hatte noch niemals jemanden mögen können, der den Namen Matthew trug. Ihr Großvater, einer der wichtigsten Industriellen der amerikanischen Ostküste, hatte vor vielen Jahren einen Butler dieses Namens beschäftigt. Und der hatte die schlechte Angewohnheit gehabt, zu lügen. Sie war damals erst ein kleines Mädchen gewesen, aber sie hatte sofort durchschaut, wie dieser schleimige Kerl ihren Großvater anlog. Sie haßte Lügen. Und seit frühester Kindheit haßte sie deshalb auch den Namen Matthew.

Am meisten aber mißfiel ihr die Art, wie dieser Matthew sie ansah. Sein Blinzeln vor allem.

»Mr. Matthew Tanner? Mein Name ist Catherine Laurell. Aus Boston ...«

»O ja. Du hast mich heute angerufen, stimmt's?« Dieser Matthew blinzelte, als hingen seine langwimprigen Augenlider an losen Fäden, die ein schlaftrunkener Puppenspieler bediente. Sie blieben irritierend lange geschlossen, und wenn er sie aufschlug, bemühte er sich um einen Ausdruck blödsinniger Unschuld, der aber genauso falsch war wie seine Vorderzähne. Matthew war wach und aufmerksam. Sein Alter mochte irgendwo bei fünfunddreißig Jahren liegen, aber eine absolute Gleichgültigkeit gegenüber seinem eigenen Körper hatte diesen ausgezehrt und ließ ihn viel älter erscheinen. Er hatte offensichtlich niemals in seinem Leben ein Fitneßstudio betreten, niemals seine Haut mit auch nur der elementarsten Pflegecreme behandelt, benutzte kein Duftwasser, und um seinen Haarschnitt kümmerte sich vermutlich der nächstbeste Gärtner. Um Kerle wie ihn hätte Catherine unter normalen Umständen einen großen Bogen gemacht. Aber die Umstände waren nicht normal. Sie war eigens aus Cambridge hier heruntergefahren, um diesen Typen zu treffen.

»Ich habe gehört, daß Sie hier Meditationen veranstalten, Mr. Tanner ...«, sagte Catherine, die sich nicht überwinden konnte, den Namen Matthew auszusprechen.

Matthew lächelte sein mildes Schafslächeln.

»Aber ich könnte auch ein andermal wiederkommen ...«, setzte sie schnell hinzu, plötzlich erpicht darauf, so schnell wie möglich wieder aus diesem Raum und aus dem Haus zu gelangen. Weg von diesem schmierigen Matthew und den anderen lichtlosen Gestalten, die mit hängenden Schultern nach und nach grußlos hereinschlurften. Sie ahnte plötzlich, daß es eine blödsinnige Idee gewesen war, der Einladung zum Tibet-Forum der linksliberalen *Brown-University* zu folgen und sich zur Meditation anzumelden. Dabei hatte sie das getan, um endlich eine Antwort auf die Frage zu finden, die sie seit zwei Wochen bei Tag und vor allem in der Nacht beschäftigte. Aber alles hier war auf obszöne und plumpe Weise politisch gefärbt, wie ein konspirativer Treffpunkt im Untergrund. Alles wirkte fremd und abstoßend auf sie, war Antiestablishment, und das faßte sie als persönlichen Affront auf. Wer wie Catherine an der Harvard Business School studierte, der gab nicht viel auf die Gesinnungsduselei, für die sie an minderen Lehranstalten wie dieser hier in Providence, eine Autostunde südlich und Welten entfernt vom erlauchtesten Campus der Nation, offenbar genug Muße hatten. Die rotbespannten Kissen und Matratzen auf dem Fußboden, der schale Gestank von verglommenen Räucherstäbchen und Haschisch, die Studenten, die allesamt aussahen, als planten sie eine Demonstration für Birkenstock-Sandalen; überall schlechte Kleidung und Körpergeruch. Und dann die Plakate an den Wänden, auf denen politische Parolen wie »Befreit Tibet!« in verschiedenen Sprachen prangten: »Unterstützt Amnesty International!«, »Boykottiert Holiday

Inn!«, »Freiheit für Gyangtsen Telpö!«; außerdem das überdimensionale Bild des Dalai Lama, von dem Catherine vor dieser merkwürdigen Begegnung auf dem Flughafen nicht mehr gewußt hatte, als daß er immer nett lächelte und deswegen mal den Friedensnobelpreis bekommen hatte. In diesem miefigen Raum am Rande des Universitätsgeländes herrschte die beklemmende Atmosphäre von Umsturz, Drogenabhängigkeit und Agitation. Sie paßte nicht hierher, die protestantische Patriziertochter in ihren exquisiten Designerklamotten, geschminkt, durchtrainiert und parfümiert. Mit einer 250-Dollar-Frisur. Sie war schließlich MBA-Kandidatin, kurz vor einem glänzenden Abschlußexamen an der feinsten Business-Schule der Welt und konnte sich schon jetzt vor hochkarätigen Jobangeboten der bedeutendsten Konzerne kaum noch retten. Ausgewählt unter achttausend Bewerbern als eine der jüngsten von 575 zukünftigen Führungskräften. Sie hatte keinerlei Verständnis für politisches, noch dazu offensichtlich linksliberales Engagement und reagierte darauf wie eine Vegetarierin in einer Wurstfabrik.

Auf dem Zeitplan neben der Tür war mit rotem Fettstift eingetragen: »Jeden Sonntag um 11.00 Uhr Gruppengebet für den Weltfrieden.«

Auch das noch!

»Natürlich freuen wir uns über jedes neue Mitglied«, sagte Matthew, dem nicht entgangen war, wie fehl am Platze sich diese Interessentin fühlte. »Bitte denk nicht, daß ich irgendwie indiskret sein möchte oder so … aber ich würde schon gerne wissen, was genau du von der Meditation erwartest.«

»Nichts Bestimmtes«, antwortete sie schnippisch. Was bildete sich dieser Schmierlapp eigentlich ein? War sie etwa nicht gut genug für seine erlauchte Gesellschaft von Hochschulrenegaten und Politaktivisten?

»Es gibt natürlich auch Meditationskurse für Manager«, erklärte er entschuldigend und zuvorkommend. »Zur Streßbewältigung. Habt ihr das nicht auch oben in Harvard?«

»Ich bin kein Manager. Was ist? Haben Sie einen Dreßcode oder so was? Haben Sie was gegen Blonde? Oder gegen Harvard-Stu-

denten? Passe ich nicht ins Bild? Dann gehe ich eben wieder. Ciao.«
»Warte doch, nicht so schnell! Ich frage ja nur!«
Sie schüttelte seine Hand ab, die sich auf ihren Arm gelegt hatte, als sie sich zum Gehen gewandt hatte, schaudernd bei seiner Berührung, als habe er eine ansteckende Krankheit.
»Ich sage Ihnen mal was, ja«, sie ärgerte sich, daß sie ihren Zorn nicht unterdrücken konnte und ihr der Atem ging, als sie ihn im Flüsterton anfauchte: »Ich habe nichts mit Tibet am Hut, verstehen Sie? Ich wußte bis vor kurzem noch nicht einmal, wo Tibet überhaupt liegt, und es interessierte mich auch nicht. Politik und Menschenrechte und das alles, das ist mir egal. Ich bin hier, weil ich seit ein paar Tagen schlecht träume und weil mir jemand gesagt hat, ich soll zur Meditation gehen, okay? Mir ist völlig egal, ob Tibet befreit wird, oder dieser Gyangtsen Telpö da, okay?«
»Diese Gyangtsen Telpö.«
»Was?«
»Diese. Gyangtsen Telpö ist eine Frau. Eine Nonne, die vor sieben Jahren von den Chinesen verschleppt wurde. Die Nonnen tragen ihr Haar sehr kurz, deswegen sieht sie aus wie ein Mann.«
»Das ist mir aber egal. Sehen Sie? Und weil es mir egal ist, gehe ich jetzt wohl besser.«
Wieder hielt er sie zurück, wieder befreite sie sich von seiner feuchten Hand.
»Und wer hat dir gesagt, daß du zur Meditation kommen sollst?«
»Der da.« Ihre Kopfbewegung weckte endlich seine trägen Augenlider – er blinzelte sie ungläubig an. Sie genoß seine Bestürzung.
»Der da?«
»Ja, der da.«
»Seine Heiligkeit, der Dalai Lama, hat dir gesagt, daß du zur Meditation kommen sollst?«
»Seine Heiligkeit, genau. So nennen Sie ihn wohl.«
»Ja, so nennen wir ihn. Wo hast du ihn getroffen?«
»Auf dem Flughafen.« Ihre Unterhaltung war nicht unbemerkt

geblieben. Sie bemerkte, daß Köpfe sich in ihre Richtung drehten, daß die Gespräche der inzwischen zwei Dutzend Studenten im Meditationsraum verstummten. »In Neu-Delhi. Das ist die Hauptstadt von Indien.«
Sie war spät dran gewesen. Die Limousine des Energiekonzerns, dessen indische Niederlassung ihr Vater leitete, war im Verkehr steckengeblieben und traf erst wenige Minuten vor Abflug am Flughafen ein. Die schwüle Hitze der Nacht klatschte in ihr Gesicht wie ein nasses Handtuch, ihre Kleider sogen sich augenblicklich an ihrem Körper fest, als sie aus dem klimatisierten Wagen stieg, während der Fahrer die aufdringlichen Bettler und Kofferträger verscheuchte. Ein weißuniformierter Steward der Fluggesellschaft erwartete sie, nahm ihre Reisetasche und stürmte voraus in die Abflughalle, wo der Schalter bereits geschlossen war und wegen ihr noch einmal öffnen mußte. Der Steward geleitete sie durch einen Sondereingang, vorbei an den langen Warteschlangen der Paßkontrolle, in den Transitbereich und strebte wie ein Torpedo dem Flugsteig zu, sie prustend hinterher. Da rief jemand ihren Namen.
Sie blieb stehen, verwirrt, blickte sich um.
»Catherine!«
Nur wenige ihrer Freunde und Bekannten sprachen ihren Namen so aus, wie sie es gerne hörte. »Cátherine« sagten die meisten. Mit Betonung auf der ersten Silbe. Aber der Rufer nannte sie »Catheríne«, auf die französische Art. So, wie ihr Vater und ihre Mutter, eine Französin, es aussprachen.
»Catherine!«
Sie hatte sein Gesicht ein paarmal im Fernsehen gesehen und in Zeitungen, wo sie es zwischen flüchtig überflogenen Artikeln erblickt hatte. Aus dem Nichts kam er auf sie zu, einen burgunderroten Umhang tragend, aus dem seine bloßen Arme zum Vorschein kamen, flankiert von nervös um sich blickenden, schnauzbärtigen Indern in schlechtsitzenden Anzügen – seinen Bodyguards.
»Catherine.« Er nahm ihre Hände. Beide. Schüttelte sie, lächelte Catherine dabei an, als habe er eine gute alte Freundin wiederge-

funden. Eilige Passagiere ärgerten sich über das Hindernis, rempelten sie an, bis die vier stummen Leibwächter einen festen Ring um sie und den Dalai Lama schlossen.
Er muß wohl meinen Vater kennen, dachte sie. Robert Laurell, der jüngste Sohn des legendären Industriekapitäns James Laurell und Topmanager des Lockwood-Electric-Konzerns in Indien, war ein wichtiger Mann. Er spielte Golf mit Ministern, gab erlesene Gesellschaften für Großindustrielle, bedeutende Literaten, Künstler und das diplomatische Korps.
Sie war befangen, perplex. Was wollte der Dalai Lama von ihr? Sie wußte nicht, was sie sagen sollte. Sie erwiderte seinen Händedruck, fühlte eine unerklärliche Welle von Wärme aufsteigen, die sie von den Fußnägeln bis in die Haarspitzen durchströmte und sie emporzuheben schien.
»Catherine«, sagte er. »Sie sollten meditieren.«
»Warum …?« brachte sie in ihrer Überraschung hervor, als er sich schon zum Gehen gewandt hatte. »Ich meine … woher kennen Sie mich? Warum soll ich meditieren?«
»Weil Sie etwas ganz Besonderes besitzen«, antwortete der Dalai Lama und entfernte sich kichernd.
Der Steward stand vor ihr, von einem Bein auf das andere tretend, als könne er das Wasser nicht halten. »Der Flugsteig macht in wenigen Sekunden dicht. So kommen Sie doch!«
Ungeduldiges Lächeln der Flugbegleiterinnen, die sie zu ihrem Fensterplatz in der First Class geleiteten, ein Begrüßungsdrink, den sie ablehnte, Sicherheitshinweise, die sie nicht beachtete. Das Aufheulen der Triebwerke und die brausende Fahrt die Startpiste hinunter. Ein schwerer Gewittersturm über Delhi, heftige Turbulenzen – sie erinnerte sich nur vage an den Flug. Ganz genau erinnerte sie sich an die bleierne Müdigkeit, die sie befiel, und an den Traum, der sofort nach ihr griff.
Sie flog. Körperlos, formlos wie ein Lufthauch, flog sie durch eine unendliche, tiefschwarze Nacht. Es gab keinen Himmel und keine Erde mehr; Raum, Zeit, Richtungen, Maße und Gewichte – jegliche bekannte Dimension war aufgehoben, bedeutungslos. Erschrocken zuerst, dann vorsichtig ihre Kräfte messend schwebte

sie durch das Nichts, fand schließlich Gefallen an dieser beängstigenden Freiheit, ließ sich gleiten, ließ sich fallen, überschlug, drehte und tummelte sich, spielte mit dem warmen Wind, der sie trug. All ihre Sinne waren hellwach, sie konnte glasklar denken, während sie dahinglitt. Sie sah in Umrissen zuerst, dann ganz deutlich die schneebedeckten Gipfel hoher Berge, steuerte darauf zu, umrundete die Kuppen, die spitz waren wie die Zacken einer Krone, stürzte übermütig in die Täler. Sie konnte hören. Das Klirren der Eiskristalle, das Rauschen und Brodeln der Gebirgsbäche und das Pfeifen des Sturmes, der um die Gipfel fegte, und dann ein Dröhnen wie aus tausend Hörnern und Trompeten. Undeutlich erst, dann näher kommend, bis es jedes andere Geräusch erstickte und sie sehen konnte, was ihr selbst heute und im Wachzustand noch das Blut in den Adern gefrieren ließ: eine riesige Tigerin, Schaum triefte von ihren Lefzen, flog heran, ihre Flanken zitternd vor Kraft und Anstrengung. Auf ihrem Rücken trug sie eine schauerliche Gestalt mit großen, haßsprühenden, blutunterlaufenen Augen und Reißzähnen, die nach oben und unten aus einem gefräßigen Rachen hervorragten wie Messerklingen. In ihren Klauen hielt sie todbringende Waffen, Spieße, Lanzen, Dolche. Um ihren Hals lag eine Kette aus bleichen Totenköpfen. Das Schattenwesen und sein Reittier schienen Catherine nicht wahrgenommen zu haben, ganz dicht an ihr vorbei tauchten sie hinab in ein Wolkenbett, verschwanden, während der Hörnerklang verebbte.
Jemand rüttelte sie wach, erlöste sie aus diesem Schrecken. Es war die Stewardeß, leicht befremdet über diese Passagierin, die den ganzen, langen Flug einschließlich einer Zwischenlandung in Los Angeles wie betäubt in ihrem Sitz verharrt hatte und sie nun schweißgebadet und blaß anstarrte.
»Wo auch immer Sie gerade waren«, säuselte lieblich die Stewardeß, die offenbar meinte, die müde Passagierin habe sich mit indischem Hanf auf eine Reise der besonderen Art begeben, »wir sind jedenfalls jetzt in New York.«
Um sie herum war Unruhe, Gepäckfächer wurden geöffnet, Mäntel angelegt, der Flug war zu Ende. Sie hatte vierzehn Stunden in

ihrem Traum verbracht, und es kam ihr vor wie nur eine Sekunde. Sie verdrängte die Erinnerung, zwang sich zur Rückkehr in eine Welt, in der es Ausweiskontrollen, Gepäckausgaben und Anschlußflüge gab. Sie versuchte, den grotesken Traum abzuschütteln, zu vergessen, und das gelang ihr auch. Jedenfalls bis sie sich am Abend dieses Tages zur Ruhe legte. Der Traum wartete schon auf sie. In dieser und in allen folgenden Nächten, die sie durchlitt, jedesmal fürchtend, die Tigerin oder das gefährliche Haßwesen könnten sie entdecken und zerfleischen, bevor sie ihre Reise durch die Wolken fortsetzten. Zuerst hatte sie noch gedacht, es sei nur ihr Unterbewußtsein, das Szenen aus den teilweise erschreckenden Wandmalereien heraufbeschwor, die sie in den hinduistischen Tempeln gesehen hatte. Aber das konnte nicht der Grund sein, denn der Traum blieb, verblaßte nicht wie eine Erinnerung, sondern wurde deutlicher und intensiver wie eine schlimme Vorahnung. Die Begegnung mit dem Dalai Lama, dessen war sie sicher, war der Auslöser. »Sie sollten meditieren«, hatte er gesagt, und deswegen war sie nach Providence gefahren. Zuerst hatte sie natürlich einen rationaleren und wissenschaftlichen Weg gesucht: über den hocheffizienten Verein der ehemaligen Harvard-Studenten. Aber der vielversprechende Jura-Absolvent des Jahrganges 1983, auf den sie große Hoffnungen gesetzt hatte, war nicht in seinem Büro; er war, wie seine Sekretärin bedauerte, überaus beschäftigt und, selbst wenn er anwesend wäre, für niemanden zu sprechen. Catherine hinterließ ihre Karte und bat dringend um Rückruf. Die Sekretärin, eine feine Dame mittleren Alters, die nach Catherines Geschmack allerdings mehr aus ihrem Typ hätte machen können, hatte offenbar Verbindungen zur buddhistischen Szene. Sie machte Catherine darauf aufmerksam, daß es in diesem tumben Provinznest, dem dessen fanatisch religiöser Gründer den Namen Providence, »Vorsehung«, gegeben hatte, ein Tibet-Forum gab, in dem meditiert wurde. Allerdings hatte die Sekretärin verschwiegen, daß hier nicht nur meditiert, sondern auch agitiert wurde.

Nicht alles berichtete Catherine dem schmierigen Matthew. Nur die Begegnung mit »Seiner Heiligkeit«, die ihn mit großer Ehr-

furcht zu erfüllen schien, so daß er ganz vergaß, daß sie eigentlich nicht zu ihnen gehörte.
»Dann setz dich doch, und wir beginnen mit unserer heutigen Sitzung«, sagte er schnell und wies ihr einen Platz auf der Matratze zu. »Der Sinn der Meditation ist, den Geist zu beruhigen und zu befrieden und dadurch eine höhere Tugend zu erreichen. Der erste Schritt ist, die Atmung zu kontrollieren und den Geist durch Konzentration zu reinigen.«
»Ich verstehe«, sagte sie, war sich aber nicht ganz sicher, ob sie das wirklich tat. Inzwischen waren Räucherstäbchen entzündet worden, das Licht wurde ausgemacht, und Catherine fühlte sich plötzlich wie die Teilnehmerin einer spiritistischen Sitzung.
»Steve, du wolltest noch was sagen?« Matthew erteilte einem Jüngling mit dürrem Bartwuchs das Wort. Dieser erhob sich und wiegte seinen schmächtigen Oberkörper, während er sprach: »Bevor wir beginnen, möchte ich noch kurz berichten, daß unsere Spendenkasse für das Waisenhaus in Dharamsala jetzt bereits auf 4000 Dollar angewachsen ist«, erklärte Steve. »Wir werden weiter sammeln und nächsten Monat einen Befreit-Tibet-Basar im Foyer des Hörsaalgebäudes eröffnen. Und noch eine gute Nachricht: Die *Beasty Boys* haben zugesagt, auf unserem Sommerfest aufzutreten, bei dem wir die Spendenaktion zum Abschluß bringen werden. Und auch Paul McGregor wird kommen und eine Rede halten.« »Ich hasse die Beasty Boys«, dachte Catherine trotzig. Sie hatte nie etwas übriggehabt für diese pubertären New Yorker Rapper, die nicht nur sinnlose Krawallsongs komponierten, sondern sich auch noch dem Kampf für ein freies Tibet verschrieben hatten. Ebensowenig mochte sie Paul McGregor, den penetranten Hollywood-Schönling, der sich überall aufführte, als hätte er alle Moral für sich gepachtet.
Steve ließ sich wieder auf das Kissen fallen, aber Matthew hatte noch etwas zu sagen: »An all diejenigen unter euch, die mit Zonias Gruppe nach Lhasa reisen, habe ich noch eine Bitte: Laßt euch nicht zu irgendwas Unüberlegtem hinreißen. Tibet ist nicht Amsterdam, und es gibt immer noch ein paar Leute, die das nicht verstanden haben.«

»Stimmt«, quittierte im Geiste Catherine. »Ich zum Beispiel verstehe kein Wort.«
»Nun wollen wir die Meditation beginnen.« Auch Matthew ließ sich im Lotossitz nieder und begann, die Zufluchtsformel zu rezitieren. Dreimal: »Ich nehme Zuflucht zum Buddha, zum Dharma, zum Sangha, bis ich das Erwachen erlangt habe ... *sangye choe dang choe gyi thsong nam la ...*«
Kein Geräusch, nur das ferne Brummen des Autoverkehrs draußen auf der Hauptstraße. Catherine blickte sich verstohlen um, musterte die Teilnehmer, die mit geschlossenen Augen dahockten, war versucht, sich über dieses Selbstfindungstheater lustig zu machen. Doch dann schloß auch sie die Augen, konzentrierte sich auf ihre Atmung und wußte noch nicht, was sie erwartete.
Aber es kam, schneller und deutlicher als je zuvor. Die Tigerin und der Dämon ritten heran aus der Dunkelheit, diesmal aber waren sie begleitet von anderen Horrorerscheinungen, die die alles überragende Gestalt der Tigerin flankierten: tierköpfige Gestalten, die Blut und Feuer atmeten, mit Knochen und Körperteilen bedeckt waren, Keulen und Speere schwangen und markerschütternde Kriegsschreie ausstießen. Aber obwohl die Vision noch furchterregender war als ihre Träume, empfand Catherine keine Angst. Nur eine unter den Figuren fand sie abstoßend, erfüllte sie mit Widerwillen und – als sie näher hinsah – mit blankem Terror. Diese Gestalt ritt auf einem schwarzen Pferd etwas abseits von den anderen, hatte eine tiefviolette Fratze, hervortretende, kugelrunde Augen und ein garstiges Ebermaul. In ihren Händen aber hielt sie zwei vom Rumpf getrennte Köpfe. Den eines unbekannten Mannes und den einer Frau.
Es war dieser Kopf ihr eigener. Ihre Augen tot und hohl, das strahlend blonde Haar stumpf und blutverklebt.
»Bring mal einer Wasser«, hörte sie eine weibliche Stimme aus einer anderen Welt kreischen. »Schnell!«
»Gib ihr was zum Draufbeißen!«
Es war, als werde ihre Seele hin- und hergerissen zwischen zwei Leibern. Öffnete sie die Augen, sah sie ein grelles gelbes Decken-

licht, schloß sie die Augen, sah sie die Meute der Dämonen kreischend in den Wolken untergehen.
»Dreht sie auf die Seite!« brüllte einer. »Wenn sie kotzt, könnte sie ersticken!«
»Sollen wir einen Arzt rufen?«
Krämpfe schüttelten ihren Körper wie starke Stromstöße, sie hörte sich selbst unsinnige Worte schreien. Ein Strudel erfaßte sie, drängte sie durch einen Schlund, wie Pforten öffneten sich ihre Augen, und sie starrte in betroffene Gesichter. Nur langsam erholte sich der Meditationskreis von seinem Schrecken.
»Du lieber Himmel. Was war das denn?«
»Hast du gesehen, wie sie die Augen verdreht hat?«
»Ich glaube, sie hatte einen epileptischen Anfall.«
»Sie ist käseweiß!«
»Okay, Leute, Gefahr vorüber!« Das war Matthew, der direkt neben ihr auf dem Boden hockte und ihre Hand festhielt. Sobald sie wieder bei sich war und dies bemerkte, zog sie ihre Hand zurück.
»Es tut mir leid«, stammelte sie, peinlich berührt.
»Ich glaube, wir sollten uns einmal in aller Ruhe unterhalten«, flüsterte Matthew, nachdem die anderen Teilnehmer der Meditationsgruppe gegangen waren, Catherine mißtrauische Blicke zuwerfend.
»Ich weiß aber nicht, ob ich darüber sprechen will«, entgegnete sie feindselig. Sie fühlte nicht das geringste Bedürfnis, dem Oberguru dieses radikalen Tibet-Forums ihre Träume und Visionen zu schildern. Sie wollte allein sein, sich irgendwo verkriechen und vor allem niemals, niemals wieder die Augen schließen.
»Wirklich, es tut mir sehr leid, daß ich Ihre Sitzung ruiniert habe.« Sie erhob sich schwerfällig, ihr Körper schmerzte wie nach einer sportlichen Höchstleistung. Ihr Haar hatte seinen stilvollen Sitz verloren, ihr Kostüm war verrutscht und zerknittert.
»Hast du gar nicht. Wir haben eine Stunde friedlich hier gesessen. Erst ganz am Schluß bist du irgendwie ausgerastet.«
»O Gott«, keuchte sie und hoffte im stillen, daß sie niemals wieder einem aus der Gruppe begegnen würde.

»Kein Grund, sich zu schämen«, beruhigte sie Matthew. »Aber es gibt schon ein paar Dinge, die ich dich fragen möchte.«

»Ich kann keine Antworten geben«, beschied sie ihn, ihr Haar und ihre Kleidung in Ordnung bringend. »Ich weiß selbst nicht, was das alles zu bedeuten hat.«

»Du hast dich niemals vorher mit Tibet, mit dem Buddhismus oder mit Meditation beschäftigt – stimmt's?«

»Stimmt.«

»Nichts gelesen, im Fernsehen gesehen? Keine Vorträge gehört – nichts?«

»Gar nichts.«

»Wie kommt es dann, daß du den Namen Dorje Dolö kennst? Degpa Kundül? Simhamukhi? Und wieso hast du den Namen Kamdhar Gyor herausgeschrien, bevor du aus diesem Anfall erwachtest?«

»Habe ich das? Glaub mir, Matthew – ich weiß überhaupt nicht, wovon du redest.« In ihrer Verblüffung vergaß sie sogar ihre Aversion gegen seinen Namen, vergaß ihre sprachliche Distanz. »Ich habe all diese Namen noch nie in meinem Leben gehört. Was soll das denn heißen?«

Ein Klopfen an der Tür erschreckte sie.

Ein dunkeläugiger Araber steckte den Kopf herein. »Seid ihr fertig? Wir würden jetzt gerne mit unserem Meeting anfangen!«

»Die Vereinigung für ein Freies Palästina«, raunte Matthew ihr erklärend zu. »Mit denen teilen wir uns den Raum. Wir müssen raus, sonst riskieren wir eine Intifada.«

Sie stellte fest, daß er Humor hatte. Das half, ihre Abneigung zu überwinden. Sie fanden sich zehn Minuten später an einem Tisch im Greenhouse, einer von dschungelhaften Schlingpflanzen überwucherten Studentenkneipe unweit des Campus. Auf dem Weg dorthin erklärte ihr Matthew, daß er diese Meditationsgruppe eigentlich nur nebenher betreute, und weil das Studentische Forum für ein Freies Tibet es für angebracht hielt, wenigstens einmal in der Woche in sich zu gehen, und ihn deswegen um Anleitung gebeten hatte. Als Buddhist, sagte er, habe er da schlecht ablehnen können. Er leitete hauptamtlich ein gut besuchtes Seminar über tibetischen Buddhismus an der Religionswissenschaftlichen Fakultät der Brown University. Aber er gab sich keinen Illusionen hin. Kaum einer der Studenten hatte mehr als ein oberflächliches Interesse an diesem Thema. Die meisten, erklärte er, kamen zum Unterricht und zur Meditation, weil es irgendwie hip war oder weil sie, wie Catherine schon vermutet hatte, einen Platz suchten, wo sie ihren weltverbesserischen Eifer austoben konnten und Tibet zu ihrer Sache erklärt hatten.

»Ich habe einen Fehler gemacht«, gestand Matthew, nachdem sie einer desinteressierten Kellnerin mit splissigen Haaren und einem silbernen Nasenring ihre Bestellung diktiert hatten. »Ich habe dich nicht gleich ernst genommen. Aber ich konnte ja nicht wissen, daß du schon so weit bist.«

»Wie weit?«

»Die tantrische Meditation ist wie ein steiler Weg den Berg hinauf. Je höher man kommt, um so gefährlicher wird es. Man trifft, wenn man ganz oben ist, auf ziemlich schlimme Dinge. Wird zumindest berichtet. Und wer nicht vorbereitet ist, der schwebt in Gefahr. Es war meine Aufgabe als Lehrmeister, dich zuerst vernünftig zu initiieren. Aber ich hatte ja keine Ahnung ...«

»Ich kapiere immer noch nicht!« protestierte Catherine.

»Ich habe mich ein paar Jahre in den Klöstern des Himalaja herumgetrieben. In Nepal, Bhutan und Tibet. Ich habe von verschiedenen Mönchen und Meistern eine Menge gelernt und dann meine Abschlußarbeit in Religionswissenschaften über das *Bardo Thödol* geschrieben. Die Namen, die du genannt hast, spielen darin eine gewisse Rolle.«

»Das was?«

»Das Bardo Thödol. Das tibetische Buch der Toten. Du hast in deiner Meditation den Namen Dorje Dolö erwähnt. Das ist der Dämonenbezwinger Padmasambhava, und die anderen Namen sind die der Geister, die er unterworfen hat. Es sind die sogenannten *dharmapala*, die Schrecklichen Geister.«

»Ich kenne dieses Buch überhaupt nicht. Ich kenne keine Geister und keine Dämonen.«

»Eben. Mein erster Verdacht war, daß du die Namen nur gerufen hast, um auf diese Art und Weise zu einer Verabredung mit mir zu kommen.«

»Ha!« platzte sie heraus, bevor sie seine Falle erkannte. Er grinste breit und frech. Wenn er nicht so dämlich blinzeln würde, könnte er vermutlich sogar recht nett aussehen, dachte sie. Und wenn er sich mit etwas Geschmack kleiden und gelegentlich mal die Haare waschen würde. Und sich einen neuen Vornamen suchen würde. Aber trotz all dieser Mängel und Makel hatte er etwas, das sie auf unerklärliche Weise beruhigte. Anders als sein Namensvetter, der widerliche Butler Matthew ihres Großvaters, war dieser Matthew hier kein Lügner. Sie wußte nicht, woher ihre Sicherheit kam, aber sie zweifelte nicht daran, daß dieser Matthew hier niemals lügen würde. Daß er es gar nicht konnte.

»Catherine, nach den Lehren des tibetischen Buddhismus können erleuchtete Menschen ihren Körper verlassen und in eine Art Traumleib schlüpfen. Das ist etwas, von dem manche sagen, es sei gar nicht möglich, und andere behaupten, es schon erlebt zu haben. Die sind meistens verrückt geworden und faseln irgendwas von Geistern, die während der Meditation zu ihnen gesprochen und ihnen irgendwas aufgetragen haben. Ich kenne da einen ganz besonders ernsten Fall ...«

»Ein Traumleib, soso«, nickte sie sarkastisch. Sie gab ihm – war es der Wein, der sie übermütig machte? – mit Absicht die Chance, etwas Charmantes über ihre Figur zu sagen. Er ließ den Paß ungenutzt, zu sehr eingenommen von seinen Gedanken.

»Hat einer der Geister zu dir gesprochen?«

»Nein. Natürlich nicht! Ich bin auch nicht übergeschnappt.«

»Hast du sonst irgend etwas gesehen oder bemerkt, das dir wie ein Zeichen oder eine Botschaft vorkam?«

»Nein ...« Sie hielt inne. »Na ja, doch ...« Während sie ihm von den beiden abgetrennten Köpfen berichtete, von denen einer ihr eigener war, bekam sie eine Gänsehaut.

»Welcher der Geister trug diese Köpfe?«

»Was weiß denn ich?«

»Konzentriere dich! In deiner Trance hast du sie alle erkannt!« Sie hoffte, daß niemand an den Nachbartischen ihre Unterhaltung

belauschte, sonst wäre vermutlich schon mit Blaulicht das Rollkommando aus der Klapsmühle ins Greenhouse unterwegs.
»Kamdhar Gyor«, sagte sie schließlich, aufs Geratewohl.
»O Gott«, stöhnte er. »Und der andere Kopf, den er trug, der männliche, das war nicht zufällig meiner?«
Versuchte er jetzt, originell und witzig zu sein? Sie begegnete seiner Frage mit einer mißbilligenden Miene. Aber dann sah sie, daß er es ernst meinte, daß er tatsächlich um seinen Hals besorgt war. Er hielt den Atem an, und seine müden Augen glänzten angstvoll. Sie konnte förmlich den Schauer spüren, der über seinen Rücken fuhr, während sein Oberkörper sich aufrichtete, als erwarte er einen schlimmen Hieb.
»Nein«, beruhigte sie ihn. »Es war jemand, den ich noch nie gesehen habe. Sag mir schon, was das alles zu bedeuten hat! Traumleib, Kamdhar Dingsda, Totenbuch und abgetrennte Köpfe. Das ist nicht gerade meine Welt, verstehst du?«
»Jetzt schon.«
»Was soll das nun wieder heißen?«
»Wenn Seine Heiligkeit, der Dalai Lama, dich angesprochen hat, dir gesagt hat, du solltest meditieren, und danach die Träume angefangen haben, und wenn du aus dem Stand eine Astralreise hinlegst und noch dazu Kamdhar Gyor deinen Kopf mit sich herumträgt, dann steckst du tiefer drin als jeder, den ich kenne. Und ich kenne eine Menge Leute, die sehr tief drinstecken.«
»Wo drin denn?«
»Das ist eine lange Geschichte. Eine sehr lange. Sie beginnt irgendwann im siebten Jahrhundert, als der Buddhismus aus Indien nach Tibet kam. Es gab dort aber bereits eine Religion, die Bön-Religion, mit unzähligen Geistern. Jeder Baum, jeder Stein, jeder Flußlauf hatte nach dem Glauben der Bön-Religion eine Seele, die meisten feindlich gesinnt. Die buddhistischen Lehrer beschlossen, die bösen Bön-Dämonen in die neue Lehre einzubinden. Sie machten sie zu Schutzgeistern, unterwarfen und banden sie durch Treueschwüre an den Buddhismus. Jeder Dämon wurde zu einem Beschützer des Glaubens, dem die Menschen weiter in Furcht und Demut opferten. Das schmeichelte ihnen.«

»Du bist krank«, dachte Catherine.
»Aber es waren einige ziemlich zweifelhafte Figuren darunter. Besonders eben diese eine, die deinen Kopf trug. Kamdhar Gyor. Es gibt eine Sekte, oder besser gesagt, einen Kult um diesen Gyor. Niemand weiß, wer diesen Geheimorden anführt. Manche sagen, es sei der Gyor selbst mit Hilfe eines Mediums. Sie sagen auch, Ziel der Kamdhar-Sekte sei es, den Dalai Lama zu stürzen und ihren Götzen auf den Löwenthron zu bringen. Er hat das offenbar schon einmal versucht und ist gescheitert. Er ist ein sehr böser und sehr eifersüchtiger Geist. Wer ihm folgt, der wird reich belohnt. Es heißt, er erfülle jeden Wunsch. Aber wehe dem, der ihn anbetet und sich dann von ihm abkehrt. Es gab eine Menge ungeklärter Todesfälle in der letzten Zeit ...«
Jetzt wünschte sie sich, die Männer aus der Psychiatrie würden hereinkommen. Matthew war offensichtlich ein Fall für die Gummizelle.
»Seine Heiligkeit, der Dalai Lama, hat Kamdhar Gyor mit einem Bann belegt, weil er in ihm eine dunkle Macht sieht. Einen Dämon aus der Schattenwelt, der das Schicksal der Tibeter und sein eigenes Leben bedroht.« Er hatte schnell gesprochen, gehetzt. Nun unterbrach er sich durch ein – wie sie hoffte selbstkritisches – Schnaufen, als sei er sich plötzlich der Unglaubwürdigkeit seiner Erzählung bewußt geworden. Hier saßen sie, in einer verräucherten Studentenkneipe in einer Stadt, die »Vorsehung« hieß, und er sprach von Dämonen und Geistern. Bösen Geistern. »Der tibetische Buddhismus ist nicht unbedingt was für romantische Träumer, die gerne mal einen Blick ins Nirwana werfen möchten, weißt du? Es wimmelt darin nur so von den übelsten Kreaturen, von bluttrinkenden Zauberwesen und säbelzahnigen Monstern, die über Leichenberge schreiten.«
»Warte mal, warte mal«, ungeduldig winkte sie ab. »Das mag ja alles sein. Aber ich verstehe nicht, was das mit mir zu tun hat.«
»Seine Heiligkeit hat vor kurzem erklärt, er habe zwei Reinkarnationen von Beschützern benannt, um den Geist von Kamdhar Gyor zu bezwingen. Und wenn ich mich nicht sehr irre, dann bist du eine davon.«

»Eine was? Eine Reinkarnation?« Sie legte beide Hände auf den Tisch und beugte sich zu ihm vor. »Ich – eine Reinkarnation von einem Beschützer?«
»Ja. Und die andere ist der fremde Mann, dessen Kopf du gesehen hast. Ihr seid sogenannte *tulku* – Reinkarnationen bedeutender Lehrer und Meister. Der Dalai Lama hat sein Orakel befragt und euch gefunden. Bist du Jungfrau?«
Sie hoffte, er meinte ihr Sternbild, denn sonst hätte sie ihm eine schallende Ohrfeige verpaßt.
»Matthew«, sagte sie ernst. »Du brauchst Hilfe. Professionelle Hilfe! Ich bin in Paris geboren, meine Eltern sind evangelisch, ich fahre ein hellblaues LeBaron-Cabrio und studiere Wirtschaftsverwaltung. In Harvard! Ich war noch niemals in Tibet, ich kenne keinen einzigen Tibeter, und ich habe noch nicht einmal meine Steuererklärung für das vergangene Jahr ausgefüllt. Ich bin kein Tulku und auch kein Lehrer und Meister – ich bin ich!« Sie hatte lauter gesprochen, als sie wollte. Es drehten sich Köpfe in ihre Richtung.
»Glaube mir, Catherine, ich wünschte tatsächlich, du hättest recht. Aber ich kenne mich in der Materie ziemlich gut aus«, flüsterte Matthew, dem die Aufmerksamkeit der anderen auch nicht gerade willkommen war.
»Jetzt sagst du mir gleich, daß du auch irgendeine Reinkarnation bist.«
»Natürlich. Jeder ist irgendeine Reinkarnation, ob er daran glaubt oder nicht. So sehen es jedenfalls die Buddhisten. Aber das ist nicht der Punkt. Der Punkt ist, daß deine Träume Visionen sind von Dingen, die geschehen werden.«
»Willst du damit sagen, daß einer mir den Kopf abhacken will?« fauchte sie entsetzt.
Er vermied taktvoll, darauf zu antworten. »Du hast eine Aufgabe zu erfüllen. Und du kannst sie nur in Tibet erfüllen. Geh nach Tibet, und du wirst wissen, was du zu tun hast. Es gibt etwas, das die Kamdhars fürchten wie der Teufel das Weihwasser. Es ist ein Schwarzes Thangka. Ich weiß, daß die Sekte seit einiger Zeit alles in Bewegung setzt, um dieses Thangka zu finden, denn es ist der

Schlüssel zur Niederwerfung ihres Götzen. Vielleicht weißt du aus einem früheren Leben, wo dieses Thangka aufbewahrt wird ...«
Sie war bisher nur ungeduldig gewesen. Jetzt aber wurde sie wütend. »Red bitte keinen Unsinn. Kassiert du vielleicht Provision vom Reisebüro? Geh nach Tibet. Genau! Warum gehe ich nicht einfach mal nach Tibet, setze mich irgendwo auf einen Stein und warte, bis zufällig der Heilige Geist vorbeikommt und mir meine Aufgabe stellt.« Aber so gereizt sie reagierte, so unsicher war sie. Die Worte »Geh nach Tibet«, sie fielen in ihre Seele wie der letzte, lange vermißte Stein eines komplizierten Mosaiks. Wenn sie sich auch gegen den Gedanken wehrte, »nach Tibet zu gehen« – eine feste, innere Stimme, die sie nie zuvor gehört hatte, sagte ihr, daß dies genau das war, was sie tun mußte. Und zwar so schnell wie möglich. Aber Catherine wollte nicht hören.
»Alles, was ich aus meinem früheren Leben weiß, ist, daß ich glücklich und zufrieden war. Und daß ich keine Alpträume hatte, kapierst du das nicht endlich? Ich weiß auch nicht, was ein Thangka ist!«
»Beruhige dich. Du hast mich um Hilfe gebeten, und ich habe versucht, dir zu helfen. Mehr kann ich nicht für dich tun. Du wirst Kamdhar Gyor nicht los, Catherine. Er weiß mittlerweile sicherlich, daß du ihm gefährlich werden kannst, und er wird dich suchen. Irgendwann wirst du ihm begegnen, und du solltest dich auf diesen Moment vorbereiten. Merke dir eines, Catherine: Kamdhar Gyor mag gefährlich und laut daherkommen, aber im Grunde genommen ist er ein kleines Arschloch, das nichts weiter kann als lügen und betrügen. Aber eines muß man ihm lassen: Lügen und betrügen kann er sehr gut. Okay. Genug jetzt. Ich schreibe dir hier meine Adresse auf; wenn du noch weitere Auskünfte brauchen solltest, bin ich für dich da.«
Sie zerknüllte den Zettel, während sie ihn in ihre Handtasche stopfte.
»Warum? Du bist doch der Reiseexperte. Hast du nicht vorhin irgendwas von einer Gruppe gesagt, die demnächst aufbrechen will? Mit Zonia oder sowas. Warum kommst du denn nicht mit?«
»Ja. Zonia van Kerke hat eine Tour organisiert. Das ist der einzige

schnelle Weg nach Tibet. Als Alleinreisende bekommst du keine Erlaubnis, da halten die Chinesen den Daumen drauf. Wenn du wirklich gehen willst – und ich sage dir, du mußt gehen –, dann solltest du versuchen, noch einen Platz in dieser Gruppe zu bekommen. Aber sieh dich vor. Zonia hat ziemlich radikale Ansichten und Methoden. Und wenn du mich fragst, dann hat sie auch einen gewaltigen Sprung in der Schüssel. Aber sie ist eine gute Organisatorin.«

Sie konnte es nicht fassen. Sie war gerade aus Indien zurückgekehrt, wollte in acht Wochen ihr Examen bestehen, und jetzt redete dieser langhaarige Spinner hier tatsächlich über einen Trip nach Tibet, so als brauche sie dazu nur die Straße zu überqueren. Sie schob ihr leeres Glas weit von sich, als beinhalte es die ganze Absurdität dieses Abends.

»Also, großer Experte«, säuselte sie herausfordernd. »Wieso kannst du nicht mitkommen? Kein Geld? Ich spendiere dir die Reise. Ich bin stinkreich. Ich nehme dich als meinen spirituellen Berater in den Dienst.«

Er schüttelte den Kopf. »Ich wäre dir keine große Hilfe. Ich gehöre zu denjenigen, die Kamdhar Gyor angebetet haben. Bis heute. Ich will nichts mehr mit diesen Leuten und vor allem nichts mehr mit diesem Geist zu tun haben. Ich weiß nicht, wie ich mich so täuschen lassen konnte. Du bist der erste Mensch, dem ich das sage: Ich habe erkannt, daß es ein Fehler war, und habe mich von ihm losgesagt.« Er schluckte und brachte ein klägliches Lächeln zustande. »Er ist hinter mir her.«

»Du spinnst wirklich, weißt du das eigentlich?« Trotzig blickte sie auf die Uhr. Halb eins. Die Kneipe war schon fast leer, die Kellnerin mit dem Nasenring stand rauchend hinter der Theke und zählte die Tageseinnahmen. »Ich muß jetzt los. Ich habe noch einen langen Weg zurück nach Boston. War nett, mit dir geplaudert zu haben. Ich rufe dich wieder an.« Er blieb sitzen, während sie sich erhob und ihren Mantel überwarf. »Paß gut auf dich auf, Catherine«, sagte er, während sie ihn mit einem überlegenen Lächeln sitzen ließ. Als sie fast an der Tür war, sagte er leise. »Und angenehme Träume ...«

Die Person, die die beiden von ihrem Tisch aus, hinter dem dichten Gestrüpp aus Schlingpflanzen, beobachtet hatte, winkte lässig die Kellnerin herbei und bezahlte ihre Rechnung. Sie machte sich auf den Nachhauseweg, um auf weitere Befehle zu warten.
Die Stimmen würden ihr sagen, was zu tun sei. Die Person war nicht in Eile. Sie wußte, wo sie die beiden wiederfinden konnte, und sie wußte, daß sie nicht entkommen würden. Niemand entkam Kamdhar Gyor.

5. Kapitel

West Hollywood

»Ich weiß, es ist eigentlich gegen die Abmachung ..., aber ich würde nun gerne doch das Gespräch von Ihrem neuen Film wegleiten und ein paar persönlichere Fragen anschneiden ...« Jane biß sich vor Anspannung auf die Lippen und beobachtete das wohlbekannte Gesicht ihres Gegenübers eingehend wie ein Bildhauermeister eine gerade fertiggestellte perfekte Büste. Ein letztes Mal mußte sie den Meißel ansetzen, einen letzten, bedächtigen Hammerschlag ausführen, und dieses Interview würde Geschichte machen. Aber wenn sie falsch ansetzte, konnte alles in sich zusammenfallen. Sie hatte einen guten Tag erwischt. Paul McGregor, der ansonsten die Öffentlichkeit mied und der nach eigener Aussage Zeitungsreporter als eine Plage ansah, die Gott in seiner Barmherzigkeit den Ägyptern erspart hatte, hatte freimütig und freundlich Auskunft über seinen neuen Film, ein Pilotendrama mit dem Titel »Flying High«, gegeben und hatte sie mit seinem jungenhaften Charme bezaubert. Das Blitzen seiner wasserblauen Augen, stellte sie fest, wirkte, wenn man ihm gegenübersaß, noch anziehender, noch erotischer als auf der Leinwand. Paul McGregor trug ein etwas ramponiertes Kaschmirjackett, darunter ein einfaches graues Sweatshirt, verwaschene Jeans und weiße Segeltuchschuhe. Aber diese gewollte Lässigkeit steigerte nur noch seine Ausstrahlung, das Understatement ließ ihn erst recht aussehen wie der Superstar, der er nun einmal war.
Für einen Moment fürchtete Jane, sie habe mit ihrem kühnen Vorstoß alles vermasselt. McGregor, der sie während des Gespräches fest im Banne seines magischen Blickes gehalten hatte, unterbrach diesen beinahe intimen Kontakt abrupt und sah sie an, als wolle er sie anspucken. Er sah durch die Fragerin hindurch, an ihr

vorbei auf den vollbesetzten Garten des Restaurants The Ivy, wo sich Hollywoods Mächtige und Möchtegerns in dieser etwas kühlen Oktobernacht im unwirklichen, orangefarbenen Schein der Wärmelichter mit Hummer, Lachs und Alaskakrabben verwöhnen ließen. Gleich würde er aufstehen und sie sitzen lassen, würde ihr verbieten, das Interview zu verwenden, würde die perfekte Büste zerschmettern.

»Ich stelle fest, Sie halten sich nicht an die Spielregeln«, sagte er frostig und schob den Teller mit der Vinaigrette-Aubergine zur Seite, die er nur zur Hälfte verzehrt hatte. Er hatte sich von seinem Agenten und Freund Arthur Myzinski für dieses seltene Interview mit Jane Flanders vom *Hollywood Review* breitschlagen lassen unter der Bedingung, daß es nur um »Flying High« gehen würde und nicht um ihn persönlich, vor allem nicht um seine gescheiterte Ehe mit der Sängerin Candice Greene, über die sich die Nation in diesen Tagen den Mund zerriß. »Wenn Sie Skandale und Klatsch suchen, empfehle ich Ihnen, sich ein paar Tische weiterzubegeben, da sitzt Joan Collins. Die hat sicherlich was zu erzählen.«

»Es geht mir nicht um Klatsch, wirklich nicht!« Jane versuchte, die Situation zu retten. »Es geht mir um Sie! Sie sind doch nicht nur ein Schauspieler, Sie sind auch ein Mensch. Und ein sehr beeindruckender dazu.«

»Ach ja? Und deswegen wollen Sie mein Privatleben der Öffentlichkeit zum Fraß geben, damit sich alle daran weiden können? Sie haben eine gute Art, Fragen zu stellen, Jane, deswegen habe ich unsere Unterhaltung genossen. Aber jetzt kommen Sie mir vor wie eine ganz ordinäre Vertreterin eines Hyänenpacks, das immer nur das eine will: schmutzige Wäsche.«

Das war er, der wahre Paul McGregor! Jane staunte über diese Offenbarung von Schwäche und Verletzlichkeit, die sich hinter der Maske des strahlenden Kinohelden verbarg. Seine beinahe keusche Unnahbarkeit machte ihn noch anziehender. »Nur jetzt nicht loslassen«, dachte sie.

»Nein, Paul, bitte. Verstehen Sie mich nicht falsch. Ich möchte nur etwas über Sie wissen. Ihre Gedanken, Ihre Gefühle. Es ist auch gar nicht für das Blatt. Es ist nur für mich ...persönlich!«

»Ich gestatte Ihnen eine einzige Frage, Jane. Und das auch nur, weil Artie Sie empfohlen hat!«

Sie machte sich eine geistige Notiz, Artie zum Dank für seine Hilfe einen Karton der PowerBars-Kraftriegel zu schicken, die er anstelle von Nahrung zu sich nahm. Welche waren es noch, die er bevorzugte? Apfel-Zimt oder Wildbeeren? Arthur Myzinski, Artie für seine Freunde, und Jane waren in Brooklyn zusammen zur Schule gegangen und irgendwann auch zusammen im Bett gelandet. Er wollte damals Drehbücher schreiben, sie wollte Schauspielerin werden. Rein zufällig hatten sie sich vor ein paar Wochen auf einer Party in Hollywood wiedergesehen. Artie, jetzt der Agent von Paul McGregor, und Jane, jetzt die Reporterin, die ihre rechte Hand für ein Interview mit dem medienscheuen Star hergegeben hätte. Sie kam billiger davon.

Eine einzige Frage.

»Welches war der schönste Moment in Ihrem Leben?« fragte sie und verwünschte sich sofort für diese Banalität. Für den Rest ihres Lebens würden ihr bessere, gehaltvollere, intelligentere Fragen einfallen, aber nun war es heraus. Oder war vielleicht doch noch nicht alles verloren? Vielleicht war ja der schönste Moment in seinem Leben sein Hochzeitstag mit Candice – oder der Tag ihrer Trennung gewesen.

Paul McGregor setzte ein entrücktes Lächeln auf, das sie auf eine zweite Chance hoffen ließ.

»Das ist nicht schwer. Als ich vor zwei Jahren den Oscar für ›Zeit der Entscheidungen‹ bekommen habe, das war ein schöner Moment. Aber nicht der schönste. Der schönste und wichtigste Moment in meinem Leben war meine erste Begegnung mit Seiner Heiligkeit, dem Dalai Lama.«

Sie hätte es sich denken können! Ihre Hoffnungen auf einen *Scoop*, einen echten Knüller, sie schwanden wieder. Was er ihr hier einschenkte, war kalter Kaffee. Eiskaffee. Paul McGregor war längst international wohlbekannt für seine Freundschaft mit dem tibetischen Gottkönig und für seine Bekehrung zum Buddhismus. Mittlerweile, nachdem Tibet allgemein in Mode gekommen war, fand man zwar in Hollywood kaum noch einen

Star, der sich nicht regelmäßig bei tantrischen Meditationsmeetings sehen und fotografieren ließ, der nicht gelegentlich und besonders dann, wenn die Umstehenden ihn hörten, irgendein geheimnisvolles Mantra vor sich hin brummte und irgendwas Empörtes über chinesische Menschenrechtsverletzungen sagte oder der nicht zumindest ab und zu mit irgendwelchen selig grinsenden Lamas für ein Foto posierte. Aber Paul war einer der ersten gewesen, vielleicht sogar der erste. Wahrhaft ein Trendsetter. Bereits als es noch lange nicht »in« war, vor Vertragsverhandlungen ein buddhistisches Orakel zu befragen, weiße Seidenschals zu tragen und den eigenen Swimmingpool mit einem Mandala kacheln zu lassen – also schon vor einem Jahr oder sogar noch früher –, war Paul bereits überzeugter Anhänger Buddhas gewesen. Sein vorletzter Film, »Seine Heiligkeit« – ein epischer Historienstreifen über das Leben des Dalai Lama –, war ein öffentlicher Tribut an seinen Glauben, denn darin verkörperte er (der Maskenbildner war für einen Oscar nominiert worden) seinen Freund, den Gottkönig der Tibeter. Ansonsten aber hatte die Kritik diesen Film als »reichlich dümmlich und plump« definiert, und das Publikum machte einen vorsichtigen Bogen darum, weil die meisten nicht so genau wußten, was Tibet überhaupt war oder warum man sich nun plötzlich dafür interessieren oder gar engagieren sollte. Die einzigen, die noch härter mit »Seiner Heiligkeit« ins Gericht gingen als die Filmkritiker, waren die Chinesen, die im Film als hirnlose Mörder und Vergewaltiger porträtiert wurden, was ihnen durchaus nicht gefallen wollte. Halboffizielle Verlautbarungen aus Peking verschrien Paul als kokainschnupfenden Trottel, all seine Filme wurden mit einem Verleihverbot versehen, und er bekam keine Einreiseerlaubnis für Hongkong, wo er zu einer Riesenparty in der dortigen Filiale der Planet-Hollywood-Restaurantkette eingeladen war.
»Sind Sie dem Dalai Lama danach noch einmal begegnet?« fragte Jane lustlos.
»Sehr oft sogar. Ich habe in den vergangenen Jahren viele Wochen in seinem Exilort Dharamsala in Indien verbracht. Und wenn immer er in der Stadt ist, besuche ich ihn, und wir meditieren

zusammen. Unsere letzte Begegnung liegt erst ein paar Tage zurück.«

»Hat der Dalai Lama Ihre Darstellung seines Lebens in ›Seine Heiligkeit‹ gut gefunden?« Sie hakte diese Pflichtfragen ab und hoffte auf nichts anderes als auf eine kleine, unabsichtliche Öffnung, durch die sie in sein Privatleben zurückschlüpfen konnte.

»Seine Heiligkeit hat mir dazu gratuliert.«

»Was haben Sie empfunden, als Sie ihn darstellten?« Sie fragte, als sei sie die Reporterin einer Schülerzeitung, vielleicht ließ er sich ja einlullen.

»Bewunderung vor allem. Und auch ein bißchen Neid, natürlich. Der Dalai Lama ist ein erleuchtetes Wesen, das weit über uns Erdlingen steht. Er kennt Weisheiten, die wir nie erblicken werden, er kennt Geheimnisse, die uns ewig verschlossen bleiben werden. Er ist ein Buddha.«

»Wären Sie auch gerne ein Buddha – so wie er?«

»Natürlich! Das ist das Höchste, was man erreichen kann. Ich würde alles dafür geben. Es war – ich habe noch nie darüber gesprochen – es war während der Dreharbeiten zu ›Seine Heiligkeit‹ in den chilenischen Kordilleren. Da drehten wir diese Szene, in der der Dalai Lama, also ich, die Huldigungen eines kriegerischen Bergstammes entgegennahm. Und da, ganz plötzlich, brach ein greller Sonnenstrahl durch die Wolkendecke und traf genau mich. Es war für einen Moment, als hätte der Himmel mich gesegnet. Ich werde dieses Gefühl niemals vergessen.« Ebensowenig wie seinen Ärger am Schneidetisch. Leider konnten sie diese unglaubliche Szene nicht verwenden, weil einer der vertrottelten Komparsen, der einen armen Hirten darstellen sollte und zudem auch noch direkt vor der Kamera stand, vergessen hatte, seine metallisch-glänzende, hochmoderne Armbanduhr abzunehmen.

Jane unterdrückte ein Gähnen. »Warum sind Sie Buddhist geworden, Paul?«

Jetzt eroberte sie ihn endlich wieder zurück. Er hatte vergessen, daß er eigentlich nur eine Frage beantworten wollte. Jetzt wollte er reden. Seine ozeanischen Augen nahmen sie wieder in diese wohlige Umarmung, sein Körper entspannte sich.

»Der Buddhismus hatte die Antworten, nach denen ich mein ganzes Leben lang gesucht habe. Liebe, Menschlichkeit und Frieden. Er spendet Glück, Mitleid und Zufriedenheit.«

»Davon könnten allerdings viele in dieser Stadt etwas mehr gebrauchen.« Vielleicht ließ er sich zu einigen deftigen Äußerungen über seine sittenlosen Kollegen hinreißen, hoffte sie. Vergebens. Er nickte nur stumm und stocherte versonnen mit der Gabel in seiner Aubergine herum. Sie beschloß, seine politische Ader anzubohren.

»Sie haben unlängst den Aufruf ›Hollywood für ein freies Tibet‹ verfaßt und alle Ihre Schauspielerkollegen gebeten, zu unterschreiben. Sind Sie mit dem Ergebnis zufrieden?« Candice Greene hatte nicht unterschrieben – vielleicht hatten sie sich deswegen getrennt …

»Nein. Wir haben zwar einige hundert Unterschriften bekommen, viele bedeutende Künstler, Schauspieler, Regisseure und Produzenten waren darunter. Dann haben wir die Liste veröffentlicht und an den Präsidenten geschickt, aber er hat uns bisher nicht einmal einer Antwort für würdig gehalten.«

»Sie haben immerhin verlangt, daß die USA China so lange isolieren und chinesische Produkte mit Strafzöllen belegen sollen, bis es Tibet in die Unabhängigkeit entläßt.«

»Genau. Unsere Regierung sollte ein verdammtes Zeichen setzen. Statt dessen macht sie lieber schmutzige Geschäfte mit den Völkermördern in Peking.« Die Aubergine zerfiel unter seinen wütenden Gabelstichen.

»Wie rechtfertigen die Chinesen eigentlich ihren Anspruch auf Tibet?« Sie wollte ihn weiter am Reden halten. Sie interessierte sich für Tibet nicht mehr als für die letzten Wasserstandsmeldungen des Amazonas. Jane hätte größte Schwierigkeiten gehabt, auf einer übersichtlichen Weltkarte Tibet auch nur ungefähr zu lokalisieren. Gleiches galt übrigens auch für China, das sie immer schon mit Japan verwechselt hatte.

»Das ist ein Hohn!« ereiferte sich der Star. »Weil ein tibetischer König sich mal eine chinesische Braut kommen ließ, meinen sie, das Land gehöre ihnen!«

»Eheliche Verbindungen sind ja oft nur sehr flüchtig ...« Er ging nicht darauf ein. »Wie kamen Sie überhaupt dazu, sich für die Rechte der Tibeter einzusetzen?«
Paul lehnte sich in seinem Stuhl zurück und knetete mit Daumen und Zeigefinger sein markantes Kinn, sein Blick schweifte in die weite Ferne seiner Jugend. Dies war eine Frage, die er mochte. Sie hatte ihn endgültig wiedergewonnen. »Die wehrlosen Tibeter erinnern mich an einen Jungen, der still war und schüchtern – einer von denen, die es in jeder Klasse in jeder Schule gibt – und der unwillkürlich jeden Rabauken und Halbstarken dazu einlud, ihn zu verdreschen. Dieser Junge war ich. Ich habe eine Menge Prügel einstecken müssen, Jane. Die Schmerzen vergingen schnell, und die Tränen trockneten. Aber was weiter weh tat, ist, daß mir niemand je geholfen hat. Ich stand immer allein gegen die Rowdys. Genauso ergeht es heute einem ganzen Volk von sanftmütigen Menschen in einem fernen Winkel der Welt. Und ich kann einfach nicht untätig zusehen. Ich muß ihnen helfen.«
»Aha. Und was gedenken Sie nun zu tun? Ich meine, konkret?«
»Ich werde etwas tun. Sehr bald schon. Etwas sehr Konkretes. Aber das ist nichts, worüber ich sprechen kann. Schon gar nicht mit der Presse. Tut mir leid. Es war nett, Sie kennengelernt zu haben, Jane. Ich hoffe, Sie halten sich an die Absprache und schicken ein Vorabexemplar der Druckfassung an Artie Myzinski.«
Wie, wie nur konnte sie diesen Tresor knacken? Sie war so weit gekommen, sie durfte ihn jetzt nicht gehen lassen, ohne wenigstens erfahren zu haben, was er denn genau vorhatte! Sie hätte sich vor ihm auf den Boden geworfen, sich kasteit, ihn geohrfeigt, geküßt, sich ihm angeboten, hier auf dem Tisch zwischen den Resten der Aubergine und ihrem erkalteten Lachssteak. Es gab nur einen Weg, ihn zu packen. Er war eitel. Trotz seiner buddhistischen Überzeugungen, trotz seines heiligen Sanftmutes. Alle in dieser Stadt waren eitel. Wenn er sich aus Protest vor dem Weißen Haus anketten, auf dem Tiananmenplatz in Peking ein Protestbanner ausrollen oder mit dem Fallschirm über Tibet abspringen wollte, dann sollte es die Welt sehen. Alle sollten wissen, daß Paul

McGregor ein toller Hecht war und daß er für seine Überzeugungen alles zu tun bereit war. Er wollte sich schon erheben, da beschloß sie, verwegen zu sein und den riskantesten aller Wege zu gehen. Den menschlichen. Welcher eitle Mann konnte jemals ertragen, daß die Frauen ihn nicht bewunderten? Ihre vier Semester Schauspielschule kamen ihr zugute.
»Wie dem auch sei. Ich glaube, Sie verschwenden Ihre Zeit«, sagte sie, plötzlich kühl, und kramte ihre Sachen zusammen.
»Wie bitte?« Er blieb sitzen, als hätte ihn eine unsichtbare Kraft auf seinen Stuhl zurückgedrückt.
»Tut mir wirklich leid.« Sie sah ihn nicht einmal mehr an, blickte statt dessen in ihre Handtasche. »Aber ich glaube nicht, daß Sie da wirklich etwas ausrichten können. Egal, was Sie tun. Klar, Sie sind ein Star, und viele Millionen bewundern Ihre Filme. Aber das heißt nicht, daß Sie auch politische Ziele erreichen können. Ich denke, Sie kämpfen gegen Windmühlen.«
Wenn sie nicht so sehr um ihr Interview fürchten müßte, sie hätte es genossen, wie Paul McGregors Leinwandgesicht zerfloß, als sei ätzende Säure auf seinen besten Film geträufelt.
»Sehen Sie, Jane«, er nahm beide Hände zur Hilfe, um ihre Bewunderung zurückzugewinnen, die sie ihm so grausam entzogen hatte. »Das ist es doch gerade, was die Diktatoren dieser Welt ermutigt, immer weiterzumachen. Die Resignation, das Schweigen der Aufrechten. Aber wenn die Schinder und die Tyrannen endlich merken, daß ihre Untaten nicht von allen geduldet werden, dann sind sie irgendwann gezwungen, ihre Haltung zu ändern.«
»Ich glaube, bei aller Liebe, Paul, Sie machen sich da etwas vor. Sie haben doch eben selbst eingestanden, daß Ihre Petition nichts bewirken konnte.« Wenn sie ihn jetzt völlig aus der Fassung hätte bringen wollen, dann hätte sie jetzt ihren Schminkspiegel herausnehmen und ihren Lippenstift nachziehen müssen. Sie tat es nicht. Das war auch nicht mehr nötig. Er blickte sich um und senkte die Stimme.
»Vielleicht wird die nächste Petition etwas bewirken, Jane. Wenn jemand dazu die Beweise liefert, daß die Menschenrechte in Tibet mit Füßen getreten werden, wenn jemand handfeste, unumstöß-

liche Beweise für die massenhafte Ansiedlung von Chinesen in Tibet bringt und für die massiven Umweltzerstörungen, für die überwältigende Militärpräsenz und die widerliche Unterwerfung eines friedlichen, tief religiösen Volkes. Ich werde nach Tibet gehen, Jane. Und ich werde die Beweise zurückbringen und sie der Weltöffentlichkeit präsentieren, ins Gesicht schlagen, bis sie niemand mehr ignorieren kann und endlich etwas geschieht. Ich werde das tun, was die sogenannte freie Presse bis heute nicht zustande gebracht hat.«

Hallelujah, dachte sie.

»Darf ich das schreiben?« erkundigte sie sich mit Unschuldsmiene, ihr Herz hämmerte in ihren Ohren.

»Nein«, bestimmte er mit der natürlichen Autorität eines Superstars. »Sie würden das ganze Unternehmen gefährden. Es ist nämlich streng geheim.«

»Diese Sache ist Ihnen wirklich sehr wichtig, nicht wahr?«

»Diese Sache ist mein Leben. Erfolg auf der Leinwand tut gut. Aber ich will Erfolg im Leben und besonders im Kampf um Tibet.«

»Na gut, Paul. Sie haben mein Ehrenwort. Niemand wird es erfahren.« Sie lächelte wie ein hungriger Hai, der Menschenfleisch wittert. »Würden Sie mir dafür einen Gefallen tun?«

»Na gut.«

»Warum hat es zwischen Ihnen und Candice Greene nicht geklappt? Stimmt es, daß Sie ein Kind wollten und Candice nicht, weil sie ihre Figur nicht ruinieren wollte?«

Arthur Myzinski, Artie für seine Freunde, taumelte durch die ausgeräumte, dunkle Wohnung, das Platschen seiner nackten Fußsohlen hallte unheimlich von den kahlen Wänden wider. Das Klingeln des Telefons wurde wegen des fehlenden Mobiliars ins Apokalyptische verstärkt und hatte ihn aus einem nicht sehr tiefen Schlaf gerissen. Artie schlief aus verschiedenen Gründen in letzter Zeit nicht besonders gut. Ein Grund war, daß seine Exfrau ihm bei ihrem Auszug nichts hinterlassen hatte außer dem Bett, einem Koffer für seine Klamotten und dem Telefon, das nun so aufdring-

lich klingelte, weil sie den Anrufbeantworter ebenfalls mitgenommen hatte. Artie Myzinski aus Brooklyn, Nachfahre jüdischer Einwanderer aus der Ukraine, war vor Jahren nach Hollywood gekommen, weil jemand ihm gesagt hatte, daß Hollywood ganz und gar von Juden aus New York kontrolliert wurde. Das mochte zwar stimmen, aber es hatte ihm persönlich nicht geholfen. Seine grüblerischen Drehbücher waren allesamt abgelehnt worden, seine Versuche, als Produzent und schließlich wenigstens als Agent in der Filmwelt Fuß zu fassen, waren zum Scheitern verurteilt. Und wenn ihn nicht eines schönen Tages Paul McGregor mit seinem Porsche vom Fahrrad gestoßen und sich aus diesem Unfall eine tiefe Freundschaft entwickelt hätte, dann wäre Artie, wie er selbst zu scherzen pflegte, schon längst Parkplatzwächter oder Kellner geworden wie all die anderen Träumer, die untergegangen waren in diesem Fleischwolf von einer Stadt. Aber als Agent von Paul McGregor öffneten sich ihm plötzlich alle Türen, die Studiobosse riefen bei ihm an statt umgekehrt. Er bekam Einladungen zu illustren Partys und gehörte endlich dazu. Und das alles nur wegen eines gebrochenen Schienbeins. Leider hatte sein Privatleben zu sehr unter seinen gesellschaftlichen Verpflichtungen gelitten, und ein paar Tage zuvor war seine Frau Nicole ausgezogen, hatte sich einen blutrünstigen Raubritter aus der berüchtigten Kanzlei Trope & Trope zum Anwalt genommen und war nach vier Ehejahren aus seinem Leben geschieden, ohne ihm auch nur einen Zahnstocher zurückzulassen.
»Hallo?«
»Artie?«
»Paul? Bist du das? Ich höre Flughafenansagen im Hintergrund. Wo bist du? Am Flughafen? Auf unserem Programm stehen keine Gigs außerhalb von LA.«
»Artie, ich muß für ein paar Tage verschwinden.«
»Was ... was ... was ist los? Hast du was ausgefressen? Du lieber Himmel! Du rufst mich mitten in der Nacht vom Flughafen aus an und sagst, du mußt verschwinden! Was soll das denn, soll ich hier vor Schreck tot umfallen oder was? Herzattacke? Ist das ein Mordversuch – Paul?«

»Nein, Artie … Artie … beruhige dich. Es ist alles in Ordnung.«
Wenn Artie aufgeregt war, dann verstärkte sich sein Nuscheln erheblich, dann versuchte er, zwei oder noch mehr Worte gleichzeitig zu sprechen mit dem Erfolg, daß ihn niemand mehr verstand.

»Paul? Bitte, Paul! Mach mir doch keinen Kummer. Nicht du auch noch, Paul! Ich weiß, ich weiß, du machst eine schwere Zeit durch. Ich mache auch eine schwere Zeit durch, wir beide machen eine verdammt schwere Zeit durch, aber das geht vorbei. Candice, Nicole, was soll's? Neue Frauen werden kommen. Und du hast wenigstens noch deine Möbel im Haus. Ich muß mir zum Frühstück eine Tasse aus der Morgenzeitung falten, Paul. Nicole hat meinen Ionisierer mitgenommen. Mein Serotonin-Spiegel ist im tiefroten Bereich, ich fühle mich wie eine tote Fliege. Du hast ihr doch nichts angetan, Paul? Sag schon was!«

»Nein, Artie, ich habe ihr nichts angetan. Jedenfalls nicht, wenn du Candice meinst. Dieser Zeitungshexe, die du mir auf den Hals geschickt hast, der hätte ich beinahe etwas angetan, aber darüber reden wir später. Ich bin, wenn alles gutgeht, in zwei Wochen wieder da.«

»Zwei Wochen? Wenn alles gutgeht? Weißt du, was zwei Wochen in dieser Stadt sind? In zwei Wochen weiß niemand mehr, daß es dich überhaupt jemals gegeben hat, Paul! Der Disney-Vertrag! Du mußt ihn unterschreiben! Die warten nicht auf dich! Und die Japaner, du liebe Güte! Und dann die Galas! Ich habe Galas für dich gebucht, Vereinbarungen getroffen, heilige Eide geleistet. Der Kalender ist voll. Willst du mich vernichten? Wo willst du überhaupt hin?«

»Frag deine Freundin von der Zeitung und sorge gefälligst dafür, daß sie es nicht an die große Glocke hängt.«

»Bitte, Paul, das kannst du dem alten Artie doch nicht antun. Paul! Ich liebe dich. Ich brauche dich!«

»Es gibt Leute da draußen, die ich liebe und die mich jetzt noch dringender brauchen, Artie. Bis bald!«

Artie stand nackt in tiefster Dunkelheit, den piepsenden Telefonhörer in der Hand wie einen sterbenden Vogel.

»Oh, das fehlte mir noch, genau das habe ich gebraucht«, heulte er.

Wo war die Nummer von Jane? Sie hatte Paul bestimmt zu irgend etwas Unbedachtem, etwas Leichtsinnigem verleitet. Darin war sie ganz groß. Wie hatte er nur so unvorsichtig sein können, diese Natter an seinen Freund heranzulassen? Jane brachte Unglück, das wußte er doch noch zu gut aus ihrer gemeinsamen Zeit in Brooklyn.

6. Kapitel

»Die Geister und Dämonen der Bön-Religion ordneten sich einer nach dem anderen dem buddhistischen Glauben unter. Sie ließen sich auf einen Handel ein: Sie behielten ihre Macht und ihre Schrecken, aber sie gelobten, damit den Glauben zu schützen. Sie wurden Dharmapala. Aber sie behielten auch ihre Geheimisse, die niemand ergründen kann.«

Prof. Li Rongwu aus »Dämonen des Schneelandes«
(das Manuskript wurde vom Verlag
als zu bourgeois abgelehnt und nie gedruckt)

Südwestliches Tibet, Eisenhahnjahr (838)

Der Zecher, der im dunkelsten Winkel von Sulgars Schenke saß, winkte nach mehr Wein! Sulgar wünschte, ihr Mann wäre hier und hätte sie nicht allein gelassen. Aber ihr Mann war seit Tagen fort, leistete seine jährlichen Spanndienste für die Mönche des Felsenklosters und konnte ihr nicht helfen. Mit diesem Gast mußte sie allein fertig werden.

Anfangs hatte sie den Reisenden freundlich bewirtet, hatte ihm Gerstenbrot und gestampfte Hirse und sogar Schafsaugen serviert, denn sie hielt ihn für einen Edelmann. Seine Kleidung, obwohl abgenutzt von vielen langen Märschen und Ritten über staubige Wege und steinige Pässe, war fein, seine kostbare Kopfbedeckung, die wie das Gefieder eines Greifvogels links und rechts weit abstand, gebot Ehrfurcht. Seine Züge waren fremdländisch, sein runder Kopf, das strenge, verschlossene Gesicht und die langen, zu einem breiten Zopf geflochtenen Haare gaben ihm das Aussehen eines Weisen. Sie schmeichelte ihm, erkundigte sich nach dem Stoff seines Umhanges – denn nie hatte sie etwas Ähnliches gesehen –, versuchte, den Mann zum Sprechen zu bringen. Es drangen nicht viele Nachrichten in ihr abgelegenes Tal, und wenn, dann nur durch fahrende Mönche oder Sonderlinge wie diesen hier. Und meistens sprudelten diese über mit wundersamen Erzählungen, die sie unterwegs aufgelesen hatten, so als wüßten sie, daß wer in dieser rauhen Gegend wohnte, ein Anrecht hatte auf Geschichten und Berichte aus den anderen Tälern. Aber dieser Mann sprach nicht. Er wollte seinen Namen nicht nennen und auch nicht sagen, woher er kam und wohin er unterwegs war. Er hatte sich schweigend an einem der niedrigen Tische auf einem Sitzkissen niedergelassen und Wein geordert. Und noch mehr Wein geordert. Und noch mehr. Das Essen hatte er nicht angerührt. Wieder und wieder füllte sie seinen Becher, bis sie es endlich satt hatte und ihm mit böser Miene einen Krug auf den Tisch stellte.

»Ich hoffe, du hast auch genug Geld bei dir, um das alles zu bezahlen«, murrte sie mißtrauisch.

Er antwortete nicht.

»Warte nur«, dachte sie bösartig, »irgendwann mußt du aufstehen.« Sie hielt sich bereit für diesen Moment. Wenn er austreten mußte, dann würde sie mit dem schweren Balken die Tür verriegeln, dann zur Hintertür eilen und auch diese fest verrammeln. Durch die schmalen Licht- und Luftlöcher in der Wand konnte er schließlich nicht eindringen, und sie würde sich so ungestört an den Inhalt seiner Reisetasche machen können. Entschlossen, aber zugleich ängstlich wie ein Kaninchen, das eine Schlange bewirtet, wartete sie auf den Moment, da der Wein seine Wirkung tat. Aber der Mann trank weiter, seinen Arm auf den Tisch abgestützt, seinen Blick stur geradeaus gerichtet. Er trank einfach weiter. Nicht ein einziges Mal erhob er sich, um sich zu erleichtern, und wenn er sprach, war seine Zunge nicht schwer. Aber er sprach ohnehin nur diese beiden Worte:

»Mehr Wein.«

Er leerte einen Krug und verlangte sofort nach einem neuen. Fünfmal war die Wirtin in den Lagerraum gegangen und jedesmal mit zwei vollen Krügen zurückgekommen. Sulgar, die sich nicht traute, den Fremden, der scheinbar keinen Schlaf brauchte, unbewacht in der Schenke allein zu lassen, döste neben dem Feuer, ratlos und verunsichert, von Sorgen geplagt. Was war, wenn er nicht zahlen konnte? Was, wenn er nicht bezahlen wollte und wenn er einfach hinausspazierte, sobald er genug hatte? Sie konnte ihn gewiß nicht zurückhalten. Sie war nur ein schwaches Weib. Der fremde Trunkenbold aber war ein kräftiger Kerl. Sie und ihr Mann wären ruiniert, um ihre gesamten Vorräte geprellt, und schon jetzt fragte sie sich, wie sie dem Wirt die ganze Sache erklären sollte. Sie befragte in ihrer Not den Talgeist, der den knorrigen Baum hinter der Schenke bewohnte, erflehte seinen Beistand – vergebens. Der Geist mochte bei Stürmen, Erdbeben und Sternenregen helfen, konnte Schaden von ihrem Haus und ihrem Vieh abwenden, aber gegen den durstigen Fremden erhob er sich nicht. Sie brachte dem Geist eine große Schale mit Buttertee und eine Kerze, aber er kam nicht hervor, so als fürchte selbst er den unheimlichen Gast.

Und dann geschah etwas, das sie vollends in Verzweiflung stürzte. Es war eine Gruppe von Leopardenjägern in die Schenke gekommen. Rauhe Kerle, die sich lärmend breitgemacht hatten. Es dauerte nicht lange, bis sie versuchten, den schweigsamen Fremden zum Sprechen zu bringen. Doch der reagierte nicht auf ihre Fragen, die zuerst in freundlichem Ton gestellt wurden und bald, da sie unbeantwortet blieben, immer ruppiger ausfielen, höhnisch und sogar beleidigend wurden. Schließlich, nachdem sie selbst einige Becher geleert hatten, wurden die Leopardenjäger richtig unangenehm. Einer nahm dem Fremden den Hut ab und setzte ihn auf und spazierte – begleitet vom Grölen seiner Jagdgenossen – mit wackelndem Kopf durch den Raum wie ein tatteriger Mönch. Der Verspottete blieb regungslos, blickte noch nicht einmal auf, als die zwei stärksten und wildesten von den Kerlen zu ihm traten und sich vor seinem Tischchen aufbauten.

»Du bist wohl zu fein, um mit uns zu sprechen«, grollte der eine, und die Muskeln seiner schmutzverschmierten Arme spielten bedrohlich. Sulgar ahnte nichts Gutes und ging hinter dem Stapel mit Feuerholz in Deckung. »Du bist einer von diesen Indern, stimmt's? Ich sehe es an deinem Gesicht, daß du ein Inder bist.«

Der Fremde ließ auch diese Frage unbeantwortet. Starrte weiter stur vor sich hin.
»Ihr Inder seid allesamt verdammte Blutsauger«, keifte der zweite Jäger, wirbelte eine Fangschlinge, an der ein keilförmiger Stein befestigt war, bedrohlich nahe vor dem Gesicht des Sitzenden.
»Genau! Blutsauger! Ihr habt uns diese faulen Mönche aufgehalst, die nichts weiter tun, als sich an unserem Land zu mästen, sich von unseren Abgaben ein schönes Leben zu machen und sich hinten und vorne bedienen zu lassen!«
Der Keil wirbelte jetzt so schnell durch die Luft, daß Sulgar das Pfeifen hören konnte. Wenn der Stein auch nur eine Handbreit nach vorne stoßen würde, dann würde er das rundliche Gesicht des Fremden zerschmettern wie hohles Holz.
»Manche sagen, ihr Inder könnt Wunder vollbringen. Ist das wahr? Los, steh auf, du Inder. Und zeige uns ein Wunder, sonst werden wir dir zeigen, welcher Wundertaten wir fähig sind.«
Die Hand des Fremden schloß empor, blitzschnell und lautlos wie die Zunge eines Frosches, ergriff den Steinkeil mitten im Flug und umschloß ihn. Bevor die beiden Jäger wußten, was geschah, hatte die Hand den Stein zerdrückt. Kleine Bröckchen und Sand rieselten aus der eisernen Faust auf den Tisch. Sulgar wimmerte leise auf. Sie hatte es geahnt: Der Fremde war ein mächtiger Zauberer. Er würde hierbleiben, weiter und weiter trinken, bis alle Krüge leer waren, und wenn sie dann die Bezahlung einforderte, dann würde er sie in eine Krähe verwandeln oder in noch Schlimmeres.
Die sechs Jäger stellten sich nebeneinander vor dem Zauberer auf. Sie hatten keine Furcht vor ihm. Er war ja nur ein Inder. Alle Inder konnten einem irgendwelche unglaublichen Dinge vorgaukeln, die Bauern, Hirten und Jäger Tibets damit beeindrucken und so tun, als wären sie ihnen hoch überlegen. Dieser hier konnte eben Steine zerdrücken, als seien es Eier, oder zumindest konnte er ihnen vorgaukeln, er verfüge über derartige magischen Kräfte. Aber mit sechs rohen Leopardenjägern würde es der Mann dann wohl doch nicht aufnehmen können. Sie täuschten sich. Er wartete seelenruhig, bis sie ihre Speere auf ihn gerichtet hatten. Doch in dem Moment, als sie zustechen wollten, sprang er lautlos

wie ein Schatten auf, griff sich den erstbesten verdutzten Jäger, hob ihn mit beiden Armen in die Höhe und schleuderte ihn auf die Gruppe zurück. Sie fielen alle zu Boden wie Dominosteine, spießten sich dabei gegenseitig mit ihren Speerspitzen auf, stöhnten schwerverwundet und wagten nicht, sich wieder aufzurichten. Sie krochen aus der Schenke so schnell sie konnten, bestiegen ihre Yaks und Esel und preschten vor Panik wild schreiend davon.

Sulgar wagte sich nicht aus ihrem Versteck, verharrte stocksteif hinter dem Feuerholz und sah zu, wie der Mann einen Becher nach dem anderen hinunterstürzte. Schließlich erklang wieder der Ruf.

»Mehr Wein!«

Sie rutschte auf den Knien zu dem Mann und verbeugte sich, bis ihre Stirn den Boden berührte; ihre Fingerkuppen gruben sich in den festgestampften Boden.

»Bitte, bitte, fremder Zauberer«, winselte sie. »Habt Mitleid mit einem armen Weib! Bitte, geht und laßt mich allein.« Er goß sich einen weiteren Becher Wein ein, stellte fest, daß der Krug leer war, und hielt ihn der Wirtin mit forderndem Blick entgegen.

»Mehr Wein«, sagte er kalt.

»Aber ich habe kaum noch Wein«, jammerte Sulgar. »Nur noch vier Krüge.«

»Du lügst!« fuhr er sie an, und sie drückte ihr Gesicht noch tiefer in den Boden, schloß die Augen und erwartete einen Blitzschlag. Als nichts geschah, schöpfte sie wieder Kraft aus ihrem Geiz.

»Aber wer soll denn den ganzen Wein bezahlen? Ihr habt schon fast den ganzen Vorrat aufgebraucht. Wir sind arme Leute. Wir müssen neuen Wein kaufen, und der ist um diese Jahreszeit sehr teuer ...«

»Ich trinke noch bis Sonnenuntergang«, verkündete der Zauberer in gebieterischem Ton. »Dann gehe ich.« Mit Entsetzen sah sie, wie er sich erhob. »Jetzt wird er mich zerschmettern«, dachte sie. Sie verfolgte, wie er seinen Dolch zog.

»Erbarmen! Erbarmen!« Sie schloß die Augen und meinte schon, die kalte Klinge an ihrem Hals zu spüren.

Aber der Fremde stieg über sie hinweg, schritt zur Tür und bohrte seinen Dolch in die Schwelle. »Ich bleibe bis Sonnenuntergang. Wenn der Schatten des Dolches verschwindet, dann gehe ich.«
Erleichtert erhob sich Sulgar und eilte in den immer lichter werdenden Lagerraum, brachte zwei volle Krüge, ließ sich wieder neben dem Feuer nieder und starrte voller Hoffnung auf den Schatten des Dolches. Starrte so lange, bis ihre Augen schwer wurden. Der Schatten bewegte sich nicht. Zweimal erstarb das Feuer, und sie mußte neues Holz nachlegen, doch der Schatten regte sich nicht. Kein Zweifel, dieser Zauberer war so mächtig, daß sogar die Sonne ihm gehorchte, und er hatte Sulgar gefangen in einem ewigen Tag. Plötzlich packte sie eine neue Angst. Es waren nur noch zehn Weinkrüge in der Kammer. Was würde geschehen, wenn die aufgebraucht waren? Vielleicht würde er dann ihr Vieh schlachten und das Blut trinken, um seinen aberwitzigen Durst zu stillen? Vielleicht würde er sogar die Wirtin schlachten und ihr Blut trinken! Vielleicht würde er ihr Haar abschneiden, das kunstvoll zu einhundertacht Zöpfen geflochten war und in dem nach tibetischem Brauch der Familienschmuck eingewirkt war.
Als er endlich den letzten Krug geleert hatte, stieß der Zauberer, der die Sonne beherrschte, einen schauerlichen Rülpser aus, der die Schenke erzittern ließ, so daß die Kuhfladen, die zum Trocknen an den Lehmwänden befestigt waren, zu Boden fielen.
Sulgar erwachte von dem donnernden Geräusch aus ihrem unruhigen Schlummer, schreckensbleich sah sie, wie der Mann sich aufrichtete und auf sie zubewegte. Sie verbarg ihr Gesicht hinter den Händen, aber er schritt an ihr vorbei. »Das Vieh, er will tatsächlich das Vieh schlachten!« Sie wollte aus dem Haus rennen in die Nacht, die ein Tag war, aber sie getraute sich nicht an dem magischen Dolch vorbei über die Schwelle zu treten. So folgte sie ihm, gebeugt und schlotternd, in den Hof, sah zu ihrem größten Erstaunen, wie er auf den Baum zuging, in dem der Talgeist wohnte, und sein Gewand öffnete. Sie hörte ihn sprechen, undeutliche Worte, dahingemurmelt in einer fremden Sprache. Und dann vernahm sie etwas, das sich anhörte wie das Rauschen eines

wütenden Flusses; dann sackte sie in die Knie: Der Fremde pinkelte ihren Baumgeist an!
»Oh, Gnade, Gnade«, dachte Sulgar. »Jetzt sind wir vernichtet.« Wenn der Baumgeist derart herausgefordert wurde, dann drohte ihrem Haus das allerschlimmste Unglück! Dann würde Feuer vom Himmel regnen, Erdrutsche ihren Besitz verschlingen, Schnee sie ersticken, Wind sie hinwegfegen. Der Boden würde sich auftun vor ihnen und alles verschlingen aus Rache für diesen Frevel. Sie konnten in dieser feindlichen Bergwelt schließlich nur überleben, weil sie dem Baumgeist opferten und ihn bei Laune hielten! Der fremde Zauberer hatte sich ihres Lebens und ihres Schicksals ermächtigt in dem Moment, als er ihr Haus betrat, und nun zerdrückte er es, wie er zuvor den Stein zerdrückt hatte. Alles, alles versank im fürchterlichen Wasserfall, dem Strahl des Verderbens, den der Zauberer auf den Baum richtete.
»Steh auf«, hörte sie ihn sagen.
Sie schüttelte energisch den Kopf, schluchzte, wagte nicht, die Hände von den Augen zu nehmen, fürchtete den Zorn des Baumgeistes. Nur durch einen Spalt zwischen ihren Fingern blinzelte sie und sah den Baum in einer gewaltigen Pfütze stehen. Der Baum schien unverändert, aber sie erkannte dennoch sofort, daß sich etwas geändert hatte. Der Baum wirkte weniger bedrohlich, weniger mächtig als vorher. Er sah nun aus wie ein ganz gewöhnlicher Baum.
»Der Geist«, stammelte sie. »Du hast den Geist geschändet. Wir werden Schreckliches erleiden müssen!«
Der Zauberer lachte. »Es gibt keinen Geist mehr in diesem Baum. Und auch nicht in diesem Tal. Ich habe ihn besiegt und unterworfen.«
»Aber wer wird uns jetzt helfen?« jammerte sie. »Andere Geister werden kommen, und wir haben keinen Beschützer mehr!«
»Sag nur diesen einen Satz, und es wird kein Geist euch etwas anhaben können: *Om mani padme hum.*«
»Was sind das für Worte? Ich verstehe die Worte nicht!«
»Sage es immer und immer wieder. *Om mani padme hum.* Ewiges Leben dem, der in der Lotosblüte geboren ist.«

»Ich weiß nicht, was eine Lotosblüte ist!«
»Sage es nur: *Om mani padme hum.*«
Sie richtete sich auf, den Baum nicht aus den Augen lassend. »*Om mani padme hum.*«
»So ist es richtig.« Der Fremde durchschritt den Gastraum, nahm seinen Hut vom Boden und setzte ihn auf sein Haupt, zog den magischen Dolch aus der Schwelle. Sofort änderte sich die Farbe des Lichtes. Es wurde rötlich, schwach, und bald war die Sonne hinter den Bergen verschwunden. »Hier – für den Wein ...« Er warf achtlos einen Beutel mit Silberstücken auf den Tisch.
»Wer bist du? Wer bist du?« Sie eilte dem Fremden nach, der die Schenke verließ und seinen Weg fortsetzen wollte, als sei nichts geschehen. »Woher kommst du, sage es mir! Wie heißt dein Vater? Wer ist dein König? Wem dienst du?«
Der Fremde drehte sich nicht um.
»Dem, der in der Lotosblüte geboren ist«, hörte sie ihn sagen. Er entfernte sich mit schnellen Schritten. Sie stolperte ihm nach, aber sie konnte ihn nicht einholen. Er schien zu schweben und entglitt in die Nacht, die sich schnell über das Tal senkte.
Bedrückt und ängstlich kehrte sie in ihr Haus zurück, verriegelte beide Türen, legte noch einmal Holz auf das Feuer und hockte sich, trotz Hitze fröstelnd, in Decken gehüllt daneben, blickte sich dann und wann um, als erwarte sie jeden Moment den erzürnten Baumgeist. Aber der kam nicht zurück. Und als sie mitten in der Nacht aufwachte, in die rote Glut starrte und die Furcht vertreiben wollte, da sprach sie ohne nachzudenken diese Worte: »*Om mani padme hum*« und verspürte keine Angst mehr.

Vraja, der indische Yogi, Schüler und Jünger des heiligen Padmasambhava, Lehrer der Kanons und Tantras, rastete im Schutz eines großen Steines am Ufer des Baches und schnitzte mit seinem magischen Dolch eine weitere Kerbe in den Gehstock, der ihn seit vielen Jahren auf seinen Wanderungen begleitete. Bald war das Ende des Stockes erreicht, bald war sein Feldzug beendet, und er konnte ebenso wie der große Meister Padmasambhava den vergoldeten Himmelswagen besteigen und diesen unwirtlichen Ort verlassen. Jede einzelne der Markierungen auf dem Stock erinnerte an einen Triumph des erleuchteten buddhistischen Weges über die wüsten Gottheiten des Schneelandes. Die meisten Kerben hatte er mit einem Lächeln der Geringschätzung eingeritzt. Ein Großteil der Geister, obwohl von ausgesuchter Bösartigkeit, waren im Grunde harmlose Kreaturen, vor denen ein Erleuchteter keinen Respekt verspürte. Wenige nur hatten die Zauberkräfte des Inders tatsächlich herausgefordert. Die meisten hatte er einfach vernichtet, so wie denjenigen im Schenkenbaum, den er mit seinem Urin ertränkt hatte. Die gefährlichen Dämonen waren hingegen mächtige Wesen, deren unbeschränkte Herrschaft über die höchsten Gipfel und tiefsten Täler der Welt sie zu launischen Ekeln gemacht hatten. Vraja mußte klug und besonnen mit ihnen verfahren. Er ließ sich von den Bönpo in der Geistersprache unterweisen, erlernte die wichtigsten ihrer Riten – etwa die Handhabung des Phurba, des magischen Dolches, des wichtigsten Utensils jedes Schamanen – und ging dann selbst hinaus, um mit den Wesen Zwiesprache zu halten. Wie sie sich anfangs gewunden hatten unter seinem Zauber! Wie sie sich erst aufbrausend und wild gebärdeten, um dann doch unter seinen Beschwörungen ganz zahm zu werden. Er hatte sie nicht zerschmettern können, er konnte sie nur zähmen, bannen, konnte ihnen die Weisheiten und die Wunder des Buddha zeigen und sie dafür gewinnen. Er verwandelte sie in seine Diener, indem er ihre Kräfte pries und sie mit Schmeicheleien umgarnte, wie sie es von den primitiven Götzendiensten der Schneeländer gewohnt waren. Keiner der Geister war wie der andere. Ihre Formen waren so fließend und unterschiedlich wie die der Wolken, ihre Reiche unterschiedlich groß, ihre Bösartigkeit unterschiedlich ausgeprägt. Aber eines, das hatte der Yogi schon bald erkannt, eines war ihnen allen gemeinsam: Sie waren dumm. Sie waren leicht einzulullen, leicht durch Heuchelei zu bestechen, leicht zu lenken und zu kontrollieren. Er versprach ihnen – so wie Padmasambhava es getan hatte – die unverminderte, ja vielleicht noch größere Verehrung der Sterblichen, wenn sie Diener des erleuchteten Weges wurden. Sie sollten weiter angebetet werden, wie es ihnen gefiel, versprach der Yogi. Und dazu bot er ihnen reiche Belohnungen an, ernannte sie gar zu Beschützern des Glaubens! Keiner der Dämonen konnte sich diesem verlockenden Angebot entziehen. Es blieben nur noch zwei der großen, die er noch nicht gefunden hatte. Er wußte von ihrer Existenz, er kannte ihre Namen. Es waren beides Quellendämonen, Schlangengeister, die, den Berichten der Bönpo zufolge, einmal sehr mächtig gewesen waren. Der Zhidag von Lhasa war wohl durch den Bau des Jokhang-Tempels in die ewige Verbannung gejagt worden, und der andere, Gyor, war seit vielen Generationen nicht mehr in Erscheinung getreten. Es gab nur noch wenige im Schneeland, die überhaupt wußten, daß es ihn jemals gegeben hatte, und einen dieser wenigen hatte der Yogi zu diesem Ort am Ufer des Baches bestellt. Es war dieser Mann ein hoher Mönch und Berater am Hofe des frommen Königs Ralpacan, den er unterwies; und er war bewandert wie kaum ein anderer in den Künsten der Beschwörung. Er war ein Kenner der alten Schriften, ein Meister der geheimen Riten. Sein Name war Gurpu Rinpoche, und der Inder hatte von ihm einige wertvolle Tricks und Kniffe für den Umgang mit den Geistern erlernt.

Der Yogi erhob sich und sah im fahlen Licht des Morgens die in eine dunkelrote Mönchsrobe gehüllte Gestalt eines Mannes den Hügelpfad herunterkommen. Es war ein beschwerlicher Marsch vom Hofe in Lhasa bis hier herunter in das Tal von Dakpo, aber der Mann, der die Blüte seiner Jahre schon längst hinter sich gelassen hatte, schien dennoch nicht erschöpft. Er verneigte sein Haupt vor dem indischen Weisen. Der Yogi erwiderte stumm den Gruß, indem er nur leicht die Stirn neigte.

»Ich freue mich, dich nach so langer Zeit wiederzusehen, großer Meister«, sagte der Mönch, und eine flüchtige Wolke des Mißfallens flog über die Stirn des Dämonenjägers. Wie oft während seiner Missionsjahre hatte er sich über die ungehobelten Sitten der Schneeländer empört? In welchem zivilisierten Land würde ein noch so hoher Mönch es wagen, das Wort an einen erhabenen Meister zu richten, ohne daß der Erhabene ihn zum Sprechen einlud?

»Ich grüße dich, Gurpu«, erwiderte er mürrisch und ließ sich auf

den Boden nieder. »Welche Nachrichten bringst du aus Lhasa? Ich hoffe, der König ist bei guter Gesundheit.«
Wiederum ohne dazu aufgefordert zu sein, hockte sich der Mönch neben den Weisen an das Lagerfeuer. »Keine guten Nachrichten. Es herrscht Unruhe am Hofe und in der Stadt«, berichtete der Mönch Gurpu besorgt. »Man hört Klagen allerorten. Es werden die Lehren des Buddha und ihre Verkünder von vielen offen angefeindet. Mißernten, Viehsterben oder Unwetter – für alles wird unser Glaube verantwortlich gemacht, denn es heißt, die heimischen Götter seien erzürnt.«
Der Inder nickte finster. König Ralpacan war ein großer Förderer des Glaubens, aber er war nicht sehr weise. Er hatte erdrückende Steuern erhoben, die alle Bauern und Hirten zwangen, große Teile ihrer Ernte und ihrer Yakbutter an die Klöster abzuliefern. Er hatte Gesetze erlassen, die alle verpflichteten, ihr Vieh und ihre eigene Arbeitskraft auf Geheiß der Mönche bis zum Umfallen einzusetzen. Ralpacan, eifrig darauf bedacht, so viel Gutes zu tun, bis er als Heiliger wiedergeboren würde, ließ überall im Land neue Klöster errichten, die schneller wuchsen, als nötig war, denn mehr Mönche brachten nur noch mehr Steuern und mehr Haß und Feindschaft. Die Mönche, denen noch immer viele der Schneeländer mit Mißtrauen begegneten, konnten sich nehmen, was immer ihnen gefiel. Und wer es wagte, ihnen etwas zu verweigern, der wurde erbarmungslos verfolgt und grausam bestraft. Wer einen Mönch auch nur schief ansah, konnte damit rechnen, daß ihm sogleich seine Augäpfel in die Stirn gedrückt würden. Das hatte böses Blut gebracht. Die Begegnung mit den wütenden Leopardenjägern, die er so mühelos in die Flucht geschlagen hatte, war durchaus kein Einzelfall auf den Wanderungen des Yogis. Die seßhaften Hirten und Bauern, die Handwerker und Händler – alle fluchten landauf landab über die Herrschaft der Mönche. Selbst unter den duldsamen Nomaden gärte viel Unzufriedenheit, wenn ihre Herden vom klösterlichen Weideland verjagt wurden. Die Schamanen fanden wieder großen Zulauf, der Geisterglaube kam wieder aus seinen Höhlen gekrochen, die dunklen Riten lebten auf: Es wurde Menschenfleisch verzehrt, Tote zum Leben erweckt

und Lebende mit Todesflüchen belegt. Allen voran der verhaßte König Ralpacan. Puppen, die seine Kleidung trugen, wurden in Kellern und Gewölben beim Klang dunkler Gesänge mit Geisterdolchen zerhackt. Hätten nicht der große Padmasambhava und seine Schüler die mächtigsten der Bön-Dämonen für den wahren Glauben gewonnen, dann wäre das Schneeland für den Weg des Erleuchteten verloren gewesen.
»Wir haben Arbeit zu tun«, erklärte der Yogi.
»Gewiß, Meister.« Gurpu verneigte sich demütig.
»Der Legende nach wohnt in diesem Bach Gyor, mit dem ich zu reden habe. Ich bin bereits mehrmals hier gewesen, konnte ihn aber nicht finden. Statt dessen wurde mir von Einsiedlern und Bönpo berichtet. Gyor habe seine Heimstatt vor langer, langer Zeit verlassen und sei nie wieder hierher zurückgekehrt.«
»Auch mir wurde solches berichtet.«
»Ich spüre dennoch hier und jetzt seinen Atem. Stärker sogar als bei meinen vorherigen Besuchen an diesem Ort. Wie ist das möglich? Ist er hier?«
»Es gibt an diesem Bachlauf eine ganz besondere Stelle«, wußte der Tibeter zu berichten und ging, den Blick konzentriert auf den Boden geheftet, am Wasser entlang auf die Quelle zu. »Ich selbst habe sie einmal aufgesucht, um mich von der Kraft und der Wahrheit der alten Legenden zu überzeugen.« Sein Kopf war gänzlich unter den Falten seiner Kapuze verschwunden. Skeptisch folgte ihm der Inder.
»Wonach suchst du denn?«
»Nach einem Phurba. Irgendwo in der Erde steckt seit Menschengedenken ein Phurba, mit dem der Gyor einst unterworfen werden sollte und dem er widerstand. Wo ist er denn nur ... ich habe ihn doch vor Jahren ... ah. Da! Seht nur, ehrwürdiger Meister.«
Auf den ersten Blick mochte man den schwarz angelaufenen Schaft, der aus dem moosgrünen Boden herausragte, für einen abgebrochenen Ast oder eine Wurzel halten. Erst bei näherem Hinsehen erkannte man die grobe Schnitzerei, die der kalte Höhenwind, die Regen- und Hagelschauer und die vielen Jahre fast bis zur Unkenntlichkeit abgeschliffen hatten. Kaum daß sich die

beiden Männer zu dem Geisterdolch hinabgebeugt hatten, geschah etwas, das selbst der weise Lehrer aus Indien noch nie gesehen hatte. Es war, als hätte Gyor nur auf diesen Moment gewartet, um aus seiner Schattenwelt mit einem einzigen, machtvollen Satz emporzuschnellen. Dem Mönch, der unvorsichtigerweise den Dolch ergriffen hatte, blieb nicht einmal Zeit, seine Hand zurückzuziehen. Der Phurba erzitterte in seiner Faust, und zugleich erbebte der Körper des Gurpu Rinpoche, als sei ein Blitz in ihn gefahren.

»Ich höre«, sprach der Mönch mit einer Stimme, die nicht seine eigene war. Es war eine Stimme wie das Grollen eines Felsens, der zu Tal stürzt.

Wie zweihundert Jahre vor ihm der Geisterseher Örsö, erschrak auch der Yogi vor der unbändigen Wut und Kraft dieses Gyor. Er entfernte sich unwillkürlich einen Schritt von dem Körper des Besessenen, der unter seinem groben Wollumhang zu erglühen schien, und begann mit seinem Gesang. Die Beschwörungen, die heiligen Worte, die magischen Verse flossen aus seinem Mund.

»Es ruft dich der König der Lotosblüte ins Reich der Reinheit und Erleuchtung«, murmelte er wieder und wieder, und es war ihm, als umstreife ihn der Hauch des Dämons, mißtrauisch und doch zugleich betört.

»Es ruft dich der König der Lotosblüte ins Reich der Reinheit und Erleuchtung.«

»Ich habe mein eigenes Reich«, knurrte hochfahrend Gyor. Der Inder beruhigte sich. Für einen Moment nur hatte er tatsächlich gefürchtet, dieser Dämon sei anders als die anderen. Für einen kurzen und unerklärlichen Moment nur hatte er befürchtet, die bewährten Methoden und Beschwörungen könnten bei diesem Gyor versagen. Aber schnell gewann der Weise seine Sicherheit zurück. Er war auch diesem Dämon überlegen, er konnte auch ihn einwickeln, konnte ihn unterwerfen und seine ungeheuerlichen Kräfte auf den Weg des Buddhas zwingen.

»Aber du bist gefangen in diesem Tal und diesem Fluß, deine Macht ist begrenzt, deine große Kraft ist gebunden«, sagte er listig. »Der König der Lotosblüte verspricht dir ein Reich so groß und unendlich wie der Himmel, und er ruft dich, es mit ihm zu regieren und seinen Glauben zu beschützen!« Er sprach ohne Pause auf den Gyor ein, umgarnte ihn mit Bewunderung und Verheißung, lockte ihn mit der Aussicht auf die Demut und Unterwerfung aller Kreaturen, auf die Waffen, den Zauber und die Macht, die ihm als Beschützer des Glaubens zufallen würden.

Als die Sonne ihre Bahn über den Gipfeln der fernen Berge beendet hatte, hatte der Dämonenjäger sein Werk vollbracht: Gyor, der letzte große Dämon des Schneelandes, lag ihm demütig zu Füßen, war gebunden durch einen unzerbrechlichen Treueschwur.

»Ich gebe dir den Namen Kamdhar Gyor, verkündete Vraja. »Du sollst fliegen mit den anderen Glaubenswächtern, wie es dir beliebt.«

»So sei es!« Der Körper des Gurpu Rinpoche sackte zusammen, die Hand löste sich von dem Phurba, der Dämon entschwand und reihte sich irgendwo in einer schrecklichen und fernen Welt, weitab der Blicke und der menschlichen Wahrnehmung, unter seinesgleichen ein, unter den fürchterlichen, den tierköpfigen, den wütenden Wächtern des Glaubens.

Stöhnend und frierend erwachte der Mönch aus seiner Trance, richtete mühevoll seinen Körper auf und sah, wie der Yogi eine letzte Kerbe in seinen Wanderstab schnitzte.

»Der Gyor ist unser«, sagte der Yogi und erhob sich schwerfällig, selbst erschöpft von der Begegnung mit dem Quellgeist, aber gleichwohl erfüllt vom wohlbekannten Gefühl des Triumphes. »Ich habe getan, was zu tun war. Meine Aufgabe ist vollendet. Alles, was nun kommt, obliegt den Heiligen und Meistern des Schneelandes. Der Boden ist bereitet, die Ernte müßt ihr selbst einbringen.«

Der Mönch, der noch immer nicht ganz bei Bewußtsein war, blinzelte den Yogi ratlos an.

»Was ist geschehen?«

»Armer Wurm«, dachte der Inder und beugte sich nieder, um den

Phurba aus der Erde zu ziehen. Als er den Geisterdolch aber in seinen Fingern hielt, überkam ihn wieder dieses mulmige Gefühl der Unsicherheit. Da war etwas mit diesem Dolch, das er sich nicht erklären konnte. Er verspürte den Wunsch, dieses Stück geschnitztes Hirschgeweih so schnell wie möglich so weit wie möglich von sich zu werfen. Ihm war, als trage es einen abgründigen, kalten Zauber in sich, der seiner Erfahrung fremd war. Für einen kurzen, unerklärlichen Augenblick nur zweifelte der größte aller Dämonenjäger an sich selbst. Einen Wimpernschlag lang ergriff ihn Unsicherheit, und es war ihm, als sei seine Aufgabe im Schneeland doch noch nicht erfüllt. Als rufe noch etwas nach ihm. Aber der Ruf war weit entfernt und kaum zu vernehmen.

»Es ist der Dolch eines berühmten Schamanen, der vor langer Zeit starb.« Der Mönch hatte sich erhoben, sah, wie der Yogi erstarrte und den Phurba untersuchte. Es war eine grobe, sehr alte Schnitzarbeit. Ein Yakkopf war in den Schaft eingeschnitzt, das konnte er bei näherem Hinsehen erkennen.

»Er scheint eine Seele zu haben«, wunderte sich der Yogi. »Er strahlt Wärme aus und bewegt sich. Es ist, als wolle er zu mir sprechen.«

»Vielleicht will er dir Dank sagen. Ich danke dir, Meister, daß du uns auch von diesem Geist befreit hast.«

Der Yogi reichte dem Mönch den Phurba und zuckte die Achseln. Der Mönch rammte den Geisterdolch schnell wieder in den Boden neben der Quelle, verneigte sich dreimal vor dem Yogi, der diese Huldigung unbewegt entgegennahm. Noch immer überlegte er, was die sonderbare Aufwallung von Zweifel und Unsicherheit wohl zu bedeuten hatte.

»Wer war dieser Schamane, dem der Dolch gehörte?«

»Ich kenne diese Geschichte nicht genau«, antwortete Gurpu ausweichend. »Es heißt, er sei ein großer Zauberer gewesen. Er verschwand urplötzlich, und niemand hat mehr etwas von ihm gehört oder gesehen. Manche sagen, ein großes Erdbeben habe ihn in seiner Höhle verschüttet. Andere behaupten, er habe nie wirklich existiert und sei nur eine Legende.«

»Aber wenn doch sein Dolch existiert …«

»Ja. Wenn sein Dolch existiert, dann muß wohl auch der Schamane existiert haben.«
»Bei aller Güte«, dachte der Inder voller Ungeduld. »Die Mönche des Schneelandes sind genauso träge und einfältig wie die Dämonen des Schneelandes.«
»Wenn er noch eine Frage stellt, dann werde ich ihn erschlagen«, dachte der Mönch.
Aber der indische Zauberer hatte keine Fragen mehr. Er nickte dem Mönch zu und verschwand, ein einsamer Wanderer, auf seinen Stock gestützt, in der Dämmerung, auf dem Weg nach Osten, wo irgendwo der goldene Himmelswagen auf ihn wartete.
Gyor im Leibe des Mönches Gurpu blickte ihm nach, bis der Inder hinter der Wegbiegung verschwunden war. Lange hatte er auf diesen Moment gewartet. Gewartet, bis der letzte Jünger des Padmasambhava die großen Dämonen des Schneelandes bezwungen hatte und das Land wieder verließ. Alle waren sie dem fremden Zauberer, seiner Macht, Schlauheit und seiner List erlegen.
Alle, außer Gyor.
Er hatte sich nur zum Schein zum Beschützer des Glaubens ernennen lassen. Aber in Wirklichkeit beschützte er niemanden außer sich selbst. Er hatte Jahre, Jahrzehnte und Jahrhunderte kommen und gehen gesehen. Er hatte viele menschliche Leiber besetzt und verlassen, zuerst den des Örsö, zuletzt den des Mönches Gurpu Rinpoche, der schon viele Jahre zuvor gestorben war. Die Heimat des Gyor war nun Lhasa. Der Hof der Könige. Allen hatte er gedient. Als Kanzler, als Minister, als Kämmerer, als Stallmeister gar – hatte sie beraten, ihnen Einflüsterungen gemacht und versucht, sie zu lenken. Mal mit größerem, mal mit geringerem Erfolg. Er wäre selbst in einen Thronfolger gefahren und hätte sich zum König Tibets aufgeschwungen, aber das war ihm nicht gegönnt. Er hatte zwar gelernt, sich unauffällig in der Welt der Sterblichen zu bewegen, hatte ihre Sitten und Gebräuche angenommen, ahmte ihr Verhalten nach und sogar ihren Humor. Aber er verstand nicht, was die Sterblichen taten und warum sie es taten. Er war unfähig, ihre Handlungen zu beurteilen, ihre

Motive zu durchschauen und die richtigen Schlüsse daraus zu ziehen. Er konnte ihre Sprache verstehen und sprechen, er konnte manchmal sogar ihre Gedanken lesen, aber er selbst konnte nicht denken. Er versuchte, das menschliche Denken zu erlernen, und er wußte, daß er es eines Tages wenn schon nicht beherrschen, dann zumindest würde imitieren können. Und dann würde er alle fremden Götter aus seinem Reich verjagen, sich alle Sterblichen unterwerfen und zertreten, dann würde er allein auf dem Dach der Welt herrschen. Bis dahin blieb ihm nur die Rolle des Flüsterers, des Täuschers. Und täuschen, das konnte Gyor. Sogar den mächtigen Yogi hatte er täuschen können.
Heute war das erste Mal, daß Gyor wieder in seine alte Heimstatt im Dakpo-Tal zurückgekehrt war. Es war riskant und gefährlich, denn dem fremden Yogi, der nach der Unterstützung des Gurpu Rinpoche verlangt hatte, eilte der Ruf des Unbezwingbaren voraus. Und als er den Phurba des Schamanen Örsö berührte, da hatte der Yogi tatsächlich Verdacht geschöpft. Aber zu seinem eigenen Glück hatte er in seiner strahlenden Überheblichkeit diesen Verdacht schnell verscheucht und war seiner Wege gegangen. Der Phurba steckte wieder im Boden, und da würde er bleiben, bis er verrottet war. Gyor hatte seine ganzen Kräfte aufbieten müssen, um das Zauberstück anzufassen und dem Inder die kleine Komödie vorzuspielen. Denn in Wahrheit fürchtete Gyor den Phurba, weil er wußte, daß dieser Dolch in den Händen seiner Feinde ihm unerträgliche Qualen verursachen konnte. Was er nicht wußte, war, daß es in einer fernen Höhle einen zweiten Geisterdolch gab, eingehüllt in das Schwarze Thangka – und das konnte ihn vernichten.

Die Nacht legte sich über die Berge wie ein Tuch, und der Yogi hatte bereits den beschwerlichen Weg über den Ostpaß aus dem Dakpo-Tal überwunden und war ins Nachbartal hinabgestiegen, als er das Geräusch einer fernen Steinlawine zu hören meinte, die irgendwo in eine bodenlose Tiefe stürzte. Er blieb stehen und lauschte in die Dunkelheit auf das unheimliche Grollen, das die Nachtluft erzittern ließ. Er hatte auf seiner Wanderschaft vielmals das Donnern der Geröllmassen gehört, aber keins war so merkwürdig wie dieses gewesen. Nachdem das hundertfache Echo der niederstürzenden Felsbrocken verhallt war, setzte er seinen Weg fort – froh, endlich aus diesem feindseligen Land zu verschwinden.

Er würde niemals erfahren, daß das, was er hörte, gar keine losen Felsen waren, sondern das triumphierende Lachen des Gyor.

7. Kapitel

Peking

Es war schon nach Mitternacht. Prof. Li Rongwu setzte seine Brille ab, rieb sich die müden Augen und gähnte. Sein spartanisches Arbeitszimmer im vierten Stock des Pekinger Minderheiteninstitutes war schwach beleuchtet von einer einzigen Leselampe aus Plastik, die ein gelbliches Licht über den Schreibtisch warf. Darauf lagen in heilloser Unordnung mehrere Dutzend zerlesene Bücher – die meisten davon aufgeschlagen –, eine lose Ansammlung wirr beschriebenen Papiers, in dem nur er selbst einen Sinn erkennen konnte, und eine Teetasse mit unappetitlichen schwarzen Rändern.
Er würde es heute nicht mehr bis nach Hause schaffen. Der letzte Bus war lange weg, sein Fahrrad vor zwei Tagen geklaut worden, und die 20 Kuai, die ein Taxi kostete, konnte er sich nicht leisten. Sie hatten sein Gehalt immer noch nicht ausgezahlt. Er hatte Anspruch auf 650 Kuai im Monat – lächerliche 650 Kuai. Soviel verdienten die unfreundlichen Taxifahrer in einer Woche. Soviel, oder sogar mehr, verdienten selbst manche seiner Studenten, die nebenbei jobbten, soviel oder wahrscheinlich sogar noch viel mehr verdiente sogar sein neunundzwanzigjähriger Sohn Xiao Zhi, ein selbständiger Fotograf, der nichts weiter tat, als herumzureisen; sogar im Ausland war er gewesen – neulich hatte er es bis nach Amerika geschafft. Dort machte er dann irgendwelche Aufnahmen, von denen er ab und zu mal eine an eine Zeitschrift oder an einen Verlag verkaufen konnte. Früher hatte es dem Professor nichts ausgemacht, bescheiden zu verdienen. Vor ein paar Jahren noch waren er und seine Frau mit dem knappen Akademikergehalt gut ausgekommen. Aber jetzt, wo sie ihm auf dem Markt schon für ein Pfund runzeliger Karotten 2 Kuai abnehmen woll-

ten, wo er sich mittags draußen an den Garküchen etwas kaufen mußte, weil das kostenlose Mittagessen in der Kantine immer dürftiger ausfiel, jetzt, wo ständig neue, unerwartete Ausgaben sich häuften – lieber Himmel! Vergangene Woche hatte seine Frau zum Beispiel darauf bestanden, daß sie ein zusätzliches Schloß für die Wohnungstür anschafften, weil bei den Nachbarn eingebrochen worden war – jetzt erst wurde ihm klar, welch ein Hungerlohn diese 650 Kuai waren. Und dann zahlte die abgebrannte Institutsleitung es noch nicht einmal pünktlich aus, und wenn er danach fragte, ganz schüchtern und schamhaft wie ein Bettler, dann behandelten sie ihn wie einen geldgierigen Raffzahn.

»Man wird Sie schon nicht vergessen, Prof. Li!« hatte ihn die kauzige Frau Wang heute angeschnarrt. »Glauben Sie denn vielleicht, ich wäre in diesem Monat schon ausbezahlt worden? Alle sind knapp bei Kasse. Nicht nur Sie. Lesen Sie denn keine Zeitung? Bei Mao Zedong, da wäre so was nicht geschehen, das sage ich ihnen ...« Und immerfort hatte sie gewettert, die alte Hexe mit ihren blitzenden Goldzähnen, während er das Weite gesucht hatte. Er traute ihr nicht. Vielleicht hielt sie sein Geld zurück und legte es, solange es ging, auf ihr Sparkonto. Da konnte sie sicherlich zwei oder drei Mao-Zinsen einheimsen und sich noch mehr Gold in den Kiefer einbauen lassen. Mit so was mußte man heutzutage rechnen, wo Menschen schon am hellichten Tag in fremde Wohnungen einstiegen.

Hinter seinem Schreibtisch, halb verdeckt von den überladenen Bücherregalen, stand eine schmale Liege für Abende wie diesen, wenn seine Studien ihn hier bis in die tiefe Nacht hinein festhielten. Er holte unter dem Kopfkissen eine Plastiktüte hervor, legte seine schäbige Strickjacke an und schlurfte hinaus in den kühlen, dunklen Institutsflur, von dessen hellgrünen Wänden an vielen Stellen der Putz abbröckelte, zur Toilette, die schon wieder übergelaufen war und aus der ein erbärmlicher Gestank kam. Natürlich war auch kein Geld da, um einen tüchtigen Hausmeister zu bezahlen oder einen anständigen Klempner zu holen. Nein, dafür mußte man diesen widerlichen Uringeruch ertragen. Fluchend knipste er das Licht an. Ein Pissoir war übergelaufen. Der halbe

Raum stand unter Wasser. Vorsichtig die Pfütze vermeidend, trat Prof. Li vor den Spiegel, der unter weißlichen Schlieren fast völlig matt war, ließ Wasser aus dem Hahn tröpfeln und erfrischte sein Gesicht. Die Brille schob er dabei auf seine Stirn, nichts hätte ihn dazu bringen können, sie auf den verseuchten Beckenrand abzulegen und dann wieder aufzusetzen. Matt und abgehärmt blinzelte ihn sein Spiegelbild an. Tränensäcke hingen unter seinen Augen. Auf seiner Oberlippe sprossen vereinzelte Barthaare, die er sich nur einmal in der Woche die Mühe machte abzurasieren. Sein Haar, durchsetzt mit grauen Strähnen, war vernachlässigt. Aus der Plastiktüte holte er seine Zahnbürste und eine bis zur Öffnung leergedrückte Tube Zahnpasta hervor. »Sie sollten mich wirklich besser behandeln«, dachte er bitter, während die sandige, nach Salmiak schmeckende Paste seinen Mund durchschäumte. Sein Buch über die Bön-Religion war von einem renommierten ausländischen Verlag übersetzt und in London und New York herausgebracht worden. Nicht einen Kuai hatte er dafür gesehen. Seine Arbeit über frühe buddhistische Kunst – mit wunderbaren Fotos von Statuetten und Thangkas, die Xiao Zhi gemacht hatte – gab es in Hochglanzausgaben in jedem besseren Buchladen in China zu kaufen. Auch das hatte nichts eingebracht. Von den Lizenzgebühren, die nicht an ihn, sondern an seine *danwei*, seine Arbeitseinheit, gingen, veranstaltete der Direktor des Institutes vermutlich Abendessen mit anschließendem Karaoke für seine Verwandtschaft und seine Kumpels. Geräuschvoll spuckte der Professor aus. Seine Frau hatte ganz recht, wenn sie ihn manchmal einen Waschlappen nannte. Er hätte schon längst auf den Tisch hauen, hätte schon längst sein Recht einfordern müssen. Statt dessen ließ er sich alles gefallen, und wenn er dem verbrecherischen Direktor zufällig auf dem Flur begegnete, dann grüßte er ihn auch noch freundlich, statt ihm direkt an die Gurgel zu springen. Er hatte alles ganz falsch gemacht. Wäre er nur ein wenig geschickter im Umgang mit den Mächtigen, hätte er nur eine Prise Gespür für Politik, dann säße er längst bequem und gut bezahlt in seinem eigenen, wohlig geheizten und mit Forschungsmitteln ausgestatteten Institut. Dann würde er vom Staatsrat zu Symposien rund um die Welt geschickt. Dann hätte er einen Wagen mit Chauffeur und müßte nicht auf einem klapprigen Feldbett in seinem verstaubten Arbeitszimmer übernachten, weil die gemeinen Diebe heutzutage nicht einmal mehr ein zehn Jahre altes Fahrrad der Marke ›Fliegende Taube‹ verschmähten. Aber auf alles mußte er verzichten, weil er seinen Mund nicht halten konnte und immer wieder den Zorn der Herrscher auf sich zog. Weil er – gar nicht aus politischen Gründen, sondern schlicht aus wissenschaftlicher Überzeugung – mehrfach bezweifelt hatte, Tibet sei schon immer ein Teil Chinas gewesen. Weil er sich nicht hatte verkneifen können, darauf hinzuweisen, daß die Tibeter sich seinerzeit an Indien gewandt hatten und nicht an China, als sie eine Schrift für ihre Sprache suchten. Weil er sich die kritische Bemerkung hatte entschlüpfen lassen, daß auch die Nepalesen Tibet für sich beanspruchen könnten, denn schließlich hatte sich der tibetische König Srongtsan Gampo nicht nur eine Braut aus China, sondern auch eine Braut von dort geholt. Er konnte einfach seine Zunge nicht im Zaum halten, und dafür mußte er büßen. Sie ließen ihn am Minderheiteninstitut schon lange nicht mehr auf seinem eigentlichen Fachgebiet, ›Früher Buddhismus in Tibet‹, forschen. Dafür arbeitete er so wie heute in seiner Freizeit, ohne Bezahlung in den Abend- und Nachtstunden und nur, weil er sonst verrückt werden würde. Denn Prof. Li, einer der bedeutendsten Tibet-Kenner Chinas, durfte nur Sprachunterricht erteilen: Chinesisch für Tibeter. Trotzig ließ er das Licht auf der Toilette brennen, denn das verursachte dem Institut zusätzliche Elektrizitätskosten, und er befand sich jetzt irgendwie in einer aufsässigen Stimmung. Aber auf halbem Weg in sein Arbeitszimmer fiel ihm ein, daß eine höhere Stromrechnung ja auch heißen konnte, daß sein Geld ihm vielleicht noch später ausgezahlt würde. Und so schlurfte er bedrückt wieder zurück in den stinkenden Urinpfuhl und knipste das Licht doch wieder aus.

Li Rongwu gefror im Türrahmen, als er sein Arbeitszimmer betrat. Er wollte davonrennen, um Hilfe zu rufen. Aber er konnte sich vor Schreck nicht bewegen. Bekam noch nicht einmal den Mund auf.

»Was wollen Sie von mir?« brachte der Professor endlich stammelnd hervor. »Ich habe hier nichts, das Sie verkaufen können!«
Der Mann saß lässig auf der Kante des Schreibtisches, hatte die eine Hand in die Hüfte gestemmt und raschelte mit der anderen ziellos in des Professors ausgebreiteten Unterlagen, als sei es nur Laub.
»Ah, Professor Li!« begrüßte ihn der Fremde mit einem gleichgültigen Nicken. »Bitte, treten Sie doch näher.«
Hinter ihm fiel knarrend die Tür ins Schloß. Li fuhr mit einem kleinen Schrei herum, ließ seine Toiletten-Plastiktüte fallen. Ein zweiter Mann stand hinter ihm und drückte ihn mit sanfter Gewalt auf seinen Stuhl. »Was wollen Sie von mir? Hier gibt es nichts zu holen! Ich habe 60 Kuai bei mir. Hier, bitte, die können Sie haben!«
Der kräftige Kerl mit dem breiten Bullengesicht erhob sich von Lis Schreibtisch und zog seelenruhig seine ausgebeulte Lederjacke gerade.
»Keine Sorge, ehrenwerter Herr Professor. Wir sind keine Einbrecher. Bitte. So nehmen Sie doch Platz. Wir müssen mit Ihnen reden.«
Prof. Li fühlte sich entsetzlich hilflos und ausgeliefert.
»Mein Name ist Hu«, sagte der Mann und stützte sich mit beiden Händen auf dem Schreibtisch ab, während er den steif dasitzenden Professor mit hölzernem Blick fixierte. Hu hatte etwas zu eng zusammenstehende, hervortretende Augen, eine breite, fleischige Nase und einen brutalen Zug um seine wulstigen Lippen. Außerdem roch sein Atem nach Maotai-Schnaps und den verschiedenen Gewürzen eines ausgiebigen Abendessens im Sichuan-Stil. »Ich arbeite bei der Behörde für Öffentliche Sicherheit in Lhasa.«
»Mein Sohn! Es ist was mit meinem Sohn!« dachte Prof. Li und spürte einen Schwächeanfall kommen. Der junge Xiao Zhi war nach Tibet aufgebrochen, um, wie er sagte, eine neue Fotoserie über die chinesische Unterdrückung zu beginnen.
»Was soll denn das?« hatte Prof. Li seinen Sohn gescholten und dabei außer Angst auch einen tiefen Stolz empfunden. »Du bringst dich nur in Gefahr, und ändern wirst du doch nichts!«

»Diesmal schon, Vater. Ich bin ganz sicher. Warte nur ab. Sagt dir der Name Paul McGregor etwas?«

»Nein, den kenne ich nicht. Aber ich warne dich, laß dich nicht wieder mit Ausländern ein!«

»Ach, Vater ... Aber ich habe noch eine Frage, noch einen Namen, den du sicherlich schon einmal gehört hast: Kamdhar Gyor!«

»Was ist mit dem?« Li Rongwu horchte auf.

»Ich weiß es nicht, aber ich habe eine ... Freundin in Lhasa, die sehr beunruhigt ist wegen dieses Kamdhar Gyor. Mir sagt der Name nicht viel ...«

»Mir schon. Nimm dich in acht vor dem, mein Junge. Er bringt nichts Gutes. Ich weiß, du warst nie ein religiöser Mensch. Aber wenn du betest, Xiao Zhi, bitte, bete nicht zu ihm!«

»Nein, keine Angst, ich bete nicht zu ihm ...«

Natürlich hatte Xiao Zhi keine offizielle Genehmigung für seine Reise eingeholt, das tat er nie. Wozu auch? Xiao Zhi war in Lhasa geboren und aufgewachsen, er sprach tibetisch so gut wie chinesisch. Es war ein leichtes für ihn, unterzutauchen und ungehindert seiner Arbeit nachzugehen. Eine Arbeit, das fürchtete sein Vater schon seit langem, die ihn irgendwann in große Schwierigkeiten bringen würde. Besonders fürchtete er dies, seit im vergangenen Jahr ein Foto in der Weltpresse Furore gemacht hatte. Auf dem war ein am Boden liegender Mönch zu sehen, den zwei chinesische Soldaten mit Fußtritten malträtierten. Er war, als er durch Zufall von der Existenz dieses Fotos erfuhr, sofort zu seinem Sohn geeilt und hatte ihm auf Knien das feierliche Versprechen abgenommen, daß er nie, niemals wieder eines seiner Fotos an ausländische Zeitungen verkaufen werde. Xiao Zhi hatte es versprochen. Und als sein Vater sich erleichtert zum Gehen wandte, da hatte er gesagt: »Ich verkaufe diese Fotos nicht, Vater. Ich verschenke sie.«

Jetzt hatten sie ihn erwischt, dachte er, der vor Angst und Sorge kaum noch klar denken konnte. Er hatte sich mit einem Ausländer eingelassen, das konnte ja nicht gutgehen. Jetzt würden sie seinen Jungen, den dummen, unvorsichtigen, mutigen Jungen einsperren für den Rest seines Lebens oder sogar erschießen wegen Landesverrates und wegen der Veröffentlichung von Staatsgeheimnissen.

Und sie wollten von seinem Vater nun wissen, wo er seine Negative aufbewahrte.
»Ich weiß nicht, ich weiß doch gar nichts«, flüsterte er. »Ich bin nur ein alter Mann ...«
»Na, na, Professor«, höhnte der Mann namens Hu. »Wenn Sie nichts wissen, wer denn sonst? Sie genießen einen ausgezeichneten Ruf als einer der bedeutendsten Tibet-Experten im Lande. Wir hatten so gehofft, daß Sie uns helfen könnten. Deswegen bin ich den ganzen weiten Weg von Lhasa hergekommen, um Sie persönlich um Ihre Unterstützung zu bitten.«
Wenn sie nur wenigstens nicht auch noch mit ihm spielen müßten wie die Katze mit der Maus, dachte er bitter.
Hu griff in seine Jacke und holte einen Umschlag hervor.
»Fotos«, dachte Li. »Landesverräterische Fotos.« Oder die Anklageschrift gegen seinen Sohn. Oder das Geständnis, das sie ihm schon abgepreßt hatten. Oder der Erschießungsbefehl mit dem Vermerk: »ausgeführt«. Vielleicht waren sie gekommen, um ihm die Rechnung für die Todeskugel zu präsentieren.
»Wir haben es unter, nun, unter etwas turbulenten Umständen im Potala-Palast aufgefunden«, erklärte Hu und holte ein zerfetztes Stück Stoff aus dem Umschlag, das er auf Lis Schreibtisch ausbreitete.
»Ein Thangka?« erkannte der Professor. Er erhob sich, unsäglich glücklich, nicht weit davon entfernt, den unsympathischen, halslosen Herrn Hu vor Erleichterung zu umarmen. Statt dessen angelte er sich seine Lesebrille vom Tisch.
»Ganz recht. Ein Thangka. Oder besser: was davon noch übrig ist. Es hat bei der Bergung etwas gelitten. Aber hier, wie Sie sehen, manche Stellen sind noch einwandfrei erhalten und gut zu erkennen.«
»Was sind die dunklen Flecken und die Löcher? Sieht aus, als sei es verbrannt worden!«
»Stellen Sie nicht so viele Fragen, Prof. Li. Helfen Sie uns lieber dabei, Antworten zu finden. Dieses ramponierte Stückchen Stoff ist nämlich ziemlich wichtig«, wies ihn Hu zurecht.
»Sie meinen für die Erforschung Tibets?« schnaufte Li, mit einem

Mal beinahe belustigt. Für den Moment kehrte seine alte Selbstsicherheit zurück, seine Bildung und Kenntnis, die ihn haushoch über diesen Hu und seinen schweigsamen Spießgesellen erhob. »Da muß ich Sie aber enttäuschen. Sehen Sie, dieses Thangka ist nicht besonders fein gearbeitet. Es ist grob und weist sogar zahlreiche Fehler auf, die nicht vorkommen dürfen. Ich würde fast sagen, es ist eine Anfängerarbeit. Kein Stück aus der Werkstätte eines Meisters. Schauen Sie doch nur einmal hier unten ...«

Der Mann namens Hu schüttelte ungeduldig den Kopf. »Sie verstehen immer noch nicht, Prof. Li. Sie sollen diese Arbeit nicht beurteilen. Sie sollen uns sagen, wie sie ausgesehen hat und welche Botschaft sie beinhaltet.«

»Aber wer sagt Ihnen denn, daß dieses Thangka überhaupt eine Botschaft hat?« meuterte unwillig und beleidigt der Professor.

»Ich weiß es eben.«

»Unfug«, dachte Prof. Li empört und blickte den Besucher herausfordernd an. »Seit wann interessiert sich die Behörde für Öffentliche Sicherheit denn für buddhistische Kunst?« Er bereute seine törichte Frage sofort. Woher hatte er nur dieses seltene Talent, sich jeden, aber auch jeden Regierungsbeamten sofort zum Feind zu machen? Warum konnte er nicht einfach seinen Mund halten? Seine Frau, wenn er ihr denn jemals von dieser unheimlichen Begegnung berichten sollte, würde ihn zu Recht einen verbohrten Trottel schimpfen! Aber statt ihn rüde anzubrausen, gestattete sich der Mann namens Hu ein nachsichtiges Schnaufen.

»Es tut mir sehr leid, Ihnen berichten zu müssen, daß meine Mitarbeiter in Lhasa vor einigen Tagen Ihren Sohn festgenommen haben. Er spionierte ohne die nötigen Papiere in Tibet herum und scheint dort wohl auch Fotos gemacht zu haben. Ihr Sohn ist doch Fotograf, nicht wahr?«

Also doch! Prof. Li spürte seine Knie weich werden und ließ sich benommen auf den Stuhl sinken.

»Ist Ihr Sohn ein Fotograf?« wiederholte Hu im Ton eines Anklägers.

»Ja, das ist er.« Seine Antwort war ein kraftloses Flüstern.

»Es sind sehr, sehr ernste Anschuldigungen gegen Ihren Sohn

vorgebracht worden, die gegenwärtig untersucht und möglicherweise erhärtet werden. Erklärt das nach Ihrer Meinung das Interesse der Behörde für Öffentliche Sicherheit?«

»Natürlich.« Er hörte gar nicht mehr zu. »Xiao Zhi«, dachte er immer wieder, »wie konntest du das deiner Mutter und mir nur antun?«

»Wie es der Zufall will, haben wir aber hier eine Aufgabe für Sie, Herr Professor. Eine sehr wichtige und patriotische Aufgabe. Wenn Sie diese Aufgabe zu unserer Zufriedenheit lösen, dann wird sich das möglicherweise strafmildernd auf das Verfahren gegen Ihren Sohn auswirken.«

Prof. Li blickte auf, das gelbliche Licht der Schreibtischlampe spiegelte sich in seinen tränengefüllten Augen wider. »Sie meinen ...?« Er wagte nicht, den Satz zu Ende zu sprechen. Eine Welle der Dankbarkeit durchflutete ihn.

Hu klopfte mit den Fingerknochen auf das durchlöcherte Thangka, das noch immer auf dem Schreibtisch ausgebreitet war. »Lösen Sie das Geheimnis dieses tibetischen Putztuches hier, und ich werde mich persönlich dafür einsetzen, daß Ihr Junge mit einer Verwarnung davonkommt. Aber Sie haben nicht viel Zeit. Wir kommen in einer Woche wieder.«

»Natürlich, natürlich.« Prof. Li sprang von seinem Stuhl auf und lief aufgeregt zu seinem Bücherregal, fing unsinnigerweise an, nach irgendwelchen Wälzern über tibetische Thangkas zu suchen, die er selbst geschrieben hatte oder längst auswendig kannte. »Das kann ich. Das tue ich gerne. Ich fange gleich damit an. Niemand in China, vielleicht niemand auf der Welt kennt sich so gut aus mit Thangkas wie ich, Hu xiansheng. Ich werde nicht ruhen, bis ich die Lösung gefunden habe, nach der Sie suchen.«

»Das habe ich nicht anders erwartet«, stellte Hu befriedigt fest und gab seinem Begleiter mit den Augen das Aufbruchszeichen. »Wir sehen uns in einer Woche, Professor.«

»Ja, gewiß, gewiß. Ich werde Sie sicherlich nicht enttäuschen.« Prof. Li drehte sich nicht einmal um, seine zitternden Hände suchten weiter nach den Büchern, die er in seiner Aufregung nicht finden konnte. Erst als er das Knarren der Tür und das Zuschnappen des Schlosses hörte und die Schritte seiner Besucher sich entfernten, da atmete er stoßweise aus, sank in sich zusammen und wäre auf den Boden geglitten, hätte er sich nicht mit beiden Händen an den Brettern seines Bücherregals festgehalten.

Xiao Zhi, dachte er taub und leer. Xiao Zhi. Sein einziger Sohn, sein liebstes Kind. Es fiel ihm der kleine Xiao Zhi ein, der stotternde, schwierige Junge, der in der neuen Schule nicht mitkam, den seine Lehrer schalten und bestraften, den seine Mitschüler hänselten. Ein Junge, der in seiner eigenen, abgeschlossenen Welt zu leben schien, seit sie aus Tibet nach Peking umgesiedelt waren. Er hatte den Umzug nicht gut verkraftet. Seine beiden älteren Schwestern freuten sich, endlich aus dem rückständigen Tibet wegzukommen und in Peking das Leben zu beginnen, nach dem sie sich schon lange gesehnt hatten. Aber der Junge war merkwürdig geworden, stur und manchmal trotzig. Einmal mußten sie ihn mit einer schweren Gehirnerschütterung ins Krankenhaus bringen, weil er aus Unwillen seinen Kopf so fest gegen die Wand gerammt hatte, daß er das Bewußtsein verlor. Sie hatten erfahrene Lehrer um Rat gefragt – ohne Ergebnis. Kinderpsychologen gab es noch nicht in China, das sich gerade erst aus den Trümmern der Kulturrevolution aufrichtete. Aber es gab einen Nachbarn, Lao Tong, einen wunderlichen alten Mann, über dessen Hintergrund niemand im Haus Genaueres wußte und der jeden Tag draußen im Hof unter einem Baum saß, mit einem Vogelkäfig, in dem ein winziger, aufgeregter Pirol hin und her hüpfte. Zu diesem Mann entwickelte das schwierige Kind Zutrauen. Lao Tong kam eines Tages zu den Eltern und sagte ihnen, es wäre eine gute Idee, wenn sie dem Jungen einen Fotoapparat kauften. Der Kleine, sagte Lao Tong, könne mit der Welt um sich herum nichts anfangen und müsse lernen, sie in Bildern festzuhalten und für sich begreifbar zu machen. Die ratlosen Eltern fragten den alten Mann in der abgewetzten blauen Arbeiterkluft nicht, wie er zu dieser Erkenntnis gekommen war. Sie fragten nicht nach seiner Fähigkeit, die Nöte eines Achtjährigen zu erkennen. Sie glaubten ihm einfach, und Prof. Li investierte seine ganzen Ersparnisse in eine gebrauchte Kamera vom Typ *Seemöwe*, die er Xiao

Zhi am nächsten Tag schenkte. Es war, als hätte man einem Nesthocker das Fliegen beigebracht. Sobald er die *Seemöwe* in seiner Hand hielt, verwandelte sich sein Sohn von einem apathischen Sonderling zu einem kreativen, neugierigen Entdecker, der ruhelos umherstreifte und alles, buchstäblich alles, was er sah, fotografieren mußte. Menschen, Tiere, Straßen, Häuser – sogar Abfall und Unrat, Steine oder einfach den blauen Winterhimmel. Wie oft hatte er sich angeschlichen, seine geliebte *Seemöwe* im Anschlag, und seine Eltern, seine Schwestern fotografiert, die sich seine kleinen Attacken, amüsiert oder protestierend, immer wieder gefallen lassen mußten? Es war, als existierten Menschen und Dinge, als existiere die Welt um ihn herum so lange nicht, bis er sie fotografiert, bis er sie auf den schlecht gefertigten, unterbelichteten oder verwackelten Abzügen seiner Fotos betrachtet hatte. Und so war es alle Jahre hindurch geblieben. Die Technik der Fotoentwicklung war mit den Jahren verfeinert worden, seine alte *Seemöwe*, die er immer noch besaß, von einer und noch einer und dann noch einer japanischen Kamera ersetzt worden. Aber eines hatte sich nicht geändert: Noch immer mußte Xiao Zhi alles, was er sah, zuerst im Rechteck seines Kamerasuchers gesehen haben, bevor er damit etwas anfangen konnte, bevor er es überhaupt verstehen konnte. Und jetzt hatten ihn diese fatale Unfähigkeit, dieser Fluch, diese Behinderung ins Gefängnis gebracht.
Prof. Li wünschte sich, er hätte niemals den Rat des alten Tong befolgt; es hätte den Jungen weiter leiden und trotzen lassen, denn es wäre zu seinem eigenen Besten gewesen. Jetzt saß er in Lhasa im Gefängnis und litt, nur weil er nicht aufhören konnte, zu fotografieren. Aber vielleicht gab es ja noch eine Rettung! Er selbst hatte das Schicksal seines Sohnes in der Hand. Wenn es wirklich nur dieses verfluchte, schlecht gearbeitete Schwarze Thangka war, dieses durchlöcherte Etwas, das sie da auf seinem Tisch gelassen hatten und das angeblich ein Geheimnis barg. Wer sonst auf der Welt konnte es enträtseln, wenn nicht Prof. Li? Er konnte das. Er konnte seinen Sohn retten!
Er ließ sich an seinem Schreibtisch nieder und hob den grob gearbeiteten Seidenstoff an spitzen Fingern mit beiden Händen

empor. Löcher, angeschwärzte Ränder, Brandspuren. Er versuchte, es sich als Ganzes vorzustellen – es gelang ihm nicht. Seine Augen brannten, der Gedanke an seinen Sohn ließ ihn nicht los.
Hu Banguo aus Lhasa schritt, gefolgt von seinem schweigsamen Pekinger Kollegen, über den dunklen Parkplatz des Minderheiteninstitutes zur wartenden Limousine. Der Fahrer ließ den Motor an, sobald er die beiden Männer sah.
Hu zündete sich eine Zigarette an und ließ sich auf dem Rücksitz nieder. Er war zufrieden mit der Art, wie er Prof. Li eingeschüchtert hatte. Der würde sein muffiges Arbeitszimmer gewiß nicht verlassen, bevor er aus dem tibetischen Stoffetzen alle Spuren herausgelesen hatte, die noch irgendwie herauszulesen waren; also konnte er Feng Lizhao beruhigen. Hu wußte aus Erfahrung, daß ein Mensch in Angst besser arbeitet als ein Sorgloser. Wenn ein Mensch Angst hat, dann mobilisiert er die letzten Reserven, dann kennt er keine Müdigkeit und keinen Hunger. Hu malte sich genüßlich aus, wie der stotternde, schwächliche Hanswurst in seinem Studierzimmer wohl reagiert hätte, wenn er gewußt hätte, daß die dunklen Flecken auf dem Seidenstoff des Thangka vom Blut seines eigenen Sohnes herrührten.

Feng Lizhao, Tibet-Sekretär des Staatspräsidenten, der auf Spesenrechnung des Staatsrates eine Gruppe von zwielichtigen Geschäftsleuten aus Guangzhou bewirtete, entschuldigte sich nach dem zweiten Trinkspruch feierlich bei seinen Gästen und verließ das ruhige, für besondere Anlässe reservierte Nebenzimmer im Fischrestaurant Tian Tian Yu Gang, um einen dringenden Anruf zu machen. Durch den engen Flur balancierten Kellner Tabletts mit Austern, Krabben und Schildkröten, und er fühlte sich nicht ungestört. Feng schritt hinaus in den großen Gastraum, der von hundert Tischgesprächen widerhallte, alle Tische waren besetzt. Zigarettenrauch und Alkoholdünste waberten über den Trümmerfeldern von Muschelschalen, Fischgerippen und unverdaulichen Essensresten, die üblicherweise geradewegs neben den Teller oder auf den Fußboden gespuckt wurden. Es war zu laut hier, er konnte auf seinem Mobiltelefon kaum das Freizeichen hören.

Fluchend stieg Feng die Treppe hinab und trat aus dem Restaurant in die frische Herbstnacht, beobachtet von Fröschen, Schlangen und Fischen, die in den Aquarien geduldig und arglos darauf warteten, zu jenen Delikatessen verarbeitet zu werden, für die das Tian Tian Yu Gang weit über die Grenzen Pekings hinaus bekannt war.
Hu antwortete beim ersten Klingellaut.
»Was ist?« fragte Feng nur.
»Ah, Feng xiansheng. Der Professor ist ganz zuversichtlich, daß er sehr bald schon die Antwort auf alle Ihre Fragen haben wird«, log Hu. »Verdammt«, dachte er bei sich. Diese tibetischen Thangkas sahen schließlich alle gleich aus. Irgendwas würde der vertrocknete Bücherwurm schon finden.
Feng atmete erleichtert aus; sein Atem roch nach Maotai-Schnaps und Knoblauchcrevetten.
»Wann?«
»In einer Woche.«
»Na gut. Eine Woche, Hu, und dann liegt das Schwarze Thangka auf meinem Tisch. Mitsamt einer detaillierten Erklärung für jedes Symbol, jeden Pinselstrich. Ich muß wissen, was dieses Bild darstellt. Haben Sie mich verstanden?«
»Aber sicher. Wird gemacht, Feng xiansheng. Ansonsten bleibt alles beim alten, ja? Keine Abweichungen vom Fahrplan?«
»Wenn das nicht so wäre, hätte ich es Ihnen schon gesagt. Tun Sie wenigstens diesmal Ihre Pflicht. Für den Posten in Hainan halte ich Sie weiterhin im Gespräch. Aber nur, wenn Sie mich nicht noch einmal enttäuschen.«
»Ganz gewiß nicht, Feng xiansheng!«
»*Cao ni ma* – fick deine Mutter«, schnaufte Hu, nachdem die Verbindung abgebrochen war. Diese Affäre hatte ihm schon mehr Ärger eingebracht, als er vertragen konnte. Er war eigens von Lhasa nach Peking gereist, um den Thangka-Experten Prof. Li Rongwu am Minderheiteninstitut aufzusuchen, mußte in einer Woche noch einmal dieselbe Tour machen, um das Thangka abzuholen, und es war noch nicht einmal sicher, ob die Behörde ihm die Auslagen erstatten würde. Nichts als Ärger hatte ihm die

Sache mit dem Schwarzen Thangka gebracht. Und nur der Himmel wußte, welcher Ärger noch drohte. Aber wenn am Ende doch alles gutging, dann konnte er endlich weg aus Lhasa, und dafür war keine Mühe zu groß. Hainan, dachte er, um sich zu trösten. Palmen, Gangster, freie Wirtschaft. Als Polizeichef von Haikou, der Hauptstadt der Insel, konnte Hu sich Bestechungsgelder, Prämien und Freundschaftsgaben der Triaden bündelweise in die Taschen stopfen.

Feng Lizhao blickte in die ausdruckslosen Augen der Karpfen, die ihm aus dem Aquarium entgegenstarrten. Also bestand doch noch eine Chance, hinter das Geheimnis des Bildes zu kommen und die Kamdhar-Sekte zu erpressen. Wenn er in seinen langen Dienstjahren in der Autonomen Region Tibet irgend etwas gelernt hatte, dann war es das eine: Die primitiven Tibeter waren Sklaven ihrer Religion, Gefangene ihres Glaubens, fanatische Anbeter von kultischen Gegenständen und furchtsam bis zur Hysterie, wenn sie einen bestimmten Zauber fürchteten. Feng war ein Politiker mit ausgeprägtem Geschäftssinn. Als Politiker half er den Kamdhars, die religiöse Vorherrschaft in Tibet zu erringen. Als Geschäftsmann jedoch würde er dafür einen angemessenen Preis verlangen. Denn wenn er das Schwarze Thangka besaß, dann hatte er eine mächtige Waffe gegen sie.

Vor einigen Wochen war der Verbindungsmann der Kamdhar-Gyor-Sekte in seinem Büro aufgetaucht: Targa, ein zuverlässiger Mann, den die Chinesen vor Jahren sehr geduldig und geschickt aufgebaut und in die Organisation der Exiltibeter eingeschleust hatten, wo er heute – nachdem seine Vorgänger auf mysteriöse Weise ums Leben gekommen waren – als Dolmetscher des Dalai Lama für Chinesisch und Englisch fungierte. Targa lieferte nicht nur unschätzbare Informationen über die Vorhaben und Intrigen des notorischen Separatisten, des Dalai Lama, nach Peking. Er hatte zudem auch eine recht hohe Position in der Geheimsekte Kamdhar Gyors, die so freundlich war, den Dalai anzugreifen, in Verruf zu bringen und die tibetische Gemeinde zu spalten. Dafür zeigte sich China erkenntlich, indem es über die Person von Feng

Lizhao großzügige Geldsummen in die Sektenkasse fließen ließ. Nun aber war dieser Targa mit einem ganz neuen, einem sehr ehrgeizigen und geradezu genialen Plan gekommen. Zuerst dachte Feng: zu riskant! Er mußte dazu den Staatspräsidenten, dessen Vertrauen er genoß, hintergehen und vor vollendete Tatsachen stellen. Das konnte ihn buchstäblich den Kopf kosten, wenn etwas schiefging. Aber Targa redete so lange auf ihn ein, bis er selbst überzeugt war, daß damit alle Probleme mit Tibet endlich gelöst würden und daß am Ende er, Feng Lizhao allein, die Lorbeeren dafür ernten würde.
Und zum Schluß erwähnte Targa noch etwas, das Feng Lizhao vollends einnahm, das ihn elektrisierte.
»An Sie persönlich ist natürlich auch gedacht, Feng xiansheng«, hatte Targa verschmitzt gesagt. »Sie bekommen als Lohn für Ihre Mühe etwas zurück, das Ihnen vor langer Zeit abhanden gekommen ist.«
Feng hatte aufgehorcht, und sein Herz hatte für einen Schlag ausgesetzt.
»Unmöglich!«
»Es gibt nichts, was wir nicht für Sie tun können. Und nichts, das wir nicht wüßten. Die Sachen wurden nach Nepal gebracht und in der *Stupa* in Kathmandu aufbewahrt. Es bereitet uns keinerlei Mühe, sie von dort wegzuholen. Helfen Sie uns, das Schwarze Thangka zu finden, und Sie werden es nicht bereuen.«
Wie ein Wetterleuchten war es da von ferne in seiner Erinnerung aufgeblitzt: die Begegnung mit dem jungen Tibeter, der den volltrunkenen Feng mit der Stimme des Teufels gefragt hatte, ob er das Schwarze Thangka habe. Als Targa ihn mit seinem brillanten Vorhaben einwickelte, da hatte Feng noch nicht einmal verstanden, hatte die Erinnerung nicht mit der Gegenwart in Verbindung gebracht. Er hatte den Kamdhar-Gyor-Anbetern geholfen, und bis jetzt hatte er keinen Grund zur Reue. Sie hatten ihr Wort gehalten. Er brachte seinen Schatz aus Tibet nach Peking und kontaktierte den Mann, den er einst auf einem Schemel in einer verseuchten Lagerhalle für Chemikalien in Guangzhou angetroffen hatte und der nun oben im Nebenzimmer des Restaurants auf ihn wartete.

Feng steckte sein Mobiltelefon ein und begab sich zu seinen Gästen aus Guangzhou. Ihr Anführer, ein steinalter und steinreicher Greis namens Leung, der eigens den langen Weg von Südchina hinauf nach Peking unternommen hatte, um Feng zu treffen, empfing ihn mit erhobenem Glas und erwartungsvoll gehobenen Augenbrauen.

»Gute Nachrichten?« schnarrte er.

»Ja«, antwortete Feng und dachte: »Hoffentlich.«

»Na, wunderbar. Wir haben auch lange genug gewartet, *Ganbei.*«

Feng ergriff sein Glas. »Ganbei.«

Beide kippten den scharfen Schnaps in einem Zug herunter.

»Auf unseren Handel.«

Nachdem sie die Tafel aufgehoben hatten, begaben sie sich zu ihren nebeneinander geparkten Autos, die von zwei bewaffneten Mitarbeitern Leungs beaufsichtigt wurden. Leung holte aus dem Kofferraum seines Cadillac einen schwarzen Aktenkoffer, Feng aus dem Kofferraum seines Toyota einen Seesack, in dem es verheißungsvoll schepperte und rasselte.

»Da hat sich das Warten schließlich doch gelohnt«, grinste Feng.

»Natürlich«, kicherte der Greis. »Wie bei dem alten Mann, der Berge versetzt. Das hatte ich Ihnen damals schon gesagt. Möchten Sie Ihr Geld gerne nachzählen?«

»Nein, ich vertraue Ihnen.«

500 000 US-Dollar waren abgemacht.

»Soviel«, dachte Feng, »werde ich bald jeden Monat von den Kamdhars verlangen.« Die Sekte war reich. Sie zogen ihren Anhängern das Geld links und rechts aus der Nase. Wenn er das Schwarze Thangka besaß, dann würden sie an ihn zahlen, bis sie selbst schwarz würden.

8. Kapitel

Cambridge, Massachusetts

»Catherine?«

Sie hatte die Tür nur einen schmalen Spaltbreit geöffnet, ihr Atem ging schnell, ihre Stimme war nur ein klägliches Piepsen und wenig geeignet, einen Angreifer zu beeindrucken.

»Was wollen Sie?« Es war schon längst dunkel. Sie erwartete keinen Besuch. Sie wünschte sich, sie hätte das Klopfen unbeantwortet gelassen. Sie hatte Angst.

»Catherine Laurell? Oder habe ich mich in der Tür geirrt?«

»Wer sind Sie?«

»Sie haben Ihre Karte in meinem Büro hinterlassen. Und Sie haben einen sehr guten Eindruck auf meine Ms. Jocelyn gemacht. Oder eher das Gegenteil. Die gute Seele war richtig besorgt um Sie.« Catherine konnte nur den Winkel seines Mundes sehen, aber was sie sah, gefiel ihr sofort. Dieser Mund, ungewöhnlich geformt, in dessen Ecken ein freundliches, fast schelmisches Lächeln wohnte, formte nicht einfach Worte. Er wußte sie mit seiner überkorrekten Betonung in feines Geschenkpapier einzuwickeln. Seine samtene Stimme hüllte die Worte in eine süße Musik, und dieses kleine verschmitzte Lächeln gab dem Ganzen seinen besonderen Reiz. Ein kaum merklicher, unbestimmbarer Akzent legte sich auf seine Worte wie ein zauberhafter Schleier. Und was sie am meisten verwunderte: Er sprach ihren Namen korrekt aus: Catheríne.

Die Kette am Türschloß war bis zum Anschlag gespannt. Sie sah sein Auge. Dunkel mit einem melancholischen Glanz. Die Hautfarbe auf dem ebenmäßigen Gesicht war von einem tiefen Braun wie nach einem langen Urlaub in der Karibik, sein Haar war in gleichmäßigen, tiefschwarzen Wellen nach hinten gekämmt.

»Mein Name ist Nyima Gyatso. Sie haben mich in meiner Kanzlei aufgesucht, aber ich war leider sehr beschäftigt.«

»Oh, natürlich.« Ihre Furcht ließ nach. »Ms. Jocelyn, das ist Ihre Sekretärin, nicht wahr?« Sie drückte die Tür kurz zu und entfernte die Sicherheitskette, öffnete dann ihre Wohnung dem Fremden. Er war Mitte Dreißig. Stattliche Figur, aber kein Riese, sportlich, aber kein Athlet. Anzug und Krawatte hätte sie selbst nicht besser wählen können. Starkes Kinn, feiner Mund. Seine Augen der Schatten von Kohle, dabei warm und mitfühlend. Sein Mund noch unwiderstehlicher, jetzt, wo man auch das Lächeln im anderen Mundwinkel sehen konnte. Nicht nur, stellte sie fest, nicht nur sah er blendend aus. Er hatte auch Manieren. Sofort senkte er den Blick, trat einen Schritt zurück.

»Verzeihen Sie, daß ich Sie hier einfach so überfallen habe, ohne mich zuvor anzumelden. Ich war auf dem Heimweg, wohne nur ein paar Blocks weiter. Es ist nur, daß ich Ms. Jocelyn versprechen mußte, heute noch bei Ihnen vorbeizuschauen. Sie hat sich tatsächlich Sorgen gemacht.« Nyima war taktvoll genug, zu verschweigen, daß er die Einschätzung seiner Sekretärin durchaus verstand. Die junge Frau sah aus wie eine Blume, die im Begriff war zu verblühen. Als leide sie unter einer rapide fortschreitenden, tödlichen Krankheit, die ihre Lebensgeister aufzehrte, oder als sei sie drogensüchtig. Ihre Augen waren tief in die Höhlen eingefallen, ihre Hautfarbe fahl, ihr Haar glanzlos und wirr. Nyima sagte ihr auch nicht, daß sie wohl einen Arzt dringender als einen Anwalt oder einen Experten für Völkerrecht brauche.

»Vielleicht schlafen Sie sich erst einmal aus und besuchen mich morgen noch einmal in meinem Büro«, schlug er vor.

»Nein, bitte!« Das kam so schnell und klang so kläglich, so hilflos, daß sie selbst erschrak. Beinahe hätte sie seine Hände ergriffen und ihn in ihre Wohnung hineingezerrt. Denn er hatte eine Erklärung, das spürte sie, denn sie hatte ihn schließlich über das Büro der Exstudenten von Harvard gefunden. Auf die war Verlaß. Sie suchte jemanden, der alles über Tibet wußte und den sie sofort aufsuchen konnte, und der Computer hatte seinen Namen und seine Anschrift angegeben. Dr. Nyima Gyatso schien nicht wie

dieser verwirrte Matthew ein Opfer seines eigenen krausen Geisterglaubens zu sein. Er war selbst Tibeter, aber einer, der sich auskannte, in dieser Welt auskannte. Er war Harvard-Absolvent. Er arbeitete eng mit dem Dalai Lama zusammen, er kannte diesen Mann sogar persönlich, genoß sein Vertrauen.
»Kommen Sie doch herein. Bitte, nehmen Sie Platz. Ich bin wirklich froh, daß Sie zu mir gekommen sind. Richten Sie bitte Ms. Jocelyn aus, wie dankbar ich ihr bin. Möchten Sie vielleicht etwas zu trinken?« Sie grinste, fuhr sich nervös durchs Haar, stolperte über einen vergessenen Turnschuh in der Diele, stieß sich das Schienbein am niedrigen Wohnzimmertisch und verschüttete beim Eingießen einen Martini. Er stand vor ihr, nahm ihr vorsichtig das Glas und die Flasche aus den Händen und stellte sie auf dem Tisch ab; seine Hände, weich und warm, umschlossen ihre kalten Finger, und da lockerte sich die ganze Anspannung. Da brach es einfach heraus; sie schlang ihre Arme um diesen wildfremden Mann und preßte ihren Kopf gegen seine Brust, als berge sie die Lösung zu allen Rätseln. Er erwiderte zaghaft ihre Umarmung, seine Hände fuhren tröstend ihren Rücken auf und ab.
Er stellte keine Fragen. Er wartete, bis sie alles berichtet hatte, unterbrach sie nicht, sondern saß nur schweigend da, ihre Hände haltend, und hörte zu.
Nur einmal stutzte er, amüsiert: »Ms. Jocelyn hat Sie zu den Leuten nach Providence geschickt? Na, so was. Ich hätte niemals gedacht, daß die gute Frau Kontakte zur radikalen Studentenschaft unterhält.«
»Sie dürfen deswegen nicht schlecht von ihr denken«, sagte Catherine eifrig. »Sie hat mir nur helfen wollen. Und ich habe an der Brown ja auch etwas sehr Wichtiges erfahren.«
»Daß Sie ein Tulku sind? Das hat Ihnen Matthew Tanner gesagt. Daß der Dalai Lama Sie zu einer Reinkarnation ernannt hat, um den bösen, bösen Kamdhar Gyor zu bezwingen ...«
Etwas in der Art, wie sein Mund diese Worte formte, verunsicherte sie. Hörte sie da einen feinen Spott heraus? Machte er sich über sie lustig? Das wäre schwer zu ertragen gewesen. Ihr Blick mußte sie verraten haben.

»Keine Angst, Catherine. Ich glaube Ihnen jedes Wort. Und dieser Mr. Tanner, er weiß sicherlich, wovon er spricht. Ich habe selbst mit großem Gewinn einige Bücher und Aufsätze von ihm gelesen. Er kennt sich mit den Gottheiten meines Landes sicherlich besser aus als manch anderer, die meisten Tibeter eingeschlossen. Aber ...« Langsam und bedächtig schüttelte Nyima seinen Kopf. »Wenn Sie wirklich ein Tulku wären, noch dazu die Reinkarnation einer wichtigen Persönlichkeit mit einer so wichtigen Aufgabe – glauben Sie mir, dann wären Sie Tibeterin, keine Amerikanerin. Und – sorry, daß ich das so offen sagen muß, aber der Buddhismus ist nicht unbedingt politisch korrekt – Sie wären vermutlich keine Frau. Es passiert nur in den Drehbüchern von Hollywood, daß ahnungslose Ausländer plötzlich und zufällig als Tulku erkannt werden.«

»Aber die Träume? Wenn Matthew sich geirrt hat – warum habe ich dann diese entsetzlichen Visionen?«

Nyima zuckte die Achseln. »Dafür kann es viele Erklärungen geben, die nicht in der Religion liegen, sondern in Ihrer Seele.«

»Aber Matthew ...«

»Lassen Sie mich Ihnen die Hintergründe der jetzigen Situation erklären. Und bitte, glauben Sie mir, ich tue das nicht, um Sie gegen Mr. Tanner auszuspielen. Seit einiger Zeit gibt es eine sehr häßliche und erbitterte Auseinandersetzung zwischen der Gelugpa-Sekte, die der Dalai Lama anführt, und einer kleinen, radikalen Splittergruppe, die einen Schutzgeist namens Kamdhar Gyor anbetet.«

»Darüber hörte ich bereits von Matthew.«

»Aber was Sie vielleicht nicht gehört haben, ist dies: Matthew Tanner ist einer der Anführer der amerikanischen Kamdhar-Gyor-Leute. Ich sage es noch mal: Ich bestreite nicht, daß er einer der kenntnisreichsten buddhistischen Gelehrten auf seinem Gebiet ist – und dies ist wohl auch der Grund, warum Ms. Jocelyn Sie zu ihm geschickt hat. Aber er verehrt eine gefährliche Gottheit, und seine Motive sind zweifelhaft ...«

»Er erklärte mir, er habe sich losgesagt.«

»Das muß nicht unbedingt stimmen. Die Kamdhar-Leute sind

klug und trickreich. Sie erzählen heute dies und morgen das. Stellen Sie sich mal vor: Sie beschuldigen den Dalai Lama, daß er ihre Menschenrechte verletze! Werfen ihm religiöse Unterdrückung vor, weil er ihren Irrglauben nicht so einfach dulden will. Natürlich werden sie von den Chinesen unterstützt, die alles tun, um die Tibeter zu spalten und gegeneinander aufzuhetzen. Die Kamdhar-Leute sind genau nach dem Geschmack der Chinesen. Sie lügen und betrügen und schrecken sogar vor Mord und Totschlag nicht zurück. Wie gesagt« – seine Augen hatten einen kalten Glanz bekommen, während er über die Kamdhar-Sekte sprach, nun hob er beschwichtigend beide Hände –, »ich will nicht sagen, daß Matthew Tanner irgend etwas Unrechtes getan hat. Ich meine nur: Sein Rat und seine Ausführungen sind mit einer gewissen Vorsicht zu genießen.«

»Sie meinen also, ich sollte nicht nach Tibet reisen, wie er mir empfahl? Ich habe keine ›Aufgabe‹, wie Matthew sagte. Sie meinen, meine Träume sind mit etwas Psychoanalyse zu beheben, und alles ist vorbei?«

»Ungefähr richtig. Ungefähr ...« Diese junge, verwirrte Frau hatte in der Tat ein Problem. Aber ein anderes, als sie dachte. Eine Gruppe brandgefährlicher Fanatiker hielt sie für eine Reinkarnation, die vom Dalai Lama auserkoren war, ihren Götzen, den Kamdhar Gyor, zu bekämpfen.

»Sie sollten vielleicht für ein paar Tage verreisen«, sagte er vage. Das milde Lächeln, das er dazu aufsetzte, erschien ihr jedoch alles andere als beruhigend. »Vielleicht nicht unbedingt nach Tibet. Irgendwohin, wo Sie niemand suchen würde. Und schließen Sie immer Ihre Tür gut ab.«

Sie wirkte wie eine überaus brave, vielleicht sogar etwas schüchterne Mittvierzigerin. Ledig, vielleicht verwitwet, denn sie lachte nicht viel. Streng und ohne eine Spur von Übermut gekleidet, stets in gedeckten Farben, nichts Aufdringliches. Ihre Frisur war gepflegt, aber unauffällig, sie benutzte wenig Make-up. Ihr einziger Schmuck war ein kleines tibetisches Amulett, das verborgen zwischen ihren Brüsten hing.

Sie nannte sich, wenn sie Seinen Willen ausführte, *rakshasi*, nach einer wilden Dämonin, die dem tibetischen Geisterpantheon angehörte. Vor Gericht wäre sie für das, was sie tat, sehr wahrscheinlich für »nicht schuldfähig« befunden worden. Jeder psychiatrische Gutachter, der sein Geld wert war, hätte sie für schizophren erklärt, denn sie hörte Stimmen. Stimmen, die aus einer anderen Welt zu ihr sprachen. Stimmen, die ihr schmeichelten und sie anstachelten. Stimmen, die ihr Morde befahlen.
Vicky Jocelyn war in ihrem irdischen Dasein Sekretärin und Assistentin des ahnungslosen Dr. Gyatso. In ihrem Herzen aber war sie eine treue Nonne des Kamdhar Gyor, und wenn die Stimmen zu ihr sprachen, dann wurde sie zur Rachedämonin Rakshasi.
Heute abend hatten die Stimmen gesprochen, wütend wie selten zuvor. Einen Verräter mußte sie beseitigen, und das hatte sie getan. Aber diesmal wollten die Stimmen noch mehr. Das Mädchen war gefährlich. Das Mädchen, das sie selbst zu Tanner geschickt hatte, bevor sie erfuhr, daß er Kamdhar Gyor hintergangen hatte. Sie hatte die beiden in Providence verfolgt und beobachtet. Das Mädchen, aus dessen Wohnung sie nun zu ihrer Überraschung Dr. Gyatso treten sah, mußte beseitigt werden, denn sie hatte die Macht, dem Allmächtigen Wunden zuzufügen. Schnell drehte Vicky Jocelyn ihren Kopf zur Seite, damit Dr. Gyatso sie nicht erkannte, täuschte vor, eine Spaziergängerin zu sein. Er bemerkte sie nicht. Sie sah ihn in seinen Wagen steigen und in die Dunkelheit verschwinden. Vor dem Haus auf und ab gehend wartete sie geduldig auf den passenden Moment. Das Messer hielt sie fest umklammert in der tiefen Manteltasche verborgen. Nur unter dem Mikroskop würden Experten die Blutspuren darauf feststellen können. Vicky Jocelyn hielt sehr auf Reinlichkeit.

9. Kapitel

Beverly Hills

»Bitte, entspannen Sie sich erst einmal, und dann sprechen wir in aller Ruhe.« Dr. Gertrude Fisher schlug geduldig ihre langen, sonnengebräunten Beine übereinander. Dieser Patient war ein klassischer Fall für die Gruppentherapie. Wenn er allein war, würde er nur bockig werden. Dr. Fisher wollte versuchen, die Sitzung heute so kurz wie möglich zu halten und den übernervösen, mageren Mann für den Mittwoch zu bestellen. Die Gruppe 9 würde ihm sicherlich guttun. Die Nachmittagssonne fiel durch die mannshohe, getönte Fensterfront ihrer luxuriös eingerichteten Praxis hoch über Beverly Hills. Von ihrem Arbeitsplatz aus konnte Dr. Fisher das ganze Viertel überblicken, in dem mehr Psychosen, Phobien und Komplexe wucherten, in dem mehr verwirrte, verirrte und verkorkste Seelen versammelt waren als sonst irgendwo auf der Welt. Dr. Fisher lehnte sich in ihrem Sessel zurück, zupfte am Dekolleté ihrer Bluse, bis ihr mit Sommersprossen besprenkelter Busenansatz sichtbar wurde, und zeigte etwas mehr Bein als nötig gewesen wäre, denn sie hatte die Erfahrung gemacht, daß viele Patienten dieses Entgegenkommen schätzten und es für ein Zeichen der besonderen Vertraulichkeit hielten, zumal es von einer attraktiven Frau kam, die die Fünfzig bereits überschritten hatte.

Nicht dieser Mann aber.

Dieser blieb weiter verkrampft auf dem cremefarbenen Polster des Sofas hocken, als erwarte er Prügel von ihr. Selbst das eigens nach ihren Anregungen angefertigte Gemälde »Sonnenfeuer im Silberglanz«, das mit seiner beruhigenden Wärme und seinen leeren Flächen schon viele scheinbar unlösbare Seelenknoten gelockert hatte, verfehlte bei diesem Mann seine Wirkung. Er spielte mit den Fingern beider Hände wie ein Schüler vor der Prüfungskommission, seine schwarzen Haare standen in wirren Locken von seinem eierförmigen Schädel ab, als habe er soeben in eine Steckdose gegriffen.

»Ich weiß gar nicht, was ich hier mache, verstehen Sie? Ich bin kein Fall für den Therapeuten, ich ganz bestimmt nicht. Sie vielleicht, meine Exfrau, aber nicht ich!«

»Mr. Myzinski, oder darf ich Arthur sagen ...?«

»Jaja, Arthur. Oder einfach Art. Ja, sicher, nennen Sie mich Art. Artie nennen mich meine Freunde.«

»Also, Artie ...«

»Nein, nein, nicht Artie. Ich sagte schon, Artie nennen mich nur meine Freunde.«

»Aber ich bin doch Ihre Freundin!«

»Das hat sie auch gesagt, sehen Sie? Genau das hat sie auch gesagt!«

Dr. Fisher seufzte und zupfte ihre Bluse wieder über ihren Busen zurecht. Hoffnungslos.

»Art«, sagte sie, sehr ernst, sehr verständnisvoll. Es hatte keinen Zweck, lange herumzufackeln. Dieser Arthur war ein Sprengsatz, der jede Minute hochgehen konnte. Der Klumpen mußte raus. Wie ein fauler Zahn. »Also bringen wir es lieber schnell hinter uns«, dachte die Psychiaterin. »Warum hat Nicole Sie verlassen?«

»Ha!« gellte Artie auf, als habe er sich versehentlich in einen Reißnagel gesetzt. »Das ist das Allertollste! Das glauben Sie nicht. Sie sagte, sie könne es nicht mehr ertragen, wenn ich auf dem Klo die Zeitung lese. Haben Sie schon mal so was Lächerliches gehört? Ich nicht! Ich habe noch nie so was Lächerliches gehört. Weil ich auf dem Klo die Zeitung lese!« Er gestikulierte dabei, als übersetze er seine Worte gleichzeitig in die Taubstummensprache. Auch das nützte nichts, denn Dr. Fisher verstand nur die Hälfte von dem, was er sagte, denn er sprach schnell und undeutlich. »Ich lese ja überhaupt keine Zeitung! Allenfalls mal eine Illustrierte. Ja, gewiß. Und auch schon mal auf dem Klo, natürlich. Was soll denn das? Alle Männer lesen Zeitung auf dem Klo ...«

»Ruhig, ruhig, Arthur. Versuchen Sie, etwas langsamer zu sprechen.«

»Liest Ihr Mann nicht auch Illustrierte auf dem Klo? Und was sagen Sie denn dazu?«

»Ich bin nicht verheiratet.«

»Liest Ihre Freundin dann vielleicht Zeitung auf dem Klo?«

»Nein, ich habe auch keine Freundin. Ich bin nicht lesbisch, Arthur.«

»Na ja. Ich habe immer gemeint, alle wären andersrum in West Hollywood.«

»Gruppentherapie«, dachte Dr. Fisher in einem Anflug von Verzweiflung.

»Ich habe hier ein Album mit einigen Bildern, Arthur. Ich möchte, daß Sie sich die mal ansehen und mir sagen, was Sie dabei empfinden.«

»Bullshit. Ich brauche keine verdammten Bilder. Das da hinter Ihnen, das reicht mir.«

»›Sonnenfeuer im Silberglanz‹?«

»Ja, was auch immer. Es gibt mir einen doppelten Kopfschmerz. Nein, nein. Keine Bilder, bitte. Ich bin nur hier, weil jemand mir gesagt hat, Sie könnten mir vielleicht helfen.«

»Das versuche ich ja gerade!«

»Nein, nein. Bilder helfen mir nicht. Ich bin im Filmbusiness. Ich habe Bilder bis hier oben. Ich brauche keine Bilder. Ich habe ein Problem, Dr. Fisher. Ein richtig großes Problem, wenn Sie wissen, was ich meine. Nein, das können Sie gar nicht wissen. Vergessen Sie's, vergessen Sie's. Also, mein Problem ist dieses: Nicole hat alles mitgenommen bei ihrem Auszug. Alles. Ich komme zurück von diesem Arbeitsessen mit Paul und seinen komischen Freunden, schließe die Tür auf und – *rumms*! Alles weg. Alles. Sogar mein Ionisierer.«

»Ihr – was?«

»Ich sagte: Ionisierer. Was ist? Rede ich undeutlich oder was? Sie hat meinen verdammten I-o-ni-sie-rer mitgenommen. Dabei hat sie gar keine Probleme mit der Luft hier. Ich habe Probleme mit der verdammten Luft hier. Ich ...«

»Ruhig, ganz ruhig.« Dr. Fisher verdrehte die Augen. »Ich muß mal ganz dumm fragen: Was ist ein Ionisierer?«
»Das spielt doch überhaupt keine Rolle, was ein Ionisierer ist! Lassen Sie mich doch einmal, ein einziges Mal wenigstens ausreden! Es geht doch gar nicht um den Ionisierer, und es ist ganz egal, was das ist.« Artie rieb in höchster Aufregung beide Hände auf den Oberschenkel, als friere er. »Na gut. Es ist ein Gerät, das die Luft erträglich macht, um Himmels willen! Ist Ihnen nie aufgefallen, wie mies die Luft hier ist? Was glauben Sie, warum alle überschnappen in dieser Stadt? Die Luft ist pures Gift. Mit einem Ionisierer kommt die Luft wieder in Ordnung, weil die negativen Ionen den ganzen Schmutz und die Krankheitskeime negativ aufladen, und bündeln, und zu Boden reißen, und dann atmet man sie nicht mehr ein. Außer man kriecht auf dem Boden rum und beschnüffelt den Teppich. Verstehen Sie das? Außerdem regt ionisierte Luft den Serotonin-Haushalt an, und mit mehr Serotonin schläft man besser und fühlt sich besser und arbeitet besser. Sie finden das vielleicht lustig oder verschroben. Das fand Nicole übrigens auch, was sie natürlich nicht daran hinderte, meinen Ionisierer mitzunehmen. Jedenfalls: Seit ich den Ionisierer nicht mehr habe, werde ich wahnsinnig. Ich kann nicht mehr schlafen. Und wenn ich schlafe, dann habe ich saumäßige Träume. Wie auf einem ganz, ganz üblen Trip, aber ich nehme kein Rauschgift. Ich träume trotzdem völlig beschissenes, wirres Zeugs von irgendwelchen Viechern mit großen Schielaugen und langen Zähnen wie aus einer schlechten Folge von ›Raumschiff Enterprise‹, die durch die Nacht fliegen und Köpfe mit sich herumtragen. Es sind Dämonen.« Hier hielt er inne und blinzelte sie an. »Sagt ihnen das etwas?« fragte er hoffnungsvoll.
»Das ist alles kein Grund zur Aufregung. Das ist mehr als verständlich«, bemühte sich Dr. Fisher, den Mann zu beruhigen. »Völlig normal für einen Mann mit Scheidungstrauma.«
»Dann haben Sie so was schon häufiger gehört?«
»Nicht direkt, ich meine nicht in dieser Form. Nicht mit, nun ja, Dämonen ... aber ansonsten sind Schlafstörungen und auch Alpträume nach einem derartigen Einschnitt ganz normal.«

Artie redete immer schneller und immer lauter.
»Ganz normal? Ganz normal sagen Sie? Und daß einer der Köpfe, die dieser Scheiß-Dämon herumträgt, mein eigener ist, ist das etwa auch normal?«
»Und wem gehören die anderen Köpfe?«
»Der andere gehört irgendeiner Frau.«
»Irgendeiner Frau, Arthur, wirklich? Nicht vielleicht einer, mit der Sie, nun ja, mal was angefangen haben und derentwegen Nicole Sie vielleicht verlassen hat?«
»Scheiße, nein!« schrie er.
»Arthur, Arthur – bitte, so beruhigen Sie sich doch. Es war ja nur so eine Idee. Wie wäre es denn damit: Sie gehen einfach und kaufen sich einen neuen Ionisierer, und schon hören die Träume auf!«
Artie erstarrte, beide Hände in der Luft, als empfange er einen Segen, schloß die Augen und atmete tief durch die Nase ein.
»Das habe ich ja schon getan«, flüsterte er bebend. »Einen Zestron IG 700 von Electrocorp mit einer Ionendichte von 4,5 Millionen pro Kubikzentimeter/Sekunde. Mit das Beste, was auf dem Markt zu kriegen ist. Aber es half nichts. Verstehen Sie? Deshalb bin ich ja hier. Jemand hat mir gesagt, Sie verstehen was von Träumen, deswegen dachte ich, ich höre mir mal an, was Sie zu diesem Monster-Mist zu sagen haben!«
»Es sind vielleicht die Monster Ihrer Ehe, Arthur, die müssen raus.«
»Die Monster meiner Ehe, ja? Die Monster meiner Ehe würden auf Kloschüsseln sitzen und *Variety* lesen, und ich würde sie auslachen, Dr. Fisher. Aber die Monster in meinem Traum, die sind nicht zum Lachen, die sind echt. Ich kenne sogar ihre Namen.«
Endlich hatte sich der Patient beruhigt. Seine letzten Worte sprach er langsam und mit einem resignierten Kopfschütteln.
Dr. Gertrude Fisher nickte. Sie hatte so etwas schon oft gesehen. Mal war es der Hund, mal waren es die Kinder. Mal war es ein besonderes Möbelstück oder ein Auto, das dem verlassenen Ehepartner besonders am Herzen lag. Und im Falle dieses verwirrten Mannes mit dem Brooklyn-Akzent war es nun mal der Ionisierer,

was immer das auch war. Die schlechten Träume, das wußte Dr. Fisher, würden aufhören, sobald dieser Arthur seinen eigenen Ionisierer zurückbekam, und zwar mitsamt seiner Nicole. Da das aber nicht sehr wahrscheinlich war, konnte man ihn getrost für die nächsten sechs Monate Gruppentherapie buchen. Dr. Fisher nickte immer noch.

»Ich kenne Ihre Träume, und ich weiß, wie Sie damit fertig werden. Halten Sie sich den Mittwochabend frei, Arthur. Den kommenden Mittwoch und auch die danach. Sie werden eine Menge netter Leute kennenlernen, die ganz ähnliche Probleme und vielleicht auch ähnliche Träume haben wie Sie, Arthur. Wir werden die Sache mit den Träumen schon in den Griff kriegen, das garantiere ich Ihnen.«

Artie zückte seinen Taschencomputer und schüttelte heftig den Kopf. »Ich kann mittwochs nicht! Mittwochs habe ich Anonyme Alkoholiker.«

»Sie trinken?«

»Natürlich nicht. Ich gehe dahin wie alle anderen nur zur Kontaktpflege. Alle wichtigen Leute trifft man bei den A. A. Ich muß auch jetzt gehen, vielen Dank, Dr. Fisher.«

»Diese verdammte Zicke ist genauso nutzlos wie alle anderen Seelenklempner«, dachte er wütend, während er sich dem langfingrigen Händedruck der Therapeutin entwand und im Vorzimmer verschwand. Er hatte gehofft, daß Dr. Fisher seine Wahnvorstellungen würde erklären können, er hatte gehofft, daß es für einen frisch Geschiedenen ganz normal war, von bluttriefenden, gehörnten Flugdämonen zu träumen, die Köpfe mit sich herumtrugen – aber sie wollte ihn nur ausnehmen und ihn mit irgendwelchen umnachteten Therapietrotteln zusammenbringen. Da würden sie alle im Kreis auf unbequemen Stühlen sitzen und einander von Ehebruch, homoerotischen Neigungen und Impotenz vorheulen. Nein, nein. Dafür hatte Artie keine Zeit. Die verfluchten Anonymen Alkoholiker waren schon schlimm genug, besonders, wenn man gar nicht trank. Aber ganz nutzlos immerhin war der Besuch bei Dr. Fisher nicht, ganz zum Fenster hinausgeschmissen waren die 350 Dollar nicht, die ihn dieses halbstündige Gespräch gekostet hatte. Er wußte nun mit Sicherheit, was er schon befürchtet hatte: Es war gar nicht das Trauma seiner Scheidung, und es war auch nicht der Ionisierer – seine Alpträume hatten was mit Paul zu tun und diesem ewig grinsenden Mann, namens »Seine Heiligkeit«, dem Paul ihn vor ein paar Tagen vorgestellt hatte. Der grinsende Mann in gelben und roten Roben und mit nackten Oberarmen und Impfnarben hatte Arties Hände genommen, beide Hände, hatte sie mit seinen Händen umschlossen und fest gedrückt, bis Artie meinte, er schwebe zehn Zentimeter über dem Boden, und er hatte gesagt: »Sie müssen gut auf Ihren Freund aufpassen.«

»Ja, genau«, hatte Artie trotzig gedacht. »Danke für den Tip.«

Und dann hatte er sich schleunigst nach Hause begeben, um endlich ein paar vernünftige Worte mit Nicole zu wechseln. Aber sie war schon weg und hatte ihm nichts gelassen bis auf das Telefon und die verpestete Luft. Er hätte vielleicht besser auf sie aufpassen sollen. In dieser Nacht hatte ihn zum ersten Mal dieser entsetzliche Traum heimgesucht. Aber es war gar nicht Nicoles unfeiner Abgang, und es war auch nicht die schlechte Luft.

Der grinsende Mann hatte ihm die Träume eingepflanzt, das wußte Artie jetzt.

Unter Einsatz seines Lebens überquerte er auf seinem Fahrrad die Straße, ließ sich von einigen Schwachköpfen anhupen, quittierte mit üblen Flüchen, trat in die Pedale, bis ihm der Schweiß über das Gesicht floß. Es war ein heißer Vormittag. Der Asphalt glühte unter den schmalen Reifen seines französischen Rennrades. Er war schon seit Jahren nicht mehr radgefahren. Aber Nicole hatte zusammen mit dem Rest seines Lebens auch den BMW mitgenommen. »Paul, Paul«, dachte er bei jedem Tritt. »Paul hat mir das alles eingebrockt.« Paul, der Buddhist. Paul, der Irre. Nach Tibet wollte er aufbrechen, hatte Jane gesagt. Und jetzt war er schon sechs Tage weg und hatte nichts von sich hören lassen. Und hier lief die Zeit davon. Nach Tibet, ausgerechnet jetzt, wo er in der nächsten Woche einen 20-Millionen-Vertrag mit Disney zu unterschreiben hatte! Wo zwei wichtige Gala-Auftritte und ein Fünf-Millionen-Werbespot für eine japanische Bierbrauerei zu drehen waren. Fünf Millionen Dollar für einen halben Tag Arbeit und eine Zeile Text: *Watashi-wa Kirin daisuki desu*! Wenn Paul diesen Dreh platzen ließ, dann würden die Japaner ganz schön schäumen, würden Nicholas Cage oder den guten alten Clint Eastwood buchen und ihm, Artie, die Rechnung dafür schicken. Er stand vor dem Ruin. Gegen Japaner, die auf Vertragserfüllung pochten, nahmen sich selbst die Dämonen aus seinem Alptraum noch aus wie Kuscheltiere, dachte Artie, als er auf der leicht abschüssigen, von Palmen flankierten Strecke Tempo sammelte und insgeheim hoffte, er würde wieder einen Verkehrsunfall bauen, der ihm die Verantwortung abnahm. Aber diesmal schickte die Vorsehung keinen Porsche um die Ecke. Diesmal mußte er mit dem, was kam, selbst fertig werden.

10. Kapitel

»Viele bedeutende Gelehrte widersprechen meiner These, daß Gyor in menschliche Körper schlüpfen kann. Ich aber behaupte weiterhin: Er kann es. Ich sehe klar und deutlich seine Fratze hinter dem Wüten des Königs Langdarma. Ich gebe zu: Ich verstehe nicht, warum er versagte. Aber ich habe eine Theorie, die ganz einfach klingt, nahezu einfältig: Gyor ist dumm.«

Vortrag des Prof. Li Rongwu beim 3. Chinesischen Tibetologentag in Chengdu
(wurde von der Tagesordnung gestrichen)

Lhasa, Feuerdrachenjahr (846)

Es hob an wie das Knurren eines hungrigen Wolfes, schwoll an zum Rufen eines brünstigen Hirsches und erdonnerte schließlich wie das Gebrüll eines zornigen Bergdämons – der erdrückende, vielstimmige Klang der Trompeten und Hörner und das Scheppern der Zimbellen erfüllte den Innenhof der Festung auf dem Roten Berg unter dem tiefblauen, wolkenlosen Himmel. Die Tänzer mit den schwarzen Hüten wirbelten im Kreis herum, ihre Arme ausgebreitet, ihre Köpfe, die sie hinter grauenhaften Schreckensmasken verbargen, zuckten in ekstatischer Verzückung hin und her. Auf dem Thron an der Stirnwand des Innenhofes, flankiert vom frisch abgetrennten Kopf eines Yaks und einem Leopardenfell, von dem noch das Blut tropfte, hockte König Langdarma. Sein rosiges Säuglingsgesicht war breit und aufgedunsen und ragte aus dem engen Kragen seines Gewandes hervor. Der König berauschte sich mit starkem Wein und nickte stumpf zum betäubenden Stampfen des Tanzes.

Schräg hinter ihm hatte sich sein Kabinett versammelt, dem die bedeutendsten Schamanen und Geisterbeschwörer des Landes angehörten. Die Genugtuung, die sie über ihren Sieg empfanden, malte ein grimmiges Lächeln auf ihre Gesichter. Endlich war die Macht der Mönche gebrochen, endlich hatten die Bönpo wieder ihren rechtmäßigen Platz eingenommen. Am Morgen hatten sie der Hinrichtung von zwölf Äbten beigewohnt. Die unverbesserlichen Anbeter fremder Gottheiten waren einer nach dem anderen vom Felsen der Festung in die Tiefe gestürzt worden. Unten wartete gierig das wütende Volk, das jedem, der noch zuckte und stöhnte, mit Stöcken und Steinen zusetzte, bis sein bloßer Körper zermalmt war. So nahmen die Bewohner des Schneelandes Rache für die vielen Jahre der Unterdrückung und der Ausbeutung durch die fremde Religion. Als sich zuletzt auch die Erdgeister mit all ihrem fürchterlichen Zorn gegen die Tibeter gewandt hatten, da gab es keine andere Lösung mehr, als sich von den Mönchen und ihren fremden Göttern zu befreien. Zu Tausenden waren die Yaks und Schafe an seltsamen Krankheiten verendet, katastrophale Regenfälle hatten die Felder weggespült und die Ernten verschluckt, eine Seuche hatte in Lhasa gewütet, und erst nachdem König Langdarma den Thron bestiegen und den Buddhismus unterdrückt hatte, wendete sich das Schicksal wieder zum Guten. Sein Bruder, der schwache, verwirrte König Ralpacan, der den Mönchen jeden Gefallen erwiesen hatte, hatte sein verdientes Ende gefunden: In der Nacht waren die Gerechten in sein Gemach gestiegen und hatten dem Schlafenden seinen Kopf von den Schultern gerissen. Nun war Langdarma am Zuge, und er würde das Land wieder auf einen guten Weg bringen. Er ließ die Klöster schleifen, die Mönche verprügeln, erschlagen oder aus dem Land jagen und verteilte ihren Besitz unter das Volk.

Das Wirbeln der maskierten Tänzer wurde wilder und wilder, ihre langen, silberbestickten Gewänder wölbten sich in ihren Drehungen, das Peitschen der Zimbellen, das Dröhnen der Hörner verschmolz zu einem einzigen Donner, als König Langdarma sich ruckartig von seinem Thron erhob und den Orkan mit einer einzigen Bewegung seiner Hand zum Verstummen brachte. Erschöpft sanken die Tänzer auf den Boden, ihr Keuchen war nun das einzige Geräusch. Der König schwankte, gewann nur mühevoll die Kon-

trolle über seine Beine und krächzte mit weinschwerer Stimme seine Minister an: »Bringt mich zu den dreckigen Chinesen!«
Zheng Fu, Emissär des kaiserlichen Hofes in Chang'an, fingerte nervös an den Perlen seiner Gebetskette. Er fühlte sich nicht wohl am Hofe dieses unberechenbaren, barbarischen Königs. Kaum war Zheng mit seiner Delegation, reich ausgerüstet mit Geschenken und Freundschaftsgaben, nach beschwerlicher, dreimonatiger Reise hier eingetroffen, da hatten sie ihn schon eingeladen, der Hinrichtung von Äbten beizuwohnen! Ein grausames, verabscheuungswürdiges Spektakel, über welches dieser Langdarma, ein feister Trunkenbold, mit gehässigem Lachen präsidierte. Danach war der König nicht zu sprechen gewesen, weil er mit dem Schädel eines der Äbte Ball spielte; danach wiederum ließ er den Botschafter warten, weil er sich mit einem halben Dutzend Konkubinen vergnügte, und hinterher schließlich wollte er dem grausigen Geistertanz zusehen. Das heidnische Gequäke der Trompeten und Hörner hatte Zheng Fu, ein Liebhaber sanfter Harfenklänge, Schauer des Widerwillens über den Rücken gejagt. Die Sorge und die Furcht, die am chinesischen Kaiserhof aufgekommen waren, nachdem Langdarma in Tibet an die Macht gekommen war, erschienen Zheng Fu nach nur einem Tag am Hofe dieses Königs als durchaus berechtigt. Mehr noch: Dieser Rohling war fähig, selbst die schlimmsten Befürchtungen der Minister in Chang'an noch zu übertreffen. Nach vielen Jahren des Krieges, bei denen die Truppen der Tibeter und ihrer Verbündeten, der wilden Steppenvölker, immer weiter auf chinesisches Gebiet vorgerückt waren und die Heere des Kaisers geschlagen hatten, hatten China und Tibet schließlich einen Friedensvertrag ausgehandelt. Noch dazu einen, der nicht sehr günstig für die Chinesen ausfiel. Es hatte mahnende Stimmen gegeben, die sich darüber empörten, daß der Kaiser von China mit dem Friedensvertrag die Abkömmlinge von Bergziegen und Geistern, die Barbaren des Schneegebirges, mit Respekt und geradezu als gleichberechtigte Menschen behandelte. Aber der Frieden mit den Bergbarbaren war wichtig, und auch die Kritiker mußten sich mit dieser Entscheidung abfinden und sogar mit dem Verlust chinesischer Gebiete an den König

von Tibet. Die drei Juwelen des Buddhismus, die Sonne, der Mond und die Sterne, und alle Heiligkeiten der buddhistischen Welt waren als Zeugen angerufen worden, damit dieser Vertrag auf ewig Bestand haben sollte. Wer den Vertrag verletzte, der würde eine Sünde begehen. Erst mit diesem Abkommen waren die Grenzen Chinas wieder sicher und ruhig geworden. Aber nun hatte sich der Wind in Lhasa zum Schlimmeren gedreht. Ein Mann hatte den Thron bestiegen, der die buddhistischen Götter nicht nur mißachtete, sondern auch die schlimmsten Sünden nicht scheute und sogar Mönche ermorden ließ! Sein Bruder und Vorgänger, der ermordete König Ralpacan, war ein für China idealer Partner gewesen. Kränklich und milde, versunken in religiöse Studien und fromme Gebete. König Langdarma aber war ein gefährlicher Wüstling, der China großen Schaden zufügen könnte. Mit einem starken und noch dazu einem aggressiven Tibet konnte China nicht leben. Tibet mußte schwach bleiben, damit China stark blieb. Zumindest mußte es friedlich sein.
Zum Glück, dachte Zheng, gab es doch noch vernünftige Menschen auch am Hofe des Tollen. Gestern abend, bei seiner Ankunft, hatte ihn ein Mann namens Detsang begrüßt, der den Titel eines Ministers führte und der, im Gegensatz zu Langdarma, zu begreifen schien, mit welch eminenten Gästen er es hier zu tun hatte. Detsang, der auch als einziger Mensch weit und breit passables Chinesisch sprach, hatte Zheng gewarnt, daß ihm manches an diesem Hofe vielleicht nicht ganz geheuer vorkommen werde und daß er seine buddhistischen Überzeugungen für die Zeit seines Aufenthaltes in Lhasa vorsichtshalber vielleicht nicht ganz so offen zur Schau tragen sollte. Buddhisten, warnte Detsang, seien in diesen Tagen nicht besonders hoch angesehen. Ähnliches freilich hatte Zheng Fu schon vor seiner Ankunft gehört. Aber daß es solche Ausmaße angenommen hatte, das hatte er nicht erwartet. Schnell ließ er seine Gebetskette in den Taschen seines prächtigen Gewandes verschwinden, denn es entstand Unruhe an der Tür. Schwere Schritte hallten durch das Gewölbe, laute, rauhe Stimmen erklangen: »König Langdarma ist eingetroffen.«

Zheng Fu erhob sich von dem mit Teppich überzogenen Holzblock, den sie hier einen Stuhl nannten, und zupfte unruhig an seinen breiten Ärmeln. Seine beiden Begleiter, die kaiserlichen Diplomaten Gao und Chen, die mit Blicken des höchsten Mißfallens und der Verachtung stundenlang stumm vor den unberührten Schüsseln mit Yakbuttertee gesessen hatten, taten es ihm gleich.
Detsang, der Minister, schlüpfte eilig in den Raum und bedeutete ihnen mit hastigen Gesten, sich zu verbeugen. Gao und Chen starrten Zheng Fu mit vor Entsetzen geweiteten Augen an. Was erdreisteten sich die Barbaren? Die Botschafter des allmächtigen Kaisers von China sollten sich vor dem Häuptling dieses Stammes der Teufelsanbeter verneigen? Einen Kotau machen vor einem Halbtier? Ihre Unterkiefer klappten herunter. Aber Zheng Fu hatte kein Auge für ihre Empfindlichkeit. Er war hier, um den Frieden zu retten und nicht seinen Stolz. Mit einem Gesicht wie Gletschereis senkte er seinen Kopf.
Langdarma in einen schwarzen, mit heidnischen Symbolen verzierten Umhang gehüllt, wankte, gestützt an beiden Seiten von kräftigen Kriegern, in den Audienzraum, grunzte den Besuchern einige unverständliche Worte zu und übergab sich auf einen Ballen mit reinster, kostbarster Seide aus Suzhou, den Zheng Fu zusammen mit den anderen Freundschaftsgaben, den Schmuckstücken, den Goldbechern und den Elfenbeinschnitzereien zu einem Hügel des guten Willens in der Mitte des Raumes hatte aufstellen lassen. Die erhabenen Delegierten des Kaisers wichen unwillkürlich einen Schritt zurück, als Langdarma, sein Säuglingsgesicht zu einer häßlichen Grimasse verzogen, betrunken wie ein Wildschwein, die Arme ausbreitete und schrie: »Willkommen!«
Detsang huschte herbei, nahm in gebückter Haltung wie ein sprechender Rabe zwischen dem Monster und den Botschaftern Stellung und übersetzte das Gebrumm des Königs.
»König Langdarma dankt euch für die Geschenke und fragt, ob ihr ihm auch eine chinesische Prinzessin mitgebracht habt wie einst dem Srongtsan Gampo.«
Nur seine langjährige Erfahrung als Botschafter des Kaisers, sein vornehmer und ruhiger Charakter und die Brisanz dieser Mission

hinderten Zheng Fu daran, dem Barbarenhäuptling für diese ungeheuerliche Beleidigung an die Gurgel zu springen. Eine chinesische Prinzessin an diesem Hofe – das war, als werfe man eine Blume in einen Saustall. Er wies Gao und Chen, die ihren Zorn kaum verbergen konnten, mit einem strengen Seitenblick zurecht und fixierte den schwankenden König mit seinem Gletschereisgesicht.

»Die Freundschaft zwischen dem Kaiserreich China und dem Königreich der Tibeter ist fest und unlösbar wie die Bande einer Familie«, verkündete er in gefaßtem Ton. »Wenn der große König eine chinesische Prinzessin als Braut wünscht, so werden wir seinen Wunsch mit uns nach Chang'an tragen wie einen Edelstein und ihn weiterleiten an das wohlmeinende Ohr unseres gütigen Kaisers.«

Detsang übersetzte die ehrfurchtsvolle Rede mit gebeugtem Haupt, ließ sich von dem unflätigen König immer wieder unterbrechen und horchte schließlich mit freundlich verkniffenem Gesicht die Erwiderung des Unholdes an. Zheng Fu ahnte, daß der geschickte Detsang die groben Worte seines Herrschers in die angemessene Form zu kleiden bemüht war, die im Umgang mit kaiserlichen Botschaftern gefordert war. Aber selbst dann noch klangen sie nach wüster Pöbelei.

»Unser König begehrt durchaus keine chinesische Prinzessin. Er sagt, chinesische Prinzessinnen hätten diesem Land kein Glück gebracht. Srongtsan Gampos Braut, Gyalsa, die ihr Chinesen Wencheng nennt, habe sich als Feindin Tibets entpuppt und mit dem Bau des Tempels ...« Noch bevor er seinen Satz vollendet hatte, rülpste der König neue Beleidigungen in Richtung der vornehmen Gäste. »Der König sagt, Gyalsa sei eine Zauberin gewesen, die heimlich das Schneeland vermessen habe, um uns mit magischen Kräften zu binden und zu unterwerfen.«

»Verdammte, unratfressende Ausgeburt eines vaterlosen Scheißwurms«, hörte Zheng einen Begleiter Gao zischen. Der Fluch ging in einem weiteren Ausbruch Langdarmas unter. Lange würde er auch seinen eigenen Zorn nicht mehr zügeln können, dachte Zheng Fu.

»Der König sagt, daß ihr heute noch werdet beobachten können, wie er mit dem Zauber der chinesischen Hexe fertig wird. Bitte, meine Herrschaften ...« Detsang schwitzte vor Aufregung, noch tiefer gebeugt, weil er nun selbst sich in die Unterhaltung einmischte, statt nur zu übersetzen. »Bitte, erzürnt nicht, laßt seinen Ausbruch verrauchen und seinen Geist aufklaren!«
»Wir sind nicht gewohnt, in dieser Weise beleidigt zu werden«, grollte der Emissär. »Wir sind in friedlicher Absicht gekommen, um den Freundschaftsvertrag zwischen unseren Reichen zu erneuern. Will König Langdarma uns den Krieg erklären?«
Weit davon entfernt, irgend jemandem irgend etwas zu erklären, tobte der Wüstling aus dem Raum, sein wildes Geschrei verhallte unheimlich in den Gängen der Festung. Detsang blieb zurück, kreidebleich.
»Wir müssen sofort abreisen!« knurrte Chen, beide Fäuste geballt. »Es ist sinnlos, mit diesem Barbaren auch nur zu reden. Wir müssen auf neuen Krieg und weitere Zerstörung gefaßt sein. Und so wahr ich hier stehe, diesmal werden wir die Tibeter in die Knie zwingen, bis sie um Gnade flehen.«
»Nein, nein, bitte!« Detsang eilte zu den Chinesen und ergriff Chens Arm. »Der König ist nicht Herr seiner selbst. Er muß von einem bösen Geist besessen sein, das ist es. Er hat sich gegen den Buddhismus gewandt, und nun ist er im Würgegriff scheußlicher Geister.« Angstvoll blickte sich der Minister um und raunte: »Glaubt mir! Es sind nicht alle am Hofe wie er! Ich bin ein Buddhist, so wie viele andere auch. Wir können nicht zusehen, wie er tut, was er gerade angekündigt hat.«
Zheng Fu, der sich mit hochrotem Kopf an das Fenster zurückgezogen hatte, das die Stadt Lhasa überblickte, ihre trutzigen weißen Lehmhäuser, ihre verwinkelten Gassen, fuhr herum. »Was tut?«
»Er hat gesagt, er wolle den Jokhang-Tempel niederreißen.«
»Absurd!« schnaufte Zheng.
»Er hat den Bönpo, die seine Berater sind, versprochen, er werde alle Zeugnisse der fremden Religion vernichten und keine anderen als die Geister des Schneelandes mehr dulden.«

Sobald Detsang den Raum verlassen hatte, wies Zheng Fu die Dienerschaft und die Begleittruppen an, ihren Aufbruch vorzubereiten. Mit diesem Herrscher war kein Frieden zu machen. Sie mußten auf der Hut sein, damit der Tobsüchtige sie nicht als Geiseln festhalten oder in seiner Maßlosigkeit noch gar ermorden ließ. Er würde den Friedensvertrag brechen, er würde seine Truppen wieder gegen China schicken, soviel war sicher. Die Gesandten, die in friedvoller Absicht gekommen waren, würden die schmutzige, grobe Festung verlassen, deren Gestank nach ranziger Yakbutter ihre empfindlichen Nasen beleidigte, und den Kaiser auf einen neuen, blutigen Krieg mit den Tibetern vorbereiten. Einen Krieg gegen ein Volk, dessen berittene Armeen über die Grenzen strömten wie Ameisen und die das wohldisziplinierte und steife Heer der Chinesen das Fürchten lehrten.

Schon einmal war der Jokhang-Tempel von den Feinden des Buddhismus angegriffen worden; damals hatten sie das heilige Gemäuer entweiht, indem sie es als Kornspeicher und Viehstall benutzten. Schon einmal wären die Statuen, die in den Nischen der Gebetshalle und in den Kapellen standen, von wütendem Pack geschändet worden, hätten nicht kluge Mönche sie zuvor in Sicherheit gebracht und vergraben. Den Angriff des tobenden Langdarma aber würden die Heiligtümer nicht überstehen. Der Rohling begab sich selbst hinab in die Stadt und ließ sich von den Menschen bejubeln, die aus ihren Häusern auf die Straße gestürmt kamen, um ihn zu seiner Freveltat anzufeuern. Zu betrunken, um sich noch auf seinem Rappen halten zu können, ließ sich Langdarma in einer offenen Sänfte durch Lhasa tragen, den Yakkopf und das Leopardenfell führte er mit sich, denn es galt, die Kraft der Opfertiere einzusetzen. So deutlich wie sein benebelter Kopf es nur zuließ, versprach er sich, daß er heute den Höhepunkt seiner Macht erreichen würde, daß mit dem heutigen Tag der Buddhismus mit Rumpf und Stumpf ausgerottet würde und daß nie wieder ein Chinese ungestraft sein Reich betreten sollte. Die fein geschniegelten Bastarde, die sich Botschafter nannten, würde er auf den Trümmern des Jokhang-Tempels in ihrem eigenen Blut kochen.

Sein Volk würde sich in alle Ewigkeit an ihn erinnern, an den Mann, der Tibet von fremden Herrschern und schädlichen Einflüssen befreit hatte. Hände streckten sich nach ihm aus, wollten den Saum seines Gewandes berühren, wollten ihn streicheln und anfassen, in der Hoffnung, daß etwas von seinem Glanz und von seiner Größe an ihnen hängenbleiben würde. Seine Berater hatten recht gehabt. »Schlage den Buddhismus, und die Menschen werden sich dir aus Dankbarkeit zu Füßen werfen. Gib den Leuten ihre alten Geister zurück, und sie werden es dir ewig danken«, hatten sie ihm empfohlen, und er war ihrem Rat gefolgt.
Jetzt war er unterwegs zu seiner bisher größten Heldentat. Lange hatten sich die Minister gestritten, waren uneins darüber gewesen, ob es wirklich weise war, den heiligsten Tempel der verhaßten Buddhisten zu schleifen. Mit wachsender Ungeduld war er tatendurstig ihren Wortgefechten gefolgt, und am Ende hatten sich alle für die Zerstörung ausgesprochen, bis auf einen. Ausgerechnet Minister Detsang, der zuvor zu denen gehört hatte, die allen Mönchen am liebsten bei lebendigem Leibe das Fell über die Ohren gezogen hätten, war dagegen, den Jokhang anzurühren, und warnte vor der Rache der buddhistischen Schutzgeister. Detsang war ein treuer und erfahrener Schamane, und Langdarma hatte nie Grund gehabt, an seinem Rat zu zweifeln. Aber heute, als er die drei Affen vom chinesischen Kaiserhof vor sich gesehen hatte, die ihn mit ihren lächerlichen Geschenken blenden wollten, da hatte er kurzerhand beschlossen, sofort zur Tat zu schreiten. Ohne zu zögern. So, daß sie sehen konnten, wie er mit dem Erbe ihrer kaiserlichen Hure Gyalsa umging. Er freute sich darauf, die goldene Statue der Prinzessin höchstpersönlich in den Fluß zu werfen. Zusammen mit all den anderen Abbildern der indischen Teufel, die, wohin sie auch kamen, nur Übel und Not brachten.
Die Tänzer, die die Prozession anführten, hatten den Platz vor dem Eingang des Tempels erreicht, und wieder hob das wütende Knurren der Hörner, das Scheppern der Zimbellen an, wieder begannen die Maskierten, sich in immer schneller werdenden Bewegungen im Kreis zu drehen. Sobald sie ihren Zaubertanz beendet hätten, würde Langdarma, dessen Sänfte erhöht auf

einem Brunnen stand, den ungeduldig wartenden Kriegern und dem aufgestachelten Volke Lhasas das Zeichen geben, die Mauern und Wände dieses Tempels einzureißen. Die grelle Nachmittagssonne spiegelte sich blitzend am silbernen Gepränge der Tänzerroben und blendete den König, der seine wunden Augen rieb. War es eine Spiegelung oder war es eine Folge des Weingenusses – hinter den Tänzern in der Menge sah er seinen Minister Detsang. Was machte der denn da? Warum stand er nicht hinter dem König so wie die anderen Mitglieder des Kabinetts? Langdarma kniff die Augen zusammen. Es mußte eine Täuschung sein. Denn er sah, wie Detsang einen Bogen spannte und den Pfeil auf ihn, den König richtete. Schwerfällig schüttelte der Trunkene seinen Kopf, um das Trugbild zu verjagen.

Der Pfeil durchbohrte seinen Hals und nagelte seinen Kopf an die hölzerne Stütze des Baldachins.

Gyor im Körper des Detsang tauchte schnell und unerkannt in der Menge unter, drückte einem erstaunten Zeugen, seinem Aussehen nach ein Einsiedlermönch, das Mordwerkzeug in die Hand. Das Schreien der entsetzten Weiber, das wütende Gebrüll der Männer übertönte das Brausen der Hörner, bis die Nachricht vom Mord die Runde machte, bis die Musik erstarb und nur noch Geschrei zu hören war.

Die Tänzer, aus dem Rhythmus und aus ihrer Trance gebracht, hielten ratlos inne.

Gyor hatte eine weitere Erfahrung gesammelt. Die Sterblichen, deren Gedanken und Motive er immer noch nicht verstand, hatten ihm eine weitere Lehre erteilt. Er hatte Langdarma groß gemacht, er hatte ihn aufgestachelt zu Mord und Schändung, zur Verfolgung und Niederwerfung der Buddhisten. Aber dann war dieser trunksüchtige Narr zu weit gegangen, als er den Jokhang zerstören wollte.

Den Jokhang, unter dem in wütender Gefangenschaft Zhidag lag. Und so war Gyor mit einem Mal unfreiwillig wirklich zu Kamdhar Gyor geworden, zum Beschützer des Glaubens. Denn nur indem er den Glauben beschützte, konnte er diesmal sich selbst retten.

Der Jokhang, das Gefängnis seines einzigen Rivalen, seines einzigen Feindes, mußte stehenbleiben für alle Zeit.

Zheng Fu und seine Begleiter reisten noch an diesem Abend wieder zurück. Sie hatten es eilig, denn ihr Leben war im Aufruhr Lhasas nicht sicher. Außerdem hatten sie eine Nachricht an den chinesischen Kaiser zu überbringen: Die Dynastie war am Ende, Tibet würde auf unabsehbare Zeit schwach und zersplittert sein und keine Gefahr für China mehr darstellen.

11. Kapitel

Cambridge, Massachusetts

Sie hatte nicht viel über ihn erfahren. Genug aber, um zu ahnen, daß sie mehr von ihm wollte. Viel mehr. Er war Tibeter, der erste, den sie kennenlernte, aber er war ihr keineswegs fremd. Er war in Chicago aufgewachsen. Adoptiert von einer reichen Amerikanerin. Er war gebildet, hochintelligent, weltgewandt. Wie sich herausstellte, kannte er sogar ihren Großvater, den legendären James Laurell, zu dem seine Adoptivmutter gesellschaftliche Beziehungen unterhalten hatte. Catherine und Nyima hatten viele Gemeinsamkeiten: das Studium in Harvard, gemeinsame Bekannte unter den Professoren, die Leidenschaft für Eishockey und die französische Küche. Erst als sie ihm zum Abschied die Hand reichte, den samtenen Druck seiner Finger spürte, sein aufmunterndes Lächeln wahrnahm, erkannte sie, daß sie sich in ihn verliebt hatte. Sie vermißte ihn, sobald seine Schritte im Treppenhaus verhallt waren. Seine Stimme, die köstlich geformten Worte, die seine feingezogenen, vollen Lippen gesprochen hatten, prägten sich in ihre Erinnerung. Der Blick seiner seelenvollen Augen, die Wärme spendeten. Sie fragte sich, ob er verheiratet war. Er trug keinen Ring. Sie fragte sich, als er ganz plötzlich aufbrach, ob sie ihn irgendwie dazu bringen konnte, sie nicht allein zu lassen. Die Nacht bei ihr zu verbringen. Aber sie fand nicht den Mut, und sie fand nicht die Worte. Und schon war es zu spät. Nyima war der erste Mann in ihrem Leben, auf dessen Rückkehr sie mit klopfendem Herzen warten, dem sie Liebesbriefe schreiben würde, den sie gewiß in ihren Träumen wiedersehen würde.
Jedenfalls unter normalen Umständen, in normalen Träumen.
Aber in dieser Nacht erschien nicht er.
Es erschien der andere.

Er war nicht mehr als ein Wolkenstreif in ihrem Traum, ein Hauch, der über die schneeglänzenden Kuppen und Zacken der Gipfel wehte, aber sie wußte mit Bestimmtheit, daß es Matthew war. Sein mußte. Sie spürte die Nähe seiner Seele. Er schien ihr etwas zuzurufen. Es ging unter im Tosen der herangaloppierenden Geisterherde und im alles verschlingenden Donner der Trompeten und Hörner. Kamdhar Gyor, der ihren und den fremden Kopf hielt, ritt immer noch abseits des Dämonenrudels, und der Abstand zwischen ihm und den anderen schien sich zu vergrößern, je näher er kam. Während die Begleiter der Tigerin ihren immer gleichen Kurs beibehielten, galoppierte der Gyor auf seinem Rappen auf sie zu. Geifer troff von seinen Fangzähnen, seine Augen waren glühende Kohlen, rund und hervortretend wie Bälle in Pfützen aus Blut. Sie wollte sich verstecken, aber es gab in dieser Welt keine Hindernisse, keinen Schutz. Selbst wenn sie in dem massiven Gestein der Berge Schutz suchte, glitt ihr gestaltloser Leib durch den Granit wie ein Lichtstrahl durch Wolken. Bisher hatte sie in ihrem Traum nie Angst verspürt, die kam hinterher, wenn alles vorbei war. Nun aber, als Kamdhar Gyor sie angriff, packte sie eine aberwitzige Furcht, eine Lähmung, die sich wie eine Schlinge des Todes um ihren Hals legte. Diesmal, das wußte sie plötzlich mit unfehlbarer Klarheit, diesmal würde es kein Erwachen geben. Sie fühlte ihren Windleib schrumpfen, ihre Bewegungen wurden kraftlos und mühevoll, während unter den Hufen des Rappen die Luftmassen erbebten und Kamdhar Gyor sein Maul aufriß, um sie zu verschlingen; sie konnte nicht anders, als sich in ihr Verderben zu fügen, da erreichte sie endlich der Ruf, der sich über das Kreischen und Dröhnen erhob, der Ruf einer fernen Seele, die Matthew gehörte, und die schrie in ihrer höchsten Not: »Catherine! Wach auf!«

Sie saß aufrecht im Bett, in der Ferne verlor sich das Jaulen einer Polizeisirene, ihr Atem ging wie nach einem Marathonlauf, ihre Glieder schmerzten wie nach wütenden Schlägen. Kalter Schweiß floß aus jeder einzelnen Pore ihres Körpers. Sie brauchte zehn schwere Atemzüge, bis sie sich in ihrem eigenen Schlafzimmer orientieren konnte. Der Raum war dunkel bis auf die Lämpchen der Stereoanlage und der gelben Leuchtschrift eines Videorecorders. 3.22 Uhr. Im matten Licht, das von den Straßenlaternen durch die Fensterblenden fiel, zeichneten sich nach und nach die Umrisse der Möbel ab. Ihre Blicke griffen nach den vertrauten Schatten, als seien es Rettungsringe. Der alte französische Schminktisch, das Erbstück ihrer Tante Claire. Das Regal mit ihrer Puppensammlung, der Kleiderschrank. Sie spürte seine Nähe, noch bevor sie ihn sah. Er stand dicht an die Wand gedrängt, versuchte, hinter dem Bücherregal in Deckung zu gehen. Sie hielt die Luft an und hörte seinen flachen Atem. »Hilfe«, dachte sie unsinnig. »Hilfe – bitte jemand muß mir helfen! Ein Mörder steht an meinem Bett.« Sie hätte aufspringen sollen, hätte schreien, ihn vielleicht angreifen sollen; mit dem erstbesten Gegenstand, den sie zu fassen bekam, auf den Eindringling einschlagen müssen – aber sie war unfähig, auch nur die kleinste Bewegung zu machen. Ebenso wie in ihrem Traum war sie ausgeliefert und gelähmt. Nur war dies kein Traum. Der Kerl in der Ecke war echt, und er bewegte sich. Und das Blitzen, das sie wahrnahm, als er sich bewegte, das stammte von einer Messerklinge. Er hob den Arm, der das Messer führte, er trat aus seinem Schatten, um sich auf sie zu stürzen. Nichts weiter konnte sie tun, als mit einem jämmerlichen Schluchzen beide Hände vors Gesicht zu schlagen und sich in ihrem Bett zusammenzurollen in einem verzweifelten Krampf der Todeserwartung.

Aber es geschah nichts. Keine Hände ergriffen sie, keine Klinge fuhr in ihre Brust. Statt dessen meinte sie, hastige, sich entfernende Schritte zu hören, das Schlagen ihrer Wohnungstür, das Aufbrausen eines Automotors vor dem Haus und das Quietschen von Reifen.

Dann das Hämmern an der Tür.

Der angstvolle Ruf: »Catherine?«

Er war zurückgekommen. Sie erhob sich aus dem Bett, ihre Knie butterweich, und eilte zur Tür. Sie sank in seine Arme, zum zweiten Mal in dieser Nacht. Seine Finger kämmten durch ihr Haar. Sie spürte, daß auch sein Herz raste, sie spürte, daß auch er vor Erleichterung weinte.

»Jemand war hier ... jemand wollte ...«, stammelte sie.
»Ich weiß, ich weiß. Es war ein Fehler, dich allein zu lassen. Hab keine Angst ...«, hauchte er in ihr Ohr.
Der Trost, den seine Lippen diesmal spendeten, war süß und zärtlich, und er ließ sie alle Schrecken und alle Angst vergessen. Sie erblühte unter seiner Berührung, sie verglühte in seiner Umarmung. Für diesen Mann und sonst niemanden hatte sie sich aufgehoben. Und er spürte es. Er verursachte ihr keinen Schmerz, ihre Körper verschmolzen miteinander, liebkosten sich in perfekter Harmonie. Sie waren füreinander geschaffen. Doch als sich die ersten grauen Vorboten des Morgenlichts durch die Fensterblenden in ihr Schlafzimmer stahlen, als sie ihm gerade sagen wollte, daß er sie niemals wieder allein lassen sollte, da küßte er sie sanft auf die nackte Schulter und ließ sie allein. Er ging aus dem Raum, und sie hörte ihn am Telefon sprechen – hastige Worte, deren Sinn sie nicht verstand.
»Er hat also angenommen? Ich habe ihm dazu geraten ... Es ist eine Chance, die so schnell nicht wiederkommt ... Wann reist ihr ab? ... Ist gut, ich breche heute noch auf.«
Leise betrat er wieder den Schlafraum, sah, daß sie wach war, und ließ sich auf der Bettkante nieder: »Ich muß nach Nepal reisen.«
»Bitte verlaß mich nicht!« Entsetzt fuhr sie hoch. Er streichelte ihr Haar.
»Ich komme bald wieder. Es ist nur für ein paar Tage. Ich kann dir nicht sagen, um was es geht.« Humorvoll verdrehte er die Augen: »Streng geheim.« Er küßte sie auf die Stirn, legte seine Kleider an. Sie wußte, daß sie ihn nicht umstimmen und nicht aufhalten konnte. Aber sie fühlte sich dennoch nicht einsam. Sie hatte das Gefühl, ihn für immer in sich zu tragen.
»Was tue ich, wenn er wiederkommt?«
»Tu, was ich dir gesagt habe. Geh für ein paar Tage woanders hin. Wo sie dich nicht finden können. Die Kamdhar-Leute sind im Moment hochnervös, und das macht sie gefährlich. Aber das wird sich legen. Sehr bald sogar.« Er nahm ihre Hand und tupfte einen tröstenden Kuß darauf. »Ich würde nicht von dir weggehen, wenn ich Zweifel hätte. Du bist in Sicherheit.«

Und so fühlte sie sich auch. Diese Nacht in seinen Armen hatte auf wundersame Weise alles zurückgebracht, was sie verloren glaubte. Sie fand an diesem Morgen das wieder, was sie an ihrem Leben schätzte – die Kontrolle. Sie hatte seit ihrer Rückkehr aus Indien kein einziges Fachbuch angerührt, keine Vorlesung besucht, ihre Seminare und Kolloquien geschwänzt, keinen Gedanken an ihr Examen verschwendet, Krankheit vorgeschützt und gehofft, daß sie sich irgendwann wieder auf ihre Studien konzentrieren könnte. Und nun, endlich – endlich, konnte sie zumindest wieder klar denken.

An normalen Tagen, vor der Indienreise, war sie um 6.30 Uhr aufgestanden und hatte schon zum Frühstück das erste Buch oder die jüngste Ausgabe der *Harvard Business Review* auf dem Tisch liegen gehabt. Aber nach ihrer Rückkehr stand sie oft ausgelaugt und müde eine halbe Stunde unter der heißen Dusche, spähte immer wieder angstvoll durch den Vorhang, als fürchte sie, das Wesen aus ihrem Alptraum sei zurückgekommen und stünde lechzend im Badezimmer. Sie hockte dann eine weitere Stunde erschöpft am Tisch, nur um genug Energie zu sammeln, um aufzustehen und sich eine Tasse Kaffee zu kochen. Es war, als hätte Nyimas süße Umarmung den bösen Fluch von ihr genommen und ihr Mut und Energie eingeflößt.

»Ich muß was tun!« entschied sie spontan, warf sich ihren Bademantel über, setzte sich an den Schreibtisch, von dem aus man einen gut gepflegten Park überblickte, und beschloß, für das Examen zu lernen. Auf dem Tisch entdeckte sie die Post der letzten drei Wochen. In ihrer panischen Umnachtung hatte sie den Briefkasten entleert und den Stapel mit Briefumschlägen und Zeitschriften einfach achtlos auf ihren Tisch gelegt, ohne weiter darüber nachzudenken! Ein Brief mit dem Wappen der Universität fiel ihr ins Auge. Absender: Prof. Mannings, ihr Prüfer. Gütiger Himmel! Er wollte ihr einen Termin für die Examensbesprechung geben, und sie hatte noch nicht einmal den Brief geöffnet!

Sie zog die Schublade auf und tastete nach ihrem Brieföffner, eine dieser nutzlosen Antiquitäten, die ihre Eltern von irgendeiner ihrer ausgedehnten Reisen mitbrachten und die in Regalen und auf

Anrichten standen und Staub ansetzten. Das Ding war häßlich und stumpf und eignete sich mit seiner sperrigen, dreikantigen Klinge noch nicht einmal besonders gut zum Briefeöffnen.
Da sprang sie auf und schrie, als hätte sie unwissend eine Klapperschlange angefaßt. Ihre Finger, die den Brieföffner berührt hatten, verbogen sich zu einer Klaue des Entsetzens, sie hielt sie weit von sich und starrte sie an. Ihre Haut schien plötzlich zu klein für ihren Körper, sie schrumpfte und spannte sich. Jedes einzelne Haar, jedes Härchen richtete sich auf.
»Das kann nicht sein«, dachte sie immer wieder. »Das kann nicht sein!« Bis ihr klar wurde, daß sie es nicht dachte, sondern laut vor sich hin sagte. Das Ding glühte.
Ihre Fingerkuppen und die Innenfläche ihrer Hand waren rot und warfen nach der kurzen Berührung schon Bläschen. Es glühte und lebte. Es hatte vibriert wie ein kleiner, aufgeregter Körper. Das Ding hatte sie angesprungen wie ein bissiges Tier, es hatte sie durchfahren wie ein Energiestoß, es hatte ihr auch – erst jetzt fiel es ihr auf – für den kurzen schrecklichen Moment, als sie es anfaßte, ein unglaubliches Gefühl der Macht und Stärke gegeben. Wenn ihre Angst und der Schmerz der Verbrennung nicht so groß gewesen wären, sie hätte dem heftigen Drang nachgegeben und es noch einmal berührt, nur um dieses Gefühl ein weiteres Mal zu erleben. Sie hatte es auf den Teppich fallen lassen, der wiederum ein kostbares Erinnerungsstück an die zwei Jahre war, die ihr Vater für Lockwood Electric im Iran verbracht hatte. Dieses Ding war kein Brieföffner, dessen war sie ganz sicher. Was immer es war, es war kein Brieföffner.
Sie wählte mit unsteten Fingern die Nummer ihres Vaters in Delhi. Er sei in einer überaus wichtigen Abendgesellschaft, erklärte sein ältlicher Butler Nighar mit freundlichem Bedauern. Ob der Herr die Frau Tochter denn später zurückrufen könne.
»Nein. Ich muß ihn jetzt sprechen, sofort.«
»Der was?« Robert Laurell ließ sich bei seinen Geschäftsbesprechungen nur äußerst ungern stören. Sie konnte ihn vor sich sehen. Wie er sich mit dem Telefon ans Fenster begeben hatte, hinaus auf den nächtlichen Garten blickte, der die Niederlassung der Lock-

wood Electric umgab, und in höchster Befremdung seine buschigen Augenbrauen zusammenzog. An der mit Köstlichkeiten überladenen ovalen Tafel hinter seinem Rücken saß vermutlich ein Dutzend hungriger indischer Top-Bürokraten, die sich hüstelnd vielsagende Blicke zuwarfen.

»Der Brieföffner, bitte, Papa, es ist sehr wichtig.«

»Catherine ... ich bin in einer sehr, sehr wichtigen Unterhaltung. Ich rufe dich zurück ...«

»Papa!« Sie weinte fast vor Anspannung, ihre Stimme klang, als schlössen sich vor ihr langsam und unaufhaltsam die schweren Steintüren einer kalten Gruft. Robert Laurell wußte das eine von seiner Tochter: Sie war normalerweise nicht hysterisch. Er vergaß also die ungeduldigen Inder, er vergaß den Zwanzig-Millionen-Auftrag, um den es heute abend ging, und er wünschte sich nichts mehr, als daß er Catherine nicht so oft allein gelassen hätte, besonders nach dem Tod ihrer Mutter.

»Catherine ... was, um Himmels willen ...?«

»Papa! Der Brieföffner! Wo hast du den her?«

»Der Brieföffner ... ich muß nachdenken.« Ein aufziehender Sturm peitschte die Blätter der Palmen hin und her. Blitze erleuchteten den Garten. Im verzerrten Spiegelbild der Scheiben sah er den weißgekleideten Kellner um den Tisch huschen und den Gästen Wein einschenken. »Du meinst dieses Ding aus Hirschhorn?«

»Ist es Hirschhorn? Ich weiß nicht, ob es Hirschhorn ist. Es ist schwarz angelaufen und hat am oberen Ende eine primitive Schnitzerei, die aussieht wie ein Kopf oder so was ... ein Katzenkopf.«

»Ja, jetzt weiß ich, was du meinst. Ja, es ist Hirschhorn. Warte mal ... den habe ich irgendwann einmal auf einem Flohmarkt gekauft. Das war ... ja – das war in Nepal, in Kathmandu. Von irgendeinem alten Mönch. Oder war es in Delhi? Auf jeden Fall auf einem Flohmarkt. Was ist denn los mit dir, Catherine?«

»Nichts, nichts«, stotterte sie, seine Antwort irritierte sie so sehr, daß ihr Kreislauf verrückt spielte, ein Vorhang aus schwarzen Punkten wollte sich vor ihren Augen schließen.

»Will dir jemand das Ding abkaufen?« Hier sprach der unverbesserliche Geschäftsmann. »Was bietet er denn? Es hat mich nur zwei Dollar gekostet.«
»Ist schon gut. Ich verkaufe es nicht. Tut mir leid, daß ich dich deswegen gestört habe. Bis bald, Papa.«
»Catherine? Und jetzt sagst du mir, was wirklich los ist, okay?«
Sie hatte aufgelegt.
Immer noch im Griff eines Schwindelgefühls, stand sie in der Mitte des Raumes, den Telefonhörer in der rechten Hand, die linke tastete nach der Ecke des Tisches, und sie fand ihre Balance.
» ... weil Sie etwas ganz Besonderes besitzen ...«, hatte der Dalai Lama gesagt. Sie hatte geschmeichelt in ihrer Eitelkeit gemeint, er spiele auf ihren Scharfsinn an, ihre akademischen Erfolge, ihre vornehme Abstammung. Aber das war es nicht. Er hatte dieses Ding aus Hirschhorn gemeint, woher auch immer er wußte, daß sie es in ihrer Schublade aufbewahrte. Aber was sie in eine weitaus größere Verwirrung und Ratlosigkeit stürzte, war etwas anderes. Von frühester Kindheit an hatte sie auf mysteriöse Weise erkannt, wenn Menschen die Unwahrheit sagten. Sie wußte, daß der Butler ihres Großvaters log, sie wußte, wenn ihr das Kindermädchen etwas vormachen wollte, sie hatte die Schwindeleien ihrer Mutter durchschaut, wenn ihr Vater wieder einmal auf seinen langen Reisen unterwegs war und die Mutter Catherine mit irgendwelchen Märchen beruhigen wollte. Ihr entging keine Lüge. Auch diese nicht. Egal, wie der vermeintliche Brieföffner auch in seinen Besitz gelangt war – er hatte ihn nicht auf einem Flohmarkt gekauft, und es stimmte nicht, daß er sich nicht mehr so genau erinnern konnte, wo er ihn herhatte. Ihr Vater hatte sie belogen.
10.45 Uhr: Nyimas Maschine hob zur selben Zeit vom Bostoner Flughafen ab. Catherine konnte versuchen, ihn bei der Zwischenlandung in Los Angeles zu erwischen, aber darauf wollte sie nicht warten.
»Matthew«, dachte sie. Wenn es jemanden gab, der ihr das alles erklären konnte, und zwar sofort, dann war er es. Sie streifte sich einen dicken Kochhandschuh über und verstaute das beängsti-

gende Zauberstück aus Hirschhorn in ihr Aluminiumköfferchen, warf sich den Mantel über und eilte hinunter auf die Straße, wo ihr LeBaron geparkt war. Sie sah nichts und hörte nichts. Erst als der Wagen, der aus dem Nichts herangeschossen kam, sie beinahe erfaßt und meterweit durch die Luft geschleudert hätte, wich sie zurück und sah, wie das Fahrzeug ins Trudeln geriet und um ein Haar eine Reihe parkender Autos gerammt hätte. Zum Glück brauste der Fahrer schnell davon, denn sie verspürte keine Lust, irgendeinem erbosten Kommilitonen der Business School ihren desolaten Zustand zu erklären. »Ich bin fahruntüchtig«, dachte sie, hoffte, daß jetzt kein unachtsamer Fußgänger ihre Reflexe testen wollte, fuhr über eine rote Ampel an der Einfahrt zur Hauptstraße – ihr Oberkörper wiegte vor und zurück, als säße sie in einem Schaukelstuhl – und atmete erleichtert auf, als sie unfallfrei den Stadtverkehr hinter sich gelassen hatte. Interstate 95. Sie fuhr über das flache Land, entlang den im frischen Herbstwind sich wiegenden Wäldern, nach Providence, Rhode Island, eine Stadt, die sie niemals wieder betreten wollte.

Die Adresse, die er ihr aufgeschrieben hatte, erreichte sie in weniger als einer Stunde. Zuerst dachte sie, sie müsse sich getäuscht haben. Die Cleveland Street im Südwesten der Stadt war eigentlich keine Wohnstraße, lag vielmehr in einem etwas abgerissenen Industrieviertel. Bröckelnde Fassaden, hier und da eingeworfene Fensterscheiben und Feuertreppen, die aus nichts als Rost bestanden. Die einzigen Lebenszeichen waren die farbenfrohen Fassaden und Schaufenster der kambodschanischen Restaurants und Läden, die sich in diesem Stadtteil zusammenballten. Catherine wollte eben anhalten, um einen Passanten nach der Adresse zu fragen, da sah sie die Fahrzeuge. Zwei Polizeiwagen und ein Notarzt hatten sich in die enge Einfahrt eines dreistöckigen Backsteingebäudes gezwängt. Ein Grüppchen von Arbeitern mit Schirmmützen und ölverschmierten Overalls stand, Dosenbier trinkend, an der Ecke. Sie stellte ihren LeBaron im Halteverbot ab und hastete an den glotzenden Männern vorbei, die ihre Erscheinung mit Pfiffen und ordinären Zurufen begrüßten. Im Innenhof der ehemaligen Baumwollmühle – oder was immer es

war – standen zwei Polizeibeamte in Zivilkleidung und befragten einen Mann im blauen Arbeitskittel.
»Ich hatte nie Ärger mit dem Mieter«, hörte sie den Mann sagen. »Er war vielleicht ein bißchen seltsam, aber so sind nun mal die jungen Leute heutzutage. Ich fragte ihn, warum er sich nicht ein schönes Zimmer in College Hill suchen wolle. Immerhin war er bei *Brown* angestellt. Aber er sagte, er wolle einen großen Raum, und da habe ich ihm die ehemalige Spinnerei vermietet. Die Maschinen sind ja längst raus. Manchmal hatten sie da solche Versammlungen ...«
»Hey, hey!« Einer der Beamten, ein älterer Mann mit gutmütigem Gesicht und schütteren Locken, hatte bemerkt, daß sie das Haus betreten wollte, und blockierte sie an der Schwelle. »Immer langsam, junges Fräulein«, ermahnte er sie. »Hier kann nicht einfach jeder hereinspazieren. Wohnen Sie hier?«
Sie nahm ihre letzten, schwindenden Kräfte zusammen, um eine klare Antwort zu geben.
»Ich suche Matthew Tanner.«
Das Gesicht des Beamten ließ keine Fragen mehr offen.
»Sind Sie eine Verwandte?«
»Eine Freundin. Ist was passiert?« Sie wußte es längst.
»Ihr Name?«
»Catherine Laurell. Bitte, sagen Sie doch, was ist denn hier los?«
»Ms. Laurell? Sie wohnen in der Avalon Street 45, Cambridge?« Selbst in ihrem Schock wunderte sie sich, daß der Beamte ihre Adresse kannte.
»Tanner hat einen Brief an Sie hinterlassen. Vermutlich ein Abschiedsbrief.«
»Ist er ...?«
»Er hat sich das Leben genommen, Catherine.«
»Kann ich ihn sehen?«
»Ich fürchte, das ist keine gute Idee«, sagte der Beamte und dachte dabei, daß dies wohl die Untertreibung des Jahres war. Die Behausung dieses Tanner, ein riesiger, mit allerlei asiatischem Firlefanz dekorierter Raum im Obergeschoß, sah aus, als wäre ein

Schwein darin geschlachtet worden. Es war, als hätte der Junge einen makabren Totentanz aufgeführt, nachdem er sich die Pulsadern aufgeschlitzt hatte; Blutflecken bedeckten die Wände, besprenkelten Teppiche, Bücher und das spärliche Mobiliar. Es gab keinen Hinweis auf Fremdeinwirkung. Niemand war in das Haus eingedrungen, der Schlüssel steckte von innen im Schloß, der Riegel war vorgeschoben, alle Fenster waren unberührt. Zudem hielt der Tote das Teppichmesser, mit dem er sich die Wunden zugefügt hatte, noch in seiner blutleeren, kalten Hand. Auch die Nachbarn, die wenigen Alkoholiker und Arbeitslosen, die in dieser heruntergekommenen Industriewüste lebten, hatten nichts gesehen. Nur die Hunde hatten am frühen gestrigen Abend wie verrückt gebellt und sich gar nicht beruhigen können, und jemand wollte eine Frau gesehen haben, die sich dem Gebäude genähert hatte; aber der Zeuge konnte nicht einmal eine ungefähre Beschreibung geben. Sie habe einen Mantel und ein Kopftuch getragen – das war alles.

»Bitte, wollen Sie nicht einen Moment auf der Bank hier Platz nehmen und sich ausruhen? Ich werde einen der Ärzte rufen.« Er führte sie zu einer wackligen Holzbank, die vor dem Haus im Sonnenschein stand.

»Nicht nötig«, stammelte sie und dachte dabei: »Ich brauche keinen Arzt. Ich brauche einen Psychiater. Eine Zwangsjacke. Eine Gummizelle.«

Vor allem anderen verspürte sie Wut, eine rasende, ohnmächtige Wut. Vor ein paar Tagen noch war alles in Ordnung gewesen. Ihr Leben funktionierte. Sie war klug, fleißig, erfolgreich. Sie kam aus einer guten, wohlhabenden Familie, und bis vor ein paar Tagen war ihre größte Sorge noch gewesen, welches Kleid sie wohl zum Halloweenball des Country-Clubs anlegen sollte. Sie liebte Mozart, den Geruch von Chanel Nummer 5 und die Sonnenaufgänge auf Cape Cod, wo ihr Vater ein Strandhaus besaß. Sie mochte ihren hellblauen LeBaron, ihre Puppensammlung und ihre Unabhängigkeit und freute sich auf ihre Karriere. Und mit einem Mal war das alles nicht mehr als ein Häuflein Staub. Nur der Gedanke an Nyima, die Liebe ihres Lebens, die sie durch dieses scheußliche

Abenteuer gefunden hatte, hinderte sie jetzt daran, auf der Stelle den Verstand zu verlieren.
»Was steht in dem Brief?« fragte sie erschöpft den Polizisten, der zweifelsohne davon überzeugt war, den Fall gelöst zu haben. »Freitod aus Liebeskummer«, würde das Protokoll vermerken.
»Nein, meine Herren«, dachte sie, »wenn es nur so einfach wäre.« Sie erinnerte sich schaudernd an seinen panischen Blick. »Er ist hinter mir her«, hatte Matthew gesagt. Nyima hatte sich getäuscht. Matthew hatte nicht gelogen. Er konnte gar nicht lügen. Er hatte sich tatsächlich von dieser gefährlichen Sekte losgesagt. Und er war bestraft worden. Sollte sie den Polizisten eröffnen, daß das, was sie für einen Selbstmord hielten, in Wirklichkeit das Werk einer rasenden Rachegottheit aus Tibet war? Lieber nicht. So versessen war sie dann doch nicht auf einen Aufenthalt in der Klapsmühle.
Der zweite Polizist in Zivil brachte den Umschlag. Sie hatten ihn geöffnet, aber mit dem Inhalt nichts anfangen können.
Da waren nur ein paar Worte hingekritzelt und ein Name.
»Du mußt deine Aufgabe lösen«, las sie. »Dieser Mann wird dir helfen. Prof. Li Rongwu am Minderheiteninstitut in Peking.«

Das baufällige Anwesen im historischen Stadtkern von Providence war ein Kuriosum, das sogar im bescheidenen Faltblättchen der Tourismusbehörde als eine Attraktion erwähnt wurde und als Paradebeispiel der Toleranz in einer ansonsten muffigen und kleinbürgerlichen Stadt galt. Es war das ehemalige Haus eines Walfang-Kapitäns und beherbergte seit dem Jahre 1968 eine der ersten Studentenkommunen in Amerika. Es schien das Schicksal von Providence zu sein, mit Beinaherekorden zu leben und sich dieser auch noch brüsten zu müssen. Sie war »eine der« größten Städte Neuenglands, hatte »eines der« bedeutendsten Museen und »eine der« ältesten Leihbibliotheken im Lande. Providence war das stadtgewordene Mittelmaß, das viel von seiner langen Geschichte zehrte, aber das trotzdem niemand so recht ernst nehmen wollte; und das lag vielleicht an ihrem etwas sonderbaren Na-

men – Providence, Vorsehung. Ihr Gründer war ein religiöser Mann gewesen.
Man kannte das Kommunenhaus in der Stadt unter dem Namen »das gelbe Haus«, denn es hauste hinter seinen ehemals gelben Mauern seit vielen Jahren ein ständig fluktuierendes Grüppchen von bis zu zwei Dutzend Brown-Studenten, Künstlern und Radikalen, vor deren langen Haaren sich nicht einmal mehr die Nachbarn fürchteten, die sich allenfalls bei der Polizei meldeten, wenn mal wieder zu lange gefeiert wurde und wüste Rhythmen durch die Nachbarschaft dröhnten oder im Garten des gelben Hauses mal wieder ein Nackter gesichtet worden war. Außer der Lärmfrage wurden in schöner Regelmäßigkeit mehr oder minder schwere Drogendelikte mit dem Haus in Verbindung gebracht. Einmal, vor vielen Jahren, hatte eine international mit Haftbefehl gesuchte arabische Terroristin hier Unterschlupf gefunden, und natürlich beschwerten sich gelegentlich Anwohner über die linksradikalen Parolen, mit denen die Wände beschmiert waren. Vom gelben Haus aus war gegen alles demonstriert worden, was dem jeweiligen Jahrgang der Brown-Universität nicht paßte: gegen den Krieg in Vietnam, gegen Nixon, Ronald Reagan, den Golfkrieg und die Kürzungen im Sozialetat. Aber es gab auch kulturelle Glanzpunkte in der Geschichte der Kommune. Arthur Miller hatte einen – wenn auch wenig beachteten – Aufsatz darüber geschrieben, die legendäre Avantgardegruppe *The Living Theatre* hatte in den frühen Siebzigern ein Stück im Garten aufgeführt und John Lennon eine Nacht hier verbracht. Allerdings ohne Yoko.
Zonia van Kerke lebte seit einigen Monaten im gelben Haus, hatte das größte Zimmer beansprucht und auch bekommen, weil es anfangs auch für Versammlungen aller Bewohner genutzt wurde. Aber die Meetings waren in letzter Zeit immer seltener geworden, seit Zonia sich mehr und mehr zurückgezogen hatte. Man sah sie nur noch selten in der Küche bei den gemeinsamen Mahlzeiten, manchmal schloß sie ihre Tür schon morgens ab und ließ sich den ganzen Tag über nicht sehen. Aus ihrem Zimmer drang merkwürdiges Stöhnen – auch wenn keine ihrer Freundinnen zu Besuch war. Dann trainierte sie ihre Muskeln mit schweren Hanteln.

Zonia, die Holländerin, war über 1,80 Meter groß, hatte schulterlanges, etwas dünnes, strohblondes Haar und einen sehnigen Körper, auf dessen Zähigkeit und Kraft sie sehr stolz war. Irgendwann stand sie mit ihrem Koffer vor der Tür, frisch aus Amsterdam angekommen, wo ihr ein ehemaliger Mitbewohner die Adresse des gelben Hauses gegeben hatte, und war freundlich aufgenommen worden. So wie im gelben Haus eben jeder Fremde freundlich aufgenommen wurde, solange er nicht von der Polizei, vom Ordnungs- oder vom Wohnungsamt kam. Anfangs war Zonia von allen bestaunt und bewundert worden. Sie hatte hübsch aufgemachte Visitenkarten, auf denen sie sich als »radikale Feministin« und »globale Aktivistin« vorstellte. Sie war eine Meisterin des Untergrunds, sie kannte die einschlägigen Kreise in mehr als einem Dutzend Großstädten dieser Welt, hatte Verbindungen zu politischen Gruppen von Nordirland bis Ost-Timor und in einer beeindruckenden Zahl von Schlachten für alle nur erdenklichen guten und gerechten Sachen gekämpft. Sie hatte in Istanbul gegen die islamische Unterdrückung der Frauen protestiert, sie hatte in São Paulo die erbarmungswürdigen Zustände in brasilianischen Frauengefängnissen angeprangert, sie hatte sich vor einem französischen Atomkraftwerk angekettet und war in Tokio bei einer Nacktdemonstration gegen Pelze festgenommen worden; nicht zuletzt hatte sie – keiner wußte recht, warum – den Polizeichef von Johannesburg geohrfeigt. Zeitungsausschnitte zu all diesen und einigen anderen Begebenheiten sammelte sie in einer zerfledderten Kladde, akribisch versehen mit handschriftlichen Vermerken zu Datum, Uhrzeit und mit einigen Skizzen zum Verlauf der jeweiligen Aktion. Sie sammelte diese meist nur winzigen Meldungen wie ein besessener Schauspieler die Urteile der Theaterkritiker, und wen sie in ihr Vertrauen schloß, dem zeigte sie mit schlecht gespielter Gleichgültigkeit das Glanzstück ihrer Sammlung: eine 6 x 8 Zentimeter große Farbfotografie aus *Newsweek*, die sie und einige andere Frauen mit weit aufgerissenen Mündern zeigte, wie sie unter einem pinkfarbenen Protestplakat mit der Aufschrift »Nieder mit den Großkonzernen« am Rande des G-7-Treffens in Halifax, Nova Scotia, stand. Niemand kannte Zonias Alter, das irgendwo zwischen vierzig und fünfzig liegen mochte, und niemand kannte ihre Geschichte, aber man wollte erfahren haben, daß sie sich nach zwanzig Jahren von ihrem Mann, einem schwerreichen holländischen Industriellen, getrennt habe und daß der großzügige Unterhalt, den ihr Mann ihr zukommen ließ, sie durchs Leben füttere. Andere raunten, sie habe ihren Mann ermordet, und ihr Geld sei die Erbschaft. Niemand traute sich zu fragen, ob das auch stimmte, denn alle wußten, daß Zonia nicht gut auf Männer zu sprechen war und schon gar nicht auf Ehemänner und ganz besonders dann nicht, wenn es ihr eigener war. Niemand hatte sie jemals lachen gehört. War sie heiter oder zufrieden, dann kräuselte sich ihre scharfe Nase, dann verzogen sich ihre schmalen Lippen, die sich wie zu kurz geraten über ihren langen Schneidezähnen wölbten, zu einem undefinierbaren Ausdruck, der alles zwischen Belustigung, Geringschätzung und blankem Haß bedeuten konnte. Ihr asketisches Gesicht wirkte wie ein Totenschädel mit wachen, wasserblauen Augen und dünn-gespannter Haut. Sie kleidete sich mit Vorliebe mit engen Hosen und ebensolchen T-Shirts, die ihre mageren Brüste auf dramatische Weise betonten, und trug einen silbernen Ohrring mit einem merkwürdigen Design, das etwas an einen Phallus erinnerte. Die Frauen fühlten sich auf sonderbare Weise zu ihr hingezogen, aber nur wenige, die eine Nacht mit ihr verbracht hatten, kehrten jemals in das gelbe Haus zurück. Sie war zynisch und scharfzüngig. Anfangs hatte sie noch hin und wieder brillante Vorträge über die Ausbeutung der Frauen und der Minderheiten, über Menschenrechte und die Zerstörung der Natur gehalten. Aber inzwischen kannten alle ihre Ansichten, und da Zonia nicht diskutierte, sondern nur belehrte und keinen Widerspruch duldete, und da sie sich ohnehin rar machte, gab es keine Sitzungen mehr, höchstens noch vor wichtigen Demonstrationen, aber die wurden auch immer seltener. Faye, deren Bibliotheksausweis sie benutzte, berichtete, daß Zonia ihr Interesse am Buddhismus und an Tibet entdeckt habe und sich kistenweise Bücher zu diesen Themen hatte kommen lassen. Eine Information, die bestätigt wurde, als Zonia verkündete, sie werde eine Expedition nach Tibet anführen.

Sie machte Aushänge in der Mensa und in mehreren Kneipen und fand auch bald eine Gruppe von acht Leuten, die sich an dieser Reise beteiligen wollten. Ursprünglich hatte es noch mehr Interessenten gegeben, aber die meisten hatten dann doch kalte Füße bekommen, als sie erfuhren, daß die Reise nicht nur landeskundlichen und religionswissenschaftlichen Aspekten dienen sollte, sondern daß Zonia weitreichendere Pläne hatte. Pläne, die selbst das Newsweek-Foto in den Schatten stellen sollten, die sie in die Schlagzeilen aller Zeitungen rund um den Globus bringen würden. Die bis jetzt angemeldet waren und als Gruppe von kulturhistorisch interessierten Studenten ihre Visa von der Chinesischen Botschaft bekommen hatten, waren im Kern verhinderte Helden, militante Naturschützer und Bewunderer Zonias, die nach einer Aktion dürsteten, mit der sie die Aufmerksamkeit der Welt oder zumindest doch der Medien auf Tibet und auf sich selbst lenken konnten. Kein einziger ihrer Mitbewohner aus dem gelben Haus hatte sich für die Reise erwärmen können. Und insgeheim hofften sie alle, daß das große Zimmer nach dieser Expedition endlich geräumt würde. Der Abreisetermin rückte näher, in wenigen Tagen wollte die Gruppe von New York nach Hongkong fliegen, von dort aus weiter nach Chengdu in Sichuan und schließlich nach Lhasa.

Zonia öffnete auf das schwache Klopfen die Tür zu ihrem Zimmer nur weit genug, um ihren knochigen Kopf durchzustecken.

»Was ist?«

Das Mädchen war gut gebaut und süß, sah aber trotzdem beschissen aus.

»Ich komme wegen der Tibet-Reise. Ist noch Platz in der Gruppe?«

»Nein. Außerdem siehst du nicht gerade aus, als wärest du einer anstrengenden Reise gewachsen, mein Täubchen.«

»Ich bin in Ordnung«, sagte das »Täubchen«, das Zonia trotz seines kränklichen Aussehens auf Anhieb gefiel. »Ich möchte unbedingt nach Tibet. Egal, was es kostet. Ich habe gehört, daß es nur für Gruppen wie Ihre Einreisegenehmigungen gibt ...«

»Ich sagte doch schon, wir sind ausgebucht. Wir haben unsere

Visa letzte Woche bekommen. Du kommst zu spät. Wie heißt du?«
»Catherine Laurell.«
»Catherine …«, Zonia öffnete die Tür, richtete sich in ihrer ganzen imposanten Größe auf und verschränkte die Arme vor ihrer Brust, die bloß aus zwei kümmerlichen, erigierten Brustwarzen zu bestehen schien. Hinter der älteren Frau sah Catherine ein heillos unordentliches Zimmer. Aufgefaltete Landkarten, Stapel von Büchern, mittendrin ein zerwühltes Futon und, wie ein kurioser Fremdkörper, eine Rudermaschine, wie man sie im Fitneßstudio vorfindet. Vor ein paar Stunden noch hätte sie die Bewohnerin eines solchen Zimmers für einen Höhlenmenschen gehalten, vor ein paar Stunden noch hätte sie einen großem Bogen um das gelbe Haus gemacht – aber das war jetzt nicht mehr wichtig. Diese unsympathische Frau mit ihrer holländischen Reibeisenstimme wußte den schnellsten Weg nach Tibet, und Catherine brauchte ihre Hilfe.
»Catherine«, wiederholte sie, »willst du nicht für einen Moment reinkommen? Du siehst aus, als könntest du ein wenig Ruhe gebrauchen.«
»Nein, danke. Bitte, Zonia. Gibt es noch irgendeinen Weg, mitzukommen?«
»Schwierig, schwierig«, grübelte Zonia. »Die Flüge nach Hongkong und Chengdu sind, soweit ich weiß, ausgebucht. Schon wir hatten Schwierigkeiten, sie zu bekommen.«
»Ich muß ohnehin über Peking anreisen«, sagte Catherine schnell, Hoffnung schöpfend. »Es geht mir vor allem um die Genehmigung für Tibet.«
»Die bekommen auch wir erst in Chengdu. Wenn du ein bißchen was Bares auf den Tisch legst, lassen sie dich vielleicht mit uns einreisen. Vielleicht! Allein und ohne Reisegruppe hast du jedenfalls keine Chance. Die verdammten Besatzer haben Tibet abgeriegelt wie ein Gefängnis.«
»Könnte ich das versuchen?«
»Ich glaube, die Chinesen würden dir nicht so schnell ein Visum geben. Wir haben einen Monat gewartet.«

»Ich kann versuchen, es über meine Verbindungen zu erreichen«, sagte sie. Über die Organisation der ehemaligen Harvard-Studenten, die heute in den wichtigsten Positionen saßen. Oder eben über die Kontakte der Lockwood Electric, für die ihr Vater arbeitete.
»Na gut. Wir sind am Montagnachmittag in Chengdu, da haben wir ein Reisebüro, das uns in vierundzwanzig Stunden die Genehmigung für Tibet besorgt, am Mittwoch fliegen wir weiter nach Lhasa. Wenn du es wirklich riskieren willst, dann treffe uns in Chengdu, im Jinjiang-Hotel.«
»Noch eine Woche«, dachte Catherine verzweifelt. »Noch eine Woche der Angst und der schlimmen Nächte.«
»Gut«, sagte sie. »Ich treffe euch dort.«
»Viel Glück«, sagte Zonia und kräuselte ihre Nase, verzog die schmalen Lippen über den großen Zähnen zu dieser ihr eigenen Grimasse eines Lächelns, das alles bedeuten konnte. Auch Zuneigung. Auch Gier.

12. Kapitel

Grenze Tibet-Nepal

Er war über Delhi angereist, hatte einen zweitägigen Abstecher nach Dharamsala unternommen, um sich vor seiner nicht ungefährlichen Reise den Segen seines Freundes, des Dalai Lama, zu holen. Aber der Gottkönig war für niemanden zu sprechen, nicht einmal für ihn. Er befand sich in einer mehrtägigen Meditation, um einige entscheidende Antworten zu finden, erklärte Targa bedauernd. Der Dolmetscher konnte Paul jedoch versichern, daß in Tibet alles für ihn arrangiert war. Targa teilte ihm Treffpunkt und den Namen seines Vertrauensmannes mit, der Paul unbehelligt durch die Grenzkontrollen und weiter zu dem Fotografen nach Lhasa bringen würde. Paul setzte seinen Weg fort nach Kathmandu, verbrachte in Nepals schmuddeliger Hauptstadt eine ruhelose, kurze Nacht im Luxushotel Yak und Yeti und war noch vor Sonnenaufgang in Richtung Grenze aufgebrochen. Er kam sich vor wie ein furchtloser Geheimagent im Auftrag der Wahrheit und der Gerechtigkeit, der er zum Sieg verhelfen würde. Soweit er es beurteilen konnte, hatte niemand ihn auf seiner streng geheimen Mission erkannt, wenn man von einer amerikanischen Touristin absah, die dem Menschentyp »unternehmungslustige Hausfrau aus Neuengland auf exotischer Abenteuerreise« entsprach und die ihn auf dem Weg zum Lift angefallen und umschlungen hatte wie eine Killeralge. Dabei hätte sie beinahe das ganze Hotel zusammengeschrien, wenn er nicht mit ihr einen Drink in der Lobbybar eingenommen hätte. Offenbar hoffte sie, daß die anderen Mitglieder ihrer Reisegruppe sie mit ihm sehen und vor Neid tot umfallen würden. Paul hörte sich geduldig ihre euphorischen Lobeshymnen auf seine Dalai-Lama-Verkörperung an, ließ sich widerwillig – »Bitte, bitte, nehmen Sie ihn. Ich habe ihn eben erst für meinen Sohn gekauft. Bitte ... von Ihrer größten Verehrerin ...« – einen lächerlichen Schlüsselanhänger schenken, der wohl einen haarigen Yeti darstellen sollte, und war erleichtert darüber, daß sie keine Teddybären mit sich führte. Er ließ, als ihre Reisegruppe nicht kommen wollte, zu, daß der Kellner ein Foto von ihnen machte, und er setzte sein Autogramm auf jedes Stück Papier, das sie aus ihrer Jacke und ihrer Tasche herausfischte. Vom Flugticket bis zum Gedichtband. »In Liebe, Dein Paul«, zwang sie ihn zu unterschreiben, »Seine Heiligkeit.«

Sie gluckste selig, als Paul schließlich das Weite suchte, um wenigstens ein paar Stunden Schlaf nachzuholen.

Als er um 6.00 Uhr fröstelnd und gähnend vor die Tür trat, wo wie verabredet der Wagen wartete, fühlte er sich stark und gerecht. Jetzt war es an der Zeit, ein Zeichen zu setzen. Er hatte genug geredet, gebettelt und überzeugt. Jetzt wurde gehandelt.

Der Wagen brachte ihn in fünfstündiger Holperfahrt hinauf zur Grenze. Er besaß kein Visum für China und keine Einreisegenehmigung für Tibet. Aber er hatte eine zuverlässige Kontaktperson, die ihm bei den Formalitäten behilflich sein würde. Targa hatte an alles gedacht. Targa, der trickreiche, flinke Dolmetscher, der Paul auch mit dem Fotografen zusammengebracht hatte.

Es war wie ein Wink des Schicksals gewesen. Der junge Mann hatte im Auftrag einer halbstaatlichen chinesischen Stiftung eine Ausstellung von buddhistischen Kunstwerken nach Los Angeles begleitet, die die Chinesen in ihrer unbeschreiblichen Arroganz »Schätze aus Tibet, China« genannt hatten. »Tibet, China!« Selbst die Kostbarkeiten des alten Tibet beanspruchten die Chinesen allesamt für sich. Es hatte sich ein williger Sponsor aus der Wirtschaft gefunden, der in China große Geschäfte machte und für diese Anmaßung auch noch bezahlte. Wie immer. Pauls Name auf der Gästeliste hatte fast zu einem Eklat geführt, weil die Chinesen ihn nicht leiden konnten. Aber der Geldgeber, der durch die Einladung dieses prominenten China-Kritikers offenbar sein schlechtes Gewissen beruhigen wollte, hatte zumindest in diesem Fall Rückgrat gezeigt und ihnen mitgeteilt, daß er in seinem eigenen Land und auf seine eigene Party einladen könne, wen er wolle, und da hatten sie Pauls Anwesenheit zähneknirschend hingenommen. Dieser Fotograf, ein gewisser Li Xiao Zhi, ein Tibet-Kenner, war angeheuert worden, um die Ausstellung zu begleiten und zu dokumentieren. Paul lernte ihn auf dem pompösen Empfang kennen; dort mußte er sich – kochend vor Empörung – die beleidigenden Reden anhören und sich schwer zusammenreißen, um nicht unangenehm durch Zwischenrufe aufzufallen. Er war überhaupt nur hier, weil Artie ihn unbedingt mit irgendwelchen Japanern zusammenbringen wollte, die einen weltbekannten Star als Clown für ihre Bierwerbung suchten, und weil Targa ihn ausdrücklich zur Teilnahme ermutigt hatte. Er werde dort eine interessante Persönlichkeit mit einer hervorragenden Idee kennenlernen.

Li Xiao Zhis freundliches, rundes Gesicht, mit seinen schulterlangen, zu einem Pferdeschwanz gebundenen Haaren, war hinter seiner Kamera aufgetaucht, mit der er gerade ein Bild von Paul und den unangenehmen Bierleuten gemacht hatte, und er war mit ausgestreckter Rechten auf ihn zugekommen.

»Mr. McGregor«, hatte er in fließendem Englisch gesagt, »ich bin ein großer Bewunderer Ihrer Arbeit.«

Paul beantwortete derartige Schmeicheleien routinemäßig mit dem Satz: »Freut mich, daß Sie gerne gute Filme sehen.«

Aber da hatte der junge Chinese ihn mit großen Augen angesehen und gesagt: »Ich mache mir nichts aus Ihren Filmen. Ich meine Ihre Arbeit für Tibet. Targa hat mir empfohlen, mich mit einer Idee an Sie zu wenden. Kommen Sie morgen wieder, und wir können in Ruhe darüber sprechen.«

Paul kam. Li Xiao Zhi lud ihn ein, in einer stillen Ecke auf einem Sofa für erschöpfte Ausstellungsbesucher mit ihm Platz zu nehmen.

»Sie dürfen hier nicht rauchen«, hatte Paul ihn ermahnt, als er eine Packung Zigaretten und ein Feuerzeug aus der Tasche seiner Lederjacke fischte.

»Ich tu's trotzdem«, sagte der Fotograf grinsend und zündete sich eine Marlboro an.
»Wenn Sie erwischt werden, müssen Sie 1000 Dollar Strafe zahlen«, warnte ihn Paul noch einmal.
»Ich habe keine Angst. Ich tue noch ganz andere Sachen. Wenn ich dabei erwischt würde, käme das wesentlich teurer ...«
Eine halbe Stunde später wußte Paul McGregor, daß dieser Mann, Li Xiao Zhi, ein Geschenk des Himmels war. Zuerst dachte er, der junge Chinese sei ein Spinner, dann hatte er den Verdacht, Li sei möglicherweise ein Provokateur des chinesischen Geheimdienstes, der ihn und Targa hereinlegen wollte. Aber je länger er ihm zuhörte, um so sicherer war sich Paul, daß dieser furchtlose kleine Kerl, der sich eine Zigarette nach der anderen anzündete, jedes Wort meinte, das er sagte. Nicht nur war er derjenige, der das himmelschreiende Foto von diesem Mönch gemacht hatte, der von den Soldaten mißhandelt wurde. Er war auch derjenige, der wußte, daß dieser Mönch zwei Tage später in einem Keller des Büros für Öffentliche Sicherheit in Lhasa seinen inneren Blutungen erlegen war. Dieser Mann wußte Dinge, die andere nur vermuteten, und worüber andere spekulierten, dazu hatte er Beweise. Denn er war Fotograf; ein guter und mutiger noch dazu.
Und er hatte eine Idee.
»Sie und ich, wir haben ein gemeinsames Ziel«, sagte Xiao Zhi. »Und wir sollten zusammenarbeiten. Tibet wird verändert, und es verliert jeden Tag mehr von seiner Seele, als jemals wieder zurückgewonnen werden kann. Ich bin in Lhasa aufgewachsen, als es noch eine tibetische Stadt war. Heute sieht es aus wie jedes andere chinesische Provinznest mit schmutzigen Fabriken, lärmenden Spielhallen und billigen Karaokebars, und es wimmelt von aufgeblasenen Funktionären und Soldaten von außerhalb, die sich aufspielen, als gehöre ihnen alles. Die Tibeter werden herumgeschubst, entrechtet und ausgelacht wie Trottel. Die Klöster werden überwacht und gegängelt, Mönche willkürlich verhaftet, verschleppt und gefoltert. Und die Umwelt rücksichtslos zerstört. Tibets Wälder werden großflächig abgeholzt, das Holz nach

China geschafft, damit sich Chinesen neue Häuser bauen können. Hochgiftiger Müll wird in tibetischen Tälern abgeworfen, möglicherweise sogar nukleare Abfälle. Gelangweilte Armeesoldaten knallen aus purem Spaß mit Schnellfeuergewehren die letzten freilebenden Herden wilder Yaks ab – ich will, daß jeder auf der Welt das weiß. Ich kann Bilder von alldem machen, aber ich brauche eine Stimme. Eine Stimme, die jeder kennt. Wenn ich die Bilder mache, würden Sie ein Buch herausgeben und den Text dazu schreiben?«

»Bilder sagen mehr als Worte«, erwiderte vorsichtig Paul, der sein Mißtrauen noch immer nicht überwunden hatte. »Wozu brauchen Sie mich?«

»Ich bin kein Selbstmörder. Ich kann meine Identität nicht preisgeben, sonst säße ich für den Rest meines Lebens im Knast oder würde gleich erschossen. Wenn aber irgendein anonymer Fotograf ein solches Buch macht, dann geht es unter. Das würden ohnehin nur die lesen, die schon überzeugt sind. Und die Chinesen können sagen, was sie immer sagen: ›Alles gefälscht. Pure Fabrikation. Seht nur, der angebliche Fotograf traut sich noch nicht einmal, seinen Namen zu nennen.‹ Aber wenn Paul McGregor dieses Buch herausgibt, dann wird jeder es sehen wollen, und auch die Chinesen werden es nicht ignorieren können. Mr. McGregor – ein solches Buch, wie ich es plane, könnte etwas verändern. Wollen Sie mir dabei helfen?«

In einem lichtdurchfluteten Seitenflügel des Los Angeles County Museum hatten sie sich verbündet, der aufrechte Hollywoodstar und der chinesische Fotograf. Nicht ohne Meinungsverschiedenheiten. Xiao Zhi meinte, Paul McGregor solle nur seinen berühmten Namen hergeben für das Buch. Er meinte, es sei leichtsinnig und gefährlich, wenn Paul dafür eigens nach Tibet reisen wolle. Aber der Schauspieler bestand auf seiner Rolle. Er könne nichts unterschreiben und für nichts garantieren, sagte er, das er nicht selbst gesehen und bezeugt hätte. Und auch Targa, der in der Stadt war und mit dem Paul und der Fotograf sich am selben Tag trafen, teilte diese Ansicht. Und so trafen die drei Männer die Entscheidung: Paul McGregor sollte auf dem Landweg über Nepal nach

Tibet einreisen, sollte Geld mitbringen, Targa würde dafür sorgen, daß an diesem Tag die richtigen Leute Dienst hätten. Er wolle dafür sorgen, daß der Amerikaner unbehelligt und mit einem fähigen Verbindungsmann nach Lhasa weiterreisen könne. Er habe Freunde im Himalaja, die das alles bewerkstelligen könnten, versprach er. Targas Freunde in Kathmandu arrangierten Pauls Fahrt in einem schlecht gefederten Taxi von der nepalesischen Hauptstadt zur Grenzstation von Zhangmu, wo er am späten Vormittag eintraf.

Es warteten ein paar müde hellblaue Lkws vor dem Schlagbaum im Tal an der sogenannten »Brücke der Freundschaft«, die China und Nepal verband. Zwei Reisebusse mit Pilgern und Rucksacktouristen wurden von den nepalesischen Zöllnern auseinandergenommen. Als er aus seinem Taxi stieg, wurde sich Paul verlegen der Tatsache bewußt, daß er viel zu gut gekleidet war und aussehen mußte wie ein Model für Goretex oder Timberland. Er hatte sich im Sports Chalet, dem besten Ausstatter für Outdoor-Artikel in LA, für viel Geld stilgerecht eingedeckt. Er trug hochklassige, modisch geschnittene Spezialklamotten, wildlederne Hiking-Schuhe, thermoisolierte Wanderhosen mit unzähligen Taschen und eine strapazierfähige Hochgebirgsjacke – eine Montur, die ein kleines Vermögen gekostet hatte. Hier oben aber gab es nur verschmutzte, abgetragene Mäntel aus Schafswolle, lose Schnürsenkel und löchrige Baumwollhosen. Er kam sich vor wie ein Wesen von einem anderen Stern und fürchtete, er werde Aufmerksamkeit erregen. Er schickte seinen Fahrer heim und ließ sich neben der staubigen Piste auf einen Grenzstein nieder, wo er in der prallen Mittagssonne verharrte. Über den grünen Bergen spannte sich ein Himmel, so blau, wie er ihn nie gesehen hatte. Nicht in Colorado, wo er im Winter gern Ski fuhr, nicht in den Schweizer Alpen, die ihm von zahlreichen Reisen vertraut waren, und auch nicht in Dharamsala hatte er jemals einen vergleichbaren Himmel gesehen. Es war ein Blau, so greifbar und tief, daß man darin eintauchen wollte. Die grünen Hänge der Grenzberge, auf deren lebensgefährlichen Straßen sich, Staubfahnen hinterlassend, die Lkws und Busse hinaufmühten, erschienen ihm wie ein Symbol der menschlichen Ahnungslosigkeit und Mühsal im Angesicht einer göttlichen Größe. Geschrei, Schimpfen und Fluchen erfüllte die klare Bergluft rund um den Grenzposten, Verpackungsmüll von Keksen und Erdnüssen, Styroporschalen von Instantnudeln verdreckten die Landschaft. Aber was ihn am meisten aufbrachte, war die chinesische Staatsflagge, die am anderen Ende der Brücke wehte wie eine Verhöhnung, wie eine Beleidigung des majestätischen Himmels. Es glänzte ihr fettes Rot wie frisch vergossenes Blut, und die Sterne oben in der linken Ecke waren wie wachsame Katzenaugen, die die Heimat der Heiligen, die Wiege der Weisheit überwachten und demütigten.

»Mr. Paul McGregor?«

Der dürre Mann mit dem sonnengebräunten Gesicht erinnerte an einen kleinen Hilfsgangster aus einem Chicago-Film der dreißiger Jahre. Einmal mehr ärgerte sich Paul über seine Aufmachung als Nobeltourist. Wenn er es richtig angestellt hätte, dann wäre er entweder als abgerissener Tramp erschienen oder eben wie dieser kleine Mann, mit einem zerbeulten Strohhut, einer grellen Krawatte und einem miserablen Anzug, das Label der Schneiderei außen, am unteren Ende des Ärmels aufgenäht.

»Targa hat mich geschickt«, sagte der Mann. »Haben Sie das Geld? 5000 amerikanische Dollar?«

Paul hatte den Betrag längst abgezählt und überreichte ihn dem kleinen Mann.

»Kommen Sie mit.«

Der Mann nahm das Geld in beide Hände und huschte voran, Paul ging ihm hinterher über die Brücke, die nächste Serpentinstraße den Berg hinauf bis zum Checkpoint, wo der Tibeter in dem Zollgebäude verschwand, um nach nur einer Minute wieder aufzutauchen und ihn hereinzuwinken. Der Schauspieler schulterte seine 700-Dollar-Reisetasche und schlenderte mit betonter Lässigkeit auf den Posten zu, versuchte sich dabei vorzustellen, es sei alles nur ein Film.

»Gehen Sie einfach durch, Mister Paul. Auf der anderen Seite steht unser Wagen.«

Sein erhöhter Puls war unnötig. Unbehelligt ging er an den beiden

Kontrollfenstern vorbei, hinter denen niemand saß, und ließ sich von dem Mann zu einem staubbedeckten Toyota Land Cruiser führen.

»Das war doch ganz einfach, nicht wahr, Mister Paul?« kicherte der schmale Mann, setzte seinen breitkrempigen Strohhut ab und holte aus einem Etui eine übergroße Brille hervor, die er mit einem Tuch säuberte und auf seine platte Nase pflanzte. Er tippte dem Fahrer auf die Schulter, und der Jeep setzte sich in Bewegung, eine Straße hinunter, die sich durch ein grünes Tal wand.

»Gut«, befand Paul und machte es sich auf dem Rücksitz bequem. »Sie kennen meinen Namen. Und wer sind Sie?«

»Nennen Sie mich einfach Tsentse. Ich bin ein guter alter Freund von Targa und Li Xiao Zhi, dem Fotografen.«

»Geht es ihm gut?«

»O ja. Es geht ihm sehr gut. Er wartet schon voller Ungeduld auf Sie.« – »Im Gefrierfach«, setzte er in Gedanken hinzu. »Auch seine Freundin ist da und wird Sie begrüßen, Mister Paul. Wie heißt sie doch gleich ...?«

»Seine Freundin? Er hat mir nichts von einer Freundin erzählt.«

Tsentse lächelte vielsagend in sich hinein. Wäre der Chinese Li Xiao Zhi unvorsichtig genug gewesen, einem Außenstehenden den Namen seiner tibetischen Begleiterin zu nennen, die seit dem Zwischenfall im Potala-Palast spurlos verschwunden war, dann wäre Tsentse in sehr ernsten Schwierigkeiten. Denn bei dem, was dem Schauspieler nun bevorstand, konnte er leicht dazu gebracht werden, jeden nur erdenklichen Namen zu nennen, um seine eigene Haut zu retten. Aber zum Glück kannte der Amerikaner ihren Namen nicht und wußte anscheinend noch nicht einmal, daß es sie gab. Sonst wäre er gewiß in Tsentses kleine Falle getappt. Tsentses Führungsoffizier, Vizedirektor Hu Banguo, hatte keine Ahnung, daß der chinesische Fotograf sich nicht allein im Potala-Palast aufgehalten hatte. Und Tsentse, der Informant, hatte ganz sicher nicht die Absicht, Wildes Yak jemals darüber zu informieren, daß die Frau, die er geliebt hatte, seit er lieben konnte, mit einem chinesischen Hochverräter zusammenarbeitete.

»Wie lange brauchen wir bis Lhasa?« meldete sich der Amerikaner.
»Es ist ein langer Weg. Machen Sie es sich bequem, Mister Paul«, sagte er und fügte im Geiste hinzu: »So bequem werden Sie es in Ihrem Leben nie wieder haben, Mister Paul.«

13. Kapitel

Kathmandu, Nepal

Das Gurkha-Regiment stand stramm, als Chinas Staatspräsident zusammen mit seinem Gastgeber, dem König von Nepal, zu den leicht mißtönenden und scheppernden Klängen des nepalesischen Defiliermarsches die Ehrenformation abschritt. Zwei Tage Gespräche über wirtschaftliche Zusammenarbeit und Grenzfragen. Ein Routinebesuch. Die Frage der vielen tausend Exiltibeter, die von Nepal aus gegen China stänkerten, würde, wenn überhaupt, nur am Rande angeschnitten werden, denn die machten keiner der beiden Seiten Kopfzerbrechen. Die Nepalesen hielten sich bedächtig zurück, ließen die Flüchtlinge, die sich in ihr Land gerettet hatten, in Ruhe, aber unterstützten sie auch nicht. Dem Dalai Lama, der schon lange darauf wartete, zu einem Besuch nach Nepal eingeladen zu werden, hatte man mit Rücksicht auf Peking immer eine Absage gemacht. Keines der beiden Staatsoberhäupter wußte, daß der Dalai Lama just in dieser Minute mit einer zweimotorigen Privatmaschine auf dem Flughafen von Kathmandu landete.
Ein hoher Beamter des nepalesischen Innenministeriums war vom Tibet-Sekretär des chinesischen Staatsrates, Feng Lizhao, zu absolutem Stillschweigen verpflichtet worden. Feng hatte ihm weisgemacht, es würde möglicherweise einen Durchbruch in der leidigen Tibetfrage geben, und zwar während des Präsidentenbesuches. Der König sei natürlich informiert. Dazu werde in aller Stille der Dalai Lama eingeflogen. Er hoffe, die nepalesischen Behörden würden bei der Einreise keine Schwierigkeiten machen; es dürfe kein Wort zu falschen Ohren dringen. Selbstverständlich nicht, versicherte der Beamte. Das kleine Nepal hatte dem übermächtigen China niemals Schwierigkeiten bereitet. Nicht, als es in Tibet

Krieg führte, und doch schon gar nicht jetzt, wo es mit Tibet Frieden machen wollte.
Feng Lizhao erwartete das Oberhaupt der Tibeter persönlich am Flugfeld; sein Toupet fest auf seinem Schädel niederhaltend schritt er in gebeugtem Gang zur Maschine und begrüßte den Erzfeind aufs herzlichste. Hinter dem Dalai Lama entstieg Tutseleg Gampo dem Flugzeug. Und Targa, der Dolmetscher.
»Es freut mich, daß Sie den weiten Weg nicht gescheut haben«, sagte Feng Lizhao zur Begrüßung.
»Kein Weg ist zu weit für den Frieden«, lächelte der Dalai Lama.
In einer abgedunkelten Limousine brachte Feng Lizhao die kleine Delegation – auf die Begleitung seiner indischen Leibwächter hatte der Dalai Lama diesmal der Einfachheit halber verzichtet – zur Niederlassung der Exiltibeter, Gaden Khangsar, die aus zwei mehrstöckigen schönen Häusern mit einem grünen Hof bestand und sich im Gesandtschaftsviertel, neben der Französischen Botschaft und direkt hinter dem Königspalast befand.
»Das erste Gespräch ist für morgen früh angesetzt. Sie brauchen sich nirgendwohin zu bemühen. Unser Präsident wird Sie hier aufsuchen«, log Feng Lizhao und verabschiedete sich.

Targa war im Juli 1989 aus Tibet nach Dharamsala geflüchtet. Seine Geschichte war abenteuerlich und voller Leid, und viele Tibeter, die sie hörten, fühlten sich an ihr eigenes Schicksal erinnert – auch Tutseleg Gampo, der sich seiner nicht zuletzt deswegen annahm. In Peking und vielen anderen Städten Chinas demonstrierten im Frühsommer 1989 Studenten und Arbeiter für demokratische Reformen. Aber nur in Peking und Lhasa wurde das Kriegsrecht verhängt, dort feuerten Soldaten auf Demonstranten, patrouillierten bewaffnete Einheiten und rollten gepanzerte Wagen durch die Straßen. Targa, damals Student, war – wie er berichtete – bei einer antichinesischen Demonstration festgenommen und übel mißhandelt worden, sein Körper zeigte noch immer die Wundmale der Stockhiebe und der Elektroschocks, seine Haut Brandspuren ausgedrückter Zigaretten. Gampo wurde auf ihn aufmerksam, als Targa bei der Verwaltung der Exilregierung um

Arbeit bat und als besondere Qualifikation »Chinesisch und Englisch fließend in Wort und Schrift« angab. Wie viele seiner Generation war auch Targa schon als Kind nach China zur Schule geschickt worden, hatte später am Pekinger Minderheiteninstitut studiert und beherrschte die chinesische Sprache fast besser als das Tibetische. Zudem sprach er exzellentes Englisch. Gampo war es, der Targa für ein Stipendium in den USA empfahl, das von einer regierungsnahen Stiftung in Washington ausgeschrieben war, und Targa verbrachte drei Jahre in Boston, um sein Englisch zu perfektionieren. In den USA begriff Targa schnell, daß seine tibetische Herkunft ihm ungeahnte Möglichkeiten eröffnete. Tibet war in Mode. Tibeter waren per se beliebt. Fast noch schneller als die Sprache lernte er, Frauen zu gewinnen. Studentinnen zuerst, doch diese Mäuschen langweilten ihn schnell. Er traf sie in Cafés und Diskotheken, und wenn er ihnen von seinen schlimmen Erfahrungen in chinesischer Folterhaft erzählte, dann schmolzen sie sofort dahin. Wenn er sich dann mit gehetztem Blick umsah und sagte: »Ich fühle mich hier nicht sicher – können wir zu dir gehen?«, dann hatte er wieder eine sichere Eroberung gemacht. Dutzende hatte er mit dieser Masche erobert, bis er die Frau traf, die sein Leben von Grund auf veränderte: Vicky Jocelyn, Sekretärin des angesehenen tibetischen Anwaltes, der gleichzeitig sein Mentor war, Nyima Gyatso. Vicky war bestimmt zwanzig Jahre älter als er selbst, und sie zeigte dem Stipendiaten eine ganz neue Welt, sexuell und spirituell.

Vicky brachte ihn zu Kamdhar Gyor. Denn Vicky hörte die Stimme des Gyor, führte seine Befehle aus. Sie war sein Medium. Sie lehrte Targa die Gebete, sie schürte seinen Haß auf den Dalai Lama und seine Gefolgschaft. Ihr gestand er, was sonst niemand wußte: daß er kein Flüchtling war, sondern ein Spion. Daß ihm die Foltermale mit eigenem Einverständnis beigebracht worden waren. Daß er von den Chinesen ausgebildet und bezahlt wurde, um sich in der Hierarchie der Exiltibeter so weit vorzuarbeiten, daß er wichtige Informationen nach Peking liefern konnte, um eines Tages den Dalai Lama zu vernichten. Sie lächelte nur dünn: »Dann haben wir ja dasselbe Ziel.«

Targa war aus dem glänzenden Amerika zurückgekehrt nach Dharamsala, in dieses dreckige Nest im Norden Indiens, wo die vertriebenen Tibeter hausten wie ein Treppenwitz der Weltgeschichte. Wo das Volk, dessen geistiger Macht sich einst selbst die mächtigen Mongolen unterwarfen, das die Perser und erst recht die Chinesen in Angst und Schrecken versetzt hatte, sich heute unterwürfigst damit begnügte, schlecht riechenden Ausländern billiges Kunsthandwerk zu verkaufen. Ausgerechnet eine Amerikanerin hatte ihm den Weg gezeigt, auf dem sein Volk sich wieder erheben konnte. Nicht unter dem Dalai Lama, diesem demütigen Schwächling, sondern unter der Führung Kamdhar Gyors würde eine neue Zeit anbrechen. Er hinterging die Chinesen, die große Hoffnungen in ihren mühevoll aufgebauten Spion setzten, und er verriet die Exiltibeter, deren Regierung er als Spitzen-Dolmetscher diente. In Wirklichkeit diente er nur Kamdhar Gyor und dessen irdischer Stimme, Vicky Jocelyn. Die Stimme, die Klarheit aus Verwirrung stiftete, die Chaos in Ordnung verwandelte, die den baldigen Anbruch der Herrschaft des Gyor verkündete, die Stimme, die befahl, den mächtigen Feng Lizhao aufzusuchen und das Undenkbare einzufädeln.

Vicky war schon einen Tag vor ihm angekommen, sie war über Bangkok aus den USA eingeflogen und saß nun neben ihm, versunken in ihr gemeinsames Gebet. Sie hatten sich im Hause eines tibetischen Geschäftsmannes getroffen, an der großen Stupa im Stadtteil Bodhnath, wo sich ein großer Teil der zwanzigtausend nach Nepal geflüchteten Tibeter niedergelassen hatte. Äußerlich unterschied Bodhnath kaum etwas von den anderen Bezirken Kathmandus: staubige Straßen, knatternde Motorräder, verfallene Häuser mit chaotisch-bunten Läden im Erdgeschoß, ab und zu eine faule Kuh, die den Bürgersteig für sich beanspruchte. Allein auf den Dächern der Häuser flatterten die bunten Gebetsfahnen der Tibeter. Auch auf dem Haus des Geschäftsmannes Tsashi Lhamo, dem nepalesischen Oberhaupt der Kamdhar-Sekte. Noch immer war die Exilgemeinde empört und schockiert über das gemeine Verbrechen, das erst wenige Tage zurücklag. Unbekannte waren in die Stupa eingedrungen und hatten sehr gezielt einige sehr wichtige buddhistische Kunstwerke geraubt. Manche verdächtigten die Kamdhar-Leute, aber niemand traute sich, diesen Verdacht offen auszusprechen.

Die gelben Glasmurmeln, die in den Augen des ausgestopften Leopardenkopfes steckten, reflektierten tot und kalt das schwache Licht der Butterkerze, der einzigen Lichtquelle im Raum. Im Kreis um die Opferflamme saßen die Jünger des Kamdhar Gyor, angeführt von Lonchen Rinpoche, und beteten murmelnd zu ihrem Beschützer. Einer schlug in Abständen, die nur er selbst bestimmte, mit einem Klöppel auf die Handtrommel. Täglich um diese späte Stunde mußten sie beten, in immer gleichen Worten, die aus den Tiefen ihrer Kehlen heraufgekrochen kamen wie Höhlentiere aus der Vorzeit und über ihre Lippen flossen; uralte Worte der Unterwerfung und des bedingungslosen Gehorsams. Weltweit waren es schon viele Tausend, die sich jeden Tag zu solchen Gebetsstunden versammelten und die Kamdhar Gyor verehrten. Besonders viele Ausländer, Amerikaner und Europäer, fühlten sich zu der Sekte hingezogen, die sich geschickt als Verwalterin der reinen Lehre des tibetischen Buddhismus darstellte. Kamdhars Anhängerschaft wuchs ständig, obwohl der Dalai Lama bei jeder Gelegenheit Stimmung gegen die Kamdhar-Sekte machte, ihr einen gefährlichen Irrglauben vorwarf und sie beschuldigte, sie würde der Sache Tibets schaden. Aber das war nichts weiter als das Gekläffe eines nervösen Mannes, der dabei war, seine Machtbasis und seine absolute Autorität zu verlieren. Die Kamdhars verstanden sich auf Realpolitik, auf den Umgang mit irdischen Mächten. Auf den Umgang mit Geld, denn viele ihrer westlichen Gefolgsleute übereigneten der Sekte ihr Vermögen und bekamen dafür einen neuen Gott, den sie so lange vergebens gesucht hatten. Kamdhar Gyor war ein Buddha, dem man sich anvertrauen konnte – und mußte. Er duldete keine anderen Erleuchteten neben sich, hatte für sie nicht viel mehr als feinen Spott und Verachtung übrig. Für die Abkehr vom Dalai Lama und seinem Gelugpa-Orden vermochte der Gyor schnelle und großzügige Belohnungen zu geben. Jeder in diesem Raum hatte durch seine Hingabe an den sogenannten »dunklen Geist« seine persönliche Habe vermehrt, seine Position in der Gesellschaft verbessert und seine weltlichen Sorgen weit hinter sich gelassen. Tsashi Lhamo, dem Geschäftsmann, waren nach dem plötzlichen Tod seines Bruders Anteile an einem florierenden Konzern in den Schoß gefallen. Targa war zum Chinesisch-Dolmetscher des Dalai Lama aufgestiegen. Vicky Jocelyn – Rakshasi –, die einzige Frau und die einzige Ausländerin in ihrem Kreis, die selbst die hartnäckigsten Berufsberater als unvermittelbar eingestuft hatten, bekam nach dem Verlust ihres alten Jobs im Sekretariat eines bankrotten Investmentberaters völlig überraschend den gut dotierten Posten bei Anwalt Nyima Gyatso. Der Landsmann aus Luzern hatte mit nichts als einer kleinen Reparaturwerkstatt angefangen, und jetzt gehörten ihm ein Dutzend Autohäuser. Jeder hatte seine eigene Geschichte, aber allen war eines gemeinsam: sie waren zufrieden und erfüllt. Sie fühlten sich im Besitz der Wahrheit und Weisheit. Sie fühlten sich erlöst. Mit Kamdhar Gyor war etwas möglich geworden, das die anderen Heiligen und die anderen Lehren nicht gewährleisten konnten. Wer ihn anbetete, den führte er zur Glückseligkeit. Wer ihn anbetete, der konnte noch in diesem Leben den ewigen Kreislauf des Leides und der Wiedergeburt durchbrechen. Egal, welches sein Karma war, egal, welche Taten oder Untaten er vollbracht oder begangen hatte, Kamdhar Gyor konnte sie alle ungeschehen machen. Er konnte sie in das Land der Reinheit führen, in den Vorhof des Nirwana. Denn Kamdhar Gyor war niemand anderes als Maitreya, der Buddha der Zukunft, der am Ende aller Zeit kommen würde, um sein Reich zu errichten. Und sie würden die ersten sein, die dieses Reich beträten. Jeder der Männer und ganz gewiß die eine Frau, die er als sein Medium gewählt hatte, waren bereit, alles für Kamdhar Gyor zu tun. Sie waren hier zusammengekommen, um ihrem Schutzgott einen lange versprochenen Dienst zu erweisen.

Das Klopfen der Handtrommel versiegte, der Gesang erstarb. Das Gebet war beendet. Als erwachten sie aus einem Schlummer, schlugen die Gyor-Jünger die Augen auf.

Lonchen Rinpoche räusperte sich. Lonchen war der einzige unter ihnen, der eine religiöse Ausbildung hinter sich hatte. Er hatte die alten Schriften und das Tantra studiert, hatte im religiösen Disput seinen logischen Geist geschult und die höchsten Weihen der bedeutendsten Lamas empfangen, des Dalai Lamas eingeschlossen. Manche sagten, er sei ein Tulku, eine Reinkarnation des großen Lama Dyorchen, des Abtes aus dem Kloster von Brilung zur Zeit des Mongolenfürsten Kubilai Khan, aber nie war diese Herkunft von unabhängigen Weisen bestätigt worden. Vor Jahren hatte er den Ruf des Kamdhar Gyor gehört und begonnen, zuerst in Großbritannien, dann in den USA und schließlich auch im Orient buddhistische Zentren aufzubauen, in denen der Geist verehrt wurde. Er war darüber reich und auch ein wenig fett geworden. Sein Glatzenschädel rund und glänzend wie eine Billardkugel.

»Der Tag unseres Sieges ist nahe«, verkündete er. »Aber es gibt noch Hindernisse. Einige erwartet, andere unerwartet. »Rakshasi«, wandte sich Lonchen langsam Vicky zu. »Berichte von deinen Erfahrungen.«

»Der große Kamdhar Gyor befahl mir, einen weiteren Abtrünnigen zu bestrafen«, sagte sie feierlich. »Aber es ergab sich im Verlauf dieser Aktion eine sonderbare Wendung. Der Verräter traf sich am selben Tag, als er sich von uns trennte, mit einer jungen Frau.« Daß sie selbst es war, die Catherine zu Matthew Tanner geschickt hatte, berichtete Vicky vorsorglich nicht. Das Mädchen war in Gyatsos Kanzlei erschienen und wollte Rat in einer Sache, die den tibetischen Buddhismus betraf, wie sie sagte. Vicky hatte sie leichtsinnigerweise an Tanner verwiesen, der das Kamdhar-Zentrum in Providence leitete. Wenig später aber erfuhr sie, daß der Verräter Tanner sich vom Kamdhar-Kult losgesagt hatte. Aber das ganze Ausmaß ihres Fehlers begriff Vicky erst, als die Gyor-Stimmen sie peinigten, auf sie einschrien und brüllend forderten, sie solle nicht nur den Verräter, sondern auch das Mädchen beseitigen. Schnell.

»Aber es traten dabei Hindernisse auf, die ich nicht erwartet habe. Nachdem ich ihr gefolgt war und mir Zugang zu ihrer Wohnung verschafft hatte, als ich an ihrem Bett stand und schon das Messer in der Hand hielt, da wurde ich plötzlich vertrieben. Ich kann mir das selbst nicht erklären. Ich fühlte mich wie eine Feder in einem starken Luftzug. Ich wurde aus dem Zimmer gestoßen und kam erst vor dem Haus wieder zur Besinnung.«

Ihre Glaubensbrüder starrten die Amerikanerin nun mit einer Mischung aus Neugier und Verwirrung an.

»Ich gab dennoch nicht auf«, fuhr sie mit ihrem Bericht fort. »Ich wartete die ganze Nacht vor dem Haus, und als sie am Morgen ihr Auto bestieg, versuchte ich, sie mit meinem Wagen zu überfahren. Aber dieser Zauber, den ich mir nicht erklären kann, rettete sie ein weiteres Mal. Ich fuhr wie gegen eine Wand aus Gummi, die sie umschloß, und hatte Mühe, mich selbst zu retten. Ich hätte es noch einmal versucht, aber ich mußte schnell aufbrechen, um noch rechtzeitig hier einzutreffen.«

»Also lebt die Frau«, knurrte der Geschäftsmann.

»Leider.«

Lonchen Rinpoche jedoch schüttelte verärgert seinen breiten Kopf. »Das darf nicht sein.«

»Kein Grund zur Sorge«, beruhigte Vicky. »Kamdhar hat mir verziehen. Er will sich selbst um sie kümmern.«

»Dann kümmern wir uns um unsere Aufgabe …«

Sie nickte ernst. »Alles ist vorbereitet. Ich habe alle Dokumente, meine Wohnung ist präpariert, ich habe die Waffe, und ich bin bereit, zu sterben.«

Targa nahm Vickys Hand und drückte sie fest. Seine wäßrigen Augen funkelten wie ein süßes Versprechen.

Die Nacht verbrachten Seine Heiligkeit, Gampo und Targa in den schlichten Gästeräumen der Niederlassung. Am nächsten Morgen rief der Dalai Lama die Mitarbeiter der Exilvertretung zur Morgenandacht zusammen. Einer nach dem anderen traten sie ein; der Dalai Lama, wie immer in seine burgunderfarbene Robe gekleidet, begrüßte jeden einzelnen der zwei Dutzend Männer und Frauen, die in seinem Namen die Interessen des heimatlosen Volkes in Nepal vertraten. Nur eine Ausländerin war unter ihnen.

»Ist das nicht die Mitarbeiterin von Nyima?« wunderte sich Gampo, der sie erkannt hatte.
»Ich verstehe auch gar nicht, wie sie hereingekommen ist«, wisperte Targa zurück. »Es gab doch strenge Sicherheitsvorkehrungen am Tor.«
»Vielleicht hat Nyima sie schon vorausgeschickt. Ich habe darum gebeten, daß er an unseren Gesprächen teilnimmt. Er müßte sehr bald hier eintreffen.«
Mit einem festen Druck beider Hände, sein Haupt gebeugt, sagte der Dalai Lama jedem ein paar persönliche Worte, lachte und kicherte, seine Augen funkelten übermütig hinter seiner Brille.
Noch bevor sie sich niedergelassen hatten, riß Vicky die Pistole aus ihrer Tasche. Der dröhnende Knall ließ alle im Raum erschrocken zusammenfahren. Gampo, der direkt neben dem Gottkönig stand, hörte das Geschoß an seinem Ohr vorbeizirren. Der Kopf des Dalai Lama flog nach hinten, der Getroffene wurde von der Wucht des Geschosses zu Boden gerissen. Ein Loch, nicht mehr als ein Zentimeter im Durchmesser, prangte auf seiner Stirn.
Panik brach aus im Versammlungsraum, alle stürmten unter lauten Entsetzensrufen und Angstschreien entweder zum Ausgang oder zu ihrem Oberhaupt, das leblos am Boden lag. Zwei Jungen stürzten sich auf die Schützin, entrissen ihr die Waffe und warfen sie nieder. Sie wehrte sich nicht, murmelte fremde Gebete vor sich hin, war benommen wie in Trance.
Targa, der sich wohlweislich so weit wie möglich vom Dalai Lama entfernt aufgestellt hatte, eilte zu Gampo. Der alte Mönch kniete bereits neben dem Angeschossenen.
»Er lebt!« rief er. »Ich kann seinen Puls fühlen. Holt einen Arzt, schnell!«
Zwei Männer setzten sich unverzüglich in Bewegung und rannten nach draußen.
»Er lebt?« Targa rutschte neben Gampo zum leblosen Körper des Dalai Lama, ergriff seine Hand und küßte sie.
Einer sagte: »Die Kugel ist nicht ausgetreten.«
Es dauerte eine Ewigkeit, bis zwei weißgekleidete Männer erschienen und sich ihren Weg durch die entsetzten Zeugen des Atten-

tates bahnten, die sprachlos und gelähmt um den Körper des Dalai Lama standen.
Die Sanitäter ließen sich neben Gampo auf dem Teppich nieder und schoben Targa zur Seite. »Sauerstoff!« sagte der Ältere, und der Jüngere holte eine Maske aus seiner Tasche, die an einer silbernen Flasche hing. Weitere Ärzte und Pfleger kamen herbei, eine Trage wurde entfaltet, der Verletzte mit höchster Vorsicht darauf gebettet und nach draußen getragen, über den Hof zu einer wartenden Ambulanz. Gampo und Targa folgten ihnen, während die Männer, die Vicky immer noch am Boden hielten, von Polizeibeamten in Uniform abgelöst wurden. Schließlich erschien eine Sonderermittlungsgruppe des Innenministeriums und übernahm den Fall.
Die Wachen am Eingang der Vertretung, aus gegebenem Anlaß eigens verstärkt und angewiesen, niemanden hereinzulassen, erinnerten sich deutlich an die Frau, die an sich gar keine Berechtigung hatte, das Gelände zu betreten. Doch sie konnte ein Empfehlungsschreiben vorweisen, das über jeden Zweifel erhaben war. Als die Ermittler, inzwischen verstärkt durch rasch eingeflogene Kollegen aus Indien, sich die Attentäterin vornehmen wollten, die in einem bewachten, abgeriegelten Raum der tibetischen Vertretung auf ihre Vernehmung wartete, fanden sie die Frau leblos und zusammengekrümmt am Boden vor. Sie hatte Gift geschluckt. Die Beamten entdeckten bei der Toten einige überraschende Indizien, die auf ihren Auftraggeber zurückschließen ließen. Sie hielten diese aber zunächst unter Verschluß und nahmen Kontakt zu den amerikanischen Kollegen auf. Die reagierten sofort, verschafften sich Zugang zu der Wohnung der Frau namens Vicky Jocelyn und fanden darin einige sehr beunruhigende, geradezu unheimliche Spuren, die den Verdacht der nepalesischen und indischen Ermittler bekräftigten, daß die Attentäterin offenbar Kontakte zum engeren Freundeskreis ihres Opfers hatte.

Am späten Nachmittag des Tages, zu dem Zeitpunkt, als die Beamten hektisch diese neue, erstaunliche Wendung diskutierten, lag der Dalai Lama ohne Bewußtsein unter einem Sauerstoffzelt auf der notdürftig ausgerüsteten Intensivstation des Regierungshospitales in Kathmandu; sein Puls war schwach, aber regelmäßig. Gampo, blaß und kränklich aussehend, wartete mit geschlossenen Augen vor der Tür, eine Gebetskette glitt unaufhörlich durch seine runzeligen Hände. Lautlos formten seine Lippen dasselbe Gebet, das gleichzeitig alle Mönche in den Klöstern Kathmandus murmelten und wenig später alle Mönche in allen anderen Klöstern in Indien und drüben, auf der anderen Seite der Grenze, in ihrer Heimat, in Tibet.

Unter einem von Ungeziefer befallenen kugelförmigen Deckenlicht im Aufnahmebereich der Klinik wartete Targa bis in die Nacht hinein auf den Moment, da Gampo das Zeichen sehen würde. Er hatte sehr viel Mühe und Arbeit in dieses Zeichen investiert und war mit dem Ergebnis mehr als zufrieden.

»Targa? Targa?«

Er fuhr zusammen. Er war eingenickt. Eine dunkelhäutige Krankenschwester rüttelte an seinem Arm.

»Ja, ja, das bin ich.«

»Gampo verlangt nach dir.«

»Ja, natürlich, natürlich.« Benommen kam er auf die Beine und schlich die Stufen empor in den zweiten Stock, wo Gampo mit gesenktem Haupt auf der Holzbank vor der Intensivstation verharrte. Niemand war in den letzten Jahren dem Dalai Lama näher gewesen als dieser alte Mann. Daß Targa ihn hatte einbinden können, machte den Plan beinahe unfehlbar. Es gab keinen Premierminister, keinen Stellvertreter, keinen Kronprinzen. Wenn ein Dalai Lama starb, dann übernahm ein Regent die Amtsgeschäfte so lange, bis seine Reinkarnation im Körper eines Kindes erschien und bis dieses Kind zu Reife und Weisheit erzogen worden war. Es gab niemanden für diese wichtige, alles entscheidende Aufgabe in der tibetischen Gemeinde außer Gampo Rinpoche, ein ebenso argloser wie konservativer Lama, der sich von Targa führen lassen würde wie ein Hündchen.

»Targa!« Seine knochigen Finger tasteten nach der Hand des jungen Mannes, er zog sich empor, erschien, selbst als er stand, noch gebrochen. »Es ist geschehen.«

»Er ist tot?« Düster hingen die bangen Worte im schmucklosen Flur des Hospitals.
»Nein. Noch nicht. Aber da! Da, sieh da!«
Bebend erhob sich die Hand des Alten, sein Finger deutete auf die hellgrüne Mauer. Dort, an der nördlichen Wand, war ein Stück Putz herausgebrochen, die pulverigen Bruchstücke lagen verstreut auf dem Linoleumboden.
»Geh hin, geh nur hin und sieh es dir genau an«, raunte Gampo.
Targa ließ den Alten zurück und durchmaß den Korridor. Was von weitem aussah wie ein grobes, rechteckiges Loch im Putz, erschien bei näherem Hinsehen wie eine Landkarte von Tibet. Die Unebenheiten und Risse in der nackten Mauer gaben exakt die Grenzen des alten Reiches wieder, die Kunlunberge im Norden, die gezackten Grenzverläufe im Südosten von Minyak Chagla über Mili bis Dakpo. Wie Adern im Mauerwerk erschienen die Flußläufe des Yangtze, des Mekong und des Brahmaputra. Und da, unweit der Stelle, wo die Hauptstadt Lhasa liegen mußte, etwa in der Nähe des Yamdrok-Sees, war ein roter Punkt erschienen. Targa empfand höchste Zufriedenheit mit dieser Arbeit, die nach seinen Anweisungen erstellt worden war. Es hatte nur des Klopfens eines vorbeigehenden tibetischen Pflegers, eines treuen Kamdhar-Jüngers, bedurft, und das präparierte Mauerwerk war abgebröckelt.
»Es ist das Zeichen!« Gampo stand nun neben ihm und deutete auf den roten Punkt. »Der Körper lebt noch. Aber seine Seele hat den Körper schon verlassen und führt uns zu dem Ort, wo wir sie wiederfinden.«
»Gampo«, sagte der Dolmetscher verschlagen. »Ich habe geträumt. Ich sah ein Haus. Es war ganz weiß, jedoch die anderen Häuser in dem Dorf waren noch nicht geweißelt. Es stand unweit von einem See, und irgendwie wußte ich, es mußt der Yamdrok-See sein. Gampo ... werden wir ihn dort wiederfinden?«
»Aber nein, nein«, protestierte Gampo. »Seine Heiligkeit hat eindeutig gesagt, daß wir im Falle seines Ablebens nach einer Reinkarnation im chinesisch besetzten Tibet erst gar nicht suchen

müssen. Nur wenn das Problem mit China gelöst sei, würde sich sein Geist dort wieder einfinden.«
»Aber er war doch an der Schwelle zur Lösung. Es fehlte doch nur noch ein Schritt«, hielt Targa dagegen, ohne sich seine innere Anspannung anmerken zu lassen. Dies war der entscheidende Moment seines genialen Schwindels. Wenn er nur Gampo dazu bringen konnte, die Suchmission loszuschicken, dann würde er, Targa, schon dafür sorgen, daß sie das richtige Kind fänden.
»Ja, du hast ja recht«, stimmte der Weise zögerlich zu.
»Dann müssen wir aufbrechen und ihn suchen«, sagte Targa. Aber er wußte, daß sie die irdische Gestalt des Gyor finden würden.

Der chinesische Präsident stand gedankenvoll am Fenster und blickte hinaus auf den perfekt getrimmten Rasen des königlichen Gartens, wo Pfauen im Morgenlicht spazierten, und wünschte sich, er hätte daheim auch so eine schöne Anlage. Die Sandelholzschnitzereien auf der Veranda, in deren Verzierungen sich das Auge des Betrachters leicht verlieren konnte, waren von so ausgesuchter Schönheit und beruhigender Wirkung auf die Seele, daß er für längere Zeit vergaß, daß sein Tibet-Beauftragter den Raum bereits betreten hatte und an der Tür wartete.
»Feng Lizhao«, sagte er, ohne den Mann anzusehen, »Sie haben, wie ich höre, etwas Dringendes mitzuteilen …«
Lange hatte sich Feng überlegt, wie er es dem mächtigsten Mann Chinas beibringen sollte. Und vor allem, wie er vorsichtig darüber hinwegtäuschen konnte, daß er ohne dessen Einverständnis gehandelt hatte.
»Werter Präsident, die Sache ist die: Der Dalai Lama ist tot.«
Der Präsident fuhr herum. »Was?«
»Nun, nicht ganz tot, um genau zu sein. Er ist schwer verletzt und wird wohl nicht wieder das Bewußtsein erlangen. Es wurde auf ihn ein Attentat verübt.«
»Auch das noch! Verdammt. Jetzt wird natürlich jeder sofort schreien, die Chinesen steckten dahinter!«

Feng ließ das Staatsoberhaupt genau dreißig Sekunden in der Schwebe und holte dann tief Luft für den rettenden Satz.

»Nein, lieber Herr Präsident, diese Gefahr besteht nicht. Wir haben dem Dalai vor wenigen Tagen ein höchst großzügiges Friedensangebot gemacht ...«

Mit der ergrimmten Miene eines bösen Geistes schlich der Präsident auf und ab; dabei fauchte er mehrmals Feng für dessen eigenmächtiges Handeln wutentbrannt an und drohte ihm mit Kerker und Erschießung, als dieser ihm seinen Plan darlegte. Beweisträchtige Fotos und Kopien der Dokumente, in denen China dem Dalai eine versöhnliche Hand ausstreckte, seien bereits an die westlichen Medien weitergeleitet worden, berichtete Feng stolz.

»Aber das heißt ja, daß wir nun verpflichtet sind, den Exiltibetern Türen und Tore zu öffnen!« empörte sich der Präsident.

»Durchaus nicht«, beruhigte ihn Feng. »Unsere Politik wird sich nicht ändern. Dazu besteht gar kein Anlaß. Die Kamdhar-Gyor-Sekte, mit der wir schon seit vielen Jahren sehr erfolgreich zusammenarbeiten und die, nun ja, für die Aktion verantwortlich ist, übernimmt ab heute die geistige Vorherrschaft über Tibet. Es sind verläßliche und patriotische Leute. Sie werden sehr schnell dafür sorgen, daß eine Reinkarnation gefunden wird, mit der wir gut leben können.«

Der Präsident grollte wie ein gereizter Löwe: »Haben Sie sich schon mal Gedanken darüber gemacht, Sie blödes Arschloch, wie wir vor aller Welt dastehen, wenn wir offen mit den Leuten zusammenarbeiten, die den Dalai erschossen haben?«

Feng schmunzelte. »Auch daran ist selbstverständlich gedacht worden, lieber Herr Präsident. Auch die Kamdhar-Sekte wird das Attentat selbstverständlich zutiefst bedauern und verurteilen.«

»Und wer zum Teufel ist denn nun der Mörder?«

»Lassen Sie sich überraschen, lieber Herr Präsident. Wir müssen den Ermittlungsbehörden noch ein wenig Zeit geben, die Spuren zu verfolgen, die wir und die Kamdhars gelegt haben. Aber seien Sie gewiß: Sie werden entzückt sein ...«

14. Kapitel

»Existiert Gyor? Nein, nicht für die Wachen, die Bewußten, die Rationalen. Aber wer die Ebene der unmittelbaren Realität verläßt, der wird ihn sehen. Und er wird erstarren in Furcht. Ich wünsche, ich hätte ihn niemals gesehen, und noch mehr wünsche ich, ihm niemals wieder gegenübertreten zu müssen.«

Prof. Li Rongwu, Tagebuchaufzeichnung

K'aip'ing, südwestliche Mongolei,
Eisenaffenjahr (1260)

Phagspa schritt ruhelos in dem runden, großzügig mit Teppichen ausgelegten Raum auf und ab, fingerte mit beiden Händen am Saum seines mongolischen Gewandes und versuchte, sich auf die bevorstehende Begegnung mit dem mächtigsten Mann der Welt zu konzentrieren. Es wollte ihm nicht gelingen. Zu sehr war sein großer Geist vereinnahmt von der erdrückenden Verantwortung, die ihm zugefallen war. Zorghum, sein Schüler und Begleiter, hockte dagegen entspannt und müßig auf einem Lager aus Fell, schlürfte Tee und betrachtete bewundernd und befriedigt die Wandbehänge. In leuchtenden Farben waren Szenen darin eingewebt, die das Herz jedes mitleidigen Menschen erstarren lassen mußten. Es waren Visionen der schlimmsten Hölle, die jemals über dieses Land gekommen war – aber Zorghum war kein Freund der Chinesen, und so bereiteten ihm die Jagdszenen eine große, innere Befriedigung. Er verachtete zwar die *Hor*, die wüsten Mongolen, aus tiefster Seele. Aber die Art, wie sie mit den *Han*-Chinesen fertiggeworden waren, die erregte doch seine Bewunderung. Mit großer Liebe zum Detail waren berittene Hor-Krieger dargestellt, die ihre chinesischen Gefangenen an den

Haaren hinter sich herschleiften, während Hunde ihren hervorquellenden Eingeweiden nachjagten. Außerdem Frauen, die auf Lanzen aufgespießt, und Kinder, die zerstückelt wurden. Man sah eine lange Reihe von Einwohnern einer Stadt, die zu einem Fluß getrieben und geschlachtet wurden, bis das Wasser sich rot färbte. Man sah Greise, die mit vernichtenden Schwerthieben gespalten wurden und deren Gliedmaßen von Schweinen verzehrt wurden. Die Münder der Opfer waren geöffnet in furchtbaren Grimassen des Schmerzes, die Münder der Sieger aber lachten, spotteten, troffen von Blut und Wein. Selbst auf den Teppichbildern konnte man sehen, mit welchem Haß und welcher Verachtung sie bei ihren Untaten zu Werke gingen.
Niemand hatte sie kommen sehen, niemand hatte mit ihnen gerechnet. Wie ein tückischer Sandsturm, der sich unsichtbar in einem blauen Himmel zusammenbraut, wie die Sommerfeuer in ihrem endlosen Steppenland, die unbemerkt für Monate unter der Erde brennen, um dann plötzlich ohne Vorwarnung aufzubrechen, um sich zu greifen und alles zu verschlingen, kamen die Mongolen über die Welt. Und über China kamen sie wie eine Strafe der Götter, wie eine verheerende Seuche, die Millionen dahinrafft, die unterschiedslos und rücksichtslos tötet, tötet und tötet.
Die Mongolen waren die neuen Herrscher der Welt. Es gab keine Rettung vor ihnen, es gab keinen Schutz. Der einzige Schutz war, sich ihnen zu Füßen zu werfen. Die Tibeter waren klug genug, genau dies zu tun, und sie allein entkamen dem Höllensturm. Der Onkel des Phagspa, der weise Pandit Sakya, war, kaum daß die Vorhut der Angreifer mordend und plündernd im Schneeland aufgetaucht war, an den Hof des Großkhans Ogodai geeilt, hatte seine beiden Neffen als Geiseln angeboten und dem wilden Mongolen Tibet samt und sonders geschenkt. Wußte er, was geschehen würde? Oder war er selbst überrascht, als der Großkhan ihn bat, sich neben ihn zu setzen und vom Buddhismus zu berichten. Es waren die Reiter aus den Steppen grausame Schlächter, Männer, deren Raubinstinkten kein Wolf und kein Leopard nachkam. Mörder, die aus dem einzigen Grunde töteten, weil es ihnen ein

inneres Bedürfnis war, andere Menschen verrecken zu sehen. Oder vielleicht auch töteten sie mit so großem Genuß, weil ihre Opfer Dinge besaßen, die ihnen nicht gegeben waren: Ihre Opfer hatten statt Zelten und Lagerfeuern feste Häuser, die ihnen Schutz vor dem Wetter boten. Sie hatten statt freilaufender Herden Felder, die sie bestellten, sie hatten statt rauher, kehliger Gesänge schöne Künste. Es waren die Mongolen in Staunen stumm vor den Bildern stehengeblieben, die die Hallen und Paläste schmückten, in die sie soeben gewaltsam eingedrungen waren. Sie hatten sich stundenlang in den Anblick der Gemälde und Zeichnungen vertieft, bevor sie das einzige Handwerk, das sie verstanden, wiederaufnahmen, das Töten. Denn es gab in ihrer Welt keine Bilder, und daß es Menschen gab, die diese Welt in Farben und Formen festzuhalten und wiederzugeben vermochten, das kam ihnen vor wie Zauberei. Und vor Zauberern aller Art verspürten sie tiefe Ehrfurcht. Deshalb verschonten sie das Leben jedes Mannes, der ihnen Bilder malen oder Teppiche mit farbenfrohen Motiven knüpfen konnte – und wenn es auch nur Motive von Mord und Totschlag waren, die diesen runden, zeltartigen Raum schmückten. Nur eines machte noch größeren Eindruck auf die Steppenkrieger, und das waren die Götter. Eines fürchteten die Fürchterlichen, und das waren die Mächte des Himmels: Wer denen nahestand, den verschonten sie. Mehr noch: Den verehrten sie wie Kinder. Den weisen Pandit Sakya hatten sie nach seinem Kniefall unverzüglich zu ihrem Statthalter in Tibet gemacht. Und wenn er auch eigentlich noch dem Befehl des Großkhans unterstand, so schaltete und waltete er doch, wie er es für richtig hielt. Auch die anderen Fürsten der Mongolen, einander mißtrauend wie nur Mörder einander mißtrauen können, hatten sich eiligst nach Verbündeten in Tibet umgesehen, denn es herrschte die Überzeugung unter ihnen, daß die Tibeter den Göttern näherstanden als sonst irgendein Volk. Alle Orden und Klöster im Schneeland wurden von dem einen oder anderen Mongolenhäuptling beschützt und gefördert.

Aber nun hatte sich einer ihrer Fürsten gegen seine Rivalen durchgesetzt und die Macht im östlichen Mongolenreich an sich gerissen, war zum *Khaghan*, zum Großkhan aller Mongolen, ernannt worden und führte dazu den Titel des Himmelssohns, des Kaisers von China. Keiner mehr widersetzte sich Kubilai Khan, an dessen Hof Phagspa und Zorghum als Abgesandte der Sakya-Sekte bestellt worden waren. Sie wußten sehr wohl, was der Sinn ihres Besuches war, und es war aus diesem Grund, daß Phagspa unruhig hin und her schritt. Sie waren nicht die einzigen Vertreter der Religion, die der Khan zu sehen wünschte. In den anderen Räumen seiner Residenz warteten Dutzende andere Lehrer und Meister, Gurus und Priester. Einen muslimischen Imam hatten sie gesehen, der mit seinem weißen Käppchen und seinem langen Ziegenbart umherirrte und verzweifelt nach einem Dolmetscher suchte. Und einen würdevoll einherschreitenden Vertreter der Christenheit, ein goldenes Kreuz baumelte an seiner Brust. Es waren die Schamanen aus dem Norden an ihrem widerwärtigen Geruch schon von weitem zu erkennen, und wenn sie näher traten, klapperten scheußlich die menschlichen Knochen, mit denen sie sich behängten. Es waren die Taoisten, die langbärtig und tatenlos in innere Betrachtungen versunken auf ihren Stühlen hockten, als seien sie dort festgewachsen. Und es waren die Vertreter aller wichtigen Orden Tibets anwesend, die zuversichtlicher waren als die anderen, da sie wußten, daß der Buddhismus die stärkste Anziehungskraft auf den jungen Khaghan ausübte. Aber welcher der Schulen würde Kubilai sein Vertrauen schenken? Welche der Schulen würde sich der Unterstützung des Herrschers der Welt erfreuen? Es stand nichts Geringeres auf dem Spiel als die geistige und weltliche Vorherrschaft in Tibet und in der ganzen bekannten Welt, und keiner der angereisten Lamas war geneigt, sich in dieser Frage von seinen Rivalen ausstechen zu lassen. Bei ihrer An- kunft waren die beiden Vertreter der Sakya-Sekte geradewegs denjenigen in die Arme gelaufen, die sie am wenigsten hier zu sehen wünschten: Lama Dyorchen, der Abt des Klosters von Brilung, behängt mit Türkissteinen und Goldgepränge, hatte ihnen leutselig einen guten Tag gewünscht, während seine finsteren Blicke nicht verbergen konnten, welche Folter, welche Krankheiten und welche Leiden er den Angesprochenen an den Hals wünschte.

»Was macht der denn hier?« wisperte voller Entsetzen Zorghum, nachdem sie seinen Gruß freundlich erwidert hatten. »Ich dachte, die Brilungpa wären beim Großkhan in Ungnade gefallen, weil sie im Machtkampf seinen Bruder unterstützt haben!«
»Das dachte ich auch. Aber es scheint, als könnten die Hor nicht vergessen, daß das Kloster Brilung einst durch einen Steinregen vor ihrem Angriff gerettet wurde.« Als die erste mongolische Horde in Tibet einfiel und sich dem Kloster Brilung näherte, platzte aus dem Himmel ein Schauer von Kometen auf die Angreifer nieder, der die wilden Männer in Angst und Schrecken versetzte. Und deswegen ihre uneingeschränkte Ehrfurcht verdiente. Einen so mächtigen Zauber hatten sie auf der ganzen Welt nicht gesehen. Vielleicht war es im Grunde nichts anderes als dieser unerklärliche Steinregen, der Tibet gerettet hatte und die Mongolen neugierig und empfänglich machte für die Lehren der Tibeter.
»Wenn Dyorchen den Khan mit seinen Gaukeleien einwickelt, dann werden wir das Nachsehen haben«, sagte mit einem Rümpfen seiner stumpfen, breiten Nase Zorghum voraus. In der Tat schwanden ihre Chancen auf die Unterstützung des Khans und Kaisers, wenn die Wunder und Gaukeleien des Lamas von Brilung ihn für sich gewinnen würden. Es war bekannt, daß die Hor leicht durch übernatürliche Fähigkeiten zu blenden waren, denn nichts anderes suchten sie im tantrischen Buddhismus. Mit der überwältigenden Logik der Sakya-Lehre, die sogar die indischen Weisen sprachlos ließ, konnten die Hor nichts anfangen, die lag jenseits ihres Horizontes. Was sie wollten, waren Kunststücke, Zauber und ein langes Leben. Wenn Kubilai den unschlagbaren Tricks von Dyorchen verfallen sollte, dann würden die Herren von Brilung Tibet regieren, und ihre erste Handlung wäre es, das Kloster Sakya mitsamt seinen achttausend Mönchen dem Erdboden gleichzumachen.
Phagspa hielt in der Bewegung inne, als aufgeregtes Geschrei am mit dickem Tuch verhangenen Eingang zu hören war. Zorghum fuhr ruckartig von seinem Lager auf und saß aufrecht, als die beiden Krieger eintraten und gleich hinter ihnen der eher kleinwüchsige Großkhan, der einen beeindruckenden Kugelbauch vor

sich herschob. Seine schmalen Augenschlitze, hinter denen kohleschwarze Pupillen lauerten, zuckten belustigt wie in Erwartung einer ganz besonderen Vergnügung. Hinter ihm betraten Lama Dyorchen und seine beiden Begleiter den Zeltraum.

»Ich hatte gerade eine sehr interessante Unterhaltung mit Dyorchen«, verkündete Kubilai und ließ seinen rundlichen Leib auf einen Kamelsattel plumpsen, der als Sitzmöbel fungierte. »Dyorchen hat mich belehrt, daß es magische Wege gibt, mit denen die Verbindungen der einzelnen Körperglieder unterbrochen und dann wiederhergestellt werden können. Mit anderen Worten: Wenn mir jemand im Kampf den Arm abhackt, dann könnte ich ihn nach dieser Lehre wieder an meinen Körper fügen. Wie kommt es, daß du mir nie davon berichtet hast, Phagspa?« Seine wachen schwarzen Äuglein blitzten herausfordernd.

Zorghum sah, wie sich der Körper des jungen Phagspa versteifte. Genau das hatten sie befürchtet. Taschenspielereien, die den Mongolen blendeten.

»Ich hielt es für eine Beleidigung, auch nur daran zu denken, daß dir ein Gegner einen derartigen Schaden zufügen könnte«, verteidigte sich Phagspa schlau.

»Dein Vertrauen ehrt mich, aber ich will dennoch wissen, was an dieser Sache dran ist. Also, Dyorchen ...«

Der Angesprochene lächelte fein und faltete fromm die Hände vor seinem enormen Bauch.

»Es geht dieses Tantra, das in der Tat nicht viele kennen, zurück auf unseren Lama Pyansnga, einen ganz außergewöhnlichen Meister. Er hat mich persönlich darin unterwiesen, und ich bin der einzige, der dir, o großer Khan, den Zauber vermitteln kann.«

Wortlos wandte sich der Mongole dem Vertreter des Sakya-Ordens zu.

»Nun?«

»Wenn Dyorchen der einzige ist, wie er sagt, wie kommt es dann, daß jeder Novize in unserem Kloster diesen ganz einfachen und primitiven Zauber beherrscht?« hielt Phagspa mit verzweifelter Verwegenheit dagegen.

Dyorchen blähte seine Nasenflügel auf wie ein zorniger Hengst, doch bekam er seine Gefühle schnell unter Kontrolle.
»So wollen wir unsere Kräfte messen, und Kubilai soll selbst sehen, wer von uns beiden die Wahrheit spricht.«
»Sehr gerne. Bringt mir ein Schwert.«
»Und mir auch!«
Auf Kubilais Geheiß schnallten die beiden Krieger, die wie Steinfiguren am Eingang warteten, ihre Waffen ab und übergaben sie den Lamas. Während Kubilai sich einen bequemeren Platz suchte, um das Schauspiel besser verfolgen zu können, ging Phagspa zu Zorghum und legte sein Gewand ab.
»Ich hoffe, du weißt, was du tust!« wisperte warnend Zorghum. »Wenn er diesen Zauber tatsächlich von Pyansnga erlernt hat, dann ...«
Phagspa antwortete nicht, entledigte sich mit hoher Konzentration seiner Kleider bis auf den weißen Lendenknoten, ließ sich dann dem Brilung-Lama gegenüber auf den Boden nieder; jener hatte sich ebenfalls entkleidet.
»Ich lasse dem Sakya den Vortritt«, erklärte Dyorchen mit einem eisigen Grinsen. Phagspa schloß die Augen, atmete tief ein und aus, hob dann mit einer raschen Bewegung das Kurzschwert und brachte es mit Wucht an der Stelle nieder, an der sein rechtes Bein mit dem Körper verbunden war. Die Klinge durchtrennte das Bein, das wie ein Stück Holz zu Boden fiel. Die Wachen, die auf ihren Posten an der Tür zurückgekehrt waren, zeigten keinerlei Regung, auch das Gesicht des Brilung-Lamas zuckte nicht einmal. Kubilai, der schon so viele Wunder und Zauber gesehen hatte, blieb schweigend sitzen.
»Kein Blut«, stellte er nur fest.
Nun trennte Dyorchen sein Bein ab. Erst das linke und gleich darauf das rechte. Phagspa tat es ihm gleich, führte dann das Schwert an seinen linken Arm, der zuckend zu Boden fiel.
Dyorchen, der offensichtlich nicht mit einer solchen Herausforderung gerechnet hatte, hob beide Arme in die Höhe und befahl den Wächtern, sie abzuschlagen. Sie kamen dem Wunsch sofort nach. Zorghum erhob sich und nahm seinem Meister das Schwert

ab. Mit einem schnellen Hieb hatte er die Aufgabe erledigt, der Arm fiel. Es saßen sich die beiden Lamas gegenüber, ihre Blicke fest ineinandergeschmiedet, atmend, stumm und konzentriert die geheimen Verse ihres Zaubers rezitierend.
»Und nun?« meldete sich ungeduldig nach einer Weile des Wartens der Großkhan.
»Den Kopf!« herrschte Dyorchen die Wächter an. Mit einem fragenden Blick zu ihrem Herrscher vergewisserte sich der Krieger, daß er straffrei ausgehen würde, wenn er diesen angesehenen Weisen enthauptete. Und er tat es, seine Klinge durchtrennte den Hals des Mannes, der Kopf flog durch den Raum und landete neben der Feuerstelle.
»Zorghum?«
Seufzend führte der junge Mann das Schwert und hackte das Haupt des Lamas von dessen Schultern ab. In der offenen Halswunde stoppte das pulsierende Blut, ohne herauszufließen.
»Und nun wieder zusammensetzen«, befahl Kubilai, dem angesichts dieses Willenskampfes der Heiligen etwas unheimlich zumute war. Er beschloß, daß er beide Orden unterstützen würde, wenn sie ihm dieses Geheimnis verrieten. Es wuchsen die Glieder der Lamas tatsächlich wieder zusammen. Zuerst die Beine, dann – zuckend und zitternd – schwebten die Arme wie von unsichtbarer Hand gehoben an ihren Platz zurück, und schließlich bewegte sich der Kopf des Phagspa, rollte auf dem Boden hin und her, wirbelte dann durch den Raum und ließ sich auf seine Schultern nieder. Das Haupt des Dyorchen aber blieb wie ein Stein neben dem Feuer liegen. Seine Lider begannen wie wild zu flattern, sein Mund schnappte, als wolle er sprechen, aber der Kopf regte sich nicht.
»Seht mal da!« schrie der Wächter und deutete auf den kopflosen Rumpf, der noch immer steif im Lotossitz verharrte. Aus dem offenen Hals rann ein schmales Rinnsal von Blut über den Oberkörper. Dyorchen riß nun die Augen auf, seine Augäpfel traten hervor wie Eier. Sein Mund formte unter größter Anstrengung die undeutlichen Worte: »Nimm dich in acht, Phagspa. Kamdhar Gyor ist nahe!«
Kaum hatte er diese Worte gesprochen, da schoß aus seinem Hals

eine Blutfontäne empor, die bis unter das Zeltdach sprudelte, um dann zurück auf seinen zusammensackenden Körper zu stürzen und ihn einzuhüllen. Der Kopf aber rollte, während Dyorchen in höchster Verzweiflung Unverständliches stammelte, ins Feuer, als werde er von einer Macht, die dort drinnen wohnte, angezogen. Kubilai stand auf und schritt zu Phagspa, der vom schauerlichen Ende seines Rivalen ergriffener zu sein schien als jeder andere in diesem Zelt.

»Du sollst mein Meister sein«, verkündete der Mongole. »Lehre mich deine Religion, ich mache dich zum mächtigsten Mann in deiner Heimat.« Damit war er zur Tür hinaus.

Phagspa legte, während er immer wieder hinüber zu den traurigen Überresten Dyorchens blickte, seine Kleider an.

»Was meinte er damit? Was wollte er sagen?«

»Daß du der neue Herrscher von Tibet bist! Herzlichen Glückwunsch, du hast es geschafft!«

»Ich meine Dyorchen. Warum hat er Kamdhar Gyor angerufen?«

»Vielleicht hat er sich mit ihm verbündet und wollte dir drohen.«

»Das glaube ich nicht. Hast du nicht seine Augen gesehen, als er das sagte? Sie waren erfüllt mit Angst und Entsetzen! Er sah aus, als hindere ihn Kamdhar Gyor daran, zu seinem Körper zurückzukehren.«

»Ich habe ihn nicht angesehen. Ich war viel zu besorgt um dich. Wie hast du das gemacht? Ich wußte nicht einmal, daß du tatsächlich dieses geheime Tantra kanntest!«

Phagspa hielt inne, als habe jemand in weiter Ferne seinen Namen gerufen. »Das wußte ich auch nicht. Mir war, als helfe mir jemand.«

»Sonderbar«, sagte Kamdhar Gyor im Körper des Mönches Zorghum. »Aber nun solltest du darüber nachdenken, wie du das Beste aus diesem Sieg machst. Der Großkhan ist dein Schüler und dein Beschützer. Er hat dich zum Herrscher über Tibet ernannt. Das heißt, wir können endlich mit den anderen Klöstern aufräumen! Und denke noch einen Schritt weiter: Kubilai ist der Herrscher der Welt. Und wir beherrschen ihn! Weißt du, was das bedeutet?«

»Kommt nicht in Frage. Ich will keinen Krieg und kein weiteres Blutvergießen. Nicht irgendwo auf der Welt und schon gar nicht in Tibet. Alle Mönche folgen den Lehren des Buddhas. Also sind alle Klöster gleich.«
»Aber wenn Dyorchen dieses Kräftemessen gewonnen hätte – glaubst du, er hätte dann gezögert, alle zu erschlagen?« widersprach Zorghum enttäuscht. »Seine kämpfenden Mönche hätten uns zerhackt!«
»Wenn sie uns bedrohen, werden wir antworten. Aber ich werde nicht zusehen, daß Buddhisten verfolgt werden. Die Zeiten des Königs Langdarma sind vorbei. Ich werde den Großkhan bitten, alle Mönche und alle Klöster gleich zu behandeln.«
Wieder hatte Kamdhar Gyor eine Lektion erteilt bekommen. Wieder war sein Vorhaben an der unbegreiflichen Sturheit und Unberechenbarkeit der Sterblichen gescheitert und an einem Zauber – oder war es nur eine Torheit? –, die er immer noch nicht verstand. Mitleid und Liebe.

Zusammen mit Phagspa kehrte er in das Kloster Sakya zurück. Phagspa verfügte zwar als Priester des Mongolen, seines Beschützers, über mehr Macht und Einfluß als jeder seiner Landsleute und war seit vielen Jahrhunderten der erste, der wieder über ein geeintes Tibet gebot. Aber die Tibeter ehrten ihn nicht. Im Gegenteil. Sie trugen ihm seine Nähe zum Großkhan, der auch Kaiser des verhaßten China war, nach.
Zorghum wartete geduldig, bis er meinte, daß die Zeit reif war, und ermordete seinen Herrn in der Hoffnung, daß er mit Hilfe des Khans und der Unterstützung des Volkes endlich zum Herrscher über Tibet werden könnte. Aber wieder hatte Kamdhar Gyor die Sterblichen falsch eingeschätzt und in seiner Beschränktheit den falschen Zug unternommen. Die Mongolen schickten eine Strafexpedition nach Tibet, die Zorghum aufspürte und tötete. Wieder mußte er von vorne anfangen, wieder sich ein neues Medium suchen und auf die Zeit warten, da er über die Sterblichen herrschen konnte.

15. Kapitel

Lhasa

So war es also, wenn man Angst hatte. Tiefe, elementare Angst um das eigene Leben. Es war ganz anders, als er es sich immer vorgestellt, und auch ganz anders, als er es immer dargestellt hatte. Man stand nicht am Gitter und brüllte seinen Peinigern Beleidigungen ins Gesicht, man verengte nicht die Augen zu todesverachtenden Schlitzen, und man blähte nicht trotzig die Nasenflügel auf.
Man hockte, die Beine angezogen, die Stirn auf den Knien, auf einer durchgesessenen Pritsche im Halbdunkel und wartete. Man zitterte, man schluchzte sogar manchmal laut auf, und man lauschte, bis einem die Stille erschien wie ein Brausen und die schlürfenden Schritte des Wächters in den Ohren dröhnten; und man wartete. Man lag auf einer verschmutzten, säuerlich nach Erbrochenem stinkenden Decke, starrte sinnlos auf den dünnen Lichtstrahl, der vom Gang her in die Zelle fiel, und wartete. Man durchlitt wieder und wieder diese Szene, als plötzlich die Welt ringsherum in einem dunklen Strudel versank und einem das eigene, liebe Leben und vertraute Schicksal entglitt, abhanden kam, in fremde, grobe Hände geriet. Als der Atem stockte, das Blut in die Beine sackte, als mit einem Mal mit einem Schwindelgefühl die entsetzliche Gewißheit kam, daß es keinen Ausweg gab, daß niemand erscheinen würde, um das Ganze ein Mißverständnis oder einen Scherz zu nennen.
Am späten Abend hatten sie nach langer, holpriger Fahrt auf schlecht ausgebauten Straßen und über halsbrecherische Serpentinenstrecken endlich Lhasa, die Hauptstadt Tibets, erreicht. Im Schein des Vollmondes hatte er die weißen Wände des Potala-Palasts leuchten sehen wie die Luftspiegelung eines Märchenschlos-

ses. Genau so hatte er es sich immer vorgestellt, das Land der Götter, die er verehrte.
Friedlich und erhaben, unwirklich und entrückt.
Sie erreichten eine Straßensperre, an der müde chinesische Soldaten mit Taschenlampen die Papiere der Reisenden überprüften. »Das sind sie also, die Unterdrücker dieses friedlichen Volkes«, dachte Paul hämisch. Schmalbrüstige Bürschchen in schlecht sitzenden Uniformen. Er hatte sie sich immer wie Nazis ausgemalt, mit hohen schwarzen Schaftstiefeln aus Leder. Aber die gähnenden, frierenden Jünglinge trugen statt dessen ausgelatschte grüne Turnschuhe an ihren Füßen und machten den Eindruck, als seien sie bereit, alles liegen- und stehenzulassen, sobald jemand »Zeit zum Essen!« rief.
Das Gefühl der Überlegenheit jedoch währte nicht lange. Als ihr Wagen an der Reihe war, kurbelte Tsentse das Fenster herunter, reichte dem schiefäugigen Posten ein Papier und sagte etwas in einer fremden Sprache. Der Soldat salutierte sofort und trabte zum diensthabenden Offizier, der wiederum zu einem Telefon schritt, das an der Wand befestigt war.
»Stimmt irgendwas nicht?« Pauls Kopf tauchte zwischen Fahrer- und Beifahrersitz auf.
»Alles in Ordnung, Mister Paul«, beruhigte ihn Tsentse und sagte dem Fahrer etwas auf chinesisch, das dessen Heiterkeit erregte. »Wir werden hier abgeholt. Es ist ein Zimmer für Sie reserviert.«
»Hoffentlich nicht im ehemaligen Holiday Inn«, scherzte Paul, der sich gerne an der Heiterkeit beteiligt hätte. »Ich habe damals mitgeholfen, den internationalen Boykott gegen dieses Hotel zum Erfolg zu bringen, weil das Management die Tibeter ausbeutete und mit den Chinesen gemeinsame Sache machte. Wäre gar nicht gut, wenn ich jetzt ausgerechnet da übernachte ...«
»Keine Sorge, Mister Paul«, feixte Tsentse. »Ihr Zimmer ist woanders.«
Aus der Dunkelheit brausten zwei Fahrzeuge heran, eine dunkle japanische Limousine und ein grüner chinesischer Jeep, die mit quietschenden Reifen vor dem Schlagbaum zum Stehen kamen. Vier Männer entstiegen den Wagen, zwei in Zivilkleidung, zwei

in Uniformen, die schon wesentlich strammer saßen und sehr viel beeindruckender und bedrohlicher wirkten als die der Wächter.
»Stimmt was nicht mit unseren Papieren?« fragte Paul, während die Männer im Lichtkegel der Autoscheinwerfer konferierten. Seine feierliche Stimmung war verraucht. Er fühlte sich plötzlich unwohl, ausgeliefert. Seine Finger tasteten nach dem Türöffner und fanden – nichts. Die Einlassungen in der Autotür waren leer, die Öffner irgendwo unterwegs bei einer Rast herausmontiert worden. Die Tür war verriegelt, er saß in der Falle.
»Tsentse?«
Der Tibeter setzte seinen Strohhut auf und räumte das Handschuhfach leer.
»Ich muß Sie leider hier verlassen, Mister Paul. Es war mir ein Vergnügen, einen so berühmten Mann kennengelernt zu haben.«
»Was ... wohin ... wieso?« stammelte der berühmte Mann hilflos, als er den weißen Strohhut in der Nacht verschwinden sah.
Einer der Uniformierten nahm Tsentses Platz ein, der Schlagbaum öffnete sich, und der Jeep raste den beiden anderen Fahrzeugen hinterher, hinein nach Lhasa. Irgendwann bogen sie scharf nach links ab, hinein in eine schwerbewachte Einfahrt und auf einen Platz, der Paul wie ein Kasernenhof vorkam.
»Ich bin amerikanischer Staatsbürger!« protestierte Paul McGregor, dem abwechselnd heiß und kalt wurde. »Sie haben kein Recht, mich festzuhalten!« Seine Tür wurde aufgerissen, und ein Soldat bedeutete ihm unwirsch mit einem Grunzen auszusteigen.
»Ich verlange, daß sofort die Botschaft oder das nächste Konsulat unterrichtet wird!«
Der Soldat, nicht im mindesten beeindruckt, ergriff derb seinen Arm und zog den Gefangenen vom Rücksitz, so daß dieser strauchelte und um ein Haar zu Boden gefallen wäre. Drei Leute richteten ihn wieder auf. Eine Hand legte sich von hinten um seinen Hals, zwei weitere drückten seine Schultern nach unten, als sie ihn zum Eingang des Kasernengebäudes führten, neben dessen Tür Paul, wäre er mit chinesischen Schriftzeichen vertraut gewesen, die Worte »Hauptquartier des Büros für Öffentliche Sicherheit, Lhasa, Autonome Region Tibet« hätte lesen können.

Sie stießen ihn in ein Verhörzimmer, leerten seine Taschen, drückten ihn in die Hocke und raunzten ihm Befehle zu, die er nicht verstand. Offenbar hatten sie ihm verboten, sich zu rühren. Ein dicklicher Polizist kam herein; er richtete eine Videokamera auf den Gefangenen.

»Was soll das?« keuchte McGregor. »Was zum Teufel haben Sie vor?« Die Antwort war ein wütender Schrei und ein Tritt von hinten, der ihn beinahe umwarf.

»Sie sollen still sein«, hörte er eine Stimme auf englisch sagen. Sie gehörte einem kräftigen Mann mittleren Alters, einem Zivilisten, der hinter den Soldaten aufgetaucht war und sich Pauls Papiere vornahm, die auf dem Tisch ausgebreitet waren.

»Ich sehe in Ihrem Paß keine Einreiseerlaubnis«, sagte der Mann, seine Überraschung nur schlecht gespielt. »Sie haben unser Land auf illegalem Wege betreten. Mit welchem Ziel?«

»Ich bin Buddhist!« jammerte Paul, immer noch hilflos in der erzwungenen Demutshaltung am Boden hockend. »Bitte, darf ich aufstehen?«

»Bleiben Sie, wo Sie sind!« herrschte ihn der Mann mit dem Froschgesicht an. »Auch wenn Sie Buddhist sind, gibt Ihnen das noch nicht das Recht, die Gesetze unseres Landes zu brechen. Sie wollten spionieren.«

»Nein, nein!«

»Geben Sie sich keine Mühe, wir wissen bereits alles. Sie haben geheime Kontakte zu einem Konterrevolutionär und Spalter namens Li Xiao Zhi unterhalten.«

Paul schwieg. Also doch. Der Fotograf, dem er vertraut hatte, war nichts weiter als ein Spitzel des Geheimdienstes gewesen, und er hatte den berühmtesten Fürsprecher der tibetischen Sache in eine Falle gelockt! Targa, sein Freund – wie hatte selbst dieser verständige Mann sich derart täuschen lassen können? Und was bildeten sich diese Faschisten hier überhaupt ein? Sie konnten nicht einen amerikanischen Bürger, noch dazu einen einflußreichen Schauspieler – einen Weltstar! –, entführen und behandeln wie einen dahergelaufenen Strauchdieb.

»Ich verlange, daß Sie mich sofort gehen lassen, oder Sie werden die Konsequenzen dieser unerhörten Behandlung zu spüren bekommen!« schrie er, sein zornrotes Gesicht aus Gewohnheit der laufenden Videokamera zugewandt. »Die freie Welt wird diesen Vorfall nicht dulden. Sie werden dafür zur Rechenschaft gezogen werden.«

Ein weiterer Fußtritt, diesmal kräftiger als der erste, warf ihn gänzlich zu Boden.

Keuchend rappelte er sich auf, aber die starken Arme der Soldaten drückten ihn erbarmungslos wieder in die Hocke.

»Sie tun sich keinen Gefallen mit dieser unverbesserlichen Haltung«, belehrte ihn ruhig der Wortführer. »Benehmen Sie sich zivilisiert, und verschlimmern Sie nicht Ihre ohnehin ernste Situation durch sinnlosen Widerstand und Halsstarrigkeit. Sie sind ohne Erlaubnis in unser Land eingedrungen, unterhalten Kontakte zu einem gesuchten Verbrecher und handeln zweifellos auf Geheiß einer fremden Macht. Außerdem haben wir in Ihrem Gepäck Kokain sichergestellt.«

»Kokain?« jaulte Paul auf. »Das ist lächerlich!«

Provozierend winkte der Mann mit dem Schlüsselanhänger, dem kleinen, buschigen Yeti, den ihm die amerikanische Touristin angedreht hatte und den er unvorsichtigerweise an seiner Reisetasche befestigt hatte.

»Lächerlich? Wirklich? Das Ding hier ist vollgestopft mit Kokain!«

Pauls Magen drehte sich um. »Man hat mich reingelegt. Das gehört gar nicht mir! Wissen Sie überhaupt, wer ich bin?«

»Natürlich, Mr. McGregor. Wir wissen alles über Sie. Sie würden sich wundern, wenn Sie ahnten, was wir alles über Sie wissen. Unterschreiben Sie dieses Papier hier, und wir werden uns morgen weiter mit Ihrem Fall befassen.« Er winkte mit einem mit chinesischen Schriftzeichen ausgefüllten Formblatt und breitete es auf dem Tisch aus.

»Was soll das sein?«

»Ihr Geständnis.«

»Ich habe nichts zu gestehen!« schrie Paul, hin- und hergerissen zwischen rasender Wut und ohnmächtiger Verzweiflung. »Ich bitte Sie! Seien Sie doch vernünftig! Das Ganze ist doch absurd. Absurd! Ein Mißverständnis vielleicht. Eine Verwechslung. Ein übler Witz! Lassen Sie mich jetzt sofort gehen, und ich bin bereit, diesen unerhörten Vorfall nicht publik zu machen. Lassen Sie mich gehen, oder ich werde Ihnen so viel Ärger bereiten für diese skandalöse Behandlung hier, daß Sie wünschten, Sie wären nie geboren worden. Ich kenne einflußreiche Politiker, ich kann mir einen Termin beim Präsidenten der Vereinigten Staaten verschaffen ...«

Bei diesen Worten – das war das schlimmste für Paul – hatte der Mann gelacht. Nicht laut, nicht herzlich. Nur kalt und böse, und dann hatte er den Verhörraum verlassen, während Pauls leere Drohung verhallte. Die Soldaten zerrten ihn die Treppen hinab in den Raum, wo er seither saß und wo er die Angst kennenlernte.

»Ich bringe Ihnen etwas zu essen, Mr. McGregor.« Die Stimme ließ ihn angstvoll zusammenfahren, obwohl sie das süßeste Geräusch war, das er seit Tagen gehört hatte.

»Ich bin nicht hungrig«, sagte er kraftlos, bis ihm dämmerte, daß die Frau ihn in seiner Sprache angesprochen hatte. Er setzte sich ruckartig auf. »Wer sind Sie?«

Sie stellte das Tablett auf dem Schemel ab, außer der Pritsche das einzige Möbelstück in seiner Zelle. Sie war eine alterslose Erscheinung. Sie trug eine grüne chinesische Uniform, ihr Haar war hinter ihrem kleinen Kopf zu einem strengen Knoten zusammengebunden, die Brille mit dem breiten schwarzen Gestell gab ihrem Gesicht etwas Insektenhaftes.

»Ich habe Englisch studiert«, erklärte sie. »Ich soll mit Ihnen reden und dafür sorgen, daß Sie essen. Sie müssen stark sein für Ihre Verhandlung.«

»Welche Verhandlung denn? Um Himmels willen! Ich habe doch nichts Böses getan«, sprudelte er los. »Ich habe gegen die Visabestimmungen verstoßen, das gebe ich ja zu. Aber das hat alles dieser Tsentse bewerkstelligt. Für 5000 Dollar. Ohne den wäre ich doch gar nicht hier. Ich bin reingelegt worden. Sie sagten, sie hätten Kokain bei mir gefunden. Ich bin sicher, irgend jemand hat es in diesen verdammten Schlüsselanhänger reingetan und diese angebliche Touristin auf mich angesetzt!«

»Das können Sie unmöglich beweisen. Aber das Kokain ist nicht einmal das Entscheidende. Auch nicht die illegale Einreise, darüber könnte man zu einer gütlichen Einigung kommen. Aber diese andere Sache ... Mr. McGregor ... Vizedirektor Hu, unser Chef, hat mir erlaubt, Ihnen eine ausländische Zeitung mitzubringen. Er sagte, dies geschehe, damit Sie sich ein Bild von der Aussichtslosigkeit Ihrer Situation machen können und endlich zu einer kooperativen Einstellung finden ...«

»Also ist die Nachricht von meiner Verhaftung schon nach draußen gedrungen«, dachte er erleichtert. »Wenn es schon in den Zeitungen steht. Gut so, gut so.« Das bedeutete, es war Hilfe unterwegs. Die Botschaft war eingeschaltet, es war auf diplomatischer Ebene etwas in Bewegung gekommen. Aber als er die heutige Ausgabe der *Inernational Herald Tribune* aufschlug, war es, als stoße jemand ein Messer mitten in sein Herz. Auf der Titelseite prangte sein Foto. Neben ihm saß, breit grinsend, die amerikanische Touristin aus der Lobbybar des Yak und Yeti in Kathmandu, die ihm den präparierten Talisman geschenkt hatte.

»Die Hollywood-Connection« las er mit stockendem Atem. Die Bildunterschrift kam ihm vor wie sein Todesurteil. »Die Dalai-Lama-Attentäterin Vicky Jocelyn mit Hollywoodstar Paul McGregor. Ein Foto, das am Tag vor dem Mordanschlag entstand. Was wußte der Filmstar?«

»Attentäter?« Es war, als erwache er aus einem jahrelangen Koma, nur um festzustellen, daß die Welt ringsherum nicht mehr existierte. »Jemand hat den Dalai Lama ...« Tränen schnürten seine Kehle zu.

»Ganz recht. Diese Frau hat einen Mordanschlag auf den Dalai Lama verübt. Es scheint, als hätten Sie die Frau gekannt. Es scheint sogar, als hätten Sie ihr den Mordauftrag erteilt.«

»Das ist doch nur eine verdammte Touristin! Eine Hausfrau! Ich kenne sie gar nicht. Sie hatte ...« Paul sprang auf und bohrte seinen Zeigefinger in das kompromittierende, das obszöne Foto, als könne er seine verdammte Dummheit damit ungeschehen machen ... »Sie hat gesagt, sie sei ein Fan von mir, und hat den Kellner im Hotel gebeten, dieses verdammte Bild aufzunehmen.«

»Lesen Sie den Artikel«, ermahnte ernst die insektenhafte Soldatin. »Sie hatte ein Empfehlungsschreiben dabei, das Sie unterzeichnet haben. Nur deswegen haben die Wächter sie überhaupt in die Residenz des Dalai Lama vorgelassen. Sie haben ihr den Weg zu ihrem Opfer geebnet.«

»Aber, aber ...« Paul rang mit Tränen der Empörung. »Aber sie wollte nur ein Autogramm von mir. Ein beschissenes kleines Autogramm!« Eines? Ein Dutzend! Und er hatte unterschrieben, was immer sie ihm untergejubelt hatte, nur um endlich Ruhe zu haben.

Die Soldatin schüttelte den Kopf. »Niemand wird Ihnen das glauben, Mr. McGregor. Lesen Sie den Artikel durch, und Sie werden verstehen, was ich meine. Er wirft ein sehr schräges Licht auf Sie. Manche meinen, daß Sie irgendwie übergeschnappt sind und den Mordanschlag in Auftrag gegeben haben, um selber Dalai Lama zu werden. In der Zeitung steht nämlich, Sie hätten gesagt, daß Sie gerne der Dalai Lama wären. Sie berichteten, daß Sie während der Dreharbeiten zu Ihrem Dalai-Film das Gefühl hatten, vom Himmel gesegnet worden zu sein.«

»Das habe ich niemals gesagt! Das ist eine verdammte Lüge!« schrie er, um so lauter, da er wußte, daß es stimmte. Jane, die aufdringliche Reporterin vom *Hollywood Review*, sie hatte ihm diese Aussage entlockt. Er hatte ihr doch nur beschrieben wollen, wie sehr er den Dalai Lama liebte und verehrte, wie tief er dem Buddhismus verbunden war. Aber nun kehrten seine törichten Worte zu ihm zurück wie ein tödlicher Bumerang. Jane hatte mit ihrem verdammten Interview tatsächlich einen Coup gelandet und wurde in dem Bericht ausgiebig zu ihrer Begegnung mit Paul befragt. Sie war jetzt der Star, und der eigentliche Star war tot. Als Paul McGregor seine Karriere, seinen Glauben, alle seine Freundschaften und damit sein ganzes Leben vor sich zerrinnen sah, stiegen ihm beißende Tränen in die Augen.

»In der Wohnung dieser Frau hat die Polizei eine Art Altar

gefunden, der mit Bildern von Ihnen in den Kleidern des Dalai Lama geschmückt war ...!«
»Das beweist doch nichts!« schrie er schrill, noch einmal tief aufgewühlt. »Ich kann doch nicht dafür verantwortlich gemacht werden, was irgendeine durchgedrehte Hausfrau mit meinen Bildern anstellt!«
»Aber Sie haben diese Frau ermutigt. Sie haben ihr geschrieben: ›In Liebe, Seine Heiligkeit.‹«
Paul brach zusammen, ließ sich auf das durchgesessene Lager sinken und vergrub das Gesicht in den Händen.
»Was soll ich denn tun?« fragte er leise die Soldatin mit der Insektenbrille.
Sie zuckte gleichgültig die Achseln. »Der Dalai Lama ist bei den Chinesen nicht in sehr hohem Ansehen«, sagte sie nach kurzer Denkpause im selben Ton wie Candice, wenn sie darüber nachdachte, ob sie heute den scharlachroten oder den weinroten Lippenstift auftragen sollte. »Wenn Sie ihn tatsächlich haben umbringen lassen, dann könnte Ihnen das bei Ihrer Verhandlung hilfreich sein. Sie sollten alles gestehen.«
Und bevor sie die Tür ins Schloß drückte, steckte sie noch einmal den Kopf in seine Zelle: »Oder beten.«
Paul McGregor betete.
Er wußte in seinem fensterlosen Gefängnis nicht, ob es Tag oder Nacht war. Wenn es Tag war, dann betete er den ganzen Tag. Wenn es Nacht war, dann betete er die ganze Nacht. Er wußte nicht, ob es ein Abend oder ein Morgen war, als er sich entschloß, alles zu gestehen.

16. Kapitel

West Hollywood

Scheiße, was? Es tut mir so leid für dich!«

»Mach dir keine Sorgen um mich. Ich komme schon wieder auf die Beine. Mach dir lieber Sorgen um dich. Das war das allerletzte Mal, daß ich dir einen Gefallen getan habe! Paul war stinksauer auf dich.« Sie holte Luft, um etwas zu sagen. Aber er ließ sie nicht zu Wort kommen, wehrte energisch ab. »Ich weiß, ich weiß. Einen ganzen verfickten Kasten PowerBars hast du mir geschickt für dieses Interview. Du mußt mich nicht daran erinnern. Vielen Dank auch. Aber ich hasse Wildbeere. Ich mag Apfel-Zimt, nicht Wildbeere. Ich bekomme Sodbrennen von Wildbeere. Und das Interview wird, soweit ich von Paul gehört habe, ohnehin nicht autorisiert.«

Sie saßen in einem schicken Café namens Hugo's schräg gegenüber von Arties Apartmenthaus. Er hatte sich von der blonden Kellnerin mit dem Designerbusen namens Kelly – oder Shelly? – an seinen Stammplatz bringen lassen – ganz vorne am Fenster, dort, wo einen jeder Blinde sofort sehen mußte. Jane kam zwei Minuten später. Artie bestellte wie immer einen doppelt entkoffeinierten Cappuccino mit entrahmter Milch. Jane nippte an irgendeinem, der Farbe nach zu urteilen, karottenhaltigen Vitamindrink. Sie hatte ihn in aller Frühe aus dem Bett geklingelt, nach einer weiteren Horrornacht in Gesellschaft irgendwelcher widerwärtiger Monster, und wollte ihn unbedingt sofort sehen. Wahrscheinlich, um sich zu entschuldigen. Aus purer Gewohnheit sagte er zu. Er hatte seit seiner Begegnung mit der langbeinigen Psychiaterin kein Wort mehr mit einem menschlichen Wesen gewechselt, hatte sich verkrochen in dem Skelett, das seine Wohnung geworden war, zernagt von einer fetten Made, die sich

Scheidungsanwalt nannte; dort wartete er nur auf den Moment, an dem Paul wieder daheim war.
»Da bin ich aber froh, daß du es so einfach wegsteckst. Ich hatte echt Angst um dich«, sagte Jane.
Er verbrannte sich die Lippen an seinem kochend heißen Milchkaffee und stellte die Tasse fluchend ab. Jane sah fabelhaft aus in ihrem tief ausgeschnittenen gelben Kleidchen, das ihren umwerfenden Körper umschmiegte. Wenn sie tatsächlich Angst um ihn hatte, sollte er lieber die Gelegenheit nicht ungenutzt verstreichen lassen. Sie hatte hundert verschiedene Arten, ihn zu trösten und ihm seine Ängste zu nehmen.
»Quatsch. Eine Scheidung ist auch nicht das Ende der Welt«, erwiderte er tapfer.
Langsam ging ihr auf, daß Artie tatsächlich völlig ahnungslos war. Sie zückte unauffällig ihren Notizblock und ihren Kugelschreiber, um das Folgende festzuhalten, und im Geiste formte sie bereits den ersten Satz der morgigen Titelreportage für die *Hollywood Review*: »Artie Myzinski, McGregors Agent und Freund, der sich gerade von den Strapazen einer häßlichen Scheidung erholt, hatte erstaunlicherweise noch nichts von den Anschuldigungen gegen seinen Star gehört ...«
»Hast du nicht die Nachrichten im Fernsehen gesehen?« fragte sie forschend.
»Ich besitze kein Fernsehgerät. Ich besitze nichts. Ich bin geschieden.«
»Zeitung?«
»Ich lese keine Zeitung mehr. Nicole hat mich verlassen, weil ...«
»Artie ... ich hasse es wirklich, das zu sagen, aber Paul McGregor sitzt in Tibet im Knast.«
»Quatsch.«
» ... und reagierte ungläubig auf die Nachricht, die erst ich ihm überbrachte ...«, setzte Jane im Geiste ihren Artikel fort. »Artie, Paul sitzt im Knast, weil er Kokain nach Tibet geschmuggelt hat, weil er ohne Genehmigung in das Land eingereist ist und weil es Grund zu der Annahme gibt, daß er in das Attentat auf den Dalai Lama verstrickt ist.«

Artie grinste verkrampft. »Das Attentat auf den Dalai Lama, ja?«
Sie zog aus ihrer Handtasche die aktuelle Ausgabe der *LA Times* hervor und breitete sie auf dem Tisch aus. »Genau.«
Er starrte auf die Titelseite mit dem Foto von Paul, der von einer unbekannten Frau umarmt wird.
»McGregor und die Killerin«, stand da. »Zufallsbekanntschaft oder mörderische Intrige?«
»Ist das hier die *Versteckte Kamera*, oder was? Hallo, Jungs, ihr könnt rauskommen, Artie weiß Bescheid! Mich könnt ihr nicht reinlegen!«
»Er hielt es anfänglich für einen grausamen Scherz«, schrieb Jane ihren Artikel weiter.
»Jane – was zum Teufel soll das hier?«
Sie kritzelte Hieroglyphen auf ihren Block, und er las die Zeitung, ohne zu verstehen, verstand, ohne zu lesen.
»Gequirlte Kacke«, wisperte er. »Sag mir, daß es nur ein Alptraum ist, Jane. Du bist nur eine von diesen Mißgeburten, die mich jede Nacht verfolgen, stimmt's?«
»Mr. Myzinski, der offenbar unter zwanghaften, möglicherweise durch halluzinogene Drogen verursachten Wahnvorstellungen leidet, wie seine Therapeutin, Gertrude Fisher, 53, bestätigt ...« Jane kritzelte eifrig.
»Artie, es ist kein Traum, und das ist die Zeitung von heute früh. Paul steckt da in irgendwas drin, und ich schwöre, ich werde ihm und dir helfen, soweit es in meiner Macht steht. Aber du mußt mir alles sagen, verstehst du? Alles, die ganze Wahrheit. Hat er dir gegenüber mal erwähnt, daß er unbedingt Dalai Lama werden wollte?«
»Was ist das nur für ein Bockmist?«
»Artie, es gibt Beweise. Fotos, seine Unterschrift – er unterschrieb mit ›Seine Heiligkeit‹, um Himmels willen. Dann das Interview, das ich mit ihm geführt habe ...«
»Du bist irre! Krank! Pervers!« Mit einer empörten Handbewegung fegte Artie seinen Milchkaffee vom Tisch. Kelly – oder Shelly? – eilte mit einem Putzlappen herbei und beugte sich, ihren

Designerbusen entblößend, vor, aber Artie schickte sie weg und fuhr entrüstet mit gedämpfter Stimme fort.
»Paul hat den Dalai Lama geliebt wie einen … ich weiß auch nicht was. Irgendeinen Heiligen oder so was. Nur ein völlig krankes Hirn kann auf die Idee kommen, daß Paul …«
»Langsam, langsam, Artie! Tatsache ist, daß die Chinesen ihn eingelocht haben. Tut mir leid, Artie.«
»Paul ist ein Superstar! Alle lieben ihn. Sogar die Chinesen. Weißt du, wie viele Raubkopien von ›Zeit der Entscheidungen‹ in China kursieren? Millionen! Sie können doch nicht einen Paul McGregor ins Gefängnis werfen! Das wird einen internationalen Aufschrei geben. Und noch gar mit diesem idiotischen Mist!«
»Artie, ich sage dir jetzt mal was in aller Freundschaft, okay? Artie! Hallo! Wach auf, um Himmels willen! Es ist passiert, verstehst du? Er sitzt. Und es gibt Beweise.«
»Beweise?« quakte er indigniert. »Beweise für einen Mordkomplott von Paul gegen den Dalai Lama. Alles, was mir das Ganze beweist, ist, daß jemand ihn reingelegt hat und ihn zerstören will und mich dazu. Aber das lasse ich nicht zu. Ich mache Druck. Der Präsident wird eingeschaltet. Ich kenne ein paar Leute im Fitneßstudio, die einen guten Draht nach Washington haben!«
»Ja, Artie, vielleicht hast du recht, und das kann was ausrichten.« Sie steckte Kuli und Notizblock ein, nachdem sie die Worte »politischer Druck – hoffnungslos« hingekritzelt hatte. Die Story stand. Es schmerzte, zu sehen, wie Artie litt. Sie hatte ihn niemals wirklich leiden sehen. Er hatte sich, solange sie ihn kannte, oft, eigentlich immer, über irgend etwas beschwert. Schlechtes Wetter, schlechtes Essen, hohe Preise und das alles grundsätzlich als persönliche Beleidigung aufgefaßt. Aber jetzt erlebte er vielleicht zum ersten Mal, was es hieß, wenn man alles, wirklich alles verlor. Erst seine Ehe, dann eine Existenz und jetzt auch noch seinen besten Freund. Sie wagte es nicht, ihm die Wahrheit zu sagen, daß niemand, besonders keiner ihrer Kollegen mehr große Hoffnungen auf Paul McGregors Freilassung setzte. Im Gegenteil. Man hoffte, daß er zwanzig Jahre Arbeitslager bekam. Paul war bei der Presse nicht sonderlich beliebt. Er hatte Journalisten und Reporter

bei jeder Gelegenheit beleidigt, verhöhnt und in einem Fall sogar physisch angegriffen. Einen Fotografen, der ihm und Candice Greene nachgestiegen war, hatte er – unter krasser Mißachtung seiner pazifistischen Überzeugungen – krankenhausreif geprügelt. Paul im chinesischen Gefängnis und unter schlimmem Verdacht, das ließ viele Paparazzi und Klatschkolumnisten an einen Gott glauben. Und dieser Gott ähnelte mehr einem Rachegott als einem friedvollen, buddhistischen.

Artie, dem der Schock nicht so sehr zugesetzt hatte, als daß er die Realität nicht mehr einschätzten konnte, sah sie aus zusammengekniffenen Augen an.

»Das paßt euch gut in den Kram, nicht wahr?« knurrte er Jane an. »Das laßt ihr euch nicht entgehen, egal wie absurd die Anschuldigungen sind, bei euch werden sie glaubhaft klingen. Was immer die Chinesen an Lügen auftischen, ihr werdet genüßlich darauf herumkauen, und wenn ihr es ausspuckt, dann wird alle Welt es ›Beweise‹ nennen. Ihr werdet ihn schon verurteilen. Habe ich recht?«

»Ich weiß nicht, wovon du sprichst«, entgegnete sie spitz und raffte ihre Sachen zusammen. »Ich muß jetzt auch los. Ruf mich an, wenn ich irgendwas für dich tun kann.«

»Paul, der Buddhist«, dachte er wie betäubt. »Paul, der Irre.«

Paul war wie ein schwer erziehbares Kind, das immer und immer wieder in der Tinte saß. Niemand konnte ihn vor seinen Fehlern bewahren. Aber bisher war wenigstens immer Artie dagewesen, um das Schlimmste hinterher wieder auszubügeln. Wenn er linke Demonstrationen angeführt, Petitionen geschrieben, Benefizgalas veranstaltet, Reden gehalten hatte. Immer wieder gegen Tibet, diesem verdammten, verdammten Tibet. Zweimal war er sogar wegen Landfriedensbruch verhaftet worden, und Artie hatte ihn gegen Kaution aus dem Gefängnis geholt.

Und, gottverdammt, er würde ihn auch diesmal aus dem Gefängnis holen. Er würde mit den Chinesen reden und verhandeln. Das konnte er. Verhandeln. Sturer als die Studiobosse in Hollywood konnten die Chinesen schließlich auch nicht sein. Und schlimmer

als die grausigen Japaner mit ihrem Biervertrag erst recht nicht. Er würde drohen, bieten, feilschen, zupacken und nicht mehr loslassen, bis er Paul wiederhatte.
»Ich fahre nach Tibet«, dachte Artie grimmig und ließ sich einen weiteren Milchkaffee kommen. Plötzlich fühlte er sich wieder stark, bestätigt, zufrieden, als habe er das letzte Wort in einem komplizierten Kreuzworträtsel endlich gefunden. Es lautete: Tibet.
Das Dach der Welt.
»Tibet«, dachte er. »Dünne Luft. Ich brauche einen tragbaren Ionisierer.«

17. Kapitel

Peking

Zuerst meinte sie, ihre übermüdeten Augen spielten ihr einen Streich, ihre brennende Sehnsucht gaukelte ihr etwas vor. Als sie die Empfangshalle des Hotels betrat, sah sie ihn in der Mitte einer Gruppe von Männern stehen, die am Eingang wartete. Er und ein anderer junger Mann trugen westliche Anzüge, die vier älteren Männer waren mit Mönchsroben bekleidet. Es war nicht möglich. Er war schließlich in Nepal, nicht in China. Sie verlangsamte ihre Schritte. Der Dolmetscher des Energiekonzerns, der sie am Flughafen abgeholt hatte und ihre Reisetasche trug, lief ungeschickt in sie hinein, entschuldigte sich dann kichernd. Sie bemerkte es nicht einmal. Sie stand da wie vom Donner gerührt und hätte vor Glück beinahe aufgeschrien. Sein Blick streifte sie, flog weiter, kehrte zu ihr zurück, ungläubiges Staunen breitete sich auf seinem Gesicht aus. Sie sah seinen Mund ihren Namen formen und fühlte eine Welle des Glücks aufkommen. Er trennte sich von den anderen, schritt auf sie zu, sprachlos in seiner Verwunderung.

»Wie …?« Weiter kam er nicht, denn sie hatte ihre Arme um ihn geschlungen. Seine Mitreisenden verfolgten die Szene stirnrunzelnd. Nyima wich zurück, als sei sie ein Geist.

»Catherine …«, war alles, was er herausbrachte.

»Nyima«, sagte sie, strahlte ihn an wie ein Kind.

Sein Gesicht war angespannt und nervös. Sie verstand, daß er in Gegenwart der Geistlichen seine Gefühle nicht zeigen konnte. Und dennoch genoß sie diesen Moment, denn nach nichts hatte sie sich so sehr gesehnt wie nach dem Bad in seinen sanften schwarzen Augen. Der Dolmetscher zerstörte den Zauber, indem er ihr auf den Rücken tippte. »Ich gehe dann schon mal zum Empfangsschalter«, verkündete er, befremdet über diese ungewöhnliche Begegnung.

Kurz, zu kurz war ihr Wiedersehen. Drei schwarze deutsche Limousinen rollten in die Zufahrt des Hotels, und in die Gruppe der Tibeter kam Bewegung. Aus den Autos stiegen hohe chinesische Beamte, die mit gravitätischen Mienen auf sie zuschritten.

»Ich muß gehen«, sagte er. »Ich kann dir das jetzt nicht erklären. Wir sind auf dem Weg nach Tibet.«

»Das bin ich auch.«

Ein Schatten verdunkelte sein Gesicht. »Ich habe dir doch gesagt ...«

»Es ist alles ganz anders. Matthew Tanner ist ermordet worden. Ich glaube, daß er vielleicht doch recht hatte, und ich ...« Hüstelnd machten Nyimas Begleiter auf sich aufmerksam.

Er drückte ihre Hand. »Bitte, du mußt auf dich aufpassen, versprich mir das. Es geschehen Dinge, die niemand erklären kann. Ich will nicht, daß du auch noch da hineingezogen wirst.«

Sie schüttelte energisch den Kopf. »Ich stecke schon drinnen. Bis zum Hals.« Sie erschrak selbst über ihre Worte.

»Ich muß los ... warte auf mich im Hotel. Ich bin gegen Abend zurück.«

»Das war wohl ein sehr guter Freund«, grinste der dämliche Dolmetscher und drehte sich nach hinten, um ihr ins Gesicht sehen zu können. Der Fahrer lenkte mit stoischer Ruhe den Wagen durch den mörderischen Verkehr.

»Ja«, erwiderte sie kurz, nicht erpicht auf ein Gespräch. Sie war in Gedanken weit weg. Daß sie Nyima hier angetroffen hatte, war der vorläufige Höhepunkt dieser ungewöhnlichen Reise, die ablief wie ein Uhrwerk, als sei sie nicht von irdischen, sondern von himmlischen Mächten geplant worden. Ein Anruf beim Konzern, für den ihr Vater arbeitete, und ein alter Bekannter dort hatte alles in Bewegung gesetzt, um ihr das Visum für China zu beschaffen. Sie war noch am selben Tag nach Washington geflogen und hatte persönlich bei der Botschaft vorgesprochen, deren Konsularabteilung sogar Überstunden machte, um den dringenden Reisewunsch dieser jungen Touristin zu erfüllen. Sie wartete zwanzig Minuten, und schon hatte sie die Einreisegenehmigung in ihrem Paß. Sie buchte einen Platz auf der nächstmöglichen Maschine und war bald, bevor sie überhaupt die ganze Sinnlosigkeit ihres Vorhaben begreifen konnte, in Peking. Alles, was sie bei sich hatte, war die Adresse eines Wissenschaftlers, die Matthew ihr gegeben hatte, als sei es sein Testament gewesen, und ohne die geringste Vorstellung dessen, was sie zu tun hatte.

»Prof. Li hat sein Arbeitszimmer im vierten Stock«, sagte der Dolmetscher, als der Wagen auf dem Parkplatz des Minderheiteninstitutes zum Stehen kam.

»Ich komme besser mit, um zu übersetzen.«

»Das wird nicht nötig sein. Warten Sie bitte hier.«

Der neugierige Streber konnte seine Beleidigung darüber, daß sie ihn bei diesem Gespräch nicht dabeihaben wollte, kaum verbergen.

Prof. Li sprach Englisch, und er war über ihr Kommen unterrichtet. Ein ehemaliger Student, Matthew Tanner, hatte ihn angerufen und ihn gebeten, einer Freundin behilflich zu sein. Prof. Li wußte nicht, daß das Herz dieses begabten jungen Mannes wenige Minuten nach seinem Anruf aufgehört hatte zu schlagen.

Nachdem Catherine sich unter ungeschickten Verbeugungen vorgestellt hatte – war es in diesem Land überhaupt üblich, sich zu verbeugen, oder machten das nur die Japaner? –, verlor sie schnell die Hoffnung, daß die letzten Worte des Matthew Tanner ihr tatsächlich weiterhelfen würden. Prof. Li war unkonzentriert und zerstreut, sein hastiges Englisch teilweise völlig unverständlich. Er war ein abgehärmter, älterer Kauz, der offenbar unter Schlaflosigkeit oder Tablettensucht litt oder einfach nicht genug zu essen bekam. Li lobte Matthew unaufgefordert als herausragenden Tibetologen mit tiefen Einsichten, während seine unsteten Blicke immer wieder hinabglitten auf den unübersichtlichen Stapel von bekritzeltem Notizpapier und aufgeschlagenen Büchern, mit denen sein Schreibtisch überfrachtet war. Sie beschloß, ihm nicht zu sagen, daß Matthew nicht mehr lebte. Der Mann sah aus, als

könne ihn die leiseste Beunruhigung hier und auf der Stelle mit einem Herzschlag zu Boden werfen.
»Sie sind auch Tibetologin?« fragte Prof. Li sichtbar uninteressiert, und sie mußte sich dennoch diese Frage dreimal wiederholen lassen, bevor sie diese überhaupt verstand.
»Nein«, antwortete sie vorsichtig und langsam. »Nicht direkt. Ich interessiere mich allerdings aus verschiedenen Gründen sehr für Tibet. Ich bin auf dem Weg dorthin und fliege morgen vormittag weiter nach Chengdu.«
»Sehr gut, sehr gut«, haspelte der Professor und verbarg nicht seinen Unmut darüber, daß sie nicht schon vor einer halben Stunde aufgebrochen war. »Sind Sie gut untergebracht?«
»Ich wohne im Jianguo-Hotel«, antwortete sie befremdet. Er schien zu glauben, sie suche nach einer billigen Unterkunft und nach einem Fremdenführer, der ihr die Sehenswürdigkeiten Pekings zeigen würde.
»Ich bin gekommen, um ...«
Er hörte ihr gar nicht mehr zu. Seine ganze Aufmerksamkeit war auf die Unordnung seines Tisches gerichtet. »Wenn ich Ihnen irgendwie behilflich sein kann, dann teilen Sie es mir doch jetzt gleich mit. Ich bin leider etwas in Eile, ich habe eine wichtige und dringende Forschungsarbeit zu erledigen.«
»Ich möchte Sie ja auch gar nicht lange belästigen.« Catherine tat es leid, daß sie offenbar so ungelegen in dieses verstaubte Studierzimmer eingebrochen war, und sie wünschte sich nichts so sehr, wie schnell wieder von hier wegzukommen, an einen Ort, wo sie willkommen war. Wie sollte sie diesem Mann, der dermaßen aufgeregt und ungeduldig war, daß er beim Trinken seinen Tee verschüttete, eine Situation begreiflich machen, die sie selbst nicht im entferntesten begriff? Seine wäßrigen Augen, unter denen dicke Tränensäcke hingen, irrten rastlos über seine chaotischen Unterlagen.
»Ich brauche nur ein paar Antworten zu einer Gestalt namens Kamdhar Gyor.«
»Kamdhar Gyor«, nickte Prof. Li geistesabwesend. »Deswegen hat Matthew Sie zu mir geschickt? Jaja. Ich habe ihm damals

schon gesagt, er sollte die Finger von Kamdhar Gyor lassen und aufhören, mit Mächten zu experimentieren, von denen er nichts versteht. Hören Sie, ich würde Ihnen wirklich gerne helfen, junges Fräulein. Wirklich!« Prof. Li rang verzweifelt die Hände und raufte sich die Haare, kicherte. »Aber ich kann nicht. Ich kann mich nicht konzentrieren. Ich habe hier etwas zu tun, verstehen Sie? Ich muß bis heute abend eine sehr, sehr wichtige Arbeit fertiggestellt haben, und ich komme einfach nicht weiter. Bitte, bitte, haben Sie Verständnis! Kommen Sie ein andermal wieder. Morgen vielleicht. Kommen Sie doch morgen wieder. Dann werde ich Ihnen gerne alle Fragen beantworten ...« Ein verkrampftes Lächeln breitete sich auf seinem Gesicht aus. Er log. Sie wußte es. Wenn sie morgen wiederkam, dann würde er nicht mehr hier sein und sie wäre wieder allein. Sie hatte nur eine einzige Frage, die sie mehr beschäftigte als alles andere. Nachdem sie alle Informationen zusammengetragen und analysiert, nachdem sie mit ihrem guttrainierten Scharfsinn alle möglichen Erklärungen durchgespielt hatte, gab es nur noch diese eine offene Frage.

»Prof. Li, ich verstehe nicht viel von Tibet und vom Buddhismus, aber ich bin da sehr tief in eine tibetische Sache hineingeraten, die mich sehr ängstigt, und ich muß dieses eine wissen: Besteht die Möglichkeit, daß Kamdhar Gyor versucht, Dalai Lama zu werden?«

»Das ist zu kompliziert!« wimmerte Prof. Li. »Sie würden es nicht verstehen. Ja, doch. Die Möglichkeit besteht. Theoretisch jedenfalls. Aber ich kann Ihnen jetzt wirklich keine Forschungshilfe leisten. Nicht heute, nicht heute«, stammelte er, und sie empfand plötzlich Mitleid mit diesem Mann, der ganz offensichtlich seit Tagen dieselben Kleider trug, der auf der Liege hinter dem Bücherregal schlief und keine Zeit hatte, sich auch nur die Haare zu kämmen.

»Ist gut«, sagte sie resigniert. Es war zwecklos. »Ich danke Ihnen für Ihre Zeit.«

»Keine Ursache, keine Ursache.« Er erhob sich nicht, um sie aus dem Zimmer zu geleiten, er blickte kaum auf, als sie den Raum verließ.

Nur noch zwei Stunden, dann würde der Mann namens Hu wieder vor ihm stehen, der Mann, der über Wohl und Wehe seines Jungen entschied, und er hatte nichts, nichts, mit dem er den Mann zufriedenstellen und milde stimmen konnte. Er hatte sich keine Pause gegönnt, er hatte seit jenem Abend sein Zimmer nicht verlassen, war, wenn er überhaupt Schlaf fand, über geöffneten Wälzern kurz eingenickt, hatte sich von einem Forschungsassistenten seine mickrigen Mahlzeiten bringen lassen und seiner Frau telefonisch mitgeteilt, er sei mit einer wichtigen Arbeit für die Regierung befaßt. Sie glaubte ihm. Sie fragte nur, ob er vielleicht damit genug Geld verdienen könne, um endlich ein Schloß für ihre Wohnungstür anzuschaffen. Er wagte nicht, ihr zu gestehen, daß allein seine Arbeit, und sonst nichts auf der Welt, das Schloß zu der Tür öffnen könnte, hinter der ihr Sohn gefangen war.

Aber er kam mit dieser lebenswichtigen Arbeit nicht voran.

Das zerstörte Thangka gab keines seiner Geheimnisse preis. Alles, was er herausfinden konnte, war, daß es offensichtlich einen wütenden Schutzgeist darstellte, dessen bekrallte Füße in einem Meer verschwanden, aus dem zwei Augen herausglotzten und zwei drohende Klauen. Am rechten Rand stiegen schwarze Wolken auf wie von einem Feuer, entfacht von Kreaturen, die er in keinem Thangka jemals gesehen hatte. Und darüber, auf dem oberen Rand des Bildes, der Umriß eines Armes, der Buddha Maitreya hätte gehören können. Wieso nur der Umriß? Kein Künstler würde den Frevel begehen und den Herrn der Zukunft als Umriß darstellen.

Aber das Thangka blieb alle Antworten schuldig. Durchlöchert, versengt und zerschlissen, nichts war mehr zu erkennen. Prof. Li kannte die Ruine dieses Bildes mittlerweile in- und auswendig, hatte jeden Quadratzentimeter gründlich und mehrmals untersucht, er hatte tausendmal mit geschlossenen Augen versucht, sich das Thangka als Ganzes vorzustellen, aber er vermochte es nicht. Er sah nur dieses schwarze Loch, den zerrissenen Stoff, die häßlichen Färbungen der angekohlten Ränder und sonst nichts. Als ihm immer wieder die Lider zufielen und seine Augen brannten, als habe jemand Salz hineingestreut, unternahm Prof. Li einen

Spaziergang durch den Institutsgarten. Als er niedergeschlagen und verzweifelt wieder in sein Arbeitszimmer trat, wartete dort bereits der Mann namens Hu.
Diesmal war er allein gekommen.
Er sagte nur ein einziges Wort: »Nun?«
Prof. Li trat augenblicklich der Schweiß auf die Stirn. Er huschte an dem Mann vorbei und suchte Schutz hinter seinem Tisch.
»Geht es meinem Sohn gut?« Was immer an Kräften noch in seinem Körper steckte, er verbrauchte sie für diese eine Frage. Er wollte es jetzt wissen, solange der andere noch nicht ahnte, daß er nichts, gar nichts herausgefunden hatte.
»Ihr Sohn ist bei uns gut aufgehoben. Was haben Sie entdeckt?«
»Das Thangka ist nicht die Arbeit eines großen Künstlers«, sagte er nach heftigem Räuspern.
»Etwas Ähnliches sagten Sie bereits.«
»Es ist vermutlich eine indische Arbeit. Der Stil erinnert vage an die Universität von Vikramashila.«
»Das bedeutete mir nichts.«
»Es stellt einen Schutzgeist dar« – Prof. Li verfeuerte seine Munition und wußte, daß er noch genau zwei Antworten parat hatte –, »und hier, dieser Arm, der gehört meines Erachtens zur Darstellung des Maitreya, des liebenden Buddha und Weltlehrers der Zukunft, der nach dem tibetischen Glauben auf die Erde kommen wird, wenn das Reich Shambala anbricht. Die Haltung der Finger …«
»Auch das ist mir egal, wenn Sie mir nicht sagen können, was er treibt und warum!«
»Es ist kein herkömmliches Thangka. Es ist ganz anders als alle, die ich bisher gesehen habe. Besonders diese schwarzen Wolken sind mysteriös. Ich verstehe auch nicht, was die Augen bedeuten, die aus dem See herausgucken. Hier sollten normalerweise Körperteile von Sündern aufgetürmt sein, aber keine Augen.« Leiser und leiser wurden seine Worte, von Schluchzen unterbrochen.
»Was ist seine Botschaft?« herrschte ihn der Vizedirektor aus Lhasa an.
»Ich weiß es nicht.« Sein Kopf sank auf den Tisch, seine Augen

füllten sich mit den Tränen, die er eine Woche lang zurückgehalten hatte. »Bitte, tun Sie meinem Jungen nichts. Ich habe alles, wirklich alles versucht. Aber ich komme nicht weiter. Das Thangka ist zerstört. Es ist, als wolle man in einem verbrannten Buch lesen.« Hu erfaßte Ungeduld und Verachtung für dieses wimmernde Häuflein Mensch. Er nahm das zerfetzte Heiligenbild wieder an sich und verstaute es in der ledernen Aktentasche, aus der er es eine Woche zuvor entnommen hatte.

Cao ni ma. Wenn dieser Wurm von einem Akademiker hier nichts daraus lesen konnte, dann konnte es niemand. Feng Lizhao würde das nicht sehr gut aufnehmen. Feng würde sich übelst revanchieren. Hainan rückte in weite Ferne. Hu hatte auf ganzer Linie versagt.

»Ihr Sohn wollte das Thangka stehlen, und ich habe Ihnen eine faire Chance gegeben, sein Verbrechen wiedergutzumachen. Aber Sie haben versagt«, brüllte er den nutzlosen Weichling an, der sich Professor nannte.

Li jammerte irgend etwas, das Hu nicht verstand, es interessierte ihn auch nicht. Er hatte überhaupt jegliches Interesse an diesem flennenden Greis verloren, war nicht einmal mehr daran interessiert, ihn leiden zu sehen, wenn er ihm vom Ende seines Sohnes berichtete. Es wäre, als würde man einem Erstickenden den Hals umdrehen. Widerlich. Sollten andere ihm die Todesnachricht überbringen. Hu Banguo war fertig mit ihm und wandte sich zum Gehen. Der schwerste Gang seines Lebens, denn er führte zu Feng Lizhao. Feng würde dafür sorgen, daß er in Lhasa blieb, bis er verrottete. Und auch das nur, wenn er es gut mit ihm meinte. Es blieb ihm nur, die Sache mit dem Schauspieler zum Erfolg zu bringen, und damit einige Punkte zu seinen Gunsten zu sammeln. Wenn er sich darin bewährte, dann war vielleicht noch etwas zu retten.

18. Kapitel

Peking

Der älteste und zugleich langjährigste Insasse des Hochsicherheitgefängnisses Qin Cheng in der Stadt Changping im Norden Pekings war kein Massenmörder und auch kein Dissident. Keiner der anderen Häftlinge hatte ihn jemals zu Gesicht bekommen. Selbst die meisten Wärter wußten nicht, daß es ihn überhaupt gab. Nur wenige, nur die, die bereits seit 1966 hier Dienst getan hatten, und das waren höchstens noch vier oder fünf, die zudem kurz vor ihrer Pensionierung standen, hätten nach langem Nachdenken bejahen können, daß sie den Namen Longsap Dulpu gehört hätten. Nur der alte Wang Zhen, der Blumennarr, hätte sofort gewußt, von wem die Rede war. Aber Wang war vor ein paar Wochen gestorben. Seine Kollegen jedoch hätten lange überlegen müssen, nachdenklich ihre kahlen Schädel massiert und vielleicht, vielleicht wäre in ihrer Erinnerung das Bild eines abgerissen und verhungert aussehenden Mannes unbestimmbaren Altes erstanden, der vor vielen Jahren von einem schwerbewachten Armeetransporter heruntergestoßen wurde, Hände und Füße in Ketten geschlagen. Mit schmutzstarrenden Haaren, die bis auf seine Schultern fielen, halbnackt und die Zeichen schlimmer Mißhandlungen tragend. Die Soldaten hatten ihn durch den Hof getrieben, mit ihren Gewehrkolben geschlagen und mit Stiefeltritten traktiert, mit Spott bedacht und mit Schmähungen überhäuft, hatten ihn die Treppen hinunter- und den Gang hinabgeschubst, in einen kalten, lichtlosen Raum am Ende aller Menschlichkeit. Früher war dieser Raum als Dunkel- und Strafzelle für besonders schwierige Fälle von Hochverrat und Konterrevolution benutzt worden, mittlerweile kam er aber nicht einmal mehr als Lagerraum in Frage, weil aus den Wänden stinkendes Wasser rann. Der eine oder andere Gefängniswärter hätte sich vielleicht an das scheppernde Geräusch der Riegel, Scharniere und Schlösser erinnert, die hinter dem Verdammten zufielen, und wie es in der Dunkelheit des Kellers verhallte, wie die Schritte der Soldaten sich entfernten und wie der Befehlshaber des Einlieferungskommandos sie anbellte, diesen Häftling niemals ans Licht zu lassen, niemals mit ihm zu sprechen und ihm jede Woche durch die Öffnung in der stahlbeschlagenen Tür nie mehr als eine Flasche Wasser und eine Schale Baumsamen zu reichen. Denn dieses Scheppern, dieses Hallen, Stampfen und Bellen war das Geräusch einer ewigen Verdammnis, die so endgültig und unwiderruflich war, daß sie nicht mehr von dieser Welt zu stammen schien. Sie fürchteten sich vor dem Häftling in der Sonderzelle. Für die ersten Monate folgten sie dem Befehl, und es stieg, vom Los ermittelt, einer der Wärter mit beklommenem Gefühl hinunter in den Keller und brachte dem Mann seine karge Ration, eine Flasche Wasser und eine Schale Baumsamen, die in der darauffolgenden Woche, wenn die nächste Ration kam, leer vor der Tür auf dem Boden standen. Die leeren Flaschen und Schüsseln waren das einzige Lebenszeichen, das sie jemals von diesem Häftling sahen. Aber als die Kulturrevolution ihren Höhepunkt erreichte, als alle Zellen überfüllt waren mit Verrätern, Lakaien des Imperialismus und Anhängern des Kapitalismus, da wurde der Gefangene für mehrere Monate schlicht vergessen. Als sich die Situation wieder etwas entspannt hatte, fiel einem Wärter der Mann im Keller wieder ein, und sie stritten darüber, wer die schmutzige Arbeit erledigen und den verfaulten Kadaver wegschaffen sollte. Das Los fiel auf Wang Zhen, den ohnehin alle für einen Trottel hielten, und er fluchte leidenschaftlich, beschuldigte die anderen, ihn reingelegt zu haben. Aber er kam dann doch zögernd seiner Wettschuld nach. Zum Vergnügen der anderen aber ging er in den Keller hinunter mit einer Flasche Wasser und einer Schale Baumsamen. Er stellte beides vor die Tür und beschloß, die Drecksarbeit auf den nächsten Tag zu verschieben. Doch als er am nächsten Tag wieder in den Keller hinabstieg, fand er die Flasche und die Schale ausgeleert vor der Tür auf dem Boden. Von nun an war es sein Anliegen, dem Gefangenen seine

Ration zu bringen. Freiwillig. Es war, als verbinde ihn plötzlich ein besonderes Verhältnis zu dem unbekannten Manne, der hinter der mehrfach verriegelten Türe saß und jahre-, jahrzehntelang nichts anderes zu essen bekam als Wasser und Körner, der niemals wieder die Sonne erblicken würde. Wang Zhen begann sogar, zu dem Manne zu sprechen. Er berichtete ihm durch die verriegelte Tür von seinen Sorgen, die die anderen Wärter nicht interessierten oder nur mit anzüglichen Spötteleien abgetan wurden. Er hockte manchmal stundenlang vor der Tür in der feuchten Dunkelheit des Verlieses und erzählte einfach drauflos. Von den Vorkommnissen in China, in Peking und in seiner Familie. Niemals kam eine Antwort, aber jedesmal verließ Wang Zhen, der Einfältige, den Keller mit einem merkwürdigen Gefühl der Erleichterung. Einmal berichtete er dem Gefangenen über seinen Ärger mit dem Rosenstrauch, den er draußen in einem Winkel des Gefängnishofes gepflanzt hatte und der in diesem Jahr – war es wegen des kalten Frühlings oder war irgendwas mit dem Wasser nicht in Ordnung? – einfach nicht aufblühen wollte. Seine Rosen bedeuteten Wang sehr viel, denn sie brachten einen Hauch von Farbe und Leben in die grauen, freudlosen Mauern, in denen er sich selbst oft wie ein Gefangener vorkam. Lang und breit berichtete Wang Zhen von seinen unerklärlichen Schwierigkeiten mit dem Rosenstrauch, äußerte sogar flüsternd den Verdacht, daß möglicherweise einer seiner Kollegen, die sein Hobby mit einer Mischung aus Mißfallen und Spott bedachten, die Pflanzen vergiftet hatte, um ihm eins auszuwischen. Als er aber später am Tage hinausging, um bei seinem Beet vorbeizuschauen, da fand er die Rosen voll aufgeblüht, erstrahlend in einem prächtigen Rot, wie er es nie zuvor gesehen hatte.

Wang Zhen war ein einfacher und durchaus kein umtriebiger Mensch, aber er spürte, daß der geheimnisvolle Häftling über besondere Kräfte verfügen mußte, und das erweckte seine Neugierde. Unter einem Vorwand verschaffte er sich Zugang zu den Gefängnisakten und stieß nach langer Suche auf einen Haftbefehl für einen Mann namens Longsap Dulpu, der wegen Praktizierens feudalistischer und abergläubischer Riten 1966 in Tibet gefangengenommen worden war. Ein Magier, dachte Wang Zhen erschrocken und zweifelte nach seinem Erlebnis mit dem Rosenstrauch nicht daran, daß dieser Mann zu Recht dort war, wo er war. Trotzdem setzte er seine Besuche fort, trotzdem sprach er weiter zu dem Mann. Nun war Wang Zhen tot, sein Rosenstrauch verblüht, und wieder hatten die Wärter des Hochsicherheitsgefängnisses den mysteriösen Insassen vergessen.

»Wie sagten Sie? Longsap Dulpu? Ich weiß nicht, ob wir tatsächlich einen Häftling dieses Namens haben.«

Auch Gefängnisdirektor Liu, der noch nicht sehr lange auf seinem Posten war und noch nicht alle Akten gründlich durchstudiert hatte, konnte mit dem Namen nichts anfangen. Direktor Liu, dessen Uniform straff an seinem durchtrainierten Körper saß, empfing den Besucher in seinem Arbeitszimmer, ließ ihm Tee servieren und sich seine Papiere zeigen. Diese waren in Ordnung. Makellos. Sie trugen das Siegel des Staatsrates, des Präsidentenbüros, den Stempel des Amtes für Öffentliche Sicherheit und die Unterschrift des Generalstaatsanwaltes. Seine Visitenkarte wies den Besucher als Delegierten der Politischen Konsultativkonferenz aus, als Ehrenvorsitzenden der China-Tibet-Freundschaftsgesellschaft und als Berater der Zentralregierung in Fragen der Autonomen Region Tibet.

Feng Lizhao.

»Der Gefangene Longsap Dulpu ist ein besonderer Fall« erklärte Feng Lizhao ungeduldig. »Er wurde 1966 verhaftet im Zusammenhang mit dem konterrevolutionären Aufstand in Tibet.«

»Dann ist es kein Wunder, daß ich seinen Namen in den Unterlagen noch nicht gefunden habe«, erklärte der Direktor entschuldigend. »Die politischen Fälle vor 1978 sind sehr unzureichend dokumentiert. Es gab eine sehr große Fluktuation, insbesondere in den Jahren 1966 und 1967.« Während der Kulturrevolution war das Archiv tatsächlich in heillose Unordnung geraten. Es kamen ständig Häftlinge ohne Einlieferungspapiere, ohne Urteil, sogar ohne Ausweis, angeschleppt von Roten Garden, die sie irgendwelcher reaktionärer Verbrechen beschuldigten. Dann wieder wurden, ebenfalls von den Roten Garden, andere Häftlinge willkürlich befreit – auch dies natürlich ohne schriftlich dokumentiert zu werden, ohne Gerichtsbeschluß, ohne Entlassungsdokumente. Dann, 1968, wurde ein Großteil des Archivs verbrannt, der damalige Archivar landete sogar selbst für sieben Jahre in einer Zelle, ebenso der damalige Direktor und schließlich einige der Roten Garden. Man fand, als 1978 mit den Reformen des Deng Xiaoping wieder eine gewisse Ordnung in die Verwaltung kam, in manchen Zellen Häftlinge, die seit vielen Jahren dort saßen und von denen niemand wußte, wer sie waren und welche Verbrechen sie begangen haben mochten. Die meisten hatten den Verstand verloren und konnten bei der Revision ihrer Fälle auch nicht mehr hilfreich sein. Nur der Häftling in der letzten Zelle am Ende des Kellergangs war niemals befreit worden.

»Ich bin mit der Geschichte dieses Häftlings vertraut«, sagte Feng leichthin. »Ich habe dafür gesorgt, daß er verhaftet wurde, und habe ihn persönlich nach Peking gebracht, war bei seiner Einlieferung dabei und habe ihn danach etliche Male besucht. Nun muß ich wieder mit ihm sprechen.«

»Darf ich dann fragen, wer dieser Mann ist und welches Verbrechen er begangen hat? Es ist ja immerhin eine sehr harte Strafe, die er da abbüßt – wenn er denn überhaupt noch am Leben sein sollte.«

»Er ist am Leben, machen Sie sich deswegen keine Gedanken. Seine Strafe mag Ihnen und auch mir sehr hart erscheinen, aber auch da kann ich Sie beruhigen. Die Art, wie er lebt, entspricht genau seinem Naturell und seinen Bedürfnissen. Selbst bevor er verhaftet und nach Peking gebracht wurde, lebte er in einer ganz ähnlichen Weise.«

»Ich glaube, ich kann Ihnen nicht ganz folgen …«

»Natürlich nicht.« Feng setzte ein mildes, verständnisvolles Lächeln auf, das sich in seinem kantigen Gesicht jedoch nicht gut ausnahm und auch schnell wieder erlosch. Wie sollte denn auch ein einfacher nordchinesischer Gefängnisdirektor ahnen, mit welcher sonderbaren Art von Menschen man es gelegentlich in Tibet zu tun hatte?

Longsap Dulpu war ein Mann, der nichts liebte, nichts haßte, der nichts verachtete, nichts bewunderte und sein schattenhaftes Wesen von allen weltlichen Dingen völlig losgelöst hatte, von allen Banden zu Menschen, sogar zu seiner Familie, sogar zur Religion. Er machte im Stadium seiner Erleuchtung und Entrückung keinen Unterschied zwischen Tag und Nacht. Schwarz und Weiß. Gut und Böse.

Er und sonst niemand kannte das Geheimnis, das möglicherweise Fengs letzte Chance bedeutete, das Schwarze Thangka zu gewinnen: das Geheimnis, einen Toten zum Sprechen zu bringen. Tibetische Einsiedler kannten sich aus mit Hokuspokus wie *chöd*, dem magischen Tanz der Selbstopferung, mit dem Geister zum Festmahl gebeten werden, sie praktizierten das *dragpoi dubthab*, einen Fluch, mit dem anderen Menschen Wunden oder sogar der Tod zugefügt werden konnte, und sie wußten, wie man einen *rolang* durchführte, den Tanz mit den Toten. Und der einzige Mensch, von dem er wußte, daß er das Schwarze Thangka in unversehrtem Zustand gesehen hatte, war nun einmal tot.

Feng war Politiker und Geschäftsmann. Pragmatiker. Man mußte den ganzen mystischen Quatsch, den sie sich auf dem Dach der Welt zurechtbrauten, ja nicht glauben. Aber man sollte nicht darauf verzichten, ihn zu benutzen. Ein Soldat mußte schließlich auch nicht wissen, welcher Zauber die Kugel aus dem Gewehrlauf trieb – er mußte nur zielen können. Wenn etwas dran war an den Wundergeschichten über Einsiedler und Asketen, dann war jetzt der Zeitpunkt gekommen, das herauszufinden. Eigentlich hatte Feng den Mann seinerzeit als einzigen Zeugen des Raubes an seinem Eigentum verhaftet und nach Peking bringen lassen, aber Longsap Dulpu wußte scheinbar nichts und sagte nichts, und so ließ Feng ihn einfach schmoren, dachte nur noch selten an seinen Häftling.

Bis jetzt, als er jede Hoffnung aufgegeben hatte, daß Hus »Experte« das Thangka würde interpretieren können.

»Ich wäre Ihnen sehr dankbar, wenn ich jetzt den Gefangenen sehen könnte«, sagte Feng.

»Selbstverständlich. Wenn Sie denn wirklich meinen, es sei dieser Mann noch bei uns.«

»Ich bin ganz sicher.«
»Dann wollen wir hinuntergehen.«
Niemand hatte mehr einen Schlüssel zu den Schlössern, die vor vierzig Jahren angebracht worden waren. Direktor Liu rief einen Wärter herbei, der die Riegel mit einem schweren Hammer aufbrach. Es bedurfte dies keiner großen Anstrengung, denn das Metall war brüchig und verrostet. Der Direktor, der noch immer nicht glauben wollte, daß hier unten tatsächlich ein vergessener Häftling gehalten wurde, mußte sich zusammenreißen, um Feng Lizhao nicht spüren zu lassen, daß er diesen Ausflug in den Keller für höchst überflüssig und lächerlich hielt.
»Warten Sie hier draußen«, wies Feng die Gefängnisleute an, als sie die Bolzen entfernt hatten. Liu reichte ihm eine Gaslampe.
»Sind Sie sicher, daß Sie allein in die Zelle gehen wollen?« erkundigte sich Liu halb im Scherz.
»Gewiß. Warten Sie nur hier. Ich werde eine Weile da drinnen bleiben und möchte nicht gestört werden.«
»Ganz wie Sie wünschen.«
Der Kader hielt die Lampe vor seiner Brust, als er seinen Körper in den niedrigen, schmalen Eingang zwängte, und da erhaschte Direktor Liu für einen Moment im Licht der Gaslampe ein Bild, das ihn für den Rest seines Lebens nicht mehr loslassen sollte. Bis jetzt hatte er noch geglaubt, der Tibet-Politiker werde, wenn überhaupt irgend etwas, dann allenfalls ein Skelett in diesem trostlosen Verlies vorfinden, jetzt aber sah Liu für einen kurzen Augenblick eine Gestalt, die im Lotossitz auf dem schwarzen Boden hockte, und zwei Augen, die aus einem undurchdringlichen Gestrüpp von Kopf- und Barthaaren hervorleuchteten. Feng zog die Tür hinter sich zu.
Die Zelle war gerade groß genug, daß er sich vor dem Einsiedler auf dem Boden niederlassen konnte. Longsap Dulpu verharrte regungslos in seiner Position, von der Feng wußte, daß er sie vermutlich seit vierzig Jahren nicht verändert hatte, ließ durch nichts erkennen, daß er von der Anwesenheit des anderen überhaupt Notiz genommen hatte.
Jeder Ahnungslose hätte den unheimlichen Gefangenen gefürch-

tet, besonders wenn dieser wie im Falle Fengs für dessen Schicksal verantwortlich war. Jeder Ahnungslose hätte sich gewundert, wie der Mann nach all den Jahren überhaupt noch am Leben sein konnte. Jeder Ahnungslose hätte ihn bemitleidet. Nicht Feng Lizhao. Ob Longsap Dulpu nun hier unten in einem Pekinger Keller saß oder in seiner Höhle in den tibetischen Bergen, war einerlei. Sein Körper war diesem wunderlichen Mann das einzige Gefängnis. Seine Seele, der diese Welt, einschließlich ihrer Kerker, nichts mehr war als eine Illusion, reiste frei umher. Eine Flasche Wasser und die Schale Kerne als Wochenration waren völlig ausreichend, um ihn zu versorgen. Feng wußte von Schamanen, die sich über fünf Jahre und mehr von nichts weiter als von Luft ernährt hatten. Und manche brauchten nicht einmal die Luft. Feng hatte während seiner Zeit in Tibet von einem Einsiedler gehört, der lebendig begraben und nach drei Wochen wieder ans Licht geholt worden war. Der Mann lebte immer noch und hätte vermutlich auch noch nach sechs Wochen gelebt. Ein anderer Einsiedler, der seit zwölf Jahren in seiner Höhle saß, hatte eine Körpertemperatur von 49 Grad Celsius erreicht. Es war etwas Besonderes, Unnachahmliches an diesen Menschen, etwas, das man nicht erlernen, geschweige denn begreifen konnte. Biologisch gesehen, fielen sie in eine Art Winterschlaf. Ebenso, wie sie sich aller menschlichen Bindungen entledigt hatten, verspürten sie weder Hunger noch Durst, weder Hitze noch Kälte und auch keinen Schmerz. Sie lebten in ihrer eigenen Welt. Und zum ersten Mal hoffte Feng Lizhao, daß auch er sich nun wenigstens für kurze Zeit Zugang zu dieser Welt verschaffen könne. Wenigstens für einen einzigen Rolang.

»Ich bin wiedergekommen«, richtete er das Wort an den Einsiedler. »Erinnerst du dich an mich?«

Die Barthaare, die ihm bis in den Schoß fielen, bewegten sich, als sei ein Windhauch in ein Gestrüpp gefahren. Seine Stimme war nicht mehr als ein Flüstern. »Nein. Warum störst du mich?«

»Du kennst ein Geheimnis, das ich erlernen will, und ich bitte dich, mich zu unterweisen.«

»Wenn du mein Schüler sein willst, werde ich dein Lehrer sein.«

»Ich komme mit einer bestimmten Aufgabe. Ich will einen Rolang durchführen, und ich brauche den Zauber.«

»Das ist nichts für Grünschnäbel wie dich«, seufzte der Einsiedler, seine Augen wieder geschlossen. »Kein Anfänger kann einen Rolang überleben. Nur die Meister haben die Macht, die Toten zum Tanzen zu bringen und nicht von ihnen zerrissen zu werden.«

»Ich weiß. Sage mir nur, was ich dem Toten einhauchen muß.«

»Dein Leben.«

»Aber mit welchen Worten?«

»Sage ihm: *lugdur tiryon grubdar mir.*«

»Nur das, *lugdur tiryon grubdar mir?*«

»Immer und immer wieder. *Lugdur tiryon grubdar mir, lugdur tiryon grubdar mir, lugdur tiryon grubdar mir.* Und denke an nichts anderes. Nur dies: *lugdur tiryon grubdar mir.* Wenn du aufhörst, es zu sagen oder zu denken, dann wird er dich zerfleischen. Die Toten sind mächtige Wesen. Sobald er seine Zunge in deinen Mund einführt, mußt du zubeißen. Die Zunge besitzt alles Wissen und alle Geheimnisse, die der Tote jemals erworben hat. Aber du darfst nicht zögern. Beiße seine Zunge ab, und er wird wieder einkehren in das Reich der Toten. Aber wenn du es versäumst, wird er über dich kommen. Später trocknest du die Zunge, zerkleinerst sie und trinkst sie. Dann wirst du alles wissen, was er gewußt hat, und alles sehen, was er gesehen hat.«

Ein verwirrter Direktor Liu folgte Feng, der ungeduldig die Treppe hinaufeilte.

»Was sollen wir denn mit ihm tun?«

»Mit wem?« Feng war mit seinen Gedanken ganz woanders. Er mußte dringend ein Telefon finden und mit Vizedirektor Hu sprechen.

»Mit dem Gefangenen natürlich!«

»Sie brauchen gar nichts zu tun. Er wird schon für sich selbst sorgen. Bringen Sie ihm ab und zu was zu essen. Irgendwann wird er sterben. Auch diese Menschen leben nicht ewig.«

»Aber ich verstehe immer noch nicht ...«

»Sie werden es nie verstehen, Direktor Liu. Finden Sie sich damit ab. Ich muß jetzt dringend gehen. Danke für Ihre Hilfe.«

Kaum daß sein Fahrer den Motor gestartet hatte, gab er mit dem Zeigefinger Hus Mobilnummer ein. Der Vizedirektor des Büros für Öffentliche Sicherheit in Lhasa saß bereits seit einer halben Stunde im Vorzimmer von Fengs Büro im Staatsratsgebäude und suchte immer noch krampfhaft nach einer passenden Art, Feng den Mißerfolg schonend beizubringen, sobald dieser ankommen würde.

»Vizedirektor Hu? Hier spricht Feng. Was sagt der Professor?«

»Nun ja, die Sache ist die ...«, stotterte Hu.

»Was ist?«

»Äh, Fehlanzeige. Nicht zu machen, sagt er. Ich glaube, wir sollten ihn ...«

»Es ist mir scheißegal, was Sie glauben. Wo befindet sich der Fotograf?

»Sie meinen, sein Sohn? In Lhasa. Im Leichenkeller natürlich«, antwortete Hu befremdet.

»Wie sieht er aus?«

»Ich verstehe Sie so schlecht. Haben Sie gefragt, wie er aussieht? Was meinen Sie damit?«

»Ja doch!« schrie Feng ungeduldig. »Wie sieht er aus? Er hat doch ziemlich was abgekriegt, oder? In welchem Zustand ist sein Körper?«

»In welchem Zustand ...? Zerschossen eben, was denken Sie denn?«

»Sein Gesicht?«

»Was ist mit seinem Gesicht?«

»Sein Gesicht. Das Gesicht ist das Wichtigste. Ist sein Gesicht unversehrt ...?«

19. Kapitel

»Warum er plötzlich verschwand? Ich weiß es nicht, mein Sohn. Aber dies weiß ich: Nach Trangu herrschte mit einem Mal Frieden in Tibet. Als sei ein böser Fluch von dem Land genommen worden, beruhigte sich alles, und die Menschen wurden milde und gut. Ob er wiederkommen kann? Ich fürchte, ja. Und ich fürchte, wir werden es erleben. Nimm dich in acht vor dem, Xiao Zhi. Tu, was zu tun ist, aber paß auf dich auf.«

Prof. Li Rongwu zu seinem Sohn
am Vorabend seiner Abreise nach Tibet

Kloster Dreglug, Feuertigerjahr (1618)

Der Mönch Gyaltsen, ein junger Mann von erst sechzehn Jahren, stand mit gesenktem Haupt neben dem einbalsamierten Leichnam des großen Meisters und Lehrers Trangu. Die Flammen der Butterkerzen vor der goldenen Statue des Buddhas Maitreya züngelten aufgeregt in der dünner werdenden Luft. Es drang kaum noch ein Hauch durch die schmale Einlassung in der Wand. Lange würde es sein sterblicher Körper nicht mehr aushalten in der Grabkammer, wo er auf Wunsch Trangus allein die Totenwache hielt. Der erleuchtete Klostergründer hatte ihn unter seinen Schülern ausgewählt, um ihm diesen letzten Dienst zu erweisen, und jeder im Kloster glaubte zu wissen, was dies zu bedeuten hatte. Wenn Gyaltsen aus der dunklen, mit unzähligen Schriftrollen und religiösen Beigaben ausgestatteten Grabkammer wieder hinaustrat, dann würde er zur Reinkarnation des verstorbenen Dalai Lama erklärt werden, denn er hatte alle Prüfungen bestanden, hatte zudem die Unterstützung des chinesischen Gesandten, des *ambans*, und endlich, endlich war er am Ziel.

Gedämpft vernahm er die Geräusche von draußen, das Gemurmel der Gebete von zweitausend Mönchen, die im Innenhof des Klosters Dreglug auf das Erscheinen des neuen Oberhauptes warteten. Er machte sich bereit, den Leichnam des Patriarchen, dessen Vertrauen er gewonnen hatte, zu verlassen und den Befehl zu geben, die Maueröffnung für immer zu verschließen und die riesige Steinplatte vor den Eingang zu schieben, denn Trangus Wunsch war es gewesen, daß niemals jemand den Frieden seiner Gruft stören sollte. Seine Augen, schwarz unter wulstigen, buschigen Augenbrauen, blickten ein letztes Mal auf den in eine gelbe Festtagsrobe gehüllten Toten. Als er sich zum Gehen wenden wollte, schloß sich ein eiserner Griff um sein Handgelenk. Im selben Moment begannen die Maurer damit, die fehlenden Steine in den Ausgang zu setzen und die Grabkammer für immer zu versiegeln. Die Stimme, die er hörte, war fremd und metallisch. Sie gehörte dem Toten, und sie sagte: »Du bleibst bei mir.«

Trangu saß oft im Schein der Butterkerzen im Kreise seiner besten Schüler und sinnierte im stillen über die Religion, der in den westlichen Ländern nachgegangen wurde. Sein rastloser, neugieriger Geist konnte keine Lehre, keinen Glauben unerforscht lassen. Er ließ sich von den Reisenden ausführlich von jedem fremden Gott und jeder Legende berichten, sog die Informationen in sich auf und kam nach Abwägung aller Argumente immer wieder zu dem Ergebnis, daß der Buddhismus die einzig echte, wahrhaftige und ewige Religion war. Aber er hatte Grund zur Annahme, daß es im Buddhismus zumindest einige Ähnlichkeiten zu den Irrlehren fremder Völker gab. Da war dieser eine König – oder war es ein Mönch oder ein Gelehrter? –, dessen Schicksal ihn besonders ergriff, seit er vor vielen Jahren zum ersten Mal davon gehört hatte. Offensichtlich ein großer Mann, den das Volk verehrte und den seine Feinde fürchteten. Obwohl er nichts weiter als Liebe gepredigt hatte, was ihn eigentlich zu einem Buddhisten machte, wurde er am Ende von einem seiner eigenen Jünger verraten. Je näher sein Ende rückte, desto öfter dachte er über diesen König und seine Geschichte nach. Denn auch er, Trangu, den sie im ganzen Land als den größten Lehrer und Weisen verehrten, auch er witterte Verrat in den engsten Reihen seiner Gefolgschaft. Sein körperlicher Verfall war keinem seiner Schüler verborgen geblieben, jeder ahnte inzwischen, daß es mit dem Alten langsam zu Ende ging. Keine Medizin-Tantras konnten das Zittern seiner Hände mehr bezwingen, keine Kräuter mehr seine schlimmen Hustenanfälle lindern, sein Blick war fiebrig und müde. Die Blicke seiner Jünger aber waren voller Trauer und Schmerz – bis auf einen. Gyaltsen, der mit den anderen lauschend zu Füßen des Meisters hockte und in demütiger Verbeugung die Lehren anhörte, blickte, wenn er sich unbeobachtet fühlte, kühl und scharf wie der eisige Wind aus den Gletscherhöhen. Als taxiere er heimlich die Kräfte der anderen, um seine Gegner von morgen einzuschätzen, denn irgendwann würde es darum gehen, den Nachfolger des Dalai Lama zu ernennen. Es hatten die Suchmissionen, die nach dem Tode des Gottkönigs ausgesandt wurden, nach langer Suche zwei Knaben entdeckt, die von den Lamas erfolgreich geprüft worden waren. Der eine konnte, obwohl erst drei jahre alt, bereits ein Liedchen vor sich hin summen, das die Lieblingsmelodie des Verstorbenen gewesen war, der andere wählte aus drei Gebetskettchen zielsicher dasjenige, das dem Dalai Lama gehört hatte. Die beiden Jungen wurden nach Lhasa gebracht, um sie einer näheren Prüfung zu unterziehen, und Trangu, den alle Geistlichen in Tibet mit dem größten Respekt behandelten, sollte das letzte Wort sprechen. Aber gleichzeitig hatte sich ein bis dahin unbekannter Mönch namens Gyaltsen ins Gespräch gebracht. Und tatsächlich verfügte Gyaltsen über ein Wissen weit jenseits seiner Ausbildung, konnte schwierige Diskussionen auf dem Gebiet der Metaphysik führen, dem besonderen Fachgebiet des Verstorbenen. Er kannte sich in den Gemächern des Dalai Lama, die er nie zuvor betreten hatte, bestens aus, wußte, was in jeder Schublade lag, wußte im Detail, welche Bilder die Wände schmückten. Trangu beschloß, diesen Kandidaten besonders im Auge zu behalten, denn er war, obgleich eigentlich schon zu alt, in der Tat ein ernstzunehmender Anwärter. Und vermutlich hätte Trangu ihn längst zur Reinkarnation erklärt, wenn nicht dieser unheilige Blick gewesen wäre, der keinesfalls dem Buddha des Mitleids gehören konnte. Und wenn Trangu nicht überzeugt davon gewesen wäre, daß Gyaltsen log. Trangu konnte Lügen riechen wie faulendes Fleisch, und er hatte keinen Zweifel, daß Gyaltsen log, wann immer er den Mund aufmachte. Und es gab noch einen anderen, einen sehr viel beunruhigenderen Grund. Der Geisterdolch aus Hirschhorn, in dessen Griff ein Leopardenkopf eingeschnitzt war, begann sich zu rühren, sobald Gyaltsen sich in der Nähe befand. Der Meister hatte den Dolch in einer Höhle nicht weit entfernt vom Kloster in den Felsen über dem Flußtal entdeckt, in die er sich zum Meditieren zurückzog. Der Phurba war eingewickelt in ein Schwarzes Thangka, wie es die Einsiedler oft für ihre Meditationen benutzten. Und doch war die Höhle, in der Trangu den Dolch fand, lange nicht mehr benutzt worden. Verwitterte Yakfelle, eine kleine Sammlung von Hirschgeweihen und Zähnen wilder Tiere, in der Mitte eine Feuerstelle, in der schon seit Jahrhunderten keine Glut mehr gewesen war. Neben den schwarz angelaufenen Steinen aber fand er das Thangka und, darin eingewickelt, den Geisterdolch. Das Thangka, eine sehr grobe Arbeit, zeigte den wenig bekannten Schutzdämon Kamdhar Gyor, der, umrahmt von finsteren Wolken und einem Flammenkranz, aus dem Himmel hinab auf die Erde stieg und durch einen aufgewühlten Ozean schritt, in dem zwei Augen und ein Paar scheußliche Klauen lauerten, die Kamdhar Gyor ergreifen und in die Tiefe ziehen wollten. Die umliegenden Berge, die von schwarzen Wolkenmassen umhangen waren, erinnerten ihn an die Erhebungen, die das Tal von Lhasa einrahmten. Verblaßt und von den Donnerwolken fast verdeckt aber waren die Umrisse von Maitreya, dem Buddha der Zukunft. Zwei Figuren, deren Bedeutung sich der Betrachter nicht erklären konnte, waren kaum erkennbar in eine Ecke des Tempels gezeichnet. Die eine schien ein Feuer zu entfachen, die andere hielt zwei Gegenstände, möglicherweise Phurbas, in ausgestreckten Händen.

Der Abt, der in sein Meditationszimmer im Kloster zurückgekehrt war, nahm, noch immer das sonderbare Thangka betrachtend, den Geisterdolch aus Hirschhorn in die Hand, als just in diesem

Moment Gyaltsen im Raume erschien. Augenblicklich ließ Trangu den Phurba wieder los. Das Hirschgeweih war glühend heiß, und es erbebte in seiner Hand, als habe es ein eigenes Leben. Der Weise brauchte nicht lange, um die Ursache für dieses Phänomen zu erkennen. Sobald Gyaltsen den Raum verließ, erkaltete der Dolch. War Gyaltsen in der Nähe, dann brannte er.
Trangu wußte Wege und Mittel, das Geheimnis dieses Zaubers zu lüften. Der Meister kannte verschlungene Wege zu den höchsten Gipfeln der Weisheit und Erleuchtung. Und er wußte, daß viele Mönche bisher so viel Unheil angerichtet hatten, weil sie die Kräfte und die Botschaften nicht verstanden hatten. Die geheimen Riten der Tantras hatte Trangu denen anvertraut, die er für würdig hielt. Unter seiner Führung sollten nur die Auserwählten die ganze Wahrheit schauen dürfen, und nicht jeder, der Wunder oder nur etwas Unterhaltung suchte. Trangu stieg wieder hinab in die Höhle, in der er das Thangka gefunden hatte, zog sich zurück in eine tiefe Meditation, die mehr als zwei Wochen dauerte. Er verließ seinen hinfälligen Leib und wanderte durch eine Licht- und Schattenwelt, in der es keine Zukunft und keine Vergangenheit gab und die kein Sterblicher vor ihm je erblickt hatte. Dort, fliegend über den Mauern und Zinnen von Shambala, der seligen Stadt, vernahm er die Kunde. Die Winde wisperten es, die Wolken hauchten es, die Sterne strahlten es nieder auf die verschneiten Kuppen der Berge: »Maitreya, der Erhabene, schreitet langsam und bringt ewige Liebe und Erleuchtung, aber Gyor reitet schnell und bringt Tod und Verderben.« Niemals hatte er in Kamdhar Gyor, einem niederen Dharmapala – einem Glaubensschützer –, eine Bedrohung gesehen. Aber als er aus der Höhle wieder hinauf in das Kloster kletterte, da kannte er die ganze Geschichte, und da wußte er, daß Kamdhar Gyor ein Verräter war. Und die ganze Kraft seines schwindenden Lebens setzte er dazu ein, die Gefahr, die von diesem Dämon ausging, zu bannen. Der Dämon war falsch und böse. Aber er besaß nicht die Kraft der Überzeugung. Er agierte verschlagen, aber sein Wesen war plump und primitiv. Er konnte nicht denken und keine Schlüsse ziehen. Er war grausam ohne Plan und ohne Sinn. Er besaß weder

Milde noch ein Fünkchen Liebe. Seine Geschichte auf dieser Welt, die Trangu nun kannte, war gespickt mit Rückschlägen und Fehlern, denn er war ein Fremder unter den Sterblichen, in deren Hüllen er schlüpfte. Aber der Dämon verstand nicht, was um ihn herum geschah. Er war deshalb immer nur ein Diener gewesen. Niemals war es ihm gelungen, einen Sterblichen zu seinem Diener zu machen, niemals hatte er das Vertrauen und die absolute Hingabe eines Menschen erringen können, um das Reich der Angst und des Mordes auszurufen. Nur als Dalai Lama konnte er es vielleicht schaffen, und in der Gestalt des Gyaltsen schien er kurz vor seinem Ziel zu sein.

Trangus letzte Aufgabe in diesem Leben würde es sein, dies zu verhindern. Bei seinem letzten Zusammentreffen mit seinen Schülern, das erst wenige Stunden zurücklag, hatte er deshalb verkündet: »Ich höre den Ruf aus der Höhe, und ich muß mich bereitmachen, ihm zu folgen. Es ist alles vorbereitet für den Tag meiner Abreise. Die Gruft ist hergerichtet, das Lager erwartet meine leibliche Hülle. Die Statue des Buddhas Maitreya, die mich begleiten soll, steht bereits in der Kammer. Doch muß noch für eines gesorgt werden. Ich will nur einen von euch bei mir haben. Einer nur soll die Totenwache bei meinem einbalsamierten Leib halten, einer, dem ich das größte Vertrauen schenke. Gyaltsen – würdest du mir diesen Dienst erweisen?«

Das Gesicht des Angesprochenen hellte sich auf. Die anderen Mönche tauschten demütig wissende Blicke. Nun hatte ihnen der Meister mitgeteilt, auf wen seine Wahl gefallen war. Die Lamas, die in einigem Abstand warteten, nickten zustimmend. Gyaltsen würde, sobald er seine letzte Pflicht erfüllt hatte, den Löwenthron besteigen. Sie würden sich dem letzten Befehl des Abtes beugen und in Zukunft Gyaltsen folgen, dem Erwählten. Aber dies war nicht Trangus letzter Befehl. Diesen richtete er an die Mönche, die die Grabkammer verschließen würden. Und zwar bevor Gyaltsen sie verlassen würde.

Jetzt war der Moment gekommen, sie führten diesen Befehl aus, und Kamdhar Gyor wußte, daß es sinnlos war, zu schreien und sich zur Wehr zu setzen. Er, dem die Sterblichen noch immer so fremd waren, hatte ein weiteres Mal verloren. Diesmal so lange, wie die Gelugpa-Sekte und die Dalai Lamas in Tibet regierten, denn niemand würde sich über den Befehl des Trangu hinwegsetzen und die Kammer jemals wieder öffnen.

Und etwas Unerhörtes geschah im Schneeland, sobald das letzte Luftloch verschlossen war und sich eine ewige Nacht senkte über den Leichnam des Trangu und seines Gefangenen: Es endeten Kriege, Hinterhalte und Feindseligkeiten. Es versiegten Haß, Gier und Mißgunst. Es verschwanden Eifersucht, Intrigen und Verrat. Es erblühten Liebe, Demut und Herzlichkeit. Die Tibeter erwachten an einem neuen, friedlichen Morgen, legten ihre Waffen beiseite, begruben alte Feindschaften, vergaßen zu begleichende Rechnungen. Noch Hunderte von Jahren danach würden sich die Gelehrten fragen: Wie war es möglich, daß Kriege und Gefechte mit einem Mal aufhörten, daß ein ganzes Volk mit einem Mal beschloß, friedlich zu leben und die Frömmigkeit zu seinem Lebenszweck zu machen?

Gefangen, versiegelt im luftlosen Nichts aber wartete Kamdhar Gyor im Banne der machtvollen Religion der Liebe, die er so haßte. Epochen der Fehlschläge überdenkend, Pläne schmiedend, Entschlüsse fassend. Niemals wieder würde er vor seiner Zeit erscheinen, niemals seinen Schachzug zu schnell ausführen, niemals die Sterblichen wissen lassen, wer er war. Klüger, klüger mußte er werden. Klüger als die Sterblichen. Ihre Wünsche und Träume beherrschen, aber dabei sich nicht zu erkennen geben, bis der Moment gekommen war. Sie täuschen, sie einwickeln. Einer von ihnen sein. Und den Menschen diese Mischung aus Schwächen, Fehlern und Unzulänglichkeiten zeigen, die sie ihr Leben nannten, und die ihn bisher mit Widerwillen und Verachtung erfüllt hatten. Dann würden sie ihn nicht erkennen, würden seine Gedanken und Motive nicht einmal erahnen.

Bis es zu spät war. Er sann, wartete. Sann und wartete unter Schmerzen, die der Leoparden-Phurba des Schamanen Örsö ihm bereitete, studierte das Schwarze Thangka und seine vernichtenden Botschaft. Sann und wartete.

Sprungbereit und böse sann und wartete er.

20. Kapitel

Peking

Er schlich durch die Lobby des Jianguo-Hotels, vorbei an einem müden Streichquartett, das lustlos auf verstimmten Instrumenten seine abendliche Serenade spielte, und ging zum Empfangsschalter. Seine abgerissene Erscheinung erregte Aufmerksamkeit, er spürte, wie fragende Blicke ihm folgten. Auch der junge, smarte Rezeptionist, dessen blitzendes Namensschild ihn als »James Zhao Xu« vorstellte, hob, leicht befremdet, die linke Augenbraue, als er fragte: »Was kann ich für Sie tun?«

Prof. Li wußte, daß er beobachtet wurde. Er kannte das Gefühl, und er hatte seine Angst davor nie unterdrücken können.

»Ich suche eine junge Dame aus Amerika, die in Ihrem Hotel wohnt«, sagte er auf englisch. Vielleicht hatte er Glück. Vielleicht hielt ihn James Zhao Xu für einen wunderlichen Auslandschinesen mit amerikanischem oder malaysischem Paß, vielleicht für einen Landsmann aus Hongkong, der nur kantonesisch und englisch sprach, nicht aber die chinesische Hochsprache. Vielleicht konnte er auf diese Art das Mißtrauen überwinden und bis zum Zimmer der Amerikanerin vordringen. »Ihr Name ist Mrs. Lorell.«

»Könnten Sie das buchstabieren?«

»L-o-r-e-l-l.«

Das flinke Klacken der Computertastatur, der skeptische Blick des selbstsicheren jungen Mannes hinter dem Schalter machten ihn noch unruhiger. Hätte er sich doch nur ihre Visitenkarte geben lassen, dann wäre dieser Alptraum schon vorbei! Er wußte nicht, wie ihr Name buchstabiert wurde. Er hatte ihn von Matthew Tanner am Telefon gehört, während seine Gedanken weiter um nichts anderes als das zerstörte Thangka kreisten, hatte den

Namen in chinesischer Lautschrift hastig notiert. »Lo-rei-lu.« Nur ihren Vornamen hatte er sich merken können. Katherine. Wie Katherine Hepburn, die Schauspielerin, die er sehr mochte.
»Es tut mir leid«, antwortete James ohne die Spur von Bedauern in einem Englisch, das sehr viel fließender war als das des Professors. »Es wohnt hier niemand mit diesem Namen.«
Hätte er doch nur zuerst angerufen! Er hätte sie an einen sicheren Ort bestellen und in Ruhe mit ihr reden können. Aber er hatte es wieder völlig falsch angepackt. Immer, wenn er etwas Wichtiges, etwas Entscheidendes zu tun hatte, dann ging er völlig falsch vor!
»Aber sie muß hier sein, ich habe doch heute mit ihr gesprochen«, protestierte Prof. Li.
»Versuchen Sie es doch mit dem Vornamen. Katherine.«
Wieder tackerte das Keyboard.
»Sie meinen Fräulein Laurell? Catherine Laurell?«
»Ja! Natürlich! Aus Amerika.«
»Zimmer 235.«
»Danke.«
Er schritt an dem Empfangsschalter vorbei in den Gang, der an Boutiquen entlang zu den Aufzügen führte, und sah nicht, wie James Zhao Xu geschwind zum Telefon griff.
Der uniformierte Wachmann, der neben dem Lift postiert war, um unanständige ausländische Gäste daran zu hindern, anständige chinesische Mädchen mit aufs Zimmer zu nehmen – zumindest diejenigen Mädchen nicht mit aufs Zimmer zu nehmen, die ihm und seinen Kollegen nicht eine anständige Beteiligung zahlten –, erwartete ihn bereits. Noch bevor der Glockenton der sich öffnenden Lifttür erklang, war Prof. Li in Gewahrsam genommen und in ein Hinterzimmer geführt worden, wo ein Mitarbeiter des Geheimdienstes auf ihn wartete. Seine Aufgabe bestand darin, jeden verdächtigen Chinesen, der sich unbefugt einem Ausländer nähern wollte, abzufangen.
Die ganze Nacht verbrachte Prof. Li schlaflos in dem Hinterzimmer zusammen mit einem unfreundlichen, ruppigen Agenten, der ebenfalls Li hieß und immer wieder dieselben Fragen stellte. Was er, der Chinese, bei der ausländischen Frau wollte? Ober er ihr

vielleicht irgendwelche geheimen Staatspapiere zum Verkauf anzubieten hatte? Ob sie verbotene politische Versammlungen organisieren wollten? Ob er von ihr Gelder für seine illegalen Aktivitäten erhalten oder erbeten habe und wer seine Mitverschwörer und Auftraggeber seien? Früh am nächsten Morgen, als die ahnungslose Amerikanerin mit ihrer goldenen Kreditkarte beim freundlich lächelnden James Zhao Xu die Rechnung beglich, befragte der Agent Li den Professor noch immer, wo die konspirativen Versammlungen abgehalten und auf welchem Wege das Propagandamaterial zum Putsch ins Land geschmuggelt wurde. Erst als die junge Frau den Flughafen erreicht hatte und sich am Schalter der China Southwest Airlines für den Flug nach Chengdu eingereiht hatte, erst da ließ der Agent Li vom Professor ab und zwang ihn, ein Dokument zu unterschreiben, in dem er seine geheimen Kontakte zu einer ausländischen Macht gestand. Das Dokument wurde umgehend an das Amt für Öffentliche Sicherheit seines Wohnbezirkes und, in Kopie, an die politische Abteilung des Minderheiteninstitutes weitergeleitet.
Gegen 6.00 Uhr morgens durfte Prof. Li das Hotel endlich verlassen. Er blinzelte im ersten smogverhangenen Licht eines kühlen Pekinger Herbstmorgens. Wieder einmal fand er sich bestätigt in seiner Meinung, daß dieser Staat und seine sogenannten Diener durch und durch korrupt und verdorben waren. Er stand, übernächtigt und fröstelnd an der Chan'an, Pekings Prachtboulevard, der die Hauptstadt von Westen nach Osten durchschnitt und der zu dieser frühen Stunde schon im Verkehr erstickte. Ungeduldiges Hupen, Abgasdünste. Quäkende Ansagen aus den Kleinbussen, die am Straßenrand hielten, um noch Passagiere einzusammeln. Da traf es den Professor wie ein unerwarteter, heftiger Tritt ins Kreuz. Mit der Wucht eines Infarktes, der jede Körperzelle durchfährt und lähmt. Jetzt erst, wo er schlotternd und zugleich schwitzend die Schlagzeile der Morgenzeitung erblickte, die soeben von Arbeiterinnen in dunkelblauen Overalls in gläsernen Schaukästen neben dem Bürgersteig ausgehängt wurde. Erst jetzt verstand er, was vorging. »Mordanschlag auf den Dalai Lama.« Erst jetzt fügten sich die Einzelheiten in seinem Kopf zu einem schauerlichen

Ganzen zusammen: das Schwarze Thangka, die Tibet-Reise und die Verhaftung seines Sohnes, der Besuch dieser Studentin aus Amerika, die in eine »tibetische Sache« hineingeraten war und wissen wollte, ob Kamdhar Gyor Dalai Lama werden könne. Wenn er doch nur seinen verdammten Holzkopf frei gehabt, wenn seine ohnmächtige Angst um Xiao Zhi ihn nicht so gewürgt hätte, daß er keinen einzigen klaren Gedanken fassen konnte, dann wäre es ihm gleich aufgefallen, als auch sie, genau wie vor ein paar Tagen sein Sohn, den Namen, den verfluchten Namen Kamdhar Gyor, aussprach.

Kamdhar Gyor war einer der sogenannten Schutzgeister, den allerdings nicht wenige Ungebildete als Buddha verehrten. Sogar Matthew Tanner, ansonsten ein brillanter Wissenschaftler und, anders als Li, ein überzeugter Buddhist, hatte mit Kamdhar Gyor experimentiert, und deswegen war es zu einem ernsten Streit zwischen dem chinesischen Tibetologen und seinem amerikanischen Schüler gekommen. Prof. Li wußte es besser, wußte, daß aus der Anbetung dieses Geistes nichts Gutes entstehen konnte. Gyor war nichts anderes als ein primitiver, blutrünstiger Dämon, der nur aus pragmatischen Gründen in den Kreis der tibetischen Götter aufgenommen worden war – nämlich damit er Ruhe gab und keinen Schaden anrichtete. Er war sowenig ein Buddha, wie Satan ein Apostel war. Li hatte einmal, vor vielen Jahren, durch Zufall einen kurzen Blick auf eine geheime buddhistische Schrift werfen können, die ausdrücklich vor diesem Kamdhar Gyor warnte. Er hatte danach viele Jahre mit dem Studium dieses Monsters verbracht, hatte herausgefunden, daß seine Existenz auf einen bösartigen Quellgeist zurückging, der von einem indischen Guru zum Glaubensschützer Kamdhar Gyor eingeschworen worden war. Li hatte sogar Hinweise darauf gefunden, daß Gyor den Tyrannenmord am grausamen König Langdarma begangen haben soll und deshalb von manchen Schulen und in manchen Klöstern und Landstrichen Tibets ganz besonders verehrt wurde. Xiao Zhi, sein geliebter Sohn, hatte den Namen nicht gekannt. Xiao Zhi hatte vor seiner Fotoreise nach Tibet wissen wollen, wer oder was das denn nun sei, Kamdhar Gyor.

Schon da hätte Prof. Li Rongwu ihn bitten sollen, nicht zu gehen – nein, er hätte ihn besinnungslos schlagen und einsperren sollen.
Statt dessen hatte er nur gesagt: »Nimm dich in acht vor dem.«
Das und vielleicht noch einiges mehr hätte er auch gerne der jungen Amerikanerin gesagt, aber nun war es, wieder einmal, zu spät.
Er ließ sich von einem schmierigen und unablässig herzhaft aus dem Fenster rotzenden Taxifahrer in den Norden Pekings bringen, zum Lama-Tempel, dessen goldene Dachverzierungen im Morgenlicht erstrahlten wie das Feuer einer fernen Verheißung.
Die ersten Touristengruppen, Japaner offenbar, schwärmten soeben in den von blaßroten, stellenweise abbröckelnden Mauern umgebenen, rechteckigen Tempelbezirk. Prof. Li bezahlte mit seinen letzten Yuan-Scheinen die 10 Yuan Eintritt und eilte vor zum größten Gebäude, der Halle am Ende der Anlage, dort wo die riesige vergoldete Statue des Buddhas der Zukunft stand. Auch jetzt konnte er seinen Ärger über das silberne Schild am Eingang nicht unterdrücken. Eine lächerliche Tafel tat mit blödem Stolz kund, daß die Figur aus Sandelholz die größte aus einem einzigen Baumstamm gefertigte Holzskulptur der Welt sei; unterzeichnet hatten die Herausgeber des »Guinness-Buch der Rekorde«. Das sah diesen Ignoranten von der Tempelverwaltung ähnlich, daß sie es für wichtiger hielten, die Tafel mit dem Guinness-Rekord hier anzubringen, anstatt die Besucher zu belehren, wer dieser Buddha war, der turmhoch bis unter das mit blauen und grünen Ornamenten verzierte Dach thronte. Der Professor ließ sich in einer stillen Ecke zu Füßen der Statue nieder und schloß die Augen.
Maitreya, der Buddha der Zukunft, der Weltenlehrer. Wenn die Zeit des jetzigen Buddhas, Sakyamuni, zu Ende war, dann würde Maitreya auf die Erde herniedersteigen, und das goldene Zeitalter des Friedens und der Liebe würde anbrechen. Aber Prof. Li hatte vor vielen Jahren eine Warnung gelesen, flüchtig nur und mit Schrecken. Erst jetzt ergab sie einen Sinn: »Maitreya, der Erhabene, schreitet langsam und bringt ewige Liebe und Erleuchtung, aber Gyor reitet schnell und bringt Tod und Verderben.«

Und in derselben Minute hatte er etwas gesehen, das so widersinnig, so absurd war, daß er es immer wieder als einen Streich seiner damals sehr überspannten Nerven abgetan hatte. Nur manchmal, wenn er nachts aus schlimmen Träumen erwachte, erinnerte er sich an die Nebelschwaden, die wie eine Natter über den Boden geschlängelt kamen und in einem menschlichen Körper verschwanden. Nur in den Sekunden, in denen sein Bewußtsein zwischen Wachsein und Schlaf schwebte, nur wenn er, was sehr selten vorkam, schwer betrunken war und an diesen Tag zurückdachte, dann hatte Prof. Li klar und grell wie durch einen Lichtblitz erhellt die Gewißheit, daß er tatsächlich den leibhaftigen Kamdhar Gyor gesehen hatte.

Die Bewunderungsrufe der japanischen Touristen verklangen gerade in der Ferne, als Li Rongwu in sich ging, im Angesicht des Buddha Maitreya. Mehr als zwei Stunden saß er regungslos in einer dunklen Ecke des Raumes. Wer ihn beobachtete, der mochte meinen, er mache ein Nickerchen. Aber Prof. Li schlief nicht. Er suchte die Wahrheit.

Drei Erkenntnisse nahm er mit aus seiner Meditation.

Erstens: Sein Sohn war tot, und nichts würde ihn wieder zurückbringen. Zweitens: Es gab keinen Zufall. Die junge Ausländerin, die ihn besucht hatte, war ein Teil des Ganzen und ein wesentlicher dazu. Drittens: Wenn er nicht sofort handelte, dann würde er wieder zu spät kommen, und alles wäre verloren. Er hatte das Schwarze Thangka gesehen, hatte, was davon übrig war, eine Woche lang angestarrt, ohne es zu verstehen, doch nun endlich verstand er es. Nun wußte er, weswegen der Buddha der Zukunft nur als Umriß dargestellt war, als Schatten: Es hatte sich jemand zwischen den Buddha Maitreya und die Menschen gedrängt, ein Täuscher, der nichts weiter im Sinn hatte, als Leid und Verderben zu bringen. Die Dämonenhufe gehörten dem dunklen Geist und niemandem sonst. Nur die Augen und Klauen im See konnten ihn aufhalten.

Kamdhar Gyor ritt auf die Welt zu, und er ritt schnell.

21. Kapitel

Chengdu, Provinz Sichuan

Die Boeing 757 der China Southwest Airlines aus Peking senkte ihre Nase und glitt im Landeanflug auf die geschlossene Wolkendecke über der Ebene von Chengdu zu. Bis zum Horizont reichten die Wolken; nur die ersten Gipfel der östlichen Himalaja-Ausläufer ragten wie ferne Inseln aus der dichten Dunstdecke heraus. Mit einem Zittern tauchte das Flugzeug ein in die graue Masse, unter der sich wie ein unendlicher Flickenteppich die Reis- und Gemüsefelder Sichuans erstreckten.

Als Catherine, ihr Gesicht ganz dicht am Fenster, diese Landschaft sah, die lehmfarbenen Bauernhöfe inmitten tiefgrüner Bambushaine, die Terrassenfelder an den Hängen, da erst wurde ihr bewußt, daß sie in China war. Peking war ihr vorgekommen wie eine beliebige, anonyme Metropole voller Betonkästen und verstopfter Straßen. In der Limousine des Konzerns war sie am Tiananmenplatz und am Tor des Himmlischen Friedens vorbeigebraust, ohne die beiden weltberühmten Sehenswürdigkeiten richtig wahrzunehmen. Das Minderheiteninstitut hatte sie eher an Moskau erinnert, das einzig Chinesische an ihrem Hotel waren die beiden Steinlöwen gewesen, die den Eingang bewachten. Aber dies hier, dachte sie, als das Flugzeug auf der Landepiste aufsetzte, dies hier war eindeutig China, wie sie sich es immer vorgestellt hatte. Catherine war zwar viel in der Welt herumgekommen. Sie hatte als Austauschschülerin ein Jahr in Paris und ein weiteres Jahr in Johannesburg verbracht. Sie hatte als Studentin auf eigene Faust eine mehrmonatige Tour durch Mittel- und Südamerika unternommen, aber für Asien hatte sie sich nie interessiert. In Japan war sie einmal für ein paar Tage gewesen. Und auch nach Hongkong, wo sie aber die meiste Zeit mit Fieber im Hotelzimmer gelegen hatte, hatte sie ihren Vater auf einer Geschäftsreise begleitet. Und dann natürlich Indien, mehrmals sogar. Vor allem Indiens Strände, Golfplätze und Swimmingpools, und nur zwei oder drei Pflichtbesuche zu irgendwelchen Tempeln, denn die Armut und der Schmutz Indiens widerten sie an. Mit Indien assoziierte sie hauptsächlich die ausgestreckten Arme und abgetrennten Gliedmaßen der allgegenwärtigen Bettler. Aber nun war sie allein in einem unbekannten Land, wo böse Kommunisten regierten und das ihr immer verboten und verschlossen vorgekommen war. Sie war allein im Herzen Chinas, und es kam kein Fahrer, um sie abzuholen, sie mußte sich ihren Weg zum Taxistand am Flughafen von Chengdu mühsam erfragen, dem frettchenhaften Fahrer zehnmal den Namen ihres Hotels sagen, bevor er endlich aufgeregt nickte.

Hotel Jinjiang. Was war denn so schwer dabei? Sie kochte vor Wut über ihren debilen Chauffeur, der nicht aufhören konnte, sie im Rückspiegel mit gierigen Blicken zu begaffen. Der Weg in die Stadt war eine Tortur, nur im Schrittempo kamen die Fahrzeuge voran, nach wenigen Minuten schon überfielen Catherine beißende Kopfschmerzen, verursacht von den Abgasen.

Das Hotel war riesig, fast hätte sie sich in den weitläufigen Korridoren verirrt, bevor sie ihr Zimmer fand. Ihr Gepäck brachte ein paar Minuten später ein hellblau uniformierter, schmächtiger Kofferboy, der sich so freudestrahlend für das Trinkgeld bedankte, daß sie sich sicher war, den Jungen mit einem ganzen Monatsgehalt weggeschickt zu haben. Sie fühlte sich müde und schmutzig nach dem Flug und der langen Taxifahrt durch die staubige Großstadt mit ihren grauen Fassaden, protzigen Neubauten und Millionen von Fahrradfahrern, die von überall her zu kommen schienen und vor den Autos herumkreuzten. Sie sehnte sich nach einer warmen Dusche. Sobald sie wieder allein war, legte sie ihre Kleider ab und setzte sich in Unterwäsche auf die Bettkante. Zweifel überkamen sie wieder. Was wollte sie überhaupt hier? Und was sollte sie in Tibet, wenn es ihr denn tatsächlich gelingen sollte, die Einreiseerlaubnis zu bekommen? Prof. Li, in dessen muffiges Büro sie mit den größten Hoffnungen gepilgert war,

hatte sich als zerstreut, vertrottelt und wenig hilfreich erwiesen. Die Begegnung mit Nyima war so gespenstisch und flüchtig gewesen, daß sie kaum Kraft daraus hatte schöpfen können. Nur kurz war er am Abend an der Tür ihres Hotelzimmers erschienen – nein, er wollte nicht hereinkommen, er hatte keine Zeit – und hatte ihr in gehetztem Ton das Neueste berichtet. Ungeheuerliches berichtet. Auf den Dalai Lama war ein Mordanschlag verübt worden, Nyima war mit einer Gruppe aus Dharamsala auf dem Weg nach Tibet, um ein Kind zu suchen, in dessen Körper die Seele des Oberhauptes weiterleben würde. Unbegreiflicherweise war es Ms. Jocelyn, seine Sekretärin, der das scheußliche Verbrechen zur Last gelegt wurde, und es gab Hinweis darauf, daß sie von Paul McGregor, dem Schauspieler, dazu verleitet worden war.
»Ich habe es geahnt«, hatte Catherine gesagt, während Nyima sie verwundert aus kleinen, müden Augen anblinzelte. »Bitte, Nyima, komm doch herein und sage mir, was das zu bedeuten hat. Will der Gyor Dalai Lama werden?«
»Das ist nicht möglich«, erwiderte er kopfschüttelnd, und sie wußte nicht, ob es eine Antwort auf ihre Frage war oder ob er damit ihre Bitte ablehnte, einzutreten. Er mußte weiter. Noch in der Nacht wollten sie mit einem von der chinesischen Regierung gecharterten Flugzeug nach Tibet aufbrechen. Die Regierung in Peking zeigte sich nämlich besonders hilfsbereit und fromm. Sie unterstützte die exiltibetische Delegation, ihren ehemaligen Erzfeind, nach Kräften, um auch die letzten Zweifel an der eigenen Unschuld aus der Welt zu schaffen. Kurz nur flammte in Catherine die Hoffnung auf, sie könne Nyima begleiten und an seiner Seite erledigen, was immer zu erledigen war. »Ausgeschlossen«, sagte er, sich schon rückwärts dem Lift zubewegend, und er versuchte noch einmal sie zu überreden, ihre Reise abzubrechen. »Zu gefährlich«, meinte er sorgenvoll. »Fahr zurück nach Boston, warte auf meinen Anruf!«
»Nein«, erwiderte sie.
Eine hastige Umarmung, ein hingehauchter Kuß im anonymen Hotelflur, und schon war er wieder weg und sie wieder allein. Erst da begann sie zu verstehen, daß ihre Frage an Prof. Li die

einzige und die entscheidende Frage war. Der Dalai Lama rang hinter den weißgekalkten Wänden eines nepalesischen Krankenhauses mit dem Tod. Aber sie wußte, wer jetzt schon seine Kleider trug.

Sie hatte es in ihren Träumen gesehen.

Ihr Talisman, der Brieföffner, hatte ein Wunder bewirkt. Er hatte ihr den Schlaf zurückgegeben. Der Traum verlor, wenn sie den Talisman hielt, viel von seinem Schrecken. Sie bewegte sich zwischen den Monstren der klirrenden Eisnacht und dem herangaloppierenden Gyor nicht mehr wie in Todesangst. Sie bewegte sich, als gehöre sie zum Bild. Sie spürte immer noch keinen Körper, wenn sie über die schneebedeckten Gipfel der Berge flog, aber wenn sie eine Gestalt besessen hätte, dann hätte diese – das fühlte Catherine – nicht weniger schauderhaft und angsteinflößend ausgesehen als die der anderen Wesen. Sie hatte keine Angst mehr, sie war eine von ihnen. Die Reißzähne und die Klauen, die rollenden Blutaugen und die Schmuckstücke aus Menschenknochen – all das konnte sie nicht mehr erschrecken, seit sie einen Sinn darin sehen konnte. Sie wußte immer noch nicht, welchen eigentlichen Zweck der Talisman erfüllte, wenn nicht den eines Brieföffners. Aber er gab ihr die Gewißheit, daß Kamdhar Gyor ihr nichts anhaben konnte. An keinem Abend schlief sie mehr ein, ohne diese wundersame, primitive Schnitzerei mit ins Bett zu nehmen. Das Stück Hirschgeweih gab ihr Mut und Kraft, die Nächte durchzustehen, und es gab ihr die Sicherheit, daß diese Reise nach Tibet der einzige Weg war, die Aufgabe zu erfüllen, von der Matthew gesprochen hatte. Der Traum kam immer noch, und mit jedem Mal enthüllten sich weitere Details. Unter den Wolken, im Schatten der schneebedeckten Gipfel, tauchte aus einer vagen Spiegelung nach und nach eine gewaltige Stadt auf, eine Festung, ein Palast – so groß und mächtig wie ein Berg, mit weißen Mauern. Kamdhar Gyor, der Schattenreiter auf seinem schwarzen Pferd, der sie beinahe verschlungen hätte, wenn Matthews Geist sie nicht gerettet hätte, er hatte sein Aussehen verändert. Er hatte seine kriegerische Rüstung aus Goldpailletten abgelegt und trug nun die tiefrote Robe eines Mönches. Er war auf

dem Weg, den Löwenthron des Dalai Lama zu besteigen, und wenn ihm dies gelänge, dann würde es ihren Kopf kosten.
Das Klingeln des Telefons ließ sie zusammenfahren. Für einen unsinnigen Moment hoffte sie, es möge dieser Prof. Li sein, der seine Forschungsaufgabe gelöst hatte und ihr nun endlich Auskunft geben konnte. Es war nicht der Professor.
Es war die rauhe, tiefe Frauenstimme, die durch das Telefon noch ordinärer, noch unheimlicher klang.
»Du hast es ja tatsächlich bis hierher geschafft, mein Täubchen?«
»Zonia. Ja, natürlich. Wo bist du?«
»Wir sind auch vor ein paar Stunden erst angekommen, und ich sammel gerade die Pässe ein für die Reisegenehmigungen. Ich habe schon mit unserer Kontaktfrau vom hiesigen Reisebüro gesprochen. Es sieht nicht schlecht für dich aus. Wenn du 500 Dollar Säumnisgebühr bezahlst, bekommst du deine Papiere morgen früh genauso wie wir. Wie wäre es, Schätzchen, wenn du deinen Paß und die Kohle gleich vorbeibrächtest? Ich bin in Zimmer 670.«
Catherine war zum Fenster gegangen und starrte hinaus auf einen Swimmingpool, in dessen grünlichem Wasser ein einsamer Schwimmer badete.
»Ich wollte gerade unter die Dusche«, sagte sie, den Schwimmer betrachtend. »Hat es noch ein paar Minuten Zeit?«
»Du kannst auch hier oben bei mir duschen«, hauchte Zonia. Das Angebot kam so unerwartet und direkt, daß sie es erst verstand, nachdem sie den Hörer aufgelegt hatte. Sie fühlte sich noch immer schmutzig, als sie aus der dampfenden Dusche herauskam und ihren nackten Körper im beschlagenen Spiegel betrachtete. »Heiliger Himmel«, dachte sie, während sie ihre Kleider anlegte, und nahm allen Mut zusammen, um in den sechsten Stock zu fahren. Vielleicht, dachte sie ohne viel Hoffnung, vielleicht war das Angebot ja nur ein geschmackloser Witz gewesen.
Zonia öffnete so schnell, daß es Catherine schien, als habe sie direkt hinter der Tür auf das Klopfen gewartet.
»Da bist du ja endlich«, sagte Zonia, die verwaschene Jeans und ein weißes, tief ausgeschnittenes T-Shirt trug, das ihre sehnigen Arme zeigte, die wie geäderte Tentakeln aussahen. Ihr Haar war

noch naß, offenbar hatte sie sich auch gerade eine Dusche gegönnt. Ihr Gesicht, in dem ein abschätzendes Lächeln spielte, wirkte, wo das Haar am Schädel klebte, noch knochiger, noch härter als bei ihrer ersten Begegnung.

»Komm doch rein.«

Der Fernseher war auf einen indischen Satellitensender eingestellt, wo gerade ein Dutzend fröhliche Waschfrauen in durchnäßten Kleidern bis zu den Hüften in einem Fluß standen und ein fröhliches Lied trällerten, wie es für indische Filme so typisch ist. Zonia war mit zwei Schritten an ihrem Bett, auf dem Karten und Kleider ausgebreitet waren. Zögernd folgte Catherine ihr und hörte beunruhigt, wie hinter ihr die Tür ins Schloß fiel.

»Stark, daß man hier indisches Fernsehen empfangen kann, findest du nicht?« sagte Zonia, die sich ein Handtuch gegriffen hatte, um ihre Haare zu trocknen. »Ich mag Inderinnen.« Sie beugte dazu ihren Oberkörper nach vorne, und Catherine hatte die Wahl, ihre heraustretenden Rückenwirbel zu betrachten oder ihre flache Brust. Catherine starrte auf den Fernseher, wo ein gelockter Kavalier mit Schnauzbart auf einem Motorrad singend eine füllige Schönheit hofierte; die Waschfrauen jauchzten dazu seine Melodie nach. »Das Tolle an den indischen Filmen ist, daß sie ungemein erotisch sind, obwohl sie aus verlogener Prüderie nichts zeigen dürfen«, erklärte Zonia sachverständig, ihre Haare mit dem Handtuch rubbelnd, womöglich darüber sinnierend, ob sie eine Aktion zur sexuellen Befreiung Indiens starten sollte. Und im selben Ton fuhr sie fort: »Hast du deinen Paß dabei?«

»Hier.« Catherine reichte ihr das blaue Heftchen, Zonia nahm es und schleuderte es achtlos auf einen Stapel anderer Pässe, warf dann ihren Kopf zurück und schüttelte ihre dünnen Haare.

»Du erstaunst mich«, sagte sie, und ihre Lippen entblößten langsam ihre langen Schneidezähne. »Ich hätte nicht gedacht, daß du es bis hierher schaffst. Du weißt, was du willst. Du hast *cojones*. Ich mag Frauen, die wissen, was sie wollen.«

Catherine wußte nicht, was sie sagen sollte. Sie wünschte, sie hätte an der Uni nicht nur Handels- und Businessseminare, sondern auch einen Selbstverteidigungskurs belegt. Zonia legte das

feuchte Handtuch beiseite und stemmte ihre bloßen Arme in die Hüften, ließ ihr Becken kreisen, als sei sie in einer Aerobicstunde, ihre Augen musterten den Körper des Mädchens. »Du siehst gut aus. Viel besser als beim letzten Mal.«
Catherine fühlte sich unbehaglich.
»Ich muß jetzt gehen«, sagte sie ungeschickt.
»Ach ja?« Zonia hob sarkastisch die Augenbrauen. »Hast du eine dringende Verabredung mit einem alten Freund in Chengdu? Willst du die Attraktionen dieses stinkenden Provinznestes kennenlernen? Wieso bleibst du nicht und erzählst mir, was dich so dringend nach Tibet treibt?«
»Ich ... ich interessiere mich für die Kultur.«
»Ist das so? Das ist brav, sehr brav von dir. Du scheinst mir überhaupt ein sehr braves Mädchen zu sein. Deswegen habe ich dich auf Anhieb gut leiden mögen. Und deswegen habe ich dich auch hierherbestellt und bin bereit, dich mitzunehmen, obwohl du sicherlich keine Ahnung von dem hast, was in Tibet geschieht.«
»Danke. – Was soll ich tun?« dachte Catherine in einem Anflug von Verzweiflung. »Was soll ich tun, wenn sie mich festhält? Sie ist stärker als ich!«
»Tibet ist militärisch besetzt und wird von den Chinesen vergewaltigt. In Tibet werden von den Chinesen Zwangsabtreibungen durchgeführt, mein Täubchen. In Tibet wird chinesischer Atommüll gelagert, in Tibet werden alle Wälder abgeholzt, damit die Chinesen ihre Häuser heizen können. Und niemand weiß etwas davon oder tut etwas dagegen. Aber wenn ich mit den Chinesen fertig bin, dann wird es die ganze Welt erfahren. Ich plane eine Aktion, die noch niemand vor mir gewagt hat. Danach, das garantiere ich dir, wird nichts mehr in Tibet so sein, wie es war.«
»Ja, das ist natürlich auch ein Grund, warum ich unbedingt mitkommen wollte«, sagte Catherine vorsichtig. »Wird ja auch Zeit, daß mal was geschieht.«
»Genau, du hast es erfaßt.« Die Frau mochte gewalttätig und gemein sein, verblendet und sogar verrückt. Aber es gab für Catherine keinen anderen Weg nach Tibet als mit ihrer Gruppe.
Zonia lächelte zweideutig. »Wenn Zonia kommt, dann geschieht

was ...« Sie hatte, während sie sprach, das Mädchen fast unmerklich mehr und mehr in die Ecke an das Fenster gedrängt. Hilflos blickte Catherine hinaus in den Innenhof des Hotels, nur um etwas anderes zu sehen als Zonia, die mit rotierenden Hüften Zentimeter um Zentimeter näher rückte. Catherine sah den Schwimmer, der seine Übungen beendet hatte und aus dem grünlichen Swimmingpool kletterte. Sie sah ihn sein Handtuch greifen und seinen schmalen Körper frottieren. Als habe ihn jemand angerufen, hob er seinen Kopf.

Zonias Hand streckte sich nach Catherine aus, wollte ihren Arm berühren.

»Ich muß runter!« keuchte Catherine, drängte mit unerwarteter Heftigkeit die überraschte Zonia beiseite, die ihr erstaunt nachblickte und das Mädchen jetzt noch mehr begehrte als zuvor. Sie hatte bei aller Unschuld und Lieblichkeit eine ganz ungewöhnliche Willensstärke, war lebendig wie ein junges Füllen. Sie war ein Power-Nymphchen. So nannte Zonia solche Frauen, und genau solche Frauen liebte Zonia.

»Bis zum nächsten Mal«, dachte sie, als die Tür hinter Catherine ins Schloß fiel.

Catherine eilte den kilometerlangen Korridor hinunter zu den Aufzügen. Atemlos. Vor Aufregung, nicht vor Angst. Sie dachte gar nicht mehr an Zonia, ihre heisere, unangenehme Stimme und das lüsterne Blitzen ihrer wasserblauen Augen. Sie dachte an den Mann am Swimmingpool. Als sie sein Gesicht sah, war es ihr vorgekommen, als treffe sie ein Hammerschlag mitten auf der Stirn. Es war das Gesicht, das sie in ihren Träumen gesehen hatte. Es war der Kopf, den Kamdhar Gyor zusammen mit ihrem eigenen bei sich trug.

Artie Myzinski konnte sich an viele schlechte Tage erinnern, sogar an einige sehr schlechte. Bevor Paul ihn überfuhr, war ja seine ganze Hollywood-Laufbahn nicht viel mehr als eine Aneinanderreihung von schlechten und sehr schlechten Tagen gewesen, von denen die weniger schlechten ihm in seiner Aussichtslosigkeit manchmal sogar wie gute Tage erscheinen wollten. Nachdem

Nicole ihn hatte sitzenlassen, ohne Ionisierer und ohne Paul, waren die schlechten Tage zurückgekehrt und vor allem die schlechten Nächte. Aber nichts, das er jemals erlebt hatte, kam dem Mahlstrom von Vernichtung und Grauen gleich, durch den ihn sein Schicksal heute wirbelte. Er hatte gleich am Morgen dieses verfluchten Tages und direkt nach seiner Ankunft im Hotel Jinjiang, übermüdet nach der langen Reise und unablässig gähnend, 25 000 US-Dollar – fünfundzwanzigtausend! – bezahlen müssen, um eine dürre Reiseagentin, die im fünften Stockwerk des Hotels ein miserabel organisiertes Büro hatte, das nur aus einem Schreibtisch und einem Faxgerät bestand, und ein ekelerregendes, rosafarbenes Kleid trug, zu erweichen. Denn sie konnte ihm – so sagte sie – auf die Schnelle eine Einreisegenehmigung für Tibet besorgen. Es waren die 25 000 Dollar wohl ein saftiges Bestechungsgeld, das an die zuständigen Zollbehörden ging, 25 000 Dollar. Die hatte er nicht angemeldet, sondern schwitzend durch den chinesischen Zoll geschmuggelt, weil es alles war, was er nach seiner Scheidung auf die Schnelle noch flüssigmachen konnte. Er dachte ursprünglich, er könnte Paul damit rasch und unauffällig aus seiner chinesischen Haft herauskaufen. Fünfundzwanzigtausend. Diese Summe war ihm hoch vorgekommen. Eine fürstliche Belohnung für einen unrasierten, sadistischen Kerkerwächter auf dem Dach der Welt. Lächerlich! Jetzt wußte er, wie schnell 25 000 bereits in der Handtasche einer pickeligen, kariesbefallenen Reiseagentin in Chengdu verschwinden konnten.

»Lassen Sie Ihren Paß da, und Sie haben die Genehmigung in drei Tagen!« hatte sie in ihrem schwer verständlichen Englisch gelispelt.

»Nichts da!« hatte Artie sich aufgebäumt. »Ich brauche den Stempel heute abend, und ich will morgen in der ersten Maschine nach Lhasa sitzen.«

Und die Pickelige mit den bräunlichen Zähnen hatte gleichgültig mit den knochigen Achseln gezuckt: »Mal sehen.«

Er hatte danach, es war noch nicht einmal Mittag, die Vorhänge seines winzigen Zimmerchens zugezogen, sich statt einer Mahlzeit einen PowerBar einverleibt und sich erschöpft auf seinem Bett ausgestreckt, in der Hoffnung, schlafen zu können. Da hatte es aufgeregt an der Tür geklopft. Es war die Reisetante. Es tue ihr sehr leid, aber die zuständigen Beamten benötigten das Geld in der Landeswährung, Renminbi, und nicht in amerikanischen Dollars. Er müsse mit zur Bank, weil nur ein Ausländer solch eine große Menge Geld umtauschen könne, ohne Aufsehen zu erregen. Immerhin handelte er ihr das Zugeständis ab, daß er seinen Stempel noch heute bekommen und wie geplant morgen früh nach Tibet weiterfliegen würde. Der Gang zur Bank wurde ein Alptraum. Die schielende Angestellte am Wechselschalter drehte jeden einzelnen 100-Dollar-Schein viermal um, hielt sie gegen das Licht, betrachtete sie unter einem Schwarzlicht, rieb sie zwischen ihren Fingern und lauschte auf das Geräusch, während Artie und die pickelige Agentin, hinter einer verschmierten Glasscheibe in muffiger, stickiger Schwüle stehend, warten mußten. Sie nutzte die Gelegenheit und erkundigte sich sofort, ob er verheiratet war. Es sei sehr schwierig, als Reiseagentin einen Mann zu finden, denn man habe sehr viel zu tun. Sie habe schon immer gedacht, das beste für sie sei, einen Ausländer zu heiraten, die seien nicht so verbohrt wie die Chinesen. Ob Artie sich vorstellen könne, eine Chinesin zu heiraten. Er tat so, als verstehe er nicht. Zweihundertfünfzigmal erduldete Artie, gegen Ohnmacht, Müdigkeit und Übelkeit kämpfend, das Prüfungsritual der Kassiererin. Jedes der fünfundzwanzig 1000-Dollar-Bündel zählte die Schielende dreimal nach und gab es weiter an ihre Kollegin, die wiederum dreimal zählte. Und dreimal zählten erst ihre Nachbarin und dann sie das chinesische Wechselgeld – bläulich-graue Stapel aus schmierigen Scheinen, die die Reiseagentin in einer Plastiktüte verstaute, als sei es Gemüse. Über zwei Stunden nahm diese nervtötende Prozedur in Anspruch. Als seine Beine schon nachgeben wollten, verkündete die Pickelige endlich zufrieden: »Ich bringe Ihren Paß und das Flugticket später auf Ihr Zimmer.« Sie zwinkerte ihm dabei kokett zu.

Schwankend vor Erschöpfung hatte Artie am späten Nachmittag sein Hotelzimmer betreten. Als er sah, daß das Hotel einen Swimmingpool hatte, beschloß er, sich ein wenig zu erfrischen.

Obwohl er bemerkte, daß das Wasser einen unangenehmen, grünlichen Schimmer hatte, sprang er trotzdem kopfüber hinein. Sie würden ihn nicht kleinkriegen. Nicht ihn. Trotz aller pickeligen, heiratswütigen Mädchen, bornierten Kassiererinnen der Welt, trotz aller Willkürjustiz, der Paul ausgeliefert war. Und nicht einmal mit ihrem beschissenen, schmutzigen Poolwasser. Trotzig und wütend schwamm er eine halbe Stunde in der widerlichen Brühe, trocknete sich mit einem brettharten Handtuch ab – sonderbar, plötzlich war es ihm, als rufe jemand seinen Namen, er blickte sich tatsächlich um, aber hinter ihm war nur die Hotelfassade zu sehen – und latschte zurück in sein Zimmer. Aber noch bevor er den Lift erreicht hatte, rannte diese junge Frau ihm auf dem Korridor entgegen, und in seinem Kopf explodierte dieselbe Frage, die sie ihm stellte, keuchend und bleich: »Wer bist du?«

»Oh, ich eine Reinkarnation? Das ist wirklich mal was Neues. Ich wünschte, meine Mutter könnte das hören! Haha.« Sie hatten gemeinsam das Hotel verlassen und sich in einer bunten, belebten Marktstraße wiedergefunden, waren in einer Kneipe verschwunden, die ihnen irgendwie heimisch und vertraut erschien, die Reggae Bar. Musik von Bob Marley aus den Lautsprechern, in schummrigem Licht saßen sie nah beisammen, beachteten nicht die langhaarigen Chinesen und ungewaschenen Ausländer, die sich auf der Tanzfläche verrenkten. Artie hatte schon mehr Whisky getrunken, als gut für ihn war, und seine Zunge bewegte sich träge. »Ich will Sie mal was fragen, Mademoiselle. Welcher beschissene Geist wäre schwachsinnig genug, sich Artie Myzinski als leibliche Hülle zu wählen? Ein verdammter Idiot von einem Geist vielleicht. Ich bin nämlich am Ende, verstehen Sie? Am Ende. Ich habe einen Vertrag mit Disney, der in ein paar Tagen unterschrieben werden muß, und ich habe die japanische Biermafia am Hals, und mein Star sitzt im Knast. Nicht in irgendeinem, nein: wennschon, dennschon. Er sitzt in einem chinesischen Knast. Das ist was! Und weswegen wohl? Nicht wegen Falschparkens. O nein. Er sitzt, weil alle Welt meint, er stecke hinter dem Mordanschlag auf den Dalai Lama. Kapieren Sie das? Und ich muß ihn da nun rausholen. Nein, wirklich. Wenn ich ein Geist wäre, würde ich lieber in eine Woolworth-Tüte fahren als in mich.«

»Darum geht es nicht!« versetzte sie gereizt. Der sonderbare Typ mit dem gehetzten Blick und der noch gehetzteren Sprechweise kam ihr unheimlich vor. Sein Zynismus irritierte sie, sein kranker Kamikazehumor machte ihr angst, sein Jammern und sein himmelschreiendes Selbstmitleid ärgerten Catherine. »Sie sind ein Tulku, genauso wie ich. Der Dalai Lama hat uns beide ausgesucht. Wir haben die Aufgabe, Kamdhar Gyor unschädlich zu machen. Finden Sie sich damit ab. Sie wissen, was passiert, wenn wir sie nicht zu Ende bringen!« Sie sah ihn wütend an und führte ihren Zeigefinger mit einer schnellen Bewegung an ihrer Kehle vorbei. Ihre resolute Rede schien Eindruck auf ihn zu machen. Er starrte in sein Whiskyglas und schürzte die Lippen.

»Ich will doch nur Paul zurück«, winselte er. »Das ist meine Aufgabe. Ich weiß nichts über Kamdhar Gyor. Ich weiß gar nichts über Götter und Geister, und ich will auch nichts wissen. Ich will nur Paul wiederhaben und zurück nach LA. Wir haben da noch viel zu tun ...« Seine Augen glänzten vor Tränen.

»Artie, reißen Sie sich zusammen!« Sie nahm seine beiden Hände in ihre und drückte fest zu. »Ich weiß ein bißchen mehr über diese Sache als Sie. Daß Paul jetzt da oben im Gefängnis sitzt, ist kein Zufall. Daß Sie unterwegs sind, ihn zu befreien, und mich hier treffen, auch das ist kein Zufall.«

»Es gibt keine Zufälle«, die Stimme ließ sie erschrocken herumfahren. Noch mehr erschrak sie, als sie die Gestalt erkannte. Abgerissen sah er aus, übernächtigt, erschöpft. Seine schütteren Haare standen wirr vom Kopf ab, die Brille saß schief auf der Nase, sein Hemd und seine Hose waren mit Flecken besudelt, offenbar war er im Gedränge mit jemandem zusammengestoßen, der den Inhalt seines Glases auf seine Kleidung geschüttet hatte. Im rötlichen Licht der Discobeleuchtung stand, hilflos wie ein Lahmer bei einem Tanzvergnügen, Prof. Li.

»Verzeihen Sie, daß ich Ihnen aus Peking gefolgt bin«, stammelte er. »Aber ich glaube, Sie werden meine Hilfe brauchen.«

22. Kapitel

Lhasa

Soweit er zurückdenken konnte, hatte Tsentse sich nur ein einziges Mal in seinem Leben als Tibeter gefühlt. Es war das schlimmste Gefühl gewesen, das er jemals kennengelernt hatte. Es war ausgerechnet während seines Studiums in Peking gewesen. Da hatte er sich zur Feier seines achtzehnten Geburtstages ein Abendessen in einem Sichuan-Restaurant auf der teuren Wangfujing-Straße gegönnt, zu dem er schüchtern und errötend das Mädchen eingeladen hatte, das ihm schlaflose Nächte bereitete. Er hatte sie viele Jahre zuvor, als sie beide noch Kinder waren, kennengelernt. Ihren Zorn vor allem hatte er kennengelernt, denn sie hatte ihn fürchterlich verprügelt. Doch sie schien sich nicht an diese Begegnung zu erinnern, und Tsentse war ganz und gar nicht darauf bedacht, ihr Gedächtnis aufzufrischen. Dawa war Tibeterin, in seinem Alter und genau wie er auf Empfehlung und Drängen ihrer Lehrer an das Minderheiteninstitut nach Peking geschickt worden. Denn ihre Lehrer sahen für sie beide eine glänzende Zukunft im Dienste der Verwaltung der Autonomen Region Tibet voraus. Sie hatten viel Zeit zusammen verbracht, weil sie den Chinesischunterricht problemlos schwänzen konnten. Tsentse hatte schon als Kind mehrere Jahre in China verbracht und die Sprache damals gründlich erlernt, und Dawa war in einer chinesischen Familie aufgewachsen. Sie hatte sich in Englischkurse eingeschrieben, die neuerdings angeboten wurden. Anders als Tsentse war Dawa nicht freiwillig nach Peking gekommen. Sie hatte kommen müssen, weil das Nachbarschaftskomitee in ihrer Straße eine Quote erreichen mußte und ihr Name durch Empfehlungen von der Schule auf die Liste geraten war. Anders als Tsentse mochte sie die Chinesen nicht und ließ keine

Gelegenheit aus, sie zu beleidigen und sich über sie lustig zu machen.
Es war ihr erstes Rendezvous.
Sie hatten sich an einem Tisch im hinteren Bereich des Restaurants niedergelassen und Huhn mit Erdnüssen bestellt, zweimal gekochtes Schweinefleisch und einen kleinen Feuertopf. Sie tranken teures, ausländisches Bier, das gerade in Mode gekommen war, und unterhielten sich der Einfachheit halber in ihrer Sprache.
Sie quälte ihn mit ihrer Verachtung für China. Er hielt dagegen mit seiner Geringschätzung für Tibets feudalistische Vergangenheit.
»Was sagst du denn zur Stellung der Frau im alten Tibet?« forderte er sie neckisch heraus. »Die Ehefrau des ältesten Sohnes war gleichzeitig die Frau seiner jüngeren Brüder, damit der Familienbesitz nicht aufteilt werden mußte. Das heißt, wenn du meine Frau wärest, dann würde vielleicht heute nacht mein jüngerer Bruder zu dir kommen ...«
»Du verkennst«, gab sie keck zurück, »daß ich dich niemals heiraten würde.«
Das Gespräch wurde lebhaft und angeregter, sie schäkerten und lachten, bis schließlich ein Mann, der bei einer Gruppe am Nachbartisch saß, sich erhob, zu ihnen geschlendert kam und sich, sein Kopf hochrot, sein Hemdkragen geöffnet, schwankend vor ihnen aufbaute.
»Entweder ihr redet wie Menschen, oder ihr haut sofort ab von hier«, rülpste er.
Tsentse senkte den Kopf, als sei er bei etwas Verbotenem ertappt worden, und wagte nicht zu antworten. Vom Nebentisch glotzten die anderen Gäste belustigt herüber.
»Ihr Affen seid aus Tibet, was?« fuhr der Mann fort, angestachelt von den erwartungsvollen Blicken seiner Tischgenossen. »Habe ich gleich erkannt. Ich war mal in Tibet während des Militärdienstes. Verlauste Grünhirne leben da. Sonst nichts.«
»Laß uns schnell abhauen«, raunte Tsentse dem Mädchen zu, verzweifelt darüber, daß er nicht den Mut aufbrachte, sich zu wehren. Den Mut oder die Überzeugung.

Aber Dawa legte ihre Eßstäbchen beiseite und tupfte sich seelenruhig den Mund ab.
»Wir bleiben«, bestimmte sie.
»Redet gefälligst wie Menschen!« brüllte der Besoffene, daß sich alle Köpfe im Restaurant umdrehten.
»He, laß doch die jungen Leute in Frieden!« mischte sich von irgendwoher einer ein. Aber niemand erhob sich, um den Mann zu stoppen, als er mit der Hand ihre Teller und Schüsseln vom Tisch fegte und die halbvolle Bierdose in Tsentses Gesicht schleuderte. Das Aluminium riß die Haut unterhalb seines Auges blutig. Da sprang Dawa auf und hieb dem Mann ihre Faust ins Gesicht, so fest sie nur konnte, und dann rannten sie, unter dem Hohngelächter und Wutschnauben der Gäste, ins Freie, verfolgt von einer kreischenden Kellnerin, denn sie hatten ihre Mahlzeit nicht bezahlt. Sie rannten, bekleckert mit Bier und Essensresten, die Wangfujing hinauf, bis sie irgendwann nicht mehr konnten und sich erschöpft und keuchend an die Wand eines Hauses lehnten.
»Ich bin Tibeter!« Tränen der Entrüstung kullerten aus Tsentses geschwollenem Auge.
»Ich bin Tibeter.«
Sie untersuchte seine Wunde und holte ein Taschentuch hervor, mit dem sie das Blut abwischte. »Ja, Tsentse, vergiß das nur nicht«, sagte sie und blickte ihm fest in die Augen.
»Ich werde es bestimmt nicht vergessen«, sagte er.
Sie schwieg und wartete. Hob leicht ihren schönen, stolzen Kopf und verschärfte den fragenden Ausdruck ihrer Augen.
»Bestimmt nicht.«
Er wußte, was sie hören wollte, aber er konnte es nicht sagen. Er konnte nicht zugeben, daß er selbst vor vielen Jahren als Knabe ihren Bruder beinahe ertränkt hätte, aus demselben Grund, aus dem sie heute angegriffen worden waren: Weil die Tibeter entweder Chinesen werden oder untergehen mußten.
»Jetzt hättest du es sagen können, Verräter«, sagte Dawa plötzlich kalt, bevor sie sich rasch abwendete und in der Nacht verschwand. »Das war deine Chance. Ich hätte dir deine verdammte Dummheit

auch noch verziehen. Aber jetzt bleibt dir nichts anderes übrig, als Chinese zu werden.«
Tsentse wollte Chinese werden, es gab Augenblicke, da wünschte er sich nichts so sehnlich wie dies. Aber an seinem achtzehnten Geburtstag, entehrt und gedemütigt, schwor er sich, daß er sich nie mehr von einem Chinesen prügeln lassen würde.
Niemals.
Am selben Tag, als er seine Ehre an die Chinesen verlor, verlor er die erste und einzige Liebe seines Lebens an Tibet. Sie ignorierte ihn, und er ging ihr aus dem Weg. Denn wann immer er sie sah, mußte er mit brennender Scham an seine Feigheit denken, an sein Unvermögen, sie vor jenem Betrunkenen in Schutz zu nehmen. Und wann immer er an sie dachte, dann wünschte er sich eine zweite Chance, wünschte sich, er könne sich für ihren Mut revanchieren und um Verzeihung bitten für seine Feigheit.
Viele Jahre später kam diese Chance. Dawa, die ein kleines Fotolabor in Lhasa betrieb, agitierte im Untergrund gegen die Chinesen. Tsentse wußte sehr wohl, daß sie Flugblätter mit antichinesischer Propaganda verteilte, daß sie separatistische Hetzparolen an die Mauern schrieb und konspirative Treffen organisierte, und er wußte auch, daß sie eine kleine, harmlose Bombe in der Nähe des Polizeihauptquartieres gezündet hatte. Er verfolgte sie stumm und unbemerkt, schützte sie gegen die Chinesen und verwischte sorgfältig alle Spuren hinter ihr. Das war der Dank für ihren Faustschlag, der sein eigener hätte sein müssen. Es hatte ihn auch nicht verwundert, sie in Begleitung des chinesischen Fotografen, eines Hochverräters, zu finden in jener Nacht, als er sie in den Potala geleitete und das dumme Wilde Yak seine Sturmtruppen geschickt hatte.
»Ich wußte nicht, daß du mit Targa zusammenarbeitest«, hatte sie gesagt, erstaunt und mit einer Spur Bewunderung. Die ersten Worte, die sie zu ihm sprach seit mehr als zwanzig Jahren.
»Schon sehr lange«, sagte er wahrheitsgemäß. Doch wieder fehlte ihm der Mut, sie zu retten. Er sagte ihr nicht, daß Targa, der das alles eingefädelt hatte, ein Agent der Chinesen war. Er ließ sie in ihr Verderben gehen, und als er die Schüsse hörte, weinte er.

Targa, der Dolmetscher des Dalai Lama und Spitzel der Chinesen, an dessen Ausbildung Tsentse einst selbst mitgewirkt hatte, saß mit weltmännisch übergeschlagenen Beinen in Tsentses Büro im Gebäude für Öffentliche Sicherheit in Lhasa und schlürfte seinen Jasmintee. Es lief alles nach Plan. Er war mit der Suchmission der Exiltibeter eingereist, übersetzte und organisierte für sie. Sie tanzten nach seiner Pfeife.

»Wir haben nicht viel Zeit«, sagte er und ärgerte sich darüber, daß ihm das Zigarettenrauchen in der dünnen Luft Tibets so schwerfiel. Die Glimmstengel brannten hier viel langsamer als anderswo und schmeckten nach nichts. »Ich habe dem alten Gampo ein kleines Wunder an die Wand gezaubert, Junge, du hättest ihn sehen sollen. Er guckte drein, als sei ihm der Buddha persönlich erschienen. Davor hatte ich nämlich Angst, daß Gampo den Schwindel durchschaut und keine Suchmission losschickt, weil der Dalai ja noch lebt. Aber ich konnte ihn überzeugen. Die moderne Medizin kann einen Körper am Leben erhalten, während die Seele schon weiterwandert. Das habe ich dem alten Trottel weisgemacht, und er hat es gefressen.« Targa kicherte selbstsicher. »Kamdhar Gyor hat alles im Griff. Er hat uns den Platz genannt, zu dem wir Gampo und die anderen führen sollen. Es ist das Dorf Kangtog am Ufer des Yamdrok-Sees. Nun zu deiner Aufgabe: Ich brauche in diesem Dorf ein frisch geweißeltes Haus, in dem vor ein paar Tagen ein Kind geboren wurde.«

»Unmöglich! Wie sollen wir das denn auf die Schnelle finden?«

»Nicht finden, Tsentse, ihr müßt es arrangieren. So funktioniert das mit Wundern und Orakeln. Die Bauern weißeln ihre Häuser normalerweise erst im November, also findet einen, irgendeinen, der gerade Vater geworden ist, nehmt Farbe mit und macht sein Haus weiß, verdammt noch mal. Den Rest erledigen wir. Ich bin schließlich derjenige, der den Orakeltraum hatte, kapierst du? Ich bin der einzige, der es finden kann. Gampo und die anderen werden mir blind folgen.«

»Ich brauche zwei Tage, wenn nicht drei!«

»Gut. Ich werde dafür sorgen, daß wir erst nach Shigatse fahren, um dem Pantschen-Lama unsere Aufwartung zu machen. Ich

hoffe, der Knabe ist gerade in seinem Kloster und nicht wieder zum Studium in Peking.«
»Er ist daheim im Kloster Tashilumpo, soweit ich weiß.«
»Exzellent. Wir kommen danach über Gyangtse zum See. Du sagst mir, wo das Haus steht, und wir finden den Knaben.«
»Targa – was soll denn dieses Theater?«
Der Dolmetscher lehnte sich vor, drückte angeekelt seine Zigarette aus. »Frag nicht. Wir führen die Befehle aus, die Kamdhar Gyor uns gibt.«
Tsentse verstand nicht viel von Göttern und Geistern, und er glaubte nicht an sie. Aber selbst ihm schien es höchst sonderbar, daß dieser Kamdhar Gyor seine Wunder nicht selbst vollbringen konnte, sondern Targa dazu brauchte. Ein verdammter Schwindler von einem Gott, dachte er, hütete sich jedoch, seine Meinung laut zu sagen, denn er wollte Targa nicht erzürnen.
»Was macht übrigens unser Hollywoodstar?«
»Sitzt seit einer Woche im Gefängnis und versteht die Welt nicht mehr.«
»Hat er das Geständnis unterschrieben?«
»Vizedirektor Hu arbeitet daran. Jedenfalls, wenn er in der Stadt ist. Er reist dauernd nach Peking.«
Targa erhob sich. »Natürlich. Große Dinge geschehen. Ihr habt gute Arbeit geleistet. Ich muß zurück zu den Lamas. Melde mich von unterwegs. Danke für deine Hilfe, Tsentse. Du wirst es nicht bereuen. Gyor vergißt keinen. Er wird dir jeden Wunsch erfüllen. Das hat er bei mir auch getan.«
Tsentse geleitete den alten Freund hinaus, winkte ihm nach, als er in der Dunkelheit verschwand.
Tsentse war nie ein religiöser Mensch gewesen. Die höchste Verehrung, die er jemals für irgendein Wesen empfunden hatte, war die Liebe zum Vorsitzenden Mao Zedong. Die tiefe, unvernünftige Religiosität der Tibeter hatte er nie verstanden. Wenn sein Volk doch nur endlich das Joch dieses schädlichen Aberglaubens abschütteln würde! Wenn er sah, wie Bauern ihr sauer verdientes Geld schnurstracks zum nächsten Kloster brachten und den Mönchen zusteckten, damit sie für sie beten mögen, dann

packte ihn jedesmal eine blinde Wut. Sie versuchten, durch gute Taten in diesem Leben ein gutes Karma zu schaffen, um im nächsten Leben besser dazustehen. Aber Tsentse sah darin nichts weiter als eine Form der Sklaverei, die von den Mönchen erfunden wurde, damit sie nicht arbeiten mußten. Doch wenn er die dummen Bauern zur Rede stellte, ihnen riet, ihr Geld zu sparen, um neue Geräte oder Vieh zu kaufen, dann erntete er stets ein unschuldsvolles dummes Lächeln.

»Wozu denn?« fragten die etwas Redegewandteren und blinzelten ihn verständnislos an. »Was nutzt uns denn Geld, wenn wir dafür im nächsten Leben weiter leiden müssen?«

Sosehr er sich auch ereiferte, niemals konnte er ihnen begreiflich machen, daß sie hier und jetzt und in diesem Leben ihre Leiden und ihre Armut lindern sollten. Sie glotzten ihn nur an, aus traurigen, sturen Augen. Ahnungslos und willenlos, ohne Ehrgeiz und Kraft. Zur Unterwerfung geboren und auf nichts anderes hoffend als auf eine vage Belohnung. Tsentse, jähzornig und stolz, verachtete die Buddhisten von ganzem Herzen und haßte sie dafür, daß sie aus seinem Volk, dem rauhen und aufrechten Volk der Tibeter, das mit eisernem Willen der feindseligen Natur auf dem Dach der Welt trotzte, eine Herde von willfährigen Schafen gemacht hatten. Er haßte den Dalai Lama, das Oberhaupt der Unterdrücker, und es war ihm ein Vergnügen gewesen, dabei behilflich zu sein, alle Bilder des sogenannten Gottkönigs von allen Altären und aus allen Tempeln verschwinden zu lassen. Aber ratlos mußte er zusehen, wie die Menschen weiter zu den Opferstätten pilgerten, wie sie sich weiter auf den Boden warfen und um Vergebung und Erlösung flehten. Die Chinesen hatten der Religion ihr geistiges Zentrum nehmen wollen, aber sie hatten nichts erreicht. Targa und seine Leute beschritten nun einen anderen Weg. Sie wollten sich selbst zum neuen Zentrum der Religion machen – jedenfalls vermutete dies Tsentse. Er verstand jedoch nicht, was das ganze Gerede von Kamdhar Gyor sollte, verstand nicht, wozu sie dieses Thangka gesucht hatten und was ihr Ziel war.

Tsentse bestellte, sobald er wieder in seinem Büro war, einen seiner erfahrensten Leute, Phudrup, zu sich und gab ihm den Auftrag, ein Haus am Yamdrok-See zu finden, in dem gerade ein Kind geboren worden war, und befahl ihm, das Haus mit weißer Farbe zu streichen, so wie das wenige Wochen danach alle Bauern in Tibet tun würden, denn auch damit – so wie mit fast all den abergläubischen Ritualen, die ihr Leben ausfüllten – erhofften sie den Segen der Götter. Phudrup machte sich sofort auf den Weg, um die Farbe zu besorgen, die in einer besonderen Fabrik in Lhasa hergestellt wurde.

Tsentse saß noch lange allein in seinem Büro, knetete mit den Fingern seine Lippen und fragte sich, warum er sich eigentlich zum Werkzeug einer Sache machen ließ, deren Sinn er nicht verstand. Er hatte den Fotografen ausgeliefert, den Filmstar gefangen, und nun sorgte er dafür, daß eine falsche Reinkarnation eines Mannes gefunden wurde, der noch nicht einmal gestorben war. Die einzige Antwort auf diese Fragen war: Er half, weil Targa ein alter Freund war, weil Vizedirektor Hu es ihm befohlen hatte und weil ein Mann in seiner Position eben immer das tun mußte, was die Chinesen befahlen.

Und er half, weil er eben nicht an Geister glaubte.

Noch nicht.

23. Kapitel

Dreglug, Tibet, 1953

Sie kamen von Osten mit der aufgehenden Sonne im Rücken und sangen in einer fremden Sprache eine fremde, angenehme Melodie. Die Männer und Kinder des Dorfes rannten ins Freie, stellten sich in der kühlen Morgenluft neben der Straße auf und verfolgten staunend, flüsternd die lange, ordentliche Prozession, die sich erstreckte, soweit das Auge reichte. Pferde, Wagen, sogar Kanonen. Nie hatten sie etwas so Beeindruckendes gesehen, nie etwas so Gutorganisiertes. Die Frauen aber blieben in den Häusern, riskierten nur einen kurzen Blick durch die geöffneten Türen und Tore und verschwanden sogleich wieder. Das Gerücht ihrer Ankunft war ihnen vorausgeeilt, stolz verkündet von wichtigtuerischen, reisenden Händlern oder geflüstert aus den hungrigen Mündern von Flüchtlingen: Die Chinesen sind da.

Am Dorfbrunnen, dort wo die Lehmwände der Höfe bis an die staubige Straße reichten, gab der Anführer den Soldaten das Signal zum Absteigen. Sie sammelten ihre Pferde und baten um die Erlaubnis, die Tiere zu tränken und hier kurz zu rasten. Die Erlaubnis wurde ihnen erteilt – etwas verwundert. Hatte man nicht Gerüchte gehört, nach denen die Chinesen Schurken und Räuber waren? Und nun erwiesen sie sich als bescheidene Gäste, die nicht nur nichts raubten, sondern auch noch für jede Kleinigkeit um Erlaubnis, gar um Verzeihung baten.

Die Soldaten lächelten dünn, hatten für die Kinder Süßigkeiten parat und für die Männer Zigaretten und wundersame Geschichten. Ihre Kanonen, die sofort die größte Aufmerksamkeit erregten, konnten auf zehntausend Schritt eine Fliege von einem Pferdeohr schießen, ohne das Pferd auch nur zu streifen. Und sie besaßen – noch nicht hier, aber auf dem Weg hierher – Flugzeuge, die mühelos über die höchsten Gipfel klettern und ohne Pause rund um die Welt fliegen konnten, und sie hatten auf den Meeren Schiffe, die groß genug waren, um Pferderennen darauf zu veranstalten. Kurzum: Die Chinesen waren das größte und mächtigste Volk auf der ganzen Welt. Das hörten die Männer im Dorf Dreglug, die nicht viel von der Welt wußten, und sie glaubten jedes Wort und waren tief beeindruckt. Noch mehr aber waren sie beeindruckt von dem Geld, das die Chinesen ihnen überreichten. Sie hatten ja nichts genommen, nur ihre Pferde getränkt und sich ein wenig ausgeruht. Aber sie bestanden darauf, ein ganzes Säckchen voll klingender Silbermünzen zu hinterlassen, bevor sie weiterzogen. Niemand wußte so recht, woher sie kamen und wohin sie wollten und zu welchem Zweck. Niemand außer Sangye Gyatso, der Großgrundbesitzer, der auf einem Gehöft etwas außerhalb des Dorfes wohnte. Sangye stand, auf seine blankgeputzte englische Flinte gestützt, neben den anderen am Straßenrand und sah den Chinesen zu, wie sie auf ihre Pferde stiegen und weiterzogen, während die Dorfbewohner ihnen nachwinkten. Und er sagte: »Freut euch nicht zu früh. Sie werden wiederkommen.« Und die meisten im Dorf konnten an diesem Gedanken durchaus nichts Schlimmes finden. Eine freundliche, lehrreiche Unterhaltung, ein Beutelchen von Silberstücken, die Aussicht auf mehr davon machte niemandem bange.

Wenige Tage später und ebenfalls im Morgengrauen kam die nächste Einheit angeritten, und diesmal schlugen die Soldaten, wohl über dreihundert Mann, ihre Zelte unweit des Dorfes auf den Weideauen am Flußufer auf. Sie bezahlten dafür wiederum in Silbergeld und machten sich sofort nützlich. Der Brunnen war verschlackt? Kein Problem. Hundert chinesische Gefreite krempelten ihre Ärmel hoch und halfen, den Schaden zu beheben. Sie bauten einen neuen, befestigten Weg hinauf zum Kloster, denn der alte war von heftigen Regenfällen schwer beschädigt worden. Die Chinesen verlangten keinen Lohn für ihre Dienste, lehnten freundlich sogar die Schalen von Buttertee ab, die ihnen angeboten wurden, verteilten noch mehr Süßigkeiten an die Kinder und noch mehr Silbergeld an die Männer. Der Abt des Klosters Dreglug

empfing ihren Anführer, einen kleinen, drahtigen Menschen, der nicht älter war als dreißig Jahre, scharfe Gesichtszüge hatte und der den Namen Feng Lizhao trug, mit dem seidenen Begrüßungsschal. Der Mann ließ ihn sich demütig schmunzelnd umhängen. Feng trug keine Uniform wie die anderen, sondern einen ordentlichen und schlichten blauen Anzug, und wie die Menschen in Dreglug bald erfuhren, war er auch kein Soldat, sondern ein »politischer Kommissar«, ein Vertreter der Kommunistischen Partei, und ihm mußten die Soldaten gehorchen.
Feng, seine noch fast jugendliche Stimme hebend, berichtete bei den Volksversammlungen, die er zur allgemeinen Aufklärung einberief, freundlich strahlend und voller Zuversicht von einer neuen Zeit, die nun für Tibet angebrochen sei. »Befreiung« war ein Wort, das dabei sehr oft über seine Lippen kam. Das große chinesische Mutterland tue hier seine Pflicht, sagte er, während die Soldaten die Latrinen säuberten, bei der Ernte halfen und ganz nebenbei vorsichtig Erkundigungen einholten darüber, wer im Dorfe wohl sehr viel Geld haben mochte und wer dagegen nicht so gut verdiente oder vielleicht sogar Schulden hatte.
»Wir sind gekommen, um euch, unseren Brüdern und Schwestern, endlich auf die Beine zu helfen. Ihr sollt in Freiheit und Würde leben unter der korrekten Führung der Partei, so wie alle Völkerschaften des neuen China«, wiederholte der politische Kommissar Feng immer wieder, und die einfachen Bauern hingen an seinen Lippen. »Sobald die ausländischen Imperialisten aus dem Land vertrieben sind und unsere Aufgabe erfüllt ist, werden wir wieder gehen und nicht einmal dann bleiben, wenn ihr uns darum bittet.«
Alle waren sprachlos angesichts dieser selbstlosen Hilfsbereitschaft. Und selbst die, die anfangs, und wenn sie sich unbelauscht fühlten, noch leise Zweifel an den Motiven der Chinesen geäußert hatten, ließen sich durch deren Taten überzeugen.
Nur einer wagte es, bei diesen erstaunlichen Vorträgen die Stimme zu erheben. Sangye, der Großgrundbesitzer, den die Chinesen mit ausgesuchter Höflichkeit und Ehrerbietung behandelten, rief: »Ich weiß nicht, von wem ihr uns befreien wollt. Ich habe jedenfalls noch niemals einen ausländischen Imperialisten zu Gesicht

bekommen. Um genau zu sein, seid ihr Chinesen die ersten Ausländer.«
Der junge Kommissar nickte verständnisvoll und lächelte in sich hinein. »Die ausländischen Imperialisten sind verschlagene Meister der Tarnung. Sie halten sich gut versteckt, sie operieren gerne im verborgenen. Aber die siegreiche und korrekte Kommunistische Partei Chinas wird sie alle ans Licht schleifen und aus dem Mutterland verjagen.«
»Von welchem Mutterland redest du?« hielt wiederum Sangye dagegen, sein Kopf rot vor Zorn. »Von deinem oder von meinem?«
Feng ließ sich seine Gereiztheit nicht anmerken. Nur die Finger beider Hände verkrallten sich ineinander, bis das Weiß an den Knöcheln hervortrat. Doch das sah niemand, denn er hielt seine Hände beim Reden auf dem Rücken.
»Seit Anbeginn der Geschichte gehört Tibet zu China«, referierte der politische Kommissar mit Nachdruck. »Wir haben eine ruhmreiche gemeinsame Vergangenheit und eine glänzende gemeinsame Zukunft unter der Führung der siegreichen und korrekten Kommunistischen Partei und des Großen Vorsitzenden Mao Zedong. Es ist eine unbestreitbare Tatsache, daß Tibet ein Teil Chinas war und immer sein wird ...« Und er erinnerte daran, wie mit der Vermählung König Srongtsan Gampos mit einer chinesischen Prinzessin Tibet in den chinesischen Staat aufgenommen wurde. Er führte aus, wie die chinesischen Kaiser schon immer das Recht für sich beansprucht hatten, die jeweiligen Dalai Lamas auf dem Löwenthron zu bestätigen, wie Tibets Politik von den Ambans, den chinesischen Gesandten, überwacht und gesteuert wurde, wie die Gottkönige Tibets um Audienzen am Pekinger Hof gebeten hatten. Und es gab keinen unter den Zuhörern, der dem etwas entgegenzusetzen hatte. Sogar der widerspenstige Sangye verstummte, denn in der Geschichte kannte er sich nicht so gut aus.
Aber als er nach Hause ging, kochte er vor Zorn. Sangyes Gutshof stand einen halben Kilometer außerhalb des Dorfes, schmiegte sich an den Hügel des Klosterberges, der steil anstieg und auf

dessen Kamm in über 4000 Meter Höhe die Klosterbauten von Dreglug standen wie eine Stadt in den Wolken. Obwohl Sangye nach dem Kloster der zweitgrößte Landbesitzer weit und breit war, sah sein Anwesen, obschon größer, kaum einladender oder vornehmer aus als die Höfe der einfachen Bauern. Nicht viel mehr als drei ineinander verschachtelte Quader aus Lehmwänden, schroffe, fast fensterlose braune Außenwände, denn Schutz vor den Schnee- und Sandstürmen war den Bewohnern allemal wichtiger als einfallendes Sonnenlicht. An den Ecken und auf dem flachen Dach wirbelten wie auf jedem anderen tibetischen Haus die bunten Gebetsfahnen im Wind.

»Sie reden und reden«, wetterte der Grundbesitzer. »Sie reden uns klein und sich selbst groß. Sie lügen und betrügen.«

»Aber vielleicht haben sie wirklich keine schlechten Absichten«, hielt sein jüngerer Bruder dagegen, der auf dem Familiengut zu Besuch war und wie immer bemüht, die wilden Ausbrüche Sangyes wenigstens etwas zu dämpfen.

»Ach, was weißt du schon von Politik, Tenzin? Du bist ein Lamm. Du vermutest immer das Beste in den Menschen, bis sie dich schlachten. Aber glaube mir, die Chinesen kennen keinen Gott, und sie sind Feinde der Religion. Ich habe Berichte aus dem Osten gehört. Da haben sie Klöster niedergebrannt und Mönche wie dich erschlagen. Die Chinesen sind allesamt Mörder.«

Tenzin Gyatso war fünfzehn Jahre jünger als sein Bruder und gerade zwanzig Jahre alt. Sie hätten verschiedener nicht sein können: Der starke, hochgewachsene, zornige Sangye war ein stolzer Herr mit strenggeflochtenem Zopf, in den Schmuckstücke aus Lapislazuli eingewirkt waren. Mit dunkler, rissiger, sonnengebräunter Haut und einem dünnen, aber kriegerisch anmutenden Bart. Wenn er, wie jetzt, wütend durch den Raum stampfte, dann schien es, als erzitterten die Wände unter seinen Tritten. Seine muskulösen Arme hatte er trotzig in die Seiten gestemmt. Tenzin aber saß still am Tisch, in seine tiefrote Robe gehüllt, das Haupt in Demut kahlgeschoren. Tenzin war der einzige aus der noblen Familie der Gyatso, der sich zum Klosterleben hingezogen gefühlt hatte. Der dritte Bruder stand im Dienste des örtlichen Gouverneurs und war, wenn man Sangye glauben konnte, ein durch und durch korrupter und verweichlichter Idiot, der sich von den Chinesen Honig um den Bart schmieren ließ und nichts anderes hoffte, als unter der fremden Herrschaft weiterhin seine Adelsprivilegien bewahren zu dürfen. Der vierte Bruder hatte den noblen Stand der Familie voll genutzt und bekleidete ein – unwichtiges, aber gut bezahltes – Amt in der Nähe des Dalai Lama in Lhasa. Eine jämmerliche, rückgratlose Hofschranze, schimpfte Sangye. Daß sein jüngster Bruder sich den Mönchen angeschlossen hatte, war für Sangye ebenfalls nicht leicht zu akzeptieren. Und niemals hatte er verstanden, wieso Tenzin sich nicht einmal dabei helfen lassen wollte, das schlichte und freudlose Leben im Kloster Dreglug etwas angenehmer zu gestalten. Mit ihrem beträchtlichen Familienvermögen wäre es ein leichtes gewesen, ihm gleich zu Anfang seiner Mönchslaufbahn die herausgehobene Stellung eines Tulku, einer Reinkarnation, zu verschaffen. Dann hätte er wenigstens Anspruch auf besseres Essen und eine bequemere Unterkunft gehabt. Dazu bedurfte es nicht viel mehr als einer einmaligen, großzügigen Einzahlung in die Klosterkasse. Das hätte eine reichhaltige Mahlzeit für alle Mönche bedeutet, und Tenzin wäre geschwind zur Wiedergeburt eines historisch bedeutenden Lamas erklärt worden. Aber nein, der störrische Junge wollte sich unbedingt aus eigener Kraft hocharbeiten. Wollte lernen und studieren und sich nicht helfen lassen. Es war zum Zerwürfnis gekommen – aber auch die bittersten Streitereien mit Sangye dauerten nie sehr lange. Sein Bruder, wenn sein unbändiger Zorn einmal verraucht war, nahm ihn in den Arm und bat unter Tränen um Verzeihung. Seine Ausbrüche kamen und gingen wie Unwetter im Sommer. Nur seine Ausbrüche gegen die Chinesen hielten an. Er haßte die Eindringlinge aus tiefster Seele. Haßte ihre Fremdheit, ihr aufgeblasenes, politisches Geschwätz und ihre Falschheit.

»Sie haben sich Kham bereits unter den Nagel gerissen«, grollte er. »Sie haben Amdo abgetrennt und es weggenommen. Wer sich widersetzte, der wurde erschossen. Genauso wird es uns auch ergehen.«

Tenzin hörte seinem Bruder zu, aber er verstand nicht. Wie konnte man denn große Gebiete wie Kham und Amdo wegnehmen? Mit hohen Bergen, Tälern, mit Städten und Menschen? Das alles konnte doch niemand so einfach einpacken, mitnehmen und woanders wieder auspacken! Und was blieb, wenn die Gebiete weg waren? Nichts? Eins schwarzes Loch? Er war zu dumm und unerfahren und wagte nicht zu fragen.

»Wenn ich nicht Felder hätte, die zu bestellen sind, wenn nicht das Leben von Bauern und ihren Familien davon abhinge, dann hätte ich schon längst die Waffen in die Hand genommen und wäre in die Berge gegangen, um sie zu bekämpfen, die gottlosen, verlogenen Räuber«, tobte Sangye weiter.

»Ich muß jetzt zurück ins Kloster«, wagte Tenzin den Wutausbruch des Bruders zu unterbrechen.

»Warte, ich lasse dir einen Wagen kommen.«

»Nein. Ich laufe lieber.«

»O ja, natürlich. Ein Insekt könnte unter dem Wagenrad zerquetscht werden.«

Sangye war verbitterter, als Tenzin ihn jemals gesehen hatte. Aber es war ihm nicht bange um seinen Bruder. Er war ja Mönch geworden, und er würde für ihn beten. Immer wieder und wieder dieselben heiligen Worte murmeln im Schein der Butterkerzen, die Gebetsmühlen zum Kreisen bringen, die Gebetsfahnen in den Wind hängen, damit Sangye und er und alle Wesen endlich aus dem ewigen Rad des Leides erlöst würden und den Weg fänden zur Erlösung.

»Deine Mühen sind ganz umsonst, weißt du?« verabschiedete sich sein Bruder mit zynischem Grinsen. »Auch das Beten kannst du getrost den Chinesen überlassen. Ich habe es heute bei der Versammlung gehört. Nirwana ist nichts anderes als eine klassenlose Gesellschaft. Und dafür sind nun mal sie zuständig.« Doch dann hielt er inne, umarmte den jungen Mönch und küßte ihn auf die Stirn. »Nein, nein, höre nicht auf mich. Geh zurück und bete, mein Junge. Bete für mich und bete für Tibet.«

Und das tat Tenzin. Noch lange nach der abendlichen Andacht saß er in der Halle der vierzig Säulen unter den hundert heiligen Thangkas und dem Brokatschmuck in einer ruhigen Ecke, hypnotisiert von den Zeilen des Gebetbuches, dessen heilige Verse er murmelnd herunterlas. Während die anderen Mönche schon längst zu Tisch und zu Bett gegangen waren, saß er allein da und summte still bis in die Nachtstunden die Gebete vor sich hin, als ein langer Schatten über ihn fiel und seine Konzentration störte. Jemand stand vorne am Altar.

Tenzin erkannte nur einen Umriß im Flackerschein der Butterlampen. Es war kein Mönch, denn er trug keine Robe.

Er trug einen Anzug.

Es mußte einer der Chinesen sein, dachte Tenzin. Also sind der Zorn und die Angst meines Bruders doch ganz grundlos, denn auch die Chinesen verehren unsere Götter, obwohl alle sagen, sie seien ganz gottlos. Von seinem Platz weit hinten in der Halle sah er den Fremden, der mit ehrfürchtig gesenktem Haupt vor der Statue des Buddhas Maitreya verharrte. Lautlos erhob sich Tenzin, schlich im Schutz der Pfeiler näher zum Altar. Eben streckte der Chinese die Hand aus, vermutlich, um ein Opfer zu bringen. Aber er opferte nicht.

Er blickte sich hastig um, ohne den jungen Mönch zu bemerken, der hinter einer roten Säule nur fünf Meter neben ihm stand, und griff nach einer goldenen Figur des Medizin-Buddhas, die er schnell in seiner Umhängetasche verschwinden ließ.

War ein Laut des Entsetzens aus seiner Kehle entwichen? War er zusammengezuckt, und das Rauschen seiner Robe hatte ihn verraten, oder sagte der hellwache Instinkt aller Diebe auch diesem Dieb jetzt, daß er nicht allein war? Er fuhr herum, kaum daß er seine Beute verstaut hatte, sah Tenzin starr vor Furcht und sprachlos angesichts des Sakrilegs, und lächelte. Seine Lippen gaben seine schlechten Zähne frei, und er grinste wie ein grausamer Dämon, während das Licht der Altarlampen unheimlich auf seinem Gesicht tanzte, als er auf Tenzin zukam. Tenzin konnte ganz deutlich sein Gesicht erkennen, und der Dieb sah seines. Doch der junge Mönch hatte nicht den Mut, sich dem Altarräuber entgegenzustellen. Er drehte sich um, raffte seine Robe zusammen und lief, den Kopf geduckt, so schnell er konnte in den Hof hinaus, durch die engen Klostergassen, die Treppen und Leitern hinauf, bis er in

seine Klause kam. Leidend und in der Furcht, entdeckt zu werden, als sei er selbst der Dieb, durchlitt er wachend und betend diese und viele andere Nächte und wünschte sich oft, er hätte die Stärke, den Mut und den Zorn seines Bruders Sangye. Denn dann hätte er nicht geschwiegen. Dann hätte er den Dieb offen beschuldigt, hätte Lärm geschlagen und den Abt eingeweiht und alle im Kloster, im Dorf und in ganz Tibet wissen lassen, daß die Chinesen Räuber waren, die sich nachts in fremde Heiligtümer schlichen, um sich zu bereichern. Aber er schwieg und bereute es nicht. Denn als er am nächsten Morgen wieder in die Halle der vierzig Säulen kam, stand der Medizin-Buddha wieder an seinem Platz, als sei nichts geschehen. Vielleicht hatte der Dieb seinen Fehler erkannt und war reumütig geworden. Vielleicht, so dachte Tenzin, hatte er das alles auch nur geträumt. Vielleicht hatte die Unterhaltung mit dem wütenden Sangye ihn so mißtrauisch gemacht, daß er Visionen hatte. Bald hatte Tenzin den Vorfall wieder vergessen, denn seine Studien der komplizierten alten Schriften beanspruchte seine ganze Aufmerksamkeit.
Aber der Dieb vergaß nicht.

Feng Lizhao, der politische Kommissar, verfluchte sich für seinen Leichtsinn, stellte die Buddhafigur auf ihren Platz zurück und verließ eilends die Gebetshalle. Was er getan hatte, konnte ihm den allergrößten Ärger einbringen. Die Tibettruppen waren zu eiserner Disziplin angehalten. Keinerlei Übergriffe, keine Beschlagnahmungen, und vor allen Dingen kein Diebstahl!
Sie sollten das Vertrauen und die Zuneigung der Bevölkerung gewinnen, das war ein Parteibefehl. Sie waren die Befreiungsarmee. Jedenfalls noch.
Feng, Bauernsohn aus Sichuan und Absolvent der Zentralen Parteischule in Peking, hatte sich freiwillig zum Dienst in Tibet gemeldet, weil es ein unbeliebter Posten war, voller Ärger und voller Entbehrungen, vor denen die meisten seiner Genossen zurückschreckten. Es zog die Ehrgeizigen in die Verwaltung des Parteiapparates, wo sie sich mühsam hochdienen mußten. Das war nicht Fengs Stil. In Tibet konnten auch blutjunge und uner-

fahrene Kader wie er sofort in leitende Positionen kommen, konnten Einheiten und ganze Garnisonen leiten. Kein Offizier, nicht einmal die Generäle durften Entscheidungen treffen, ohne den politischen Kommissar, den allmächtigen Vertreter der siegreichen und korrekten Kommunistischen Partei zu konsultieren. Die schnellen Aufstiegsmöglichkeiten waren einer der Gründe, warum es Feng nach Tibet gezogen hatte. Aber wichtiger noch war, daß er die politischen Zusammenhänge kannte und wußte, daß irgendwann andere Zeiten anbrechen würden, in denen die Heuchelei ein Ende haben und China mit aller Macht über Tibet hereinbrechen würde. Dann würde seine Stunde schlagen. Er mußte nur auf diese Stunde warten, sich vorbereiten und geduldig sein. Dann würde er reich belohnt werden. *Xizang* nannten die Chinesen Tibet. »Die westliche Schatztruhe.« Feng war fest entschlossen, sich seinen Anteil am tibetischen Schatz zu sichern.

24. Kapitel

Lhasa

»Ich muß den Ionisierer anschließen«, war alles, woran er denken konnte, als er endlich in seinem Zimmer war. Er riß seine Reisetasche auf und holte das Gerät hervor, keuchte schon unter dieser Anstrengung. Den Stecker in der Hand kniete er erschöpft vor einem unbekannten Typus von Steckdose. Drei Schlitze, ein verdammtes Dreieck von schrägen, senkrechten Schlitzen! Er stützte sich mit einer Hand an der Wand ab und versuchte, den zweipoligen Stecker des Ionisierers irgendwie da hineinzuwürgen. Vergebens.

Wie schwer ein Telefonhörer sein konnte! dachte Artie mit einem Gehirn, das nicht ihm zu gehören schien, sondern das irgendwo im Raum herumschwappte wie ein Huhn in einer Suppenschüssel. Sein Schädel dröhnte, sein Puls raste.

»Adapter! Ich brauche einen Adapter!« keuchte er in den Apparat.

»Kein Problem, kommt sofort!« sagte eine piepsige Frauenstimme in gebrochenem Englisch. Artie lehnte immer noch kraftlos an der Wand neben der fremden Steckdose, als es wenig später an der Tür klopfte. Er erhob sich unter unsäglicher Mühe, rang eine weitere Ohnmacht nieder, öffnete und sah sich einem kurzen, dünnen Männlein in einem weißen Kittel gegenüber. Artie streckte die Hand aus, aber statt ihm einen Adapter zu geben, ergriff das Männlein seine Hand und schüttelte sie, geleitete dann den wehrlosen, verblüfften Gast zu seinem Bett und holte aus dem Schrank ein aufblasbares Kissen hervor.

»Nein, nein«, jammerte Artie, mit einer üblen Schwindelattacke ringend. »Kein Scheißkissen. Ich brauche einen verdammten Adapter!«

»Aber ich bin der Doktor«, sagte das Männlein beleidigt.

Artie stöhnte, grunzte, wimmerte. Ließ sich von dem Doktor einen grünen Plastikschlauch in die Nase einführen, der aus dem Kissen ragte, und atmete tief und gierig ein.
»Gut ... gut«, dachte er. »Sauerstoff.« Zu dem zischenden Geräusch des Luftkissens liefen die Erlebnisse der letzten Stunden vor ihm ab wie ein Film. Wie verabredet hatte das pickelige Mädchen ohne Brüste ihm am späten Abend seinen Paß und die Genehmigung auf das Hotelzimmer gebracht, nachdem sie sich von dem sonderbaren Professor aus Peking verabschiedet hatten, der sie mit den abenteuerlichsten Spukgeschichten über den Dämon namens Kamdhar Gyor eingeschüchtert hatte und dem Artie noch immer nicht ganz über den Weg traute. Das Mädchen wimmelte er schnell wieder ab. Früh am Morgen, noch vor Sonnenaufgang, hatten sie sich alle in der Empfangshalle des Jinjiang-Hotels getroffen, waren gemeinsam hinaus zum Flughafen gefahren und hatten im ersten Tageslicht die Maschine nach Lhasa bestiegen. Das verdammte Stück Papier, die beschissene Einreisegenehmigung, für die er 25000 Dollar bezahlt hatte, interessierte keinen. Er drängte sie den Leuten am Schalter der Fluglinie förmlich auf. Niemand warf auch nur einen Blick darauf. Sie hatten ihn geleimt. Aber das war ihm jetzt auch egal. Er versuchte, nicht mehr daran zu denken, denn wenn er daran dachte, kamen ihm Mordgelüste.
Artie, der in der Nacht kaum Schlaf gefunden hatte, war noch vor dem Abheben in einen tiefen Schlummer versunken, bei dem ihn noch nicht einmal der blutrünstige Dämon heimsuchte. Er hatte von Catherine die Geschichte mit dem Brieföffner gehört und nicht begriffen, ihr aber immerhin so viel entnommen, daß dieser Brieföffner ein gutes Gegenmittel gegen böse Träume war. Und so blieb er immer in Catherines Nähe, saß auch im Flugzeug auf dem Sitz neben ihr, im Wirkungsbereich des magischen Brieföffners, und hätte sich unter lustigeren Umständen ausgeschüttet vor Lachen über die Absurdität dieser Situation. Aber nach Lachen war ihm weniger denn je zumute.
Beim Anflug auf Lhasa war er erwacht, nach Luft schnappend, hatte aus dem Fenster auf eine unwirtliche, bräunliche Mondland-

schaft geblickt, die ihn vage an die Wüste von Nevada erinnerte. Nur in den Tälern waren – einzige Zeugnisse menschlichen Wirkens – vereinzelt Felder und Wiesen angelegt. Die Berge ringsherum aber waren schroff, graubraun und abweisend, als sei das Land jenseits aller Zeitrechnung, jeder Zivilisation, als sei es ein anderer Planet. Das Land sah aus wie ein riesiger Bogen groben braunen Packpapiers, den ein Riese zusammengeknüllt und dann wieder ausgebreitet hatte. Berghänge wie Kathedralen, andere wie die Rücken schlafender Monster. Artie kramte aus seiner Brusttasche einen PowerBar hervor und kaute geistesabwesend darauf herum. Trotz des süßlichen Apfel-Zimt-Aromas wollte der klebrige Riegel nach nichts anderem als geronnenem Achselschweiß schmecken, und er wickelte ihn nach zwei Bissen wieder in das Papier und steckte ihn weg. Die Höhenluft machte ihm vom ersten Moment an zu schaffen. Schnaufend erreichte er den Fuß der Gangway, mit Schwindelgefühlen kämpfend wartete er an die Wand gelehnt am Gepäckband auf seine Reisetaschen.

»Machen Sie bloß keine hastigen Bewegungen«, ermahnte ihn der Professor aus Peking überflüssigerweise, denn zu hastigen Bewegungen war er überhaupt nicht in der Lage. Er kam sich vor wie der Hauptdarsteller eines Films in Zeitlupe. Catherine sah noch anämischer aus als sonst und hielt sich von den beiden Männern fern. Sie stand bei der Gruppe von unsympathischen Studenten, mit denen sie eingereist war und die sich um diese langgliedrige Frau scharten wie Kinder um ihre Lehrerin. Eine Frau übrigens, die Artie vorübergehend an die Schwelle zur Herzattacke gebracht hatte, weil sie seiner geschiedenen Nicole auf so unheimliche Weise ähnlich sah, daß er, als er sie in der Abflughalle des Flughafens von Chengdu erblickte, beinahe in Tränen ausgebrochen und auf sie zugerannt wäre. Catherine hielt ihn zurück. Die Frau, zischte sie ihm zu, hieß Zonia und war eine militante holländische Lesbierin. Artie legte dann doch keinen Wert auf ihre Bekanntschaft und war froh, daß die Gruppe einen Bus bestieg. Er und Prof. Li fuhren in einem Taxi hinterher. Fast hundert Kilometer bis in die Hauptstadt. Das Lhasa-Hotel, in dem sie die Zimmer reserviert hatten, sah aus, als hätte ein depressiver Architekt sich nicht entscheiden können, ob er eine Kaserne oder ein Gefängnis schaffen wollte. Das Ergebnis war ein grauer, freudloser Bunker, dessen verkleckerte Teppichböden sich wellten, dessen Zimmerbeleuchtung schief angebracht war und aus dessen Wasserhähnen eine bräunliche Soße floß. Es war das ehemalige Holiday Inn, wie Artie am Rezeptionsschalter von einer mitteilungsbedürftigen Studentin aus Zonias Gruppe erfuhr.

»Soso«, sagte er. Das Mädchen, das sich Betsy nannte, hatte ein süßes Gesicht, aber war leider völlig kahlgeschoren. Sie berichtete, wie die Freunde Tibets im Internet, in der Presse und auf Plakaten mächtig Stimmung gegen Holiday Inn gemacht hatten, die Hotelkette, die so unmoralisch war, daß sie hier im Herzen des unterdrückten Tibets mit dem Fremdenverkehr auch noch schmutzige Dollars verdiente. Außerdem, setzte sie raunend hinzu, seien hier auch chinesische Soldaten untergebracht gewesen, die Tibeter erschossen hätten.

»Die haben sich in diesem Prachtbau sicherlich wie zu Hause gefühlt«, quälte sich Artie mühevoll nach einer Antwort. Betsy nickte ernst und wußte nicht, wovon er redete.

Schnellstens verabschiedete Artie sich auf sein Zimmer, wo er nun völlig ermattet ausgestreckt auf dem Bett lag. Dabei bearbeitete er das Sauerstoffkissen wie einen Dudelsack und saugte gierig den Sauerstoff ein. Er wagte nicht, an den Moment zu denken, da das Kissen entleert sein würde, und fragte sich, wozu er überhaupt hierhergekommen war. Es war aussichtslos, sein Kopf brummte wie nach einem verheerenden Saufgelage, seine Glieder schmerzten, und er hatte kaum noch genug Bargeld bei sich, um Souvenirs zu kaufen, geschweige denn, Paul aus dem Knast freizukaufen. Ihm blieb nichts anderes übrig, als den Worten dieses Prof. Li zu vertrauen, dem Mann, der keine Zufälle kannte. Der hatte gesagt, daß Artie und niemand sonst auf der Welt Paul McGregor würde retten können. Er hatte gesagt, daß Pauls Verhaftung, Arties und Catherines Träume, der Mordanschlag auf den Dalai Lama und – hatte er mit erstickter Stimme hinzugefügt – sein eigenes Leid, kurz: daß alles, was ihnen und anderen in den letzten Tagen widerfahren war, Teil eines großen, monströsen Schemas war, das dazu dienen sollte, die Herrschaft Kamdhar Gyors vorzubereiten. Diese merkwürdige Aussage, begleitet von den Klängen eines Liedes von Bob Marley in einem schummrigen Reggae-Club von Chengdu, war alles, woran Artie sich festklammern konnte. »Was immer Sie tun«, hatte Prof. Li gesagt, »Sie können nicht irren. Alles hat einen Sinn. Alles gehört zusammen. Es gibt keinen Zufall.«

In einem Zimmer in einem anderen Flügel des Lhasa-Hotels kniete ein Grüppchen aufgeregter junger Amerikaner dicht gedrängt rund um ein Bett wie um den Mittelpunkt eines kultischen Altars. Sie hatten den Fremdenführer endlich abgewimmelt, einen aufdringlichen jungen Tibeter, der sich Jonathan nannte, sie schon am Flughafen in Empfang genommen hatte und wie eine Klette an ihnen klebte. Er hatte sich an jedem Gespräch beteiligen wollen und sie unablässig mit Beteuerungen genervt, wie gut es den Tibetern heutzutage ging. »Vorsicht mit ihm«, hatte Zonia gewarnt. »Er ist ein Spitzel. Aber ohne Aufpasser gibt es keine Tour ...« Jonathan hatte sie am Abend zum Tanzen in die Diskothek JJs ausführen oder sie zu einem vergnüglichen Karaoke-Abend überreden wollen, aber sie schützten Müdigkeit vor und versammelten sich in Steves Zimmer. Ausgebreitet auf der nicht ganz sauberen Tagesdecke waren die sieben Teile des Spruchbandes mit der Aufschrift »Free Tibet!«. Aneinandergenäht war es zwanzig Meter lang und fünf Meter breit; sie hatten es in ihren Koffern unauffällig durch den chinesischen Zoll geschmuggelt. Jetzt fädelten sie reißfesten Zwirn durch winzige Nadelöhre und fügten die Teile zusammen, denn bald würden sie losschlagen und der Welt ein Zeichen setzen. Die Fotos und das Videomaterial von dieser Aktion würden in den Zeitungen und in den Nachrichten erscheinen, würden Millionen von Menschen wachrütteln und endlich die Aufmerksamkeit aller auf Tibet lenken – und auf sie selbst, die unerschrockenen Freiheitskämpfer. »Zonias Armee« nannten sie sich.

»Ein bißchen mulmig ist mir schon«, gestand eine junge Frau mit rotgefärbtem Haar namens Olivia.

»Mach dir keine Sorgen«, beruhigte der junge Steve, der vor wenigen Tagen in Matthews Meditationsklasse die kurze Ansprache gehalten hatte. »Was können sie uns denn schon anhaben? Die Weltöffentlichkeit schaut auf uns! Sie können uns höchstens für ein, zwei Tage einsperren, dann wird der politische Druck zu groß, und sie müssen uns loslassen.«

»Genau wie die Leute von Greenpeace, die damals auf dem Tiananmenplatz in Peking das Transparent entfaltet haben. Die sind auch sofort wieder freigekommen, oder?« bemerkte sein Nachbar, dessen langes Haar unter einer Baseballkappe zu einem Pferdeschwanz zusammengebunden war, während er hochkonzentriert die Nadel führte.

»Kannst du dir vorstellen, wie Amerika reagiert, wenn deine Mutter tränenüberströmt in den Nachrichten erscheint und ruft: ›Gebt mir meine Tochter wieder!‹?«

»Wir müssen aufpassen, daß wir nicht einen Krieg auslösen.«

»Es wird uns nichts passieren!«

»Du hast gut reden«, versetzte die rothaarige Olivia. »Wenn sie uns verhaften, bist du schon auf dem Weg in die Freiheit!«

Der Pferdeschwanz und seine geschorene Freundin Betsy hatten eine digitale Videokamera und einen Fotoapparat im Gepäck, sie würden während der Aktion unten in der Stadt plaziert sein und, sobald das Transparent entrollt und die Aufnahmen gemacht waren, zum Flughafen eilen, eine Maschine nach Chengdu besteigen und direkt weiter nach Hongkong fliegen, um dort die Vertreter aller internationalen Medien zu kontaktieren. Wenn alles lief wie geplant, konnten die Bilder bereits am frühen Abend desselben Tages in aller Welt ausgestrahlt werden. Rechtzeitig noch für die Frühstücksnachrichten in Amerika. Der »Pferdeschwanz« und Betsy würden selbstverständlich gerne für Interviews und Live-Schaltungen zur Verfügung stehen und waren darauf vorbereitet, den unwissenden Zuschauern einen schockierenden Bericht über die chinesische Unterdrückung in Tibet zu geben. Zwangsabtreibungen, Masseneinwanderung von Chinesen, Umweltzerstörung, Unterdrückung des Glaubens und so weiter. Zonia hatte ihnen lange und einprägsame Vorträge gehalten. Die ganze Palette des Grauens würden sie ausbreiten, und wenn sie damit fertig waren, dann mußte jeder aufrechte Amerikaner erfüllt sein von dem dringenden Wunsch, etwas zu unternehmen, um es den Chinesen endlich heimzuzahlen.

»Meint ihr, sie werden uns mißhandeln?« fragte die zweite Frau in der Runde, ein mäuschenhaftes Wesen, das nur mitgekommen war, weil sie Zonia über alle Maßen vergötterte.

»Quatsch«, wehrte Steve ab. »Sie werden uns vielleicht ein bißchen ruppig anfassen, aber sonst nichts. Ein paar blaue Flecken müssen wir schon einstecken. Aber wir haben die Medien hinter uns, kapiere das doch endlich. Mit uns können sie nicht so umgehen wie mit den Mönchen und Nonnen, die sie einsperren.«

»Ich hoffe, sie begreifen den Unterschied«, flüsterte das Mädchen und wünschte sich, daß Zonia hier wäre.

Aber Zonia war unterwegs zu einem geheimen Treffen.

Es geschah nicht oft, daß Zonia Frauen traf, die sie beeindruckten oder ihr, der hartgesottenen, globalen Aktivistin, imponieren konnten. Genaugenommen war es noch niemals geschehen. Niemand, den sie jemals traf, konnte eine auch nur annähernd so umfangreiche Sammlung von Zeitungsmeldungen mit dem eigenen Namen vorweisen wie sie. Aber jetzt traf sie eine Frau, die noch nie in irgendeiner Zeitung erwähnt worden war, deren Gesicht jedoch wie dafür geschaffen und – ähnlich wie dieses alte Che-Guevara-Bild, das in allen anständigen Studentenwohnungen hing – perfekt war, um berühmt zu werden. Die Tibeterin, die sie bei ihrem Abendspaziergang entlang der Verkaufsstände unweit des Hotels ansprach, war die einzige Frau, deren Züge noch härter, deren Wille noch unbeugsamer und deren hochgewachsener Körper noch drahtiger und zäher erschienen als ihre eigenen. Sie trug einen Rock aus grobem Stoff, der bis auf den Boden reichte, eine bunt gestreifte Schürze, deren einst strahlende Farben längst verwaschen waren, und darüber einen billigen, schmutzigen Acrylpullover.

»Kaufen Sie eine Gebetsmühle?« drängte sich die Frau mit dem vereinbarten Gruß an sie heran. In der Menge der Händler, die

auf roten Tüchern auf dem Bürgersteig unweit des Hotels Krüge, Kannen und Wandschmuck, Kettchen, Decken, Thangkas und Trinkgefäße aus falschen Hirnschalen (sie waren in Wirklichkeit aus Hartgummi) mit unechtem Silberbeschlag feilboten, fiel sie nicht auf.
»Looki, looki, cheapy, cheapy«, krähten die Frauen ringsherum und versuchten, die Aufmerksamkeit der umherschlendernden Ausländer auf ihre Auslagen zu lenken.
»Nur wenn Sie mir sagen, wie man die benutzt«, erwiderte Zonia. Ein flüchtiges Lächeln huschte über das eisenharte Gesicht der Tibeterin, während sie Zonia von den anderen Händlern wegführte zu einer großen schwarzen Tasche, die sie neben dem Bürgersteig im Gras abgestellt hatte. Zonia trug wie zufällig eine ganz ähnliche Tasche, die sie direkt neben der anderen abstellte.
»Sie werden beobachtet«, sagte die Tibeterin. Ihre rehbraunen Augen funkelten, ihre Lippen lachten und zeigten eine Reihe makelloser weißer Zähne. »Zwei Leute sind Ihnen vom Hotel aus gefolgt.«
Zonia war erregt. »Das bin ich gewohnt.« Sie liebte nichts mehr als ebendiesen Kitzel. Und sie hatte lange auf diesen Moment gewartet. Vor Monaten hatte sie über ihre eigenen, weitverzweigten Kanäle die ersten Erkundigungen eingezogen. Wer, so lautete ihre Frage, wer konnte ihr bei einem großen – ihrem bisher größten – Vorhaben in Lhasa behilflich sein? Gab es einen tibetischen Untergrund, gab es Kämpferinnen, die sich ihr anschließen würden? Es war eine lange, schwierige Suche gewesen. Überall warf sie Schlingen und Netze aus, besuchte alle Veranstaltungen der Exiltibeter, besuchte mittelmäßige Benefizkonzerte, hitzige Diskussionsabende und kulturhistorische Ausstellungen in den USA und ihrer alten Heimat Europa, schickte – ganz die globale Aktivistin – E-Mails und Briefe rund um den Erdball, bis ihr endlich der entscheidende Durchbruch gelang. Es gab, teilte ihr ein nervöser, mickriger Mann in einem Schnellrestaurant in Boston mit, eine einzige, sehr aktive Frau in Lhasa, die umstürzlerische Flugblätter verteilte, verbotene Versammlungen organisierte und sogar einen Sprengsatz vor einem chinesischen Verwaltungs-

büro in Lhasa hatte hochgehen lassen. Es sei, sagte der Wicht, sehr schwierig, mit dieser Person in Kontakt zu treten, er selbst kenne noch nicht einmal ihren Namen. Aber er wisse, daß es einen chinesischen Fotografen gebe, der gelegentlich mit ihr zusammenarbeite und mit ihrer Hilfe einige wichtige Zeugnisse der Unterdrückung Tibets aus dem besetzten Land in die freie Welt schmuggeln könne. Der chinesische Fotograf, beeilte sich der Mann hinzuzufügen, sei eigentlich kein Fotograf, sondern vielmehr ein Dissident mit einer Kamera. Aber das interessierte Zonia nicht so sehr. Sie war eher etwas enttäuscht darüber, daß der Fotograf keine Fotografin war, und machte sich eine geistige Notiz, ihn dazu zu bringen, daß er auch sie fotografieren würde. Sie trat mit ihm in Verbindung, sie schrieb ihm einen kurzen, ersten Brief, der mit Unverfänglichkeiten gespickt war, im Falle, daß er in die Hände eines Zensors fallen würde. Zu ihrer Überraschung war seine Antwort mutig und eindeutig. Was sie denn zur Befreiung Tibets beizutragen gedenke? Und sie schrieb ebenso klar und mutig zurück: »Ich will das örtliche Hauptquartier der Chinesen in die Luft jagen.« Lange, sehr lange wartete sie auf eine Antwort. Sie dachte schon, sie habe ihn verschreckt und er habe den Schwanz eingezogen. Er war schließlich nur ein Mann. Doch die Antwort kam. Unerwartet und auf ungewöhnlichem Weg. Er rief sie an. Er sei für ein paar Tage in Los Angeles, sagte er in gebrochenem Englisch. Er vertraue darauf, daß die amerikanischen Telefonleitungen nicht abgehört würde, und er wolle ihr eine Botschaft aus Lhasa übermitteln. Die Frau, die sie suche, werde sie zu diesem Datum, um diese Uhrzeit an diesem Ort erwarten und mit den Worten »Kaufen Sie eine Gebetsmühle?« ansprechen. Und Zonia solle antworten: »Nur wenn Sie mir sagen, wie man die benutzt.« Sie habe Sprengstoff genug, aber Zonia solle einen Zünder mitbringen.

»Wir haben nicht viel Zeit. Wann wollen Sie es tun?« fragte die Frau. Ihre großen Augen funkelten drängend und geheimnisvoll.

»Morgen früh«, bestimmte Zonia.

»Kennen Sie sich mit Sprengstoff aus?«

»Natürlich. Semtex? TNT?«

»Dynamitstangen.«
»Etwas altmodisch, aber machbar.«
»Sie müssen sehr, sehr vorsichtig damit umgehen. Die Stangen, die ich habe, sind über dreißig Jahre alt und hochexplosiv. Chinesischer Eigenbau.«
»Ich mag scharfe Sachen«, sagte Zonia und grinste herausfordernd. Die Tibeterin hielt ihrem Blick stand, völlig unbeeindruckt.
Zonia trat räuspernd den Rückzug an. Die Tibeterin kramte eine andere Gebetsmühle hervor, die Zonia kritisch in ihre Hand nahm und ein wenig kreisen ließ. Wer sie beobachtete, mußte meinen, sie erwäge den Kauf. »Ich habe das Gebäude heute in Augenschein genommen. Ich brauche viel davon.«
»Reichen dreißig Kilogramm?«
»Damit kann ich zumindest einigen Schaden anrichten.«
»Ich will nicht, daß es Tote gibt. Nur einen, den Vizedirektor, der ein Mörder ist. Ihn will ich treffen.«
»Wird gemacht. Wie komme ich rein?«
»Einfach an den Wachen vorbeimarschieren. Sie sind Ausländerin. Sie können ohne Schwierigkeiten das Gelände betreten und so tun, als gingen Sie jeden Tag dort ein und aus. Wenn man Sie fragt, sagen Sie, Ihr Paß sei gestohlen worden, und fragen nach irgendwem. Niemand wird Ihnen helfen ...« Mit einem Mal hielt sie inne, ihr Blick starr auf einen Punkt neben Zonias Kopf geheftet. Zonia bemerkte, wie ihre Augen einer Person folgten, die irgendwo hinter ihrem Rücken die Straße überquerte.
»Ich ... muß ... weg ... schnell«, stotterte die Tibeterin. Zonia ergriff schnell die schwere Tasche mit dem Dynamit.
»Sehe ich dich wieder?« fragte sie. Sie bekam keine Antwort. Die Frau, eben noch stark und cool, nun totenbleich und sich immer wieder umblickend, raffte in aller Eile ihre Sachen zusammen und verschwand in der Menge der Händler und Spaziergänger. Es mußten die Verfolger aus dem Hotel sein, die der Frau einen solchen Schrecken eingejagt hatten, dachte Zonia.
Aber sie lag falsch. Kein chinesischer Spitzel, kein chinesischer

Soldat und kein Polizist, nicht einmal ein Henker konnten Dawa so sehr erschrecken, daß sie fast den Verstand verlor.
Kein lebendes Wesen konnte das.

Das schräg einfallende Sonnenlicht des späten Nachmittags verlieh den goldenen Dächern und Figuren des Jokhangs einen Glanz, der nicht mehr von dieser Welt war. Es boten sich Szenen, die nicht in dieses Jahrhundert passen wollten. Menschen, die in einer anderen Zeit zu Hause zu sein schienen, hatten sich vor dem hölzernen Säulenportal des größten Heiligtums der Tibeter in Lhasa versammelt und warfen sich nieder auf die Steine vor dem Jokhang-Tempel, die inzwischen Generationen von Pilgern glatt und glänzend getreten hatten. Wieder und immer wieder streckten sie ihre gefalteten Hände zum Himmel, Männer, Frauen, alte Weiber, die kaum mehr gerade gehen konnten, berührten ihre Stirn, Kehle und Brust und gingen in die Knie, steckten die Hände in Handschuhe aus Pappe und glitten auf den Steinen, bis ihre Stirn den Boden berührte, und standen wieder auf, während sie die heiligen Worte murmelten.
Die sich nicht niederwarfen, reihten sich ein in die lange Schlange, die sich vor dem Eingang gebildet hatte, und warteten, bis sie hineingelassen wurden. Ihre sonnenverbrannten Gesichter waren schmutzverschmiert, geheimnisvoll verschlossen und hart. Aber plötzlich brachen sie in ein kindlich-vergnügtes Lachen aus, das zeigte, welche Unschuld in ihnen war. Ihre Augen waren hoffnungsvoll auf den Tempel gerichtet. Ihre Haare wurden niemals gewaschen, nur entstaubt, festlich eingeölt und zu filzigen schwarzen Zöpfen geflochten, die mit Spangen aus Lapislazuli zusammengehalten wurden. Sie trugen mehrere Lagen von Kleidern, dunkle, weite Mäntel; Ärmel hingen lose am Körper oder hielten wie ein Gürtel den Umhang zusammen. Darunter trugen sie Pullover in grellen Farben, Pelzmützen, Strohhüte oder Baseballkappen mit dem Wappen der LA Lakers. Jeder hielt eine Thermoskanne mit Buttertee in den Händen oder löffelte aus einer der gelben Plastiktüten, die Händler an Ständen ringsum feilboten, Pflanzenfett in die Opferschalen, um die heiligen Flammen zu

nähren. In ihren Händen kreisten Gebetsmühlen in niemals endenden Zirkeln. Sie beteten damit um Seligkeit, Heilung und Erlösung aus dem irdischen Kreis des Leidens. Die beißenden Rauchschwaden der Opferfeuer aus Wacholderzweigen, die in weißen Steinöfen links und rechts vom Eingang brannten, verhüllten die Fassade des Gebäudes, umgaben die Pilger und die hustenden Touristen. Prof. Li hatte Catherine hierhergebracht, hatte dem eifersüchtigen Fremdenführer Jonathan klargemacht, daß er sich höchstpersönlich als eminenter Tibetologe um diese Teilnehmerin der Gruppe kümmern werde. Selbstverständlich hatte der mißtrauische tibetische Spitzel sofort Meldung erstattet, und Prof. Li spürte, daß irgendwo in der Menge Beobachter ein wachsames Auge auf sie hielten. Keinen Augenblick würden sie unbeaufsichtigt sein, weder sie noch die anderen Amerikaner. Im entscheidenden Moment würden sie ihre Verfolger irgendwie abschütteln müssen, aber davor fürchtete sich Li nicht. Ihm gingen ganz andere Gedanken durch den Kopf. »Sie haben mich gefragt, ob Kamdhar Gyor jemals versucht hat, selbst Dalai Lama zu werden«, erinnerte er Catherine, die voller Mitleid in ihrem Portemonnaie nach Geld suchte, um es einem zerlumpten Bettler zu geben, der am Boden hockte und ihr flehend einen schauerlich verstümmelten Arm voller schwärender Wunden entgegenstreckte. »Ich weiß nicht, ob Sie es ahnten, aber das ist genau der entscheidende Punkt.« Er zog sie sanft am Arm fort und brachte sie in den Barkhor, den mittelalterlich anmutenden Straßenmarkt, der rund um den Jokhang verlief. Aber die heilige Atmosphäre, die an diesem Ort einmal geherrscht haben mußte, wurde durch das Plärren von Lautsprechern gestört, denn an manchen der Verkaufsstände boten chinesische Händler Musikkassetten mit lästigem Kanto-Pop an. Man durfte den Barkhor, wie alle Heiligtümer, nur im Uhrzeigersinn durchwandern. Und doch kamen den beiden ständig Menschen entgegen. Es waren Chinesen, die sich um die Bräuche und den Glauben der Tibeter nicht scherten.

Catherine sammelte ihre Gedanken, die durch die bunten Eindrücke der belebten Marktgasse weit abgedriftet waren, und dachte widerwillig an den Grund ihres Hierseins. In den Auslagen eines Antiquitätenstandes erblickte sie eine kleine Sammlung von Phurbas und suchte instinktiv in der Tasche nach ihrem Geisterdolch, als ihr einfiel, daß sie ihn im Hotel zurückgelassen hatte. Artie hatte sie fast weinend darum gebeten, denn er war todmüde und wollte schlafen, traute sich aber nicht ohne den magischen Dolch ins Bett zu gehen.

»Sehen Sie, Catherine, es ist gar nicht möglich gewesen, daß Kamdhar Gyor versucht hat, Dalai Lama zu werden, denn Kamdhar Gyor war weg. Einfach vom Erdboden verschluckt. Für viele Jahrhunderte. Seit das Regierungssystem der Dalai Lamas in Tibet etabliert wurde, hörte man nichts mehr von ihm. Es verschwanden nach und nach alle Altäre, die ihm gewidmet waren. Er wurde in keiner Schrift mehr erwähnt. Die Menschen vergaßen die Gebete, mit denen sie ihn früher angerufen hatten. Eine Theorie besagt, daß er verbannt wurde. Sie kennen übrigens den Wissenschaftler, der auf diesen Gedanken kam. Er ist mein ehemaliger Schüler und Ihr Freund: Es ist Matthew Tanner.«

Der Name verursachte ihr einen schmerzhaften Stich in der Magengegend. Sie holte tief Luft, um dem Professor von seinem Tod zu berichten, aber sie fand einfach den Mut nicht dazu. »Ein andermal«, dachte sie. Prof. Li war ohnehin zu sehr mit seiner Erklärung beschäftigt. »Sehen Sie, Catherine«, sagte er wieder, seine Hände zu Hilfe nehmend, um den komplizierten Sachverhalt begreiflich zu machen. »Das heißt, er konnte nicht versuchen, Dalai Lama zu werden, weil er all die Jahre, in denen Dalai Lamas regierten, gefangen war. Aber irgendwie scheint er vor nicht allzu langer Zeit seine Verbannung überwunden zu haben. Es regiert heute der vierzehnte Dalai Lama. Aber wenn seine Zeit zu Ende geht, dann muß eine Reinkarnation gefunden werden, und ich halte es für möglich, daß Kamdhar Gyor versuchen wird, diese Reinkarnation zu sein. Ich bin mir dessen ganz sicher, seit ich von dem Attentat auf den Gottkönig erfuhr.«

»Aber was hätte Kamdhar Gyor dadurch gewonnen?«

»Sehr viel. Er ist bisher nur ein Schutzgeist, ein ziemlich kleiner dazu. Aber er ist einer, der offenbar seine eigenen Pläne verfolgt. Wenn Sie ihn in Ihren Träumen sehen, dann reitet er mit den anderen Geistern. Aber etwas abseits. Es gibt andere Gottheiten, die viel mächtiger und stärker geworden sind als er. Sie könnten ihn mühelos besiegen, wenn sie ihn nur durchschauen könnten. Aber wenn er als Dalai Lama daherkäme, dann könnten ihm die anderen Geister nichts anhaben. Sie sind durch ihre Schwüre gebunden, sie müßten ihn beschützen.«

Ein kleines Lächeln stahl sich auf ihre Lippen, denn wieder dachte sie an Matthew und an seine genauen Worte: »Im Grunde genommen ist er ein kleines Arschloch, das nichts weiter kann als lügen und betrügen. Aber eines muß man ihm lassen: Lügen und betrügen kann er sehr gut.«

Sie hatten den Barkhor umrundet und waren wieder am Eingang des Jokhangs angelangt, vor dem sich immer noch dieselben Szenen der absoluten Unterwerfung abspielten.

»Sehen Sie, die tibetische Religion ist sehr mächtig«, erklärte Prof. Li. »Denn sie lehrt die Menschen, daß sie durch ihre eigenen guten Taten ihr Los verbessern können, daß sie irgendwann selbst zu einem Buddha werden können, einem erleuchteten Menschen, der den Kreislauf von Leben und Wiedergeburt hinter sich gelassen hat. Dafür sind den Gläubigen, die Sie hier sehen, keine Opfer zu groß, kein Weg ist zu weit. Der Dalai Lama ist für sie jemand, der den Zwang zur Wiedergeburt schon überwunden hat und aus Mitgefühl den anderen Menschen hilft, den erleuchteten Weg zu finden. Die Macht, die der Dalai Lama über seine Anhänger ausübt, ist unbeschränkt. Aber er würde sie niemals ausnutzen, er will ihnen beistehen und sie anleiten. Nun stellen Sie sich einmal vor, auf dem Löwenthron säße eine dunkle Macht …«

Prof. Li redete weiter, aber Catherine konnte sich nicht mehr konzentrieren. Etwas von den Pilgern entfernt, auf dem Platz vor dem Tempel, stand mit einem breiten Lächeln Nyima. Diesmal ohne seine geistlichen Begleiter. Sie wollte auf ihn zurennen und sich in seine Arme werfen, aber sie traute sich nicht, inmitten der feierlichen Religiosität ihre Gefühle zu zeigen. Prof. Li sah, daß er sie verloren hatte: »Ah, Ihr Freund, nicht wahr? Ich gehe dann zurück ins Hotel. Bitte rufen Sie mich später an. Und vergessen Sie nicht: Sie werden beschattet.«

Sie sagte etwas Verbindliches und ging, ebenfalls lächelnd, auf ihren Liebsten zu.

»Ich wollte euren Spaziergang nicht unterbrechen«, sagte er und drückte ihr einen Kuß auf die Stirn. »Ich konnte mich für ein paar Stunden von den anderen trennen. Die Lamas führen gerade hochgeistige Gespräche mit ihren hiesigen Kollegen. Sie sind beim Pantschen Lama in Shigatse.«

»Müßtest du nicht dabeisein?«

»Ich verstehe ohnehin kein Wort. Ich bin nur der Rechtsexperte und soll aufpassen, daß die Chinesen sich an ihre Zusagen halten. An der Unterhaltung mit einem Neunjährigen habe ich kein Interesse. Hast du Lust, ein wenig am Fluß spazierenzugehen?«

»Sicher. Aber weißt du, daß ich verfolgt werde?«

»Hast du schon eine Schar von Verehrern gefunden?«

»Nein, du Schuft. Geheimdienst oder so was. Prof. Li sagt, daß sie hinter mir her sind.«

»Prof. Li ist ein sehr kluger Mann. Ich hoffe, ich werde später noch die Gelegenheit haben, mich mit ihm auszutauschen. Nun, dann wollen wir deine Schatten mal loswerden.« Er schleuste sie durch enge Gassen, vorbei an den schmutzigweißen Häusern mit ihren schwarzen Fensterrahmen, vorbei an den Grüppchen von Greisen, die schwatzend vor den Eingängen in der Herbstsonne hockten. Zweimal wechselten sie die Richtung, bis sie schließlich, erschöpft und lachend, am Fluß angelangten. Am Ufer des Lhasa-Flusses, der das Tal südlich der Siedlungen durchfloß, betraten sie eine mit Gebetsfahnen bunt geschmückte Hängebrücke, die zu einem Park auf einer Insel führte. Auf Holzplanken balancierend erreichten sie die Mitte der Brücke. Von dort aus sah man den Potala-Palast majestätisch rot und weiß herausragen aus dem Grün der Uferbäume, die die unansehnliche, von den Chinesen umgebaute Stadt gänzlich verdeckten. Hier standen also zwei Menschen, die daheim in Boston nur ein paar Straßenzüge entfernt wohnten, inmitten der wehenden Gebetsfahnen, die sie umgaben wie eine Wolke aus weißer, roter und blauer Seide. Über der Strömung des Flusses fanden sie sich wieder, umarmten und küßten sich. Es war, als seien alle unsichtbaren Barrieren zwischen ihnen gefallen. Seine Zurückhaltung und Scheu, die er selbst in ihrer ersten gemeinsamen Nacht nicht hatte ablegen können, die fast kühle Reserviertheit bei ihrer kurzen Begegnung in Peking – davon war nichts mehr zu spüren.

»Nicht hier«, wehrte sie sich. »Was ist, wenn uns jemand sieht? Was ist, wenn uns die Spitzel eingeholt haben?«

»Keine Sorge. Vertrau mir.« Und das tat sie, ergab sich seiner fordernden Umarmung. Sie vergaßen alles um sie herum, dort auf der Brücke über dem Lhasa-Fluß.

Sie waren nicht allein.

Jemand hatte sich an Nyimas Fersen geheftet, war ihm unerkannt gefolgt auf seinem Weg zum Jokhang-Tempel.

Sie stand verdeckt hinter einem Zigarettenstand am Ufer und sah ihnen zu und war völlig entsetzt, als sie erkannte, daß die beiden dort auf der Brücke die Welt um sich vergessen zu haben schienen. Sie erinnerte sich, und es wurde ihr übel bei dem Gedanken an eine ziemlich explizite, obszöne Wandmalerei, die sie einmal in der Gebetshalle des Klosters Drepung gesehen hatte. Als die beiden Liebenden sich trennten, beschloß sie, nicht dem Mann, sondern der jungen Ausländerin zu folgen.

Denn diese Frau war – ohne es zu wissen – in allergrößter Gefahr.

Prof. Li hatte aus alten Tagen eine große Zahl von Freunden und Bekannten in Lhasa. Es waren längst nicht nur Akademiker, sondern auch Geschäftsleute und Arbeiter, sogar Offiziere und Angehörige der Behörde für Öffentliche Sicherheit. Es hatte *guanxi* überall – hilfreiche persönliche Beziehungen. Und er kannte einige wichtige *houmen* – Hintertüren –, um sich Gefälligkeiten und Informationen zu verschaffen. Er nutzte diesen Abend für diesen Zweck. Den Weg zu den Professoren an der Lhasa-Universität und an der Akademie für Sozialwissenschaften sparte er sich – die Kollegen hatten seine Kamdhar-Forschungen stets nur belächelt. Die Geschäftswelt und die einfachen Leute würden nicht einmal verstehen, wovon er sprach, also vermied er diese Umwege und begab sich direkt zu einem alten Freund, dem er vor vielen Jahren einmal aus einer finanziellen Klemme geholfen hatte und der heute eine verantwortungsvolle Position beim Büro für Öffentliche Sicherheit bekleidete, ein Mann in den späten Fünfzigern namens Phudrup. Dieser ließ sich zwar nicht gerne mit politisch verdächtigen Elementen wie Prof. Li ein, aber er willigte ein, sich mit Li in einem Lokal in der Yuthok-Straße zu treffen. Sie saßen im dunkelsten Winkel des Restaurants, als Phudrup nach anfänglicher Scheu sich endlich lockerte und – wenn auch mit gesenkter Stimme und nicht ohne Stolz – von seinen Aufgaben berichtete, die im wesentlichen darin bestanden, Tibeter und Ausländer zu bespitzeln, Videobänder von Überwachungskameras auszuwerten und dann und wann einmal mit einem Sonderauftrag bedacht zu werden. Und mit einem weiteren Glas Lhasa-Bier im Blut berichtete er von einer Reise, von der er erst am Nachmittag zurückgekehrt war. Eine Reise höchst merkwürdiger Art, die möglicherweise mit dem Eintreffen der exiltibetischen Suchmission zusammenhing. Noch zwei weitere Lhasa-Bier mußte Prof. Li ordern, bevor er die nötigen Informationen bekam. Und dann bezahlte er die Rechnung, ließ Phudrup, triefäugig und betrunken, zurück und eilte ins Lhasa-Hotel. Doch Catherine war ausgegangen mit ihrem tibetischen Freund, wie er vermutete, und Artie lag mit Schüttelfrost auf seinem Zimmer und war zu nichts zu gebrauchen.

Prof. Li fand nicht viel Schlaf in dieser Nacht. Und wenn ihm doch für wenige Minuten die Augen zufielen, dann träumte er von einem geweißelten Haus am Yamdrok-See, in das vielleicht morgen schon Kamdhar Gyor einfallen würde.

25. Kapitel

Dreglug, 1956

Vielleicht würden sie ihn jetzt in Ruhe lassen, vielleicht würden sie ihm sogar gestatten, zur Andacht zu gehen, wenn er sie nur freundlich und demütig darum bäte. Aber Tenzin Gyatso wagte nicht, an die Tür zu klopfen, vor der sie immer noch lagerten, wollte nicht noch einmal ihren fürchterlichen Zorn herausfordern. Die Striemen der Stockschläge und die Blessuren der Gewehrkolbenhiebe brannten auf seinem Rücken und an seinen Beinen, die geschwollen Wundmale waren zu einem unansehnlichen Farbgemisch angelaufen. Er versuchte mit einem Lappen die lindernde Kräutertinktur auf die Stellen zu tupfen, die er erreichen konnte, aber seine Hand zitterte so stark, daß er immer wieder neu ansetzen mußte. Er brachte es nicht über sich, die Frau anzusprechen, die ihm den Rücken zugekehrt hatte, die Wand anstarrte und offensichtlich nicht angesprochen werden wollte.
Tenzin Gyatso, Bruder des Edelmannes Sangye Gyatso, hatte die 253 Gelübde abgelegt, die ihn zu einem *Gelong* machten, einem voll ordinierten Mönch. Dazu zählten auch die *tsawa shi*, die vier heiligsten aller Schwüre. Er hatte gelobt, niemals zu stehlen, niemals zu lügen, niemals zu morden. Und natürlich hatte er gelobt, niemals eine Frau zu berühren. Er hatte die vorgeschriebenen fünf Jahre der Logik studiert und noch einmal fünf Jahre die vergleichende Betrachtung der buddhistischen Lehren. Er bereitete sich auf sein *Rabgyemba* vor, das war der Tag, an dem er vor der großen Versammlung der Mönche und Lehrer seine bisherigen Erkenntnisse zusammenfassen und sich ihren kritischen Fragen stellen mußte. Aber der junge Tenzin war zuversichtlich, diese schwierige Prüfung bestehen zu können, denn sein Verstand war messerscharf, seine Kenntnis der Schriften unübertroffen. Wenn

er sich im schattigen Innenhof des Klosters auf den großen Kieseln im Schatten der Bäume mit den anderen Schülern zum Disput versammelte, dann zogen seine Ausführungen und Vorträge stets die größte Gruppe von Zuhörern an, dann bewunderten sogar die höheren Jahrgänge die Klarheit seiner Argumente, die Selbstsicherheit, mit der er an genau der richtigen Stelle seiner Rede mit ausladender Geste in die Hände klatschte, um seiner Argumentation den nötigen Nachdruck zu verleihen und jeden, auch den wortgewandtesten und skeptischsten Widersacher zu überzeugen. Tenzin Gyatso war der Stolz seines Lehrers, des Mönches Geshe Lozang, der ihn immer wieder ermutigte, weiterzustudieren, höhere Weihen zu nehmen, eines Tages selbst die Prüfung zum *Geshe*, zum Doktor, zu machen und vielleicht ein großer Lehrer oder sogar ein Abt in einem der drei großen Klöster Sera, Drepung oder Ganden zu werden. Aber Geshe Lozang lag nun draußen mit einem Loch in seinem Schädel, während die Klosterhunde an seinem Gehirn schnüffelten. Und sein bester Schüler war eingesperrt in seiner Klause mit einem Weib, das in der Stadt der niedrigsten aller niederen Dienste nachgegangen war: Sie wohnte im Gelben Haus, das die Männer besuchten. Sie war eine Prostituierte.
Die Chinesen hatten sie zu ihm gebracht.
Die Chinesen hatten ihn, den Mönch, der einen Keuschheitsschwur auf seine unsterbliche Seele geleistet hatte, mit einer Prostituierten verheiratet.

Sie waren ganz plötzlich und ohne Vorwarnung an der Hauptpforte erschienen. Zwei Dutzend Männer in Uniformen und mit Gewehren über den Schultern, angeführt von ihrem blaugekleideten politischen Kommissar Feng Lizhao und gefolgt von über hundert Bauern und Landlosen, die sich ihnen aus Neugierde oder aus Überzeugung angeschlossen hatten. Denn bevor sie zu dem langen Marsch den Berg hinauf zum Kloster aufgebrochen waren, hatte Feng ihnen versprochen, daß keiner das Geld oder die Arbeitsleistungen, die er dem Kloster schuldete, jemals würde zurückbezahlen oder ableisten müssen. Außerdem hatte er ver-

kündet, daß nun der Ackerboden im Kreis Dreglug neu verteilt werden müsse. Es seien neue Befehle aus dem chinesischen Mutterland gekommen, und eine neue, glückliche Phase sei endlich angebrochen für Tibet. Die Phase der Befreiung.
Feng baute sich im Klosterhof auf und legte seine Hände auf den Rücken, um eine neue Ansprache zu halten. Bisher hatten die Chinesen nie den Klosterhof für ihre Versammlungen benutzt, hatten die klösterliche Ruhe respektiert und seine Gemäuer kaum betreten. Bisher hatte auch der politische Kommissar der Chinesen nie eine Waffe getragen, aber jetzt war ein Pistolengürtel um seine schmale Hüfte geschnallt.
»Die Zeit der Sklavenhaltergesellschaft ist nun vorbei!« verkündete der Vertreter der siegreichen und korrekten Partei in seiner unverständlichen, nasalen Sprache. Ein Tibeter, der mit den Soldaten gekommen war, übersetzte für die überraschten Mönche und die neugierigen Dorfbewohner, die den Chinesen in den Klosterhof gefolgt waren. Die Mönche standen in den hinteren Reihen, mit dem Rücken zur Wand, beobachteten die Szene von den Balkons und Wandelgängen der Klostergebäude oder von den flachen Dächern, auf denen die Gebetsfahnen sich in einer frühlingshaften Brise wiegten. Hoch über den mehr als vierzig trutzigen Gebäuden, den Tempeln, den Schlafstätten und den Gebets- und Studierräumen kreisten am blauen Himmel um den Gipfel des braunen Berges wie immer die Geier über dem Bestattungsfelsen, als ahnten sie, daß bald wieder ein Menschenkörper dort für sie zum Verzehr bereit sein würde.
Tenzin kannte den tibetischen Übersetzer, dessen langes Haar am Hinterkopf zu einem filzigen Zopf zusammengebunden war und dessen schnurrbärtiges Gesicht immer braun von Sonne und Schmutz war. Er hieß Kelsang und war ein Dieb und Taugenichts, der seine eigenen Felder für Schnaps verpfändet hatte. Für ein paar Monate hatte Kelsang auf dem Gut von Tenzins Bruder Sangye Arbeit gefunden. Doch als er begann, die Mägde zu belästigen und Vorräte aus dem Speicher zu stehlen, da hatte Sangye ihn vom Hof gejagt. Es waren Leute wie Kelsang, die von Anfang an um die Chinesen herumscharwenzelten und ihnen nach dem Munde

redeten. Die anderen Dorfbewohner beklagten sich immer häufiger über die Forderungen der Chinesen. Die Truppen wollten ernährt werden, verlangten Getreide, was angesichts ihrer großen Zahl die Speicher leerte und die Preise in die Höhe trieb. Männer wurden zu Arbeiten abbestellt, mußten ständig die Straße ausbessern, über die Tag und Nacht schwere Armeekolonnen polterten und bekamen, anders als in der ersten Zeit, nun kein Geld mehr dafür, sondern »revolutionäre Belobigungen«. Abzeichen, die sie als Modellarbeiter auswiesen, oder Eselsmützen, die sie als Faulenzer und Saboteure brandmarkten, je nachdem, wie ihre Arbeitsleistung ausfiel. Die Bettler, die Diebe und die Tagelöhner aber sah man oft gemeinsam mit den Soldaten durch das Dorf und die Felder schreiten, sah sie im Kreise hocken und die Schriften Mao Zedongs studieren. Oft hörte man Kelsang und die anderen sich lauthals beklagen über die Ungerechtigkeiten des »alten Systems«. Die Soldaten nickten wissend und sprachen von »demokratischen Reformen«, die in den anderen Landesteilen bereits zu großem Wohlstand und großer Zufriedenheit der breiten Massen geführt hätten.
Jetzt hatten sie offenbar beschlossen, daß die Zeit der Reformen auch für Tibet gekommen war. Nun stand Kelsang neben dem chinesischen Kommissar und verkündete dessen Worte, als seien es seine eigenen. »Die friedliche Befreiung Tibets geht in eine neue, entscheidende Phase über. Die feindlichen und imperialistischen Mächte, die Tibet vom chinesischen Mutterland abspalten wollten, sind besiegt, und wir können gemeinsam den Anbruch einer neuen Zeit begrüßen, in der alle Nationalitäten Chinas, glücklich vereint, unter der Führung des Großen Vorsitzenden Mao Zedong in eine neue, helle Zukunft blicken!« Die Dorfbewohner reckten ihre Hälse und applaudierten.
Der drahtige kleine Mann mit dem scharfen Gesicht breitete die Arme aus, als erteile er der Menge einen himmlischen Segen.
»Im Einklang mit den Beschlüssen des Staatsrates der Volksrepublik China und den Bestimmungen des Vorbereitungskomitees für die Autonome Region Tibet sowie der Siebzehn-Punkte-Erklärung wollen wir heute mit dem großen Werk beginnen.« Kelsang

übersetzte, die Dörfler nickten, und ein erwartungsvolles Murmeln ging durch ihre Reihen, als rechneten sie mit der Verteilung von Geschenken.
Der chinesische Funktionär fuhr fort: »Zur Durchführung der demokratischen Reform ist der Klassenkampf eine unabdingbare Voraussetzung. Wir haben nun einige Jahre unter euch verbracht und wissen, daß die feudalistische Klasse der *Jorden*, der Besitzer und Sklavenhalter, das größte Hindernis für die weitere Entwicklung des Landes darstellt.«
Wieder klatschten die Dorfbewohner in die Hände, und selbst manche Lamas spendeten vorsichtig Beifall, denn kaum einer verstand, was da eigentlich gesagt wurde. Tenzin applaudierte nicht, denn er verstand es sehr wohl. Sein Bruder Sangye war ein Jorden. Tenzins logischer Verstand, jahrelang geschult an den schwierigsten buddhistischen Texten, begann zu arbeiten. Und plötzlich war es ihm, als klammerten sich von hinten die Fangarme eines riesigen Kraken um seine Brust und schnürten ihm die Luft ab. Plötzlich fühlte er sich verloren wie ein Tier, das zu lange ahnungslos und selbstvergessen grast, während es von Jägern umzingelt wird. Schon bevor es geschah, wußte er, was passieren würde. Kelsang war von seinem Bruder verjagt worden, sein Bruder aber war ein Jorden und stand damit den sogenannten demokratischen Reformen im Wege. Kaum hatte Tenzin diesen Gedanken zu Ende gebracht, da schleiften sie schon seinen Bruder Sangye in den Klosterhof. Zwei Soldaten hatten seine Arme auf den Rücken gebunden. Fesseln waren um seine Fußknöchel gelegt. Seine stolze Gestalt war gebückt, und er trug bereits die Male von Schlägen und Fußtritten. Seine Ohren bluteten, jemand hatte ihm die türkisfarbenen Ohrringe, die davor bewahren sollten, im nächsten Leben als Lastentier wiedergeboren zu werden, herausgerissen. Sein rechtes Auge bestand aus nichts anderem als einem schmalen Schlitz in einem geschwollenen Brei.
»Wir haben uns hier versammelt zum *Thamzing* gegen einen der schlimmsten Ausbeuter und Sklavenhalter in unserem Verwaltungsbezirk«, verkündete der Chinese und wurde von Kelsang übersetzt, dessen Augen freudige Erregung verrieten. Es war das

erste Mal, daß die Dörfler in diesem Zusammenhang dieses Wort vernahmen. »Thamzing«. Sie würden es noch oft hören. Sie alle wurden in der »neuen Zeit« wieder und wieder zum Thamzing zusammengetrieben, einige wenige würden es genießen, viele würden es verabscheuen, manche würden darunter zerbrechen und andere daran sterben. Thamzing bedeutete in ihrer Sprache »Kampf«.

»Dies ist ein typischer Vertreter der Sklavenhalterklasse, die unsere tibetischen Brüder über Jahrhunderte unterdrückt und ausgesaugt hat. Er ist Abschaum, menschliches Ungeziefer, ein unbelehrbarer und gefährlicher Klassenfeind!«

Der Auftritt des geschundenen Gutsherrn brachte eine unvorhergesehene Wendung in die Versammlung. Niemand applaudierte mehr. Die hundertfünfzig Bauern tauschten hastige Blicke aus. Ein ratloses Flüstern lief durch die Reihen. Sangye war reich, viel reicher als sie alle – sicherlich. Aber er war doch nicht ihr Feind. Er hatte den armen Bauern stets ausgeholfen, wenn sie in Not waren. An ihn hatten sie sich gewandt, wenn sie Rat und Führung suchten. Er war, zusammen mit den Ältesten des Dorfes, so etwas wie ihr Anführer gewesen. Keiner seiner Pächter hegte Haß gegen ihn, obwohl die Chinesen das voraussetzten. Jeder wußte doch, daß Sangye als Herr geboren war, weil er in einem früheren Leben etwas Großes vollbracht hatte, und daß auch sie ihr Los den Taten in ihren vorherigen Leben zu verdanken hatten. Sie konnten sich jetzt abmühen und beten, und dann brächte ihre nächste irdische Existenz den Lohn dafür. Niemand verstand, wie Sangye den Zorn der Chinesen auf sich gezogen hatte. Hatte er die Chinesen provoziert oder beleidigt? Hatte er sich gegen ihren Führer, den Großen Vorsitzenden Mao Zedong, gewandt?

Kommissar Feng Lizhao witterte den Stimmungsumschwung in der Menge. Das war ganz natürlich. Immerhin galt es hier, ein jahrhundertealtes Band der feudalistischen Gesellschaft mit einem Schlag zu zerreißen. Das mochte dem einen oder anderen am Anfang noch etwas schwerfallen, aber es war unerläßlich für die Durchführung der demokratischen Reformen. Alle chinesischen Befehlshaber, die wie er mit dieser Aufgabe betraut waren, gingen nach diesem Muster vor. Zuerst mußten die überkommenen Strukturen aufgebrochen werden, zuerst mußten diejenigen zertreten werden, die im alten System Autorität und Macht hatten. Das waren die Großgrundbesitzer und die Mönche. Dieser Sangye war in Fengs Bezirk der herausragendste Klassenfeind. Kelsang und die anderen Informanten hatten immer wieder seinen Namen genannt und von seinen ausbeuterischen Taten berichtet.

»Ich bin kein Sklavenhalter!« kam es kraftlos, aber selbstsicher aus dem geschwollenen Mund des Angeklagten. »Wer bei mir arbeitet, der bekommt auch seinen Lohn! Meine Pächter werden nicht ausgebeutet. Sagt es ihm!« Er suchte in der Menge nach seinen Bediensteten. Niemand meldete sich, alle starrten auf den Wortführer der Chinesen.

Feng Lizhao schüttelte energisch den Kopf. »Selbst wenn es so wäre – es würde keinen Unterschied machen. Denn du bist ein durch und durch reaktionäres Element. Deine Gedanken sind feudalistisch. Selbst wenn du jetzt zufällig keine Sklaven hältst, dann würdest du es trotzdem wollen!«

Die Soldaten drückten ihn nieder, bis sein Kopf auf den Boden aufschlug. Ein Bildnis des Vorsitzenden Mao wurde herbeigebracht und vor ihm aufgestellt. Um das Bild hing ein tibetischer Seidenschal, der ihm eine zusätzliche Heiligkeit verlieh. Mao lächelte entrückt und weise wie ein Buddha.

»Das ist der Befreier des chinesischen Volkes. In seinem Angesicht sollst du deinen Lügen und Verbrechen abschwören und die Partei um Vergebung und die Chance auf Besserung bitten«, herrschte ihn Feng Lizhao an.

Tenzins älterer Bruder war ein stolzer und würdevoller Mann. Er war streng gegen sich selbst und konnte auch streng gegen seine Leute sein. Aber er war niemals ungerecht gewesen. Er war mutig und dickköpfig, war sich seines herausgehobenen Standes und seiner Macht im Dorf sehr wohl bewußt. Aber er war ein guter und gütiger Mann. Er war nicht, wie andere Landedelleute, nach Lhasa gezogen, um ein Ehrenamt am Hofe des Gottkönigs zu bekleiden und sich in der Stadt ein schönes Leben zu machen. Er war hiergeblieben, um mit den Pächtern gemeinsam sein Land zu bestellen. Und für einen Mann wie ihn gab es nur eine Antwort auf diese Demütigung. Tenzin wandte sich ab, denn wieder sah er es kommen.

Sangye hob seinen entstellten Kopf und spuckte in das lächelnde Gesicht des Großen Vorsitzenden. Ein Gemisch aus Speichel und Blut landete auf der Stirn Maos und rutschte langsam abwärts. Bevor es dessen Nasenspitze erreicht hatte, gab Feng Lizhao mit angewiderter Miene Kelsang seine Pistole. Der Übersetzer ergriff sie und jagte eine Kugel in den Hinterkopf des Mannes, der ihn mit Schimpf und Schande von seinem Hof gejagt hatte. Maos lächelndes Gesicht wurde von Blutspritzern, Hirnmasse und Knochensplittern bedeckt. All dies geschah in der angespannten Stille des Klosterhofes. Der Schuß verhallte an den blaßroten und weißen Wänden, und immer noch sagte niemand ein Wort. Einer nach dem anderen wandten sich die Bauern ab und strebten dem Ausgang zu. Aber die chinesischen Soldaten versperrten ihnen den Weg. «Ihr habt gesehen, wie der feige Ausbeuter und Klassenfeind gezüchtigt wurde«, predigte Feng Lizhao. »Es sind die *Jorden* aber nur eine der Gesellschaftsschichten, die zwischen euch und der Demokratie stehen. Die anderen seht ihr hier.« Sein Finger deutete auf die Lamas, Mönche und Novizen, die stumm vor Entsetzen über den Mord an Sangye, der auf dem geweihten Boden ihres Klosters vollzogen wurde, im Hintergrund und auf den Balkons standen. Fengs Auftrag bestand darin, die kindische Hörigkeit, mit der die Tibeter den Lamas folgten, zu brechen. Und er würde ihn ausführen, er würde ihnen allen die Lektion erteilen, die sie dringend brauchten.

»Die Mönche haben euch jahrhundertelang mit ihren abergläubischen Riten und ihrem feudalistischen Gedankengut unterdrückt. Ihnen gehört noch mehr Grund und Boden als dem toten Sklavenhalter hier. Die siegreiche und korrekte Partei wird dieses Land an die Massen der Bauern verteilen. He, du, da ...!« Er deutete auf den alten Geshe Lozang, der im Kreis seiner Schüler nicht weit weg von Tenzin stand. »Tritt einmal vor und sage uns, was euch Mönche dazu berechtigt, den arbeitenden Massen das Land wegzunehmen!«

Der Geshe trat mit gesenktem Haupt vor.
»Sprich!« befahl Feng, der bemerkte, wie selbst Kelsang, der Übersetzer, mit einem Mal seiner Stimme einen weicheren Ton verlieh. Feng verstand nur ein paar Worte des tibetischen Dialektes, aber er verstand, daß Kelsang den Lama mit ehrerbietigen, feudalistischen Worten der Unterwerfung ansprach.
Der Lama antwortete nicht. Sein Kopf blieb gesenkt, durch seine verrunzelten Finger glitten ruhelos die Holzkugeln seiner Gebetskette, seine Lippen bewegten sich unentwegt, murmelten lautlos ihr Gebet.
Es war an der Zeit, ein Exempel zu statuieren, erkannte Feng. Hier und jetzt würde sich die Macht der chinesischen Revolution entscheiden. Wenn er jetzt auch nur die geringste Schwäche zeigte, dann würden ihm diese primitiven Grünhirne nie mehr gehorchen. Sie würden weiter ihr Hab und Gut den fetten Lamas übertragen, damit diese für sie beteten. Sie würden weiter die Mönche dafür bezahlen, daß sie ihre Geisterriten und ihren Hokuspokus veranstalteten. Sie würden bei Krankheit zuerst einen Lama und dann einen Arzt aufsuchen, und sie würden niemals zu treuen Gefolgsleuten der siegreichen und korrekten Kommunistischen Partei werden.
»Die Mönche ließen euch glauben, sie verfügten über göttliche Verbindungen«, höhnte Feng. »Und ihr habt ihnen geglaubt. Nun, wir wollen doch einmal sehen, ob die Götter diesem Sklaventreiber hier zu Hilfe eilen. Kelsang, erschieß ihn!«
Der Tibeter zuckte zusammen wie unter einem Hieb.
»Schieß ihn in den Kopf, genauso wie dem anderen«, gebot er dem zögerlichen Tibeter.
»Aber er ist ein Lama!« flüsterte schließlich der Dieb, dem absolut nicht mehr wohl war in seiner Haut. Den Ausbeuter und Feudalherrn Sangye zu erschießen, das war ihm ein Vergnügen, ein Bedürfnis gewesen. Aber er brachte es doch nicht über sich, die Hand gegen einen Lama zu erheben!
»Na und?« schnarrte Feng. »Wenn du glaubst, daß er so mächtig ist, dann kann ihm ja so eine kleine Kugel im Kopf gar nichts ausmachen, oder? Und wenn sie ihm doch was ausmacht, dann

werden du und deine tibetischen Landsleute hier endlich von einem jahrhundertealten Joch befreit. Tu es, Kelsang. Erschieß ihn!« Jeden seiner eigenen Leute hätte Feng an dieser Stelle wegen Befehlsverweigerung exekutieren lassen. Aber mit dem Tibeter ließ er Nachtsicht walten. Erstens brauchte er ihn noch, und zweitens sollten die anderen sehen, daß der chinesische Statthalter kein Unmensch war. Er war gekommen, um sie zu befreien. Er hatte gedacht, Kelsang sei schon soweit, daß er bedingungslos auf ihrer Seite stand. Aber nun mußte er erkennen, daß es ein grundsätzliches Problem zwischen ihnen, den Chinesen, und denen, den Tibetern, gab: Den Tibetern konnte man einfach nicht über den Weg trauen. Kelsang stand, die Waffe in der Hand, neben dem Geshe und spürte die Blicke seines Volkes auf der Haut brennen. Er mochte die Chinesen. Sie waren gut zu ihm, und sie hatten ihm dazu verholfen, Rache an dem Gutsherrn Sangye zu nehmen. Sie hatten ihn fast wie einen der Ihren behandelt, sie teilten ihre Mahlzeiten mit ihm. Er bewunderte die Chinesen, ließ sich gerne erzählen, wie mächtig ihre Armee war, wie groß ihre Flugzeuge waren, die tausendköpfige Armeen transportieren und Feuer über die Feinde regnen lassen konnten. Ganz früher, bevor die Chinesen gekommen waren, da hatte er vorgehabt, seinen Sohn in ein Kloster zu schicken, damit er Mönch wurde. Aber seit er die Chinesen kannte, träumte er davon, den kleinen Tsentse zur Schule in das ferne Peking zu schicken. Mit diesem Vater, einem Ausgestoßenen, würde der Junge daheim niemals in den Genuß einer Erziehung kommen. Niemals lesen und schreiben lernen. Kommissar Feng aber hatte versprochen, daß er sich dafür einsetzen werde, damit er zur Ausbildung ins Mutterland geschickt werde, sobald er alt genug sei. Das alles ging Kelsang durch den Kopf, als er vor dem Lama stand, den er erschießen sollte. Wenn er es nicht täte, dann würde ihm Feng sicherlich seine Unterstützung entziehen und ihn behandeln wie einen der Ausbeuter. Aber wenn er es täte, dann verlöre er seine Seele. Sein Oberkörper schwankte nach links und dann nach rechts.
Irgendwo von einem der Balkons begann eine tiefe Stimme die Worte zu singen »Om mani padme hum«, eine zweite Stimme

erhob sich und fiel in das Gebet ein, eine dritte ebenfalls; bald erklangen die heiligen Worte aus vielen Hunderten von Mündern und erfüllten den Klosterhof. Feng Lizhao fühlte, daß die Situation ihm entglitt. Seine Soldaten blickten sich um, packten nervös ihre Gewehre fester an.
»Erschieße ihn!« brüllte Feng Lizhao Kelsang an. »Erschieß ihn sofort und auf der Stelle.«
»Versprechen Sie, daß mein Sohn in Peking zur Schule gehen wird.«
»Ich verspreche es«, sagte Feng schnell, der längst wußte, daß nicht nur Kelsangs Sohn, sondern so viele tibetische Schulkinder wie nur möglich nach China gebracht werden würden, um ihnen die Prinzipien des Sozialismus beizubringen und damit sie die Segnungen der chinesischen Kultur erführen.
Kelsang hob die Waffe, und der Gesang der Mönche schwoll noch einmal an: »*Om mani padme hum.*« Es schallte von den Klosterwänden zurück, der Klang betäubte die Sinne, hüllte den Körper ein in einen heiligen Schleier des Friedens.
Kelsang drückte ab.
Aber erst nachdem er die Waffe herumgerissen und in sein eigenes Auge gestoßen hatte. In derselben Sekunde brach die Panik los. Die Dorfbewohner drängten zum Tor, stießen die Wachen zur Seite und eilten hinaus. Die Mönche rannten in alle Richtungen auseinander, verschwanden in dunklen Eingängen und verriegelten die Türen hinter sich.
»Haltet sie auf!« schrie Feng, der sich zu Kelsangs am Boden zuckenden Körper beugte, ihm die Waffe entriß und Geshe Lozang in den Kopf schoß. »Ich will, daß alle das hier sehen!« schrie er und deutete auf den zusammenbrechenden Greis. »Haltet sie auf!«
Aber nur wenige bekamen die Soldaten zu fassen. Wenige Bauern, die starr vor Schreck vor die Leiche des Geshe gezerrt wurden, wenige Mönche, die sich unter ihren Griffen wanden, bis die Soldaten sie mit den Gewehrkolben traktierten. Unter ihnen war Tenzin, der sich nicht einmal regen konnte. Die beiden Menschen, die ihm in diesem Leben am nächsten standen – sein Bruder und

sein Lehrer –, lagen tot im Staub des Klosterhofes. Der junge Mönch stand unter Schock, da hörte er Feng im Tumult mit spitzer Stimme schreien: »Den da! Packt den da!«
Sechs, sieben Soldaten stürzten sich auf ihn und prügelten auf ihn ein, bis er zusammensackte. Dann zerrten sie ihn in seine Klause, und einer brachte eine junge Frau, die unter der Menge im Hof gestanden hatte und versucht hatte zu fliehen.
Sie sperrten sie zu ihm, und einer der Soldaten sagte im Scherz: »Hiermit erkläre ich euch zu Mann und Frau« – und die anderen hatten erleichtert gelacht –, endlich etwas, worüber sie lachen konnten nach diesem gespenstischen Gemetzel.
Vielleicht war es richtig so, vielleicht war es nur eine Prüfung, dachte Tenzin. Vielleicht würden sie ihren Fehler einsehen und ihm bald die Tür öffnen, damit er zur Abendandacht gehen konnte. Sein ganzer Körper schmerzte, er konnte keine Bewegung machen, ohne einen Seufzer des Schmerzes auszustoßen. Aber er hoffte, daß zumindest das Schlimmste nun doch überstanden war. Vielleicht war die Heirat mit der Frau aus dem Gelben Haus nur vorübergehend. Er hatte ja nicht mit ihr gesprochen, er kannte nicht einmal ihren Namen, und ganz gewiß hatte er sie nicht angerührt.
Aber als nun die Tür aufflog, da wußte er, daß das Schlimmste erst noch kommen würde. Kommissar Feng erschien in der Tür. Er war rot vor Zorn. Seine erste Volksversammlung, sein erstes Thamzing, war gründlich vermasselt. Wenn sich alles bis zum politischen Kommissar in Lhasa herumsprechen würde, dann würde ihm sicherlich eine saftige Selbstkritik nicht erspart bleiben. Damals wußte Kommissar Feng noch nicht, daß es allen anderen Kommissaren bei ihren Thamzings genauso oder ähnlich ergangen war. Es gab, wie der politische Kommissar in Lhasa später erklärte, immer noch zu viele reaktionäre Kräfte in dieser Region, und die müsse man zuerst mit Stumpf und Stiel ausrotten, bevor die Massen bereit wären für den sozialistischen Fortschritt. Sie waren als Befreier gekommen und hatten erwartet, mit Blumen und Gesang empfangen zu werden. Aber nach diesem Tag mußten sie sich im stillen eingestehen, daß aus der ganzen Angelegenheit

niemals ein Erfolg werden würde. Feng war in einer finsteren Stimmung. Er konnte es nicht ertragen, wenn jemand sich seinen Befehlen und den Anweisungen des Vorsitzenden Mao widersetzte. War vielleicht das, was für fünfhundert Millionen Chinesen gut war, nicht gut für zwei Millionen verschmutzter, kulturloser Tibeter? Sie flohen zu Hunderten, zu Tausenden aus den befreiten Gebieten, sie zeigten keinerlei Loyalität zur Partei und keine Begeisterung für die demokratische Reform! Was wußten diese Kreaturen hier oben schon von der Welt, vom Sozialismus, der Revolution? Es verlangte seine revolutionäre Seele nach einem Sieg, wenigstens einem kleinen.

»Macht ein Kind!« kläffte er den am Boden kauernden Mönch und die Frau an. Feng hatte sich sein Opfer mit Bedacht ausgesucht. Es war der Mönch, der ihn damals, bei seinem nächtlichen Besuch in der Gebetshalle, überrascht hatte.

Auch Tenzin erkannte ihn sofort wieder. Er blickte den Chinesen aus verständnislosen, flehenden Augen an. Vielleicht würde sich der politische Kommissar ja daran erinnern, daß er ihn damals nicht angezeigt, seinen versuchten Diebstahl verschwiegen hatte. Vielleicht würde er deswegen jetzt Milde gegen ihn walten lassen. Aber Feng Lizhao stand der Sinn nicht nach Vergebung.

Ein neuer Tibeter, der nicht aus dieser Gegend stammte, hatte inzwischen Kelsangs Position als Dolmetscher eingenommen.

»Ich kann nicht ...«, stotterte der Mönch.

»Jetzt habe ich aber langsam genug von eurer verdammten Widerborstigkeit!« fuhr ihn Feng an. »Der Große Vorsitzende Mao hat uns befohlen, den tibetischen Landsleuten eine höhere Kultur und wirtschaftliches Wachstum zu bringen. Dies ist aber nur möglich, wenn die Bevölkerung Tibets weiter wächst, sagt Mao. Willst du dich etwa über den Befehl des Vorsitzenden Mao hinwegsetzen und kein Kind zeugen?«

Auf seinen Fingerzeig hin huschten zwei Soldaten, die ein Kichern nicht unterdrücken konnten, in die Klause, rissen der Frau die Kleider vom Leib und zerrten sie vor den Mönch. Sie ließ es geschehen, kreuzte nur die Arme vor ihrer kleinen, nackten Brust, hielt demütig und furchtsam den Kopf gesenkt. Sie war sehr

mager, ihre Rippen wölbten sich unter der Haut, ihre Beine waren zierlich und blaß, die Haare ihrer Scham, die sich jetzt direkt vor dem Gesicht des Mönches befand, dünn und kraus.
Wenn er sich weigerte, vielleicht würden sie ihn dann erlösen und auch eine Kugel durch seinen Kopf schießen. Wenn er nur noch Kraft genug in seinem Körper gehabt hätte, um sich zu erheben! Aber seine Kraft reichte nur noch aus, das Gesicht in den Händen zu verbergen und ein Gebet zu sagen, während ihn grobe Arme hochhoben und ihn seiner Robe entledigten.
Sie kicherten weiter, sie raunten sich schmutzige Worte zu, Kommissar Feng stand mit unbewegtem Gesicht in der Tür. Aber es wollte einfach kein Triumphgefühl in ihm aufkommen.
Vielleicht war diese Schande doch nicht das Ende, dachte Tenzin. Vielleicht konnte er einem anderen Orden beitreten, der den Mönchen die Heirat gestattete. Und war nicht der sechste Dalai Lama, der glückliche Lama, selbst ein eifriger Besucher der Gelben Häuser gewesen? Und gehörte nicht der sexuelle Kontakt zu den höchsten Riten der tantrischen Praxis, die dazu dienten, die Lebenskräfte des Samens und des Eis zu vereinen, um eine höhere, spirituelle Welt zu erreichen? Das dachte er, während sie ihn in die Frau stießen, ihn vergewaltigten und sich an seinem Leid weideten. Aber er wußte, daß es nichts gab, was ihn wieder zu einem Mönch machen konnte. Sie hatten seine Seele aus diesem Leben gerissen und sie achtlos zerdrückt wie eine Blüte. Und sie würden ihm noch nicht einmal den Gefallen tun, ihn zu erschießen, wohl wissend, daß die Schande die größte Strafe für ihn war. Er mußte damit leben, denn der Weg, den Kelsang beschritten hatte, diesen Weg konnte Tenzin nicht nehmen.
»*Om mani padme hum*«, flüsterte er, als die Chinesen das Kloster verließen. »*Om mani padme hum.*«
Zum letzten Mal in diesem Leben.
Die Bauern waren abgezogen. Die Mönche hatten sich allesamt in ihre Klausen verzogen, verarzteten ihre Wunden oder beteten. Die Soldaten lagerten am Eingang. Nur wenige hatten nach dem anstrengenden Tag in der dünnen Luft noch die Energie, die Treppengassen des Klosters auf der Suche nach renitenten Kon-

terrevolutionären zu durchkämmen. Allein Feng Lizhao streifte ruhelos umher, in der Nähe der Gebetshalle, an deren Tür nun ein großes Plakat des Großen Vorsitzenden Mao hing und deren Wände mit dem Spruch »Nieder mit den alten Übeln. Tibet ist befreit!« beschmiert waren.

Schließlich verschwand er in der Halle.

Schräg fiel das Sonnenlicht durch die hohen Fenster und ließ das Rot der Sandelholzsäulen erstrahlen. Langsam und sich nach allein Seiten umblickend durchschritt der politische Kommissar den Gebetsraum, entlang der schmale Gänge zwischen den Reihen der roten, mit Stroh gestopften Matratzen, auf denen die Mönche sich bis zu dem Tag zu ihren Andachten versammelt hatten. Am Altar angekommen ergriff Feng den Medizin-Buddha und steckte ihn in seine Tasche. Dasselbe tat er mit einer silbernen Wasserschale. Und mit dem Opfergeld, das die törichten Bauern hinter den Butterkerzen aufbewahrt hatten. Dann ließ er eine weitere Statuette irgendeines Heiligen in der Tasche landen sowie die faustgroße, reichlich verzierte Figur eines Elefanten. Und Silber. Und noch einen Buddha, der aus massivem Gold sein mußte. Er zückte sein Taschenmesser und brach die Edelsteine aus dem Sockel des großen Standbildes, das den Buddha Maitreya darstellte. Ein Rubin so groß wie ein Hühnerei. Zwei blaue Saphire. Diamanten. Er griff nach einem perlenbesetzten Teeschalenhalter, der in einer verstaubten Vitrine hinter dem Altar stand. Er riß ein Muschelhorn an sich, das in kunstvoll ziseliertes Silber eingebettet war, und eine Kristallfigur, ein goldenes Siegel, ein Lapislazuli-Mandala, ein Glöckchen – alles, was glänzte, alles, was lockte. Er hielt inne, stellte fest, daß er keuchte und stöhnte, als beschlafe er eine Frau, lachte darüber, leerte weiter Schränke und Fächer, hatte den Altar schon zur Hälfte abgeräumt und stand plötzlich vor einem glänzenden, funkelnden Berg von Kostbarkeiten, der ihm bis an die Hüften reichte.

Zuviel! Unmöglich konnte er all das unbemerkt in sein Versteck schaffen. Wegen der Mönche hatte er nun nicht mehr Angst. Die Mönche waren erledigt. Der ihm damals, bei seinem ersten Versuch, noch in die Quere gekommen war, lag jetzt blutend am

Boden und würde sich vermutlich bald erhängen. Nein, es waren die eigenen Landsleute, vor denen er sich nun hüten mußte. Die Soldaten waren aufmerksam, sie würden ihren Kommandeur verständigen, und es würde ein sehr unvorteilhaftes Licht auf ihn fallen. Es war eine Depesche aus der Zentrale gekommen, in der die Befehlshaber angewiesen wurden, alle Klöster und Tempel in ihren jeweiligen Distrikten zu inventarisieren. In den nächsten Tagen, so war angekündigt, würde ein Team von Experten aus Chengdu anreisen und die Güter untersuchen. Alle brauchbaren Metalle, insbesondere Edelmetalle, sollten gesammelt und unverzüglich auf den Weg in das Hauptquartier gebracht werden. Zum Weiterverkauf und zum Einschmelzen. China hatte Schulden, die Russen bestanden auf Rückzahlung ihrer Kredite und wollten Devisen sehen für ihre Handelsware. Tibet, die westliche Schatztruhe, sollte aufgebrochen werden. Aber vorher wollte Feng Lizhao seinen Anteil sicherstellen.

Er hatte vorgesorgt, hatte einen idealen Platz gefunden, an dem er, was immer er vor den Metallurgen und den Schmelzöfen retten konnte, in Sicherheit bringen konnte, bis der Tag seiner Abreise gekommen wäre. Er verdankte diese Entdeckung seiner ausgeprägten Beobachtungsgabe. Kürzlich war ihm, als er sich im Kloster Dreglug aufhielt, ein Mönch aufgefallen, der mit einer Schale Körner und einem Wasserschlauch zu einem Marsch in die Berge aufbrach, und er war ihm gefolgt, denn der Mönch verließ das Kloster sonderbarerweise nicht durch die Hauptpforte, sondern stieg den steilen Weg zum Hinterausgang hinauf, überquerte den höchsten Punkt des Gipfelkammes und stieg auf der anderen, der schroffen und weglosen Seite zu Tal. Feng schlich hinterher, inzwischen sicher, daß die hinterlistigen Mönche etwas vor ihm geheimhielten. Für kurze Zeit verlor er den Mann aus den Augen, aber als er keuchend und schwitzend vor Anstrengung die Kuppe erreichte, sah er die rote Robe wie eine Fahne in einer kleinen, felsigen Seitenschlucht verschwinden. Überzeugt, einem Verbrechen auf der Spur zu sein, stieg Feng ihm hinterher und sah den Mönch nach weniger als einer halben Stunde den Eingang einer Höhle erreichen, die unterhalb des Klosters, aber immer noch hoch über dem fruchtbaren Tal, in den Felsen führte. Der Mönch stellte die Schale und den Schlauch zwischen den Büschen vor dem Höhleneingang ab und machte sich auf den Rückweg zum Kloster; dabei ging er an Feng vorbei, der hinter einem Felsen lauerte, bemerkte ihn aber nicht. Feng wartete, bis der Mönch hinter der Bergkuppe verschwunden war, und machte sich daran, die Höhle zu untersuchen. Er holte seine Armeetaschenlampe hervor und leuchtete in die Finsternis. Lange brauchten seine Augen, bis sie sich von der gleißenden Helligkeit eines strahlenden Tages an die Dunkelheit der Höhle gewöhnten, die den Lichtkegel der Taschenlampe sofort verschlang. Die Grotte war hoch genug, daß ein ausgewachsener Mann aufrecht darin stehen konnte. Seine Tiefe war schwer zu bestimmen. Nach vielleicht vier oder fünf Metern traf der Lichtschein auf die zerklüfteten Wände, in denen schlafende Schatten erwachten.

Der Mann war mit nichts weiter als einem groben Lendenschurz bekleidet, hockte im Lotossitz da und hatte die Augen geschlossen. Sein Haar, verfilzt wie der Pelz eines Tieres, bedeckte die Hälfte seines ausgemergelten Gesichtes. Feng Lizhao zwängte seine schmalen Schultern durch die Öffnung in der Wand und ließ sich ins Innere der Höhle gleiten; er landete unsanft auf dem steinigen Boden und richtete sich auf, lenkte den grellen Lichtstrahl seiner Taschenlampe direkt in das schmutzig-schwarze Gesicht des Höhlenmenschen. Der unheimliche Mann, wenn er überhaupt das Erscheinen des Besuchers bemerkt hatte, verharrte ohne eine Bewegung, seine Augen blieben geschlossen. Es war ein *nagpa*, ein Zauberer und Asket, wie es sie im Schneeland seit Urzeiten gegeben hatte. Sonderlinge, die in den Bergen herumspukten wie der sagenhafte Yeti. Sie hatten jede Verbindung zu dieser Welt abgebrochen, pflegten keinerlei Kontakt mehr zu den Menschen. Sie ernährten sich von Luft und – wie Feng nun erkannte – von den Samen der Baishu-Bäume und etwas Wasser. Seine Exkremente lagen wie Hasenküttel neben ihm auf dem Steinboden. Die Einsiedler vermochten – so zumindest beschrieb es der Volksglaube – ihre Seele von ihrem irdischen Körper zu trennen und frei durch Raum und Zeit zu reisen. Der junge Kader hatte derartige

Berichte früher immer als lächerliche Märchen abgetan, aber er hatte inzwischen während seiner Zeit in Tibet eines gelernt: Es gab unerklärliche Dinge im Schneeland. Phänomene, die das menschliche Fassungsvermögen überstiegen und die mit gängigen Theorien und wissenschaftlichen Argumenten nicht zu erklären waren. Feng trat näher an den Sitzenden heran, bemerkte naserümpfend den moosigen Gestank der Fäulnis, der von ihm ausging. Seine bloßen Arme und Beine waren bis auf das Skelett abgemagert. Der Mann bestand aus nichts als Haut, Knochen und Haaren. Mit Abscheu dachte Feng an die Schauergeschichten und Mythen, die sich um diese Art von Asketen rankten. Geschichten von Menschenopfern, von Kannibalismus und dunklen Riten, von aberwitzigen Begegnungen mit Toten. Der Volksglaube besaß ein unerschöpfliches Repertoire an Erzählungen über die Absonderlichkeiten der Einsiedler. Der Mann öffnete nicht einmal seine Augen, als Feng ihn ansprach. Er saß still und leblos da wie eine Statue. Für Jahre oder sogar Jahrzehnte, vielleicht bis zu seinem Lebensende würde er sein Loch nicht verlassen, mit niemandem reden, nichts bemerken und nichts weiter tun, als dazusitzen und nur aufzustehen, um sich die Nahrung zu holen, die die Mönche ihm brachten. Feng beschloß, daß sein Besitz hier oben sicherer war als in jedem Tresor in China und jedem anderen Versteck in Tibet.

In der großen, leeren Gebetshalle wartete er vor dem Berg aus Kostbarkeiten, der seine Zukunft darstellte, bis die Nacht anbrach, wählte dann die besten Stücke aus, schlug sie in ein großes Tuch und schleppte sie hinunter in die Höhle des Einsiedlers. Er setzte seinen Schatz in einer geschützten Ecke ab und freute sich auf den Tag, an dem er wiederkommen würde, um ihn abzuholen. Immer wenn er an den Schatz dachte, das war fast täglich in den kommenden Jahren, dachte er daran nie wie an eine Beute. Er dachte daran wie an seinen Lohn.

26. Kapitel

Lhasa

Artie Myzinski erwachte mit dem Wunsch, tot und begraben zu sein. Jemand hatte ihm im Verlauf der Nacht eine eiserne Spange um seinen Kopf gelegt; nach innen gekehrte, rostige Nägel durchbohrten seine Schädeldecke. Jemand hatte sein Gehirn mit Blei ausgegossen, ein unsichtbarer Schmied schlug mit seinem schweren Vorschlaghammer auf seine Stirn ein, sobald er auch nur den kleinen Finger bewegte. Kein Kater und keine Migräne, die er jemals erlebt hatte, kamen diesem vernichtenden, tosenden Schmerz gleich, der ihn lähmte und verzehrte. Unendlich langsam tastete er nach dem Sauerstoffkissen, seiner einzigen Rettung. Aber das Kissen war leer und schlaff. Blind griff er nach dem Telefon, das zu Boden fiel, erhob sich unter entsetzlichen Qualen und raunte kaum verständlich in den Hörer: »Luft! Bringen Sie Luft!«

Wie durch ein Wunder wurde sein Hilferuf doch beantwortet, vermutlich deswegen, weil er im Verlauf des gestrigen Abends nicht weniger als sieben Kissen mit Sauerstoff verlangt hatte und die Hotelangestellten mittlerweile wußten, was dieser Gast am dringendsten brauchte.

Eine halbe Stunde lag er wie ein Patient in der Intensivstation auf seinem Bett, sog Sauerstoff ein und hoffte, daß die Kopfschmerzen nachließen. Als er sich endlich stark genug fühlte, kramte er aus seiner Tasche den Reiseführer hervor und suchte nach der Seite mit den »Nützlichen Redewendungen«. Er brauchte nicht lange, um festzustellen, daß ihm diese Phrasen nicht viel nützen würden. »Ich bin ein ausländischer Student«, »Welcher ist der Weg nach Lhasa?«, »Wo kann ich ein Fahrrad mieten?« – damit würde er nicht sehr weit kommen. Er brauchte den Satz: »Ich bin gekom-

men, um meinen alten Freund Paul McGregor aus Ihrem Gefängnis freizukaufen. Akzeptieren Sie Kreditkarten oder Schuldscheine, und was ist Ihr Preis?« Sinnlos, sinnlos. Die Presse hatte Paul bereits so gut wie verurteilt, und die Verträge mit den Japanern und Disney waren in jedem Fall geplatzt. Wenn kein Wunder geschah, dann würde Paul von Glück sagen können, wenn er noch hin und wieder bei einem Wanderzirkus eine Anstellung fand. Und zwar als Kloputzer. Aber Artie wäre nicht Artie gewesen, hätte er nicht trotz seiner schlechten körperlichen Verfassung schon in Gedanken an der Verwirklichung dieses Wunders gearbeitet. Eine Stunde bei Larry King, vielleicht ein Auftritt bei Oprah – da würde er ein paar Tränen zerdrücken können –, eine Titelgeschichte bei *Time* oder *Newsweek* war möglicherweise auch drin, wenn er es richtig anstellte und bei den Anonymen Alkoholikern oder im Fitneßstudio die richtigen Leute zu fassen bekam. Aber zuerst mußte er Paul zurückkaufen. Er war vor Kopfschmerzen und Schlaffheit beinahe bewegungsunfähig und traute sich nicht, das Hotel zu verlassen, ohne einen Vorrat von Luftkissen mit sich herumzuschleppen. Wieso hatte er sich nicht das Leben genommen? Wieso war er nicht wenigstens in Chengdu geblieben? Wieso hatte er nicht das nächste Flugzeug nach Hause bestiegen?
Wieso hatte er sich von dieser Blondine aus Boston und ihrem chinesischen Vogelscheuchenprofessor einwickeln lassen und war hierhergekommen? Es gibt keine Zufälle. Ja, genau.
»Es hat keinen Zweck«, hatte er immer wieder gemurmelt. Aber die beiden hatten einfach nicht lockergelassen. Hatten etwas von einem Schwarzen Thangka gefaselt. Himmel, hatte er gedacht, wie kommen die jetzt auf Bademoden? Oder redeten sie von einem großen Schiff, das Rohöl transportierte?
Er erhob sich, eilte zum Klo, übergab sich, wobei sein Schädel zu zerspringen drohte, sank in die Knie und zog sich am Waschbecken empor. Kein Agent der Welt konnte leisten, was hier zu leisten war. Artie glitt in die Badewanne, hockte mit gesenktem Kopf da und ließ so lange eiskaltes Wasser über sich laufen, bis sein Zähneklappern ihn zum Denken zwang. Er dachte an einen Kindheitstraum, in dem es um Ritter und Banditen und schauer-

liches Gemetzel ging und in dem er, Artie, wenn er in einer Schlacht zerhackt worden war, mit Hilfe eines geheimen Zaubers seine abgetrennten Arme und Beine und sogar seinen Kopf mühelos wieder anbringen konnte. Er wußte auch nicht, wieso ihm diese Knabenphantasie ausgerechnet jetzt einfiel, aber sie half, ihn zu ermutigen. Er versuchte angestrengt sich vorzustellen, er habe einen wichtigen Termin bei einem Besetzungsbüro, einem Studioboß oder einem Werbekunden. Also zog er sich an, ging nach unten und orderte eine Limousine, die ihn ins Gefängnis bringen sollte. Der Concierge reagierte verdutzt, denn er hatte an diesem Morgen bereits einen Mitarbeiter des amerikanischen Konsulats aus Chengdu und eine unsympathische Ausländerin, die angeblich ihren Paß verloren hatte und die ihn fast gebissen hatte, als er ihr hilfreich ihre schwarze Tasche abnehmen wollte, zum gleichen Ziel geschickt.

Die amerikanischen Studenten, »Zonias Armee«, folgten ihrem schwatzhaften Fremdenführer Jonathan durch die Gänge des Potala-Palastes, umgeben von Massen tibetischer Pilger, die Geldopfer darbrachten, Butter in die Lampenschalen löffelten, Mantras brummten und mit ihren Stirnen ehrfürchtig die Glaskästen berührten, in denen die unzähligen Buddhastatuen aufbewahrt waren. Es gab kaum Licht in den Korridoren zwischen den Kapellen und den Meditationszimmern, überall war ein bedrängendes Gewirr von dunklen Gesichtern, verfilzten Haarschöpfen und Türkisschmuck zu sehen. Leider sei das Grabmal des fünften Dalai Lama nebst der angrenzenden Kapelle und der Säulenhalle vorübergehend für den Besucherverkehr gesperrt, bedauerte Jonathan. Wegen dringender Restaurierungsarbeiten an den berühmten Wandteppichen. Insektenbefall. Die Studenten schnauften vor Anstrengung, als sie nach Kletterstrecken über steile Treppen und Leitern endlich die Dachterrasse hoch über der Stadt erreichten. Sie tauschten immer wieder Blicke aus, voller Stolz und voller Ehrfurcht. Ihr Puls hämmerte in ihren Ohren, Anfälle von Angst und Kühnheit wechselten einander ab. Wann immer sie einen Uniformierten sahen, von denen es hier wimmelte, dann knisterten ihre Nerven, beruhigten sich aber bald wieder, sobald ihnen klar wurde, daß sie kein Aufsehen erregten. Jeden Tag kamen Dutzende von Touristengruppen in den Potala-Palast, und das war ja auch, was die Chinesen wollten. Ein wenig enttäuscht war die amerikanische Gruppe schon, daß Zonia nicht bei ihnen war. Aber Zonia hatte, wie sie sagte, Wichtigeres zu tun. Sie würden noch staunen, hatte Zonia gesagt. Steves Rucksack war verdächtig prall. Nur unter größter Mühe hatten sie das große seidene Spruchband zusammenfalten und auf die passende Größe bringen können. An alles war gedacht. Olivia führte in ihrer Tasche die beiden Gewichte mit, an denen sie ihre Botschaft für die Welt an den weißen und roten Mauern des Palastes hinunterlassen wollten. Irgendwo da unten im Häusergewimmel von Lhasa warteten seit einer Stunde Stan und Betsy mit schußbereiten Kameras, um den Moment des Triumphes festzuhalten für alle Zeit und für die Lieben daheim. Eine Gruppe von Mutigen aus Providence würde den Jasagern und Weichlingen dieser Welt heute beweisen, daß man mehr tun konnte, als Petitionen zu unterschreiben und Benefizkonzerte zu besuchen. Sie würden die Flagge der Freiheit hissen, und zwar für alle sichtbar. Sie hatten ein Rendezvous mit den Titelseiten aller Zeitungen von Tokio bis Toronto, von Kapstadt bis Kopenhagen. Die Voraussetzungen waren ideal: Niemand befand sich auf der Terrasse, nur zwei Mönche schritten, in tiefen Betrachtungen versunken, hinter ihnen auf und ab.

»Hier oben befanden sich vor der friedlichen Befreiung Tibets die Schlafgemächer des Dalai Lama«, erzählte der unfähige, unsympathische Jonathan in gebrochenem Englisch. Seine langweiligen Vorträge wollten immer wieder nur eins beweisen: daß es ohne China kein Tibet und keine tibetische Kultur geben würde. »Hier hat man den besten Blick auf Lhasa ...« Die Gruppe reihte sich an der brusthohen, steinernen Balustrade auf. »Ich muß mal was trinken«, sagte Steve und sattelte seinen Rucksack ab. Das war das Zeichen.

»Ich auch«, verkündete Olivia und fischte nach den mit Sand gefüllten Tüten, die an den Enden des Spruchbandes angebracht werden mußten. Die anderen versuchten Jonathan abzulenken.

»Da drüben, wo der Rauch aufsteigt – ist das der Jokhang-Tempel ...?« fragte Micky. Steve und Olivia öffneten gleichzeitig ihre Taschen, Steve zog unter Mühen das Spruchband heraus, als Olivia schon längst mit den Sandtüten bereitstand, die sie in Windeseile an den unteren Enden des Bandes befestigte.

»Free Tibet!« Nur zwei Sekunden fehlten, dann würden sie die Flagge ihres Protestes entrollen wie die ersten Menschen auf dem Mond das Sternenbanner. Aber die beiden Mönche, die sie nicht aus den Augen gelassen hatten, sprangen herbei, warfen sie zu Boden und entrissen ihnen das Material. Der erste Mönch versetzte Steve einen Tritt, den er Tage später noch spürte, und brachte Olivia mit einem schnellen Genickschlag zu Boden. Der zweite zog aus seiner Kutte ein Funkgerät und plärrte etwas hinein; eine Minute später war die Reisegruppe aus Providence umzingelt von bewaffneten Sicherheitsleuten. Der Fremdenführer Jonathan zog sich schnell zurück. Erst als sie im Gänsemarsch abgeführt wurden, bemerkten die Studenten die Kameras, die jeden Winkel der Terrasse erfaßten. Stan und Betsy warteten irgendwo da unten vergeblich auf den großen Moment. Eine halbe Stunde später waren auch sie gefunden und in Gewahrsam genommen worden.

»Verzeihen Sie, daß ich Sie warten ließ – ein unerwarteter Notfall.« Hu Banguo ergriff die Rechte des amerikanischen Konsulatsbeamten mit beiden Händen und schüttelte sie. Man mußte mit diesen Leuten verbindlich und freundschaftlich umgehen, um sie zu gewinnen. Aber der Diplomat, ein jungenhafter Mensch namens Collins, zog ein Gesicht, als habe er Zahnschmerzen, und entwand seine Hand Hus Klauen.

»Sie wissen selbstverständlich, weswegen ich hier bin.«

»Natürlich«, sagte Hu ernst. »Aber ich weiß sogar noch etwas mehr. Sie können doppelt glücklich sein, daß Sie hier sind – und den Grund werden Sie bald erfahren.« Das verwirrte Zwinkern des Amerikaners bereitete ihm ein diebisches Vergnügen. »Aber

nun zuerst zum Fall McGregor. Der Verdächtige befindet sich nach wie vor in unserem Gewahrsam.«
»Ich verlange, ihn sofort zu sehen«, sagte der Diplomat scharf.
»Gewiß. Das sollen Sie auch. Vorher aber möchte ich Ihnen diese Papiere zeigen. Es ist sein Geständnis.« Hu genoß die Wirkung, die seine Worte auf den unfreundlichen Gast machten, weidete sich daran, wie das Gesicht des Mannes förmlich in sich zusammenbrach.
»Geständnis?« wiederholte Collins mechanisch, überflog die Papiere und begann zu protestieren. »Aber es ist alles auf chinesisch! Wie kann Mr. McGregor wissen, was er unterschrieben hat?«
»Wir haben ihm alles Wort für Wort übersetzt. Sie können ihn selbst danach fragen.«
»Das werde ich auch tun. Bringen Sie mich bitte zu ihm! Und lassen Sie mich gleich klarstellen, daß in keinem zivilisierten Land dieser Erde Geständnisse anerkannt werden, die unter Folter gemacht wurden. Das mag wohl in China anders sein ...«
»Gewiß«, sagte Hu und blickte kurz auf die Uhr, die hinter dem Mann an der Wand hing. Noch ein paar Minuten könnten nicht schaden, dachte er. Seine Leute waren zwar schnell, aber wenn der Häftling sich wehrte, dann könnte die Sache etwas länger dauern. Sie durften ihn ja nicht zu hart anfassen, um keine Spuren auf seinem Körper zu hinterlassen. Auch durften keine Betäubungsmittel benutzt werden, die bei einer Obduktion gefunden worden wären. Da kam ihm die rettende Meldung der Potala-Überwachungseinheit gerade recht. »Bevor wir heruntergehen und Sie sich selbst vom Zustand Ihres Schützlings sowie seinen tadellosen Haftbedingungen überzeugen können, habe ich noch eine andere Sache, die Sie interessieren dürfte und die Sie wohl ebenfalls beschäftigen wird. Soeben hat man mir gemeldet, daß eine Gruppe von amerikanischen Studenten im Potala-Palast festgenommen wurde. Sie waren im Begriff, ein schweres Verbrechen zu begehen und separatistische Hetzpropaganda zu verbreiten. Sie sind gerade im Hof vorgefahren. Gut, Mr. Collins, daß Sie da sind. Ich werde die Amerikaner gleich hereinbringen lassen.«

Tsentse hatte am Rande von dem Aufruhr gehört, den das Grüppchen von Ausländern verursacht hatte, aber er konnte sich nicht darum kümmern. Er hatte Wichtigeres zu tun. Zhao Dawa, der seine verzweifelte, unerwiderte Liebe galt und die er zuletzt mit dem Fotografen im Potala-Palast gesehen hatte – sie war endlich wieder aufgetaucht. Als er aus purer Routine die Fotos überflog, die seine Leute von dem Abendspaziergang der Holländerin gemacht hatten, traf ihn fast der Schlag. Zielstrebig war die Ausländerin auf den Stand einer bestimmten Händlerin zugegangen, die in ihrer Schürzentracht, dem schäbigen Pullover und ihrem ungewaschenen Gesicht aussah, wie alle anderen Souvenir-Verkäuferinnen. Aber Tsentse erkannte Zhao Dawa in jeder Verkleidung. Er mußte sie wiederfinden. Sie warnen. Sie in Schutz nehmen vor den Chinesen und vor sich selbst. Natürlich war sie längst vom Markt verschwunden, als er seine Entdeckung machte, doch er forderte sofort die Videobänder der Überwachungskameras an, die an allen strategischen Punkten der Stadt mehr oder weniger unauffällig auf Dächern installiert waren, und konnte anhand der Aufnahmen den Weg verfolgen, den sie genommen hatte. Sie war zum Jokhang-Tempel gegangen – gut so. Kein öffentlicher Platz in Lhasa war aus Furcht vor konterrevolutionären und separatistischen Unruhen besser bewacht als dieser. Er konnte sie auf den Aufzeichnungen sogar aus drei verschiedenen Perspektiven beobachten. Sie verhielt sich äußerst merkwürdig. Sie selbst schien jemanden zu verfolgen, denn sie tauchte immer von einer Deckung in die andere, wandte sich mal ab, um Interesse an einer Auslage in einem Geschäft vorzutäuschen, betrat sogar einmal einen Laden für Kücheneinrichtungen, um wenige Sekunden später wieder hervorzukommen und ihren Weg fortzusetzen. Tsentse sah sich diese Stelle mehrmals an und kam zu dem Schluß, daß sie ein Paar verfolgte, das just in diesem Moment an dem Laden vorüberging. Eine junge, attraktive Ausländerin und ein Mann, dessen Gesicht er nicht sehen konnte, denn es war seiner Begleiterin zugewandt. Das Paar, gefolgt von Dawa, verschwand irgendwo in den engen Gassen der Südstadt. Tsentse zog alle seine Leute ab, die noch mit der Überwachung der Holländerin und ihrer Gruppe befaßt waren – ein entscheidender Fehler, wie er später, zu spät, bemerkte –, und ließ sie die ganze Nacht die Aufnahmen aller Kameras in Lhasa auswerten. Bis in die Morgenstunden hinein hockten sie mit wunden Augen vor den Schwarzweißmonitoren, bis sie endlich gefunden hatten, was sie suchten. Der Mann gehörte zu der hochkarätigen Suchdelegation der Exiltibeter, er hieß Nyima Gyatso, ein aalglatter, separatistischer Advokat aus Amerika. Die blonde Frau war als Touristin mit der Gruppe der Holländerin eingereist, vermutlich hieß sie Catherine Laurell oder aber Betsy Jenkins, die Identität wurde noch überprüft. Die beiden tauchten etwa eine Stunde nach ihrem Verschwinden wieder auf den Bildern der Jokhang-Kameras auf. Tsentse ließ nicht locker. Statt die verdächtige Holländerin zu überwachen, befragten seine Leute den ganzen Morgen über jeden auch nur entfernt in Frage kommenden Zeugen nach dem Verbleib der blonden Ausländerin, ihres Begleiters und ihrer tibetischen Verfolgerin und konnten schließlich ihren Weg bis zur Hängebrücke über den Kiycho-Fluß zurückverfolgen. Dort vernahmen sie einen Zigarettenverkäufer, der sich sehr genau an diese eigenartige Tibeterin erinnern konnte, die lange in der Nähe seiner Auslagen gestanden und auf die Brücke gestarrt hatte, wo, dessen war er sich ganz sicher, ein Mann und eine Frau …

Während er diese Information bekam, riß in einem anderen Stadtteil eine Explosion ein großes Loch in das Gebäude des Büros für Öffentliche Sicherheit, aber die Nachricht darüber sollte ihn erst viel später erreichen. Im Moment interessierte ihn die Geschichte des Paares aus Amerika: Die blonde Ausländerin und ihr Begleiter hatten sich getrennt – er war in das Gästehaus der Lokalregierung zurückgekehrt, von wo aus er seinen Weg nach Shigatse fortsetzte, um seine Delegation wiederzutreffen, die dorthin weitergereist war. Die Ausländerin aber war zu ihrem Hotel zurückgekehrt. Zhao Dawa, aus welchen Gründen auch immer, hatte das Mädchen verfolgt und hatte sich danach auf den Weg zu ihrem Haus begeben, das glücklicherweise in einem von Kameras gut erfaßten Teil der Altstadt unweit der Universität lag. Ihr persönliches Dossier, das seine Mitarbeiter vom zuständigen

Nachbarschaftskomitee angefordert hatten, konnte Tsentse fast nichts Neues mehr vermitteln. Es war ihm selbstverständlich bekannt, daß sie unter dem Namen Zhao Dawa angemeldet war. Außerdem war sie die Ziehtochter eines unehrenhaft aus der Volksbefreiungsarmee entlassenen Offiziers und einer chinesischen Einwanderin namens Zhao Bian, die einst für die Kommission zur Erfassung und Aushebung von Bodenschätzen der Autonomen Region Tibet gearbeitet hatte und seit den sechziger Jahren in Lhasa lebte. Er wußte auch, daß ihr Adoptivvater, der es als Offizier einst gewagt hatte, in einem internen Memo die Militärpräsenz der Chinesen in Tibet als »erdrückend« und »übertrieben« zu bezeichnen, vor einigen Jahren an Krebs gestorben war. Ihre Mutter war vor wenigen Wochen bei einem Verkehrsunfall ums Leben gekommen. Tsentse erfuhr, daß Dawa offensichtlich Hu Banguo, den Vizedirektor, als Verantwortlichen verdächtigte. So jedenfalls hatte sie sich Nachbarn gegenüber geäußert und anklingen lassen, er werde für den Mord an ihrer Mutter büßen. Die braven Nachbarn hatten diese Drohung natürlich sofort gemeldet, denn es war immer klüger, wertvolle Informationen den Behörden unverzüglich mitzuteilen.

Tsentse schickte sofort seine Leute los, um Zhao Dawa zu verhaften, sie zu ihrem eigenen Besten aus dem Verkehr zu ziehen. Wenn er ihr erst einmal erklärt hatte, in welche Sache sie da hineingeraten war, dann würde sie diese Maßnahme verstehen und ihm – hoffentlich – dankbar sein. Es ging hier nicht mehr um den Diebstahl eines Thangkas. Hier ging es um Staatspolitik und um illegale und gefährliche Affären, in die die höchsten politischen Ebenen verwickelt waren. Die Mächtigen, sie würden Dawa zerdrücken wie eine Fliege, wenn sie ihnen in den Weg kam.

Aber die Gesuchte konnte seinen Leuten entkommen, und Tsentse entschied sich für einen anderen Weg: Wer wie Zhao Dawa einer Person stundenlang nachstellte, den konnte man über diese Person finden. Er postierte sich vor dem Lhasa-Hotel und wartete auf die blonde Ausländerin.

27. Kapitel

Shigatse, Tibet

Tutseleg Gampo, Anführer der ungewöhnlich hastig und unter großem Zeitdruck zusammengestellten Suchmission, die beauftragt war, die Reinkarnation des Dalai Lama zu finden, konnte nicht einschlafen, denn er fürchtete den Schlaf. Er wälzte sich in seinem viel zu bequemen Hotelbett hin und her und dachte an ein altes Grammophon. Ein blitzsauber geputztes Gerät, das eigentlich unnütz war, weil es weit und breit keine Schallplatte gab, die man darauf hätte abspielen können. Als Gampo viele Jahre zuvor als junger Mönch zum letzten Mal hier in Shigatse gewesen war, dem Sitz des Pantschen Lama, da erzählten sich die Einwohner noch immer voller Ehrfurcht und Staunen, wie einmal ein motorisiertes Gefährt, eine sogenannte Benzinkutsche, die Ortschaft passiert hatte – dieses wundersame Ereignis lag zu jenem Zeitpunkt schon mehr als zwei Jahre zurück. Die Menschen waren glücklich und zufrieden, dienten ohne Murren ihren Göttern, den Mönchen und den Adeligen und hielten dieses klapprige Grammophon aus Shanghai, das auf verschlungenen Wegen in den Laden eines nepalesischen Händlers gelangt war, für die Krönung einer Wissenschaft, die sie niemals begreifen würden. Die meisten Händler in Tibet waren damals aus Nepal oder Indien, denn die Tibeter selbst waren oft viel zu gutmütig, um erfolgreich im Handel tätig zu sein. Der schlaue Geschäftsmann verlangte sogar Eintrittsgeld dafür, daß die Bauern das Grammophon, dieses Zeugnis einer fernen Zivilisation, nur ansehen und bestaunen durften in seiner fremdartigen Schönheit. Die Tibeter waren wie Kinder gewesen, unschuldig, leicht zu verblüffen und zu begeistern, und sie waren über alle Maßen naiv. Leichte Beute für die Chinesen, die dieses isolierte und in der eigenen Religion versunkene Land überfallen und sich einverleibt hatten, die es besudelt hatten mit dem geistigen Unrat ihrer gottlosen Ideologie und dem falschen Glanz ihrer materialistischen Gesellschaft. Und das Ganze nannten sie dann zynisch auch noch »Fortschritt« und »Entwicklung«. Dabei war alles, was aus China kam, genauso überflüssig und nutzlos wie das alte Grammophon aus Shanghai im Laden des Nepalesen. Und teuer, sehr teuer bezahlten die Tibeter für Chinas Gaben – mit ihrer Seele. Heute gab es in Shigatse drei – chinesisch geführte – Tankstellen für die Benzinkutschen und zwei Dutzend Karaokebars, in denen chinesische Lieder gespielt wurden. Es war chinesisches Satellitenfernsehen zu empfangen, und in den Geschäften verkauften chinesische Händler Coca-Cola und ausländische Zahncreme. Nebenan, hinter verhängten Türen, wurden von chinesischen Kinobetreibern auf flimmernden Fernsehschirmen die Raubkopien amerikanischer oder chinesischer Filme gezeigt. Und vom – chinesisch geführten – Hotel aus, in dessen Halle chinesische Halbstarke Billard spielten, war es möglich, direkt nach Übersee zu telefonieren. Ihr Land war aus dem Schoß der Götter gerissen worden, war Teil einer plumpen und entzauberten Welt geworden, in der Götter belächelt und wegdefiniert wurden. Die Hüter des Glaubens, zu denen Gampo sich zählte, führten als Vertriebene und Entwurzelte ein verzweifeltes Rückzugsgefecht. Denn auch sie, die Lamas, die Mönche und die Äbte, nutzten vorbehaltlos die Vorzüge der gottlosen materialistischen Welt. Sie lasen ihre Texte bei elektrischem Licht, jetteten rund um den Globus, unterhielten ihre Websites im Internet und waren längst in den Sog von Versuchungen und Bequemlichkeiten geraten, den Gampo nun, im Halbschlaf, den »Kult um das tote Grammophon« nannte. Es führte kein Weg mehr zurück in die Seligkeit und den Frieden von damals, denn auch den tibetischen Glauben hatten die Chinesen entseelt und entstellt, verbogen bis zur Unkenntlichkeit, und benutzten ihn für ihre eigenen Zwecke. Gampo hatte selbst die verlogene sogenannte Erziehung über sich ergehen lassen, mit der die Besatzer damals die Mönche peinigten. Wenn sie ihnen in endlosen Sitzungen und Vorträgen weismachen wollten, der Buddha sei ein wahrer Marxist gewesen, denn er habe sich, obwohl er von königlicher und feudalistischer Herkunft war, zugunsten der notleidenden Massen sein Besitzes entledigt. Sie behaupteten, das Nirwana sei nichts anderes als die klassenlose Gesellschaft, die sie anstrebten. Sie hoben immer wieder zu langen Monologen an, die beweisen wollten, daß Tibet schon immer Teil Chinas gewesen war, und dann hängten sie das Bildnis ihres Gottes, Mao, zuerst neben die Bilder der tibetischen Heiligen und dann darüber. Nur wer am Ende dieser Gehirnwäsche die Kontrollfragen zu ihrer Zufriedenheit beantwortete und dabei seine eigenen Überzeugungen verleugnete, der durfte »gebessert« in sein Kloster zurückkehren. So hatten sie den Mönchen das Lügen aufgezwungen, und wer es nicht über sich brachte, der verschwand im Arbeitslager und kehrte niemals zurück oder wurde einfach totgeschlagen, um den anderen als Mahnung zu dienen. Nichts war den Chinesen heilig, auch mit den erhabensten Mächten trieben sie ihr politisches Schindluder. Mit dem Knaben beispielsweise, den sie vor ein paar Jahren eigenmächtig zur Reinkarnation des Pantschen Lama, des zweithöchsten Führers der Tibeter, ernannt hatten und den die Suchmission heute kennengelernt hatte.

Es war Targas Einfall gewesen, hierherzukommen, seinem Drängen hatten sie widerwillig nachgegeben. Gampo und die drei hohen Lamas aus Dharamsala hielten es für pure Zeitverschwendung, den Jungen im Kloster Tashilumpo in Shigatse zu besuchen, den die Gemeinde des Dalai Lama nicht als Tulku anerkannte. Aber Targa, mit seinem Sinn für Realpolitik, beschwor sie, daß es gerade jetzt von höchster Wichtigkeit sei, alte Wunden nicht wieder aufzureißen und die Chinesen mit einer Geste des guten Willens ihr Gesicht wahren zu lassen. Schließlich willigten sie ein. Sie trafen einen verschreckten Knaben, der unter dem Einfluß der erdrückenden politischen Schulung stand und in auswendig gelernten Sätzen vom »chinesischen Mutterland« und der »friedlichen Befreiung Tibets« sprach, bis es selbst seinen »patriotischen« Lehrern und den chinesischen Aufpassern zu peinlich wurde. Selbst auf die simpelsten und vorsichtigsten Prüffragen der Lamas hatte der Junge keine Antwort parat. Wo immer die Seele des

Pantschen Lama war, sie bewohnte nicht dieses Kind, dieses bedauernswerte Geschöpf, das nichts weiter war als ein Werkzeug der Chinesen.

Am Ende des Tages waren die Tibeter dennoch froh, daß sie diesen bedauernswerten Unmündigen kennengelernt hatten. Denn die traurige Begegnung bestätigte sie von der Richtigkeit und Notwendigkeit ihres eigenen Unterfangens. Die tragischen Umstände, das Attentat auf ihren Führer und die Angst der Chinesen, von der Welt als die Schuldigen angesehen zu werden, hatten der Suchmission der Exiltibeter freien Zugang zu ihrem Land verschafft. Aus Dharamsala waren die drei höchsten Lamas angereist, Targa, Nyima und der alte Gampo flogen direkt aus Nepal ein. Feng Lizhao hatte ihnen hilfreich einen Platz in der Maschine des chinesischen Präsidenten verschafft, und dieser hatte sie unterwegs angesprochen, zu ihrem schrecklichen Verlust kondoliert – so bitter, gerade jetzt, als eine positive Lösung in greifbarer Nähe war – und ihnen alle Unterstützung zugesichert. Die Tibeter, die aus Indien und Nepal kamen, trafen sich ausgerechnet in Peking, der Hauptstadt des Erzfeindes. Sie wurden zu Gesprächen mit der chinesischen Staatsführung eingeladen, die darauf brannte, ihnen alle nur erdenklichen Dienste und Gefälligkeiten zu erweisen. In einem Flugzeug der Regierung setzten sie ihre Reise nach Lhasa fort. Sie sollten sich frei und ohne jede Kontrolle in Tibet bewegen können, wurde ihnen hoch und heilig versprochen, und es schien, als hielten sich die Chinesen tatsächlich an ihr Wort. Wäre der Gottkönig eines natürlichen Todes gestorben, dann hätten die Chinesen selbst eine Reinkarnation ernannt, und es wäre, ebenso wie im Falle des Pantschen Lama, ein ahnungsloser, leicht zu beeinflussender Junge gewesen, den Peking nach Belieben manipulieren konnte. Denn darauf allein hatten die Chinesen all die Jahre gewartet: daß der vierzehnte Dalai Lama stürbe und der fünfzehnte ihre eigene Kreatur werden könne. Jetzt hingegen konnten die Gefolgsleute des Dalai Lama, geführt vom Geiste des Buddha, seine Seele wiederentdecken. Die Lamas raunten sich unterwegs immer wieder zu, daß dies möglicherweise genau die Absicht Seiner Heiligkeit gewesen war, als er zuließ, daß die Kugel der Mörderin ihn traf. Der Buddha des Mitleides, den er verkörperte, bestimmte nämlich selbst über den Zeitpunkt und die Art seines Ablebens. Kein Attentäter konnte ihm einen Hinterhalt bereiten, kein Mörder ihn aus der Welt schaffen, wenn er dies nicht selbst wollte. Der Buddha des Mitgefühls selbst, und niemand sonst, hatte das Attentat als den passenden Weg für sein Ausscheiden und seine Wiederkehr in diese Welt gewählt, und er selbst führte die Suchmission durch Träume, Zeichen und Orakel. Gampo hatte das Zeichen gesehen, das Loch in der Krankenhauswand. Und so oft hatte ihm Targa von einem Traum des geweißelten Hauses erzählt, daß er schon meinte, es sei sein eigener Traum gewesen. Aber dennoch fühlte sich Gampo nicht sicher. Manchmal zweifelte er in schwachen Minuten und besonders dann, wenn er wie jetzt furchtsam auf den Schlaf wartete, an der Wahrhaftigkeit dieser Zeichen. Denn es waren andere Träume über ihn gekommen, die er sich nicht erklären konnte. Er träumte, zum ersten Mal seit vielen Jahren, wieder vom Kamdhar Gyor, dem dunklen Geist. Und das war der Grund, warum er sich gegen den Schlummer sträubte.

Es hatte eine Zeit gegeben, damals, während der Flucht mit den Kindern aus Tibet nach Nepal, als Gampo nicht die Augen hatte schließen können, ohne die haßerfüllte Fratze des Ungeheuers vor sich zu sehen. Damals war er ehrlich davon überzeugt gewesen, daß Gyor ihn verfolge. Es war die Zeit, als er dem fürchterlichen Dämon für kurze Zeit sehr, sehr nahe gewesen war. Gampo hatte das Schwarze Thangka gefunden und an einem sicheren Ort versteckt. Jetzt aber, wo ihn in seinen Träumen der Gyor heimsuchte, da wünschte er sich sehnsüchtig, er hätte den Mut gehabt und es zerstört, statt es zu verbergen. Wenn er es doch bloß verbrannt, zerrissen hätte, damit es nie entdeckt wurde. Denn was das Thangka lehrte, war ein Irrweg, eine Verfehlung des Karmas, schlimmer und endgültiger noch, als es der »Kult um das stumme Grammophon« jemals werden konnte. Wenn das Thangka in die falschen Hände geriet, dann würde Tibet an den verheerenden karmischen Folgen untergehen, aufhören zu existieren, und die Hüter des Glaubens hätten ihre letzte und entscheidende Schlacht verloren.

Im gegenüberliegenden Zimmer, nur wenige Meter von Gampo entfernt, der sich voller Ängste seinem Schlaf ergab, beendete Targa sein tägliches Gyor-Gebet. Er hatte mit Tsentse telefoniert und war zufrieden. Alles war vorbereitet im Dorf Kangtog. Die Familie war gefunden, das Haus geweißelt, der Weg geebnet für Kamdhar Gyor. Stolz erfüllte ihn, den ehemaligen Spitzel der Chinesen und ehemaligen Dolmetscher des Dalai Lama. Stolz darüber, wie sie die Menschen und selbst die Götter getäuscht hatten; wie sie Regierungen und die ganze Welt an der Nase herumgeführt und ihnen ihren Willen aufgezwungen hatten. Die Versprechen von Herrlichkeit, die der Gyor gemacht hatte, bald würden sie Wahrheit werden. Targas Puls beschleunigte sich, wenn er daran dachte, welche Belohnungen ihm, dem treuesten und fleißigsten Diener, zufallen würden. Ewiges Leben in Shambala und Erlösung, Macht, Reichtümer und Kräfte jenseits aller Vorstellung. Und in der Halle des Ruhmes, die geschmückt war mit den Skeletten ihrer Widersacher und aus deren Springbrunnen das Blut ihrer Feinde sprudelte, da würde sie auf ihn warten: Vicky Jocelyn – Rakshasi –, schnurrend wie eine Raubkatze zu Füßen des goldenen Gyor-Thrones, wo auch sein Platz war.

28. Kapitel

Tibet, 1959

Er war längst kein Mönch mehr, er war ein Mörder. Nachdem er das Kloster Dreglug verlassen hatte, am selben Tag, als sie ihn zwangen, die Frau zu berühren, hatte er einen faustgroßen Stein aufgehoben und lange in seiner Hand gewogen. Er hatte diesen Stein in den Falten seiner Robe versteckt und bei sich getragen auf dem Weg hinunter in das Dorf, wo keiner es wagte, ihn anzusehen. Und weiter ging er, hinaus zu dem Gehöft seines getöteten Bruders. Dessen Leichnam wie auch den seines ermordeten Lehrers hatte der Bestatter zum Felsen hinter dem Kloster gebracht und dort zerlegt, mit schnellen, geübten Messerhieben das Fleisch von den Knochen getrennt und die kleinen, schnabelgerechten Stücke ausgelegt für die Geier, die sich am Himmel zu einer schwarzen Wolke zusammenballten. Kaum hatte er sich entfernt, da waren sie herabgesegelt, hatten sich gierig auf das Fleisch der beiden Männer gestürzt und es in alle Richtungen getragen. Ein gutes Zeichen. Denn wessen Fleisch die Geier verschmähten, der war verdammt. Doch sein Bruder Sangye und sein Lehrer Geshe Lozang, das hatte der Bestatter dem Mönch Tenzin Gyatso voller Zuversicht berichtet, der halb ohnmächtig vor Schmerz und Scham in seiner Klause lag, waren auf dem Weg in das Paradies. Den toten Kelsang hatten die Chinesen für sich beansprucht. Zwei Soldaten schleiften den Leichnam des Übersetzers auf Befehl ihres Hauptmanns aus dem Klosterhof. Sie würden ihn irgendwo verscharren, nachdem sie ihn einige Stunden in der Mitte des Dorfes als eine Art Ermahnung ausgestellt hatten.

Tenzin, der nicht wußte, wohin sonst er gehen sollte, schleppte sich zum Anwesen seiner Familie, dem Haus, in dem er selbst geboren war und seine ersten Lebensjahre verbracht hatte, bevor er – ein Knabe noch – ins Kloster Dreglug aufgenommen worden war. Es war ein weiter Weg, und sein Körper schmerzte bei jedem Schritt, aber er mußte ihn gehen. Er hatte es nicht mehr ausgehalten in dem Kloster, das er mit seinem Samen besudelt hatte. Er ruhte sich oft aus, ließ sich einfach am Wegrand nieder, vergrub den Kopf in den Händen und schöpfte Atem, massierte seine Blessuren, weinte, wagte nicht mehr zu tun, wozu es ihn am meisten drängte, wagte nicht mehr, zu beten.

Sie folgte ihm wie ein Schatten. Er gewahrte sie, als er sich irgendwann noch einmal umwandte, um einen letzten Blick auf das Kloster zu werfen, das er niemals wieder betreten wollte.

Sie ging, wenn er ging, und sie rastete, wenn er rastete.

»Geh weg!« schrie er einmal, ohne sich nach ihr umzusehen. »Geh zurück in das Gelbe Haus, da wo du hergekommen bist!«

Aber sie ging weiter, stur und ausdauernd wie ein Lasttier, hundert Schritte hinter ihm. Ihre Anwesenheit war wie ein brennendes Schwert in seinem Rücken, ein ständiges, bitteres Echo seiner Schande. Einmal war er versucht, einen Stein nach ihr zu werfen, aber er tat es nicht. Hoffte statt dessen, daß sie irgendwann müde würde und ihn in Ruhe seiner Wege gehen ließ.

Als er endlich den Hof seiner Eltern erreichte, stutzte er. Die Gebäude waren immer noch dieselben, aus Lehmziegeln errichtete gelbliche Kästen mit kleinen Fenstern, umgeben von einer hohen Mauer. Aber es wehten nicht mehr wie früher die bunten Gebetsfahnen über den Dächern. Es war dort die rote Fahne mit den gelben Sternen gehißt. Ein dunkelgrüner Armeelastwagen war vor dem Tor geparkt, aus dem Inneren erklangen fremde Stimmen, eine fremde Sprache. Sie sangen. Sie sangen ein revolutionäres Lied. Sie hatten das Haus seiner Eltern zu ihrem Hauptquartier gemacht. In den Pferdeställen schnaubten die Maultiere, im Gesindehaus waren ihre Soldaten untergebracht, im Hauptgebäude residierten ihre Offiziere.

»He, was machst du da?« Der Wachposten am Eingang hatte ihn bemerkt und griff nach seinem Gewehr, das an der Mauer lehnte. Tenzin stand regungslos da, mit hängenden Schultern, vor Schmerzen gekrümmt wie ein Krüppel. Er erkannte den Wächter.

Es war einer der Soldaten, die in seine Klause eingedrungen waren. Einer von denen, die ihn kichernd der Frau in die Arme geworfen hatten.
»Verschwinde!« schrie ihm der Soldat zu. »Verschwinde und mach mehr Kinder.«
Tenzin fuhr vor Schreck zusammen. Die Frau, die Prostituierte, hatte sich angeschlichen und stand mit einem Mal neben ihm und schrie: »Ihr sollt verschwinden! Dieses Haus gehört nicht euch!«
Der junge Soldat hielt das Gewehr fest umklammert.
»Dieses Haus eines vormaligen Sklavenhalters ist jetzt Eigentum des Volkes!« gab er in seiner steifen Empörung zurück.
»Mein Bruder war kein Sklavenhalter!« protestierte Tenzin.
»Dein Bruder?« Der Soldat kam näher, seine Augen funkelten. »Der Ausbeuter, der hier wohnte, war dein Bruder? Das paßt ja. Das ist ja famos! Der eine quetscht die Bauern aus, und der andere betet ihnen was vor und benebelt sie. Eine durch und durch feudalistische Sippschaft. Das muß ich unserem Hauptmann melden. Los, kommt mit mir.« Er griff Tenzin grob am Arm und zerrte ihn zum Eingang.
»Laß ihn los!« fauchte die Prostituierte und warf sich zwischen den Chinesen und den Mönch.
»Halt's Maul!« Er versetzte ihr einen Stoß mit dem Gewehrkolben, auf ihrer Stirn klaffte die Haut auf, und ein Blutschwall ergoß sich über ihr Gesicht.
»Thamzing«, kläffte der Soldat. »Was ihr braucht, ist ein Thamzing, damit ihr endlich zur Vernunft kommt, ihr Grünhirne!«
War es der Anblick ihres Blutes? War es der Schmerz, den ihr Anblick verursachte, war es die Schmach ihrer »Hochzeit« oder die Wut darüber, daß sein Elternhaus den Chinesen als Kaserne diente? Er wußte es nicht. Seine Rechte, die noch immer den faustgroßen Stein umfaßt hielt, schnellte aus seiner Robe hervor und ging mit zerstörerischer Wucht auf den Schädel des Soldaten nieder. Tenzin spürte den Knochen nachgeben, hörte das Splittern, sah den jungen Mann mit starrem Gesicht zusammenbrechen, sein Gewehr fiel zu Boden. Aus dem Haus erklang noch immer der zackige Gesang seiner Kameraden. Tenzin und die

blutende Frau standen über dem Leichnam des Chinesen, ratlos, schockiert, ängstlich. Niemand hatte sie bemerkt, niemand hatte den Mord gesehen. Sie preßte ihre Hand gegen die Wunde auf ihrer Stirn, mit der anderen ergriff sie das Gewehr.

»Weg hier!« keuchte sie. »Schnell weg von hier!« Sie zog ihn, der noch immer benommen war von seiner fürchterlichen Tat, mit sich; ihre Stirn war angeschwollen, ihr Gesicht blutbedeckt wie mit einer gräßlichen Maske. Tenzins Beine waren wie Blei, seine Muskeln wollten nicht folgen.

»Er ist tot. Ich habe ihn getötet!« schluchzte er.

»Er hat es verdient«, versetzte sie und zerrte ihn fort. »Er war doch nur ein Chinese. Entweder sie oder wir. Komm mit, komm mit, schnell.«

Sie hatte Freunde im Dorf, sie kannte Wege. Ein Arzt – sicherlich ein regelmäßiger Gast im Gelben Haus – stillte die Blutung und wusch ihr Gesicht. Ein Goldschmied – auch er ohne Zweifel einer ihrer Männer – gab ihnen Geld und Kleidung. Ein Kaufmann verhalf ihnen zur Flucht in die Berge, als die Chinesen schon jedes Haus nach dem Mörder und seiner Braut durchsuchten.

Am nächsten Morgen waren sie in Sicherheit in einem Zelt weitab des Dorfes im Lager eines Nomadenstammes und trugen die Kleidung der Hirten. Alte Weiber brachten ihnen Yakbuttertee und zeigten ehrerbietig ihre Zunge, wenn sie die Schalen auffüllten. Sie hielten ihn für einen Mönch. Doch Tenzin konnte nicht aufhören, auf seine rechte Hand zu starren, als gehöre sie nicht ihm. Es war die Hand, die den Stein geworfen hatte. Die Hand eines Mörders. Fremde Gerüche stiegen in seine Nase. Der Rauch der Feuerstelle trieb Tränen in seine Augen, die an nicht anderes gewöhnt waren als an die Weisheiten der alten Schriften. Der strenge Geruch von gebratenem Hammelfleisch würgte ihn.

Zwei Wochen ertrug er dieses rohe Leben, dann hatte er Kraft genug gesammelt, um aufzubrechen.

»Ich werde hoch in die Berge gehen«, verkündete er. »Dorthin, wo kein Chinese mich jemals findet. Ich werde mir eine Höhle suchen und für den Rest meines Lebens Buße tun für meine Tat, und ich werde den Frieden suchen.«

Sie starrte ihn an, häßlich, verdreckt und armselig in ihrer Erschöpfung.
»Du bleibst!« bestimmte sie und drückte seine Hand so fest, als wolle sie diese nie wieder loslassen.
Er stieß sie weg, doch sie erhob sich sofort wieder und schloß beide Hände um seinen Arm. »Wir sind zusammengeschmiedet, ob du es willst oder nicht. Ich bin deine Frau.«
»Du bist eine Ehrlose!« wehrte er sich.
»Und wenn schon. Ich trage deine Frucht in meinem Bauch!« schrie sie zurück.
Er ging nicht in die Berge. Er blieb bei ihr.
Sie hieß Mala. Sie war trotz ihrer dürren Statur stark. Mehr noch. Sie war eisern. Und manchmal, wenn sie ihr dünnes schwarzes Haar am Nacken zusammensteckte, wenn sie die groben Kleider der Nomaden trug und Wasser vom Bach holte, wenn sie am offenen Feuer in ihrem Zelt Gerste und Hammelfleisch kochte und ihn dabei anlächelte, dann war sie schön.
Sie gebar ihm zwei Kinder. Ein Mädchen, das sie Dawa nannten – das heißt Mond. Und einen Jungen namens Nyima – Sonne.

Die Zwillinge spielten zu seinen Füßen. Sie waren inzwischen anderthalb Jahre alt und so sicher auf den Beinen, daß er sie niemals aus den Augen lassen durfte. Tenzin saß vor dem schwarzen Zelt aus Yakhaar, das die Hirten ihm und Mala geschenkt hatten. Er war eingehüllt in den unförmigen Mantel aus Schafspelz. Er fror, erschauerte beim bloßen Anblick der Männer, die trotz der strengen Kälte mit bloßem Oberkörper herumliefen. Sie besaßen zwar mittlerweile vier Schafe und ein Yak, waren einmal mit dem Stamm in das Sommerlager hinter den hohen Bergen gezogen und wieder zurück ins Winterquartier in die tieferen Gebiete. Aber Tenzin war nicht gemacht für das Nomadenleben. Die rauhe, freie Natur setzte ihm zu, er kränkelte oft, und nur Malas eiserner Wille hatte ihn angespornt, durchzuhalten. Was sollten sie denn in der Stadt? fragte sie. In den Städten hungerten die Menschen. Wurden von den Chinesen mißhandelt und zur Zwangsarbeit verschleppt. Hier bei den Hirten waren sie immer-

hin frei. Hier konnten ihre Kinder aufwachsen, ohne daß sie Gefahr liefen, von den Chinesen entführt und zur »politischen Schulung« nach China geschickt zu werden, wie viele andere, von denen berichtet wurde. Hier oben waren sie allemal besser aufgehoben, das mußte auch Tenzin einsehen. Auch wenn sein Körper die Anstrengungen und die Kälte kaum ertrug und mehr und mehr verfiel. Denn immer noch konnte er es nicht übers Herz bringen, Fleisch anzurühren. Er ernährte sich fast ausschließlich von Milch, Käse und *tsampa* – gestampfter Gerste, die allerdings bei den stolzen Hirten, die Ackerbau für eine unwürdige Beschäftigung hielten, knapp war. Er hatte einen kleinen Vorrat in einem Loch unter seinem Lager angelegt, in dem sie ihre ganze spärliche Habe aufbewahrten: ein paar Silbermünzen, die ihnen damals der Kaufmann gegeben hatte, die wenigen Schmuckstücke, die Mala besaß, die sie nach Art der Nomaden eigentlich in ihre Haare hätte flechten müssen. In dem Loch lag auch das Gewehr, das Mala damals dem toten chinesischen Soldaten abgenommen hatte, und auch Tenzins Mönchsrobe, die er nie wieder angelegt hatte. Ein Versteck für ihre Habseligkeiten war nötig geworden, als man immer wieder von Diebstählen im Lager hörte. Tenzin, Mala und die beiden Kinder waren längst nicht mehr die einzigen Flüchtlinge, die die Nomaden nach und nach in ihren Stamm aufgenommen hatten. Es mochten an die tausend Menschen sein, Familien, Bauern und auch einige Edelleute und Mönche, die vor den Chinesen aus den tieferliegenden Tälern oder dem Osten des Landes geflüchtet waren. Was sie von ihrem Besitz hatten retten können, das brachten sie auf dem Rücken oder auf klapprigen Wagen mit. Das Lager war beinahe eine kleine Stadt geworden mit über zweitausendfünfhundert Einwohnern, und das grüne Tal, in dem es lag, war von schroffen Klippen und Geröllhängen umgeben. Das Tal war so weit, daß die grasenden Yakherden in der Ferne nur noch als schwarze Punkte zu sehen waren.
Die Nomaden waren keine Wohltäter. Sie ließen sich von den Fremden Nahrung und Unterkunft bezahlen, wer kein Geld und keine Tauschartikel mehr hatte, der mußte für sie arbeiten. Nur mit den Mönchen waren sie großzügig, in der Hoffnung, daß diese

sich im Gegenzug für ihre Unterstützung durch Gebete erkenntlich zeigen würden. Daß er nicht mehr betete, hatte Tenzin ihnen jedoch nicht gesagt. Unter den Nomaden gab es auch wilde Kerle, bewaffnete Räuber und Briganten, die seit Generationen ihren Unterhalt damit bestritten, die Lagerplätze anderer Stämme zu überfallen und das Vieh zu stehlen oder auf den einsamen Paßstraßen unvorsichtigen Reisenden aufzulauern. Sie töteten Menschen nicht gerne und nur, wenn es unbedingt nötig war. Aber in der letzten Nacht hatten sie getötet, und der Vorfall erregte in der Zeltstadt einige Unruhe und Besorgnis: Sie hatten einen Außenposten der chinesischen Armee überfallen.

»Ich bin auf dem wilden Yak geritten und habe die Schneeberge erklommen, und mein Kopf sitzt immer noch fest auf den Schultern«, begann der Häuptling seine Ansprache mit der blumigen Sprache eines Stammesältesten, der den Nomaden Ehrfurcht und Respekt einflößt. Sein wallendes graues Haar und der Schmuck ließen ihn aussehen wie einen weisen König. »Und ich sage euch, dieser Überfall war unnötig und gefährlich.«

Das Dutzend Räuber stand ihm gegenüber, ihre gebräunten Gesichter trotzig erhoben, ihre Oberkörper nackt, die Schafspelze um ihre Hüften geschlungen, die Fellmützen schräg auf ihren Köpfen, ihre Flinten fest in den Händen. Einer hatte eine häßliche, frische Wunde an seinem Arm und stellte sie zur Schau, als sei es ein Schmuckstück.

»Wir haben drei Kisten mit Gewehren und zwei Kisten mit Munition erbeutet«, hielt der Anführer der Bande dagegen. »Und dabei vier Männer verloren.«

»Die Chinesen haben uns Nomaden bisher in Ruhe gelassen, aber jetzt habt ihr sie gereizt, und sie werden antworten.«

»Sie haben den Ärger angefangen. Sie haben uns zwingen wollen, unsere Waffen abzugeben! Das war unsere Antwort: Wir haben ihnen ihre Waffen weggenommen!« Zustimmendes Knurren seiner Leute ermutigte ihn, dem Häuptling weiter Kontra zu geben. Wer immer einer chinesischen Patrouille auffiel, wurde aufgefordert, Flinten und sogar Messer auszuhändigen. Für die stolzen Reiter war dies, als hätte man verlangt, sie sollten ihren rechten

Arm hergeben. »Niemand verlangt ungestraft, daß ich meine Waffe abgebe!« Die Versammlung in der Mitte der Zeltstadt erregte einiges Aufsehen. Von überall her kamen die Hirten und Flüchtlinge zusammen, um zu lauschen. Vor der Räuberbande lagen als Beweisstücke die mit fremden Zeichen bepinselten, geöffneten Kisten mit den chinesischen Gewehren. Auch Tenzin hatte sich von der allgemeinen Aufregung anstecken lassen, hatte Mala, die im Zelt saß und Wolle spann, die Kinder überlassen und war zum Zelt des Häuptlings gelaufen.

»Ich verstehe deinen Zorn«, räumte der Häuptling ein. »Aber du solltest bedenken, daß die Chinesen nicht ruhen werden, bis sie ihre Gewehre zurückgeholt haben!«

Tenzin biß sich auf die Lippen. Er war versucht, sich in den Wortwechsel einzumischen. Da die Nomaden den Großteil ihrer Zeit in den abgelegenen Tälern des Hochlandes lebten, hatten sie bisher kaum Erfahrung im Umgang mit den Besatzern. Selbst ihr Häuptling betrachtete den Vorfall wie einen Diebstahl, als ob man ein paar Yaks oder Schafe aus dem Nachbartal geklaut hätte. Wie konnte er wissen, daß seine Leute, ohne es zu wissen, den Zorn einer mächtigen Armee herausgefordert hatten?

»Ich befehle euch, die Gewehre zurückzubringen!« schrie er.

Wieder wippte Tenzin ungeduldig auf seinen Zehenspitzen und wünschte, er würde die rechten Worte finden, um dem Häuptling zu erklären, daß diese Feinde anders, viel, viel schlimmer waren als alle, die er in seinem langen Leben kennengelernt hatte. Aber da trat einer der Flüchtlinge in den Kreis. Seiner ehemals soliden, jetzt abgerissenen und durchlöcherten Kleidung nach war er ein wohlhabender Bauer, vielleicht sogar ein Adeliger. Er schüttelte drohend die erhobene Faust:

»Das ist der Moment, auf den wir gewartet haben!« schrie er. »Endlich können wir uns zur Wehr setzen! Mit diesen Gewehren können wir die Chinesen angreifen und besiegen!« Er holte eine Flinte aus der Kiste und schwang sie hoch über seinem Kopf. »Ich habe zugesehen, wie sie mein ganzes Leben zerstört haben. Meine Kinder haben sie verschleppt. Meinen Hof weggenommen, mein Vieh geschlachtet und unser Kloster geschändet, die Lamas getötet. Mit diesem Gewehr – mit ihrem eigenen Gewehr! – will ich sie bekämpfen und diese gottlosen Räuber aus unserem heiligen Land vertreiben.«

Die Reaktion der Menge war überwältigend. Ein Schrei aus Hunderten Kehlen stieg empor. Auch Tenzin ließ sich anstecken von der Begeisterung, die aufbrandete, von der Hoffnung, die plötzlich auf den Gesichtern der Hoffnungslosen erblühte.

»Wir können siegen!« schrie ein anderer gegen die Begeisterung an. »Wir greifen die nächste Garnison an, erbeuten noch mehr Waffen und ziehen weiter und weiter, bis wir Tibet befreit haben. Jeder ehrliche Mann wird sich uns anschließen!«

Sie stürmten zu den Kisten, holten die Gewehre heraus, tanzten einen wilden, ausgelassenen Freudentaumel, umarmten einander und schworen Rache für ihre Leiden. Noch in dieser Nacht wollten sie losziehen, eine Truppe von dreihundert Mann, und die chinesische Festung unweit von Dreglug stürmen. Pferde wurden bereitgestellt, Mahlzeiten für die Krieger bereitet, Gebete gesprochen. Aber sie brachen nie auf.

Bevor die letzten Sonnenstrahlen blaß und fahl hinter den fernen Bergen erloschen, kamen die Flugzeuge.

Kaum einer in der Zeltstadt hatte jemals ein Flugzeug gesehen. Sie hörten das Brummen und liefen ins Freie, blickten zum Himmel empor und fragten sich, wie diese drei Dinger, die aussahen wie Vögel aus Eisen, überhaupt fliegen konnten. Ratlos standen die Krieger mit den Beutewaffen in den Händen und starrten zu den Flugmaschinen hinauf. Und dann kamen die Donnerschläge. Die Splitter, der Sturm aus Feuer, Dreck und Körperteilen. Dreimal überflogen die eisernen Todesvögel die Lagerstadt, feuerten aus Maschinengewehren und warfen Bomben, bis nichts mehr übrig war als Krater und Ruinen. Als ein dichter Schleier aus Staub sich über die Trümmerlandschaft senkte, verlor sich der Lärm der Flugzeuge hinter den Bergen, und ein leises Wimmern, Husten und Weinen erhob sich langsam wie Klagen aus der Hölle. Schreie gellten durch die Dämmerung, Stöhnen erklang aus dem Menschenhaufen vor dem Häuptlingszelt. Was vor kurzem noch eine wütende Kriegertruppe war, sah jetzt aus wie ein Knäuel von blutgetränkten Pelzumhängen und zerfleischten Körpern, aus dem sich Hände reckten. Verletzte und Verstümmelte bäumten sich auf und sanken nieder. Die wenigen, die den Angriff unversehrt überstanden hatten, irrten zwischen den Überresten ihres Lagers, riefen Namen.

Tenzin erwachte wie aus einem tiefen Koma, sein Kopf schmerzte und blutete. Er preßte seine Hand gegen die Stirn, befreite sich von der Last der Kadaver, die auf ihm lagen. Er stolperte über erkaltende Körper, über blutgetränkten Boden; sein eigenes Weinen ging unter im Chor der Klagen, der im ganzen Dorf zu hören war. Er strauchelte, fiel wieder hin, blickte in die weit aufgerissenen toten Augen eines vielleicht siebenjährigen Mädchens. Ein Kopf ohne Körper. »Die Kinder«, dachte Tenzin, und sein Gedanke riß ihn in die Höhe: »Meine Kinder!« Wankend richtete er sich auf, versuchte, sich zu orientieren, den Weg zu ihrem Zelt zu finden in dem dunklen Labyrinth der Zerstörung. Das Zelt stand nicht mehr. Die Kochstelle allein war unversehrt geblieben; ein Topf auf zwei Steinen über dem erloschenen Feuer. Mala, seine Frau, war tot. Eine häßliche Wunde klaffte auf ihrer Brust und Schulter. Er sank neben der Toten nieder und schloß sie in seine Arme. Wiegte ihren Körper und sah sich dabei ängstlich um, bereit, seine Zwillinge grausam verstümmelt irgendwo zu entdecken.

Der Mond war schon über den Kämmen der fernen Berge erschienen, ein silbriges Licht erfüllte die Ebene, spiegelte sich im verzweigten Flußlauf wider, da fand Tenzin den Mut, sich zu erheben und die Trümmer nach seinen Kindern zu durchsuchen. Unter eingerissenen Zeltwänden, Planen und Decken suchte er, zwischen den Kadavern verendeter Tiere und den Leichen seiner Nachbarn. In Kratern und Pfützen. Einmal glaubte er, Dawa gefunden zu haben. Ein kleines Mädchen lag da, Gesicht nach unten im Schlamm, ein riesenhafter Hirtenhund beschnüffelte ihre Beinchen. Tenzin warf einen Stein nach der Bestie, die sich knurrend verzog, und sprang zu dem toten Kind. Aber es war nicht seine Tochter. Er schichtete Steine über den kleinen Körper, damit der Mastiff sie nicht holen konnte, und fürchtete, daß die streu-

nenden Biester seine Kinder bereits weggeschleppt hatten. Als der Mond hell und kalt hoch über dem Lager stand, kehrte er zu den Überresten ihres Zeltes zurück, zu Malas Leichnam, kauerte sich daneben und vergrub das Gesicht in den Händen. Zum zweiten Mal hatten die Chinesen sein Leben zerstört, zum zweiten Mal hatten sie seine Lieben ermordet. Kalter Zorn wallte in ihm auf, hämmerte in seinem verwundeten Schädel. Er hatte niemals daran gedacht, einen Menschen zu töten, auch keinen Chinesen. Die Ehrfurcht vor jedem Leben, die der Buddhismus predigte, bestimmte noch immer sein Handeln. Doch nun suchte er vergeblich in seiner Seele nach Mitleid für diejenigen, die die Flugzeuge über das Lager geflogen hatten, und diejenigen, die sie geschickt hatten, aber er stellte fest, daß er nicht vergeben konnte. Mehr noch als sein Mord an dem Wachsoldaten entsetzte ihn die Wut, die er nun empfand, diese unheilige, zerstörerische Wut. Er wollte, er durfte ihr nicht nachgeben. Er würde nach Lhasa aufbrechen, noch in dieser Nacht. Er würde die Nähe des Dalai Lama suchen, der Inkarnation des mitleidigen Buddhas des Herrn Tibets. In der Nähe Seiner Heiligkeit, wenn überhaupt irgendwo auf dieser Welt, würde der den Frieden wiederfinden, den die Chinesen ihm genommen hatten. Aber er wollte nicht gehen ohne das Gewehr. Er stand auf und ging dorthin, wo sein Zelt gestanden, wo seine Decke auf dem Boden gelegen hatte, und öffnete den kleinen, geheimen Keller, in dem die chinesische Flinte aufbewahrt war.
Sie lagen Seite an Seite, eingehüllt in die Robe des Mönches Tenzin, und schliefen. Bäche von Tränen hatten ihre verdreckten Gesichter überströmt, und sie hielten sich fest umschlungen, als gäben sie einander Schutz in einem fürchterlichen Unwetter. Tenzin, schluchzend, streichelte ihre Haare, ihre Wangen, hob sie aus dem Loch und trug sie dorthin, wo die wenigen Überlebenden des Angriffs ein Feuer gemacht hatten, wo die Verwundeten versorgt und die Toten beweint wurden. In jedem Arm trug er ein Kind, auf dem Rücken sein Gewehr.

Nur dreihunderfünfzig Menschen hatten den Luftangriff der Chinesen überlebt. Sie zogen sich tiefer in die Berge zurück, schlossen

sich einem anderen Nomadenstamm an. Dem politischen Kommissar Feng Lizhao wurde das Bombardement des Lagers als ein durchschlagender Erfolg im Kampf gegen die Aufständischen und Banditen gemeldet.
Feng war zufrieden.
Feng war überhaupt zufrieden mit der Entwicklung in seinem Wirkungsbereich. Er hatte sich bei der Säuberung seines Bezirkes von reaktionären und feindlichen Elementen durch besondere Gründlichkeit hervorgetan. Die Grundbesitzer waren ausgerottet, das Land neu verteilt, die Bevölkerung wurde durch regelmäßige Thamzings bei revolutionärer Stimmung gehalten. Die Macht des Klosters war gebrochen. Seitdem er hier die Kontrolle übernommen hatte, war die Bevölkerung des Klosters von ehemals tausendzweihundert auf weniger als zweihundert geschrumpft, wobei alles nunmehr politisch unverdächtige und zudem überaus patriotisch gesinnte Mönche waren, die sich ständig Prüfungen und politischem Unterricht unterziehen mußten. Sie wurden mehrmals in der Woche unter Aufsicht dazu ermutigt, Diskussionen über die Zukunft Tibets zu führen, die immer zu demselben Schluß führten: daß Tibet ein Teil Chinas war. Die anderen, die abweichender Meinung waren, wurden im Laufe von turbulenten Thamzings erschlagen oder schufteten sich in der Volkskommune ab, pflügten die Äcker und melkten das Vieh. Wer sich immer noch widerborstig anstellte, den schickte der politische Kommissar kurzerhand zum Dienst in die örtliche Schlachterei, wo demjenigen die buddhistischen Flausen gründlich ausgetrieben wurden. Feng hatte, weil das Baumaterial gebraucht wurde, ein halbes Dutzend Klostergebäude niederreißen lassen; aus den Steinen ließ er unweit des Klosters ein Gefängnis errichten, das den Mönchen als Mahnung und Ansporn dienen sollte.
Feng bereute es weniger denn je, sich für den Dienst in Tibet gemeldet zu haben. In China herrschte eine furchtbare Hungersnot. Mißernten und – er wußte es, aber er hütete sich davor, es laut auszusprechen – krasse Fehlplanungen des Vorsitzenden Mao hatten das Land ins Elend gestürzt. Selbst in seiner Heimatprovinz Sichuan, von jeher die Reis- und Kornkammer Chinas,

verreckten die Menschen zu Tausenden, weil sie nichts mehr zu essen hatten. Nichts zog ihn in die Heimat zurück, die er seit seinem Dienstbeginn nur ein einziges Mal besucht hatte. Das war vor einigen Monaten gewesen, als er nach Chengdu gefahren war und von dort einen Zug nach Guangzhou bestiegen hatte, denn in Guangzhou gab es jemanden, der ihm bei der Planung seiner nächsten Schritte behilflich sein konnte. Vorsichtig und nervös hatte Feng seine Erkundigungen eingeholt, bis er auf den Namen und die Anschrift dieses Mannes gestoßen war. In seinem knappen Reisegepäck führte er ein frisches Hemd, eine Zahnbürste, eine Ausgabe der Volkszeitung und den Medizin-Buddha aus dem Kloster Dreglug.

Der Mann, den er aufsuchte, nannte sich Leung, sein schütteres weißes Haar war ölig und über einen kahlen, mit dunklen Flecken besprenkelten Schädel nach hinten gekämmt; Leung hatte nur noch wenige Zähne. Er saß, mit kurzen Hosen und einem Unterhemd bekleidet, auf einem Hocker im penetrant nach giftiger Säure stinkenden Lagerhaus eines Chemiewerkes. Er war dort Nachtwächter.

»Ich zahle dir dafür 500 amerikanische Dollar«, knurrte Leung. »Nimm es oder laß es bleiben.«

Feng wurde schwindelig. 500 Dollar. Soviel konnte er in zwanzig Jahren Tibet-Dienst nicht verdienen. 500 Dollar nur für diesen einfachen Medizin-Buddha. Er wagte gar nicht daran zu denken, was ihm die Edelsteine, die Perlen- und Silberschmiedearbeiten einbringen würden. Der Chemiebetrieb lieferte seine stinkenden Produkte nach Hongkong, und von dort aus gingen sie weiter nach Taiwan, wo die reichen Interessenten saßen, die mitunter Tausende und Abertausende amerikanischer Dollars für einzelne Stücke zahlten. Luftdicht verpackt fanden wertvolle Sammlerstücke in Tonnen und Kanistern ihren Weg ins Ausland.

»Ich habe noch mehr. Das hier ist noch nicht einmal das beste Stück ...«, flüsterte Feng ehrfürchtig, während Leung ein fettes Bündel von Dollarnoten aus seiner Hosentasche zog und fünf Scheine abzählte.

»Du weißt, wo du mich findest. Aber ich gebe dir einen Tip: Warte

noch. Zur Zeit ist der Markt überschwemmt mit Sachen aus Tibet. Du bist wahrhaftig nicht der einzige Schlaumeier, der auf diesen Trichter kam. Wenn du in ein, zwei Jahren wiederkommst oder noch später, dann werden die Preise sehr viel günstiger sein.«
»Wie kann ich wissen, daß du dann noch hier bist?« fragte Feng verunsichert.
Leung verzog seinen zahnlosen, obszön wirkenden Mund zu einem unheimlichen Grinsen.
»Ich saß hier schon vor der sogenannten Befreiung, und ich sitze hier noch, wenn niemand mehr von der sogenannten Befreiung reden wird. Und wenn nicht ich, dann mein Sohn oder mein Enkelsohn. Es ist wie in der alten Geschichte von dem Mann, der Berge versetzt, mein Junge. Nur versetze ich Gold.«
Feng versprach, daß er wiederkommen würde.

29. Kapitel

Lhasa

Zügig und zielstrebig, als sei sie auf dem allmorgendlichen Weg zur Arbeit, ging Zonia grußlos an dem Posten vorbei, der in einem Wachhäuschen am Eingang des Büros für Öffentliche Sicherheit mehr oder minder stramm stand. Seine Augen folgten ihr, für einen Moment dachte er daran, sie zurückzurufen. Aber er tat es nicht. Ausländer machten bekanntlich nur Scherereien, fuchtelten mit den Armen herum und wurden laut und aggressiv. Sollten sich doch die Kameraden drinnen mit dieser langzahnigen Frau beschäftigen.

Der Posten an der Eingangstür, der hinter einer Glasscheibe saß und lustlos in der zerlesenen Ausgabe einer Armeeillustrierten blätterte, hob kurz seinen Kopf, sah sie vorbeirauschen und beschloß, daß sie eine Mitarbeiterin des amerikanischen Konsulatsbeamten sein mußte, der bei Vizedirektor Hu saß. In Hus Belange mischte man sich am besten nicht ein, und so vertiefte er sich schnell wieder in die Lektüre eines Artikels über einen Grenadier bei der 34. Panzerdivision, der in seiner Freizeit die Socken seiner Kameraden wusch und sich damit den Titel »Neuer Mustersoldat Lei Feng« verdient hatte.

Zonia van Kerke durchmaß, stur geradeaus starrend, mit großen Schritten den Gang und mußte auf jeden, der sie sah, wirken wie eine Frau, die genau wußte, was sie wollte und wie sie es bekam. In Wahrheit jedoch hatte sie keine blasse Ahnung, wo sie die Tasche mit dem hochexplosiven chinesischen Dynamit abstellen sollte, um ein Maximum an Schaden anzurichten. Sie wußte nur: Es mußte schnell gehen. Denn sie wollte in genau zwei Stunden und siebenundvierzig Minuten in derselben Maschine wie Stan und Betsy, die die Fotos und Videoaufzeichnungen des Protestplakats bei sich hatten, auf dem Weg nach Chengdu sein, um die Anschlußmaschine nach Hongkong zu erwischen. Sie ging einen langen Gang hinunter, dessen Wände mit Propagandafotos strahlender und hilfsbereiter Polizisten geschmückt war, die tibetischen Großmütterchen den Weg wiesen. Die Holländerin kräuselte bösartig ihre Lippen. In der Ferne vernahm sie das Heulen von Sirenen und fragte sich, ob etwas mit den Studenten schiefgelaufen war. Nach ihrer Absprache sollte das Free-Tibet-Plakat erst in einer halben Stunde entrollt werden, das heißt zu dem Zeitpunkt, da eine schwere Explosion das Hauptquartier der Besatzer erschütterte. Da öffnete sich eine Tür nur wenige Schritte vor ihr, und sie hörte eine Stimme auf englisch sagen: »... Dann folgen Sie mir bitte, Mr. Collins ...« Sie bog, noch bevor die beiden Männer in den Korridor traten, schnell nach rechts ab und huschte einen dunklen Treppengang hinab, während die Schritte und Stimmen der Männer im Flur verklangen.

»Sie sollten dabeisein, wenn wir die Täter vernehmen«, sagte der Typ mit dem chinesischen Akzent. »Dann können Sie sich von der Fortschrittlichkeit unserer Verhörmethoden überzeugen ...«

Zonia schluckte ihre Angst und Aufregung hinunter, versuchte kühl und professionell zu denken und zu handeln. Sie hatte zwar in ihrer Laufbahn als globale Aktivistin schon einige illegale Taten vollbracht, aber keine von solcher Bedeutung und solcher Tragweite wie diese. Es würde mit diesem Gebäude ein Symbol der chinesischen Herrschaft über Tibet angegriffen und beschädigt werden. Es würde Verletzte, wohl auch Tote geben. Ihre mutige Aktion würde vielleicht der Auslöser sein für einen neuen tibetischen Volksaufstand. Wenn die Unterdrückten sahen, daß auch ihre Unterdrücker verwundbar waren, dann würden sie vielleicht endlich selbst zu den Waffen greifen und für ihre Freiheit kämpfen. Zonia verspürte den Drang, die Tasche mit dem Sprengstoff jetzt und hier abzulegen, den Zünder zu aktivieren und zu verschwinden, bevor sie das Risiko einging, selbst von der Fortschrittlichkeit chinesischer Verhörmethoden überzeugt zu werden. Sie hatte den Zünder, ein zigarettengroßes Objekt aus NATO-Beständen, das sie sich über ihre alten Kontakte zur

niederländischen Terrorszene beschafft hatte, mit einem einfachen elektrischen Wecker verkabelt. Zehn Minuten brauchte sie mindestens, um sich in Sicherheit zu bringen. Wenn die Tasche offen herumlag, würde sie zu schnell entdeckt, und das ganze noble Vorhaben möglicherweise vereitelt werden.
Weiter stieg sie die Treppe hinab in der Hoffnung, dort unten eine Abstellkammer zu finden, einen Besenschrank oder auch nur irgendeine dunkle Ecke. Statt dessen hörte sie, kaum daß sie die unterste Stufe erreicht hatte, Keuchen und Fluchen aus dem hinteren Bereich des Ganges, der hier unten auf derselben Länge verlief wie im Erdgeschoß. Ihr Körper versteifte sich, ihr Griff um die Tasche wurde verkrampft, als sie allen Mut zusammennahm und ihren Kopf vorsichtig über die Mauerecke hinausschob. Im schwach beleuchteten Kellergang sah sie zwei Uniformierte, die einen an den Füßen gefesselten tibetischen Mönch überwältigt hatten. Sie hielten ihn an beiden Oberarmen fest und verschwanden, den Wehrlosen wie einen Sack hinter sich herschleifend, in einer Zelle. Sie erkannte sofort, daß der Keller kein guter Platz war. Hier unten kerkerten die Unterdrücker offenbar ihre Gefangenen ein. Wenn die Bombe hier hochging, dann würde sie ausgerechnet die töten, zu deren Hilfe sie gekommen war. Das würde ihr sicherlich nicht zu Ruhm verhelfen. Aber nach oben konnte sie nun auch nicht mehr, denn es hallten Schritte von Dutzenden Füßen durch den Gang. Jemand schrie auf englisch:
»Laßt mich los, verdammte Faschisten!«
»Freiheit für Tibet!«
»Ich will mit dem amerikanischen Botschafter sprechen!«
Die vertrottelten Studenten, dachte Zonia, kochend vor Wut. Sie waren tatsächlich bereits aufgeflogen, diese verdammten, unfähigen Amateure! Zonia drückte ihren Rücken gegen die kühle Wand und versuchte, eine schnelle und korrekte Entscheidung zu treffen. Alles war schiefgegangen! Ein halbes Jahr minutiöser Planungsarbeit kaputt, eine Menge Geld und ein großes, historisches Vorhaben! Sie konnte den Sprengstoff jetzt nicht mehr in diesem Gebäude deponieren und politische Gefangene zusammen mit einem Haufen idiotischer amerikanischer Studenten in die Luft

gehen lassen. So was hätte in ihrer Sammlung von Zeitungsausschnitten gewiß nicht sehr gut ausgesehen. Das einzig Schlaue war jetzt, unerkannt und schnell wieder aus dem Gebäude zu verschwinden. Aber auch das ging nicht mehr. Oben im Gang hatten mehrere Polizisten Aufstellung genommen, sie hörte ihre hingemurmelten Gespräche. Es war ein Glücksfall, daß sie unbehelligt und unerkannt bis hierher in den Keller vordringen konnte, aber genau da hatte ihr Glück sie verlassen. Innerhalb einer Minute war aus der entschlossenen, sprengstoffbepackten Terroristin eine Gefangene geworden. Und wenn die Chinesen sie entdeckten, wenn sie gar verlangten, die Tasche zu durchsuchen, dann würde sie sehr, sehr lange im Keller dieses Gebäudes bleiben.
»Was machen Sie da?« Die scharfe Stimme ließ Zonia zusammenfahren.

Paul McGregor hatte in dieser Nacht kaum geschlafen. Sie hatten ihm bessere Haftbedingungen und das Eintreffen eines amerikanischen Konsulatsbeamten angekündigt, wenn er das Papier unterschreiben würde. Auf fünf eng mit chinesischen Schriftzeichen beschriebenen Seiten stand, daß Paul illegal das Territorium der Volksrepublik China betreten und daß er Kokain bei sich geführt habe. Paul wehrte sich erbittert gegen die Kokain-Anklage. Aber, erklärte geduldig der Beamte, der ihn verhört hatte – ein gewisser Herr Hu –, das sei eine wichtige Angabe, um den Vorgesetzten in Peking freundlich zu stimmen. Daß Paul unter Drogeneinfluß stand, während er die Grenze übertrat, könnte nämlich als mildernder Umstand gelten. Ein »Gentlemen's Agreement« hatte der Beamte das genannt, und Paul hatte schließlich zugestimmt. Daß er mit seiner Unterschrift auch gestanden hatte, Auftraggeber eines Attentats auf den Dalai Lama zu sein, und alle Details des Komplotts preisgab, war ihm nicht übersetzt worden, und er würde keine Gelegenheit haben, dazu Stellung zu nehmen.
Daß etwas nicht ganz stimmen konnte, das ahnte Paul, als eine Stunde zuvor die beiden Polizisten in seiner Zelle erschienen waren und ihn höflich aufgefordert hatten, eine Mönchsrobe überzuziehen.

»Warum?« hatte er gefragt. Aber die Polizisten taten so, als verstünden sie nicht, und begannen ihn zu entkleiden. Als er sich wehrte, packten sie fester zu, und als er um Hilfe schreien wollte, stopften sie ihm ein Stofftuch in den Mund, banden seine Füße zusammen und schleiften ihn, nachdem sie ihn als einen tibetischen Lama verkleidet hatten, in eine andere Zelle. In dieser war ein kleiner Altar aufgebaut – zwei Butterkerzen brannten vor einem Bildnis, das ihn in den Kleidern des Dalai Lama darstellte. Es war ein Foto aus dem Film »Seine Heiligkeit«. Und noch etwas war anders als in seiner ersten Zelle: Diese hier hatte ein Fenster, durch welches das Tageslicht einfiel. Aber nicht das Licht war es, was Paul sah – er sah das Gitter. Und er sah, daß einer der Polizisten den Gürtel von Pauls Hose bei sich trug.

Sie wollten ihn erhängen! Das Stofftuch schluckte seine Schreie, die kräftigen jungen Kerle überwältigten ihn, drückten ihn auf die Pritsche unterhalb des Fensters nieder und versuchten, den Gürtel um seinen Hals zu legen.

Durch seine eigenen Schreie hindurch, die seine Ohren erfüllten, hörte er die Stimme der jungen Polizistin, die für ihn übersetzt und ihm empfohlen hatte, das Geständnis zu unterschreiben. Die beiden Kerle ließen von ihm ab, drehten sich erstaunt herum. Paul hob seinen Kopf und sah die junge Frau dort stehen. Ihr streng geflochtenes Haar hing ihr wirr um die Schultern, ihre strenges Gesicht war übel zugerichtet. Hinter ihr stand eine Frau, die ihn entfernt an eine abgemagerte Version von Brigitte Nielsen erinnerte; sie hielt etwas in ihrer Hand, vor dem die Polizisten zurückwichen.

Artie Myzinski hatte kein Glück mit den Wachposten, vielleicht fehlte ihm auch einfach die imposante Statur Zonias und deren forsches Auftreten. Er beging den Fehler, sich am Eingang des Gebäudes dem strammstehenden Soldaten zu nähern.

»*Ni hao*. Ich hätte gerne den Verantwortlichen gesprochen«, verkündete er, bemüht, seiner Stimme einen strengen Klang zu geben. Der Polizist schüttelte nur den Kopf und deutete grunzend auf die Straße, auf die Artie schleunigst wieder zurückkehren sollte. Seit mit quietschenden Reifen die Fahrzeuge mit den verhafteten Studenten in den Hof eingefahren waren, witterte der Wachposten, daß heute ein besonderer Tag war. Inwiefern, das mußte sich erst noch erweisen. Jedenfalls tat er erst einmal gut daran, nicht noch mehr Ausländer in das Hauptquartier zu lassen.

»Sie verstehen mich wohl nicht. Sie haben da einen Gefangenen, und ich bin sein Agent.« Artie fummelte den Reiseführer aus seiner Tasche. »*Wo shi Amerika-ren* ... nein, warten Sie ... *wo shi Meiguo-ren* – verstehen Sie? Aus Hollywood!«

Unbeeindruckt schüttelte der Polizist abermals den Kopf und kniff die Augen zusammen, als sei es ihm dadurch möglich, den aufdringlichen Besucher zu verscheuchen. »Verficktes Arschloch«, sagte Artie in freundlichem Ton und grinste den Posten an. Aus dem Hof kamen zwei andere Polizisten herbeigerannt. Einer sprach etwas Englisch.

»Gehören Sie zu der Gruppe?«

Artie erkannte seine Chance. »Ja, natürlich gehöre ich zu der Gruppe!« verkündete er.

Sofort schnappten die beiden zu und bogen ihm die Hände auf den Rücken. Artie protestierte laut, aber vergeblich, sie zerrten ihn hinein in das Zimmer, in dem gerade die finster dreinblickenden Studenten von einem froschgesichtigen Widerling mit einem langen Spruchband konfrontiert wurden.

»Ah«, begrüßte ihn kühl und wissend der Frosch, der Artie zu dessen Erleichterung auf englisch anschnauzte. »Sie wollten also auch Tibet befreien?«

»Nein«, sagte Artie. »Ich will Paul McGregor befreien. Ich bin sein Agent.«

In diesem Moment ging die Bombe hoch.

Die junge Polizistin, die Zonia überrascht hatte, trug keine Waffe, sondern lediglich ein Funkgerät, mit dem sie Hilfe herbeirufen wollte. Aber Zonia ließ das nicht geschehen. Sie schlug sofort zu. Das Mädchen hielt beide Hände vors Gesicht und sank stöhnend zu Boden, während Zonia sich vor ihr aufbaute.

»Halt die Klappe!« fuhr Zonia sie an. »Bringe mich hier raus, dann passiert dir nichts.«
Die Polizistin wimmerte irgendwas, ihre Wange war bereits bis unters Auge rot angeschwollen. Zonia packte sie am Kragen. Ihre körperliche Überlegenheit über das Mädchen in Uniform brachte das vertraute Gefühl von Stärke zurück, das sie für einen Moment verloren hatte. Sie wurde sich wieder bewußt, daß sie gekommen war, um zu jagen, nicht um gejagt zu werden. Und wenn sie schon nicht das ganze Gebäude in die Luft sprengen konnte, so beschloß sie nun, dann würde sie auf ihrer Flucht wenigstens das arme Schwein von einem Mönch mitnehmen, das sie da eben in den Folterkeller geschleift hatten. Ohne wenigstens diesen kleinen Sieg nach Hause zu bringen, würde sie nicht gehen.
»Bringe mich dahin!« befahl sie ihrer Gefangenen.
Das Mädchen schüttelte energisch den Kopf. »Das dürfen Sie nicht!« wollte sie sagen. Doch schon hatte Zonia wieder zugeschlagen, zog sie am Arm hoch und schob sie vor sich her den Gang hinunter. Sie ließ sich die Tür öffnen, hinter der die beiden Wärter mit ihrem Gefangenen verschwunden waren. Zonia klemmte den Hals der kleinen Chinesin in ihre Armbeuge, fischte eine käsefarbene Stange Dynamit aus der Tasche und hielt sie den beiden überraschten Folterknechten drohend unter die Nase. »Das ist dreißig Jahre altes Dynamit«, sagte sie, verliebt in den rauhen, kompromißlosen Klang ihrer Stimme. »Wenn ich sie loslasse, fliegen wir alle in die Luft.« Atemlos und mit tränenerstickter Piepsstimme übersetzte die Chinesin ihre Worte.
Plötzlich wurden Zonia zwei Dinge klar: Erstens waren die beiden Kerle offenbar dabei, den Mönch zu erwürgen. Und zweitens war der Mönch kein Mönch, sondern Paul McGregor, den sie haßte und verachtete. Aber daran dachte sie in diesem Moment nicht. Sie dachte an die Schlagzeilen: »Zonia rettet Hollywoodstar aus chinesischer Folterkammer.« Sie dachte an die Zeitungsausschnitte, die reichen würden, ein Dutzend weitere Alben zu füllen und sie auf der ganzen Welt bekannt machen würden. Sie drückte ihre Armbeuge vor Erregung so fest zu, daß die Chinesin strampelnd nach Luft rang.

»Gehen wir!« sagte Zonia.
Die bestürzten Wärter, Feiglinge mit einem Hang zum Sadismus, waren Widerstand jeder Art nicht gewohnt und fügten sich sofort. Ihre entsetzten Blicke hingen an der Dynamitstange, mit der Zonia sie dirigierte.
»Sie sind von der CIA, richtig?« keuchte Paul McGregor, unendlich erleichtert. »Ich habe gewußt, daß Sie mich hier herausholen würden. Ich wußte es! Tolle Arbeit. Wo warten die Hubschrauber?«
Zonia ignorierte ihn, ein wenig erheitert über die Schwäche und Hilflosigkeit dieses Film-Machos.
»Sie wollten mich umbringen! Sie haben mir ein Geständnis abgefoltert und wollten meinen Selbstmord inszenieren«, fuhr Paul aufgeregt fort, während er sich von seinen Fußfesseln befreite und sich in seine westliche Kleidung hineinmühte. »Dafür werden sie bezahlen!«
»Gibt es einen direkten Weg in den Innenhof?« fragte Zonia das Mädchen. Sie schüttelte den Kopf und deutete auf die Treppe, über die Zonia nach unten gekommen war. »Du lügst, du kleine Hexe«, giftete Zonia sie an.
»Es gibt eine Tür nach oben«, sagte stockend einer der Männer. »Aber die ist verschlossen.«
Zonia folgte den Chinesen zu einer dicken, stählernen Tür, die seit Jahrzehnten nicht mehr geöffnet worden war.
»*Meiyo yaoshi*«, sagte der Wärter. »Kein Schlüssel.«
Zonia schob die Polizisten und Paul in eine leerstehende Zelle. »Halt das mal«, und sie drückte Paul die schwarze Reisetasche mit dem Dynamit in die Hand. »Aber nicht fallen lassen!«
Sie ging selbst so weit in die Zelle hinein, daß nur noch ihr Arm herausschaute. Mit einer jähen Bewegung schleuderte sie die Dynamitstange in Richtung der Tür und zog gerade noch rechtzeitig ihren Arm zurück. Die Explosion zerfetzte die Stahltür und riß einzelne Steine aus dem Gemäuer heraus. Schwaden von Geröllstaub füllten den Gang, als Zonia die Tasche wieder an sich nahm und Paul hinter sich her in den Hof zerrte. Aufgeregte Schreie erklangen aus dem Hauptquartier, die Wache am Eingang,

nur zehn Meter von ihnen entfernt, tauchte auf und stürzte zum Telefon.
Das Taxi des Hotels wartete an der verabredeten Stelle. Der Fahrer war von der Explosion aufgeschreckt worden, war zur Mauer geeilt, die das Gelände umgab, und versuchte auf Zehenspitzen stehend einen Blick in den Hof zu werfen.
»Nicht rennen!« befahl Zonia. Zusammen mit Paul näherte sie sich dem Fahrzeug und grinste den Fahrer an.
»Zum Flughafen«, sagte sie.

Prof. Li hatte eigentlich schon bei Sonnenaufgang im Hotel sein wollen, um Catherine und Artie abzuholen, hatte aber dann einen guten Teil des Morgens damit zugebracht, einem alten Bekannten, einem Ladenbesitzer, dessen Auto abzuschwatzen. Es war eine klapperige chinesische Limousine vom Typ Shanghai, die aussah, als sei schon der gemächliche Straßenverkehr von Lhasa zuviel für sie. Prof. Li grauste es bei dem Gedanken, daß sie mit diesem hellblauen Oldtimer den Kambala-Paß überwinden mußten. Aber er hatte keine andere Wahl. Er wußte jetzt, wo Kamdhar Gyor auftauchen würde, und er mußte dafür sorgen, daß die beiden Tulkus dort auf ihn warteten. Aber neue Hindernisse kamen auf. Während er noch mit seinem Bekannten über die Übernahme des Wagens verhandelte, kam jemand in den Laden gestürzt, der ganz aufgeregt berichtete, es sei eine Gruppe von Ausländern bei dem Versuch festgenommen worden, separatistische und konterrevolutionäre Propaganda zu verbreiten, und zwar auf dem Potala. Zwei weitere Angehörige dieser Gruppe, die offenbar Fotos von der Aktion machen wollten, waren im Park zu Füßen des Roten Berges erwischt worden. Prof. Li ahnte, daß dies nur die Gruppe sein konnte, mit der Catherine eingereist war, und er bereitete sich auf den Notfall vor. Er stellte die Rostlaube an der nördlichen Fassade des Lhasa-Hotels ab und trat geschwind an den hohen Maschendrahtzaun, der das graue Gebäude umgab. Scheinbar, um sich zu erleichtern, tatsächlich aber durchtrennte er mit einem Saitenschneider die Drahtmaschen – eine Vorsichtsmaßnahme, denn es gab keinen Hinterausgang aus diesem Hotel.

In der Lobby zeigte sich, wie begründet seine Vorsicht war. Zwei Männer, Tibeter in abgetragenen Anzügen, ließen sich die Gästeliste des Hotels zeigen und verglichen die Namen mit ihren Unterlagen. Sie waren hinter Catherine her! In diesem Moment sah er sie um die Ecke biegen und fing sie ab, bevor sie die Lobby betrat.
»Nach hinten raus«, flüsterte er und schob die perplexe Catherine vor sich her.
»Halt! Stehenbleiben!« gellte eine Stimme hinter ihnen, doch Li tat so, als hörte er es nicht. Hinter ihnen wurden die Schritte immer schneller.
»Was ist los?« hechelte Catherine, der die Anstrengung in der dünnen Luft den Atem raubte.
»Wir müssen die Stadt verlassen.«
»Und Artie?«
»Wir werden ihn wiederfinden. Ein Tulku geht nicht verloren.«
Sie erreichten einen Gang, der an Gästezimmern vorbei in einen anderen Flügel des Hotels führte, und Li schob einen Riegel vor die Tür. Während sie sich entfernten, hörten sie die Verfolger, die sich fluchend an der Tür zu schaffen machten. Catherine, die noch nie in ihrem Leben vor einem Polizisten fliehen mußte, stellte befremdet fest, daß Prof. Li lächelte. Er lächelte, wie ein alter Mann, der etwas tat, das er schon sein ganzes Leben lang tun wollte, aber nie den Mut hatte zu tun. An jeden Gang schloß sich ein neuer an, bis sie schließlich an einer mit Ketten verhängten Glastür ankamen, die in den Hinterhof führte.
»Durch das Fenster!« Li schob sie ins Freie, kletterte dann selbst umständlich hinterher, lachte laut auf wie ein unverbesserlicher Lausbub, der seinen Aufpassern eins ausgewischt hatte. Als sie sich durch ein Loch im Maschendrahtzaun auf die Straße stahlen und den hellblauen Wagen erreichten, verging dem Professor das Lachen sehr schnell. Lässig gegen die Fahrertür gelehnt stand ein dürrer Mann mit sonnengebräuntem Gesicht, er trug einen breitkrempigen Strohhut und eine Brille mit auffallend großem Gestell.
»Ms. Laurell, Prof. Li ...«, sagte er mit aufgesetzter Freundlichkeit. »Ich habe schon auf Sie gewartet. Warum gehen wir nicht

zum Haupteingang? Da warten sehr viel komfortablere Fahrzeuge auf Sie ...«
Da erschien sie – wie ein Lichtstrahl aus dem Nichts – und hielt eine Pistole in der Hand, die sie Tsentse in die Rippen stieß.
»Einsteigen!« befahl sie und drückte ihn auf den Rücksitz.
»Prof. Li, worauf warten Sie«, fuhr sie den verdutzten Wissenschaftler an, während sie sich neben Tsentse auf den Rücksitz drängte. »Seine Leute werden gleich hier sein! Fahren Sie los!«
Catherine, noch unschlüssig, ob sie weglaufen und um Hilfe rufen sollte, sah den Professor einsteigen und tat es ihm nach.
»Dawa«, schnarrte Tsentse. »Ich habe auf dich gewartet. Hör mir gut zu ...« Weiter kam er nicht. Der Griff der Pistole traf ihn mit voller Wucht am Kiefer, aufjaulend vor Schmerz drückte er beide Hände vor sein Gesicht.
»Halt's Maul, du verdammter Verräter!« giftete sie ihn an. »Dieser Mann hat Ihren Sohn auf dem Gewissen«, rief sie dem Professor zu, der darüber beinahe die Kontrolle über das Fahrzeug verlor. Catherine griff rettend ins Lenkrad, sonst wären sie am Straßenrand in dem Stand eines Obsthändlers gelandet. Li steuerte den Shanghai vorsichtig auf die Fahrradspur zu, umklammerte das übergroße Lenkrad und beschloß, daß er nichts wissen wollte. Nicht jetzt. Nicht bevor sie in Sicherheit waren, nicht bevor sie auch Artie mit an Bord hatten. Artie wollte an diesem Morgen zur Polizei gehen und Paul rausholen, das hatte er am Vorabend zähneklappernd angekündigt. Wenn er tatsächlich so dumm gewesen war, dachte Prof. Li, dann befand er sich jetzt bestimmt in Gewahrsam der Behörde für Öffentliche Sicherheit. Der einzige, der ihn da herausholen konnte, saß mit blutendem Mund auf dem Rücksitz.

Sie ging unmittelbar hinter ihm, so nah, daß er die Pistole spüren konnte, die auf sein Herz gerichtet war. Am Eingang des Hauptquartiers herrschte mächtig Unruhe. Feuerwehrleute packten ihre Sachen zusammen. Uniformierte stiegen über Trümmerhaufen, in Grüppchen standen Passanten zusammen und tuschelten.
»Eine Bombe«, hörte Dawa jemanden sagen, aber es war nicht

der große Knall gewesen, den sie sich gewünscht hatte. Es war lediglich eine Kellertür herausgebrochen, und ein wenig Mauerwerk lag verstreut im Hof. Aber das Gebäude stand, und der Mörder ihres Mannes und ihrer Mutter war am Leben.
Tsentse, sein Mund schmerzte bei jedem Wort, machte noch einen Versuch, sie zur Vernunft zu bringen. »Dawa, ich schwöre, ich wußte nicht, daß die Soldaten unterwegs waren, um euch zu holen. Hu Banguo hat sie …«
»Halt's Maul, Tsentse, sonst töte ich dich hier auf der Stelle«, zischte sie haßerfüllt.
»Dawa, bitte …«
»Du verlogenes Stück Dreck.« Sie blieb stehen, ungeachtet der Gefahr, der sie sich damit aussetzte, und rammte ihm mitten auf dem Flur den Lauf der Waffe unter das Kinn. »Du gehörst zur schlimmsten Sorte, Tsentse. Du bist nicht nur ein Verräter, du bist feige dazu. Ich wußte es, seit ich dich in Peking wiedersah, daß du der Schweinehund warst, der uns damals bei den Chinesen verraten hat, und du« – der Pistolenlauf drückte ihm die Luft ab –, »du wußtest es genauso. Ich habe darauf gewartet, daß du dich zu erkennen gibst, daß du wenigstens dazu den Mut hattest. Als uns der Besoffene angegriffen hat, genauso wie du mal meinen Bruder angegriffen hast. Aber du hast geschwiegen, du feiges Schwein. Und du hast geschwiegen, als wir in den Potala gegangen sind. Du bist kein Tibeter, Tsentse. Du bist auch kein Chinese. Du bist ihr Haustier und nichts weiter. Und jetzt tu, was ich dir sage.«
Sie packte seine Schulter und drehte ihn von sich weg, schob ihn weiter den Gang hinunter und bohrte die Pistole in seinen Rücken. Er führte sie, vorübereilende Kollegen grüßend, ohne weiteren Widerstand in die Verhörzellen, erkundigte sich nach dem Mann, auf den die Beschreibung paßte, die die blonde Ausländerin ihm gemacht hatte.
»Ich nehme diesen Mann mit«, keifte Tsentse den Beamten an, der Artie gegenüber am Tisch saß. Artie verstand kein Wort, befürchtete aber das Schlimmste, als der finstere Mann mit dem zerbeulten Gesicht und die noch finsterer dreinblickende Frau ihm bedeuteten mitzukommen.

»Ich mache keinen Schritt ohne einen Anwalt«, quiekte er.
»Kommen Sie, Artie«, sagte zu seinem Erstaunen die finstere Frau in ganz passablem Englisch. »Catherine wartet auf Sie.«

»Bemüht euch nicht, mir das hier zu erklären!« schnaubte er, als er sich auf den Rücksitz des geparkten Shanghai fallen ließ. »Ich würde es doch nicht verstehen!« Und als Prof. Li keine zehn Meter weit gefahren war, schrie er: »Was zum Teufel geht hier vor?«
»Wohin fahren wir?« wollte nun auch Catherine wissen.
»In ein Dorf namens Kangtog am Yamdrok-See«, sagte Prof. Li nur und schwieg dann während der ganzen Reise.

Als sie den Fuß der Paßstraße erreicht hatten, die in endlosen Schlangenlinien den steilen Berg hinaufführte, ließ die Frau mit der Pistole Tsentse frei. Widerwillig nur, und nicht ohne ihm zu drohen, sie würde wiederkommen. Aber mit fünf Insassen würde der Wagen den beschwerlichen Weg über den Paß ganz gewiß nicht schaffen. Prof. Li, der das widerspenstige Auto durch Schlaglöcher und über Geröll führte, fürchtete, daß der Shanghai es auch mit vier Passagieren nicht schaffen würde.

30. Kapitel

Tibet, 1966

Sie hatten eine lange Zugreise hinter sich, eine noch längere Fahrt in nach Abgasen und Urin stinkenden Bussen und auf den überfüllten Ladeflächen klapperiger Lastwagen. Sie fuhren hinaus aus Chengdu, durch die grüne Ebene Sichuans, Richtung Westen, bis unvermittelt aus dem feuchtheißen Dunst des Flachlandes die grauen Schatten der ersten Berge erschienen. Ihre Busse kämpften sich auf holperigen Serpentinstraßen die Hänge hinauf, überquerten schnaufend die Pässe oberhalb der Baumgrenze, wanden sich hinab in das nächste Tal und wieder hinauf über den nächsten Paß. Die Nächte wurden kalt und ungemütlich, am Tag brannte eine erbarmungslose Sonne mit einer Kraft vom Himmel, wie sie es lange nicht erlebt hatten. Sie wünschten sich, dieser Himmel sei nicht blau, sondern rot. Rot wie ihre Herzen, rot wie ihre Aufgabe, rot wie die glorreichen Fahnen, die über ihren erhitzten Köpfen im Fahrtwind flatterten. Wenn – was häufig vorkam – die Busse zusammenbrachen, dann hätten sie ihren Kreuzzug zu Fuß fortgesetzt, marschierend und singend, erregt die glorreichen Worte des Vorsitzenden Mao in die kahlen Steinschluchten brüllend, in die schmutzigen, verständnislos staunenden Gesichter der Nomaden und Dorfbewohner, die am Wegrand zusammenliefen. Denn sie waren die Soldaten der Revolution, die Krieger der neuen Zeit, die Roten Garden; fünfhundert, die aus Peking angereist waren, um das Feuer der Kulturrevolution in die zurückgebliebene und trotz aller Kampagnen noch immer feudalistische und reaktionäre Welt des Schneelandes zu bringen. Sie waren unterwegs nach Lhasa, um den rückständigen Grünhirnen Tibets die rote Sonne der Revolution zu bringen.

Dr. Li Rongwu konnte kaum Schritt halten mit den eifrigen

Studenten, die das Minderheiteninstitut in Peking zur zweiten Befreiung Tibets ausgesandt hatte. Alle Jahrgänge hatten ihre Studien einfach abgebrochen, um die Fackel der Revolution in die heimischen Berge zu tragen. Ein Großteil waren die Söhne und Töchter tibetischer Eltern, die nach Jahren der ideologischen Propaganda nach einer Gelegenheit dürsteten, irgend etwas Feudalistisches und Reaktionäres in ihrer alten, fremden Heimat zu zerstören. Dr. Li, ehemals ihr Tutor, fand sich nun in der unliebsamen Lage, zusammen mit einigen hitzigen chinesischen Studenten so etwas wie ihr Anführer zu sein. Aber diese Funktion war ohnehin nur sehr theoretisch zu verstehen. Diese Studenten gehorchten keinem außer dem Großen Vorsitzenden und seiner Frau Jiang Qing. Sie folgten keiner Anweisung außer der, die »alten Übel« samt und sonders zu zerschlagen. Mühelos ließen sie Li Rongwu, der körperliche Anstrengungen seit jeher mied, hinter sich zurück. Es waren zwar nur zehn Jahre Altersunterschied, die Dr. Li von »seinen« Roten Garden trennten – er war Anfang Dreißig, die ältesten seiner Studenten Mitte Zwanzig. Aber sie nahmen mit festen Schritten auch die steilsten Wege, sprangen munter wie junge Bergziegen über Felsen und Bäche, und er keuchte ihnen um Atem ringend hinterher. In der immer dünner werdenden Luft wurden aus zehn Jahren schnell dreißig oder vierzig. Erleichtert ließ er sich am Straßenrand sinken, sobald ein Hupen in der Ferne verkündete, daß die revolutionären Fahrer den Reifen gewechselt oder den Defekt behoben hatten, und der rettende Wagen die vorausstürmenden Roten Garden wieder einholte. Zwar konnte Li rein körperlich nicht mit den Studenten mithalten, doch auch in ihm loderten die revolutionären Flammen. Auch er trug die rote Armbinde der Garden, auch er zitierte mit Begeisterung die Worte des Großen Vorsitzenden, auch er schwenkte das rote Büchlein aus innerster Überzeugung. Er verabscheute zwar die Gewaltexzesse, zu denen sich manche Revolutionäre hinreißen ließen. Zum Beispiel die Kampfsitzungen gegen verdiente Professoren, die Prügelorgien und öffentlichen Schauprozesse gegen sogenannte »Rechtsabweichler«, die angeblich altes Denken propagierten.

Aber er war überzeugt, daß die Kulturrevolution nötig war, um den Parteiapparat von schädlichen Einflüssen zu säubern, um die Macht dem Volke zurückzugeben, wie Mao es versprochen hatte. In seiner Naivität begriff er nicht, welche Tragödie sich mit diesem Ausflug nach Tibet anbahnte, begriff es nicht, bis sie auf die Gruppe von fünf Lamas trafen, die zu Fuß unterwegs nach Lhasa waren.

»Der Osten ist rot, China hat Mao Zedong hervorgebracht«, sangen die Roten Garden, als sie von den Ladeflächen sprangen, um die heiligen Männer zu Tode zu prügeln.

»Die Lamas saugen dem Volk das Blut aus den Adern!« schrien sie. »Sie stehlen den Bauern ihr Getreide und schlagen sich den Bauch voll!« – »Sie unterdrücken unsere tibetischen Landsleute mit feudalistischem Aberglauben!« Es ging die Saat des Hasses auf, die Mao gesät, die die Volkszeitung tausendfach wiederholt, die auf Versammlungen im ganzen Lande wieder und wieder verbreitet wurde. Dr. Li blieb wie versteinert im Führerhäuschen des Lkw sitzen, sah, wie Steine flogen und die Lamas in den Straßenstaub niederrissen, sah, wie die Angreifer mit Stöcken über die am Boden sich krümmenden Lamas herfielen, wie man ihnen mit Fußtritten das Letzte gab und auf die Leichen der fünf Männer urinierte, um sich dann wieder auf die Lastwagen zu schwingen, als sei nichts geschehen. Wieder ertönte das Lied aller Lieder: »Der Osten ist rot, China hat Mao Zedong hervorgebracht.« Dr. Li aber saß neben dem Fahrer, einem hundsgesichtigen Kerl aus Chengdu, der sich ein Kichern nicht verkneifen konnte, hatte die Hände vor sein Gesicht geschlagen und weinte. Er hatte allerlei Grausamkeiten gesehen in seinem jungen Leben. Er hatte zu den ersten Einheiten gehört, die 1950 von Sichuan aus nach Tibet marschiert waren. Der einfache junge Soldat hatte sich dank seines Geschicks für Sprachen und seines Interesses für Religion schnell als Dolmetscher und Experte hervorgetan, die Offiziere suchten seinen Rat und entbanden ihn vom Dienst an der Waffe, zogen ihn zu den Verhandlungen mit den tibetischen Gouverneuren und Häuptlingen hinzu. Neun Jahre lang war Li in Tibet geblieben, hatte im Hauptquartier von Lhasa als Übersetzer gearbeitet, oft in unmittelbarer Nähe des Befehlshabers, des Generals Zhang Guohua, und war von diesem für das Studium nach Peking empfohlen worden – zwei Wochen nur bevor der Aufstand in Lhasa ausbrach. Erst viele Jahre später kam Li nach Tibet zurück, nun verheiratet und Vater zweier Töchter und eines neugeborenen Sohnes, Xiao Zhi. Seine Frau und die Kinder blieben in Lhasa, selbst wenn er monatelang nicht bei ihnen sein konnte, weil er am Minderheiteninstitut in Peking sein Seminar leitete. Eigentlich hatte er schon längst bei seiner Familie sein wollen, aber die Wirren der Kulturrevolution hatten alle Pläne zunichte gemacht, und nun kam er an in Begleitung einer Horde von Mördern. Und Dr. Li, der sich schämte, weil er den Mord an den Lamas nicht hatte verhindern können, er tat nun etwas, das er in all seinen Jahren der Erforschung tibetischer Traditionen, Geschichte und Religion nie über sich gebracht hatte: Er betete. Betete, daß kein Lama mehr ihren Weg kreuzen würde, betete, daß ein Wunder geschehen möge, bevor die tollen Hunde der Revolution die Hauptstadt Lhasa erreichten. Sie würden den Potala in die Luft sprengen und Feuer in den Jokhang legen.

Sein erstes Gebet wurde erhört. Aber für das Wunder mußte er selbst sorgen.

Er hatte all seine Überzeugungskraft aufbieten müssen, um die lodernden Studentengemüter zu überreden, das letzte Nachtlager einige Kilometer außerhalb Lhasas aufzuschlagen. Die Mehrheit der Rotgardisten wollte noch am Abend in die Stadt eindringen, um mit den feudalistischen Überresten endgültig aufzuräumen. »Laßt uns hierbleiben und die Nacht bei den Bauern verbringen!« beschwor sie Dr. Li. »Sie sollen uns von der Ausbeutung und Unterdrückung berichten, bevor wir in die Hauptstadt gehen.«

»Wir kennen die Geschichte der Ausbeutung«, murrte der Wortführer der Studenten, ein junger Mann, der bis vor kurzem noch Wang Peifeng hieß, sich aber dann einen neuen, revolutionären Namen gegeben hatte: Wang Hong, Roter Wang. »Sie ist hier und überall auf der Welt die gleiche. Deswegen müssen wir sofort mit der Arbeit beginnen.«

»Aber doch nicht in der Dunkelheit!« hielt Dr. Li tapfer dagegen. »Wir müssen doch warten, bis es hell ist, sonst entgehen uns ja vielleicht manche Übeltäter.«

»Mit denen räumen wir dann am nächsten Tag auf! Und am Tag danach. Wir haben viel Zeit«, bellte der Rote Wang.

Aber am Ende setzte Li sich doch durch, denn die Studenten waren erschöpft und hungrig von der langen Reise und begnügten sich mit der Vorfreude auf den großen Dienst, den sie am nächsten Tag der chinesischen Revolution und der Befreiung Tibets erweisen würden, und das bedeutete auch, die Bauern in der Nachbarschaft um alles Eß- und Trinkbare zu erleichtern. Auch Dr. Li war müde, und der Hunger und die dünne Luft verursachten ihm Schwindelgefühle. Aber dennoch schlich er sich in der Nacht aus dem Lager, eilte in der Dunkelheit zum nächsten Dorf, wo er glücklicherweise einen Mann fand, der ein Motorrad besaß und der ihn in die Stadt brachte, ins Hauptquartier des Generals Zhang Guohua.

»Li? Habe ich Sie dafür auf die Universität geschickt, daß Sie mich mitten in der Nacht aus dem Bett holen, Sie Trottel?« Zhang, der seine Uniform auch im Bett nicht ablegte, sondern lediglich die ersten drei Knöpfe über seiner breiten Generalsbrust öffnete, begrüßte seinen ehemaligen Übersetzer mit der ihm eigenen Herzlichkeit. »Mein Adjutant, dieser stotternde Hurensohn, sagt mir, Sie haben wichtige Neuigkeiten? Was ist? Greifen die Russen an? Kommen die Imperialisten nach Tibet zurück?«

Noch Jahre später, wenn er darüber nachdachte, war Li Rongwu stolz darauf, wie es ihm gelungen war, den General auf seine Seite zu bekommen. Es war, dachte er oft, das einzig kluge und listige Manöver gewesen, das ihm in seinem ganzen Leben je geglückt war. Er kannte Zhang, der seit 1951 über die Militärregion Tibet gebot, gut genug, um zu wissen, daß er sich den von Mao ausgesandten revolutionären Garden nicht in den Weg stellen würde. Aber er wußte auch, daß Zhang sein Revier verteidigte gegen solche, die ihm seine Herrschaft streitig machen wollten. Eifersüchtig wie ein König hütete er seine absolute Macht auf dem Dach der Welt. Rücksichtslos bestrafte er jeden, der aus Unkenntnis oder Torheit seine Autorität herausforderte.

»General, es sind nicht die Russen, und es sind nicht die Imperialisten«, berichtete Li. »Es sind junge Leute aus Peking, und ich möchte verhindern, daß es zu Schwierigkeiten kommt.«
»Sie meinen die Spinner von der Universität? Wie sollten diese Grünschnäbel bloß Schwierigkeiten machen?«
»Sie sind entschlossen, Lhasa von allen alten Übeln zu befreien.«
»Wird auch höchste Zeit. Worauf wollen Sie hinaus, Li?«
»General, ich möchte nur darum bitten, daß ihnen niemand von der Armee in die Quere kommt. Das könnte schlimme Folgen haben. Die Gruppe ist sehr aufgeheizt, verstehen Sie? Sie schlagen manchmal ein wenig über die Stränge, sind schwer zu kontrollieren.«
»Was wollen Sie damit sagen, Kleiner?« Er erhob sich mit bedrohlichem Gebaren aus seinem Stuhl und pochte mit dem Zeigefinger auf den Tisch. »Wollen Sie sagen, daß meine Soldaten meine Stadt diesen wild gewordenen Hosenscheißern überlassen würden? Sind Sie übergeschnappt?«
»Ich meine doch nur, General, es wäre unverzeihlich, wenn hier chinesisches Blut vergossen würde, nur weil die jungen Leute nicht wissen, wo ihre Grenzen sind, und weil sie nicht wissen, mit wem sie es hier zu tun haben.«
»Das werden sie schon früh genug herausfinden«, knurrte Zhang. »Gut, daß Sie mich informiert haben, Li. Ich werde mich morgen früh zu Ihrem Lager hinausbemühen und den Knäblein mal zeigen, wer hier der Herr im Hause ist.«

Die Sonne war kaum über die Berge geklettert, da wälzte General Zhang seinen massigen Leib aus dem viel zu engen Beifahrersitz seines Jeeps, hob einen Ast vom Wegesrand auf und zog damit unter den erstaunten Blicken der Studenten eine deutlich sichtbare Linie in den Straßenstaub.
»Nun hört mal schön zu, ihr roten Teufelchen. Hier ist die Grenze, verstanden? Außerhalb dieser Linie könnt ihr machen, was ihr wollt, verstanden? Mönche erschrecken, Revisionisten jagen und in den Klöstern aufräumen – was immer ihr wollt.

Aber wer von euch diese Linie überschreitet und nach Lhasa marschieren will, der hat nichts mehr zu lachen. Habt ihr das alle kapiert?«

Die jungen Leute, noch schlaftrunken und verwirrt vom Erscheinen des Offiziers, nickten, und Dr. Li wollte schon vor Erleichterung laut aufseufzen, als plötzlich Roter Wang vortrat.

»General! Wir folgen den Befehlen unseres Führers!«

Zhang sah den aufgeregten jungen Mann an, als sei dieser nur eine lästige Fliege.

»Ja?« sagte er nur.

»Wir sind die Kinder des Großen Vorsitzenden Mao. Niemand ist befugt, uns Grenzen zu ziehen.«

»Tja«, sagte der General nur achselzuckend. »Ich tue es trotzdem.«

Schnaufend vor innerer Anspannung ging Roter Wang geradewegs auf die Linie zu. Li ließ das unbewegte Gesicht des Generals nicht aus den Augen. Er kannte Zhang lange genug, um zu wissen, daß er nicht eine Sekunde zögern würde, den jungen Rotgardisten über den Haufen zu schießen, wenn er die Grenze verletzte. Mehr noch – Zhang würde auch nicht davor zurückschrecken, alle fünfhundert Studenten niederzumähen, wenn sie seine Befehle mißachteten. Schon wieder ertappte sich Li dabei, wie er betete. Roter Wang setzte seinen Fuß nur einen Fingerbreit vor der Linie auf den Boden und starrte den General mit der ohnmächtigen Wut eines kastrierten Revolutionärs an. Ein Scharfschütze im Jeep des Generals legte sein Gewehr auf ihn an. Zhang zog kaum merklich die Augenbrauen in die Höhe. Eine volle Minute stand Roter Wang allein an der Grenze, sein Unterkiefer bebte vor unterdrücktem Zorn, seine Beinmuskeln zuckten mehrmals, als habe er sich endlich ein Herz gefaßt. Aber er blieb auf der anderen Seite. Statt dessen fuhr er plötzlich herum und zeigte auf Dr. Li. »Er ist an allem schuld! Er hat uns gestern daran gehindert, in die Stadt zu fahren.« Die Rotgardisten rückten von Li ab, als Roter Wang mit erhitzter Miene auf ihn zuschritt. »Li Rongwu ist ein Konterrevolutionär und Revisionist!« Mit voller Wucht schlug ihm Wang seine Faust ins Gesicht, so daß Li zu Boden fiel und wie betäubt

liegen blieb. Wang verschwand wutschnaubend in der Menge seiner Bewunderer.
»Dreckiger Hurensohn«, knirschte General Zhang, spuckte aus und ging zu seinem Jeep zurück. Er hatte sein Reich verteidigt, aber er wurde dafür gescholten! Nur wenige Stunden nach dem Zwischenfall auf der Straße nach Lhasa erreichte Zhang eine Depesche aus Peking, in der er aufgefordert wurde, den jungen Revolutionären, die mit Billigung des Vorsitzenden Mao handelten, gefälligst nach Kräften Unterstützung zu leisten. Unterzeichnet hatte kein Geringerer als General Lin Biao, die Nummer zwei im Staate, der designierte Nachfolger des Vorsitzenden Mao. Zhang fragte sich befremdet, wie es möglich war, daß eine Handvoll durchgedrehter Halbwüchsiger ihm eine Rüge aus der Zentrale einbringen konnte. Aber als am nächsten Tag eine Abordnung der Roten Garden zu ihm kam, da wußte er Bescheid. Denn einer, den der General flüchtig kannte und der, das wußte Zhang wohl, über einige gutgeölte Drähte nach Peking verfügte, hatte sie informiert. Es war einer dieser jungen, ehrgeizigen politischen Kommissare, die sich überall aufspielten, als hätten sie die Weisheit der Revolution mit Löffeln gefressen. Dies war ein ganz besonders widerwärtiger Besserwisser, ein gewisser Feng Lizhao. Ohne Zweifel war er es gewesen, der seine Beziehungen nach oben hatte spielen lassen und der ihm den Tadel des Hauptquartiers eingebracht hatte. Zhang wußte, wenn eine Schlacht verloren war. Und als Feng und die anderen Halbstarken ihn mit einer flammenden Rede dazu aufforderten, die schweren Geschütze für den Angriff auf den Klassenfeind zur Verfügung zu stellen, da sagte er nicht nein.
Sie ließen den Verräter und Saboteur Li Rongwu im Dreck liegen, niemand kümmerte sich mehr um ihn. Er konnte von Glück sagen, daß sie ihn nicht erschlagen hatten. Sie bestiegen ihre Lastwagen, und Li hörte, wie sie den Fahrern den Namen ihres nächsten Zieles zuriefen. Es waren seine Schüler – also wußten sie, wo sie das feudalistische Erbe der Autonomen Region Tibet bei den Wurzeln packen konnten. Wenn ihnen der Zugang nach Lhasa verwehrt wurde, dann würde der nächstbeste Ort das Kloster Dreglug sein.

Da würde ihnen dieser verdächtige General sicherlich nicht in die Quere kommen. Die Mönche von Dreglug würden ihren Zorn doppelt und dreifach zu spüren bekommen.
Li, der Ausgestoßene, eilte zurück zu dem Haus, in dem der Mann mit dem Motorrad wohnte.
»Bitte«, flehte er. »Nach Dreglug! Ich muß die Mönche warnen ...«

31. Kapitel

Lhasa

Tsentse hatte Glück gehabt. Ein Armeejeep auf Patrouillenfahrt sammelte ihn auf und brachte ihn noch vor Sonnenuntergang zurück nach Lhasa. Er ließ sich vor dem Hauptquartier der Behörde für Öffentliche Sicherheit absetzen und eilte sofort zum Büro von Vizedirektor Hu. Er trat vor seinen Chef und hatte nicht einmal Zeit, eine schützende Hand zu erheben, da klatschte Hus Pranke völlig unerwartet in sein Gesicht; die Wucht des Schlages warf ihn zu Boden.

»Du blöder, nichtsnutziger Scheißer!« brüllte Hu und trat auf den sich krümmenden Tibeter ein. »Wie konnte das passieren? Du warst für diese Frau zuständig! Du solltest sie keine Sekunde aus den Augen lassen!«

Die Aussagen des Wachpostens am Tor und seines Kollegen am Eingang, die beide nach dem Überfall und der Befreiung des Amerikaners selbst in einer dunklen Zelle schmorten, stimmten in diesem Punkt überein: »Es war wenige Minuten vor der Explosion eine hochgewachsene, hellhaarige Ausländerin in das Büro für Öffentliche Sicherheit eingedrungen.« Der Wachmann am Eingang behauptete allerdings, sie hätte sich als eine amerikanische Diplomatin ausgewiesen, während sein Kollege darauf bestand, sie habe einen russischen Paß gehabt und von der Zentralregierung in Peking beglaubigte Papiere. Natürlich logen beide, um ihre armseligen Existenzen zu retten. Die blonde Ausländerin gehörte, das hatte Hu bald ermittelt, zu der Gruppe von amerikanischen Studenten, mit deren routinemäßiger Überwachung Tsentse und seine Leute beauftragt waren. Sie hatten zwar die Verbreitung separatistischer Propaganda verhindern können – Hu merkte sich den aufmerksamen jungen Mann namens Jonathan für eine Belobigung vor –, aber gleichzeitig war ihnen die Frau, die sie anhand der Hotelliste als die Holländerin Zonia van Kerke identifiziert hatten, mit einer Bombe direkt unter ihre Nase spaziert und hatte den Schauspieler befreit. Der ganze wundervolle Plan, von dem nicht nur die Zukunft der Autonomen Region Tibet, sondern insbesondere seine eigene Zukunft abhing, zerbrach damit in tausend Scherben. Wenn es seinen Leuten nicht doch noch gelingen sollte, den Schauspieler auf der Flucht zu erschießen, dann würden Vizedirektor Hu und eine Reihe von anderen Leuten auffliegen. Und an allem war Tsentse schuld, dieses beschissene Wiesel, der die Holländerin unbeaufsichtigt gelassen hatte.

»Ich hatte eine andere Spur …!« winselte er, bevor ein neuer Tritt des rasenden Vizedirektors ihn zum Schweigen brachte.

»Feng Lizhao ist auf dem Weg hierher – weißt du, was das heißt? Weißt du, wer das ist?«

»Ja, ja!«

»Alles war bis ins letzte Detail geplant. Mit dem Staatspräsidenten abgesprochen!« Er stieß bei dem Wort »Staatspräsidenten« den Absatz seines Schuhs mit Wucht auf Tsentses am Boden ausgebreitete Hand nieder. »Feng hat einen Handel mit den Kamdhar-Leuten, und unser Einsatz ist der Amerikaner, du Miststück. Finde ihn! Finde ihn und bring ihn zurück. Tot oder lebendig! Und die Holländerin auch. Verpiß dich, und laß dich ohne die verdammten Ausländer hier nicht wieder blicken«, tobte Hu. Und als Tsentse sich nicht schnell genug erhob, trat ihn der Vizedirektor noch einmal in den Hintern. »Verpiß dich, du verlauster tibetischer Affe.«

»Ich werde sie finden, ich verspreche es.«

Doch er meinte nicht die Ausländer, die Hu so dringend suchte. Die waren ihm jetzt egal. Er meinte die Tibeterin, die Frau, die er geliebt hatte, Zhao Dawa. Er mußte sie finden, und wenn es das letzte war, das er in diesem Leben vollbrachte.

»Nein ich bin nicht von der CIA, kapier das endlich. Die CIA ist nichts weiter als ein Haufen von Schlappschwänzen. Ich bin eine globale Aktivistin. Freischaffend.«

»Heißt das, es wartet kein Hubschrauber auf uns? Keine Marines? Heißt das, Sie haben keine falschen Papiere für mich?«
Sie bedachte ihn mit einem Blick äußerster Geringschätzung.
»Aber ich habe doch keinen Paß! Sie haben mir alles abgenommen«, jammerte Paul McGregor. Sie befanden sich auf dem weiten Weg zum Flughafen von Lhasa, überquerten soeben eine langgezogene, niedrige Steinbrücke, auf der schwerbewaffnete Militärposten auf und ab gingen. »Ohne Papiere komme ich nicht raus! Sehen Sie sich doch nur diese Kerle hier an. Tibet ist militärisches Sperrgebiet.«
Der Taxifahrer, der bereits ernste Zweifel hatte darüber, ob es eine kluge Idee gewesen war, das sonderbare ausländische Pärchen in der Nähe der Polizeistation aufzusammeln, drehte sich mit alarmiertem Blick um. Er verstand zwar kein Wort von Pauls Geschrei, aber er spürte, daß etwas faul sein mußte. Sie hatten kein Gepäck bei sich, nur eine schwarze Reisetasche. Was wollten Touristen ohne Gepäck am Flughafen?
»Das Denken kannst du mir überlassen«, raunzte Zonia den Schauspieler an. »Du brauchst deinen Paß nicht, denn wir fliegen nicht ins Ausland. Noch nicht. Es geht um 14.00 Uhr eine Maschine nach Chengdu, es sind drei Tickets gebucht, eins davon für mich. Die zwei anderen allerdings unter anderen Namen. In Chengdu lassen wir uns vom US-Konsulat weiterhelfen. Wir werden die Presse verständigen, unser Foto wird morgen auf den Titelseiten aller Welt erscheinen.« Um ein Haar hätte sie »mein Foto« gesagt. »Damit machen wir den Chinesen gehörig Feuer unter ihren Ärschen.« Zonia entlöhnte den erleichterten Fahrer und stürmte voraus zum Schalter der Fluggesellschaft, wo ein blaugekleidetes chinesisches Mädchen mit grausam schiefen Zähnen sie mitleidlos anblickte.
»Wir haben einen dringenden Notfall«, bluffte Zonia. »Hier ist mein Paß, mein Ticket, hier ist die Liste mit den Teilnehmern meiner Gruppe. Zwei Plätze auf der Maschine nach Chengdu sind gebucht, Tickets bezahlt. Nur die Namen ändern sich. Statt Betsy Jenkins fliegt dieser Mann.«
»Sein Ticket?« fragte das Mädchen mechanisch.

»Hat er im Hotel liegenlassen.«

»Ticket!«

»Sitzt du auf deinen Ohren? Er hat das beschissene Ticket im Hotel vergessen. Hier ist die Buchungsbestätigung. Zum Teufel, dann kaufe ich eben für ihn ein neues Ticket! Wo ist der Schalter?«

»Kein Schalter.« Das Mädchen sah sich hilfesuchend nach einem Kollegen um, der wenigstens ein paar Worte der fremden Sprache verstand. Doch alle waren auf Tauchstation gegangen. »Ticket«, sagte sie wieder und starrte schmollend auf ihre zerkauten Fingernägel.

»Wir kommen hier nicht weiter.« Paul zupfte die Holländerin am Ärmel. Schon hatte sich eine kleine Menschentraube um sie herum gebildet, und ausdruckslose Gesichter stierten die aufgeregte Ausländerin an, deren Kopf unter dem lichtfarbenen, kurzen Haar hellrot angelaufen war. Zonia entblößte ihre langen Frontzähne wie ein Vampir. Das Mädchen verstand das falsch und lächelte zurück. Wenn es ein Showdown der Gebisse gewesen wäre, Zonia hätte ihn verloren.

»Ich bekomme jetzt die Bordkarten«, zischte sie. »Oder ich werde verdammt unangenehm.«

»Ticket?«

»Es gibt Ärger.« Paul sah zwei Uniformierte durch die Halle auf sie zuschreiten. »Laß uns abhauen!« Einer der Beamten hob den Finger, zeigte auf ihn, und beide fingen sofort an zu rennen.

»Zonia.« Sein Zupfen an ihrem Ärmel wurde ein Reißen. Zu spät. Schon standen sie vor ihm.

Breit und dümmlich grinsend.

»Du nimmst den linken, ich den rechten«, sagte Zonia. »Warte auf mein Zeichen.«

»Sie sind Paul McGregor«, sagte auf englisch der Ältere von beiden, dessen Uniform bei näherem Hinsehen zahlreiche Flecken verschiedener Speisen und Getränke aufwies.

»Ich gehe nicht zurück in euren verdammten Knast, und wenn ihr mich erschießt!« knurrte Paul, selbst nicht wissend, woher er plötzlich den Mut für diese Aussage nahm.

»Ich habe ›Zeit der Entscheidungen‹ gesehen ... ich will ein Autogramm von Ihnen.«
Während Paul sich von seinem Schrecken erholte und noch benommen seinen Namen auf einen Protokollblock schrieb, beschwatzte der jüngere Beamte die Schalterhexe und brachte sie tatsächlich dazu, sich Zonias Papiere anzusehen. Nach einigem Hin und Her und nachdem sie sich gebührlich lange gesträubt hatte, tippte sie die Namen ein, und der Bordkartendrucker fing an zu schnarren.
»Können wir jetzt durch?« fragte Paul vorsichtig.
»Nein«, sagte der Beamte mit Bestimmtheit, und Pauls Herz fiel in eine bodenlose Tiefe. Sie spielten nur ein grausames Spiel mit ihm. »Sie müssen erst die Flughafensteuer bezahlen«, grinste der Beamte. »50 Yuan pro Person.«
Die Maschine stand bereits mit laufenden Triebwerken auf dem Rollfeld, die letzten Passagiere stiegen ein. In weniger als zwei Stunden wären sie in Chengdu, beim amerikanischen Konsulat, in Sicherheit. Die beiden Polizisten begleiteten sie hilfsbereit an der Bordkartenkontrolle vorbei zur Handgepäckkontrolle. Zonia stellte triumphierend ihre Tasche auf das Band, legte ihren Bauchgurt daneben. Als sie durch die hölzerne Röntgenpforte ging, kreischten die Detektoren auf, aktiviert von ihrer eisenhaltigen Sonnenbrille der Marke Killer Loop. Paul, der keine Metallgegenstände, noch nicht einmal einen Gürtel an seiner Hose, mit sich führte, passierte ohne Beanstandung.
»Bitte öffnen«, sagte der Beamte und nahm Zonias Tasche vom Förderband.
»Ja, ja, sicher, du aufgeblasenes Arschloch«, maulte Zonia, und in derselben Sekunde erstarrte sie, verzerrte sie ihr Gesicht zu einer entsetzten Grimasse, sank Paul, dessen Knie nachgaben, stumm auf den Boden.
Noch lange würden sich die Angestellten auf dem Flughafen von Lhasa und auf allen anderen Flughäfen in China lächelnd von den beiden bescheuerten Ausländern erzählen, die tatsächlich versuchten, mit einer Reisetasche voll mit jahrzehntealtem, hochexplosivem Dynamit auf einen Flug nach Chengdu zu kommen.

32. Kapitel

Flugfeld Mustang, Nepal,
August 1966

Die Crew des Captain Landau hatte sich im Briefing-Room versammelt, einer windschiefen Baracke am Rande des groben Rollfeldes, auf dem ihre dunkelgrüne C-130 Hercules ohne Hoheitszeichen kauerte wie ein erschöpfter Flugsaurier. Zwei Piloten, ein Navigator, der Flugingenieur und der junge Lademeister, Rob, der erst vorgestern über Thailand hier angekommen war. »Mit leuchtenden Augen und buschigem Schwanz«, wie die altgedienten Besatzungsmitglieder spotteten. An der Decke des Raumes, der außer mit sechs Stühlen und einem wackeligen Tisch nur mit einer Wandtafel möbliert war, hechelte der Ventilator vergebens gegen die erdrückende Hitze. Schweißflecken hatten sich auf den khakifarbenen Hemden der wartenden Männer gebildet, es tropfte von ihren Augenbrauen, rann in ihre Ohren, fing sich in den Haaren ihrer Schnurrbärte. Sie wünschten sich nichts dringender, als wieder in die Hercules zu steigen und endlich wieder zu ihrer eigentlichen Basis nach Thailand zu fliegen. Wo es kaltes Bier, Grillsteaks und Mädchen gab.

Trevor, der Offizier von der Botschaft in Kathmandu, war verspätet, die beiden Lkws mit den Waffen und der Bus mit den Rebellen waren stundenlang in irgendeinem Flußbett hängengeblieben, das auf keiner Landkarte verzeichnet war und beim letzten Einsatz vor vier Wochen noch ausgetrocknet war, aber jetzt in der Monsunzeit eine ganz erstaunliche Menge schlammigen Wassers führte. Dies war nur eine von vielen weiteren Pannen in dieser insgesamt wenig glorreichen Mission der CIA. Immerhin eine der letzten Pannen.

Trevor, ein fahler Kettenraucher, schlug sich mit der flachen Hand

auf die Wange, um eine der mörderischen Stechmücken zu zerquetschen, die ihnen noch mehr zusetzten als die Hitze.
»Zu Ihrem Einsatz ...«, er holte aus einer ledernen Aktentasche eine Karte, die er an der Tafel befestigte.
»Jetzt fehlt nur noch der Teleskop-Zeigestock«, dachte grimmig Captain Landau. Er hatte noch keinen von diesen Schreibtischbubis erlebt, der nicht mit so einem Ding ausgestattet war. Offenbar bekamen sie die als Geschenk für die bestandene Prüfung, zusammen mit der Urkunde, die sie als Offizier der CIA beglaubigte. Er unterdrückte ein Grinsen, als Trevor tatsächlich in seine Hemdtasche griff, das Ding herauszog und begann, sinnlos damit in der Luft herumzufuchteln.
»Sie haben diesmal zwölf Kisten halbautomatische M1-Garand mit sieben Kisten Munition und zwei Kisten nagelneuer AR-15, ebenfalls mit Munition. Allerdings ohne das Pflegeset. Wir sind etwas knapp mit den Pflegesets, die haben wir für Vietnam gebraucht. Wie ich die Tibeter kenne, säubern sie die Waffen sowieso nie. Obwohl wir es ihnen immer wieder sagen!« Er blickte mit zusammengezogenen Augenbrauen durch das verschmierte Fenster hinaus auf das Grüppchen von vierzehn Männern, die sich im Schatten eines Baumes niedergelassen hatten. Sie hatten einen langen Weg hinter sich. Zehn von ihnen kamen direkt aus Camp Hale, Colorado. Vier waren in Okinawa ausgebildet worden. Sie hatten einen sechsmonatigen Kurs hinter sich und konnten die Waffen, mit denen sie nun in ihre Heimat zurückkehren sollten, auch einigermaßen effektiv bedienen. Überdies hatten sie die Grundbegriffe der Tarnung, der Aufklärung und der Nachrichtenübermittlung im Guerillakrieg gelernt.
»Ihr Flug wird der letzte dieser Art sein«, erklärte Trevor knapp. Die Operation Freies Tibet war zu Ende. Nach sieben Jahren Waffenlieferungen und Ausbildung von tibetischen Freiheitskämpfern war so gut wie nichts erreicht worden, außer daß eine bunte Lumpentruppe von ein paar hundert ponyreitenden Gestalten allenfalls ab und zu mal einen Hinterhalt zustande brachte oder eine Brücke sprengte und die chinesischen »Commies« ein wenig ärgerte. Für solche Späße gab es jetzt kein Geld mehr und

auch keine Leute. Jeder, der ein Flugzeug auch nur malen konnte, wurde in Vietnam, Laos und Kambodscha gebraucht.
»Sie fliegen die übliche Route, allerdings etwas höher.« Sein Zeigestock kroch über die Landkarte. »Die Chinesen sind neuerdings mit neuem Spielzeug ausgerüstet. Wir können deswegen nicht mehr unbemerkt nachts einfliegen, und wir können nicht mehr so tief fliegen. Sie müssen bis rauf an die Decke, dreißigtausend Fuß, und dann erst hundert Meilen vor dem Zielgebiet runter. Wir haben Commie-Stützpunkte in Damshung, Namco und Xomong, die beiden letzteren mit Flugabwehr. Das kümmert Sie aber nicht, weil Sie vom Westen her anfliegen. So, Gentlemen, das war's schon – ich wünsche Ihnen alles Gute. Die Jungs da draußen gehören zu einer Gruppe, die hier am See Namtso operiert, nördlich von Lhasa.«
Wortlos erhoben sich die Männer und schritten hinaus.
Die Tibeter erhoben sich und nickten den Piloten freundlich und eifrig zu. Die Crewmitglieder erwiderten grinsend den Gruß.
»Nun, Rob – erster Flug über Feindesland? Aufgeregt?« neckte der Copilot den jungen Lademeister.
»Stolz eher«, sagte Rob mit trotziger Stimme. Er hatte sich schnell angewöhnt, in knappen Sätzen zu antworten, weil seine Kameraden sich bei längeren Sätzen über seinen Ostküstenakzent lustig machten. Sie alle kamen aus dem Süden. Texas und Arkansas. Und sie alle kamen aus eher einfachen Verhältnissen, hatten sich hochgedient; Captain Landau und Jones, der Navigator, waren schon in Korea dabeigewesen. Rob, der Neuling, der Puderarsch hingegen, verbreitete um sich herum die Aura von Elite und Ivy-League-College wie ein aufdringliches Rasierwasser, und das mochten sie nicht. Sogar da, wo sie herkamen, wußte man, daß er der Sohn eines der betuchtesten Männer des Landes war. Da, wo sie herkamen, kannte man den Namen Laurell. Zwar hatte Robert Laurell gleich bei seiner Ankunft versucht klarzustellen, daß er der ungeliebte und mißverstandene vierte Sohn des legendären Industriemagnaten James Laurell war. Mit dem Alten hatte er sich hoffnungslos überworfen, da dieser, verbohrt und verstockt wie er war, das Mädchen nicht akzeptierte, das Robert zur

Braut nehmen wollte. Enttäuscht und verzweifelt hatte sich Robert freiwillig zum Dienst in Asien gemeldet. Auch das ließ ihn in den Augen seiner Kameraden nicht besser aussehen. Er war für sie nichts weiter als ein reicher Bengel, der ein bißchen Abenteuer und Nervenkitzel suchte, bevor er sich wieder in die vornehme Stille der neuenglischen Kaminzimmer verkriechen würde, um für den Rest seines langweiligen Direktorenlebens in seinem Clubsessel zu sitzen, sich von einem livrierten Butler Drinks servieren zu lassen und damit anzugeben, daß er mal Waffen für die Freiheitskämpfer über Tibet abgeworfen habe.
Als die Kisten im Laderaum verstaut waren und die Tibeter sich auf den Seitenbänken der Hercules angeschnallt hatten, warf Captain Landau die vier Triebwerke an und rollte die Lastmaschine in Startposition. Das Wetter war fabelhaft. Wenn alles gutging, konnten sie die Männer und die Kisten gegen 16.15 Uhr über dem Zielgebiet abladen und morgen früh wieder daheim auf dem Stützpunkt in Thailand sein, hatte Jones errechnet.
Der Propellerlärm schwoll an, und humpelnd setzte sich die Maschine in Bewegung, die Startbahn hinunter, die aus nichts als festgetretener Erde und Kieselsteinen bestand. Zweihundert Meter vor dem Ende der Piste verlor die Hercules den Bodenkontakt, schwang sich schwerfällig in die Höhe und donnerte über die grünen Wipfel der Bäume und geradewegs weiter auf den üblichen Nordwestkurs zu, während unter ihr wie gigantische Stufen die Hügel zu Bergen und die Berge zu Gebirge wurden.
Fünf Amerikaner und vierzehn Tibeter flogen geradewegs auf das Dach der Welt zu.
Tenzin Gyatso saß zwischen einem seiner Waffenbrüder und dem jungen amerikanischen Lademeister, dessen rosiges Bubengesicht verängstigt wirkte, als die Maschine abhob. Der Amerikaner hatte die Hände in den Schoß gelegt und die Augen geschlossen. Tenzin vermutete, daß er ein Gebet sprach. Tenzin selbst hatte noch immer nicht den Mut zum Gebet wiedergefunden, hatte noch nicht damit begonnen, mit Reinigungs- und Reuemeditationen wieder gute Taten zu sammeln, und würde es nicht tun, solange die Chinesen sein Land besetzt hielten. So viel schlechtes Karma

hatte er in den vergangenen Jahren auf sich geladen, daß ihm viele leidvolle Existenzen bevorstanden. Er würde zurückkehren auf diese Erde als Wurm, als Made, als Laus im Pelz eines räudigen Hundes.

Nach dem Massaker im Nomadenlager war er mit den Überlebenden nach Lhasa aufgebrochen, wie viele Tausende seiner Landsleute darauf hoffend, daß die Nähe zu seinem Gottkönig ihm Schutz und Erlösung geben würde. Aber sie kamen zu spät. Der Dalai Lama war geflohen, war den Chinesen entkommen, die ihn entführen und einsperren wollten. Dies war die erste Nachricht, die sie auf ihrem Weg erreichte, und die Flüchtlinge atmeten erleichtert auf. Solange der Buddha des Mitleids in Sicherheit war, konnte Tibet noch nicht verloren sein. Die zweite Nachricht aber stürzte sie in tiefe Verzweiflung. Es hatte einen Aufstand gegeben, den die Chinesen mit brutaler Härte niedergeschlagen hatten. Späher, die sie in die Stadt schickten, meldeten, daß noch immer Berge von Leichen in den Straßen lägen, daß über dem Sommerpalast Seiner Heiligkeit der Pesthauch von verkohlten Gebeinen hänge, daß chinesische Einheiten die Stadt auf der Suche nach »Aufwieglern und Konterrevolutionären« durchkämmten und Tausende willkürlich festnahmen oder auf der Stelle exekutierten. Wer Glück hatte und mit dem Leben oder zumindest ohne schlimme Verletzungen davonkam, den verschleppten sie in Arbeitslager und Gefängnisse. Je mehr er davon hörte, je mehr geschundene Flüchtlinge er sah, um so schwerer wurde sein Herz, um so fester schlossen sich seine Hände um den Lauf des chinesischen Gewehres. Es gab keinen Weg mehr zurück in den Frieden, den sie einst kannten. Es gab nur noch den Tod oder den Kampf. Tenzin entschloß sich zum Kampf. Die Überlebenden des Massakers kehrten zurück in die Berge, brachten Frauen und Kinder in einem weit entfernten Nomadenlager unter, die Männer aber kehrten zurück. Er ließ Dawa und Nyima, seine Kinder, in der Obhut einer Nomadenfamilie zurück; erst Jahre später würde er sie wiedersehen und in sein altes Kloster bringen, damit vielleicht seine Kinder fortsetzen konnten, was er nicht hatte vollbringen können. Tenzin aber zog mit den Rebellen. Sie hatten keine Organisation, keinen

Schlachtplan und keine Strategie. Sie wollten einfach nur töten. So viele Chinesen wie nur möglich töten; vielleicht würden den Besatzern die Opfer irgendwann einmal zu hoch, und sie würden sich zurückziehen. Die Aufständischen legten Hinterhalte und zerstörten Brücken, sie durchtrennten Nachrichtenkabel und lauerten hinter Felsen wie Banditen auf versprengte chinesische Einheiten, aber sie hatten keine Chance. Sie verloren in jedem Scharmützel; für jeden Chinesen, den sie töteten, starb mindestens einer der Ihren. Sie erbeuteten Waffen und verloren sie wieder, wenn die Verfolger Ihren Unterschlupf ausfindig gemacht hatten. Sie waren nicht mehr als Fliegen, die einen Koloß umschwärmten, ihm hin und wieder lästig wurden und ihn manchmal dazu brachten, sie verärgert zu zerdrücken. Aber er blieb und demütigte mit seinem Gewicht und seiner Bosheit Tibet, ihr Land. Ihr Kampf war sinnlos, schmutzig und ohne Würde, weit entfernt von Ehre und Heldentum. Die Chinesen, die ihnen in die Hände fielen, waren selber arme Schlucker. Unterernährte, frierende Soldaten, die ängstlich ein Terrain durchstreiften, das sie nicht kannten. Aber es war dennoch kein Mitleid, das Tenzin und die anderen für die Chinesen verspürten. Das Mitleid hatten die Chinesen ihnen für immer genommen. Es war in ihren Herzen nur Verachtung und Haß geblieben. Es trieb sie nur der Wunsch, weiter zu töten und Rache zu nehmen, bis eines Tages ihr eigener Tod sie erlösen würde.
Statt dessen aber kam eines Tages der Amerikaner, trat in ihre Mitte und versprach ihnen Hilfe.
»Ihr seid Freiheitskämpfer, ihr seid die Hoffnung eures unterdrückten Volkes«, sagte er ihnen, und sie hörten ihm gerne zu. »Amerika ist die Heimat der Freiheit, und Amerika hat euch nicht vergessen. Wir sind bereit, euren Kampf zu unterstützen.«
Der Amerikaner war gekleidet wie ein tibetischer Bauer und sprach ihren Dialekt. Er kannte sich in ihrem Gebiet beinahe so gut aus wie sie selbst, und er hatte, anders als sie, einen Plan. Sie sollten moderne Ausrüstung bekommen, Waffen und Funkgeräte. Als erstes aber müßten sie ordentlich kämpfen lernen. Vierzehn Männer wurden ausgesucht, die ihn nach Nepal begleiteten. Und

weiter nach Japan und nach Amerika. In großen Flugzeugen über ein riesiges Meer. In eine Kaserne wurden sie gebracht, weit weg, in einer komplizierten Welt, in der professionelle Soldaten sie unterrichteten, zu töten, als ob dies eine Wissenschaft sei. Tenzin war unter ihnen, er war der beste Schüler an der Akademie des Krieges, dank seiner Mönchsdisziplin und seiner Auffassungsgabe. Sechs Monate blieben sie dort. Tenzin erlernte den Umgang mit Sprengstoff und amerikanischen Gewehren, lernte Tarnung und Kommunikation, lernte die Sprache und begriff, daß die Amerikaner die Tibeter als eine Art Maskottchen ihrer eigenen Truppen betrachteten.

»Wir zeigen euch, wie man Commies killt«, war der Lieblingssatz des rauhbeinigen Ausbilders, und es war ihm anzusehen, daß er es lieber selbst getan hätte, als ein Häuflein von Bergnomaden mit dieser heiligen Aufgabe zu betrauen. Die Tibeter sollten für Freiheit kämpfen, wurde ihnen immer wieder gesagt. Aber Tenzin verstand genug Englisch, um zu erkennen, daß sie Amerikas Freiheit verteidigen sollten und nicht ihre Freiheit zurückgewinnen. Tenzin setzte, anders als seine Kameraden, keine großen Hoffnungen in die Amerikaner. Vielleicht, weil er schon längst nicht mehr wußte, was das war – Hoffnung. Vielleicht, weil er sehr wohl wußte, daß ihr einziges Interesse war, China zu schaden und nicht Tibet zu helfen. Die Amerikaner führten ihren eigenen, unmoralischen Krieg in Vietnam. Sie waren selbst zu tief in Ungerechtigkeit und Mord verstrickt, als daß sie den Tibetern glaubhafte moralische Unterstützung leisten konnten. Sie lieferten nur Gewehre und Kurse in der Wissenschaft des Tötens.

Das Wetter war auf ihrer Seite. Sobald sie die grünen Hügel und Schluchten Nepals überflogen hatten und den schneebedeckten Hochgebirgsgürtel des südlichen Himalaja erreichten, erstickten die Täler unter ihnen in grauen Wolkenballen. Ein gewaltiges Frontensystem bewegte sich in östlicher Richtung, und soweit der Navigator sehen konnte, erstreckte es sich bis hinauf in ihr Zielgebiet. Wenn überhaupt, würden die Chinesen ihre Maschine erst bemerken, wenn sie bereits außer Schußweite war. Turbulenzen ergriffen die Hercules und warfen die tibetischen Widerstandskämpfer, die mit stoischen Mienen Seite an Seite auf der Bank saßen, unsanft hin und her. Sie hatten widerwillig die Atemgeräte angelegt, so als ginge es gegen ihren Stolz, als Gebirgsvolk Sauerstoff zu sich zu nehmen. Robert Laurell saß am Ende der Reihe, die Augen geschlossen, die Atemmaske auf sein Gesicht gepreßt, mit dumpfen Ängsten ringend. Fliegen war nicht seine Leidenschaft. Er hatte zwar schon einige Missionen in Indien, Persien, in Thailand und sogar unter feindlichem Beschuß in Indochina überstanden, aber noch immer drehte sich ihm der Magen um, wenn er daran dachte, daß nichts als das mutige Brummen der vier 4300-PS-Propeller und seine Gebete sie hier oben in ihrer prekären Schaukelposition hielten. Und wenn er an den bevorstehenden Tauchflug dachte, den Sturz aus zehntausend Meter auf unter viertausend, dann schnürte es ihm schon jetzt die Kehle zu. Außerdem hatte er ein schlechtes Gefühl. Ein verdammt schlechtes Gefühl. Ihre Mission war riskant, fast tollkühn. Das Zielgebiet für den Abwurf des Materials und der Menschen war genau definiert worden. Sobald sie unten waren, würden sie durch ein circa dreißig Kilometer langes Tal fliegen, in dessen Mitte die Fracht und die Tibeter das Flugzeug verlassen sollten. Der einzige Haken war, daß am Ende dieses Tales eine ganze Reihe von ziemlich beträchtlichen Bergen stand. 5040, 5307, 5670 Meter lauteten die Angaben für die Gipfel auf der Karte. Mit ihrem dicken Bauch, beladen mit zwölf Tonnen Ausrüstung, konnte die Hercules diese plötzliche Steigung niemals auf so kurzem Weg schaffen. Aber Captain Landau hatte nur auf einer erkalteten Zigarre gekaut, eine Ladung brauner Flüssigkeit ausgespuckt und gesagt: »Machbar. Absolut machbar. Wir werfen das Zeug ja unterwegs ab und steigen wieder hoch wie eine Schwalbe.« Die Crew widersprach nicht, aus Überzeugung oder aus Gewohnheit. Sie alle hatten mit Landau schon so manchen Flug überstanden und folgten ihm blind. Und Robert, der so gerne akzeptiert worden wäre, wagte es nicht, seine Bedenken zu äußern. Was, wenn irgendwas dazwischen kommt? Was, wenn wir die Last nicht loswerden? Er schwieg, denn sie hätten ihn sowieso nur

ausgelacht. Der kleine Puderarsch aus dem Nordosten machte sich in die Hosen. Auf weitere Verhöhnungen wollte er verzichten.
Der Tauchpunkt war erreicht. Die Maschine drehte bei und verlor dann so schnell an Höhe, daß selbst die tapferen Tibeter sich mit großen Augen anblickten, denn niemand hatte sich die Mühe gemacht, ihnen den genauen Verlauf des Fluges zu erklären. Es war, als seien ihnen plötzlich die Stühle unter dem Hintern weggezogen worden.
»Okay, okay!« schrie Robert und fuchtelte sinnlos mit den Händen. »Keine Sorge. Das gehört alles dazu!«
Der Mann, der neben ihm saß, bedachte ihn mit einem dankbaren Blick. »Okay, okay!« wiederholte Robert und wurde an dessen Schultern gedrückt, bis dessen Gesicht dem seinen im Sturzflug so nahe kam, als beuge er sich zu einem Kuß herüber. »Kein Problem, kein Problem«, schrie Robert, mehr, um sich selbst zu beruhigen.
Die Maschine steckte üble Stöße und Hiebe ein, als sie in die Wolken drang, Landau flog blind in einer Gegend, die er nicht kannte und in der sein Flugzeug in jeder Sekunde an einem Felsen oder einer Kuppe zerschellen konnte. Vermutlich stand in der eigens von ihm angefertigten Halterung neben dem Steuerknüppel eine halbleere Flasche Jack Daniels. Robert konnte ihn im Geiste sein Lieblingslied singen hören: »All my exes live in Texas ...«
»Euer Pilot ist ein Irrer! schrie der Tibeter neben ihm, und Robert nickte begeistert.
»Ja! Du hast es erfaßt!«
War es das berauschende Erlebnis dieses irrsinnigen Sturzfluges, war es die Angst vor dem Tod, der irgendwo in den Nebelwolken lauerte, oder einfach das offene, bei aller Angst heitere Gesicht des Fremden? Robert lachte und reichte dem Mann seine Rechte. Der schlug ein, sie klammerten sich aneinander fest, lachten und schüttelten sich die Hände wie zwei alte Freunde, die sich endlich wiedergefunden hatten.
»Laurell!« krähte es in seinem Ohr. Der Kopilot. »Alles bereit für Abwurf. Wir öffnen die hintere Luke. Mach die Paletten fertig. Verdammt! Sie sind da unten!« Die letzten Worte waren nicht für den Lademeister bestimmt. Kaum daß die Maschine die Wolken

durchstoßen hatte, eröffneten die Batterien der Chinesen das Feuer. Kratzen und Schaben am Rumpf der Maschine, das Husten eines Triebwerkes. Die Ladeluke senkte sich. Eiskaltes Regenwasser und Hagelkörner sprühten herein und trafen sein Gesicht wie Nadelstiche.

»Ladung raus!« schrie der Kopilot über das Funkgerät.

Robert, noch immer das inzwischen alarmierte Gesicht seines namenlosen tibetischen Freundes vor sich, schrie zurück: »Aber wenn die Chinesen da unten sind ...!«

»Ladung raus!« bellte der Kopilot. Die Seitentür flog auf. »Ladung und Passagiere raus!«

Die Tibeter, dazu trainiert, sich bei Öffnung der Luke zu erheben und zu springen, standen auf. Rückten ihre Fallschirme zurecht.

»Nein, nein!« brüllte Robert. Wenn sie hier absprangen, direkt über feindlichem Feuer, dann wären sie schon tot, bevor sie überhaupt auf heimatlichem Boden aufträfen. Kinderleichte Zielübungen.

»Wir müssen abbrechen!« schrie er dem Kopiloten zu. »Mission abbrechen! Sie werden alle sterben!«

Der Tibeter versuchte, ihn durch hastige Handbewegungen zu stoppen. »Laß uns springen«, sagten seine Augen. »Wir sind bereit zu sterben.«

»Sie sterben, wir leben«, schrie der Kopilot zurück. »Mach die Paletten los und ...!«

»Halt's Maul, du Weichling!« Captain Landaus Stimme brach in den Funkverkehr wie Blitz und Donnerschlag. Zuerst dachte Robert, er selbst sei gemeint. Aber Landau sprach mit seinem Kopiloten. »Buschiger Schwanz hat recht. Die Mission ist abgebrochen. Wir fliegen zurück.«

Die Luke schloß sich, Robert drückte die tibetischen Kämpfer zurück auf die Bank.

»Werden wir es schaffen?« fragte ernst der Mann, den er vor zwei Minuten noch lachend umarmt hatte.

Robert schüttelte den Kopf. »Zu schwer.«

Er führte das Mikrophon ganz nah zu seinem Mund. »Captain. Wir müssen die Ladung abwerfen!«

Die Antwort kam prompt. Zum ersten Mal sprach Landau mit ihm, wie mit einem vollwertigen Menschen, und es erfüllte Robert bei aller Angst und aller Not mit einem unerklärlichen Stolz.
»Keine Sorge, Buschiger Schwanz. Ich halte die Luke offen und gebe dir Bescheid, wenn es soweit ist.«
Vielleicht hätte die Maschine mit allen vier Motoren den Aufstieg geschafft. Aber der rechte Innenpropeller tuckerte ersterbend vor sich hin. Schwerfällig und langsam durchflog die Hercules das Tal knapp unterhalb der tiefhängenden Wolken auf die schneebedeckten südlichen Hänge zu. Passierte auf gleicher Höhe das Kloster Dreglug auf seiner Bergkuppe, stieß im Steigflug in die Wolken zurück.
»Raus mit dem Plunder!« schrie Captain Landau, und sofort brachte Robert die Paletten in Bewegung, die aus der geöffneten Luke ins Nichts fielen. Es war die Hoffnung der tibetischen Guerilleros. Leichter stieg die Hercules nun, steiler und schneller, aber der Weg war zu kurz. Ein Aufschrei aus dem Cockpit. Eine letzte, waghalsige Aufwärtsbewegung, und der Rumpf setzte auf, kreischend und berstend, nur der spitze Winkel, in dem sie auf die Steigung traf, verhinderte, daß sie sofort zerschellte. Die Hercules schlitterte, den Schnee durchpflügend, wie ein gewaltiger Hobel knirschend den Hang hinauf, drehte sich leicht seitwärts, verlor jedoch an Schubkraft und wurde immer langsamer, und als Robert, stumm und gelähmt in seiner Todesangst, schon zu hoffen begann, daß sie vielleicht alle mit dem Leben davonkommen würden, da donnerte das Flugzeug gegen einen Felsen, zerbrach, zerfiel, die Wände öffneten sich, und die Insassen des Laderaumes wurden herausgeschleudert.
»Lebst du?« Jemand rüttelte an seinem Arm, und der Schmerz durchzuckte ihn wie ein Stromschlag. Tenzin, der Kämpfer, kniete neben ihm im Schnee. Unverletzt bis auf ein paar Blessuren.
»Mein Arm!« jaulte Robert auf, erhob sich frierend und blickte sich um. Schnee und Hagel drückten ihm sofort die Augen zu. Was er sehen konnte, waren die Splitter ihrer enthaupteten Maschine, das Cockpit war verschwunden, zerschlagen unter dem Aufprall, mitsamt der Crew. Sechs der Tibeter waren tot, zwei so schwer

verwundet, daß sie den Abstieg nicht schaffen würden. Humpelnd, frierend und einander stützend entfernten sich die sieben Überlebenden von der Absturzstelle, hinunter ins Tal durch Hagelkörner, die sie wie Kiesel anflogen, durch wattedumpfe Schneewälle. Nach zwei erbärmlichen Stunden, als Robert nicht mehr glaubte, daß er weitergehen konnte, jedes Glied seines Körpers bereits taub und kurz vor dem Absterben, erreichten sie die Schneegrenze. Weiter unten erblickten sie die Paletten mit den Gewehren. Sie waren beim Aufprall zerschellt, die Waffen lagen im Umkreis von mehreren hundert Metern zerstreut. Eine Gruppe von Männern, offenbar aus dem Dorf weiter unten, hatte die Kisten gefunden und war dabei, die Gewehre und die noch unbeschädigten Munitionskisten auf ihre Lastesel zu verladen.

Als die Nacht anbrach und der Sturm abgeflaut und weitergezogen war, hatten sie sich in Decken und provisorischen Zelten soweit ausgeruht und erholt, daß sie den Weg fortsetzen konnten, der bald in die kurvenreiche Zufahrt zum Kloster Dreglug mündete. Es kam ihnen ein Motorrad entgegen, auf dessen Beifahrersitz ein aufgewühlter, wirrer Mensch saß, der, wild mit den Armen fuchtelnd, etwas berichtete, das die Tibeter zutiefst erschreckte. Sie berieten sich kurz und änderten ihre Marschrichtung. Statt hinunter ins Tal folgten sie dem Motorrad den Berg hinauf.

Zum Kloster.

»Was ist passier?« wollte Robert, der Rettung und Wärme in unerreichbare Entfernung schwinden sah, von Tenzin wissen. »Gehen wir nicht weiter zum Dorf?«

»Gut, daß wir die Waffen haben«, sagte Tenzin nur.

33. Kapitel

Kambala-Paß, Tibet

Prof. Li hatte den museumsreifen Shanghai unterschätzt. Würgend und hustend brachte sie der Oldtimer bis fast an den fünftausend Meter hohen Paß, doch dort brach er erschöpft zusammen, weißer Qualm drang durch die zahlreichen Ritzen der Motorhaube hinaus, das Rattern des Getriebes verhieß nichts Gutes.

»Wir müssen zu Fuß weiter«, bestimmte Li.

»Das ist Wahnsinn! Sehen Sie die Wolken da?« schrie die tibetische Frau und fuchtelte mit ihrer Pistole im beißenden Gipfelwind herum. Weder Artie noch Catherine verstanden, was sie sagte. Aber die Wolken sahen sie auch.

»Die ziehen über den See nach Süden ab!« schrie Li zurück. Er wußte, daß das nicht stimmte, aber sie konnten jetzt nicht umkehren. Wenn sie das Dorf zu spät erreichten, war alles verloren. Nach fünfzehn Minuten Fußmarsch erreichten sie die Paßhöhe. Vom Wind zerrissene, verblaßte Gebetsfahnen wehten über Türmen und Steinpyramiden, die Reisende hier aufgeschichtet hatten, um die bösen Berggeister zu besänftigen und um eine sichere Reise zu bitten. Unten im Tal erstrahlte im dunkelsten Blau der Yamdrok-See. In seinen Wassern spiegelten sich drohend die Wolken, die sich über den fernen Gipfeln zusammengeballt hatten wie eine Armee, die auf den Angriffsbefehl wartet.

Das Unwetter erreichte sie, eine halbe Stunde nachdem sie den Paß hinter sich gelassen hatten, auf dem Abstieg in das Tal. Innerhalb von wenigen Minuten zogen die bleifarbenen Wolkenmassen über die Gipfelkette, und die Temperatur stürzte ab, als habe jemand die Pforten zu einer eisigen Hölle aufgestoßen. Schneeflocken tanzten zuerst nur vereinzelt, dann vermehrt und

vom beißenden Wind zu waagerechten Keilen geformt, in die schutzlose Haut ihrer bloßen Gesichter.
»Zurück zum Auto!« schrie Artie so laut er konnte gegen den Sturm an, der seine Worte verschluckte. Er fuchtelte mit den Armen, deutete in Richtung der Paßhöhe.
»Das ist zu gefährlich. Wir würden den Weg nicht mehr finden und uns verlaufen! Wir müssen hier irgendwo Schutz suchen!« Prof. Li, die Hände zu einem Trichter vor seinem Mund geformt, brüllte ihm direkt ins Ohr, doch Artie verstand nur die letzten beiden Worte.
Das Tal, dessen grüne Felder und vereinzelte Häuser eben noch so greifbar nah erschienen, war verschwunden. Verschwunden auch der tiefblaue, strahlende Himmel. Um sie herum war nichts weiter als wildes Tosen, ein Strudel aus reißenden Böen und grimmiger Kälte. »Unsere Klamotten sind nicht dick genug!« dachte Artie in Panik. »Wir erfrieren!« Verdammt! Wieso hatte er sich die beschissene polargetestete North-Face-Daunenjacke für 900 Dollar eigentlich gekauft, wenn sie jetzt, wo sie sein Leben retten konnte, im Schrank eines verdammten Hotelzimmers in Lhasa hing? Sie würden durch Frostbrand ihre Ohren und Nasen verlieren, ihre Finger und auch ein paar Zehen.
Und sie könnten vielmehr von Glück sprechen, wenn es nur dabei bliebe!
Catherine hielt schützend die Hände über ihre schmerzenden Ohren und blickte sich um. Die beiden Männer, die nur zwei Schritte von ihr entfernt standen, waren nur als Umrisse wahrzunehmen. Von der fremden Frau war keine Spur zu sehen.
Sie war allein.
Sie wußte, wer diesen Sturm geschickt hatte. Als erwarte sie, daß seine schemenhafte Haßgestalt jeden Moment aus dem brausenden Nebel heranpreschen würde, hielt sic starr vor Entsetzen Ausschau nach Kamdhar Gyor, der, daran zweifelte sie nicht, jetzt zuschlagen würde, um ihren und Arties Kopf in seinen Besitz zu bringen. Als die Hand nach ihr griff, schrie sie laut auf, ihr spitzer Schrei aber versank im Getöse.
Die Frau, die unheimliche Tibeterin, zerrte an ihrem Arm, zog sie

hinter sich her. Catherine widerstand. Vielleicht war sie von Gyor geschickt, um sie ins Verderben zu lotsen. Aber die Frau hielt ihre Hand so fest, daß sie keine Wahl hatte. Stolpernd über lose Gesteinsbrocken erreichten sie einen Felsvorsprung, der wie eine Schanze ins Nichts ragte und der breit genug war, daß sie sich nebeneinander hinkauern konnten. Artie und Prof. Li hockten bereits da, zusammengeduckt wie bei einem Bombenangriff. Die Gewalt des Unwetters war hier unten etwas gedämpft, aber noch immer pfiff der eisige Wind, der direkt auf ihre Knochen zu blasen schien.

»Wir müssen durchhalten. Alles ist in einer Stunde vorbei!« brüllte Prof. Li.

»Bis dahin bin ich erfroren! Mir ist kalt!« schrie Artie zurück. »Verdammt kalt!«

»Konzentrieren Sie Ihre Atmung genau hier!« schrie Prof. Li und deutete auf seinen Bauch.

»Was?«

»Tun Sie, was ich sage, und stellen Sie keine Fragen! Bündeln Sie Ihre Atmung!«

»Was soll das denn heißen?« jammerte Artie und suchte in Catherines Gesicht vergebens nach Spuren seiner eigenen Verwirrung. Sie hielt ihren Blick auf Prof. Lis Bauch gerichtet.

»Atmen Sie langsam ein, und behalten Sie die Energie drinnen! Sie müssen Ihr *chakra* genau hier einsetzen.« Sein Zeigefinger bohrte sich ungeduldig in Arties Weichteile. Der Wind preßte ihm Tränen ab, die seine Wimpern mit kleinen Eiszapfen verklebten. »Denken Sie an die Silben *ram* und *ham* und sonst an nichts! Nur an diese Silben: *ram* und *ham*!«

»Ich kann das nicht!« protestierte er weinend, und seine Tränen gefroren sofort. »Ich weiß nicht einmal, wovon Sie reden! Was ist ein Chakra? Ich habe kein Chakra!«

»Sie haben eines!« kreischte der Professor zurück. »Jeder hat eines. Bringen Sie es hierhin!«

Artie schloß die Augen, überzeugt, daß er sie nie wieder öffnen würde. Er dachte an *ram* und *ham*, obwohl er keinen Sinn in diesen Silben sehen konnte. Die Eiszapfen versiegelten sofort seine

Lider; sogar in seiner Nase, die die eiskalte Luft einsog, bildeten sich Kristalle.

»Im Nabel«, dachte er. »Er hat auf den Nabel gedeutet. Ich muß alles, was ich habe, irgendwie im Nabel zusammenbringen! *Ram* und *ham, ram* und *ham.*«

Die Anstrengung drohte ihm den Schädel zu sprengen. Er stellte sich vor, wie das aussehen mochte, sein Gehirn verteilt auf dem groben Felsen über einem tibetischen Tal, er wischte wütend die Vorstellung beiseite. Konzentration! feuerte er sich selbst an. Jeder andere Gedanke wurde vertrieben, ausgeschaltet, zerdrückt, bis nichts anderes mehr in seinem Kopf war als der Wille jedes einzelnen Denk- und Fühlimpulses, hinunter in den Nabel zu fahren. In den Nabel!

Ram und *ham.*

Plötzlich spürte er die Eisklümpchen an seinen Lidern zerrinnen, spürte vom Nabel aus eine Wärme in seinen Körper steigen. Wellen der Wärme fluteten durch seine Glieder, prickelnd bis hinab in die Fußspitzen, kletterten bis hinauf in die Haarwurzeln. Fahl zuerst, als milchweißer Umriß in der dünner werdenden Schneewand, dann golden und stark hinter den abziehenden Schwaden kam die Sonne zurück, der blaue Himmel, die Gipfel und das Tal. Die Sturmwolken waren mit einem Mal verschwunden, als hätte es sie nie gegeben. Als Artie seine Augen wieder öffnete, war er schweißgebadet und verspürte den Drang, sich seiner erstickenden, warmen Kleider zu entledigen. Er blinzelte Catherine an, der ebenfalls die Schweißperlen auf der Stirn standen.

»Die Tibeter nennen es *tumo*«, erklärte Prof. Li. »Es ist eine besondere Art der Meditation aus dem indischen Yoga, mit der man die Körpertemperatur erhöhen kann. Ich bin froh, daß Sie es so schnell verstanden haben. Jetzt kommen Sie. Wir müssen weiter. Wir sollten das Tal vor Sonnenuntergang erreicht haben.«

Als sie aus der Felsschanze hervortauchten, schwor sich Artie, daß, falls er jemals wieder heil in LA ankommen würde, er dieses Tumo und dieses Chakra – was immer das auch war – gründlich studieren würde. Hatte überhaupt schon mal jemand darüber nachgedacht, welche Möglichkeiten sich da boten? Wer wollte noch überhaupt Heizkosten bestreiten, wenn er das alles wunderbar mit seinem eigenen Nabel regeln konnte? Tumo und Chakra, *ram* und *ham* – es war die Antwort auf die Ölknappheit und die Energiekrise und ein Dutzend anderer Fragen, die die Menschen in den kalten Regionen dieser Welt beschäftigten. Tumo und Chakra. *Ram* und *ham*. Er begann, Tibet zu mögen. Und er begann, die geheimnisvolle Frau zu mögen. Sie imponierte ihm durch ihre stoische Schweigsamkeit und durch die Tatsache, daß sie eine Pistole bei sich führte. Und durch die Tatsache, daß sie verdammt attraktiv aussah. Hätte man Typen wie sie in den Besetzungsbüros von Hollywood angetroffen, wäre Rambo gewiß nicht als Mann konzipiert worden, hätte Sigourney Weaver niemals die Rolle der Ripley in »Alien« bekommen, und Demi Moore hätte keine Chance gehabt, sich als GI Jane lächerlich zu machen. Diese Frau hier war für alle Fälle die Idealbesetzung.

Sie ging vor ihm, und er beschleunigte seine Schritte, bis er Schritt mit ihr hielt.

»Danke übrigens, daß Sie mich da herausgeholt haben. Ich heiße Arthur. Artie für meine Freunde. Gehören Sie zu Prof. Li?«

»Ich denke ja, aber er weiß es noch nicht.«

Länger konnte Artie nicht mit ihr mithalten, und er fiel zurück, noch hinter Catherine und Prof. Li, und wünschte, es gäbe irgend etwas, mit dem er diese Tibeterin beeindrucken konnte. Es wollte ihm nichts einfallen.

Sie erreichten im letzten Tageslicht den Lauf eines gurgelnden Baches. Ein Nomade, dessen Yakherde in der Ferne graste, kam neugierig auf seinem Pony angeritten und berichtete, daß die Siedlung, die sie suchten, noch einen halben Tagesmarsch entfernt sei. Sie beschlossen, die Nacht hier im Freien zu verbringen. Nachdem sie sich etwas getrocketen Yakdung als Brennstoff zusammengesucht hatten, erschien wieder der Nomade und brachte ihnen Decken, die nach Pferdeschweiß stanken, Tsampa-Gerstenpampe und einen braunen Klumpen Fleisch, den Prof. Li über der Flamme des Lagerfeuers briet.

»Schafslunge«, sagte er, während er mit seinem Messer gegarte Stücke aus dem Braten schnitt.
»Schafslunge«, wiederholte Artie ohne Begeisterung und fischte in seiner Jacke nach den Resten eines Power-Riegels. »Ich bin schon satt.« Er wünschte, er hätte noch einen Riegel in der Tasche, den er dieser Frau, Dawa, anbieten konnte. Auch sie verschmähte das Essen, saß mit angezogenen Beinen da und starrte in das Feuer.
Unerreichbar.
Es war, als knipse ein raffinierter Beleuchter nach und nach die Lampen einer immensen Lichterkette über ihnen an. Der Mond war nur eine dünne, gelbliche Sichel, aber ringsherum erblühten die Sterne wie Rosen. Als die Flammen ihres Lagerfeuers niedriger und niedriger wurden, war im schwarzen Nachthimmel ein funkelnder Diamantenteppich erschienen, so erhaben und grenzenlos, daß ihn das bloße Auge nicht mehr zu erfassen vermochte. Sternschnuppen jagten einander, verglommen, noch bevor man einen Wunsch auch nur ausdrücken konnte. Und schon jagte die nächste vorüber. Es glitzerten und pulsierten die fernen Galaxien. Zum ersten Mal verstand Artie, der sprachlos auf dem Rücken lag und emporblickte, warum die Milchstraße so hieß. Es war tatsächlich wie eine Straße aus Licht, die im Nichts des Universums entstand und ins Nichts führte.
»Shambala«, sagte Prof. Li. »So habe ich es mir immer vorgestellt. Nirgendwo ist man Shambala so nahe wie hier.«
»Shambala?« wiederholte Artie befremdet und richtete sich auf. Es gab in seiner Nachbarschaft in West Hollywood einen Laden für Schoßtierchen, der so hieß. Da gab es reinrassige Kläffer und nahrhafte Hundekuchen zu kaufen und wurden Dauerwellen für Katzen und Pediküre für Schnauzer angeboten.
»Es gibt eine alte Legende vom Land Shambala«, erklärte Prof. Li. »Es ist mehr eine Prophezeiung, ähnlich dem, was die Christen Armageddon nennen. Das letzte Gefecht zwischen Gut und Böse. Die sagenhafte, heilige Stadt Shambala wird der letzte Ort sein, den das Böse noch nicht erobern konnte. Wenn es die Mauern dieser Stadt erreicht, dann wird der Gottkönig seine himmlischen

Heere rufen, und sie werden ausziehen, um das Böse zu vernichten.«
»Das ist ...«, Artie räusperte sich heftig. »Das ist so wie im letzten Teil der Star-War-Trilogie, richtig? Ich meine, kann man sich das so vorstellen? Die Rückkehr der Jedi-Ritter?«
Catherine wandte ihm ihr Gesicht zu und zog mißbilligend die Augenbrauen zusammen.
Prof. Li, der seine Frage nicht verstand, fuhr unbeirrt fort.
»Zuletzt wird Maitreya, der Buddha der Zukunft, auf die Erde hinabsteigen und sein Reich der ewigen Liebe errichten.«
»Wann soll das geschehen?« fragte Catherine.
»Es ist vorausgesagt für einen Zeitpunkt in der fernen Zukunft, in dreihundert Jahren, manche sagen in dreißigtausend Jahren. Wenn es auf der ganzen Welt keine Ehrlichkeit, keine Liebe und keinen Frieden mehr gibt.«
»Hört sich an, als könnte das nicht mehr lange dauern.«
»Ich glaube, es wird noch lange dauern.« Prof. Li starrte in die Glut des Feuers. »Ich dachte schon vor mehr als dreißig Jahren, daß es bald soweit sein müßte. Das dachten und hofften übrigens viele. Als die Kulturrevolution über China und auch über Tibet kam. Aber offensichtlich ist das, was noch kommen soll, schlimmer noch als das, was damals war. Obwohl ich mir nichts Schlimmeres vorstellen kann. Schlafen Sie jetzt. Morgen wird sicherlich ein anstrengender Tag.«
Artie aber lag noch lange wach, blickte in den Sternenhimmel und dachte an Paul. Er wünschte, auch Paul könnte jetzt diesen Himmel sehen, denn all seine Worte würden nicht ausreichen, seinem einzigen Freund diese Schönheit und Gewaltigkeit zu beschreiben. »Aber«, dachte er, als der Schlaf nach ihm griff, »vielleicht hat Paul diesen Himmel ja sowieso schon immer vor sich gesehen und ist deshalb zu dem geworden, was er ist.« Ein verdammter buddhistischer Trottel.
Bevor er einschlief, wollte er noch einen letzten Blick auf die Tibeterin werfen, sehen, wie sie im Schlaf aussah, aber ihr Lager war leer.
Dawa stand abseits des Lagers, starrte hinauf in die Sternenpracht

und dachte darüber nach, wie sie dem Professor beibringen konnte, daß sie seine Schwiegertochter war.
Sie hatten in aller Heimlichkeit geheiratet, Xiao Zhi und sie, nur zwei Tage bevor sie zur Witwe wurde. Dawa betrieb ein kleines Fotolabor an der Mittleren Peking-Straße, zweihundert Meter von der Stelle entfernt, wo in jener Nacht ihre Ziehmutter starb, und direkt unterhalb des Potala-Palastes, wo ihr Mann gestorben war. Xiang-bala – Shambala – hieß der Laden, der nicht viel mehr war als eine Tür zur Straße, eine schmale Verkaufstheke mit Filmen und Kamerabattieren. Dahinter ein gebrauchtes und auf Kredit gekauftes japanisches Entwicklungsgerät Marke Noritsu, das an mehreren Stellen undicht war und aus dem ätzende Lösungen auf den Fußboden rannen. Xiao Zhi war eines Tages in ihrem Laden erschienen wie ein rettender Engel, gerade als zwei chinesische Soldaten, Jünglinge noch, begannen unangenehm zu werden. Sie hatten einen Film gekauft und beschuldigten Dawa, ihnen zuwenig Wechselgeld herausgegeben zu haben. Xiao Zhi trat hinter ihnen ins Geschäft, just als sie schimpfend und lästernd dazu übergehen wollten, die Theke auseinanderzunehmen. Xiao Zhi war kein Riese, er war auch kein gewalttätiger Mensch, sondern eher sanftmütig. Seine Bewegungen waren elegant und tänzerisch. Kein ernstzunehmender Gegner für zwei wütende, Kung-Fu-geschulte Elitesoldaten. Aber er hatte sie dennoch bezwungen. Ganz schnell und so, wie er jede Schwierigkeit im Leben bezwang: mit einer kleinen Bewegung seines Zeigefingers. Er machte ganz einfach ein Foto von ihnen. Und als er mit eisigem Lächeln die Kamera sinken ließ, fragte er die beiden Rowdies mit ruhiger Stimme: »Nun, Soldaten? Soll dieses Foto morgen bei eurem Kommandeur auf dem Tisch liegen? Zwei Vertreter der Volksbefreiungsarmee machen sich Freunde unter den Einheimischen? Oder zieht ihr es vielleicht doch vor, schnell zu verschwinden?«
Sie verschwanden. Schnell und unter Entschuldigungen und ohne den Film, für den sie bezahlt hatten, auch nur mitzunehmen.
»Danke«, sagte Dawa nur. Auch ihr unbekannter Retter war offensichtlich Chinese, und sie mochte nun mal keine Chinesen.

Es war nicht Liebe auf den ersten Blick. Er kaufte eine Batterie für seine Kamera, und als sie das Geld in die Kasse zählte, stutzte sie: »Ach du liebe Zeit. Die Kerle hatten ja recht. Ich habe ihnen tatsächlich zuwenig rausgegeben.«
»Ja und?« sagte der Fotograf. »Ich hatte ja auch keine Batterie mehr in meiner Kamera.«
Sie lachten. Laut und herzlich, wie sie beide schon lange nicht mehr gelacht hatten. So fanden sie sich. So tauschten sie vom ersten Moment an ihre Geheimnisse aus. So vertrauten sie einander wie sich selbst. Sie gehörten zusammen, der Chinese, der Beweise für Chinas Verbrechen sammelte, und die Tibeterin, die, sobald sie ihren Laden geschlossen hatte, geheime Treffen im Untergrund besuchte, die umstürzlerische Flugblätter und Wandzeitungen schrieb und die sogar einmal einen kleinen Sprengsatz hatte hochgehen lassen. Der hatte aber keinen Schaden angerichtet, weil sie nicht wollte, daß jemand verletzt wurde. Und als die Träume begannen, die bedrohlichen, schrillen Träume, da glaubte er ihren unglaublichen Erzählungen und half ihr, die Informationen darüber denen zu überbringen, für die sie wichtig waren. Und er half ihr schließlich auch, das Schwarze Thangka zu holen, dessen Versteck nur sie und der Mann kannten, der es vor vielen Jahren in einem Elefantenstoßzahn am Grabmal des fünften Dalai Lama versteckt hatte.
Xiao Zhi, ihr Mann, ließ dabei sein Leben, und sie hatte ihn noch nicht einmal beerdigen können.
Die beiden Amerikaner schliefen längst, und auch ihr Schwiegervater, den sie nur aus Xiao Zhis Berichten kannte, schnarchte friedlich neben dem verglimmenden Feuer, als sie zurück zum Lager kam. Xiao Zhi hatte immer mit großem Respekt und mit liebevollem Spott von seinem Vater gesprochen, und sie hatte sich sehr darauf gefreut, ihn kennenzulernen.
»Wenn das alles vorbei ist«, hatten sie und Xiao Zhi immer gesagt. Und ja, jetzt war alles vorbei.

Als der taufeuchte Morgen kam, erwachte Artie übelgelaunt wie selten zuvor. Er sehnte sich so sehr nach einem Double Latte, einem Apfel-Zimt-Riegel und der Entertainment-Seite der Morgenzeitung. Lustlos kaute er auf dem trockenen Tsampa, gereizt wies er Prof. Li ab, der ihm den Rest der widerlichen Schafslunge zum Frühstück anbot, genervt hörte er Catherine zu, die berichtete, daß ihr komisches Hirschhornmesser wieder begonnen hatte zu glimmen.

»Ich weiß gar nicht, was ich hier soll«, platzte es schließlich aus ihm heraus. Die konsternierten Blicke Catherines und Prof. Lis erregten seinen Zorn nur noch mehr. »Sie hat wenigstens ihr glühendes Mistmesser da. Die andere hat eine Pistole. Ich bin absolut auf der falschen Party hier. Ich friere mich beinahe zu Tode, ich bekomme über Yakscheiße gebratene Schafslunge zum Abendessen und kalte Scheiß-Schafslunge zum Frühstück, und Paul sitzt immer noch im Knast. Wieso konntet ihr mich so leicht aus dem Knast rausholen und nicht ihn?«

»Wovon redest du eigentlich?« fragte Catherine schnippisch. Schadenfroh stellte Artie fest, daß sie auch nicht mehr so toll aussah, wenn ihr Haar nicht gewaschen war und sie in ihren Klamotten auf dem Boden übernachtet hatte.

»Ich rede von Kirin-Bier und Disney, davon rede ich. Ich rede davon, daß ich hier in der verflixten Wildnis herumliege, während Paul McGregor im Loch sitzt. Ich habe hier nichts zu tun. Ich muß das nächste, verdammte Konsulat anrufen und Paul in Sicherheit bringen. Davon rede ich. Aber das werdet ihr beiden hier nie kapieren. Ist euch eigentlich klar, wie unsinnig das ist? Wir frieren uns um ein Haar zu Tode, wir latschen quer durch die verdammte Pampa, um ein verdammtes Dorf zu finden, dessen Namen ich nie gehört habe. Wie konnte ich eigentlich ein solcher Idiot sein und mit euch gehen? Ich muß den Verstand verloren haben!« Er erhob sich und schleuderte die mehr denn je nach Pferdeschweiß und Yakdung stinkende Decke zu Boden.

»Artie!« beschwor in Catherine. »Es sind dein Kopf und mein Kopf!«

»Scheiß drauf!« kreischte er und schritt davon. Irgendwohin, den

grasenden Yaks entgegen, die überall herumstanden und aussahen wie schwarze Flokatis, die jemand zum Trocknen aufgehängt hatte.
Catherine sprang auf und wollte ihm nachsetzen, aber Prof. Li hielt sie zurück.
»Er wird wiederkommen«, sagte er.
»Wie können Sie das denn wissen? Der Junge ist übergeschnappt. Aber leider brauche ich ihn!«
»Er wird wiederkommen«, wiederholte Prof. Li gleichmütig. »Es gibt in dieser Sache keinen Zufall.«
Sie blickten ihm nach, wie er sich entlang des Bachlaufes entfernte, seine Körperhaltung grollend und entschlossen. Und dann sahen sie ihn beide Arme in die Höhe reißen, hörten ihn einen bösen Fluch ausstoßen und sahen ihn zu Boden fallen. Er war wohl über eine Unebenheit im Boden gestolpert, über einen herumliegenden Ast oder einen Stein. Immer noch fluchend rappelte er sich auf, bückte sich und hielt inne. Nahm etwas vom Boden auf und kam zu ihnen zurück. Langsam und zögernd wie ein Mann unter Schock.
Sie erwarteten ihn neben dem neu entfachten Feuer. Sein Gesicht war weiß und der Ausdruck ratlos. Was er in seiner Hand hielt, ließ Catherine und Prof. Li den Atem stocken.
»Es steckte da in der Erde«, sagte Artie. »Ich bin darüber gestolpert. Verdammt. Was hat das zu bedeuten?«
»Es gibt keinen Zufall«, sagte Prof. Li kopfschüttelnd.
Artie hielt in seiner zittrigen Hand ein schwarz angelaufenes, längliches Stück Holz. Jedoch war es kein Holz. Es war ein Phurba, geschnitzt aus Hirschhorn, genau wie der, den Catherine besaß. Nur war in seinen Griff kein Katzenkopf, sondern ein Yakkopf geschnitzt.
Artie schluckte schwer und rang sich mühevoll ein Grinsen ab.
»Das Ding«, sagte er, »ist ganz warm.«
»Wir müssen aufbrechen«, sagte Prof. Li mit einem Schaudern. »Junge Frau, ich weiß nicht, wie Sie heißen«, wandte er sich an die Tibeterin. Sie saß wie am Vorabend mit angezogenen Beinen neben dem Feuer und blickte nicht zu ihm auf, während er sprach.

»Aber ich bin Ihnen sehr dankbar für Ihre Hilfe. Ich muß Sie wiedersehen, wenn wir das hier lebend hinter uns bringen. Denn Sie wissen, was mit meinem Sohn geschah. Wo werde ich Sie finden?«

»An Ihrer Seite. Ich gehe mit.«

»Nein, nein. Sie verstehen nicht ...«

»Ich verstehe sehr gut. Sie wollen Kamdhar Gyor aufhalten, und das will ich auch.«

»Sie wissen nicht, worauf Sie sich einlassen«, protestierte Li.

»Oh, doch! Ich weiß es, seit ich die Träume habe.« Artie und Catherine wichen vor ihrem Blick zurück. »Ich habe euch zwei gesehen in meinem Traum. Er trug eure Köpfe.«

»Deinen etwa auch?« schluckte Artie.

»Nein. Aber Kamdhar Gyors Kopf war der Kopf meines Bruders.«

34. Kapitel

Kloster Dreglug, August 1966

Wie oft habe ich dich ermahnt, nicht mit den Hunden zu spielen«, tadelte Gampo den unfolgsamen Jungen. »Wenn sie dich beißen, ist es zu spät!«

»Aber der Geshe sagt, es sind unsere Brüder, die in den Hunden weiterleben. Also müssen wir doch gut zu ihnen sein!« Aus Nyima würde niemals ein guter Mönch werden und schon gar kein Abt, wie sich sein Vater das wünschte, dachte Gampo. Der Junge war verdorben. Das wilde Leben draußen bei den Nomaden hatte ihn aufsässig gemacht. Ihm fehlte die Disziplin und vor allem die Demut. Zu spät, erst als er ein halbes Jahr zuvor das Land verlassen hatte, um von den Amerikanern die Kriegskunst zu erlernen, war es dem Krieger Tenzin Gyatso eingefallen, seine beiden Kinder in die Obhut des Klosters Dreglug zu geben. Gampo war es zugefallen, sie zu beaufsichtigen und zu unterweisen. Aber er hatte aufgegeben, denn für das Mönchsleben waren sie so untauglich wie wilde Yaks für den Ackerbau.

Der Junge Nyima hatte zwar keine Spur von Ehrfurcht im Leib, aber er besaß wenigstens ein untrügliches Feingefühl für Menschen. Als er sah, wie traurig seine vorlaute Antwort den Mönch stimmte, versuchte er gleich, es wiedergutzumachen.

»Sieh mal, Gampo: Ich bin ganz sicher, daß mir die Hunde nichts tun werden. Ich liebe sie, und sie spüren das.«

Dutzende von Kötern schlichen durch die engen Treppengassen von Dreglug, lagen hechelnd in der Sonne und sammelten sich um die Essenszeit bettelnd vor der Küche. Den Mönchen verbot ihr Glauben, die Hunde zu verjagen. Denn es mochten, so jedenfalls war die allgemeine Überzeugung, die Seelen ehemaliger Klosterbrüder sein, die zur Strafe für lästerliche Gedanken und schlechte

Führung in dieser Form wieder nach Dreglug zurückgekommen waren. Nur wenn die Köter allzu frech wurden und zubeißen wollten, dann verlor schon mal der eine oder andere Bruder, wenn er sich unbeobachtet fühlte, die Geduld und trat sie oder warf einen Stein nach ihnen. Aber niemals, ohne sofort danach ein Gebet anzustimmen. Denn wer konnte wissen, ob er für seine Tat nicht selbst eines Tages als Hund auf diese Welt wiederkehren würde.
»Mach dir keine Sorgen, Gampo.« Nyimas vorlaute Zwillingsschwester Dawa kam kichernd die steile Treppe herunter. »Nyima kann sehr gut mit den Hunden umgehen. Das liegt daran, daß sie ihn für einen der Ihren halten.«
»Sei doch still, du Butterhexe!« fuhr ihr Zwillingsbruder sie an.
»Yakschwanz!«
»Kinder! Kinder!« Gampo schüttelte verdrießlich den Kopf. »Ich verbiete euch, in diesem Ton miteinander zu sprechen.«
Sie senkten vor ihm die Köpfe, spielten die Reumütigen. Aber Gampo wußte, daß diese Verstellung zu Ende sein würde, sobald er sich umdrehen würde. An einem anderen Tag hätte er zumindest den – wenn auch aussichtslosen – Versuch unternommen, sie durch strenge Predigten und Strafarbeiten, vielleicht sogar eine Tracht Prügel, zu bessern. Aber heute war nicht der Tag für klösterliche Erziehung. Und wenn das stimmte, was berichtet wurde, dann waren die Tage der klösterlichen Erziehung ohnehin für immer vorbei.
»Ihr seid unverbesserlich«, schimpfte der Mönch. »Ihr habt es nicht verdient, daß euch eine Freude bereitet wird. Aber dennoch muß ich es tun. Euer Vater ist zurück, und er möchte euch sehen!«
»Vater!« riefen die beiden wie aus einem Munde. »Wo ist er?«
Zerknirscht nahm er sie bei den Händen und geleitete sie in das etwas abseits stehende Haus, in dem die Gäste des Klosters untergebracht waren.

Die Roten Garden mußten die ganze Nacht durchmarschiert sein, denn sie erreichten das Dorf am Fuße des Klosterberges am frühen Vormittag. Es waren mehr als fünfhundert, den wütenden Klang ihrer Stimmen hörte man den Berg hinauf.

Robert erwachte davon. Er hatte eine unbequeme, fast schlaflose Nacht auf einem viel zu kurzen, viel zu harten Bett in einer kühlen Mönchsklause verbracht. Außerdem verfolgten ihn die schrecklichen Szenen der abstürzenden Hercules. Die Kräutermittel des Heilkundlers, der ihn nach der Ankunft mitten in der Nacht notdürftig verarztet hatte, verloren ihre Wirkung. Sein verletzter Arm schmerzte bei der kleinsten Bewegung, als steche jemand wiederholt ein Messer in seinen Ellbogen und drehe es genüßlich zwischen Muskeln und Sehnen herum.
Gebückt vor Schmerz trat Robert aus dem dunklen Raum in einen strahlenden Sonnenmorgen und ging durch den Innenhof zum Sitz des Abtes, wo sich eine Schar von hundert aufgeregten Mönchen zusammengefunden hatte. Von der Pforte her dröhnte das wüste Gebrüll der Vorhut der Angreifer, die das Tor verschlossen fanden.
Im Mittelpunkt des Getümmels konnte der Amerikaner den Rebellen namens Tenzin, die anderen Überlebenden des Absturzes und den aufgeregten Mann erkennen, den sie gestern auf dem Motorrad gesehen hatten. Er hatte gestern abend noch mit ihm gesprochen. Es war ein Wissenschaftler aus Peking, der von einem bevorstehenden Angriff sogenannter Roter Garden auf das Kloster berichtete. Robert konnte mit diesem Begriff nicht viel anfangen, schloß aber aus der Anspannung und Aufregung, die überall herrschte, daß es eine besonders rabiate Truppe Chinesen sein mußte. Nicht wenig überrascht war er, als er später hörte, daß es nur Studenten und Schüler waren, vor denen sich alle so maßlos fürchteten. Die Rebellen hatten die Kisten mit den Gewehren in den Hof geschleift und geöffnet. Sie händigten den Mönchen die Waffen aus, erklärten ihnen in knappen Worten deren Handhabung. Einer der Mönche, ausgerüstet mit einem nagelneuen AR-15-Schnellfeuergewehr, das seine ganze Aufmerksamkeit beanspruchte, bemerkte den Amerikaner erst im letzten Moment und wäre beinahe in ihn hineingelaufen.
Er hob den Kopf und lächelte schüchtern, streckte, nach tibetischem Brauch, ehrerbietig seine Zunge zwischen die Zähne, das Gewehr fest in beiden Händen haltend. Robert war noch nicht

sehr lange Soldat, aber er wußte, daß wer mit einem solchen Lächeln in die Schlacht zog, schon verloren war.
»Da sind sie!« Dr. Li hatte ihn entdeckt und bahnte sich seinen Weg durch die wartenden Mönche.
»Wieso gehen Sie nicht raus und reden mit denen?« fragte Robert, den das Lächeln des Mönches nicht losließ. »Vielleicht hören die Roten Garden auf Sie! Sie sind doch immerhin ihr Lehrer!«
Li schnaubte gereizt. »Wissen Sie überhaupt, was in China vorgeht? In Peking haben diese Studenten ihre Professoren mit roter Farbe oder sogar mit Scheiße übergossen, ihnen die Haare geschoren und sie halb zu Tode geprügelt. Was meinen Sie, sollte ich denen wohl erzählen?«
Das wüste Geschrei vor dem Tor war zu einem einzigen Sprechchor geronnen.
»Was brüllen die?«
»›Tötet die Mönche. Tötet die Mönche‹ – das brüllen sie! Was meinen Sie, sollte ich denen wohl erzählen?« wiederholte Dr. Li, den Tränen der Verzweiflung nahe.
Tenzin Gyatso, die Guerilleros und Robert, die weit und breit die einzigen waren, die sich mit dem Gebrauch der Waffen auskannten, versammelten Dutzende Mönche um sich und zeigten ihnen den Umgang mit Gewehren und Handgranaten.
»Ich dachte, Töten sei ihnen als Buddhisten verboten«, wunderte sich Robert.
»Nicht direkt«, erklärte Tenzin. »Aber ein Mord bringt so viel schlechtes Karma über den Täter, daß er schon im eigenen Interesse nicht tötet. Die sich für den Waffeneinsatz gemeldet haben, bringen ein enormes Opfer. Hörst du das?« Robert lauschte und vernahm außer den haßerfüllten Sprechchören der Belagerer das Gemurmel, das aus den Gebetshallen erklang. »Ihre Brüder beten für sie. Wir hoffen, daß die Gebete ihnen Schutz und Vergebung gewähren und daß sie nicht zur Strafe als niedere Wesen wiedergeboren werden.«
»Trotzdem ...«, zweifelte der Amerikaner. »Ich kann mir nicht vorstellen, daß man mit einem Bataillon von Mönchen gegen diese

Bande von Verbrechern da draußen gewinnen kann. Mit deinen Leuten, ja. Aber nicht mit diesen Jungs hier.«

»Auch ich war einmal ein Mönch. Und die meisten meiner Kämpfer waren Mönche.«

Robert hob erstaunt die Augenbrauen. »Und wer betet für euch?« fragte er.

»Niemand.«

»Wer ist das, Vater?« Zwei Kindermönche hatten sich zu Tenzin durchgeboxt und sahen den Amerikaner mit großen Augen an. Sie hatten noch nie einen Menschen von so absonderlicher Hautfarbe und mit einer derart langen Nase gesehen. Das kleine Mädchen wandte sich kichernd ab.

»Meine Kinder«, erklärte Tenzin mit entschuldigendem Lächeln. »Ich wollte, daß sie das Klosterleben kennenlernen, und hatte gehofft, daß sie sich vielleicht dafür eignen. Aber Gampo sagt, aus ihnen würden niemals Mönche werden. Los, verschwindet.« Er vertrieb die Kleinen mit einem Händeklatschen.

Zwar hielten die Tore des Klosters dem Ansturm stand, aber am Nachmittag machten die Späher auf den Dächern eine besorgniserregende Meldung. Die Roten Garden hatten schwere Waffen aus der Garnison von Lhasa herbeigeschafft und waren dabei, sie an den Hängen im Südosten des Klosters aufzustellen. Zwar wollte niemand glauben, daß sie wirklich so weit gehen würden, eine der bedeutendsten Stätten in Tibet mit Artillerie zu beschießen. Schließlich befand man sich nicht im Kriege.

»Sie wollen uns nur einschüchtern. Aber wir müssen dennoch bereit sein«, bestimmte der Abt. Die Wachen wurden verstärkt und ein alter Fluchtgang, der aus dem Kloster durch den dahinterliegenden Berg in das benachbarte, das Fruchtbare Tal führte, freigelegt.

»Dieser Gang wurde schon seit Menschengedenken nicht mehr benutzt«, sagte der Abt. »Seit Hunderten von Jahren wurden unsere Klöster nicht angegriffen oder belagert. Wir haben Liebe und Mitleid für alle Kreaturen. Warum müssen die Chinesen alles zerstören?«

»Es tut mir leid, was hier geschieht.« Li senkte beschämt den Kopf. »Wirklich. Nicht alle Chinesen sind wie die da draußen. Es ist nur diese verdammte Kulturrevolution, die sie zu Bestien macht. Der Tag wird kommen, da werden sie für ihre Untaten um Vergebung bitten!«

Der Abt machte eine bitter Miene. »Dann ist es zu spät. Ich fürchte nicht um mein Leben und nicht um das Leben meiner Mönche. Ich fürchte nicht einmal um unser Kloster und seine Heiligtümer, die die Chinesen ohnehin längst geplündert haben. Aber wenn das Grab Trangus Schaden nimmt, dann ist alles verloren.«

Damit verschwand er in der Dunkelheit.

Die Nacht blieb ruhig. Es schien, als seien die Geschütze tatsächlich nur als Einschüchterung gedacht. Es klang aus den Gebetshallen das ununterbrochene Murmeln der Mönche, von draußen dagegen die häßlichen Gesänge der Roten Garden, die sich an Feuern unweit der Klostermauern bei revolutionärer Laune hielten.

Kurz nach Sonnenaufgang begann der Beschuß.

Das Donnern der Kanonen hallte von den Bergen wider, die ersten Geschosse flogen pfeifend über das Kloster hinweg und hinab in das Flußtal, wo sie nur wenig Schaden anrichteten.

Robert, der einen Großteil der Nacht damit zugebracht hatte, ahnungslose Mönche im Gebrauch von halbautomatischen Waffen zu unterweisen und Zielübungen abzuhalten, eilte ins Freie, brach sich fast den Hals beim Abstieg über die schmale Treppe, rannte durch enge Gassen hinab zum Hauptgebäude und sah Tenzin, den Abt und Dr. Li durch den Innenhof eilen. Der Abt von Dreglug schritt voraus, gebückt und mit einer Hand seine Brust massierend. Hinter ihnen liefen die beiden Kinder Tenzins, die wiederum von dem Mönch Gampo gefolgt wurden, der sie nicht aufhalten konnte.

»Ich muß Trangus Grabmal beschützen!« rief der Abt in höchster Verzweiflung. Sie folgten ihm in das Gebäude mit den schrägen roten Wänden, in dessen hinteren Kammern vermauert und verborgen der einbalsamierte Leichnam des Klostergründers ruhte.

»Wenn ich hierbleibe, dann werden die Geschosse vielleicht umgeleitet. Ich muß Trangus Ruhestätte mit meinem Leib abschirmen!«
Aber der Abt kam zu spät. In der Wand der Grabkammer klaffte bereits ein mannshohes Loch. Jammernd tauchte der Abt hinein in die dunkle Gruft, die anderen folgten ihm. Wie eine umgestürzte Säule drang zum ersten Mal seit Jahrhunderten Licht in den verbotenen Raum, Staubpartikelchen tanzten wild in der gleißenden Helligkeit. Robert erblickte die aufgebahrte Mumie, der gelbe Stoff der Begräbnisrobe war zerschlissen und brüchig. In den Wänden waren Fächer eingelassen, in denen, seit vielen Generationen unberührt, verstaubte Schriftrollen und Kultgegenstände lagerten. Auf dem Boden neben dem Sarkophag lag, wie vor Schmerzen gekrümmt, schaurig ein menschliches Gerippe.
Der Mönch Gampo machte sich unverzüglich daran, die in gelbes Tuch eingeschlagenen Päckchen aus den Wandfächern herauszunehmen.
»Leg die Schriften nieder!« fuhr der Abt den Mönch an und beugte sich sogleich vor Schmerzen. Erschrocken fuhr Gampo herum, ein Päckchen entglitt ihm und fiel auf den Boden. Dr. Li bückte sich danach.
»Nimm deine Hände weg, Chinese!« fauchte ihn Gampo an und riß das Papier an sich. Nur einen einzigen Satz hatte Dr. Li auf der gelblichen Tafel lesen können. Las, ohne zu verstehen: »Maitreya, der Erhabene, schreitet langsam und bringt ewige Liebe und Erleuchtung, aber Gyor reitet schnell und bringt Tod und Verderben.«
Der Abt ächzte und stöhnte im Todeskampf. Sein Herz zersprang. Seine Hände streckten sich wie Klauen in Richtung des jungen Gampo aus. Keine Worte, nur noch Keuchen kam aus der Kehle des Lamas, und dennoch verstand der Mönch. Und antwortete:
»Es sind die heiligsten Schriften! Es ist die Seele unseres Ordens! Soll ich etwa zulassen, daß die Chinesen es an ihre Pferde verfüttern oder sich damit ihre Ärsche abwischen? Ich werde Trangus Vermächtnis retten!«

»Lieber ... zerstören ... als ... falsche ... Hände ...!« röchelte der Sterbende.
Li verstand seine Verzweiflung. Es waren unter den Schriften auch geheime Tantras, die vor mehr als fünfhundert Jahren aus dem Verkehr gezogen wurden, um ihren Mißbrauch zu verhindern. Nur wer sich jahrzehntelangen geheimen Initiierungen und Vorbereitungen unterzogen hatte, der durfte, wenn er für würdig befunden wurde, diese Tantras studieren und ihren Zauber anwenden. Trangu hatte sie aufbewahrt in seinem Grab. Jetzt aber nahm sie ein junger, unerfahrener Mönch an sich.
»Wenn sie hierbleiben, werden sie verlorengehen«, schrie Gampo. Er verbarg die Schriftbündel in den weiten Ärmeln seines Mönchsgewandes.
In dieser Sekunde sah Li etwas, was er niemals vergessen würde und was er später als Täuschung und Trugbild abtat. Er sah ganz deutlich, wie aus den Gebeinen, die im Staub neben dem steinernen Sarg des Trangu lagen, Nebel entstand. Wie er nach links und rechts sich ausbreitete, als beschnüffele er die Eindringlinge.
Als er sein Ziel gefunden zu haben schien, verschwand er.
»Unmöglich!« dachte Li, um das Wertvollste fürchtend, das er besaß, um seine Vernunft. Und da schlug schon die nächste Granate im östlichen Nachbargebäude ein. Holz barst, Wände brachen zusammen, umherfliegende Trümmer trafen eine der mächtigen Gebetsglocken, deren tiefer Klang wie ein Donnerhall über den Ruinen dröhnte und für einen Moment sogar das Kriegsgeschrei der Roten Garden verstummen ließ.
Der Abt lebte nicht mehr.
»Wir müssen raus hier!« drängte Robert Laurell. »Sie haben sich eingeschossen. Die nächste Granate wird uns erwischen.«
Er wußte nicht, warum er es tat, denn er war kein Dieb. Aber er sah das Ding im Schutt auf dem Boden liegen und steckte es einfach ein, während Gampo, die verschreckten Kinder, Li und Tenzin ins Freie eilten. Es war nichts Kostbares, nichts aus Gold oder Silber, nichts mit Diamanten Verziertes. Es war nichts weiter als ein kleines Souvenir, das ihm in diesem fürchterlichen Moment einen winzigen Schimmer von Hoffnung gab. Denn er konnte es

aufbewahren, vielleicht auf dem Kaminsims. Und konnte es irgendwann seinen Freunden, vielleicht seinen eigenen Kindern, zeigen, wenn er ihnen von diesem Tag berichtete. Die Aussicht, einmal Kinder zu haben, denen er hiervon berichten würde, erschien ihm plötzlich beruhigend, erlösend. Denn wenn er davon erzählen konnte, dann hieß das, er würde diesen Tag überleben. Er ließ das längliche Ding aus Hirschhorn in der Tasche seiner Fliegerjacke verschwinden und rannte hinaus, da hörte er schon das Pfeifen der heranfliegenden Granate und konnte sich gerade noch in den Eingang des Nebengebäudes flüchten. Das Geschoß zerriß die Grabkammer des Trangu Rinpoche, zerfetzte den einbalsamierten Leib des Weisen und zerstörte alles, was an Weisheit, Offenbarung und Überlieferung in diesem Raum gesammelt war. Nur die goldene Statue des Buddha Maitreya blieb wie durch ein Wunder unversehrt. Sie landete zwei Wochen später in einem Schmelztiegel in Chengdu. Aus der Geröllwolke eilte Gampo, mit der einen Hand das gerettete Vermächtnis an die Brust drückend, mit der anderen die beiden schreienden Kinder hinter sich herziehend; hinter ihm erschien Dr. Li.
»Hierher!« schrie Robert, zog sie tiefer in das Gebäude, während schon die nächste Granate in die Grabkammer einschlug.
»Tenzin?« fragte er den bleichen Wissenschaftler. Der schüttelte nur den Kopf. Die beiden Kinder, die neben ihnen an der Wand lehnten, begriffen sofort.
»Wo ist Vater?« fragte der Junge.
»Er ist schon vorausgegangen«, sagte seine Schwester und drückte seine Hand.
Und ließ sie plötzlich wieder los.
Er mußte verstanden haben, was ihre Antwort bedeutete. Sein kleiner Körper versteifte sich, sein Blick wurde hart und verlor von einer Sekunde auf die andere alle kindliche Unschuld.
»Laßt uns schnell gehen«, mahnte Gampo, die Köpfe der Kinder streichelnd. »Ich werde auf euch aufpassen.«

Sie betraten den geheimen Gang, jeder ein Butterlicht vor sich hertragend. Steine fielen jedesmal aus den Wänden, wenn hinter

und über ihnen die Granaten einschlugen. Sie hörten gedämpft das ferne Peitschen der Gewehrschüsse, mit denen sich die verzweifelten Mönche zur Wehr setzten. Hörten schließlich das schaurige Echo des Siegesgeheuls, als die Roten Garden das Kloster stürmten, im Namen der »Großen Proletarischen Kulturrevolution« niedermetzelten, wer noch am Leben war, und die rote Fahne Chinas über den Trümmern hochzogen.
Der Fluchtgang durchschnitt in gerader Linie die Bergkuppe und führte auf der anderen Seite hoch über dem Tal ins Freie. Der Eingang, grob vermauert, war verborgen hinter einem dornigen Busch. Tief unter sich sahen sie die Lastwagen der Armee vorfahren, die Straße wimmelte von Menschen, Tibetern wie Chinesen, die sich anschickten, den Klosterberg zu erklimmen, um teilzuhaben am großen Fegefeuer der Revolution.
»Wir laufen ihnen genau in die Arme«, warnte Robert.
»Wir können in die Höhle gehen!« sagte der Junge. »Die Einsiedlerhöhle. Da finden sie uns bestimmt nicht«
Weder Gampo noch Dr. Li wußten, wovon er sprach, doch er führte sie, während auf der anderen Seite der Kuppe gewaltige Explosionen den Untergang des Klosters Dreglug verkündeten, am Berghang entlang zu einem Loch in der Felswand. Ohne zu zögern kletterten sie hinein. Robert schrie auf vor Entsetzen, als er die Gestalt gewahrte, die in der Höhle saß. Niemals zuvor hatte er einen solchen Menschen gesehen, der kaum noch etwas Menschliches an sich hatte. Die Haut hing lose an seinen Knochen, sein Gesicht war wie ein Totenschädel, umwuchert von einem Gestrüpp schwarzer Haare.
»Keine Angst. Es ist ein Asket«, erklärte Dr. Li, der endlich seine Sprache wiedergefunden hatte. »Er ist in einer Art Trance. Er sieht uns nicht einmal.«
Gampo hieß die Kinder, sich in einem Winkel der Höhle niederzulegen, und streichelte ihre Köpfe. Dawa, das tapfere Mädchen, biß sich auf die Lippen, um keine Tränen mehr zu vergießen, der Junge Nyima starrte nur in die Dunkelheit der Höhle. Gampo ließ sich mit dem Rücken an der schroffen Wand herabsinken und begann nach einer Weile die Schriften durchzusehen, die er aus

der Grabkammer gerettet hatte. Es waren zwei längliche, in vermodertes Tuch eingeschlagene Päckchen mit Schrifttafeln. Das Tuch war ein Schwarzes Thangka; er betrachtete es lange. Dann las er ein wenig in den Tafeln, betrachtete wieder das Thangka. Und wenn die anderen ihn beobachtet hätten, so hätten sie mit Erstaunen bemerkt, wie der Mönch plötzlich zu zittern begann, wie auf seiner Stirn der kalte Schweiß ausbrach, wie er schließlich die Augen schloß und anfing zu beten. Aber die Kinder waren eingeschlafen, und Li und der Ausländer machten gerade eine schockierende Entdeckung.

»Es war jemand hier«, sagte Dr. Li und machte sich an einem Sack zu schaffen, auf den das Licht seiner Butterlampe gefallen war. Im schwachen, gelblichen Lichtschein zog er staunend aus dem Tuch die größten Schätze hervor, die er je gesehen hatte. Rubine und Smaragde, groß wie Hühnereier, herausgebrochen aus Grabmälern und Altären. Zwei Elefantenfiguren aus massivem Gold, einen perlenbesetzten silbernen Teeschalenständer, kunstvoll ziseliert und dreifach verschlungen, ein silbernes Zepter, eine Vase, um die sich zwei Drachen wanden, zwei Dutzend Buddhastatuen verschiedener Größe aus Indien, keine jünger als tausend Jahre, unschätzbar wertvoll, und zuletzt einen sitzenden Buddha Sakyamuni aus purem Kristall. Robert hatte sich neben den Wissenschaftler gehockt und hielt den Atem an angesichts der Schönheit und Erhabenheit, die die Kunstwerke ausstrahlten.

»Hat er sie gestohlen?« fragte er flüsternd, auf den Einsiedler deutend.

»Nein, nein«, erwiderte Li ungeduldig, und seine Hände krallten sich in den Sack, als sei es die Kehle des Räubers. »Es gab eine Zeit«, sagte er fast zu sich selbst, »da dachte auch ich, daß Tibet zu China gehört und daß wir den Tibetern den Fortschritt bringen müssen. Aber hier in diesem Armeesack steckt die Wahrheit. Die Taten der Chinesen sind schmutzig, feige und himmelschreiend.« Robert sah Tränen in den Augen des Wissenschaftlers aufleuchten. Tränen, die er nicht verstand und niemals verstehen würde. Er überlegte kurz, ob er das Messer, das er in dem Grab an sich genommen hatte, herausnehmen und es dem weinenden Chinesen geben sollte. Doch er entschied sich dagegen. Es war zwar nur ein unbedeutendes Stück Hirschhorn, das nicht schwer wog, im Gegensatz zu all dem Gold und den Juwelen im Sack, aber er wollte dennoch nicht vor Li Rongwu dastehen wie ein gemeiner Dieb. Der Phurba blieb, eingewickelt in Landkarten und ein schmutziges Hemd, in seiner kleinen Umhängetasche. Viele Jahre später würde Robert Laurell ihn beim Ausräumen eines Schrankes finden und seiner Tochter als Brieföffner vermachen. Hätte er sich entschlossen, das Stück jetzt anzufassen, hätte er sich zusätzlich zu seinem gebrochenen Arm noch die Hand verbrannt.

Sie verließen die Höhle im Schutz der Nacht und trennten sich. Dr. Li und Robert Laurell marschierten südwärts, zur Grenze. Gampo wollte mit den Kindern über Lhasa nach Westen flüchten. Li hatte den Sack mit dem Diebesgut über seine Schulter geworfen, und obwohl das Gewicht ihn fast erdrückte, schleppte er die Schätze mit sich. Sieben Tage lang trug er sie, wachte darüber, bettete nachts seinen Kopf darauf, bis sie endlich die nepalesische Grenze erreichten, wo Angehörige der tibetischen Exilgemeinde, die Li über Kontaktleute verständigt hatte, die Kostbarkeiten aus dem entweihten Tempel in Empfang nahmen und auf einen Altar nach Kathmandu brachten, wo sie mehr als drei Jahrzehnte später von Angehörigen der Kamdhar-Gyor-Sekte abermals geraubt und nach Tibet zurückgebracht wurden. Als Belohnung für den Dieb Feng Lizhao. Den Tibetern aus Nepal vertraute Li auch den Amerikaner an, der seine Freude darüber, dieses Land endlich zu verlassen, kaum verbergen konnte.

»Gehen Sie nach Hause, und berichten Sie«, sagte Li zum Abschied. »Berichten Sie, was hier geschieht!«

»Ganz gewiß«, versprach Robert, und er war fest entschlossen, nicht zu ruhen, bis die freie Welt diesem Wahnsinn ein Ende setzte, bis amerikanische Soldaten, wie die Kavallerie in einem John-Wayne-Film, den Tibetern zur Hilfe eilten, bis die Chinesen gezwungen waren, dieses Volk in Frieden leben zu lassen.

Er wußte noch nicht, daß er sein Erlebnis niemals einer Menschenseele anvertrauen sollte.

Als Feng die Höhle betrat, ahnte er bereits, daß etwas schiefgelaufen war. Er konnte es riechen, es lag der ranzige Geruch von Butterlampen in der Luft. Einsiedler entzünden keine Lichter. Der Sack, sein Schatz, der Lohn von zehn Jahren harter Arbeit, war verschwunden. Ohnmächtig vor Wut stürzte er sich auf den stummen Asketen, der unverändert im Lotossitz verharrte.

»Los, sprich!« schrie Feng, während er auf den Wehrlosen eindrosch und eintrat. »Wer war hier? Wer hat meine Sachen gestohlen?« Der Mann reagierte nicht auf seine Schläge, er schien noch nicht einmal aus seiner Trance zu erwachen. Feng zog seine Dienstwaffe und rammte sie dem Einsiedler ins Auge. »Rede, oder ich schieße dir dein Gehirn raus!« brüllte er.

»Rede, verdammt, rede!« Er ging neben dem unbewegt dasitzenden Mann in die Knie. Erkannte die Sinnlosigkeit seines Ausbruchs. »Wer war hier?« flehte er nun.

Keine Antwort.

Er ließ den Einsiedler von Soldaten aus seiner Höhle schaffen und nach Peking überführen. Ordnete Einzelhaft und verschärfte Bedingungen an, als handele es sich um einen gefährlichen Volksfeind. In den folgenden Wochen und Monaten, als Feng seine neue Stelle in der Hauptstadt antrat, besuchte er immer wieder den Häftling und versuchte, ihn zum Sprechen zu bringen. Erfolglos. Dann vergaß er ihn, ließ ihn verrotten. Bis ihm, als er seinen Schatz schon zurückbekommen und weiterverkauft hatte, einfiel, daß Longsap Dulpu möglicherweise noch ein anderes Geheimnis kannte.

Und diesmal wurde Feng nicht enttäuscht.

Der Stationschef der CIA in Kathmandu, Trevor, der die Crew vor mehr als einer Woche vom geheimen Flugfeld in Mustang losgeschickt hatte, war alles andere als glücklich darüber, einen Überlebenden des Hercules-Abschusses vor sich zu sehen. Für die Akten hätte es sehr viel besser ausgesehen, wenn die Besatzung der Unglücksmaschine vom Erdboden verschwunden wäre.

Denn Lademeister Robert Laurell war offiziell ein toter Mann.

»Hören Sie zu, mein Junge«, knurrte Trevor übel gelaunt und klopfte mit seinem Teleskop-Zeigestock auf irgendwelche streng geheimen Akten. »Wir mußten ein wenig mit den Papieren tricksen. Nach unseren Informationen hat niemand den Absturz überlebt. Also gab es plötzlich fünf tote Männer. Aber wir konnten natürlich nicht zugeben, in welcher Mission sie unterwegs waren. Wie Sie wissen, ist der Kongreß in Washington von Kommunisten unterwandert, und wir konnten nicht riskieren, daß andere, sehr viel wichtigere Operationen durch dieses bedauerliche Mißgeschick gefährdet wurden …«

Robert verstand nicht. Kommunisten im Kongreß? Mit den Papieren tricksen? Hatte sich die Welt in den paar Tagen, die er in Tibet verschollen war, denn grundlegend geändert?

»Na ja. Das sind Regierungssachen, das würden Sie doch nicht verstehen. Wir haben die Toten sozusagen in den Papieren begraben. Sie alle sind offiziell bei einem Absturz über feindlichem Gebiet in Vietnam ums Leben gekommen.«

»In Vietnam?« Es war, als ziehe ihm jemand den Boden unter den Füßen weg.

»Ich sagte doch schon, wir mußten ein wenig tricksen. Was glauben Sie, was passiert wäre, wenn rausgekommen wäre, was Sie da oben gemacht haben? Darauf warten die verdammten Rotchinesen doch nur: auf einen Vorwand, in Indochina einzugreifen. Wir reden hier von nationalen Sicherheitsinteressen der Vereinigten Staaten von Amerika. Also: Sie waren niemals in Tibet, klar? Sie und die anderen Jungs sind in Vietnam abgeschmiert, und zwar unweit von Cua Rao – hier, sehen Sie sich das mal auf der Karte an! Mitten im Urwald. Die anderen waren alle tot, und Sie haben sich allein und auf wundersamen Wegen nach Hue durchgeschlagen und dann bis zu unserer Basis in Da Nang. Das ist Ihre Geschichte, die lernen Sie schön auswendig. Haben Sie das verstanden?«

Robert verstand. Für eine mißglückte CIA-Operation gab es keine Entschuldigung. Es gab keine Zeugen und keine Dokumente. Er fragte sich, ob sie ihn umlegen würden, wenn er irgendwann mit der Wahrheit herausrückte.

»Es ist eine etwas unangenehme Situation für uns«, murrte Trevor, als sei die Operation in Tibet Roberts Einfall gewesen. »Wir saßen in einer Zwickmühle. Also haben wir die abgestürzte Mannschaft für tot erklärt und allen Angehörigen unser Beileid ...!«
Robert wollte aufbrausen, aber Trevors scharfer Blick hielt ihn zurück. Vermutlich würden sie ihn wirklich eiskalt erledigen, wenn er ihr Lügenspiel nicht mitspielte. »Ich wiederhole: Das geschah im Interesse unseres Landes. Nun werden sich Ihre Angehörigen freuen. Denken Sie mal an die Familien der anderen Männer ...«
Damit entließ Trevor den Lademeister.
Drei Tage später war er daheim, auferstanden von den Toten. Sein Vater, James Laurell, mit dem er sich hoffnungslos überworfen hatte, weinte vor Glück. Der Milliardär hatte sich bittere Selbstvorwürfe gemacht und war nun endlich bereit, Roberts Verlobte Judith in seine Familie aufzunehmen. »Judenmädchen hin oder her«, grummelte er. »Wenn du sie unbedingt heiraten willst, dann tu es.«
Aber es war zu spät. Judith war nicht mehr für ihn da, und er sah sie niemals wieder. Ihre Eltern, die von der Verlobung ihrer Tochter mit dem Sproß des protestantischen Hauses Laurell ebensowenig begeistert waren wie James Laurell, teilten ihm mit, sie sei nach dem Erhalt seiner Todesnachricht überstürzt weggezogen. Nach New York. Habe dort einen anständigen jungen Arzt geheiratet, der sie schon lange umworben hatte, und wolle Robert niemals wiedersehen. Was nicht einmal ihre Eltern wußten: Sie hatte es getan, weil sie nicht wollte, daß ihr Sohn ohne Vater aufwuchs. Es war Robert Laurells Sohn, aber er sollte nie erfahren, wer sein leiblicher Vater war. Wer der Vater des kleinen Arthur war, das wußten nur Judith und ihr Mann, der anständige junge Arzt David Myzinski.

»Dawa, Dawa, hör doch auf!« flehte er seine Schwester an. »Er hat mir doch gar nichts getan!«
Wie froh, wie erleichtert war er gewesen, als sie erschienen war. Der böse, starke Junge hatte ihm aufgelauert und ihn in einen

festen Klammergiff genommen. Der Junge sagte, er würde ihn zum Bach bringen, um ihn zu ertränken. Aber Nyima glaubte ihm nicht. Der starke Junge wollte ihn vielleicht erschrecken, ihm eine kleine Lehre erteilen, aber er würde ihm doch sicherlich nichts Ernsthaftes zuleide tun. Da war zum Glück Dawa aufgetaucht, wütend, wie er sie so oft gesehen hatte, und sie hatte den bösen, starken Jungen überwältigt. Und jetzt prügelte sie auf den Jungen ein, als wolle sie ihn erschlagen. Ihre Fäuste hämmerten in sein freches Gesicht.

»Dawa!« bettelte er. »Laß ihn doch in Ruhe.«

»Ihr seid nur Abschaum!« weinte der Junge. »Ich habe schon alles über euch in Erfahrung gebracht. Euer Vater war ein beschissener Mönch und wurde dann ein Konterrevolutionär, euer Onkel war ein Ausbeuter und Sklavenhalter!«

Eine neue Salve von Dawas Schlägen brachte ihn vorübergehend zum Schweigen, bis er nicht mehr an sich halten konnte. »Mein Vater war ein Sklave. Mein Klassenhintergrund ist viel, viel besser als eurer. Denn jetzt sind die Sklaven die Herrscher, und ihr müßt tun, was ich sage!«

»Dein Vater war ein verdammter Verräter und Kollaborateur, der mit den Chinesen gemeinsame Sache machte!«

Nicht zum ersten Mal fragte sich Nyima, woher seine Schwester all diese Worte kannte. Was ein Verräter war, das konnte er sich gerade noch erklären. Aber was war denn bloß ein Kollaborateur?

Endlich ließ Dawa von ihm ab. Der Junge betastete vorsichtig seine geschwollene Lippe.

»Ich bin in Peking zur Schule gegangen. Ich weiß, wie rückständig und kulturlos wir Tibeter sind. Wir sind Grünhirne, unsere Köpfe sind noch nicht so gar wie die der Chinesen. Meiner macht die Ausnahme, weil ich in Peking war!«

»Quatsch! Dein Gehirn ist erst recht grün. Dunkelgrün. Dein Gehirn besteht nämlich aus nichts weiter als weicher Yakkacke. Und wenn du noch einmal meinen Bruder anrührst, dann bringe ich dich um!«

»Dawa, so was darfst du nicht sagen!« protestierte ihr Bruder feierlich.

»Sei still, Nyima!« herrschte sie ihn an und wandte sich wieder dem Feind zu.
»Ich weiß alles über euch, ihr seid die Brut eines Verräters!«
Dawa machte eine Bewegung, als wolle sie ihm nachsetzen, da verschwand der böse Junge schnell und rannte nach Hause, um zu berichten, wie eine Bande von bewaffneten Reaktionären ihm aufgelauert hatte, wie er sich tapfer gewehrt hatte und wie sie ihn doch hatten verprügeln können, weil sie in der Überzahl waren.
»So ein Mistkerl!« zürnte Dawa. »Hat er dir weh getan? Was ist mit deinem Zahn?«
Nyima nahm schnell die Finger aus dem Mund. »Nichts. Er scheint ein bißchen locker zu sitzen.«
»Du sollst dir nicht immer alles gefallen lassen!« tadelte seine Schwester. »Was wäre denn gewesen, wenn ich nicht zufällig vorbeigekommen wäre?«
»Ach, der hat doch nur Spaß gemacht!«
»Er wollte dich ertränken!«
»Das glaube ich nicht. Er sagte, ich wäre so schmutzig, und er wolle mich waschen.«
»Versprich mir, daß du dich das nächste Mal nicht einfach so verprügeln läßt!«
»Was meinst du denn?« stellte er sich ahnungslos.
»Du sollst lernen, dich zu verteidigen«, sagte sie ernst. »Wenn sie einmal kapiert haben, daß du dich nicht wehrst, dann werden sie dir immer wieder auflauern, und irgendwann werde ich nicht da sein, um dir zu helfen. Und noch was: Du sollst niemandem sagen, wer wir sind und woher wir kommen. Das ist gefährlich.«
Der Junge hatte sich in sicherer Entfernung auf einen Hügel gestellt und stemmte trotzig die Arme in die Seiten. »Ihr werdet noch von mir hören, ihr verdammten, konterrevolutionären Dreckschweine. Ihr werdet meinen Namen nicht vergessen!«
»Ich scheiße auf deinen Namen!« schrie Dawa zurück.
»Ihr werdet noch an Tsentse denken, das verspreche ich euch!«
Sie lebten seit drei Tagen in dem Dorf unweit von Lhasa, wo Gampo, wie er sagte, noch etwas Wichtiges zu tun hatte. Sobald dies erledigt war, sollten sie nach Indien aufbrechen, zum Dalai

Lama. Das hatte Gampo ihnen versprochen. Sie wohnten bei einer freundlichen Familie, die der Mönch aus früheren Zeiten kannte, und vertrieben sich die Zeit mit Spielen und Herumtoben, das heißt, sie spielten, wenn sie sicher waren, daß niemand sie sah, denn sie spielten ja »Partisanen«. Besonders den chinesischen Soldaten, die außerhalb des Dorfes rund um das Hauptquartier lagerten, das früher das Anwesen eines sogenannten Ausbeuters gewesen war, hätte dieses Spiel gewiß nicht gut gefallen. Eben dorthin eilte nun Tsentse, der einige der Offiziere mit Namen kannte und sich gerne durch kleine Gefälligkeiten und Petzen beliebt machte. Dafür ließen sie ihn manchmal an ihren Mahlzeiten teilnehmen und zeigten ihm sogar, wie man mit einem echten Gewehr schießt. Aber das nur sehr selten, denn die Munition war knapp.

»Ich habe die Kinder eines gefährlichen konterrevolutionären Rebellen gesehen!« brüstete sich Tsentse. Tatsächlich ließen sie ihn in das Zimmer von Feng Lizhao vor, der ihn kaum eines Blickes würdigte. Er trug einen dunkelgrünen Mao-Anzug und hatte seine Füße zur Entspannung auf den Tisch gelegt. »Ich habe ihn sofort wiedererkannt«, ereiferte sich der Junge, »und ich habe versucht, ihn festzunehmen. Aber seine Schwester hat mich daran gehindert. Sie müssen die beiden verhaften. Vielleicht können sie uns zu ihrem Vater führen. Es ist der Verbrecher Tenzin Gyatso!«

Zu seiner Überraschung schien der mächtige politische Kommissar keine Eile zu haben. Er war betrunken. Sein glasiger Blick schweifte ziellos durch den Raum, wo gepackte Koffer standen. Feng hatte seinen Versetzungsbescheid bekommen – nach Peking. Und er würde – ganz anders als geplant – mit leeren Taschen gehen müssen.

»Tenzin Gyatso ist kein gesuchter Verbrecher mehr, du kleines Wiesel«, rülpste Feng. »Er ist ein toter Verbrecher. Du kommst zu spät. Seine Kinder interessieren mich nicht. Verpiß dich.«

Tsentse schluckte widerwillig die schlechte Nachricht, fieberhaft nach einem Grund suchend, nur noch ein wenig länger in der Anwesenheit des mächtigen Mannes sein zu dürfen. »Sie reisen mit einem Mönch«, sprudelte er hervor. »Was kann das schon für

ein Mönch sein, der die Kinder eines Verbrechers zu sich nimmt? Sicherlich ist auch er ein Rebell und Konterrevolutionär. Er trägt eine Tasche bei sich, die er ständig mit beiden Händen umfaßt, darin ist sicherlich ein Geheimnis. Der Junge hat gesagt, sie kommen aus Dreglug und sind auf der Flucht nach Indien.«
Da endlich horchte Feng auf. »Aus Dreglug, sagst du?« Gottverdammt, dachte er, nahm ruckartig die Füße vom Tisch, straffte seinen revolutionären Mao-Anzug gerade, griff sich eine halbvolle Flasche Schnaps und kam auf den Jungen zugetorkelt, der stolz strammstand. Fengs Zunge war schwer, sein hochrotes Gesicht glühte. »Eine Tasche hat er? Wie groß? Ist es vielleicht eher ein Sack?«
»Ja!« schwindelte Tsentse und schöpfte Hoffnung. »Ich weiß, wo sie zu finden sind. Wir können sofort hingehen und sie verhaften.«

Er hatte das Thangka, das er wie eine hochexplosive Sprengladung in seiner Stofftasche trug, lange studiert, und er hatte die alten Schriften wieder und wieder durchgelesen, bis er ihre Botschaft eindeutig verstanden hatte. Sein erster Impuls war gewesen, das Thangka sofort zu verbrennen, zu zerstören, damit es niemand jemals sehen würde. Aber das konnte Gampo nicht. Es wäre ein Frevel gewesen. Er konnte es aber auch nicht zulassen, daß es jemals entdeckt wurde. Er mußte einen Platz finden, der so heilig und so sicher war wie Trangus Grab, und der einzige Ort, der ihm einfiel, waren die labyrinthischen Gänge, Kammern und Winkel des Potala-Palastes. Morgen würden sie aufbrechen, alles war vorbereitet. Nur noch diesen einen Dienst vollbringen, dann nach Indien flüchten und auf eine bessere Zukunft hoffen. Die Kinder schliefen schon längst, wogegen Gampo sich nicht in seine Müdigkeit fügen wollte. Etwas hielt ihn wach, und als er die Hunde bellen hörte, als er das Motorengeräusch vernahm, das Knirschen der Steine unter stahlbesetzten Stiefeln, da wußte er, daß er schnell handeln mußte oder untergehen würde. Er riß Dawa und Nyima aus dem Schlaf, die Kinder maulten und rieben sich die Augen, er eilte zum Schlafraum ihrer Gastgeber, aber sie waren schon wach und führten ihn zu einem Ausgang, der durch den Kuhstall ins

Freie führte. Da hämmerte es schon an der Tür, und die Chinesen stürmten in das Haus, während er Dawa über die Lehmmauer hob und auch Nyima hochhieven wollte. Da kam, allen voran, dieses bissige Wiesel, dieser kleine Tibeter, und klammerte sich an den Jungen, als wollte er ihn nie wieder loslassen, und Gampo, der das Thangka nicht in die falschen Hände geben durfte, ließ Nyima zurück und kroch selbst über die Mauer. Dawa, die verzweifelt nach ihrem Zwillingsbruder rief, riß er mit sich in die mondlose Nacht, in Sicherheit.

Die ganze Nacht hindurch liefen sie, Dawa, immer wieder strauchelnd und um ihren Bruder weinend, Gampo mit grimmiger Entschlossenheit, bis sie die Hauptstadt erreichten. Er steuerte den Roten Berg an, den Potala-Palast, zu dessen Füßen ein kleiner Markt wiederaufgebaut worden war, der so lange währen würde, bis es den Revolutionären nicht einfiel, den Verkauf von Lebensmitteln als feudalistisch und reaktionär zu bezeichnen und die Händler zu verprügeln und einzusperren. Unerkannt schleuste Gampo das kleine Mädchen durch die Stände, bis sie den Palastberg umrundet hatten und einen Park erreichten, der mit revolutionären Spruchbändern durchzogen war. Gampo zog Dawa hinter sich her bis zu einer Tür, die unauffällig in die Felsenwand eingelassen war.
»Du bleibst hier und wartest auf mich«, befahl er ihr.
»Nein!« widersprach sie.
»Ich komme wieder.«
»Wenn du mich allein läßt, dann fange ich an zu schreien, und dann holen dich die Chinesen.«
Verdammtes, stures Bist, dachte Gampo wütend. Wäre ihr Vater nicht auf so tragische Weise gestorben und nun auch noch ihr Bruder dem Feind in die Hände gefallen, dann würde er sie auf der Stelle ordentlich versohlen. Nun aber ergriff er widerwillig ihre Hand und zog sie mit sich in den Tunnel unterhalb des Palastes. Er zog sie durch feuchte, unheimliche Gänge und über enge Treppen und Gewölbe, bis sie schließlich an eine niedrige Öffnung gelangten.

»Jetzt bist du aber still und bleibst ruhig hier sitzen!« Sie hockte sich trotzig nieder.
Gampo aber zwängte sich durch die Öffnung. Sobald er verschwunden war, erhob sich Dawa und spionierte ihm hinterher. Sie befanden sich hinter einem mächtigen, vergoldeten Schrein, der hoch wie ein Haus war. Irgendwo flackerten Butterleuchten, und sie ahnte, daß es eine Grabkammer sein mußte. Dies konnte nur das Grabmal des fünften Dalai Lama sein, des »großen Fünften«, wie er genannt wurde. Sie steckte ihren Kopf hinaus, sah Gampos Schatten über die Aufbauten huschen und beschloß, ihm zu folgen. Als sie ihn erblickte, war er dabei, das Thangka, das er die ganze Zeit mit größter Sorgfalt gehütet hatte und auf das niemand einen Blick hatte werfen dürfen, in einen der Elefantenstoßzähne zu verstecken, die an den Säulen rechts und links des Grabmales standen. Eilig kam er zurück, und sie hatte gerade noch Zeit, sich wieder in den dunklen Gang zu hocken. Wortlos zog er sie hinter sich her, bis sie den Ausgang erreichten und ans Tageslicht kamen.
Da erstarrten sie beide, als stehe ihnen ein Geist gegenüber.
»Wo wart ihr denn?« fragte Nyima verwundert, während Dawa ihn überglücklich in die Arme schloß. »Ich bin gleich hinter euch aus dem Haus gerannt und bin euch gefolgt, aber ihr wart so schnell.«
Gampo, grenzenlos erleichtert, daß der Junge in Sicherheit war und er sich nicht für den Rest seines Lebens Vorwürfe machen mußte, und noch erleichtert darüber, das Schwarze Thangka versteckt zu haben, nahm die Kinder bei den Händen. »Wir müssen fliehen. Nach Indien. Zum Dalai Lama.«

35. Kapitel

Er war wieder kurz vor dem Ziel. Nur, daß ihn diesmal niemand mehr aufhalten konnte. Er ritt abseits der Schutzgötter durch die ewige Nacht, größer und größer wurde der Abstand, den er zwischen sich und die anderen brachte. Nicht einmal die mächtigsten unter den Geistern hatten ihn durchschaut und aufhalten können. Nicht einmal die Tigerin und ihr fürchterlicher Reiter witterten seinen Verrat. Wenn sie die Täuschung erkannten, würde es zu spät sein, und sie würden ihm dienen müssen, denn er würde auch für sie der leuchtende Buddha sein. Sie ritten auf Shambala zu, zum letzten Gefecht, ahnten nicht einmal, daß er der Grund ihrer Eile war. Sie alle waren gebunden durch ihre Schwüre, er allein war frei nach seinem Meineid. Alles, was er vorbereitet hatte, geschah genauso, wie er es geplant hatte. Endlich konnte er die Gedanken der Sterblichen nicht nur lesen – er konnte sie verstehen, vorausahnen und, mehr noch, er konnte sie bestimmen. Er sah durch die Menschen hindurch wie durch die klaren Wasser der Quelle, die er einst bewohnte. Er kannte ihre Wünsche, er kannte ihre Ängste. Er lebte unter ihnen, unerkannt. Er war einer von ihnen, doch er spielte mit ihren Seelen, ihren Wünschen und ihren Ängsten wie ein geschickter Marionettenspieler. Er zog an den Fäden ihrer kümmerlichen Existenzen und zwang ihnen auf, was er wollte. Er hatte einen irdischen Leib gefunden, der ihm alle Möglichkeiten bot. Keiner der vielen Sterblichen, die er im Laufe der Jahrhunderte besessen hatte, kam seinem heutigen Leib gleich. Der Schamane Örsö; der Mönch Gurpu; der Minister Detsang; Zorghum, Schüler des Phagspa, und zuletzt Gyaltsen, der aussichtsreiche Anwärter auf den Löwenthron, und die vielen, vielen anderen – sie alle waren nichts

weiter als armselige Würmer gewesen. Nun besaß er einen Körper, den er klug und vorausschauend gewählt hatte. Endlich hatte er einen sterblichen Wirt gefunden, der seiner würdig war und der ihn ans Ziel bringen würde. Endlich wuchs seine irdische Gefolgschaft. Die ihn verehrten, die konnte er führen. Und die ihn suchten und vernichten wollten, die konnte er mühelos in die Irre führen. Er kannte seine Feinde, aber sie kannten ihn nicht. Wie oft hatten ihn die Sterblichen bezwungen? Ihn erniedrigt und verhöhnt? Ahnungslos zwar, aber ihm immer einen Schritt voraus in ihrer Rätselhaftigkeit. Sie hatten seinen Körper erschlagen, gefoltert, gejagt und eingesperrt. Aber das war vorbei. Denn jetzt liebten und verehrten sie ihn, denn er gab ihnen, was sie wollten. Sie kannten ihn nicht; ebenso wie die Schutzgeister waren sie blind für seine wahren Motive. Kein Sterblicher konnte ihn jetzt noch aufhalten. Der Tag nahte, da sie sich ihm alle unterwerfen würden. Sein Reich war nah, sehr nah. Das Reich von Haß, Zwietracht und Grausamkeit, das zu errichten seine Bestimmung war.
Kamdhar Gyor, zu nichts anderem geschaffen, als zu herrschen und zu unterwerfen – er würde die ganze Welt an sich reißen, den Lauf der Ewigkeit bestimmen. Er würde baden im Blut und im Angstschweiß der Sterblichen, würde tanzen auf ihren Leibern und sich ernähren von ihrem Fleisch. Sie würden sich vor ihm in den Dreck werfen und ihn um Gnade anflehen. Nicht das Schneeland allein, er war längst klüger und wußte alles von der Welt, und er wußte, daß er sie ganz beherrschen wollte. Die Kontinente und Ozeane, die Gebirge, die Ebenen, die Wüsten und die Wälder, die Städte und die Armeen. Und er wußte, wie er es sich holen konnte, denn er hatte viel gelernt.
Nur noch die beiden Köpfe seiner letzten Gegner mußte er kriegen. Nur noch ein einziges Mal mußte er seinen menschlichen Körper wechseln. Seine jetzige Gestalt aufgeben und in den Leib eines Kindes fahren. Dieses Kind, der zukünftige Gottkönig, würde sie alle blenden und in seinen Bann ziehen. Es würde reden mit den süßesten Worten, aber dann zuschlagen mit eiserner Faust. Aus den Tälern des Schneelandes, aus den Ruinen von Shambala würde Gyor mit Macht emporsteigen und China bezwingen. Seine

Heere würden Asien zermalmen, Amerika und Europa überrennen, Afrika schlucken.
Es gab keine Macht außer seiner Macht. Er war alles. Der einzige. Er war Gott.
Und selbst wenn sie ihn besiegen sollten, auch an diese weit entfernte Möglichkeit hatte er in seiner Schläue gedacht, selbst dann: Sein Keim war in der Welt. Kamdhar Gyor würde weiterleben in seinem Sohn …

36. Kapitel

Yatung-Tal, Grenze Tibet-Nepal, 1966

Sie marschierten ohne Pausen, sie ruhten nur kurz einige Stunden am Tage und wanderten durch die Nächte, bis sie die blühenden Täler von Yatung erreicht hatten.

Gampo hoffte, noch an diesem Tag die letzte Bergkette zu überwinden und in einer letzten, übermenschlichen Anstrengung hinüber nach Nepal oder Sikkim zu gelangen.

Das Zeltlager im Schatten der Tannen mußte einer der letzten Außenposten der Chinesen sein. Über den Zelten wehte die verhaßte Flagge. Rot mit gelben Sternen. Zuerst dachte Gampo alarmiert, es sei ein Lager der Armee. Denn sie hatten schon seit Tagen den fernen Donner von Explosionen gehört. Gampo wußte wohl, daß China und Indien vor Jahren Krieg geführt hatten, und er fürchtete, die Feindseligkeiten um den Grenzverlauf zu Sikkim seien neu aufgeflammt. Das würde ihre Flucht in das Nachbarland sicherlich erschweren, wenn nicht sogar unmöglich machen. Doch es waren keine Soldaten, die um das Lagerfeuer saßen und frühstückten. Ihre Kleidung war zwar militärisch, aber doch ganz anders als die der Besatzungstruppen. Der Hunger und die Sehnsucht nach etwas Lagerwärme trieben Gampo den Zelten zu. Die Zwillinge, ohnmächtig fast vor Erschöpfung und Auszehrung, folgten ihm mit kleinen, kraftlosen Schritten. Zwei riesige Wachhunde erhoben sich aus dem Schatten der Zelte und kamen mißtrauisch knurrend auf sie zu.

»Die tun euch nichts!« rief eine Frauenstimme vom Lager her. Sobald sie auf wenige Schritte herangekommen waren, verstummte ihr feindseliges Knurren; sie zogen statt dessen die Schwänze ein und liefen zum Lager zurück.

»Tolle Wachhunde«, spottete Dawa.

Die Chinesen waren, wie sie bald erfuhren, Geologen, auf der Suche nach Öl oder Gas oder sonstigen Rohstoffen. Was immer unter Tibets Bergen lag, sie wollten es holen, denn sie hielten es für ihr Eigentum. Die Donnerschläge, die er gehört hatte, rührten von ihren Sprengsätzen her. Die Geologen waren freundliche, hilfsbereite Menschen. Eine Frau, die anderen nannten sie Zhao Bian, brachte Gampo und den Kindern etwas zu essen, die Chinesen ließen sie an ihrem Feuer sitzen und sich aufwärmen. Zhao Bian stellte keine Fragen, so als wüßte sie, daß wer sich in diese Gegend verirrte, nur das eine Ziel haben konnte: über die Berge hinüber nach Indien, in die Freiheit und in die Sicherheit.
Als die anderen Geologen sich verabschiedeten und zu einem weiteren Suchmarsch in die umliegenden Berge aufbrachen, blieb Zhao Bian bei ihnen, betrachtete mit besorgtem Blick die erschöpften Kinder, die wohl erst sieben Jahre alt sein mochten und die völlig ausgehungert über das Essen herfielen. Ihre Gesichter waren ernst und verschlossen, ihre Augen fiebrig, und deren Ausdruck verriet, daß sie für ihr Alter viel zuviel gesehen hatten. Ihr Atem rasselte unregelmäßig. Sie waren krank und würden sehr schnell ärztliche Hilfe brauchen. Ein paar Medikamente hatte Frau Zhao im Lager, chinesische Kräutermedizin. Sie ging in ihr Zelt und kam mit einem Fläschchen Birnensirup zurück.
»Gegen den Husten«, sagte sie und drückte es Gampo in die Hand. »Ihr könnt für ein paar Tage bei uns bleiben«, bot sie an.
Gampo aber lehnte ab. So kurz vor dem Ziel wollte er keine Rast mehr einlegen. Außerdem mißtraute er den Chinesen. Vielleicht hatten sie schon jemanden zum nächsten Armeeposten geschickt, der die Ankunft der Flüchtlinge meldete. Vielleicht war bereits ein Greiftrupp unterwegs, der sie in eines der gefürchteten Straflager bringen sollte. »Wir müssen gleich weiter«, erklärte er.
»Du bist verrückt, wenn du bei Nacht über den Paß willst. Es gibt nur einen schmalen Pfad, der durch den dichten Wald führt, und der ist bei Tag schon nicht leicht zu finden«, zürnte sie. »Es gibt gefährliche Schluchten und Abhänge. Ein falscher Schritt, und ihr seid verloren. Von den Wölfen ganz zu schweigen.«

»Wenn wir uns beeilen, können wir noch vor Sonnenuntergang die Baumgrenze erreichen«, hielt er dagegen.
»Beeilen?« fragte sie scharf. »Wie willst du denn diese beiden hier zur Eile antreiben? Sie sterben dir weg, bevor du auch nur den Paß erreicht hast.«
»Sie werden durchhalten«, sagte Gampo trotzig. »Sie sind Tibeter.«
»Außerdem«, dachte er bitter, »sind es nicht meine Kinder.« Sein Blick kletterte langsam die steile Anhöhe hinauf, die sie bezwingen mußten. Direkt hinter dem Lager begann der dunkle Tannenwald, die Bäume standen eng und ragten turmhoch in den Himmel. Fetzen von Schneewolken jagten über die hohen Wipfel. Auf der Paßhöhe braute sich wohl ein Unwetter zusammen. Aber vielleicht, vielleicht hatte es sich wieder verzogen, bis sie dort oben ankamen. Diese Stürme kamen und gingen schnell. Aber selbst die Gefahr eines Schneesturmes konnte ihn jetzt nicht mehr erschrecken. Er war entschlossen, noch heute sich und die Zwillinge in Sicherheit zu bringen, und wenn er auf seinen Knien und mit erfrorenen Gliedern nach Indien kriechen mußte.
Die Chinesin Zhao Bian schüttelte unwillig den Kopf, wütend über soviel Sturheit. Ihre Einheit war schon seit Monaten im Grenzgebiet unterwegs, ständig sahen sie versprengte Flüchtlinge, die abgerissen und gebückt die Täler durchquerten, die auf Stöcke gestützt die Hänge erklommen. Zhao Bian verstand nicht so genau, welche Angst, welche Verzweiflung die Tibeter dazu trieb, ihre Heimat auf diesem Wege zu verlassen. Aber sie konnte sehen, daß es einen starken Grund geben mußte, wenn sie die schlimmen Strapazen einer abenteuerlichen Flucht auf sich nahmen. Daß es die Chinesen waren, vor denen sie flohen, das ahnte Zhao Bian, aber sie wagte nicht, sich das einzugestehen. Alles, was man ihr und ihren Genossen von der Geologenbrigade immer wieder eingeschärft hatte, war, daß die Flüchtlinge nur ehemalige Ausbeuter und Sklavenhalter waren, die sich und ihre Beute vor dem gerechten Zorn der revolutionären tibetischen Massen in Sicherheit bringen wollten. Aber wenn es tatsächlich feudalistische Ausbeuter waren – wie kam es dann, daß die meisten nicht mehr

besaßen als das, was sie am Leibe trugen, und das war schon ärmlich genug. Zhao Bian wußte, daß etwas mit der chinesischen Propaganda nicht stimmen konnte, aber sie wollte nicht darüber nachdenken. Sie verstand nichts von Politik und Ideologie. Sie war Sprengmeisterin der fünften Gas- und Ölbrigade der Energiebehörde in Sichuan und hatte den Auftrag, neue Ressourcen für den sozialistischen Aufbau zu erschließen; sie war keineswegs berufen, sich Gedanken über die Tibeter zu machen. Aber dennoch: Den Mann und seine beiden Kinder, die wollte sie nicht einfach in ihren sicheren Tod weiterziehen lassen. Denn Zhao Bian, die zugunsten ihrer großen Aufgabe auf eigenen Nachwuchs verzichtet hatte, liebte Kinder.

»Wenn du irgend etwas verbrochen hast«, bohrte sie vorsichtig, »dann will ich darüber nichts wissen. Aber ich kann dir garantieren, daß du bei uns hier sicher bist. Jedenfalls für ein paar Tage. Bis ihr wieder bei Kräften seid.«

Gampo schnaufte beleidigt. »Ich habe nichts verbrochen.«

»Warum wartest du nicht wenigstens so lange, bis ihr einen Führer findet, der sich dort oben auskennt?« Sie kannte seine Antwort schon, bevor er sie aussprach:

»Ich bin Tibeter. Ich brauche in meinem Land keinen Führer«, grunzte Gampo und kippte den Rest seines Tees in das Gras neben der Feuerstelle. »Wir müssen weiter. Danke für das Essen.«

Bis zum Mittag hatten sie nicht einmal ein Drittel der Anhöhe bewältigt. In immer gleichem spitzem Winkel wuchsen die dunklen Stämme der Tannen rechts und links neben dem Pfad empor, nur einzelne Strahlen Sonnenlicht fielen durch das grüne Geäst. Umgestürzte Bäume und von Erdrutschen herbeigewälzte Felsbrocken versperrten den Weg. Die Kinder husteten, jammerten, wollten sich alle paar Meter niederlegen und ausruhen, aber er ließ das nicht zu. Er riß an ihren Armen, bis sie sich fügten, er trieb sie vor sich her. Wenn der Weg so steil und beschwerlich wurde, daß sie sich nur auf allen vieren fortbewegen konnten, dann kroch er hinter ihnen, schubste sie, stieß sie weiter den Berg hinauf, bis die Kleider an ihren Knien zerrissen waren, bis Blut den schmutzigen Stoff durchnäßte, bis ihr Weinen nur mehr ein Wimmern war und endlich ganz verstummte. »Wollt ihr leben?« keuchte er, wenn sie ihm vorheulten, daß sie nicht mehr weiterkönnten. »Wollt ihr leben? Dann kommt mit. Wenn ihr sterben wollt, dann bleibt hier liegen. Ich werde mich nicht einmal nach euch umdrehen!«

Schließlich, es mochte früher Nachmittag sein, und ein kühler Nieselregen hatte eingesetzt, erreichten sie ein Seitental, das sich klaffend neben ihnen öffnete. Der Pfad verengte sich zu einem Streifen, nur zwei Handbreit neben einem schroffen Abgrund, an dessen tiefster Stelle, in schwindelnder Entfernung, ein weißschäumender Bach rumorte. Steine lösten sich unter ihren schleppenden Schritten und fielen hinab in eine bodenlose Kluft. Dornen und giftige Stacheln bohrten sich in ihre Finger, zerschnitten ihre Handflächen, als sie, das Gestrüpp umklammernd, sich über den Schlund entlanghangelten. »Dies muß die gefährliche Stelle sein, von der die Chinesin gesprochen hat«, dachte Gampo mit einem Gefühl des Triumphes, als sie die Schlucht überwunden hatten. »Das Schlimmste ist geschafft.«

Doch das Schlimmste kam, als die Dämmerung hereinbrach. Noch immer umfing sie der kühle Schleier des feinen Nieselregens, gemischt, je höher sie kamen, mit Schneeflocken. Die bemoosten Steine wurden zu glitschigen Fallen, die Füße mußten vor jedem Schritt erst lange nach Halt suchen. Sie waren von Schürfwunden übersät, ihre Sehnen schmerzten, und ihre Herzen pochten in ihren Köpfen. Sie hatten die Bäume hinter sich gelassen. Hier oben gab es nur noch magere Büsche, die keinen Schutz boten vor dem eisigen Wind. Das Mädchen fiel zurück, jammerte fiebrigen Unsinn, den der Höhenwind verschluckte. Der Junge ging völlig steif und konzentrierte sich auf jede einzelne Bewegung, hustete vor sich hin und blieb dem vorausgehenden Gampo mit weit geöffneten Augen auf den Fersen. Graue Schatten huschten vorbei in der aufziehenden Dunkelheit. Hecheln und Heulen mischten sich in das Stöhnen des Windes. Die Wölfe hatten ihre Witterung aufgenommen. Feige, aber beständig trabten sie neben den Verzweifelten den Berg hinauf. Immer fern genug, um einem Steinwurf oder einem Stockhieb noch rechtzeitig auszuweichen, immer nahe genug, um zuzubeißen, wenn der richtige Augenblick gekommen wäre. Hinter der Schneewand erblickte Gampo die Kuppe des Berges, die Erlösung, den Paß. Durchflutet von neuen Kräften trotzte er dem Unwetter, bezwang mit schnellen Schritten die letzten steilen, steinigen hundert Meter bis zum Ziel und sank neben den aufgetürmten Opfersteinen, den nassen grauen und zerschlissenen Gebetsfahnen in die Knie, reckte beide Hände gegen den brausenden Himmel und dankte den Göttern für sein Leben. Nyima brach neben ihm zusammen, schlotternd vor Erschöpfung und Kälte, seine fiebrigen Augen glänzten selbst in der Dunkelheit.

»Deine Schwester?« keuchte Gampo.

Nyima versuchte, seinen schlaffen Arm zu erheben und in die Richtung zu deuten, aus der sie gekommen waren.

Zögernd wie ein Ertrinkender, der – eben erst gerettet – wieder in die Fluten springen muß, wollte sich Gampo erheben, doch der Junge stieß ihn zurück.

»Ich ... ich hole sie ...« Und schon hatte das Schneetreiben seine schmale, gebückte Gestalt wieder verschluckt.

Jeder neue Stein, an dem sie sich emporziehen konnte, war ein Sieg. Jeder Zentimeter, den sie sich weiter den Berg hinaufbewegte, war ein Grund zu Jubel. Schon lange hatte ihr junger, heller Verstand aufgehört, sie anzutreiben. Es war jetzt nur noch der Instinkt. »Leben, leben«, dachte sie grimmig. »Ich will leben und nicht allein hier oben bleiben.« Die Wölfe kamen näher und näher. Sie spürte – oder war es Einbildung? – ihren heißen, feuchten Atem in ihrem Gesicht, an ihren bloßen Fingern. Sie wollte sich einbilden, es sei der Wind, der an ihren Kleidern zerrte, aber in Wirklichkeit waren es bereits die Zähne der Raubtiere. »Nur weiter und weiter. Wenn Nyima es schafft, dann schaffe ich es auch. Wir sind Zwillinge, wir sind vom selben Blut.« Ein stechender Schmerz flammte in ihrer Ferse auf. Ein Biß! Der erste Wolf hatte sich nahe genug herangewagt. Sie schrie auf, empört und verzweifelt, schleuderte einen Stein in die Dunkelheit, dorthin, wo sie das Tier vermutete, hörte ein Jaulen und setzte ihren Weg fort. Jetzt nicht mehr gehend, sondern nur noch kriechend. Die Schneewolken brachen auf, sie sah es, wenn sie den Kopf hob. Sterne funkelten mit einem Mal im Grau des Nachthimmels. Weiter oben sah sie die Steintürmchen des Passes, sah sogar die kauernde Gestalt Gampos. Und sah dann die Füße, die Beine ihres Bruders, der gekommen war, um sie zu retten. Dankbar, erleichtert klammerte sie ihre Hände um seine Fersen, zog sich weiter empor, grub ihr Gesicht in seine Waden, weinte vor Freude. Sie hatten es geschafft. Das Unwetter verzog sich, der Abstieg nach Indien – sie würden ihn schaffen. Nachdem sie dies überstanden hatten, würden sie alles schaffen.

»Wo hat Gampo das Schwarze Thangka versteckt?« fragte eine Stimme, die sie nie zuvor gehört hatte und niemals wiederhören wollte. Es war keine menschliche Stimme.

»Los, sag es mir! Ich weiß, daß er es hatte, aber jetzt ist es weg. Er kann mir damit weh tun! Du willst doch nicht, daß jemand deinem Bruder weh tut! Sage mir, wo er es versteckt hat!«

»Nein!« schrie sie. »Wer immer du bist, laß meinen Bruder in Frieden!«

Da spürte sie den Hieb, ein schwerer Stein in einer Knabenfaust traf sie am Hinterkopf, ein greller Lichtblitz durchzuckte ihren Kopf vom Nacken her, und dann war nur noch Dunkelheit.

»Was ist? Wo ist sie?« Gampo sah ihn allein zurückkommen und richtete sich schwerfällig auf.

»Sie hat es nicht geschafft. Sie ist tot. Los, komm, wir müssen weiter, bevor ein neuer Sturm aufzieht!« sagte der Gyor in Gestalt des Nyima.

37. Kapitel

Dorf Kangtog, Tibet

Ja, wir haben einen Jungen bekommen, er ist fünf Tage alt.« Der Bauer strahlte über das ganze Gesicht vor Vaterstolz, zeigte den Männern, die ihn vor seinem Haus erwarteten, als Zeichen seiner Ehrerbietung die Zunge. Aber in sein Lachen mischte sich auch Befangenheit. Die Fremden waren ohne Zweifel wichtige Leute, Lamas und Gelehrte. Er wußte nicht, wie er sich ihnen gegenüber verhalten sollte, wußte nicht einmal, wie er sie ansprechen sollte, um zu erfahren, was sie von ihm wollten. Er war auf dem Heimweg von seinem Feld, wo er Unkraut gejätet hatte, seine langstielige Sichel trug er über der Schulter. Gampo spürte seine Unsicherheit: »Wir sind gekommen, um uns deinen Sohn einmal anzusehen«, sagte er in ruhigem Ton. »Ist es dein Erstgeborener?«
»Nein. Es ist der dritte ...«
»Dürfen wir hereinkommen?«
»Aber natürlich. Verzeiht, es ist alles sehr bescheiden.« Der Bauer ging voraus in den Innenhof des Gebäudes, vorbei am Kuhstall, in dem ein einziges schwarzweißes Rind döste. Er geleitete die unerwarteten Gäste in ein fensterloses Wohnzimmer, dessen einziger Schmuck der Hausaltar war, zu einer mit grob geknüpften Teppichen ausgelegten Holzbank und verschwand sogleich, um aus den anderen Räumen noch Sitzgelegenheiten zusammenzusuchen. Dabei brüllte er nach seiner Frau, daß sie den Gästen Buttertee serviere. Sie huschte mit gebeugtem Oberkörper herein, brachte schmutzige Schalen und goß aus einer großen Thermoskanne das hellkakaofarbene Getränk ein.
»Gab es in letzter Zeit hier irgendwelche besonderen Erscheinungen?« fragte der älteste der Lamas vorsichtig. Der Geburt eines Tulku gingen immer seltsame Phänomene voraus.

»Das kann man wohl sagen«, prahlte der Bauer, dem dämmerte, was die Besucher wollten. »Mein Haus – über Nacht wurde es geweißelt. Ich kann mir das auch nicht erklären. Ich wollte erst in zwei Wochen die Farbe auftragen, aber ihr habt ja gesehen, das ist nun nicht mehr nötig ...«

Die Lamas nickten einander zu.

Der Gyor war am Ziel. Nur noch einmal mußte er die sterbliche Hülle wechseln und in das Kind fahren, das die Weisen zum fünfzehnten Dalai Lama erklären würden. Wenn sie das Kind prüften, würde Gyor ihnen die richtigen Zeichen geben, wenn sie den Jungen mitnahmen und in der Schriftenkunde unterwiesen, würde er der beste Schüler sein. Früher als alle seine Vorgänger würde er die strengen Examen bestehen und in spätestens fünfzehn Jahren den Löwenthron besteigen – in Gyors Zeitrechnung war das nicht mehr als ein Wimpernschlag. Das Glucksen des Säuglings war aus dem Hinterzimmer zu vernehmen, und die Männer tauschten vielsagende Blicke.

»Ob wir euren Sohn wohl einmal sehen dürften?« fragte Gampo.

»Ihr seid Lamas, nicht wahr?« fragte die Frau, die ebenfalls ahnte, weswegen die Fremden gekommen waren. Sie würden ihren jüngsten Sprößling in ein Kloster mitnehmen, vielleicht weit weg. Die Eltern würden ihn möglicherweise jahrelang nicht wiedersehen dürfen, aber dieses Opfer bedeutete ihr nicht viel. Sollten die Lamas in ihrem Kind eine Reinkarnation entdecken, dann wäre dies die größte Ehre, die ihrer Familie jemals widerfahren war.

»Bitte, wenn Sie sich in das andere Zimmer bemühen wollen.«

Der Bauer kam zurück, hatte einen Melkschemel unter den Arm geklemmt und sah noch ratloser aus als zuvor. Es war dies ein Tag, wie er noch keinen erlebt hatte. Nur waren noch mehr Fremde gekommen, und er wußte nicht mehr, wohin er sie setzen sollte. Nicht genug: Zwei der Besucher waren auch noch Ausländer. Hinter ihm betraten Prof. Li, Catherine, Artie und Dawa den Raum.

»Vielleicht sollten wir uns besser draußen in den Hof setzen«, wollte der Bauer vorschlagen, aber er brach mitten im Satz ab.

Nyima saß auf einem niedrigen Hocker in der Nähe der Tür und fuhr sofort in die Höhe, als er die Neuankömmlinge erblickte. Die beiden Phurbas in seiner Nähe verursachten ihm unsägliche Qualen, aber er ertrug sie stoisch. Catherine strahlte ihn an, und er strahlte zurück. Dies war der Moment, auf den der Gyor sich seit Jahrzehnten und Jahrhunderten vorbereitet hatte. Dieser eine kostbare Moment, in dem sich das Haßwesen hinunterbeugte zu den Sterblichen, um einmal, ein einziges Mal, nach ihren Regeln zu spielen und zu gewinnen.

»Siehst du, was ich sehe?« fragte Artie, seine Stimme flatterte. Furchtschauer jagten seinen Rücken hinunter. Der Mann in dem feinen Anzug, der in der Mitte des Raumes stand, trug den rotglühenden Bestienkopf des Kamdhar Gyor, seine weit hervorstehenden Augen rotierten in ihren Höhlen, sprühten Funken von blankem Haß. Artie tastete nach Catherines Arm. »Sag mir sofort, daß du das auch siehst, sonst schnappe ich über!« Ein hastiger Seitenblick zu Dawa und Prof. Li, die ihn mit offenen Mündern anstarrten, zeigte ihm, daß nur er in diesem Kerl Kamdhar Gyor sehen konnte und sonst niemand – außer: Catherine! Sie sah ihn nicht. Sie hatte sich aus seinem Griff befreit und trat auf den Dämon zu, streckte die Hand nach ihm aus.

»Nyima.«

»Catherine!« Nur er konnte ihren Namen so aussprechen, daß er sich anhörte wie Musik.

»Ich liebe dich«, sagte sie, Tränen schnürten ihre Kehle zu. Es waren nur noch sie beide in diesem Raum, ihre Freunde, die Lamas und die Bauern waren verschwunden. Die Liebenden, sie waren allein wie in ihrer ersten, seligen Nacht. Allein wie auf der Brücke in Lhasa unter den Gebetsfahnen. Und als sie sich umsah, war es auch nicht mehr das dunkle Zimmer eines ärmlichen Bauernhauses. Sie standen auf den Gipfeln der Berge, der Höhenwind brauste durch ihr Haar, die ewige Dunkelheit einer sternenlosen Nacht war über ihnen, und unter ihnen gähnten die Schluchten einer unendlich weit entfernten Erde.

»Ich liebe dich«, sagte er sanft. »Komm zu mir und wirf dieses scheußliche Messer weg, bitte, wirf es ganz weit hinaus.«

Folgsam griff sie in ihre Tasche, schloß ihre Finger um den Phurba, dessen Gluthitze sie nur wie ein schwaches Kitzeln spürte.
»Hör nicht auf ihn!« quiekte Artie aus weiter Ferne. »Mach deine Augen auf!« Er war neben ihr erschienen. Schwach und farblos wie eine Projektion der Phantasie, fuchtelte mit den Armen, denn sie hörte ihn nicht, der Wind verschluckte seine Schreie. Nyimas Stimme dagegen schmiegte sich samten und weich in ihr Ohr. »Wirf das schmutzige alte Ding da weg und laß uns zusammen fliegen. Ich habe lange, lange auf diesen Moment gewartet.«
Sie holte den Phurba hervor, ließ ihn auf den Boden fallen, ohne den Blick von Nyima zu lösen. Sein Lächeln, der Glanz seiner schwarzen Augen hatten sie gefangengenommen, und sie wollte nie wieder etwas anderes sehen, nie wieder etwas anderes hören als das süße Locken seiner Stimme.
Niemand im Zimmer wagte, eine Bewegung zu machen. Zwischen Nyima und Catherine, die nur wenige Schritte voneinander entfernt standen, schienen machtvolle, unsichtbare Ströme hin- und herzufließen, tödlich für den, der sich ihnen in den Weg stellte. Beide bewegten ihre Lippen, aber keiner konnte die Worte hören, die sie sprachen. Nur Arties Stimme erfüllte den Raum; er schrie auf Catherine ein, zog an ihren Armen und versuchte, sie von dem süß lächelnden Mann wegzuziehen, von dessen Reißzähnen – die nur er sehen konnte – schwarzes Blut troff.
Targa und sonst niemand unter den Anwesenden hörte die Donnerstimme und ging unter ihrer gewaltigen Wucht beinahe in die Knie. »Töte sie!« toste es in seinem Kopf wie ein Orkan. »Töte sie beide und schaffe die Dolche weg!«
Nyima streckte seine Hand aus. Artie sah eine behaarte Klaue mit Nägeln, scharf wie abgebrochene Rasierklingen. Catherine sah das Versprechen von Liebe und Zärtlichkeit.
»Gib mir ihre Köpfe!« befahl die Donnerstimme.
Der Bauer hatte die Sichel auf den Holztisch gelegt. Benommen und willenlos wie ein Schlafwandler ging Targa darauf zu. Niemand achtete auf ihn.
Artie sprang zu Prof. Li: »Tun Sie irgendwas! Tun Sie was! Sie

wissen doch sonst alles. Sie darf ihn nicht berühren, er wird sie zu sich ziehen, und dann sind wir alle verloren!«

»Wir sind machtlos«, schrie Prof. Li zurück. »Nur sie kann ihn bezwingen, sonst keiner!«

»Komm zu mir!« flüsterte Nyima. Und sie tat es, wagte den Schritt über die Klippe, spürte, wie ihr Fuß ins Leere trat, wie der Wind aufheulte, wie Artie aus Leibeskräften schrie und dann eine Serie von Donnerschlägen die ewige Nacht zerriß. Als sie erwachte, fand sie sich am Boden wieder, neben ihr die erlöschenden Augen eines sterbenden Mannes. Targa hatte die Sichel mit beiden Händen ergriffen, hatte sich mit aller Verzweiflung auf Catherine gestürzt und zu einem vernichtenden Schlag ausgeholt. Da hatte Dawa ihre Waffe herausgerissen und das halbe Magazin auf Targas Brust entleert. Dennoch hätte Targas herabsausende Klinge Catherines schmalen Hals glatt durchtrennt, hätte sie nicht im letzten Moment einen Schritt nach vorne gemacht und ihren Fuß nicht auf den Phurba gesetzt. Dieser rutschte weg und riß Catherine zu Boden, die messerscharfe Sichel sauste nur wenige Millimeter an ihrem Ohr vorbei.

Nyima drehte sich um und verschwand im Hinterzimmer.

Gleich hinter ihm betrat Dawa den dunklen Raum, die Waffe auf ihn gerichtet. Der Gyor hatte sich in eine Ecke geflüchtet. Er schöpfte neue Kraft, versuchte zu denken, zu planen. Er mußte diesen Körper verlassen.

»Du«, grollte er Dawa an, die mit weit gespreizten Beinen am Eingang stand und die Waffe, die Dienstpistole ihres Adoptivvaters, die sie seit dem Überfall im Potala-Palast immer bei sich trug, fest in ihren zitternden Händen hielt. »Du bist tot!«

»Gib mir meinen Bruder zurück, du Ausgeburt der Hölle«, fauchte sie zurück.

»Töte mich!« zischte der Gyor. »Töte mich, dann sollst du ihn wiederhaben!«

»Nyima«, rief sie. »Mein Bruder. Bist du da? Hörst du mich?«

»Erschieße mich, du Mistweib!« knirschte der Gyor, und Nyimas Augen blitzten in bernsteinfarbener Wut, doch sie schritt auf ihn zu. Die bohrenden Schmerzen setzten wieder ein, sein Körper krümmte sich zusammen. Die Phurbas rückten näher. Im Türrahmen erschienen die beiden Schutzgeister, voran ging die Hexe mit den goldenen Haaren, die er beinahe besiegt hätte. Er mußte diesen Körper verlassen und von der neuen Hülle Besitz ergreifen. Schnell, bevor die Geister mit den Phurbas ihm den Weg abschnitten. Er mußte diesen Leib verlassen und in das Kind reisen. Schnell.

»Nyima!« Die Schwester streckte ihre Hand nach ihm aus, da fuhr er herum mit einem fürchterlichen Schrei und rammte seinen Kopf mit einer solchen Wucht gegen die Wand, daß man bis in den Hof hinaus das Splittern seines Schädels hören konnte. Leblos sank der Körper des Nyima Gyatso zu Boden. Mit einem Aufschrei war Dawa bei ihm, kniete neben dem Sterbenden, Catherine eilte zu ihr.

Er schlug die Augen auf. Sie waren nicht mehr bernsteinfarben, sondern schwarz wie Perlen, doch ihr Glanz verglomm.

»Dawa ...« Es war die glockenhelle Stimme eines Sechsjährigen, die zu ihr sprach. Sein Geist, bevor er für immer erlosch, bäumte sich noch einmal auf. Vor vielen Jahren wurde er gefangengenommen und verbannt in die Dunkelheit, und jetzt – im Augenblick seines Todes – stellte der kleine Junge noch einmal dieselbe Frage wie damals in den Trümmern des Klosters Dreglug.

»Dawa, wo ist Vater?« Sie streichelte weinend seinen Kopf.

»Er ist schon vorausgegangen ...«, preßte sie hervor.

Nicht die Lamas, nicht der alte Gampo, nicht Prof. Li, die nach und nach in den Raum traten, konnten den Nebel sehen, der sich schlängelnd vom Körper des toten Nyima ausging, über den Boden kroch wie ein schweres, giftiges Gas, sich auf die Wiege mit dem schlafenden Säugling zubewegte. Der Gyor war unterwegs zu seiner neuen Gestalt, und in dieser würde er zum größten aller Herrscher werden. Der Greifarm aus Dunst hatte den Raum schon zu Hälfte durchquert, da packte Artie die neben dem Leichnam kniende Catherine am Arm.

»Siehst du das?« keuchte er.

»Nimm deinen Dolch!« schrie sie, sich aufrichtend.

Artie kreischte auf: »Ich kann das Ding nicht anfassen. Es glüht wie Kohle!«
Prof. Li stürzte zum Kleiderschrank und zog in größter Hast Wäschestücke daraus hervor und tauchte sie in eine Schüssel mit kaltem Wasser. »Wickelt das um eure Hände. Schnell.« Der tödliche Dunst war jetzt weniger als einen Meter von der Wiege entfernt. Catherine und Artie umwickelten ihre Hände mit dem wassergetränkten Stoff. Es zischte, als sie die glutheißen Phurbas ergriffen. Die beiden Tulkus sprangen zur Wiege und stellten sich davor. Der Säugling schrie aus Leibeskräften, sein Gesicht war verzerrt und rot angelaufen vor Anstrengung – oder war es die Angst vor dem Gyor? Catherine und Artie bohrten die Geisterdolche in den Fußboden des Bauernhauses und stoppten so den Nebelstreif nur eine Fußlänge vor seinem Ziel. Der Schlangennebel, den nur Catherine und Artie sehen konnten, schwebte reglos wenige Zentimeter über dem Boden, bevor er sich zu einer milchfarbenen Wolke ballte und entschwand. Catherine brach zusammen, sank auf den Boden, ein Beben erfaßte ihren ganzen Körper. Fassungslos standen die Lamas in der Tür, unfähig, das Gesehene zu begreifen. Nur einer hatte sich bereits abgewandt und war mit totenbleichem Gesicht ins Freie gewankt. Gampo sank im Hof in sich zusammen und starrte mit leerem Blick ins Nichts. Auch er verstand nicht genau, was in dem dunklen Zimmer vor sich gegangen war, aber er begriff, daß sich da ein Tor zur Hölle geöffnet hatte und daß er nur einen Schritt davon entfernt gewesen war. Der dunkle Geist hatte sein Werk beinahe vollendet. Er war frei, und er würde wiederkommen, und niemand auf dieser Welt konnte ihn aufhalten. Trangu, der weise Abt des Klosters Dreglug, hatte es einmal geschafft, aber es gab keinen mehr wie ihn.
»Du hast mich nicht erkannt«, sagte die Frau, die sich neben ihm niederließ. Gampo blickte nicht auf. »Ich bin Dawa. Seine Schwester.«
Jetzt hob Gampo den Kopf. »Dawa ist auf dem Weg nach Indien gestorben«, sagte er mit gebrochener Stimme.
»Sie wäre gestorben, wenn nicht die Frau aus dem Lager uns

gefolgt wäre. Frau Zhao, vielleicht erinnerst du dich an sie. Sie ging hinter uns her, weil sie in Sorge war. Sie fand mich und brachte mich zurück in Sicherheit. Ich wuchs bei ihr auf. Kamdhar Gyor hat erst Nyima getötet und wollte dann mich umbringen.«

Unbeeindruckt ließ der Alte den Kopf wieder sinken. »Nyima«, seufzte er. »Ich habe ihn geliebt wie einen Sohn.«

»Es war nicht Nyima, den du geliebt hast.« Sie fragte sich, wie sie der jungen Amerikanerin, deren herzzerreißendes Schluchzen aus dem Haus drang, diesen Sachverhalt beibringen sollte.

»Und Targa? Was ist nur in ihn gefahren? War er ein Diener des dunklen Geistes?«

»Targa ... Targa ...« Dawas Hände ballten sich zu Fäusten. Ihr geliebter Xiao Zhi, dessen einziges Ziel es gewesen war, das Los Tibets zu verbessern – ausgerechnet er hatte Tibet in Gefahr gebracht. Weil Targa ihn benutzt hatte. Sobald die grausigen Träume begonnen hatten, in denen ihr verstorbener Bruder auftauchte, hatte Dawa gewußt, daß Kamdhar Gyor auf dem Weg war. Er suchte das Schwarze Thangka, das ihm weh tun konnte. Wenn sie es vor ihm fand, dann konnte sie das Unheil abwenden. Sie wußte, wo Gampo es versteckt hatte, und sie wollte, daß der Dalai Lama es bekam. Sie bat Xiao Zhi, der bald darauf nach Amerika verreisen wollte, dort die Exiltibeter aufzusuchen. Als er zurückkam, war er sehr zufrieden. Er habe einen hochgestellten Mitarbeiter des Dalai Lama kennengelernt, der dem Dalai Lama das Thangka übergeben würde. Außerdem habe der Mann eine ausgezeichnete Idee gehabt, wie man der tibetischen Sache einen großen Dienst erweisen könne. Er hatte Xiao Zhi auf die Idee mit dem Buch gebracht, das er zusammen mit Paul McGregor produzieren sollte. Er hatte ihm auch den Kontakt zu Tsentse vermittelt, dem Verräter, der sie später den chinesischen Henkern ausliefern würde. Dawa konnte entkommen, weil sie wie durch ein Wunder den geheimen Weg durch das Innere des Palastes wiederfand, den Gampo damals genommen hatte. Xiao Zhi aber hatten sie ermordet, und dieser Mann, den sie nie gesehen hatte und dessen Name ihr erschien wie ein böses Schimpfwort, er trug die Schuld daran:

Targa. Für einen kurzen Moment fühlte sie eine beängstigende Genugtuung darüber, ihn erschossen zu haben.
»Das Schwarze Thangka soll …«, sagte sie.
»Was weißt du darüber?« schnitt ihr Gampo das Wort ab. Sein Gesichtsausdruck war zornig und ängstlich zugleich.
»Ich wußte, wo du es verborgen hattest. Ich habe dich damals beobachtet. Ich habe es nach draußen bringen wollen.«
»Warum? Warum hast du das getan? Es ist nicht für menschliche Augen bestimmt!« Er weinte fast in seiner Hilflosigkeit. Ein alter Mann, der zuviel gesehen und zuwenig verstanden hatte.
»Das Thangka ist die einzige Chance, Kamdhar Gyor zu bezwingen! Er hat es mir selbst gesagt. Es kann ihm weh tun«, drängte sie ihn. »Nur du kennst seine Botschaft! Gampo!«
Er schüttelte heftig den Kopf. »Niemals, niemals«, schluchzte er.
Sie ergriff seinen Arm und schüttelte ihn. »Gampo!«
Er heulte auf. »Niemals werde ich sagen, was ich darin gesehen habe, denn das wäre das Ende unserer Kultur, das Ende unseres Glaubens. Es würde mit einem Mal vollenden, was die Chinesen mit all ihrer Macht und all ihrem Haß in vierzig Jahren nicht geschafft haben. Sie haben uns den Kult des toten Grammophons gebracht, aber das Thangka bringt das Ende. Es ist ein Sakrileg jenseits allen Verstandes. Niemand anderes als Kamdhar Gyor hat das Thangka gemalt, denn er will uns glauben machen, daß wir ihn damit besiegen können. Aber das stimmt nicht, das stimmt nicht …« Seine Stimme versiegte, und Dawa fragte sich, ob Gampo vielleicht verrückt geworden war.
Catherine trat hinaus in den Hof, ihre Augen rot vor Tränen. Artie und Prof. Li folgten ihr. Endlich hatten die braven Bauersleute ihren Schock überwunden und traten an Prof. Li heran.
»Ich glaube, ich sollte jetzt besser die Polizei verständigen«, murmelte der Bauer schüchtern. »Ich weiß nur nicht, was ich ihnen sagen soll.«
»Am besten, du sagst gar nichts«, empfahl Li. »Du hast zwei tote Männer in deinem Haus liegen, und du weißt nicht, wer sie sind und wie sie zu Tode gekommen sind. Das wird eine sehr unangenehme Sache werden.«

»Aber ich kann doch nichts dafür!« protestierte der Bauer.
»Eben. Die Lamas werden sich der Toten annehmen«, beruhigte ihn Li. »Wir bringen sie ins Kloster, dort wird man sie bestatten. Ich würde dir und deiner Frau dringend raten, über das, was heute in eurem Haus geschehen ist, absolutes Stillschweigen zu bewahren.«
Die Lamas trugen die Körper Nyimas und Targas in Teppiche gewickelt zu den Jeeps.
»Dann ist unser Sohn also doch kein Tulku?« erkundigte sich die Bäuerin vorsichtig bei Prof. Li, als dieser mit den Ausländern und der Frau aus Lhasa ihren Hof verließ.
»Nein«, erwiderte er scharf. »Und Sie sollten gleich damit anfangen, Dankgebete zu sprechen.«
»Es tut mir leid, wegen Nyima ...« Schamhaft wurde sich Artie seines Unvermögens bewußt, tröstende Worte zu sprechen. Er kam sich dabei immer vor wie der Hauptdarsteller einer Seifenoper. *»Szene 14. Maggie hat ihren Vater verloren, Fred streichelt über ihr Haar. ›Wird schon alles wieder gut werden, Babe...‹«* Wo er herkam, war Trost nie mehr als eine leere Hülse. Erfunden lediglich zu dem Zweck, peinliche Gesprächspausen zu überbrücken und zum schnellen Abschied überzuleiten. Wo er herkam, nahm niemand Anteil, sondern dachte nur daran, was das Leid des anderen für ihn selbst bedeuten könnte. »Ruf mich an, wenn du was brauchst«, sagte man in Hollywood und eilte zur nächsten Dinner-Party, bei der man nun was Interessantes zu berichten hatte. Er wünschte sich plötzlich, er hätte das Trauern gelernt.
Sie waren auf der Ladefläche eines Transporters, den Dawa organisiert hatte, nach Lhasa zurückgefahren, versteckten sich in einem Haus, das einem ihrer Freunde aus dem Untergrund gehörte. Ihr eigenes Heim war, so hatte sie erfahren, von Sicherheitskräften in Zivil umstellt worden, die nur auf ihre Rückkehr warteten.
Catherine stand fröstelnd im Hof, Artie neben ihr. Der Sternenhimmel war hinter Wolken verschwunden.
»Erst jetzt verstehe ich alles«, sagte sie und zog die Nase hoch. »Als ich ihn in Peking sah, da wollte er nicht in mein Zimmer

kommen, weil ich den Phurba dort aufbewahrt hielt. Aber in Lhasa ...«, sie schluchzte krampfhaft, die Hände vor ihr Gesicht gepreßt, »in Lhasa, da kam er und lachte und ... Es war nur, weil der Phurba zu diesem Zeitpunkt bei dir war im Hotel. Deswegen hat er sich an mich herangewagt.«

»Nein, nein«, widersprach Artie, der ungeübte Tröster. »Er war doch auch bei dir in dieser Nacht, als jemand versucht hat, dich umzubringen. Das hast du doch selbst gesagt. Er war die ganze Nacht bei dir, obwohl du den Phurba doch in der Schublade hattest. Sieh mal, er muß scheußlich gelitten haben, aber er ist trotzdem geblieben ... Ich bin ganz sicher, daß er diese Schmerzen nur ertragen konnte, weil Nyima irgendwo noch in ihm war und weil Nyima dich liebte. Nyima war wirklich ein netter Kerl«, sagte Artie, unbeholfen ihren Arm streichelnd und biß sich auf die Zunge, nachdem er die Worte »Aber er war nun mal ein böser Geist ...« aussprach. Zum Glück hörte sie ihm sowieso nicht zu. Trotzdem konnte er nicht aufhören, auf sie einzureden. »Sieh mal, du hast ihn geliebt, das ist so wertvoll wie nur irgendwas. Ich meine, diese Erfahrung. Ich dachte, ich hätte meine Frau geliebt, aber dann stellte ich fest, daß ich sie einfach deswegen angefangen habe zu hassen, weil sie mir mein ganzes Haus ausgeräumt hat. Ich liebe Paul, er ist der einzige Freund, den ich jemals hatte. Deswegen bin ich ja hier. Bevor ich ihn verloren habe, wußte ich nicht einmal, wie sehr ich an ihm hing ...«

Sie hörte ihm doch zu, denn sie wandte ihm ihr verweintes Gesicht zu. »Verloren ...?«

»Ich kann nichts für ihn tun. Ich bin machtlos. Ich kann ihn nicht zurückholen, das spüre ich. Irgendwie wußte ich das von Anfang an, noch bevor ich hierherkam. Aber ich kam trotzdem. Ich weiß nicht, warum. Es erschien mir einfach als eine gute Idee.«

Die Tür flog auf, und Prof. Li trat auf sie zu.

»Ich weiß es«, sagte er. »Ich weiß alles.« Er ließ sich auf eine Steinbank nieder und vergrub den Kopf in den Händen. Catherine und Artie nahmen sich bei den Händen wie zwei Kinder. Nach langer Pause fuhr Li fort; er war aufgewühlt, seine Worte waren kaum zu verstehen: »Es war mir klar, daß er es als erstes fotogra-

fieren würde. Er hat immer alles erst fotografiert, sogar bevor er es eigentlich wahrnahm. Auch das Thangka. Sie ... Dawa ... sie war seine Freundin. Seine Frau sogar. Ich wußte das gar nicht, bis sie es mir vorhin sagte. Sie war bei ihm, als er ermordet wurde. Sie brachte seine Kamera in Sicherheit. Aber sie wußte nicht, daß er das Thangka fotografiert hatte. Ich wußte es. Ich kenne doch meinen Sohn. Wir waren gerade in Dawas Fotolabor und haben den Film entwickelt.« Er hielt ihnen eine Fotografie entgegen, das Licht, das durch die Fenster in den Hof fiel, beleuchtete das Abbild des Schwarzen Thangka. Artie nahm es und hielt es ins Licht. Eine goldene Buddhafigur, umrahmt von Bergen, war darauf abgebildet, über den Bergen waren pechschwarze Wolken aufgezogen, und vor den Buddha hatte sich ein häßliches, schwertschwingendes Ungeheuer gedrängt, das den Betrachter aus haßsprühenden Augen anglotzte.
Catherine schluchzte auf. Es waren dieselben furchterregenden Augen, die sie und Artie in ihren Träumen verfolgt hatten, dieselben Augen, die in Nyimas Kopf aufgeflammt waren, bevor der Gyor seinen Körper verließ. Die Hufe des Dämons aber standen auf einem See, aus dessen schwarzen Wassern ein anderes Augenpaar und zwei fürchterliche Klauen auftauchten.
»Das ist Zhidag«, erklärte Li. »Der See liegt genau an der Stelle, wo heute der Jokhang steht. Wenn der Jokhang fällt, dann wird der Gyor untergehen. Ich habe mich immer gefragt: warum Ausländer? Warum sind zwei Ausländer für diese Aufgabe ausersehen worden. Jetzt weiß ich es. Ihr müßt etwas tun, was kein Tibeter über sich bringen würde. Ihr müßt ... ihr müßt das größte Heiligtum dieses Volkes zerstören.«
Er zog eine Lupe aus seiner Tasche und reichte sie Artie. »Sieh in die untere, rechte Ecke.« Artie trat näher ans Fenster und kniff angestrengt die Augen zusammen. Dann ließ er Lupe und Foto sinken und sagte: »Oh, Scheiße, Scheiße, ich dachte, wir könnten uns noch irgendwie krankmelden.«
Es waren zwei Gestalten, ein Mann und eine Frau, zu sehen, zwischen ihnen ein Feuer, vor dem die dunklen Wolken zurückwichen. Der Mann, halb versunken im schwarzen See, hatte beide

Arme ausgestreckt, in den Händen hielt er die Phurbas; Yak- und Leopardenkopf waren deutlich zu erkennen. Die Frau, die das Feuer entfachte, hatte sonnenfarbenes Haar.
»Ich kann es kaum glauben.« Dawa war fröstelnd zu ihnen getreten und vermied jeden Blick auf das Foto. »Jetzt verstehe ich, warum Gampo auf keinen Fall wollte, daß wir dieses Thangka sehen. Es ist ein verdammter Frevel, schlimmer als alles, was die Chinesen in vierzig Jahren hier angerichtet haben. Ihr versteht das vielleicht nicht, aber es ist, als würde man den Petersdom in Rom zerstören.«
»Es muß getan werden, sonst gewinnt der Gyor«, entgegnete Prof. Li.
»Aber was, wenn Sie sich irren ...?« Dawas rehbraune Augen flehten ihn an.
»Mein Sohn, dein Mann, ist dafür gestorben. Dein Bruder hat sein Leben an den Geist verloren. Es ist kein Irrtum, Dawa. Ein Irrtum ist einfach nicht möglich.«
Li und Artie gingen in das Haus, Dawa blieb allein mit Catherine zurück, legte ihren Arm um ihre Schultern und schwieg eine Ewigkeit. Sie suchte nach Worten, um das zu sagen, was sie sagen mußte.
»Catherine, hör mir gut zu. Nyima ist gestorben, als er sechs Jahre alt war. Ich weiß es, denn er und ich, wir teilten uns eine Seele. Der Gyor hat ihn getötet, und der Gyor ist klug. Catherine, ich habe euch gesehen, dich und den Gyor auf der Brücke.« Sie verstärkte den Druck ihrer Umarmung, als das Mädchen sich ihr entwinden wollte. »Es gibt ein Wandgemälde im Kloster Drepung, auf dem ich genau diese Szene einmal gesehen habe. Der Dämon holt sich ein Mädchen und beißt ihr den Hals durch, während er sie beschläft. Catherine, er hat dich einmal benutzt und fast besiegt. Du darfst nicht zulassen, daß er dich noch einmal benutzt.« Sie holte ein Fläschchen aus ihrer Tasche, das eine bräunliche Flüssigkeit enthielt, und drückte es der Amerikanerin in die Hand. »Ich kann dich nicht zwingen, das zu trinken. Es ist eine sehr starke Kräutermixtur, und sie schmeckt sicherlich ziemlich beschissen, und vielleicht bekommst du Schmerzen davon.

Aber wenn du sie nicht trinkst, dann kommt der Kamdhar Gyor wieder, selbst wenn wir ihn jetzt besiegt haben. Ich weiß nicht viel über ihn, aber eines weiß ich: Er hat niemals verstanden, was Liebe ist. Er hat nur gelernt, die Liebe zu benutzen.«
Catherine stand noch lange im Hof, allein. Die kleine Flasche in ihrer Hand haltend. Sie fand nicht den Mut, den dickflüssigen Trunk zu sich zu nehmen, denn ihre Gedanken kreisten um Nyima, den Zauber seiner Augen, seines Lächelns, seiner Umarmung. Und sie genoß jede Sekunde der Gewißheit, ihn in sich zu tragen.

Sie schliefen nicht viel in der kurzen, letzten Nacht. In aller Frühe trennten sie sich. Dawa, Catherine und Artie fuhren im Wagen von Dawas Freund zu einem Lagerhaus etwas außerhalb von Lhasa, wo in einem gepanzerten Schrank fünfzig Kilogramm Dynamit – grobes, hochexplosives Zeug chinesischer Fertigung – versteckt waren. Dawas Mutter, Frau Zhao, hatte nach ihrem Ausscheiden aus der Rohstoffkommission einen Vorrat an Sprengstoff behalten, den niemand vermißt hatte. Sie hatte selbst nicht gewußt, warum sie das Zeug aufbewahrte, sie behielt es wie ein Andenken vergangener Zeiten; etwas, von dem sie sich nicht trennen konnte. Einmal, vor vielen Jahren, hatte sie einen Brief geschrieben und die Behörde auf die vergessenen Bestände aufmerksam gemacht, aber sie hatte nie eine Antwort bekommen. Dann war sie gestorben, auf eine dumme und gemeine Art, getötet in einem Autounfall, den der Vizedirektor der Behörde für Öffentliche Sicherheit, ein gewisser Herr Hu, verursacht hatte. Sein japanisches Auto hatte vor Dawas Augen den Körper der alten Frau erfaßt und in den Tod geschleudert. Dawa aber hatte herausgefunden, wer der Fahrer war, hatte versucht, ihn zur Rechenschaft zu ziehen, und wurde abgewiesen, vertröstet, schließlich bedroht. Am selben Tag, als sie beschloß, Rache für den Tod ihrer Adoptivmutter zunehmen, trat über Xiao Zhi diese verrückte Holländerin an sie heran und fragte, was sie tun könne, um Tibet zu befreien. Sie denke an etwas wirklich Großes. Dawa hatte nicht gezögert. Das Hauptquartier des Büros für Öffentliche Sicherheit zu sprengen hatte sie vorgeschlagen, und die Verrückte hatte sofort begeistert zugestimmt. Wenn es keine Gerechtigkeit gab, dachte Dawa, dann gab es wenigstens Vergeltung. Nun packten Artie, Catherine und sie die restlichen Vorräte des Sprengstoffs in eine Umhängetasche und gingen zu Fuß zurück in die Innenstadt. Zum Jokhang.

Zur gleichen Zeit wurde Prof. Li ein weiteres Mal von Tsentse verhaftet, der ihren Unterschlupf ausfindig gemacht hatte. Aber diesmal hatte Prof. Li keine Angst mehr.

38. Kapitel

Lhasa

Der greise Lama war in keiner guten Verfassung. Seine Beine wollten ihn nicht mehr so recht tragen; er mußte sich, sobald die Wachen ihn in Hus Büro geführt hatten, niedersetzen. Es war, als drücke eine unmenschliche Kraft seine Schultern zusammen, als knicke er ein unter der Last des Verrates, den zu begehen er beschlossen hatte. Die ganze Nacht war Gampo durch Lhasa geirrt, immer wieder hatte er betend und sich niederwerfend den Barkhor umrundet, nach einer Antwort suchend. Sollte er Verrat begehen, oder sollte er zusehen, wie alles, wofür er gelebt und gelitten hatte, unterging? Er machte sich Vorwürfe, das verfluchte Thangka nicht zerstört zu haben, und hoffte, durch seine Reue zur Vergebung zu gelangen, aber vergeblich. Noch immer zweifelnd, noch immer innerlich zerrissen suchte er die nächste Polizeiwache auf, verlangte den Chef zu sprechen. Die Beamten brüllten ihn an, verhöhnten ihn, schleiften ihn schließlich in das Hauptquartier, wo er auf seinem Stuhl Hu Banguo gegenüber zusammenbrach. Dieser schrie die Polizisten aus vollem Halse an:

»Was soll denn das nun wieder?« Hu sah massiven Ärger mit der Zentrale auf sich zukommen. »Seid ihr denn völlig übergeschnappt? Wer zum Teufel hat euch befohlen, diesen Mann zu verhaften?« Der Mann, den diese hirnlosen Kreaturen hier angeschleift hatten, war der Anführer der tibetischen Suchdelegation, die auf gar keinen Fall und auf keine Weise bei ihrer Mission behindert werden durfte! Feng Lizhao, der Mann, der sein Schicksal entscheiden konnte, war am Morgen in Lhasa eingetroffen und jetzt auf dem Weg zu ihm. Hu wußte gar nicht, wo er anfangen sollte, um dem strengen Funktionär die Kette seiner Mißerfolge zu erklären. Was schiefgehen konnte, war tatsächlich schiefgegangen! Gerade als Hu geglaubt hatte, wieder Oberwasser zu gewinnen, gerade als der amerikanische Schauspieler und die holländische Terroristin wieder eingefangen worden waren, torpedierten diese Schildkrötensöhne das ganze Vorhaben, indem sie den Anführer einer heiligen, selbst der Staatsführung heiligen Suchmission verhafteten!

»Tut mir leid, guter Mann, das muß ein Mißverständnis gewesen sein. Ich hoffe, diese Bastarde hier haben Sie nicht allzu ruppig angefaßt ...« Er stand auf und tätschelte wohlmeinend Gampos bloßen Arm. Scheiße, dachte er dabei. Der Kerl sah jetzt schon aus, als sei er tot. Und er, Hu, würde dafür bezahlen müssen.

»Kein Mißverständnis«, keuchte Gampo in seinem kaum verständlichen Chinesisch. »Ich bin zu Ihnen gekommen, um ein Verbrechen zu verhindern ...« Zu Hus Erstaunen ergriff der Tibeter mit beiden Händen Hus Pranke, während er seine Geschichte herunterstammelte. »Sie müssen sie verhaften. Sie müssen sie aufhalten ...«

Hu griff zum Telefon. Diesen Lama hatte der Himmel geschickt. »Sie können sich auf uns verlassen, Meister.«

Zwei Anrufe machte Hu, und schon begannen die Lautsprecher zu quäken, forderten alle Bewohner der Innenstadt auf, sofort ihre Häuser und Geschäfte zu verlassen und sich im »Park der Werktätigen« zu Füßen des Potala zu sammeln. Der Barkhor war innerhalb von wenigen Minuten menschenleer. Der Evakuierungsplan war eigentlich dazu gedacht, möglichen Aufruhr im Stadtkern zu verhindern. Aber er war auch dazu da, flüchtige Verbrecher in der Stadt leichter zu isolieren und zu fangen. Chinesische Polizisten und Soldaten in Kampfmontur, mit Helmen und kugelsicheren Westen, hatten binnen fünfzehn Minuten an allen Kreuzungen der Innenstadt Posten bezogen, Panzerfahrzeuge riegelten die Straßen ab. Die ersten Sucheinheiten brachen in die Stille, durchkämmten Geschäfte, stießen Verkaufstische um und stürmten mit vorgehaltenen Waffen von Haus zu Haus, brüllten wütende Befehle in die leeren Gassen. Scharfschützen erklommen die Dächer der umliegenden Gebäude.

Nur ein einziger Mensch war dem Aufruf zur sofortigen Räumung der Altstadt nicht gefolgt. Es war der Taubstumme, der die Opferöfen am Eingang des Tempels beaufsichtigte, die nach wie vor ihre dichten weißen Rauchwolken in die klare Herbstluft schickten. Catherine, Dawa und Artie erreichten ein menschenleeres Teehaus, aus dem die Soldaten erst wenige Minuten zuvor die Gäste, vorwiegend verschreckte ausländische Touristen, mit vorgehaltener Waffe vertrieben hatten. Noch immer dampfte der Tee in den Tassen, in einem Aschenbecher glimmte noch der Stummel einer Zigarette, neben den Tischen standen zurückgelassene Rucksäcke in grellen Farben.

Der Platz vor dem Lokal war geräumt, aus der Ferne erklang das Heulen von Sirenen. Zwischen ihnen und dem roten Tor des Jokhang lagen hundert Meter. Vereinzelt huschten Uniformierte über den Platz.

»Was jetzt?« jammerte Artie.

»Rennen!«

»Das schaffen wir nie! Sie sitzen überall auf den Dächern! Sie werden uns abknallen wie die Hasen!«

»Sie sind keine besonders guten Schützen«, beruhigte ihn Dawa. »Wenn die Mönche uns das Tor öffnen, sind wir erst einmal in Sicherheit.«

»Und dann? Sprengen wir uns selbst in die Luft?« Artie blickte in höchster Verzweiflung von einer Frau zur anderen.

»Ich weiß es nicht, Artie«, sagte Catherine ruhig. »Aber wir müssen in diesen Tempel.«

Dawa klopfte grimmig auf die Tasche mit dem Dynamit. »Wenn sie die treffen, geht es sehr schnell.«

»Scheiß drauf!« schrie Artie. »Ich will nicht sterben!«

Dawa griff ihn mit beiden Händen am Jackenkragen und drückte ihn an die Wand. Hinter seinem Rücken zersplitterte ein gläserner Bilderrahmen mit der Ansicht einer amerikanischen Großstadtkulisse bei Nacht. »Hör endlich auf zu jammern!«

»Ich gehe zuerst«, bestimmte Catherine. »Und ich trage das Dynamit.«

Dawa ließ von Artie ab und übergab ihr die Tasche.

»Artie – du kannst bleiben, wenn du dich hier sicherer fühlst«, sagte Catherine.
»Nein. Ich komme mit«, stieß er zwischen zusammengebissenen Zähnen hervor, ohne Dawa aus den Augen zu lassen. Ihr hartes Gesicht zeigte keine Regung.
Catherine schulterte die Tasche.
»Seht mal da!« Dawa trat zum Fenster. Es war, als habe der taubstumme Feuerwächter von irgendwoher das Signal bekommen, ihnen zu helfen. Er hatte alle Wacholderäste, derer er habhaft werden konnte, in die Flammen geworfen. Aus den weißgekalkten Schornsteinen quoll in dicken Schwaden der Rauch und hüllte den Platz ein. Schon waren von den Häusern rechts und links kaum mehr die Umrisse zu erkennen, die Wolkenfront des Opferrauchs erreichte sie.
»Wie um alles in der Welt sollen wir denn in dieser Suppe den Weg finden?« knurrte Artie, und als Dawa ihm einen spitzen Blick zuwarf, gab er sich die Antwort selbst: »Einfach geradeaus, was?«
Catherine stand an der Tür und blickte sich noch einmal um. Dawa, ihre ausgebeulte Armeehose, ihr schwarzes, ärmelloses T-Shirt, ihr rotes Stirnband. Sie sah aus wie die geborene Heldin. Artie in seiner modischen Outdoor-Kleidung, müde, grau und verängstigt, hatte plötzlich das Feuer der Entschlossenheit in seinen Augen, und das wollte gar nicht zu seiner schmächtigen Gestalt, seinem krausen Haar und seinen sensiblen New Yorker Lippen passen.
»Ich liebe euch«, sagte Catherine und wußte selbst nicht, warum.
»Wird schon schiefgehen«, sagte Artie, »Nyima wäre stolz auf dich.«
»Bestimmt.«
Sie drehte sich um, zog die saubere Luft tief in ihre Lungen ein und rannte los; sofort wurde sie von den dichten Rauchwolken verschluckt. Von irgendwo hoch auf den Dächern erscholl ein erstaunter Ruf, und schon begann das Feuer. Catherine erreichte die Stützpfeiler, in deren hartes Holz sich Projektile bohrten, sie rannte zur großen goldenen Gebetsmühle, das Sirren der Geschos-

se in ihren Ohren. Es öffnete sich die Pforte, bloße Arme ergriffen sie, zogen sie hinein in die Sicherheit des Tempels.
»Noch zwei«, sie hielt atemlos ihre Hand hoch, ihre Finger formten das Victory-Zeichen. »Es kommen noch zwei!«
Dawa und Artie standen mitten im Opfernebel, der sich weiter vorne schon wieder zu lichten begann. Sie mußten sich sputen, sonst war der Schutz verflogen.
»Bist du soweit?« fragte Dawa.
»Wenn du soweit bist ...«
»Gehen wir zusammen?« Sie tat etwas, das er nicht von ihr erwartet hätte. Sie zwinkerte ihm mit einem Auge zu und lachte ihn an. Ihre Zähne waren weiß wie der Schnee auf den fernen Berggipfeln.
»Aber nicht zu dicht zusammen«, zwinkerte Artie zurück, aber es wollte ihm nicht so recht gelingen, dabei zuversichtlich auszusehen.
Sie gingen zum Ausgang und stellten sich nebeneinander auf wie zwei Athleten an den Startblöcken.
Sie sprachen gleichzeitig:
»Ich wollte gar nicht jammern ...«
»Es tut mir leid, wenn ich deine Gefühle verletzt habe ...«
Sie lachten.
»Hast du mal ›Butch Cassidy and the Sundance Kid‹ gesehen?« fragte er. »Die letzte Szene?«
»Ich weiß nicht, wovon zu redest.«
»Macht nichts. Ich will nur, daß du das weißt: Es macht mir nichts aus, mit dir zu sterben.«
»Wir werden nicht sterben. Dann los, Arthur. Auf drei ...«
Dawa schien recht zu behalten. Die Chinesen, behindert durch die schlechte Sicht, waren keine guten Schützen. Die Kugeln gingen neben ihnen ins Leere. Sie hatten es beinahe geschafft. Nur noch zwei Meter fehlten zu den glänzenden Steinplatten, vor dem Säulentor des Tempels. Da ging Artie zu Boden, als habe ihm ein unsichtbares Wesen ein Bein gestellt.
»Mein Fuß!« schrie er auf. »Die Bastarde haben meinen Fuß erwischt!« Dawa, die schon das sich öffnende Tor erreicht hatte,

kehrte um. Geschosse hackten nur Zentimeter neben ihr in die Straße ein, Splitter zerschlagener Steine spritzten auf, als sie seinen Arm über ihre Schulter schlang und ihn hinter sich herschleppte, dem rettenden Eingang zu.

»Es macht mir nichts aus, zu sterben«, hörte sie ihn wimmern, als die schweren Tore sich hinter ihnen schlossen.

»Wie fühlst du dich?« fragte Catherine, während sie das Bein abband, die Blutung stillte und unter größter Vorsicht versuchte, den Schuh von seinem Fuß zu entfernen. Artie jaulte auf, als sie einen zerschossenen Teil der Sohle aus seinem Fleisch entfernte. Faser für Faser löste sie den zerrissenen Schuh von dem blutigen Klumpen, der einmal sein Fuß gewesen war.

Dawa schüttelte den Kopf und wandte sich ab.

Die Mönche des Jokhang, keiner von ihnen älter als fünfundzwanzig, standen verwirrt und verängstigt in kleinen Grüppchen im Innenhof des Tempels neben dem Gerüst mit den Opferkerzen und debattierten darüber, wie sie sich angesichts dieser Situation verhalten sollten. Seit die Lautsprecherdurchsagen der Polizei sie aufgeschreckt hatten, wußten sie, daß sie in Schwierigkeiten waren. Mehrmals in der Vergangenheit hatten nämlich chinesische Einheiten den Tempel gestürmt, um aufständische Brüder zu verprügeln und zu verhaften. Die ihnen in die Hände gefallen waren, wurden verschleppt und nie wieder gesehen. Die jungen Mönche hatten Angst. Sie wußten, was neue Unruhen im Jokhang bedeuteten: neue Prügel und weitere Verhaftungen, neue Maßregeln und vielleicht eine mehrmonatige Schließung des Tempels. Untersuchungen, Verhöre, Schikanen. Sie waren ausdrücklich gewarnt worden. Es gab keinen unter ihnen, der nicht die ermüdenden politischen Schulungen über sich hatte ergehen lassen. Keiner, dem die chinesischen Sicherheitsbehörden nicht in klaren, rüden Worten die schlimmsten Strafen angedroht hatten, falls sich im Jokhang-Tempel jemals wieder ein »konterrevolutionärer Zwischenfall« ereignen sollte. Aber trotzdem hatten sie die Fremden eingelassen, trotzdem die Tore mit dicken Holzbalken verriegelt. Trotz aller Warnungen, bei aller Angst.

»Gibt es einen Weg hinaus?« fragte Dawa.

Die jungen Mönche schüttelten energisch die Köpfe und deuteten auf die verriegelte Hauptpforte.
»Was ist?« rief Catherine, die soeben dabei war, einen Verband aus schmutzigen Lappen um Arties Fuß zu legen. Ein Mönch, der sich auf Heilkunde zu verstehen schien, war herbeigeeilt und streute irgendwelche getrockneten, zerriebenen Blätter in die Wunde, damit die Schmerzen gelindert wurden.
»Wir sitzen in der Falle«, gab die Tibeterin zurück.
»Sie haben Hubschrauber«, sagte ein Geistlicher, der die englische Sprache beherrschte. »Es wird nicht mehr lange dauern, und die Soldaten werden vom Himmel in den Innenhof herabsteigen.«
»Sie bringen Leitern!« schrie einer, der auf dem Dach Wache hielt. Tsentse stand mit einem Mal vor ihnen, wie aus dem Nichts aufgetaucht, die Waffe im Anschlag, seine Augen zwinkerten nervös hinter dem riesigen Brillengestell, sein Gesicht unter seinem breitkrempigen Strohhut war hart und entschlossen.
»Kommt mit mir, ich kenne einen sicheren Weg«, sagte er.
Zwei Sekunden später lag der schmächtige Mann am Boden, sich hilflos windend und stöhnend unter Dawas Faustschlägen. Sie war, kaum daß er erschienen war, auf ihn gesprungen wie eine Tigerin, ihre Schläge fegten die Brille von seiner Nase, der Strohhut rollte quer über den Hof.
»Du verdammter Verräter«, kreischte sie. »Du hast Xiao Zhi umgebracht, du Hurensohn! Und jetzt willst du uns an deine chinesischen Freunde ausliefern!«
»Es tut mir leid!« schrie Tsentse zurück. »Ich hatte doch keine Ahnung, was sie mit ihm tun würden!«
Catherine, die nicht verstand, was gesprochen wurde, stand daneben, ratlos. Selbst Artie vergaß für einen Moment seinen zerschossenen Fuß und beglückwünschte sich dazu, daß er sich nicht physisch mit dieser Frau angelegt hatte, obwohl er mehrmals Lust dazu verspürt hatte. Sie hätte Kleinholz aus ihm gemacht.
»Ich will euch helfen!« winselte Tsentse. »Sie werden in ein paar Minuten hiersein. Ihr habt keine Chance, wenn ihr hier drinbleibt.«

Dawa hielt inne und packte ihn am Kragen, riß ihn hoch. »Catherine, das ist ihr Spitzel«, knurrte sie. »Wenn wir ihn als Geisel nehmen, dann können wir vielleicht mit ihnen verhandeln.«
»Macht euch doch nichts vor, sie werden euch abknallen und mich dazu!« widersprach Tsentse erbittert. »Ich kenne den Weg nach draußen.«
Catherine trat näher. »Wie bist du hier hereingekommen?« fragte sie.
»Es gibt einen Geheimgang, den nicht einmal die Mönche kennen. Ich kann euch in zehn Minuten ans andere Ende der Stadt bringen, dann seid ihr in Sicherheit.«
»Glaub ihm kein Wort«, warnte Dawa. »Er arbeitet beim Büro für Öffentliche Sicherheit.«
»Nicht mehr!«
»Wenn der Kerl einen Ausweg kennt, worauf warten wir dann noch?« drängte Artie. »Ich brauche einen Arzt, verdammt! Ich verblute.« Zwar hatten die Kräuter seine Blutung längst gestillt, aber er mußte hier raus, dringend. Er war halb wahnsinnig vor Angst und Schmerzen. Oben auf dem Dach warfen Mönche Steine nach den Soldaten, die versuchten, auf ihren Leitern den festungsartigen Bau zu stürmen. Aber es würde nicht mehr lange dauern, und die Soldaten würden die Oberhand gewinnen, dann waren sie nicht mehr zu retten. Dennoch sagte Dawa bestimmt: »Wir sind geliefert, wenn wir ihm folgen.«
»Warum tun wir das nicht und verschwinden endlich?« krächzte Artie. »Geliefert sind wir auch, wenn wir hierbleiben.«
»Holt die Mönche von den Dächern, wir müssen hier raus«, bestimmte Catherine. »Auf welchem Weg seid ihr gekommen?«
»Der Gang führt durch den Brunnen im Innenhof«, sagte Tsentse, der sich sein verbogenes Brillengestell wieder auf die Nase und den verbeulten Hut auf den Kopf gesetzt hatte.
»Das schaffe ich nie!« stellte Artie fest. »Wie soll ich mit meinem Fuß da hinunter?« Er sank zu Boden und verbarg sein Gesicht in seinen Händen. Mühevoll zog er sich dann am Brunnenrand hoch. Er war jetzt plötzlich ruhig und gefaßt. »Ich habe jetzt begriffen, was ich hier soll. Einer muß das Feuerwerk entzünden, nicht

wahr? Einer muß untergehen in einem Knall der Herrlichkeit. Kennst du den Film ›Blaze of Glory‹?«

»O Artie ...« Catherine nahm sein Gesicht in beide Hände. »Du bist solch ein Idiot.«

Er nickte nur, kniff Augen und Lippen zusammen.

»Ich bleibe hier. Macht jetzt, daß ihr fortkommt.«

Sie gab ihm ihren Phurba. »Vielleicht brauchst du den. Wir sehen uns wieder, Artie.«

»Ja, genau«, lächelte er kraftlos. »Wenn nicht in diesem Leben, dann im nächsten, was? Ich kann es kaum erwarten.«

»Artie«, Prof. Li trat zu ihnen, »ich zeige dir den Platz, an dem du vielleicht sicher bist.« Er zog den humpelnden Amerikaner in den hintersten Winkel der inneren Gebetshalle. »Trangus Kapelle«, erklärte er und schob Artie in den Raum. In der Mitte der Wand saß das Bildnis Trangus in der Lotosstellung und lächelte in unergründlicher Ruhe auf sie hinab. »In Tibet gibt es viele Wege, sich gegen böse Geister zu wappnen. Eines sind Taten der Liebe. Was du für uns tust, ist eine solche Tat. Das zweite ist der Schutz Trangus. Du bist in seinen Händen, der Gyor wird sich nicht in diesen Raum wagen ...«

»Moment mal! Niemand hat mich gewarnt, daß diese Mißgeburt auch hier aufkreuzen würde!«

»Wenn er erscheint, Artie, hör mir zu, wenn er erscheint, dann rufe: *ton shu ima*. Hast du verstanden? *ton shu ima*. Das heißt: Geh weg.«

»Oh, Klasse! Ich bin sicher, das wird helfen. Mann, ich bin aus Brooklyn, da können Sie nicht mal einen besoffenen, halbblinden Penner mit sowas beeindrucken!«

Prof. Li griff in seine Tasche und holte ein weißes Pulver hervor, mit dem er Brust und Schultern des entsetzten Artie bestäubte.

»Nudelmehl«, erklärte er.

»O ja. Sicher. Hätte ich fast vergessen. Geister mögen kein Nudelmehl, richtig.«

»Leb wohl, Artie.«

»Danke, Professor. Danke ... für das Nudelmehl ... und alles ...«

Catherine und Dawa plazierten die Tasche mit dem Dynamit in einer Ecke des Hofes, brachten den Zünder an und zogen das Kabel bis zu Artie in die Trangu-Kapelle.

»Nur diese beiden Drähte hier zusammenbringen«, sagte Dawa. »Viel Glück.«

Einer nach dem anderen zwängten sie sich durch die enge Öffnung hinab in die feuchte Dunkelheit des Brunnenschachts. Die Mönche, ahnungslos und erleichtert, daß ihnen die Prügel der Chinesen sowie Haft und Folterungen erspart blieben; und hinter ihnen Tsentse und Prof. Li.

Auf dem Dach erklang das Geschrei der chinesischen Soldaten, die bemerkt hatten, daß niemand mehr Widerstand leistete, und sich deswegen, eine Falle witternd, mißtrauisch und langsam in den Tempel vorwagten.

»Wir müssen sie warnen«, bestimmte Catherine. »Ich will hier kein Blutbad anrichten.«

Dawa legte ihre Hände wie einen Trichter vor den Mund und rief den Chinesen etwas in ihrer Sprache zu. Sie antworteten mit Hohngelächter und Schüssen. Catherine war entschlossen, die Soldaten nicht hier sterben zu lassen. Sie rannte zur Tasche, nahm eine Stange Dynamit raus und schleuderte sie auf das Dach. Beim Auftreffen detonierte das hochempfindliche Dynamit und riß ein mannshohes Loch in die rote Wand.

Noch bevor sich der Rauch verzogen hatte, waren die Chinesen verschwunden. Catherine tauchte als letzte in den Brunnen, voller Zweifel, ob ihr Platz nicht hier war, an Arties Seite. Aber Prof. Li ließ sie nicht los. Der Weg zurück war nicht ungefährlich, vielleicht wurde sie dort unten im Tunnelgang gebraucht, wenn der Gyor auf sie alle wartete.

39. Kapitel

Lhasa

Ich steh' das nicht noch mal durch«, winselte Paul McGregor, als sie ihn zusammen mit Zonia in den Keller des Büros für Öffentliche Sicherheit in Lhasa warfen.
»Ach halt doch endlich die Klappe, du Waschlappen«, schnappte die Holländerin. »Denk lieber darüber nach, wie wir hier herauskommen!«
»Ich will meine Menschenrechte.«
Menschenrechte.
Das war ein Begriff, den er oft beschworen und strapaziert hatte, ohne ihn wirklich zu verstehen. Jetzt wußte er, daß Menschenrechte nichts waren für geschliffene Reden bei Banketten und nichts für Tischgespräche und Toasts bei wohltätigen Diners. Jetzt erst verstand er, daß die Menschenrechte hier unten im Dreck bei den Kerkerratten wohnten. Daß sie im Angstschweiß und in den Wunden gärten, die Polizeiknüppel den Menschen zufügten. Keine Petition konnte Menschenrechte geltend machen, und keine Deklaration und keine Festtagsrede sie garantieren. Menschlichkeit war nicht erzwingbar, Liebe und Respekt für den Nächsten konnten nicht per Gesetz verordnet werden. Das Recht des Menschen war relativ und damit relativ wertlos. Wenn zum Beispiel der Dalai Lama, der nichts als Liebe wollte, Opfer des Hasses wurde. Wenn er selbst innerhalb weniger Stunden von einem gefeierten, internationalen Star zu einem namenlosen Erschießungskandidaten herabsinken konnte, was zählten da alle Werte, die er so oft gepredigt und für die er sich eingesetzt hatte? Rechte hin oder her – Menschen konnten anderen Menschen jederzeit das Schlimmste antun. Sie konnten Säuglinge morden oder ganze Völker. Wieder und wieder. Wenn es ihnen befohlen wurde, wenn

sie einen persönlichen Vorteil darin sahen, wenn sie Angst hatten oder wenn sie ihren Genuß darin fanden.

»Was zum Teufel ist das?« Zonia starrte auf den Nebel, der sich, dicht am Boden gleitend, den Gang hinunterschlängelte.

Die Menschen waren nicht dazu gemacht, einander zu ehren oder ihre Würde zu achten. Sie waren Egoisten, auf ihren eigenen Vorteil bedacht. Sie wollten belohnt werden für ihre guten Taten und fürchteten Strafen für ihre schlechten Taten.

»Hoffentlich brennt es hier nicht. Siehst du das? Verdammt, ich habe noch nie so einen komischen Dunst gesehen, sieht aus wie eine Natter oder sowas ...«

Die Sterblichen, sie waren alle gleich. Leicht zu führen. In Tibet oder anderswo auf der Welt.

»Paul, paß auf, es kommt zu dir!«

Christen, Juden, Moslems, Buddhisten oder was auch immer. Religionen waren nichts weiter als vergebliche Versuche, Ordnung in die wirren und korrupten Seelen der Sterblichen zu bringen. Endlich habe ich sie durchschaut: Sie sind gemacht, um einander an die Kehlen zu gehen, und das, genau das werde ich ihnen bringen.

Und sie werden es mir danken.

»Paul, um Gottes willen, was ist mit deinen Augen los? Hört mich hier einer? Hilfe! Hört mich hier einer ...«

Mit einem haarsträubenden Quietschen rollte die Bahre aus dem Fach, der eiskalte Todeshauch aus dem Inneren des Leichenschrankes ließ Feng Lizhao erschauern. Unter einer grünen Decke zeichneten sich die Umrisse eines menschlichen Körpers ab, zwei bleiche Füße ragten darunter hervor, an einer Zehe war mit Draht ein kleines Schild befestigt: »Li Xiao Zhi, Fotograf, selbständig, eingeliefert am 23. 9.« Vizedirektor Hu warf die Decke zurück, unwillkürlich machte Feng einen Schritt zurück.

»Gütiger Himmel!« entfuhr es ihm. Brust und Bauch des Toten waren völlig aufgerissen, weißlich schimmerten durch das zerfleischte Gewebe die Knochen des Rückgrats.

»Sie haben doch nur gefragt, ob das Gesicht intakt ist.« Hu zuckte die Achseln.
Feng überwand seinen Ekel und trat näher an die Bahre heran.
»Was haben Sie mit ihm vor?« wollte Hu wissen.
Feng warf einen mißtrauischen Seitenblick auf den weißbekittelten Kühlhauswächter, der etwas abseits stand und in der Nase bohrte.
»Ein Experiment, wenn Sie gestatten.«
»Ich wußte nicht, daß Sie sich auch für Medizin interessieren, Feng xiansheng.«
Feng schmunzelte wie ein Magenkranker. »Nein, nicht Medizin. Nicht Medizin. Es gibt unter den tibetischen Schamanen einen Brauch, den sie Rolang nennen. Der Tanz mit einem Toten.«
»Sie wollen mit ihm tanzen? Das ist das ... nun ja, das Originellste, was ich seit langem gehört habe!«
»Sehen Sie, Hu: Ich habe das von einem Mann, der seit vierzig Jahren in einem dunklen, feuchten Loch in Peking sitzt und seitdem nichts anderes als Baumsamen und Wasser zu sich genommen hat. Die Tibeter haben ein paar Tricks und Kniffe, die für uns nicht ganz einfach zu verstehen sind. Ich weiß, daß manche funktionieren. Und jetzt will ich herausfinden, ob dieser Rolang funktioniert. Denn es ist das einzige, was mich und übrigens auch Sie jetzt noch retten kann. Nachdem Sie versagt haben, nachdem Prof. Li versagt hat, bleibt nur noch eine Chance: Ich muß versuchen, diesen Mann zum Sprechen zu bringen.«
»Aber er ist tot«, stellte Hu trocken fest.
»Vielleicht. Ich reiße mich nicht darum, mich auf diesen Leichnam hier zu legen, das können Sie mir glauben. Ich würde sehr viel lieber Sie dazu zwingen, das zu tun, Sie verdammter Trottel. Also: Ich brauche einen Raum, wo ich meine Ruhe habe. Können Sie mir einen solchen Raum beschaffen?«
Hu würgte seinen Ekel hinunter. »Sicherlich kann ich das.«
Es war ein kleiner Raum, vier mal vier Meter, die Wände aus rohem Stein, der Fußboden aus festgetretenem Schmutz. Eine einsame, flackernde Glühbirne baumelte von der Decke.
»Wir haben hier eine ganze Reihe von widerspenstigen Mönchen

und Separatisten zum Tanzen gebracht«, erklärte Hu unaufgefordert. »Aber die lebten alle noch.«

Der Kühlhauswächter hatte den Nachtwächter gerufen, gemeinsam hievten sie den Leichnam des Fotografen Li Xiao Zhi wie einen Sack von der Rollbahre und blickten Feng fragend an.

»Auf den Boden«, gebot dieser knapp. Hu, der hinter dem Mann aus Peking im Korridor stand, durchsuchte seine Jackentaschen nach einer Zigarette.

»Der Tanz mit einem Toten ...« Hu hatte einige Gläser Maotai geleert, und sein aufreizender Schnapsatem stach Feng Lizhao unangenehm in der Nase. »Ich glaube, Sie haben sich etwas von diesem ganzen tibetischen Hokuspokus anstecken lassen, ja, das glaube ich.«

»Verschwinden Sie, und lassen Sie mich mit ihm allein«, grollte Feng. Ihm war mehr als mulmig zumute, als er seinen Aktenkoffer abstellte und seine Jacke auszog.

Lugdur tiryon grubdar mir – er dachte an die Beschwörungsformel, die ihm der Einsiedler verraten hatte. Er verstand nicht die Bedeutung der Worte. Es war eine Sprache, die niemand mehr auf dieser Welt verstand. Jedenfalls kein Lebender mehr.

Bevor Hu die Tür hinter sich schloß, suchte er noch nach einer witzigen Bemerkung, fand aber keine. Die beiden Wächter stiegen tuschelnd die Treppe hoch, und Hu blieb allein im Gang zurück. In finsterer Stimmung. Wie hatte er nur seine Hoffnungen in diesen Irren, diesen Perversen setzen können? In einen Mann, der nicht davor zurückschreckte, sich auf einen grausam verstümmelten Leichnam zu legen! Hu lehnte sich an die feuchte Wand und angelte eine weitere Zigarette aus der Hemdtasche. Seine Träume von Reichtum und Unabhängigkeit, von schnellen Autos und schönen Frauen, vom süßen Leben als Polizeichef von Haikou verpufften in der Dunkelheit. Er würde in Tibet bleiben bis ans Ende seiner Tage. Mitten in Kälte, Gestank und Dreck, bei den Grünhirnen.

Hu hatte in hastigen Zügen seine Zigarette bis zum Filter hinuntergeraucht, als der Schrei aus dem Kellerraum gellte, der in sein

Knochenmark fuhr und den er für den Rest seines Lebens in seinen schlimmsten Alpträumen immer wieder hören würde.

Lugdur tiryon grubdar mir, Feng Lizhao kniete neben dem Leichnam und hatte für eine bizarre Sekunde die Erwartung, der Tote könne tatsächlich zu ihm sprechen. Feng Lizhao verspürte zum zweiten Mal in seinem Leben Angst vor Tibet. Das Land, das er unter das rote Sternenbanner Chinas gezwungen hatte, im Namen der Kommunistischen Partei und seiner eigenen Gier, es hatte ihn einmal, ein einziges Mal zu Boden geworfen und das in der Gestalt eines kleinen Jungen. Es war 1966 gewesen, nach der Erstürmung des Klosters Dreglug, nach dem Verschwinden seines Schatzes. Feng hatte den Mönch und die beiden Kinder festnehmen wollen, doch nur den Jungen hatte er erwischt, weil er so betrunken war, daß er kaum gerade stehen und den Soldaten keine klaren Befehle geben konnte. Der Junge hatte alles gesehen, er wußte, wer seine Schätze gestohlen hatte. Der Kleine hockte auf einem Schemel neben dem Feuer und hatte den Kopf gesenkt.
»Nun, mein Junge«, hatte Feng lallend sein Verhör begonnen. »Wie ist dein Name?«
»Ich heiße Nyima.«
»Und ich bin Feng Lizhao. Ich bin ein sehr wichtiger Mann, weißt du? Und ich suche etwas, das mir gestohlen wurde. Vielleicht kannst du mir helfen, es zu finden. Möchtest du mir helfen? Ich werde dich belohnen und wieder freilassen.«
Der Junge sagte nichts. Starrte auf seine schmutzigen Hände, die er in seinem Schoß gefaltet hatte. Feng hatte die Geduld verloren.
»Hast du verstanden, was ich gesagt habe? Antworte, du verstockter kleiner Mistkäfer.«
Der Junge schwieg, biß die Zähne zusammen und drückte sein Kinn auf die Brust.
»Weißt du, mein Junge, ich kann freundlich sein, aber ich kann dir auch sehr weh tun, wenn du mir nicht hilfst.«
Feng zog erstaunt die Augenbrauen zusammen. Er dachte, er hätte dem kleinen Dreckskerl einen Schrecken eingejagt. Aber das schien nicht der Fall zu sein.

Das Bürschchen lachte!

Rasend vor Zorn sprang Feng auf, wankte, warf seinen Stuhl um, wollte sich den Knaben greifen, wollte ihn schütteln, prügeln, seinen zappelnden Körper über das Feuer halten, bis er endlich sagte, wie er an seinen Schatz kam. Aber als der Junge nun den Kopf hob, da erstarrte Feng, machte einen, dann einen weiteren Schritt zurück, stolperte über den umgestürzten Stuhl und schlug unsanft auf dem Boden auf.

»Tu mir nichts«, flehte er. »Bitte, tu mir nichts.«

Die Augen des Kindes glühten mit gelblicher, giftiger Bosheit, sein Gesicht war zu einer unmenschlichen Fratze des Hasses verzerrt. Eine kratzige, widerwärtige Stimme stieg aus der Kehle des Sechsjährigen empor. Eine Stimme, die Feng fast den Verstand raubte. »Du willst mir weh tun?« fragte die Stimme aus der Hölle. »Hast du also das Schwarze Thangka? Gib es mir, und ich erfülle dir jeden Wunsch!«

Da war Feng Lizhao gerannt, so schnell er konnte in seiner Umnachtung, irrsinnig vor Angst, gerannt um sein Leben. Er war besiegt worden von Tibet in Gestalt eines Kindes und war nach Peking geeilt, an seinen sicheren Schreibtisch.

Feng Lizhao, der Politiker, der Pragmatiker, glaubte auch nach seiner Begegnung mit Kamdhar Gyor, die er seinem übermäßigen Alkoholgenuß zuschrieb, nicht an tibetische Geister, und er glaubte auch nicht an Dinge wie den Tanz mit dem Toten, den er eben ausführte. Man mußte von diesen Dingen nicht überzeugt sein, man mußte sie lediglich beherrschen und an sich selbst glauben.

Wenn er diesen Raum verließ, würde er vielleicht wissen, was das Thangka darstellte, und er würde Kamdhar Gyor und seine Sekte zu seinen Dienern machen wie den Geist aus der Wunderlampe. Jeden Wunsch konnte er erfüllen? Gut so. Feng Lizhao hatte viele Wünsche.

Feng verscheuchte alle anderen Gedanken und konzentrierte sich allein auf diese unverständlichen Worte aus einer grauen, vormenschlichen Zeit.

Lugdur tiryon grubdar mir.

Er faßte allen Mut zusammen, legte seinen Körper auf den zerschossenen Leib des Fotografen, der mit ausgebreiteten Armen auf dem Rücken lag, kämpfte seine Übelkeit nieder und preßte seine Lippen auf den eiskalten Mund des Toten.
Lugdur tiryon grubdar mir.
Warten, an nichts denken, warten. Wieder und wieder im Geiste diese Worte wiederholen.
Lugdur tiryon grubdar mir.
Er spürte das Zucken in den Fingern, das Zittern der Füße. Das Erbeben des toten Leibes. Das Erwachen von Muskeln. Er gestattete sich kein Erstaunen, keinen Schauer. Keine Furcht.
Lugdur tiryon grubdar mir.
Eine unwiderstehliche Kraft, die nicht von dieser Erde stammte, riß mit einem Ruck den Oberkörper des Fotografen in die Höhe. Fengs Kreuz wurde nach hinten gebogen wie eine Reitgerte. Er gestattete sich keinen Gedanken an Schmerz. Nichts anderes war in seinem Kopf als die magischen Worte.
Lugdur tiryon grubdar mir.
Als seien seine Gliedmaßen an starken, unsichtbaren Tauen befestigt, richtete sich der Tote langsam auf, Fengs Finger klammerten sich wie Zangen um die bleichen Hände.
Lugdur tiryon grubdar mir.

Und dann spürte er es, spürte die trockene, eiskalte Zunge der Leiche an seinen Lippen, öffnete seinen Mund und war plötzlich durchflutet vom aberwitzigsten Gefühl des Triumphes, das jemals ein Mensch gefühlt hatte. Das Thangka, dem dieses unaussprechliche Unternehmen galt, das war nun gar nicht mehr wichtig. Er wußte nun, was es darstellte – er verstand es nicht, und es bedeutete ihm nichts. Er wußte, daß der Vater dieses Jünglings hier seine Schätze aus der Höhle gestohlen und ins Ausland, nach Nepal, gebracht hatte. Und daß die Kamdhar-Leute den Jungen und seine tibetische Frau benutzen wollten, um es zu finden. Aber all dies verblaßte angesichts des unaussprechlichen Wunders, das sich hier vollzog. Was hier geschah, machte ihn, den blassen Tibetbürokraten, zum Herrscher, zum Gebieter, zum Gott. Kein Rätsel dieser Welt, das er nicht ergründen konnte. Keine Seele, die er nicht schauen, der er nicht alle Geheimnisse entreißen konnte. Nichts, nichts würde vor ihm verborgen bleiben – dem Mann, der die Toten zum Tanzen brachte und die Zungen der Ewigkeit verschlang. Er würde alle Mysterien ergründen, alle Geschichten erfahren, alle Antworten kennen. Ihm würden Ermordete ihren Mörder verraten, Mumien ihre Erinnerungen öffnen, er konnte die Weisheit der größten Genies trinken, er würde die verstorbenen Könige zum Sprechen bringen. Und – wie ein greller Lichtblitz durchfuhr dieses Bild seinen Kopf, während der Leichnam in unmenschlicher roboterhafter Wut zappelnd und zuckend durch den Keller tobte und Feng sich an ihn klammerte – er sah sich den großen Raum durchschreiten, in dessen Mitte der gläserne Sarg des Vorsitzenden Mao stand.

Die steinerne Zunge war in seinen Mund gedrungen, es war nun der Moment gekommen zuzubeißen, doch Feng ließ ihn verstreichen, gefangen in der gloriosen Vorstellung seines Tanzes mit dem toten Vorsitzenden. Die magischen Worte, sie entglitten seinem Hirn, der Faden verlor sich in der Dunkelheit und in dem Grollen, das aus der zerschossenen Brust des Fotografen emporstieg. Als Feng die schwindende Wirkung der Beschwörung wieder anfachen wollte, war es zu spät. Nicht er klammerte sich mehr an den Toten. Jetzt bohrten sich die kalten Klauen der Leiche in sein Fleisch, jetzt riß das Monstrum seine Arme auseinander, bis er das Bersten seiner Schulterknochen vernahm.

Jetzt hörte er seinen eigenen Todesschrei wie den verzweifelten, spitzen Ruf eines Vogels.

Hu zündete sich mit zittrigen Händen eine weitere Zigarette an, warf sie nach einem Zug auf den Boden, machte einen Schritt auf die geschlossene Kellertür zu, verharrte lauschend. Kein Geräusch drang mehr aus der unterirdischen Kammer. Hu blickte sich um, war versucht, wegzurennen. Noch immer hallte der entsetzliche, unmenschliche Schrei wie ein Echo in seinem Kopf, noch immer stand jedes einzelne seiner Körperhaare senkrecht auf. Er war bis zu diesem Moment immer der Meinung gewesen, er sei ein knallharter Mann. Er hatte niemals Angst verspürt, war vor keiner Gefahr weggelaufen. Aber nun mußte er seinen ganzen Willen aufbieten, um seine Blase unter Kontrolle zu halten. Er tastete nach seiner Dienstwaffe, entsicherte sie und wagte zwei weitere Schritte auf die Tür zu.

»Feng?« Seine eigene Stimme klang ihm fremd. »Feng xiansheng – sind Sie in Ordnung?«

Er sah seine linke Hand nach der Türklinke greifen.

Vielleicht wollte Feng ihn nur hereinlegen? Ihm einen Schrecken einjagen? Ihn zum Narren halten. Nein, dieser Feng war nicht der Mann, der Späße trieb.

Seine Hand zitterte, als sie die Klinke umfaßte, herunterdrückte und die Tür mit einem Stoß weit öffnete. Als erstes gewahrte er die nackte Glühbirne. Sie baumelte heftig. Dann sah er die Schatten, die sie warf. Sie huschten gespenstisch über die Steinwände. Dann blickte er hinunter auf den Fußboden aus festgetretenem Schmutz, dorthin, wo die Leiche des Fotografen lag, und daneben, darunter, darüber …

40. Kapitel

Lhasa

Er war allein im Tempel, allein in einer von zwei Butterlampen schwächlich beleuchteten Kammer, allein mit der goldglänzenden Statue des sitzenden Trangu. Der Heilige hatte, stellte Artie fest, dieselben Grübchen in den Wangen wie Tom Selleck.

»Meine Güte, Tom«, dachte er und fand einen Moment lang seinen Humor wieder. »Ich wußte nicht, daß du auch mit drinhängst …«

In angstvoller Erwartung starrte er auf die schwärzlichroten Gemälde, mit denen die Wände verziert waren. Geschichten von Opfern und Strafen, von Frömmigkeit und Milde, die viele Jahrhunderte zurücklagen und vermischt waren mit Wundererzählungen und Legenden. Die vergoldeten Statuen der Heiligen draußen in der großen, schummrigen Gebetshalle schauten auf ihn hinab, jede für sich ein Schatz von unermeßlichem Wert: die großen Statuen des Gurpu Rinpoche, des Buddha Maitreya, des Sakyamuni, des Srongtsan Gampo, sie schienen im flackernden Licht der Kerzen zum Leben zu erwachen. Die Thangkas, die Brokatgewebe, die von den Decken und Galerien hingen – all das waren sie im Begriff zu zerstören. Fast noch mehr als auf sein eigenes Überleben hoffte Artie, daß diese wundervollen Schätze nicht alle zerstört würden, daß irgendeine göttliche Schutzhand sich über sie legen würde. Kein Geräusch war zu vernehmen außer dem weit entfernten Heulen von Sirenen und dem leisen Atmen der Butterfeuer.

»Artie?« Die Stimme klang warm und vertraut, und doch jagte sie ihm den größten Schrecken seines Lebens ein. Eine Gestalt näherte sich vom Seitengang, er sah nur die Umrisse.

»Artie? Bist du hier?« Jetzt erkannte er die Stimme.

»Paul! Meine Güte, Paul. Du hast es geschafft!« Für einen unsinnigen und wunderschönen Moment durchflutete ihn das Gefühl, nun sei alles überstanden. Sie würden zurückkehren nach Hollywood, die absurden Anschuldigungen gegen Paul würden sich wie Seifenblasen auflösen. Bei Larry King und Oprah Winfrey würde man herzlich darüber lachen. Vielleicht war der Disney-Vertrag ja noch zu retten. Vielleicht konnte er sogar die Japaner wieder breitschlagen. Es waren doch bloß Verhandlungen, und verhandeln, zum Teufel, das konnte er doch.
»Ja, Artie, ich habe es geschafft!« Gelbes Flackerlicht fiel auf sein Gesicht. Es war, stellte Artie erschauernd fest, ausgemergelt wie die Visage von Dracula.
»Du bist verletzt, mein Freund.« Paul kam näher, bis seine stattliche Figur den Eingang zur Trangu-Kapelle voll ausfüllte. »Komm da raus, damit ich dich verarzten kann.«
»Warum kommst du nicht rein, Paul, und hilfst mir hoch?«
Paul schüttelte nur amüsiert den Kopf. Das gute alte Paul-McGregor-Lächeln, das so viele Herzen erweicht hatte. Aber es war falsch, öde und leer.
Ohne Seele.
»Komm zu mir, Artie, und ich helfe dir, es Nicole heimzuzahlen. Sie hat dich reingelegt, Artie. Sie hat mit halb Hollywood gebumst, und du wußtest nichts davon. Aber ich weiß, wie du sie kleinkriegen kannst.«
»Schau mal, Paul, die beiden komischen Messer hier.«
»Ich kenne alle Geheimnisse, Artie. Wußtest du, daß die blonde Schlampe aus Harvard deine Halbschwester ist? Wenn du wüßtest, was ich dir sonst noch erzählen kann!«
»Erzähle mir doch mal, wozu die Hornmesser gut sein sollen!« Artie richtete sich so gut er konnte auf und hielt die Phurbas dem Wesen in Pauls Leib entgegen.
Er wich zurück. Seine Oberlippe kräuselte sich wie die eines tollwütigen Hundes. Ein Geräusch kam aus seiner Brust, das klang, als würden rostige Erdplatten aneinandergeschoben.
»Sei kein Idiot, Artie. Wir können zusammen Erfolg haben. Wirklichen Erfolg!«

»Paul – wenn du da irgendwo drinsteckst … bitte, verzeih mir … *ton shu ima, ton shu ima, ton shu ima, ton shu ima, ton shu ima …*«

Er führte, ohne die Dolche aus den Händen zu legen, die beiden Drähte aneinander, und im selben Moment ging die Bombe los. Der gewaltige Schlag raubte ihm fast das Gehör, und es war ihm, als presse jemand seinen Körper zusammen, so daß ihm die Augen aus dem Kopf quollen. Der Boden hob und senkte sich, Steine lösten sich aus dem Gemäuer, Wandbemalungen zersprangen wie Vasen und landeten auf seinen Armen und Beinen, Trangus Bildnis fiel herab und landete mit einem hohlen Krachen auf dem Boden. Der Druck der Detonation wütete mit der Macht eines Hurrikans durch die Räume, riß die Statuen aus ihren Schreinen, wirbelte Thangkas und Teppiche durch die Luft, Gebälk ächzte und gab nach, jahrhundertealter Staub rieselte herab und begrub Artie unter einer mehligen Schicht, während von irgendwoher mit Brausen Wasser in die Ruine eindrang wie in den Rumpf eines leckgeschlagenen Schiffes. Noch immer hörte Artie in seinem Kopf das tosende Echo der Detonation, vermischt mit dem Ächzen einstürzender Balken und berstender Wände. Der Schmerz in seinem angeschossenen Fuß war verschwunden, denn nun war das ganze Bein verletzt, zerschmettert unter einem umgestürzten Pfeiler, der dick wie ein Baumstamm war und seinen Oberschenkelknochen fünfzehn Zentimeter oberhalb des Knies getroffen hatte. Mit aller Kraft, keuchend und stöhnend, versuchte er, den Pfeiler zu bewegen – erfolglos. Das Wasser stand bereits fünf Zentimeter hoch, hatte seine Kleidung durchnäßt und alles um ihn herum in eine trübe Trümmersuppe verwandelt. Beinahe fand er den Gedanken erheiternd: Er hatte eine vernichtende Explosion überlebt, hatte die tödlichen Geröllawinen mit nichts als einem gebrochenen Bein überstanden, um dann in der Ruine zu ersaufen. Oder würde er doch noch eines anderen Todes sterben? Zwei Meter über sich gewahrte er eine wankende Statue – einen Krieger, der mit beiden Händen ein messerscharfes Schwert führte. Das steigende Wasser reichte an seinen Sockel heran, nicht mehr lange, und die Statue würde fallen. Und wenn sie in seine Richtung fiel, dann würde das Schwert seinen Kopf spalten oder seinen Hals durchtrennen. Artie hämmerte in irrsinniger Verzweiflung mit seiner bloßen Faust gegen die sture Holzsäule, die sein Bein erdrückte, er schlug sogar seine Stirn dagegen, schluchzte und lachte hysterisch, während das Wasser höher und höher stieg, in seinen Kragen floß, in seine Ohren und in seinen Mund. Nur noch seine Brust ragte aus der Brühe, seinen Kopf hielt er unter größter Anstrengung so hoch er nur konnte, in der Hoffnung, daß die Flut versiegen würde, bevor er ertrank. In der Hoffnung, daß der Gyor vernichtet war.

Aber nein, wieder erschien die verfluchte Gestalt seines Freundes im Seitengang. Das Wasser reichte ihm bis an die Knie. Er watete mit rudernden Armen auf Artie zu, die Wellen, die seine Schritte verursachten, schwappten bis an das Kinn des Eingeklemmten.

»Hau ab!« schrie Artie, besinnungslos vor Schmerz, Trauer und Angst.

»Wirf die Messer weg!« sagte Gyor. Artie, der die beiden Phurbas umklammert hielt, schüttelte energisch den Kopf.

»Hilf mir, Paul! Paul, hörst du mich? Ich ertrinke.«

»Ich helfe dir, wenn du die Messer wegwirfst«, sagte der Gyor, und Pauls Augen, die auf der Leinwand so verheißungsvoll glänzen konnten, blitzten gelblich und giftig auf.

»Paul! O Scheiße. Paul!« Artie gurgelte und hustete, als ein Schwall schlammigen Wassers in seinen Mund rann.

»Die Messer, Artie ... wirf sie weg! Bitte, sie tun mir weh!«

»Paul! Mein Freund ...«, wimmerte Artie. »Wir sehen uns in Shambala wieder«. Und dann schrie er mit seiner letzten Kraft: »Und du, verdammter Bastard von einem Dämon – ich hoffe, wir treffen uns in Brooklyn wieder!«

Und das letzte, was er tat, bevor das Wasser ihn verschluckte, war, die beiden Phurbas dem Gyor entgegenzuhalten. Wie die Masten eines untergehenden Schiffes ragten sie aus dem Wasser, während sein Kopf verschwand. Mit aller Macht drang das Wasser in seine Nase.

Artie sah nicht, wie das Wasser am Körper des Gyor hochstieg, wie es nach ihm griff, wie es den Leib unerbittlich nach unten zog.

Wie er unter den schäumenden Fluten unterging in der Umarmung des anderen, der lange auf ihn gewartet hatte. Wie er für immer verschwand, der Geist, der tausend Jahre auf der Erde gewesen war und immer noch nicht begriffen hatte, was Liebe war.
Der schwertschwingende Krieger brach von seinem Sockel ab, die Klinge fuhr in das Wasser, doch sie verfehlte Arties Kopf.

Sie waren gewiß schon mehr als einen Kilometer gerannt, doch sie hatten das Ende des stockfinsteren Tunnels noch lange nicht erreicht, als der Sprengsatz detonierte wie ein Donner aus dem Jenseits, der die Wände erzittern ließ. Sie spürten die Druckwelle heranbrausen und warfen sich auf den Boden, Klumpen feuchter Erde brachen aus der Decke und begruben sie.
»Weiter, weiter!« schrie Prof. Li, der als erster wieder auf den Beinen war. Eine Taschenlampe, mit der er wild herumfuchtelte, warf zuckende Lichtblitze auf die schlammigen Wände.
Als der Donner verhallt war, hörten sie es.
Es klang wie das Gurgeln einer Quelle, wie das Erwachen einer gewaltigen Fontäne, die sich ihren Weg an die Erdoberfläche bahnte. Als hätten sich die Schleusen zur Hölle geöffnet, toste schäumendes Wasser irgendwo in den Tunnel hinein. Sie kamen auf die Beine, Dawa ergriff Catherines Arm, die Mönche tuschelten mit gesenkten Häuptern, Tsentse eilte strauchelnd voraus. Schon erreichte das einströmende Wasser ihre Füße, weichte den Boden auf, umspülte ihre Waden.
»Wie weit noch?« keuchte einer.
»Wir schaffen es nicht«, war die verzweifelte Antwort.
Ausrutschend auf dem schlammigen Boden, einander weiterzerrend, durchnäßt und frierend, schwitzend gleichzeitig vor Anstrengung und Angst, vom Wasser schon bis zu den Hüften umgeben, erreichten sie eine steile Treppe aus Lehm, die untersten Stufen waren schon fortgespült, und am oberen Ende, fünf Meter über ihnen, fiel das fahle Tageslicht in einen schmalen Schacht.
»Hier herauf!« Tsentse, der den Ausgang als erster erreicht hatte, hob, schob und drückte die anderen hinauf an die rettende Luft.

Seine Brille hatte er längst verloren, sein schmächtiger Körper stand schon bis zur Brust im Wasser. Einer nach dem anderen retteten sie sich an die Oberfläche über die abbröckelnde, sich im Strom auflösende Treppe. Prof. Li, die Mönche, Catherine, Tsentse und Dawa stützten ihre Füße ab, bis sie festen Halt fanden und sich von oben rettende Hände ausstreckten, um sie emporzuziehen. Während Catherine noch zwischen Rettung und Verderben schwebte, spürte sie, wie die Strömung sich umkehrte. Das Wasser, das eben noch stieß und drückte, floß zurück, zog an ihren Füßen und wollte sie mit sich reißen. Dann ergriffen sie starke Hände und zerrten sie ans Licht. Erschöpft und durchnäßt, sank sie auf die Erde, erhob sich mit letzter Kraft noch einmal und kroch zu dem gähnenden Loch zurück. Sie hörte Rufe, aber sie verstand die Sprache nicht.

»Wir gehen unter!« schrie Tsentse.

»Ich bin bereit!« brüllte Dawa zurück.

»Gib mir deine Hand!«

»Dawa!« schrie Catherine hinein in den Strudel, und es war ihr, als sehe sie eine Hand, ein Gesicht, das die Gezeiten des unterirdischen Meeres mit sich rissen in die Tiefe.

»Ein Seil! Bringt ein Seil!« brüllte jemand. Schon hatten die brodelnden braunen Fluten den Ausgang verschluckt, stiegen noch einmal an, bis sie fast die Oberfläche erreichten, und flossen dann so schnell wie sie gekommen waren, wieder ab, zwei Leben mit sich reißend – nichts blieb zurück als tropfender Schlamm. Zhidag hatte Gyor zurückgeholt, und für alle Ewigkeit würden sie streiten in ihrem Ozean unter den Bergen, wie sie es seit Urzeiten getan hatten. Einander umschlingend und festhaltend, einander bannend und bewachend, und niemand unter den Sterblichen würde von ihrem Kampf auch nur ahnen.

Das Loch, aus dem sie ins Freie gekrochen waren, lag inmitten eines Schulhofes im Westen Lhasas; eine ausgefranste chinesische Flagge wehte über ihnen mit ihrem verblaßten Rot und dem verblichenen Gelb der fünf Sterne, die mit dem stahlblauen Himmel kontrastierten. Aus dem Schulgebäude erklang ein Chor von Kinderstimmen, die laut aus ihrem Buch vorlasen. Irgendwo

mokierte sich lautstark ein Hausmeister über das plötzliche Erscheinen eines Dutzend Mönche in triefenden Roben.
Catherine lag auf dem Rücken, kraftlos. Tränen schnürten ihre Kehle zu. Prof. Li, auch er am Ende seiner Kräfte, ließ sich neben ihr nieder.
»Wir müssen weiter«, stöhnte er. »Es wird sicherlich schon überall nach Ihnen gesucht. Sie müssen Tibet verlassen.«
»Artie ... Dawa ...«
Li schüttelte den Kopf.
Ihre Finger tasteten die Jacke ab. Das kleine Fläschchen war wie durch ein Wunder noch intakt. Sie schraubte den Deckel ab und trank. Trank, bis der widerliche, ätzende Geschmack ihr den Atem raubte, trank, bis kein Tropfen mehr übrig war, trank für Dawa und für Nyima und auf den Sieg über Kamdhar Gyor.

»Prof. Li!« Die Stimme ließ ihn zusammenzucken wie ein Peitschenhieb. Über den Schulhof kam Vizedirektor Hu im Laufschritt auf ihn zu.
Alles verloren, dachte Li.
Hu war nur noch ein Schatten seiner selbst. Seine Uniform war verrutscht, die Knöpfe geöffnet, seine Haare standen wirr vom Kopfe ab, seine Gesichtshaut war aschfahl.
»Li, Professor«, schnaufte er. »Bitte! Helfen Sie mir, und ich werde es Ihnen nicht vergessen. Bringen Sie diese verdammten Ausländer weg. Sofort. Das ist meine einzige Chance ...«
Vizedirektor Hu berichtete atemlos, in abgehackten Sätzen, sich immer wieder den Schweiß von der Stirn wischend, von seinen letzten Stunden, die den Großteil seines Stoppelhaares hatten ergrauen lassen, die ihn mit unmenschlicher Furcht und grenzenlosem Grauen erfüllt hatten. Er erzählte, wie er Feng vorgefunden hatte, zerfleischt von einem Toten. Wie er, kaum daß er sich von diesem Horror einigermaßen erholt hatte, in die Zelle gerufen wurde, in welcher der amerikanische Schauspieler und die Holländerin eingesperrt waren. Die Gittertür sah aus, als sei eine Lokomotive hineingerast, und die Holländerin sah aus, als sei sie selbst unter eine Lokomotive geraten. Hu berichtete, wie Gene-

ralalarm in der Innenstadt ausgelöst wurde, weil es Unruhen im Jokhang-Tempel gab. Wie, hier versagte seine Stimme, der amerikanische Schauspieler plötzlich vor ihm erschienen war und ganz gelbe Augen bekommen hatte. Wie er dem alten Lama von der exiltibetischen Suchmission den Kopf von den Schultern gerissen hatte, als rupfe er einen Grashalm, und wie er dann auf Hu zugegangen war und verlangt hatte, sofort zum Jokhang gebracht zu werden. Vizedirektor Hu erzählte, er sei halb wahnsinnig vor Furcht gewesen und sei deshalb dem Befehl gefolgt. Hu hatte den besessenen Amerikaner durch die Absperrungen geschleust, bis zum Tempel. Kurz nachdem der Amerikaner das Tor durchschritten hatte, ließ diese fürchterliche Explosion die Wände des Jokhang einstürzen. Hu faltete die Hände und sank wimmernd vor dem Wissenschaftler aus Peking in die Knie: »Prof. Li, ich weiß nicht, was hier passiert, und ich will es nicht wissen. Ich will nur hier weg. Ich will raus aus diesem Land. Ich will nach Hause. Nach China. Niemand weiß, was geschehen ist. Ich werde berichten, daß die verrückten Kamdhars den Jokhang gesprengt haben, und dann werde ich weggehen. Für immer. Es gibt keine Zeugen. Den amerikanischen Konsul habe ich laufenlassen mitsamt den verrückten Studenten. Jetzt ist nur noch diese Frau da und der andere. Bitte, bringen Sie sie weg. Weit weg ...«

»Welcher andere?«

»Der andere Kerl. Wir haben ihn im Tempel gefunden, halb ersoffen, aber er lebt. Er hat alles gesehen. Ich müßte ihn eigentlich verhaften und auch die junge Frau hier und Sie, Professor. Aber ich will nicht. Ich kann nicht. Bitte, bringen Sie die Ausländer weg von hier ...«

Catherine hatte sich erhoben. Sie verstand kein Wort vom Gejammer des Vizedirektors, aber sie sah seinen Wagen. Sie sah den Mann, der in Decken gehüllt auf dem Rücksitz saß und ihr kraftlos zuwinkte und dabei lächelte.

Sie rannte los. Jauchzend.

»Laß uns von hier abhauen«, flüsterte Artie und umarmte sie. »Die Luft hier bringt mich um. Ich muß dringend meinen Serotonin-Spiegel wieder in Ordnung bringen ...«

41. Kapitel

Grenze Tibet–Nepal

Artie mühte sich, auf Krücken und auf Catherines Schulter gestützt, aus dem Wagen. Sie hatten den beschwerlichen Weg über Land nehmen müssen, weil in ganz Tibet und China, und besonders auf den Flughäfen, nach ihnen gefahndet wurde. Sie stünden mit dem Bombenanschlag der Kamdhar-Sekte auf dem Jokhang in Verbindung, hieß es. Zum Glück hatte die Wahnsinnstat der Fanatiker nicht alles zerstört. Es war, als seien Arties Gebete erhört worden. Die Explosion hatte zwar im Innenhof und in der dahinterliegenden Andachtshalle großen Schaden angerichtet, hatte eine Außenmauer komplett eingerissen, und zahlreiche Räume waren durch das einfließende Wasser beschädigt worden. Offenbar war ein verborgenes Reservoir oder ein unterirdischer Nebenarm des Lhasa-Flusses angezapft worden, und das hatte zu den Wasserschäden geführt, meinten die Experten. Doch es waren alle Statuen und Heiligenbilder gerettet worden, alle bis auf eine Abbildung, die die chinesische Prinzessin Wencheng darstellte. Und, aber das entdeckte man erst viel später, es war aus einem Nebenraum im Obergeschoß, in dem hinter Glas die Bildnisse und Statuetten der niederen Schutzgeister aufbewahrt wurden, eine verschwunden: die des Kamdhar Gyor. Es wurde nur wenige Tage nach der Explosion eine Stiftung zum Wiederaufbau des Jokhang gegründet, der zwei prominente Persönlichkeiten vorstanden: der chinesische Staatspräsident, der, zähneknirschend, darauf bedacht war, sein Gesicht zu wahren, und der sich nichts sehnlicher wünschte, als dem spurlos verschwundenen Feng Lizhao genau das anzutun, was ihm tatsächlich widerfahren war. Der zweite Schirmherr der Stiftung war der Dalai Lama, der genau in der Sekunde aus seinem Koma erwachte, als der Leib seines Freundes

Paul McGregor vom Strudel des schwarzen Ozeans unter dem Jokhang erfaßt und in die Tiefe gerissen wurde.
»Werden Sie nach Peking zurückgehen?« fragte Catherine den Professor.
»Nein. Ich bleibe hier«, sagte Li. »Ich habe mein Leben lang darauf gewartet, und ich will dabeisein, wenn es geschieht.« Der Gipfelwind raufte sein schütteres Haar und preßte seinen Augen Tränen ab, die er schon lange hätte vergießen müssen. »Lange Zeit bestand meine einzige Hoffnung darin, daß China sich ändern würde. Nur wenn China sich ändert, dann kann Tibet bleiben, wie es ist, und vielleicht irgendwann wieder werden, was es war. Vielleicht ist dieser Moment jetzt gekommen. Ich bete dafür. Leben Sie wohl, meine Freunde. Nicht viele Menschen werden jemals erfahren, was Sie getan haben. Und diejenigen, die es wissen, werden es vielleicht nicht verstehen. Aber die wenigen, die es wissen und verstehen, die werden Ihnen ewig danken.«
Er ließ sie allein auf dem Paß, an derselben Stelle, zu der er einst den amerikanischen Piloten geführt hatte, dort, von wo aus der steile Weg in seinen hundert Biegungen, einer gewaltigen Schlange ähnelnd, hinab in das nächste Tal führte. In ein grünes Tal, das die beiden Wanderer aus dem Schneeland aufnahm wie so viele Wanderer und Flüchtlinge vor ihnen. Sie sahen die Staubwolke eines Wagens näher kommen, den Prof. Li für sie besorgt hatte und der sich aus dem Tal den Berg hinaufmühte. Artie, obwohl sein angebrochenes Bein und die zerschossene Ferse höllisch schmerzten, humpelte tapfer, auf die Krücke gelehnt, der Staubfahne entgegen.
Catherine stützte ihn.
»Woran denkst du?« fragte sie.
Artie brauchte lange für die Antwort: »Ich denke, daß das alles nicht passiert ist. Ich denke, das alles war nur so ein kranker Traum, für den diese Dr. Fisher mich sofort bis an mein Lebensende in die Gruppentherapie buchen würde.« Er schluchzte, lachte und weinte zur gleichen Zeit. »Ich glaube nicht mehr, daß ich wirklich Nyima mit dem Dämonenkopf gesehen habe. Das ist doch völlig unsinnig. Und der Nebel auf dem Boden, du liebe Zeit,

das kann nur eine Wahnvorstellung gewesen sein, oder? Und dann im Tempel, als ich da allein war und plötzlich dachte, Paul stünde vor mir. Und erzählte mir irgendwelchen Mist über Nicole und über dich. Unfug. Ich gehe jetzt zurück nach Hollywood, und ich wette, Paul wartet dort bereits auf mich.« Er hielt inne, schüttelte dann unwillig den Kopf. »Bloß, ich kapiere eines nicht: Ich hätte da in der verdammten Ruine ertrinken müssen. Ich war eingeklemmt. Aber irgend jemand hat den Pfeiler weggehoben, und ich konnte mich befreien.«

»Weißt du noch, was du zu mir gesagt hast, als Nyima starb?« fragte sie. »Du sagtest: ›Ich bin ganz sicher, daß er diese Schmerzen nur ertragen konnte, weil Nyima irgendwie noch in ihm war und weil Nyima dich liebte.‹ Vielleicht hat Paul …« Sein Blick brachte sie zum Schweigen.

»Paul wartet auf mich in Hollywood«, wiederholte er mit Bestimmtheit.

Catherine schwieg, sie wußte selbst nicht, ob sie glauben sollte, was sie erlebt hatten. Die Erinnerung verblaßte schnell. Wie ein flüchtiger Traum.

»Was hat er denn erzählt?« fragte sie trotzdem.

»Ach, nichts Wichtiges. Denk nicht drüber nach. Ich tue es auch nicht …«

Das, Catherine wußte es sofort, war eine Lüge.

Sie blickte sich noch einmal um, ein letztes Mal, bevor die weit entfernten Gipfel der Schneeberge hinter der Paßhöhe verschwanden. Dann nahmen sie sich bei der Hand, und für einen kurzen Moment hatten sie das unerklärliche Gefühl, den Himmel zu verlassen.